Das Buch

Er ist das berühmteste Bauwerk des Seidenen Zeitalters: der Turm von Babel. Er ragt soweit in den Himmel hinauf, dass niemand genau weiß, wo er endet. Manch ein Luftfahrer oder Mystiker behauptet zwar, er habe einen Blick auf die Spitze erhaschen können, doch das sind nur Gerüchte. In seinem Inneren beherbergt der Turm ganze Königreiche und unzählige Labyrinthe voll tödlicher Gefahren und seltsamer Wesen. Niemand weiß das besser, als der ebenso pedantische wie ängstliche Dorfschullehrer Thomas Senlin. Schließlich hat er alles, was es über den Turm zu lesen gibt, gründlich studiert. Nun, auf seiner Hochzeitsreise mit der schönen Marya, will sich Senlin seinen Lebenstraum erfüllen und einmal den Turm besichtigen. Doch trotz seiner Lektüre ist er auf die gewaltigen Dimensionen des Turmes und das Gewimmel des Marktes, der sich rund um ihn erstreckt, nicht vorbereitet. Falls sie sich aus den Augen verlieren sollten, könnten sie sich einfach auf der Spitze treffen, schlägt Marya noch kokett vor, kurz darauf ist sie tatsächlich spurlos verschwunden. Als sie nach zwei Tagen immer noch nicht zurückgekehrt ist, wird Senlin klar, dass er den Turm wirklich besteigen muss, wenn er seine Frau jemals wiedersehen will. Es beginnt das größte Abenteuer seines Lebens. Ein Abenteuer, das ihn für immer verändern wird …

Der Autor

Josiah Bancroft begann bereits im Alter von zwölf Jahren mit dem Schreiben. Sein großer Traum ist es, seinen Lesern das gleiche Geschenk zu machen, das seine Lieblingsautoren ihm gemacht hatten: Sie auf eine faszinierende Reise in eine Welt voller Wunder und Gefahren mitzunehmen. Wenn er sich nicht gerade dem Schreiben widmet, arbeitet er als Dozent und Comiczeichner. Mit seinem ersten Fantasy-Roman *Im Turm* eroberte er sich in England und den USA eine riesige Fangemeinde.

Mehr über Josiah Bancroft und seinen Roman erfahren Sie auf:
www.thebooksofbabel.com

JOSIAH BANCROFT

IM TURM

Roman

Aus dem Amerikanischen übersetzt
von Sabine Thiele

WILHELM HEYNE VERLAG
MÜNCHEN

Titel der amerikanischen Originalausgabe:
SENLIN ASCENDS

FSC www.fsc.org
MIX
Papier aus verantwortungsvollen Quellen
FSC® C014496

Verlagsgruppe Random House FSC® N001967

Deutsche Erstausgabe 09/2018
Redaktion: Martina Vogl

Printed in Germany
Umschlaggestaltung: DAS ILLUSTRAT, München,
unter Verwendung von Motiven von Shutterstock/Slav Gerj
Satz: Buch-Werkstatt GmbH, Bad Aibling
Druck und Bindung: GGP Media GmbH, Pößneck

ISBN: 978-3-453-31950-9
www.heyne.de

Für Sharon, die in einer Menge nie verloren geht.

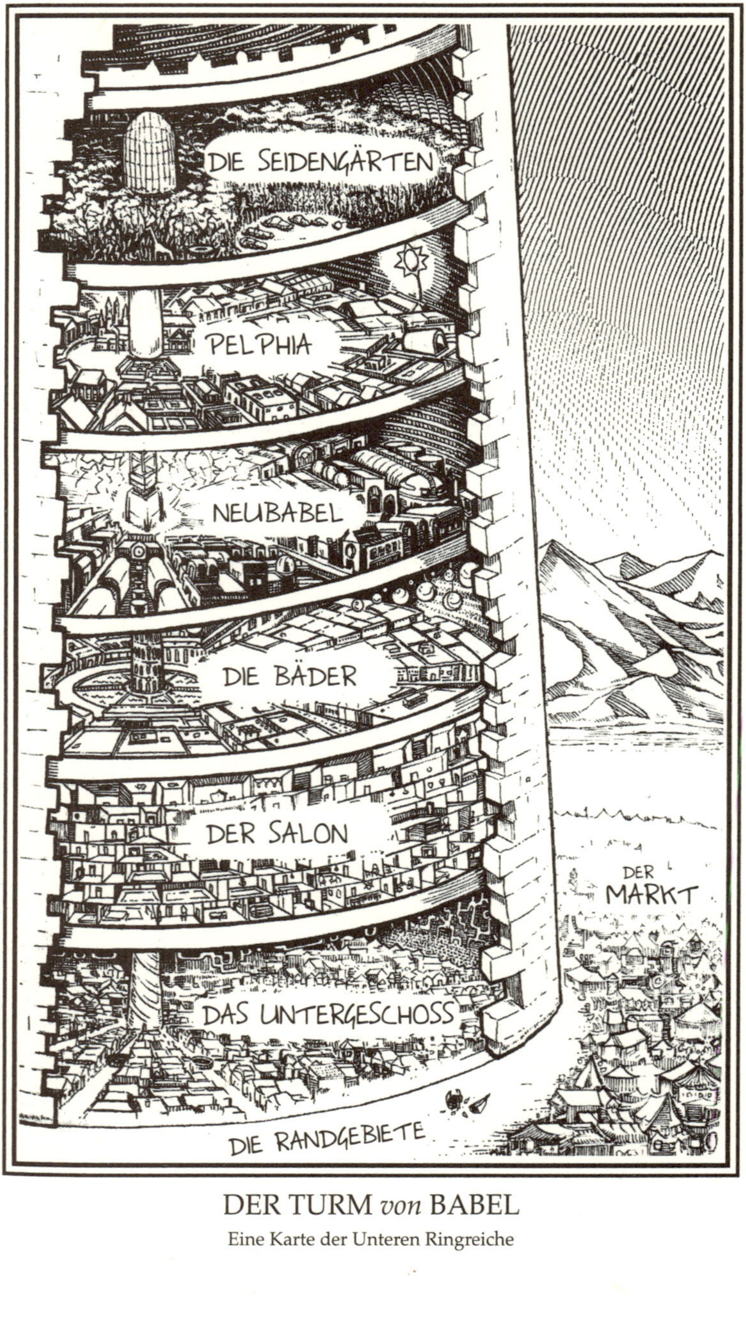

DER TURM *von* BABEL

Eine Karte der Unteren Ringreiche

»Der Turm von Babel wird manchmal auch der Abfluss der Menschheit genannt. Seine Größe, die Vielfalt seiner Ringreiche, seine mysteriösen und verschwenderischen Ausmaße üben eine unwiderstehliche Anziehungskraft auf alle Besucher aus. Wir werden davon angezogen wie Wasser von einem Abfluss.«

Aus der Einleitung des *Allgemeinen Führers durch den Turm von Babel* (14. Auflage)

ERSTER TEIL

Das Untergeschoß und der Salon

1

»Der Turm von Babel ist vor allem berühmt für die prächtigen Dinge aus Seide und die überwältigenden Luftschiffe, die hier produziert werden, doch Besucher werden noch andere, nicht greifbare Exportgüter entdecken. Schrullen, Abenteuer und Liebe sind die wahren Handelsgüter des Turmes.«

Allgemeiner Führer durch den Turm von Babel, I.V

Die Reise von der Küste in die Wüste, in der der Turm von Babel wie ein Stoßzahn aus dem Kiefer der Erde aufragte, dauerte mit dem Zug vier Tage. Zuerst waren sie durch Weideland gefahren, auf dem verstreut Rinder und reizlose Dörfer standen, dann hatte sich der Zug über einige mit Schnee überzogene Berge gekämpft, auf denen Kondore in Nestern so groß wie Heuhaufen brüteten. Schon hier waren sie weiter weg von daheim als je zuvor. Sie fuhren durch schiefergraue Gebirgsausläufer, die ihn an ein Feld voll zertrümmerter Tafeln erinnerten, durch Zypressenhaine, die für sie wie offene Schirme aussahen, und kamen schließlich in dem ausgedörrten Talkessel an. Der Boden hatte die Farbe von verrosteten Ketten, und alles war von rotem Staub überzogen. Die Wüste war jedoch alles andere als eine Wüstenei. Ganze Karawanen begleiteten den Zug, jede ein sich dahinschlängelndes Band aus Rädern, Hufen und Füßen. Im Lauf des Morgens verdichtete sich der Verkehr zu einer so festen Masse, dass der Zug nur noch im Schritttempo fahren konnte. Ihr Waggon schob sich durch die lärmende Woge aus Kutschen und von Ochsen gezogenen Karren, durch die Touristen, Pilger, Migranten und Händler aus jedem Teil der weiten Nation von Ur.

Thomas Senlin und Marya, seine frisch angetraute Ehefrau, musterten die menschliche Menagerie durch das offene Fenster ihres sonnigen Schlafwagens. Ihre porzellanweiße Hand lag zart auf seinen langen Fingern. Eine kleine Gruppe Soldaten mit rotem Uniformbesatz auf der Brust ritt langsam vorbei und drängte dabei eine Familie mit karierten Kopftüchern auf Kamelen auseinander. Das Trompeten der Elefanten übertönte das Rattern des Zuges, und hier und da schwebten Luftschiffe über ihnen im heißen Wind unaufhaltsam auf den Turm von Babel zu. Die Ballone, die die Schiffe in der Luft hielten, waren so farbenfroh wie Maibäume.

Seit sie auf den Turm zusteuerten, war es den Senlins nicht gelungen, die hoch aufragende Spitze von ihrem Fenster aus zu sehen. Nichtsdestotrotz beschrieb Senlin sie äußerst anschaulich. »Es wird viel darüber diskutiert, wie viele Ebenen es eigentlich gibt. Manche Gelehrte gehen von zweiundfünfzig aus, andere von sechzig. Vom Boden aus lässt sich das ganze Ausmaß nicht erkennen«, sagte er und fuhr damit mit seinem Vortrag fort, den er seiner jungen Frau bereits die ganze Reise über gehalten hatte. »Einige Männer, vor allem Luftfahrer und Mystiker, sagen, dass sie die Turmspitze gesehen hätten. Natürlich kann keiner mit einem Beweis für diese Behauptung aufwarten. Manche Abenteurer behaupten sogar, dass der Turm immer noch weiter in die Höhe gebaut wird, wenn man das denn glauben kann.« Diese trivialen Fakten gaben ihm Halt, wie Fakten generell. Thomas Senlin war ein reservierter und von Natur aus schüchterner Mann, der sein Selbstvertrauen aus Plänen, einer gesunden Lebensweise und schriftlichen Informationen bezog.

Marya nickte pflichtbewusst, war jedoch offensichtlich von der farbenprächtigen Menge vor dem Fenster abgelenkt. Ihre großen grünen Augen zuckten aufgeregt von einer exotischen Zerstreuung zur nächsten: Was ihrem Mann kaum auffiel, saugte sie in sich auf. Senlin wusste, dass Marya im Gegensatz zu ihm Spektakel und Menschenaufläufe belebend fand, auch wenn es davon zu Hause herzlich wenig gab. Das Treiben vor ihrem Fenster war nicht mit Isaugh zu vergleichen, einem salzgepeitschten Fischerdorf, das mittlerweile viele Hundert Meilen hinter ihnen lag. Isaugh war die einzige Heimat, die sie kannte, abgesehen von dem Musikkonservatorium für junge Damen, das sie vier Jahre besucht hatte. Isaugh hatte zwei Wirtshäuser, einen Whist-Klub und ein Rathaus, das gelegentlich auch als Ballsaal fungierte. Eine Metropole konnte man den Ort ganz gewiss nicht nennen.

Marya wich erschrocken zurück, als ein Kamel seinen Kopf unerwartet zu ihr drehte. Senlin versuchte mit gutem Beispiel voranzugehen und sie zu beruhigen, doch auch ihm entfuhr ein leiser Schrei, als das Kamel schnaubte und warmen Speichel auf sie verspritzte. Senlin räusperte sich, frustriert, weil er die Fassung verloren hatte, und scheuchte das Tier mit seinem Taschentuch weg.

Das Teetablett, das ihnen zu ihrem Frühstück serviert worden war, klirrte, Löffel zitterten in leeren Tassen, als der Zugführer die Bremsen betätigte und der Zug beinahe zum Stehen kam. Thomas Senlin hatte während seiner gesamten Berufslaufbahn auf diese Reise hingearbeitet und gespart. Er wollte die Wunder sehen, über die er so viel gelesen hatte, und auch wenn es eine Belastungsprobe für seine Nerven werden würde, hoffte er, seine Haltung und sein Intellekt würden ihn das Abenteuer überstehen lassen. Sein größtes Ziel war, den Turm von Babel zu besteigen, und wenn auch nur ein kleines Stück, und er war rechtschaffen aufgeregt. Nicht dass man es ihm angemerkt hätte: Er hatte es sich zur Regel gemacht, immer eine stoische Fassade an den Tag zu legen und den Aufruhr an Gefühlen in seinem Inneren zu verbergen. So verhielt er sich im Klassenzimmer, und er wusste schon gar nicht mehr, wie er sich noch verhalten könnte.

Ein Luftschiff zog so tief über den Köpfen der Menge hinweg, dass die Halteseile die Menschen berührten. Senlin fragte sich, warum es so weit abgesunken war oder ob es gerade erst aufstieg. Marya schlug die Hand vor den Mund und erstickte ein Lachen. Thomas riss den Mund auf, als er sah, wie der Kapitän des Luftschiffes seiner Mannschaft wild gestikulierend bedeutete, einzufeuern und die Halteseile einzuholen. Ein junger Mann bekam eines der losen Seile zu fassen, und Panik brach aus, als der abenteuerlustige junge Kerl über die Menschenmenge emporgehoben wurde. Seine Füße berührten gerade noch eine Kiste auf einem Wagen, bevor er in die Höhe gerissen wurde und außer Sicht geriet.

Vom Boden aus wirkte die Szene beinahe komisch, doch Senlins Magen verkrampfte sich, als er sich vorstellte, wie der junge Mann sich fühlen musste, weit oben über der sich ausbreitenden Menge, allein auf die Kraft seiner Arme angewiesen. Der Vorfall war tatsächlich so bizarr gewesen, dass Senlin beschloss, ihn kurzerhand zu verdrängen. Der *Allgemeine Führer* hatte den Markt ein raues Pflaster genannt. Das war vielleicht sogar noch eine Untertreibung.

Er hätte nie gedacht, dass er die Reise in seinen Flitterwochen unternehmen würde. Genauer gesagt, hätte er nie gedacht, eine Frau zu finden, die ihn heiraten würde. Marya war zwölf Jahre jünger als er, doch da er selbst Mitte dreißig war, fand Senlin ihre vor Kurzem geschlossene Ehe wenig bemerkenswert. In Isaugh hatte sie allerdings für einige hochgezogene Augenbrauen gesorgt. Das Dorf drängte sich an die Klippen am Niromeer, und seine Bewohner misstrauten allem, was nicht dem gewohnten Rhythmus der Gezeiten und der Fischerei entsprach. Doch als Rektor – und einziger Lehrer – der örtlichen Schule schenkte Senlin dem Gerede keine Beachtung. Davon hatte er bereits genug gehört. Seiner Meinung nach war Gerede das Theater der Ungebildeten, und er hatte nicht geheiratet, um für Gesprächsstoff an den Frühstückstischen des Dorfes zu sorgen.

Nein, er hatte rein aus praktischen Gründen den Bund der Ehe geschlossen.

Marya war eine gute Partie. Sie war gutmütig und belesen; nachdenklich, aber nicht grüblerisch; mit guten Manieren, ohne unnahbar zu sein. Sie tolerierte seine langen Studierzeiten und seine Schweigsamkeit, die andere oft für Gleichmut hielten. Er dachte, sie hätte ihn geheiratet, weil er freundlich war, ausgeglichen und in sicherer Anstellung. Er verdiente fünfzehn Schekel in der Woche, im Jahr dreizehn Minas. Beileibe kein Vermögen, aber ausreichend für ein bequemes Leben. Wegen seines Aussehens hatte sie ihn bestimmt nicht geheiratet. Seine einzelnen Körperteile waren einigermaßen ansprechend, doch zusammengenommen entstand ein etwas langgezogener und schlecht proportionierter Eindruck. Sein Spitzname unter seinen Schülern war »der Stör«, weil er so dünn und groß und knochig war.

Marya hatte natürlich auch ein paar ungewöhnliche Angewohnheiten. Sie las Bücher, während sie in der Stadt herumlief – wovon viele zerrissene Röcke und aufgeschlagene Knie zeugten. Sie hatte keine Angst vor Höhen und stieg manchmal aufs Dach, um die Segel der einfahrenden Schiffe am Horizont zu beobachten. Sie spielte wunderschön, aber auch sehr energisch Klavier. Sie sang wie eine wahnsinnige Meerjungfrau, während sie Balladen und Reels in die Tasten hämmerte und reihenweise verstimmte Klaviere zurückließ. Dennoch bewunderte man sie für ihre Eigenheiten. Die Stadtbewohner fanden sie hinreißend und baten sie oft, in den Wirtshäusern zu spielen. Nicht einmal das unerbittliche Grau des Winters in Isaugh konnte ihre Lebhaftigkeit dämpfen. Ihre Hochzeit mit dem Stör war daher gelinde gesagt eine Überraschung.

Heute trug Marya ihre Reisekleidung: einen knielangen Khaki-Rock und eine weiße Bluse mit einem latent exzentrischen Tropenhelm, der auf ihren kastanienbraunen Locken saß. Sie hatte ihn rot gefärbt, wovon Senlin nicht gerade begeistert war, doch sie hatte es ihm schmackhaft gemacht, indem sie ihm erklärte, dass sie so viel leichter in einer Menschenmenge zu finden sei. Senlin trug einen grauen Anzug aus dünnem Cord, den er eigentlich für zu leger befand, selbst für die Reise, doch sie hatte gesagt, er sei modisch und ein bisschen verrückt, und war das denn nicht der Sinn einer Hochzeitsreise?

Ein Junge in einer groben Ziegenfellweste kletterte geschickt am Zug entlang, eine Reihe von Brotringen am Arm. Senlin kaufte einen Ring, und er und Marya teilten sich das warme, weiche Brot mit der knusprigen Kruste, während der Zug auf den Hauptbahnhof zusteuerte, an dem so viele Gleise endeten.

Der natürliche Lauf des Schuljahres hatte ihre Hochzeitsreise verzögert. Er hätte sich für ein komfortableres und einfacheres Reiseziel entscheiden können, ein Hotel am Meer oder ein Cottage auf dem Land, in das sie sich für ein Wochenende hätten zurückziehen können, doch der Turm von Babel war so viel mehr als ein schnödes Urlaubsziel. Eine ganze Welt erstreckte sich auf dem massiven Fundament in die Höhe. Als junger Mann hatte er von dem kulturellen Einfluss des Turms auf Theater und Kunst gelesen, seinen Fortschritten in der Wissenschaft und den grundlegenden Technologien. Selbst Elektrizität, sogar in den größten Städten von Ur eine noch nicht verbreitete Bequemlichkeit, sollte in den höheren Ebenen frei verfügbar sein. Der Turm war der Leuchtturm der Zivilisation. Ein altes Sprichwort besagte: »Die Erde erschüttert nicht den Turm, der Turm erschüttert die Erde.«

Der Zug hielt an, auch wenn sie weit und breit keinen Bahnsteig sehen konnten. Der Schaffner kam vorbei und erklärte, dass sie aussteigen müssten; die Gleise waren zu verstopft, als dass sie weiterfahren könnten. Keiner der Reisenden reagierte überrascht. Nach vielen Tagen, in denen man auf den Sitzen durchgerüttelt worden war, war die Aussicht auf einen Spaziergang verlockend. Senlin nahm ihrer beider Gepäckstücke, eine abgesteppte Ledertasche für seine Habseligkeiten und einen mittelgroßen Überseekoffer mit großen Rollen am einen und einem Griff am anderen Ende. Senlin bestand darauf, beide ins Freie zu manövrieren.

Bevor sie ihr Abteil verließen, und während Marya am Schaft ihrer braunen Lederstiefel zupfte und ihren Rock glattstrich, rezitierte Senlin die drei Grundregeln, die er aus seiner Ausgabe des *Allgemeinen Führers durch den Turm von Babel* entnommen hatte. Erstens: Behalten Sie Ihr Geld dicht am Körper. (Vor ihrer Abreise hatte er den örtlichen Schneider beauftragt, versteckte Taschen in den Bund seiner Hosen und ihren Rocksaum einzunähen.) Zweitens: Geben Sie Bettlern nichts. (Es ermutigt sie nur.) Drittens: Behalten Sie Ihre Begleiter stets in Sichtweite! Senlin bat Marya, diese Regeln zu wiederholen, während sie den mit einem goldfarbenen Teppich ausgelegten Gang entlanggingen, der die Waggons miteinander verband. Sie gehorchte, ließ sich aber einen Scherz nicht nehmen.

»Viertens: Küssen Sie nicht die Kamele!«

»Das ist nicht die vierte Regel.«

»Sag das den Kamelen!«, erwiderte sie lachend und leichten Schrittes.

Und trotzdem war keiner von ihnen auf den Anblick vorbereitet, der sich ihnen bot, als sie die Zugtreppe hinabstiegen. Die Menge war wie Gelee, das sich um sie schloss. Zuerst konnten sie sich kaum bewegen. Ein glatzköpfiger Mann mit einem riesigen Hanfsack über der Schulter und einem eisernen Ring um den Hals drängte Senlin in eine Frau mit rotunterlaufenen Augen; sie stieß ihn mit alkoholgetränktem Lachen zur Seite und verschmolz wieder mit den Menschenleibern. Ein Käfig mit aufgeregten Kanarienvögeln wurde über ihren Köpfen weitergereicht, wobei übelriechende Federn auf sie herabsegelten. Die Hüften eines Dutzend Frauen in schwarzen Gewändern, Pilger irgendeines abseitigen Glaubens, stießen gegen sie wie enorme Kugellager. Ungewaschene Kinder mit Tabletts voller duftender Papierblumen, Spielzeugwindräder und kandierter Früchte schoben sich wendig an ihnen vorbei; sie waren mit Seilen aneinandergefesselt. Abgesehen von den Gleisen gab es keine erkennbare Straße, kein Kopfsteinpflaster, keine Gehsteige, nur die rostrote Erde unter ihren Füßen.

Die Fülle an Eindrücken war überwältigend, und einen Moment blieb Senlin stocksteif stehen. Das Bellen der Verkäufer, das Klatschen von Planen im Wind, das Klirren von Geschirren und das Vibrieren Zehntausender fremder Stimmen bildeten eine Lärmdecke, die man nur überbrüllen konnte. Marya packte ihren Mann von hinten an seinem Gürtel, schreckte ihn damit aus seiner Abwesenheit und spornte ihn an. Er wusste, dass sie hier nicht einfach stehen bleiben konnten. Er holte tief Luft und setzte sich in Bewegung.

Sie wurden in ein Labyrinth aus Händlerzelten, Karren mit Waren und wackligen Tischen hineingezogen. Die Gassen zwischen den Ständen waren so wirr wie die Kritzeleien eines Kindes. Provisorische Dachsparren aus Bambus ragten überall über ihnen heraus, bogen sich unter Jutematten, Zwiebelketten, Laternen aus gehämmertem Zinn und geflochtenen Ledergürteln. Leuchtend bunt gestreifte Sonnensegel verdeckten einen Großteil des Himmels, doch auch im Schatten vergaß man die sengende Sonne keinen Moment. Die trockene Luft war so heiß wie frische Asche.

Senlin stapfte weiter, in der Hoffnung, eine Straße oder einen Wegweiser zu finden, jedoch vergeblich. Er gestattete der Menge, einen Weg zu öffnen, statt sich selbst einen zu bahnen. Nachdem er etwa hundert Schritte vorangekommen war, wusste er nicht mehr, in welcher Richtung die Bahngleise waren. Sie hätten ihnen bis zum Hauptbahnhof folgen können. Es war beunruhigend, wie schnell er die Orientierung verloren hatte.

Dennoch drehte er sich in regelmäßigen Abständen um und setzte für Marya ein Lächeln auf, deren Strahlen unerschütterlich war. Es gab keinen Grund, sie mit diesem kleinen Rückschlag zu beunruhigen.

Vor ihnen wedelte ein Junge mit nacktem Oberkörper an einem Fleischerstand die Fliegen von den herabhängenden Lämmern und Hasen. Die Fliegen und der süßliche Gestank, der von dem Schlachter herüberwehte, hielt die Menge auf Abstand, was Senlin und Marya die Gelegenheit zu einer kurzen Pause bot, auch wenn der Geruch wirklich Übelkeit erregend war. Senlin stellte Maryas Koffer zwischen sich und seine Frau und trocknete seinen verschwitzten Hals mit einem Taschentuch.

»Hier ist wirklich viel los«, sagte er und versuchte, nicht so überwältigt zu wirken, wie er sich fühlte, auch wenn Marya ihm kaum Beachtung schenkte; sie starrte mit verträumtem Ausdruck auf ihrem hübschen Gesicht auf etwas über seinem Kopf.

»Wie wunderschön«, sagte sie.

Durch eine Lücke zwischen den Sonnensegeln war etwas Blau zu sehen, und da, wie ein Pfeiler, auf dem der Himmel ruhte, war der Turm von Babel.

Die Oberfläche des Turms war weiß, grau, rostrot, hellbraun und schwarz gefleckt, was auf die vielen Arten von Gestein und Ziegel hinwies, mit denen das Gebäude errichtet worden war. Die verschiedenen Farben erinnerten Senlin an eine Glückskatze. Die Silhouette des Turms war kein architektonisches Meisterwerk, voller Dellen und Ausbuchtungen, doch sie war mit opulenten Friesen geschmückt, von denen jedes höher als ein Haus war. Eine dichte Wolkendecke hüllte die Spitze des Turms ein. Der *Allgemeine Führer* merkte an, dass die oberen

Ebenen ständig im Nebel lagen, doch ob das alte Bauwerk die Wolken selbst hervorbrachte oder sie anzog, wurde immer wieder diskutiert. Die Spitze war vom Boden aus jedenfalls nie zu sehen.

Die Beschreibung des Turms im *Allgemeinen Führer* hatte Senlin nicht auf seine wahren Ausmaße vorbereitet. Die Zikkurate von Süd-Ur und die Zitadellen der Westlichen Ebenen wirkten dagegen wie etwas, das Kinder aus Zuckerwürfeln bauten. Es hatte tausend Jahre gedauert, den Turm zu errichten. Oder sogar noch mehr, nach Meinung einiger Historiker. Senlin schauderte vor Ehrfurcht und wegen des dichten Gedränges des Marktes. Marya drückte beruhigend seine Hand, und er straffte die Schultern. Immerhin war er Schuldirektor, ein Anführer einer schlichten Gemeinschaft. Ja, diese Menschenmenge mussten sie überwinden, doch sobald sie den Turm erreicht hatten, würde sich das Gedränge lichten. Sie würden ein bisschen mehr Platz haben und sich ganz sicher in angenehmerer Gesellschaft befinden. In ein paar Stunden würden sie ein Glas Portwein in einer preiswerten, aber einladenden Unterkunft auf der dritten Ebene des Turms zu sich nehmen – die Bäder, wie die Einheimischen den Bereich nannten –, genauso wie sie es geplant hatten. Aus bequemer Entfernung würden sie dann auf den Markt herabblicken.

Zumindest hatten sie ein Ziel, eine Richtung, in die sie sich fortbewegen konnten.

Senlin entdeckte auch eine effizientere Art, sich durch die Menge zu drängen. Wenn er stehen blieb, kam er schwer wieder in Bewegung, doch setzte er seine Schritte weiter und bestimmter, so kam er besser voran. Nach ein paar Minuten fühlte sich Marya sicher genug, um seinen Gürtel loszulassen, woraufhin beide entspannter voranschreiten konnten.

Bald schon fanden sie sich in einem der vielen Kleiderbasare des Marktes wieder. Mit Spitze besetzte Kleider, bestickte Schürzen und Hemden mit Manschetten hingen an einem Labyrinth aus Haken und Seilen. Anzüge in jeder erdenklichen Farbe, von Pfauenblau bis Osterglockengelb. Unterkleidung für Frauen baumelte von Bambusleitern wie die Häute exotischer Schlangen. Zu Quadraten gefaltete Taschentücher bedeckten einen Tisch in einem hohen Berg wie eine Schneewehe.

»Ich werde dir etwas zum Anziehen kaufen. Die Abende hier sind wärmer, als wir gewohnt sind«, sagte er dicht an ihrem Ohr.

»Ich hätte gern ein kurzes Kleid«, erwiderte sie, während sie ihren Tropenhelm abnahm und ihr etwas plattgedrücktes kastanienbraunes Haar enthüllte. »Etwas Skandalöses.«

Er runzelte nachdenklich die Stirn, um seine Überraschung zu verbergen. Er wusste, dass sich selbst anständige Paare in ihren Flitterwochen dieser Art Anzüglichkeit hingaben. Dennoch war er nicht darauf vorbereitet und konnte nicht auf ihren spielerischen Ton eingehen. »Skandalös?«

»Nichts, was deine Schüler wissen müssten. Nur etwas, um unsere Wäscheleine zu Hause ein wenig zum Erröten zu bringen«, sagte sie und strich mit ihrem Finger über seinen Arm, als würde sie ein Streichholz entzünden.

Er fühlte sich unwohl. Vor ihnen erstreckten sich Unmengen von Ständen mit weiblicher Unterwäsche. Kein Mann war zu sehen.

Nach fünfzehn Jahren als Junggeselle war er nicht auf die Invasion von Maryas Unterkleidung in sein Schlafzimmer vorbereitet gewesen. Es war ein Schock, ihre Wäsche an den Bettpfosten und Türgriffen seines ehemaligen Heiligtums hängen zu sehen. Doch diese Masse an Nachthemden, Miedern, Korsetts, Strümpfen und Büstenhaltern, die von unzähligen fremden Frauen durchwühlt wurden, war um ein Vielfaches unangenehmer. »Ich glaube, ich bleibe lieber bei unserem Gepäck.«

»Was ist mit deinen Regeln?«

»Nun, wenn du diese rote Schüssel aufbehältst, kann ich dich auch von hier aus sehen.«

»Wenn du weggehst, treffen wir uns an der Spitze des Turms«, sagte sie mit übertrieben dramatischem Nachdruck.

»Das werden wir nicht. Wir treffen uns genau hier neben diesem Karren mit Socken.«

»Wie romantisch du bist!«, sagte sie und ging um zwei untersetzte Frauen herum, die die blau-weißen Schürzenkleider trugen, die viele

Jahre zuvor modern gewesen waren. Senlin bemerkte amüsiert, dass sie mit einem dicken Seil um die Taille miteinander verbunden waren.

Er fragte sie, ob sie aus dem Osten stammten, und sie nannten ihm ein Fischerdorf nicht weit von Isaugh. Sie tauschten die üblichen nostalgischen Bemerkungen von Küstenbewohnern aus: Sonnenaufgänge, Seesterne, das sanfte Plätschern der Brandung in der Nacht. Dann fragte er: »Verbringen Sie Ihren Urlaub hier?«

Sie antworteten mit leicht mütterlichem Lächeln, bei dem er sich herabgesetzt fühlte. »Urlaub haben wir schon lange nicht mehr.«

»Gehen Sie überall aneinander gebunden hin?« Ein leicht neckender Unterton hatte sich in seine Stimme geschlichen.

»Ja, natürlich«, erwiderte die ältere der beiden. »Seit wir unsere kleine Schwester verloren haben.«

»Mein Beileid. Ist sie erst kürzlich verstorben?«, fragte Senlin ernst.

»Ich hoffe doch nicht. Doch es sind mittlerweile drei Jahre vergangen. Vielleicht ist sie ja inzwischen gestorben.«

»Oder sie hat einen Weg gefunden, nach Hause zurückzukehren?«, sagte die jüngere Schwester.

»Sie würde uns nicht zurücklassen«, erwiderte die ältere in einem Ton, der darauf hindeutete, dass dieses Gespräch schon oft zwischen ihnen geführt worden war.

»Es ist mutig von Ihnen, allein hierherzureisen«, sagte die jüngere Frau.

»Oh, danke, aber ich bin nicht allein«, erklärte er. Der Unterhaltung langsam müde wollte er nach dem Koffergriff greifen, nur um festzustellen, dass er nicht mehr da war.

Verwirrt drehte er sich im Kreis, suchte zuerst den Boden, dann die Menge ausdrucksloser Gesichter um ihn herum ab. Doch Maryas Koffer war verschwunden. »Ich habe mein Gepäck verloren«, sagte er.

»Besorgen Sie sich ein gutes Seil«, empfahl die ältere Schwester und tätschelte seine bleiche Wange.

2

»Kluge Einkäufer werden in dem Markt schwelgen, der sich um den Fuß des Turms erstreckt. Scheuen Sie sich nicht, während des Feilschens weiterzugehen; ein kleiner Rückzug kann zu einem großen Schnäppchen führen.«

Allgemeiner Führer durch den Turm von Babel, I.IV

Senlin setzte sich auf einen Sandsteinfelsen in der Nähe des Fußes des Turms und aß die Pistazien, die er zum Frühstück gekauft hatte. Seine aufgesprungenen Lippen brannten. Kleine braune Vögel hüpften zwischen den Schalen umher, die er zu Boden fallen ließ, und pickten daran herum. Er erkannte die Art nicht. Einige Stunden zuvor hatte er eine Kelle Wasser gekauft, die so viel kostete wie ein Gläschen guter Brandy in Isaugh. Schon jetzt war er wieder durstig.

Er hatte ein kleines Notizbuch mitgenommen, um seine Eindrücke festzuhalten, wie jeder Amateuranthropologe dies wahrscheinlich tun würde, doch er hatte es noch nicht geöffnet, seit sie aus dem Zug ausgestiegen waren. Er wollte nichts von alldem hier festhalten. Seine aufgeschlagene Ausgabe des *Allgemeinen Führers* hing schlaff in seiner Hand. Ein unordentliches Bündel Damenunterwäsche lag neben ihm. Ihm war schwindelig vor Erschöpfung, seine Finger zitterten. Wenn er sich auf den sonnenwarmen Felsen zurücklegen und die Augen schließen würde, wäre er im Nu eingeschlafen. Genau deshalb tat er es nicht.

Zwei Tage waren vergangen, seit sie aus dem Zug ausgestiegen waren, zwei Tage, seit er das erste Mal den Turm durch die löchrigen

Sonnensegel gesehen hatte, zwei Tage, seit sie lachend weggegangen war auf der Suche nach einem Kleid. Irgendetwas Skandalösem.

Der Turm von Babel erhob sich vor ihm wie die Stufe eines riesigen Plateaus, ein steinernes Gesicht, das schier endlos vor ihm aufragte. Bis auf den bogenförmigen Eingang, hinter dem sich ein tief in den Schatten liegender Tunnel knapp hundert Meter entfernt erstreckte, wies der untere Bereich des Turms keine Fenster oder Vorsprünge auf. Weiter oben erkannte Senlin ein paar Auswüchse wie Dornen von einem alten Rosenbusch. Daran waren Luftschiffe befestigt, die Gondeln in der Entfernung klein wie Blattläuse. Lufthäfen, vermutete Senlin. Er hatte gelesen, dass die meisten Ebenen des Turms, auch Ringreiche genannt, über diverse solcher Anlegestellen verfügten. Wenn er mit Marya nur mit dem Luftschiff angereist wäre! Doch eine solche Reise war ungeheuer kostspielig, zwei Fahrscheine kosteten fast das Einkommen eines Jahres. Schlimmer war jedoch, dass er leicht an Seekrankheit litt. Die Einheimischen in Isaugh zogen ihn oft damit auf: Der Schuldirektor einer Fischerstadt kann die Glocke läuten, aber mit den Wellen kann er nichts anfangen. Er hatte seine Hochzeitsreise nicht damit beginnen wollen, über der Reling eines Luftschiffes zu hängen und die Landschaft unter ihm mit seinem Mageninhalt zu düngen. Außerdem war der Aufstieg zu ihrem Reiseziel, den Bädern, ein Teil des Abenteuers gewesen, und Marya hatte sich darauf gefreut.

Plötzlich kam ihm ein Gedanke, er schreckte auf und rutschte beinahe von dem Felsen. Die Papiertüte mit den Pistazien glitt aus seiner Hand und fiel zu Boden, die Früchte rollten in alle Richtungen über die rote Erde.

Noch bevor er sich versichert hatte, wusste er, dass es da sein würde, und trotzdem durchwühlte er seine Reisetasche, das Seitenfach, berührte Stifte, seine Kleiderbürste und unbeschriebene Postkarten, bis sich seine Hand schließlich um den Grund seiner Aufregung schloss. Er holte die beiden Zugfahrkarten heraus.

Er hatte ihr Ticket nach Hause.

Nur einen Moment lang war er von dem Verlust ihres Koffers verwirrt gewesen und hatte sich sofort auf die Suche unter den Händlern und Touristen gemacht. Doch ohne einen Anhaltspunkt, in welche Richtung die Diebe verschwunden waren, gab er bald auf. Er kehrte zu dem Karren zurück, beinahe sicher, dass es sich um dieselbe Sockenauslage handelte, bei der er bis vor Kurzem noch gestanden hatte, und verbrachte dort den ersten Nachmittag und dann die erste Nacht seiner Hochzeitsreise in Babel, allein und auf seinen Fußballen auf- und abwippend. Er war sich sicher, dass sie hierher zurückfinden würde. Er konzentrierte sich darauf, ausgeglichen zu sein, rational und sogar gelegentlich optimistisch. Das hier war keine besondere Unannehmlichkeit. Vielleicht war es ein Abenteuer von der Art, die die Urlaubserzählungen würzten. Sie würde sicher zurückkehren.

Doch im Lauf der ersten Nacht sah er, wie der erste Stand schloss, der zweite, der dritte, wie die Waren von Kamelen und Mauleseln auf Schlitten und Wagen weggefahren wurden. Neue Händler trafen ein. Neue Sonnensegel wurden gespannt, neue Tische und Karren aufgestellt, die den Gassen zwischen den Händlern ein neues Aussehen verliehen und sogar die Himmelsausschnitte über ihm veränderten. Jetzt wusste er, warum der *Allgemeine Führer* keine Karte des Marktes enthielt. Man könnte stattdessen genauso gut ein Diagramm des morgigen Sonnenunterganges zeichnen. Der Markt befand sich in ständiger Veränderung. Als sich der Sockenkarren, an dem er zu warten versprochen hatte, in einen Stand mit Öllampen verwandelt hatte, erkannte er, dass sie niemals den Weg zu ihm zurückfinden würde. Er konnte nicht einfach länger untätig herumstehen.

Am nächsten Tag begann er eine systematische Suche mit Ausgangspunkt in dem Seidenviertel des Marktes, in dem Marya verschwunden war. Er bewegte sich, so gut er konnte, in einer immer größer werdenden Spirale und kaufte bei diversen Ständen einen Seidenschlüpfer oder ein Paar Strümpfe, um die Aufmerksamkeit der Händler lange genug für die Frage zu fesseln, ob sie am vorherigen Tag eine Frau mit einem roten Tropenhelm gesehen hatten. Er war froh, Marya wenigstens einfach beschreiben zu können: eine Frau mit einem roten Hut. Sie war schlauer und vernünftiger gewesen, als er ihr zuerst zugestanden hatte. Nach einiger Zeit hatte er ein peinlich umfangreiches Bündel an Damenwäsche angesammelt, jedoch nichts über Marya erfahren. Die Kleiderstände verwandelten sich zu Töpferständen, die Tische mit Seide wurden von Geschirr und Steingut ersetzt.

Wo die Sonnensegel und Zelte größere Lücken ließen, kletterte er auf Fässer und Kisten, um die Menge nach seiner Frau abzusuchen, in der Überzeugung, dass sie so deutlich wie ein Kardinal auf einem Baum zu sehen wäre. Doch in dem Gedränge war es schwierig, überhaupt einen Menschen klar zu erkennen. Fast unbewusst führte ihn seine Suche näher an den Turm, der in weiterer Entfernung lag, als es auf den ersten Blick gewirkt hatte. Oder vielleicht hatte er sich auch nur weiter von ihm entfernt. Er konnte es nicht sagen.

Während die Stunden der zweiten Nacht verstrichen, wurde er immer unorganisierter, weniger kontrolliert. Er wanderte kopflos über den Markt und rief ihren Namen. Bei jedem roten Schimmer rannte er zwischen Ständen hindurch, drängte Verkäufer und Passanten zur Seite und rief atemlos: »Marya! Marya!«, nur um sich dann einem Mann mit einem roten Fez oder einem Jungen mit einer roten Papierlaterne an einem Stab gegenüber zu sehen, oder einer roten Decke unter einem Pferdesattel …

Er war es nicht gewohnt, Panik zu empfinden, und er wusste auch nicht, wie er sich beruhigen sollte, wenn die Verzweiflung ihn zu überwältigen drohte. Die Hochzeitsreise war ruiniert, so viel war sicher. Sie würden eine Geschichte voller Luxus für ihre Freunde erfinden, und er würde natürlich alles mit einem ruhigen Wochenende in einem ländlichen Cottage wiedergutmachen, doch für den Rest ihrer Ehe würde sie sich daran erinnern, wie furchtbar ihre Hochzeitsreise gewesen war. Ein ungünstiger Start für die gemeinsame Zukunft.

Überall fielen ihm Menschen auf, die mit Seilen aneinandergebunden waren, was die Fortbewegung durch die Menge erheblich erschwerte. Warum hatte der *Allgemeine Führer* dieses kleine bisschen Weisheit verschwiegen? *Bringen Sie ein gutes Seil mit.*

Senlin schob die Zugfahrscheine zwischen die Seiten des *Allgemeinen*

Führers und verfluchte sich, dass er so kurzsichtig gewesen war und beide Fahrkarten bei sich trug. Er fragte sich, ob sie über genug Geld verfügte, um sich ein neues Ticket zu kaufen, und rechnete kurz im Kopf nach. Er hatte vier Mina, sechzehn Schekel und elf Pence, und solange sie nicht ausgeraubt wurde, dürfte sie in etwa dasselbe bei sich haben. Eine Fahrkarte nach Isaugh würde selbst in der dritten Klasse mindestens sechs Mina kosten. Nein, sie hatte nicht mal annähernd genug Geld bei sich. Marya war hier gestrandet.

Ein dürrer alter Mann, glatzköpfig und mit nacktem Oberkörper, schwankte an Senlins Felsen vorbei, tief gebeugt unter einer schweren Last. Schwarze Bäche rannen seinen Rücken entlang, wo sich der Schweiß mit dem Kohlestaub aus seinem Sack mischte. Der alte Sklave hatte den Kopf tief gesenkt und sah nur die Absätze des gut gekleideten Touristen vor ihm. Beide gehörten zu einer Reihe von Reisenden, die auf den Eingang des Turms zusteuerten. Abgesehen davon war der Bereich um das Fundament bemerkenswert leer. Dieses Niemandsland erstreckte sich hundert Schritte vom Fuß des Turms. Senlin konnte sich keinen Grund für diese Brachfläche vorstellen, während der Markt hinter ihm vor Menschen aus allen Nähten platzte.

»Haben Sie sich verirrt?«, fragte ein junger Mann, der plötzlich neben dem Felsen aufgetaucht war.

»Warum fragen Sie?«, erwiderte Senlin. Der junge Mann blinzelte im Sonnenlicht, das dichte dunkle Haar glänzte vor Öl. Er hatte breite Schultern und war klein, mit der schmalen Taille eines Akrobaten, seine Haut von einem dunklen Olivton, gegen die sich die goldenen Flecken in seinen Augen abzeichneten.

»Die meisten Menschen halten sich nicht in den Randgebieten auf. Dieser Felsen, auf dem Sie sitzen …«

»Ist er heilig?«

»Nicht heiliger als ein Grabstein. Er ist vor ein paar Tagen herabgestürzt und auf einem Besucher gelandet.«

»Von wo herabgestürzt?«, fragte Senlin entsetzt. Der junge Mann deutete schweigend nach oben.

Senlin fühlte sich im Mittelpunkt der Aufmerksamkeit und ließ sich die glatte Oberfläche des Felsens hinuntergleiten. »Ich verstehe nicht«, sagte er, während er sich das Hinterteil abklopfte und das Jackett zurechtrückte. »Der Turm von Babel ist das sicherste Bauwerk der Welt. Er ist auf einem tiefen Fundament erbaut. Er wirft nicht einfach Felsen ab wie eine Eiche ihre Eicheln. Er ist ein Wunderwerk der Ingenieurskunst!« Senlin wedelte mit seinem *Allgemeinen Führer* in Richtung des jungen Mannes, als würde das Buch seine Aussage beweisen.

»Auf jeden Fall ist er ein Wunder. Doch manchmal lässt er eben auch ein kleines Wunder auf uns fallen«, erwiderte der junge Mann. »Es ist egal, ob etwas vom zweiten oder dem zweiundzwanzigsten Ring stürzt. Alles kommt auf demselben Boden auf: den Randgebieten. An Ihrer Stelle würde ich hier nicht mein Zelt aufstellen.«

Diese Entdeckung passte in keiner Weise zu Senlins Recherchen und auch nicht zu dem, was er seinen Schülern über den Turm beigebracht hatte, sein immerwährendes Lieblingsthema. Er skizzierte den Turm und das Netzwerk aus Gleisen, das von ihm ausstrahlte. Er referierte die düstere Geschichte des Turms und die ehrwürdigen Historiker, die über sein Alter diskutierten, die ursprünglichen Architekten, die Machenschaften im Inneren und seinen Zweck. Er erzählte den Schülern sogar von den Bädern, die berühmt für ihre therapeutischen Quellen waren und zu denen er Marya hatte bringen wollen. »Ich habe Dutzende Abhandlungen über den Turm gelesen und noch nie von den Randgebieten gehört.«

»Vielleicht sind Ihre Bücher veraltet.« Der junge Mann wurde wieder ernst, als Senlin sein Lächeln nicht erwiderte. »Ich heiße Adamos Boreas. Nennen Sie mich Adam.« Senlin schüttelte die starke Hand des jungen Mannes und stellte sich ebenfalls vor. Der erwachsene Tonfall und das Selbstbewusstsein seines Gesprächspartners waren etwas entwaffnend. Auch wenn sein Bart noch sehr flaumig und lückenhaft war, schien Adam durchaus erwachsen zu sein. »Ich vermute, Sie handeln mit Seide.« Adam nickte zu dem Bündel aus Damenwäsche, das immer noch auf dem morbiden Felsen lag. Schwarze Seidenstrümpfe baumelten herunter.

Senlin packte verwirrt das Bündel, und seine Verlegenheit wurde nur noch durch seine Antwort gesteigert: »Die sind für meine Frau.«

»Wo ist Ihre Frau denn?«, fragte Adam und reckte suchend den Hals.

Senlins Zunge war so trocken und steif wie ein Ledergürtel. Er glaubte, würgen zu müssen, wenn er zu schlucken versuchte. Er würde ein Vermögen für etwas zu trinken geben, doch schlimmer als sein Durst war das Eingeständnis, das in seiner geschwollenen Kehle drängte. Er fühlte sich wie an seinem ersten Tag vor einer Klasse: wie ein Betrüger. Was für ein Ehemann verliert seine Frau?

Er schob sich das Wäschebündel unter den Arm, bedachte Adam mit einem traurigen Lächeln und sagte: »Seltsam, dass Sie meine Frau erwähnen. Ich scheine sie verloren zu haben.«

3

»Der kluge Reisende wird sich nach dem breitesten, am meisten begangenen Weg richten, sich am Verhalten seiner Mitreisenden orientieren, ein Echo sein, aber nicht selbst seine Stimme erheben. Es ist gefährlich, sich seinen eigenen Weg zu bahnen, wenn die Richtung doch bereits klar vorgegeben ist.«

Allgemeiner Führer durch den Turm von Babel, I. VI

Die Koje in ihrem Schlafwagen war kaum breit genug gewesen, dass sie beide gleichzeitig darauf liegen konnten. Sie mussten sich dicht Schulter an Schulter drängen, die Decke kaum eine Armlänge über ihnen. Das Mondlicht zuckte in regelmäßigen Abständen durch das Fenster, wenn sie durch die Kiefernhaine fuhren, der Waggon schwankte leicht und beruhigend.

Senlin war in jeder Hinsicht unvorbereitet auf die Ehe. Er verfügte weder über die Vorstellungskraft noch die emotionale Wärme, die Intimität voraussetzte. Er lag auf dem Rücken wie ein gestrandeter Fisch, ein Stör, der nach dem Wasser lechzte. Der Mond schien, der Waggon schaukelte wie eine Wiege, nur er und seine Frau – so viel Romantik, wie ein Mann sich nur wünschen konnte, und was tat er? Ertrank in den Möglichkeiten.

Marya lag neben ihm, aufgestützt auf einen Ellbogen, und betrachtete ihn, wie er vorgab, mit offenen Augen zu schlafen. Sie legte einen Finger an seine Wange, zog seinen Mundwinkel zur Seite wie mit einem Angelhaken, versuchte, ihm eine Reaktion zu entlocken. Sie zupfte an seinem Ohrläppchen, biss leicht in seine Schulter und hauchte ihren warmen Atem an seinen Hals. Er lag weiterhin nur da, verzog manchmal das Gesicht, reagierte aber sonst nicht.

»Sag mir, Tom, wie tief ist der Brunnen unter dem Turm?«

Senlin schluckte und antwortete krächzend: »Fast zwei Kilometer, soweit ich mich erinnere.«

»So viel! Wenn der Brunnen breit genug wäre, um den Turm …«

Senlin unterbrach sie stotternd. »Unmöglich. Er würde einstürzen, wenn …«

Marya fuhr beharrlich fort, ihr Wispern kaum hörbar: »Wenn er breit genug wäre, wäre der Turm hoch genug, um ihn auszufüllen?«

Er dachte darüber nach. »Ich vermute, es wäre möglich, wenn es sechzig Ebenen zu je hundert Fuß Höhe sind …«

»Ist es möglich?«, fragte sie, den Mund nahe an seinem errötenden Ohr.

»Möglich«, bestätigte er. Das Mondlicht schien in ihr Abteil, unterbrochen von den an ihnen vorbeiziehenden Espen, der Waggon schwankte sanft hin und her und brachte sie immer weiter weg von vertrauten Dingen.

Der dunkelhaarige junge Mann neigte den Kopf, entweder aus Respekt oder vor Verlegenheit wegen Senlins offensichtlicher Überwindung, sein Malheur einzugestehen. Der Schuldirektor hatte den Hals derart gestreckt, dass die Sehnen deutlich hervortraten. »Wenn es Sie tröstet, Sie sind nicht der Erste, der jemanden verliert.«

Senlin hielt Adam für einen Einheimischen oder vielleicht einen Besucher, der vor so langer Zeit eingetroffen war, dass er mittlerweile als Immigrant galt. Für einen Touristen wusste er zu viel. »Ich hatte gehofft, sie würde hier vorbeikommen. Sie haben nicht zufällig eine Frau mit einem roten Tropenhelm gesehen?«

»Das ist keine besonders exakte Beschreibung.«

Das war das erste Mal, dass man ihn ermunterte, mehr über seine verschwundene Frau zu sagen. All seine bisherigen Nachforschungen waren mit wegwerfenden Gesten bedacht worden, einer Handbewegung oder einem oberflächlichen Schulterzucken. Auch wenn ihm nicht wohl dabei war, siegte die Hoffnung über sein Bedürfnis nach Diskretion. Er zwang sich, seine Frau ausführlicher zu beschreiben. »Sie hat etwa Ihre Größe. Schlank mit kastanienbraunem Haar, helle Haut. Hübsch.«

»Kein Gepäck?«, fragte Adam, und Senlin schüttelte den Kopf. »Etwa in Ihrem Alter?«

Senlin zögerte. »Jugendlicher.« Ein kleiner Vogel mit dunklem Schwanz flatterte zwischen die beiden Männer und begann ungerührt an den verstreuten Pistazien zu picken. »Das ist ein Schwarzschwanz«, sagte Senlin. Er war dankbar für die momentane Ablenkung. »Eine sehr zielbewusste Spezies, was ich gelesen habe. Haben vor kaum etwas Angst.«

Wie um den Vogel auf die Probe zu stellen, schob Adam seinen Fuß in seine Nähe. Das Tierchen hüpfte auf die Stiefelspitze und weiter in den roten Sand. Adam schnaubte vor Belustigung. »Sind Sie ein Vogelbeobachter?«

Senlin schüttelte den Kopf. »Nur ein Sesselnaturalist. Bisher habe ich noch nie einen in echt gesehen.« Er spürte, wie ihn der junge Mann von oben bis unten musterte.

»Ich schätze, Sie haben unser kleines Schwarzes Brett bereits aufgesucht«, sagte Adam Boreas schließlich und fügte als Erklärung auf Senlins fragenden Gesichtsausdruck hinzu: »Wo die Verschollenen Nachrichten hinterlassen.«

Senlins Miene erhellte sich. Natürlich! Sicher hatten bisher schon unzählige Menschen ihre Begleitungen verloren. Er war nicht der Erste, der nach jemandem suchte. Es war völlig logisch, dass es einen Treffpunkt gab, an dem man sich wiederfinden konnte. »Würden Sie mich dorthin bringen?«

»Das werde ich«, sagte Adam, »aber es wird nichts helfen.«

»Das lassen Sie mal mich entscheiden. Bitte«, sagte Senlin und verstaute den Reiseführer in seiner Tasche. »Gehen Sie voran.«

Als er Boreas zum Fuß des berghohen Turms folgte, fühlte Senlin kurzzeitig Hoffnung in sich aufkeimen. Die Bereitwilligkeit, mit der Adam seiner Aufforderung nachgekommen war, erinnerte ihn daran, wie seine Befehle im Klassenzimmer angenommen wurden. Vielleicht war er doch nicht so unfähig.

Die Randbereiche waren so ausgedörrt wie eine Salzebene, flach wie ein Bügeleisen und beinahe so heiß. Die Sonne schien sowohl vom Himmel als auch von der Erde zu brennen.

Als Senlin den Turm durch ihr schwankendes Zugfenster zum ersten Mal entdeckt hatte, vor vielen Meilen, hatte er wie ein schwarzer Kratzer auf der blauen Linse des Himmels ausgesehen. Jetzt wirkte er, als habe sich die Erde zusammengeballt und wider jegliche Schwerkraft in die Höhe geschraubt. Der Markt fand daher in zweierlei Nacht statt – die natürliche Nacht der Erde und die Düsternis im Schatten des Turms. Sie hatten Glück, sich dem massiven Bauwerk im Sonnenlicht zu nähern, auch wenn sein Schatten wie die Hand einer monströsen Sonnenuhr immer näher kroch. Bereits in wenigen Minuten würde die Turmnacht sie eingeholt haben.

Boreas führte ihn an die Seite des Eingangs, wo sich das Gedränge ein wenig lichtete. Entlang der Rundung des Turmfundaments lehnten und knieten Menschen an der Mauer, die Gesichter an den Stein gelegt, wie Pilger, die zu einem Schrein beteten. Die Mauer war übermannshoch mit Zetteln und Papierstücken bedeckt, in mehreren Schichten und verschiedenen Graden der Vergilbtheit. Sie bildeten eine Papiermaché-Hülle um die riesigen Granitblöcke.

»Haben diese Menschen keine Angst, von einem herabstürzenden Stein erschlagen zu werden?«, fragte Senlin und deutete auf die Lesenden.

»Manche Bedürfnisse sind stärker als die Angst«, erwiderte Boreas.

Erst nach einem Moment erkannte Senlin, dass die unzähligen Nachrichten das Schwarze Brett des Turms darstellten. Er vermutete, dass Boreas ihn beobachtete und seine Reaktion abwartete, weshalb er trotz sinkender Hoffnung die Schultern straffte und das Kinn in seine Lehrposition anhob. »Es ist nur logisch, dass so viele hier sind. Ich schätze, die Wand führt um den ganzen Turm herum?«

»Ich bin noch nicht ganz herumgegangen, aber ich vermute es«, sagte Adam.

»Natürlich. Und all diese Menschen, die der Gefahr von oben trotzen, sind auf der Suche nach Nachrichten von geliebten Menschen.« Senlin beugte sich vor und las einen der neuer aussehenden Zettel. Die zarte Schreibschrift deutete auf eine gute Bildung des Verfassers hin. Der Text lautete: »Robert, ich werde mich allein nach Hause aufmachen. Folge mir. In Liebe, Mrs. K. Proffet.« Die nächste Nachricht war mit Bleistift und sehr viel ungelenker geschrieben: »Meine liebe Lizzy, ich warte jeden Tag um zwölf Uhr mittags am Eulentor auf dich. Ich stehe unter deinem gelben Sonnenschirm. Dein dich liebender Ehemann Abraham Weiss.« Auf der nächsten Nachricht stand einfach: »Hu Lo, ich gebe dich frei für dein neues Leben. Such mich nicht. Jie Lo.«

Senlin las eine Botschaft nach der anderen, bewegte sich von einem gebrochenen Herzen oder einer Hoffnungsäußerung zur nächsten. Wie ein Zwang war das Bedürfnis, sich durch die Nachrichten zu arbeiten. Die nächste könnte von Marya sein. Oder die übernächste.

Doch schließlich musste er erkennen, dass er den Rest seines Lebens mit dem Lesen der Botschaften an der Mauer verbringen konnte und dennoch niemals ein Lebenszeichen von Marya finden würde. Das vielleicht nicht einmal existierte oder möglicherweise existiert hatte, jetzt aber unter dem Schreiben einer anderen verzweifelten Seele verborgen war.

Die Inhalte der Botschaften brachten ihn zu einer viel beunruhigenderen Erkenntnis. Zum ersten Mal kam ihm der Gedanke, dass ihre Trennung mehr als nur eine Unannehmlichkeit sein könnte. Vielleicht fand er Marya nie wieder. Sie könnte sterben, den Elementen ausgesetzt, an einer Krankheit oder durch Gewalteinwirkung. Sie würde vielleicht ein anderes Leben führen, die Frau eines anderen Mannes werden, eines jüngeren Mannes … eines Mannes, der sie nicht so schnell verlieren würde. »Nutzlos«, sagte er.

In der Annahme, er beziehe sich auf die überwältigende Größe des Schwarzen Brettes, sagte Boreas: »Ich habe auch schon nicht gerade wenige Stunden an dieser Wand verbracht.«

»Sie haben jemanden verloren?«

»Meine Schwester Voleta.«

»Wann?«

»Vor zwei Jahren und einem Monat.«

»Ach herrje.« Senlin hatte das Gefühl, gleich ohnmächtig zu werden. Seine Knie gaben nach, und er kauerte sich an die Turmmauer. »Was ist mit den örtlichen Behörden, den Beamten der Justiz? Wer hat Polizeigewalt über den Markt?«

»Es gibt ein paar Wachtmeister, die herumlaufen. Ab und zu sieht man einen Mann in einer Khakiuniform. Doch meistens sind es keine offiziellen Polizisten, sondern Verbrecher, die die Uniform gestohlen oder gekauft haben. Selbst die echten Wachtmeister können Betrüger sein. Ich kenne einige Männer, die von ihnen verprügelt und ausgeraubt wurden.« Adam rieb sich den Nacken und enthüllte dabei eine runde Narbe am Unterarm. Ein perfekter Kreis, wie mit einem Zirkel gezogen.

»Wird der Turm überhaupt nicht regiert?«

»Im Inneren ist es ein wenig besser, vor allem in den höheren Ebenen. Es gibt viele Ringreiche, in denen die eine oder andere Partei das Gesetz in die Hände genommen hat.«

Eine Frau mit tiefen Augenringen und abwesendem Blick, die die Wand neben Senlin abgesucht hatte, begann nun die Nachrichten über seinem Kopf zu lesen, als wäre er gar nicht da. Er musste um sie herumkriechen, um wieder auf die Beine zu kommen. Der völlig leere Gesichtsausdruck der Frau hätte das Werk eines Hypnotiseurs sein können. Doch das Gefühl des Mitleids mit ihr wandelte sich rasch zu Entschlossenheit. Er musste die Benommenheit abschütteln, die ihn seit Maryas Verschwinden befallen hatte. Die letzten Tage war er mit einem für ihn untypischen Mangel an Überlegung herumgerannt. Anfangs hatte er die Situation nicht ernst genug genommen, und dann hatte er die Panik seinen Weg bestimmen lassen. Wenn er Marya finden wollte, dann musste er sich auf seinen Verstand verlassen, sein Talent zur Beobachtung und Analyse. Er war nicht so hilflos wie die arme Frau, die ihr Leben damit zubrachte, die Schriften der Verdammten zu studieren. Mit seinem Verstand wusste er sich zu helfen. Der Mut dazu würde noch kommen. Jetzt musste er erst einmal nachdenken.

Wie hätte Marya nach dem ersten Schock wohl reagiert? Ohne ihre Fahrkarte nach Hause würde sie sich allein zwischen den Händlern und Dieben durchschlagen müssen. Natürlich würde sie nach einem sichereren Ort suchen. Sie war nicht völlig mittellos, schließlich hatte sie noch das Geld, das in ihren Rockbund eingenäht war – keine überwältigende Summe, doch genug für Verpflegung und ein Dach über dem Kopf. Auf dem Markt gab es keine dauerhaften Unterkünfte, und er bezweifelte, dass sie sich ein Zelt mieten würde. Logisch wäre daher, wenn sie sich in den Turm begeben würde, natürlich in dem Wissen, dass sie auf der dritten Ebene, in den Bädern, logieren wollten. Sie hatten sich noch nicht für ein bestimmtes Hotel entschieden, da man aus einem so entfernt liegenden Dorf wie Isaugh keine Reservierungen tätigen konnte, doch sie würde ohne Probleme ein Zimmer finden. Was hatte sie noch gesagt, bevor sie sich getrennt hatten? *Wir treffen uns an der Spitze des Turms.* Waren nicht die Bäder ihr gemeinsamer höchster Punkt? Waren sie nicht ihr Reiseziel? Adams Auskunft, dass der Turm organisierter und besser verwaltet war als der Markt, gab Senlin neue Hoffnung.

Ihm blieb nur eines zu tun: seiner Frau zu folgen, die ihm garantiert vorausgegangen war.

»Mr. Boreas, Sie scheinen sich gut auf dem Markt auszukennen. Wie vertraut sind Sie mit den Ringreichen des Turms?«

»Die unteren vier kenne ich sehr gut.«

»Mehr brauche ich nicht. Wären Sie willens, einen Tag oder zwei Ihr Wissen mit mir zu teilen? Ich würde Sie auch für Ihre Zeit entschädigen.«

»Die Arbeit käme mir sehr gelegen, wie ich zugeben muss.«

»Können Sie gleich anfangen?«

»Einen Moment noch, bitte.« Boreas holte ein leuchtend weißes Stück Papier aus seiner Tasche und entfaltete es.

Als er es an der Mauer befestigte, konnte Senlin nicht umhin, die deutlichen Blockbuchstaben zu lesen. »Voleta: Rettung naht. Adam.« Boreas bemerkte Senlins Blick und sagte mit ironischem Lächeln: »Eine abergläubische Angewohnheit.«

Senlin versuchte, nicht herablassend zu lächeln, doch ihm kam es wie eine Schwäche vor, ein Zwang, den Boreas fälschlicherweise für Hoffnung hielt. Er wollte gerade einige hilfreiche Bemerkungen zu den Vorzügen des Pragmatismus machen, als sie von Schreien unterbrochen wurden, die aus der Ferne zu ihnen drangen. Schon bald wurde daraus ein ganzer Chor. Senlin drehte sich gerade rechtzeitig um, um etwas herabstürzen zu sehen, das so groß wie eine Scheune war. Mit einem lauten Donnern kam es auf dem Erdboden auf, inmitten der Menschenmenge.

4

»Die Gemeinschaft der Reisenden wird greifbarer, je mehr man sich dem Turm nähert. Seien Sie nicht überrascht, wenn Sie von einer spontanen Parade mitgerissen werden.«

Allgemeiner Führer durch den Turm von Babel, II.XIV

Die Wolke aus rotem Staub hüllte sie so schnell ein, als würden sie hineinfallen. Senlin schützte sein Gesicht gerade noch rechtzeitig, bevor Splitter und Kiesel auf ihn einprasselten. Ein Stück Schrapnell traf durch seine gespreizten Finger hindurch seine Wange. Rasch legte er seine Hand auf die Stelle, als ihn Schmerz durchzuckte. Die Trümmer flogen überall umher, gegen seine Haut, gegen den Turm. Eine Reihe hohler Schläge ließ die Erde vibrieren und erzittern wie bei einem Meteorenschauer.

Als er es wagte, in die Schwaden aus rotem Sand zu blinzeln, sah er nicht weiter als bis zu seiner Hand. Das Blut an seinen Fingern verwandelte sich schon bald in Schlamm. Kurz darauf änderte der Hagelsturm seine Richtung und traf die Menschen nicht mehr von der Seite, sondern von oben, bedeckte Köpfe und Schultern mit Schotter.

Adam tauchte aus dem sandigen Nebel neben Senlin auf und hustete in seine Armbeuge. Er wirkte erschüttert, aber nicht verletzt. Senlin zog sich den Aufschlag seines Cordjacketts über Mund und Nase und versuchte so, inmitten des sich langsam auflösenden Sandnebels Luft zu holen. Die Schreie, die während des Aufpralls verstummt waren, flammten wieder auf, hatten jedoch ihren Ton geändert. Angst und Überraschung wurden von Aufregung, Eifer und … Entzücken abgelöst. Eine

Windböe zerstreute die rote Wolke und enthüllte das Wrack, das kaum einen Steinwurf von ihnen entfernt auf der Erde lag.

Ein Großteil des Wracks war in zerfetzte Seide gewickelt, die sich wie Spinnweben im Wind blähte. Als die Sicht klarer wurde, machte Senlin ineinander verschlungene Gliedmaßen aus: eine schlaff an einem gebrochenen Gelenk baumelnde Hand, ein Knie, das unnatürlich unter einem verdrehten Fuß gebogen war, ein Mann, dessen Rückgrat wie der Rücken eines Buches gebrochen war; sein Hinterkopf ruhte zwischen seinen Fersen. Die Aufpralle, die er gehört hatte, waren keine fallenden Sterne gewesen, sondern zum Tode verurteilte Luftfahrer.

Senlin liebte auf der Welt nichts mehr als einen warmen Ofen, auf dem er seine Füße ablegen, und ein gutes Buch, in das er sich völlig vertiefen konnte. Während ein abendlicher Sturm an den Fensterläden rüttelte und ein Glas Portwein seine Hand wärmte, las er bis in die frühen Morgenstunden. Besonders erfreute Senlin sich an den alten Sagen, den Epen, in denen sich die Helden zu einer unmöglichen und noblen Mission aufmachten und sich den Gefahren auf ihrem Weg mit fatalistischem Mut entgegenstellten. Oft starben die Männer dabei, wurden auf brutale und unnatürliche Weise getötet; sie wurden von Kriegsmaschinerien massakriert, von Rössern niedergetrampelt und von ihren erbarmungslosen Feinden in Stücke gerissen. Ihre Tode waren großspurig und lyrisch und immer sehr viel romantischer als im echten Leben. Der Tod war nicht das Ende. Er war eine Ellipse.

Die Szenerie vor ihm hatte jedoch nichts Romantisches an sich. Hier gab es keine Ellipsen. Die Leichen lagen auf dem Boden wie gebrochene Ausrufezeichen.

Das Wrack war einmal ein Luftschiff gewesen, die verdrehten Körper die Mannschaft. Senlin wusste nicht, was den Absturz verursacht hatte, doch er wusste mit absoluter Sicherheit, dass erst Minuten zuvor noch ein anmutiges Luftfahrzeug den blauen Himmel durchkreuzt hatte.

Während er diese morbiden Gedanken hegte, wurde das Wrack von Marktbesuchern geentert. Korpulente Händler und steifbeinige

Soldaten krochen durch die gesplitterten Rippen des Schiffsrumpfes und durchwühlten die Ladung. Gut gekleidete Männer mit gebürsteten Bowler-Hüten und Frauen mit Urlaubskleidung folgten dicht dahinter, von der Aussicht auf fette Beute in die Randbereiche gelockt. Die Schreie, die Senlin gehört hatte, waren keine Hilfe- oder Trauerrufe gewesen, sondern dienten rein der Besitzergreifung: »Meins!« »Ich habe es zuerst gesehen!« »Ich hatte es vor dir in der Hand!« Die Meute räumte das Wrack mit der Effizienz von Krabben ab, die die Gräten eines gestrandeten Fisches säuberlich abnagen. Manche rannten mit Armvoll von Seide davon, der unteren Hälfte eines Getreidefasses, einem aufgerollten Seil, einer eisernen Kanonenkugel, einem verbogenen Messingaffen oder einem Paar Stiefel. Dann kamen Männer mit Brecheisen und bargen Planken, Reling, Klappen und sogar eine wundersamerweise unbeschädigte Scheibe Buntglas.

Senlin konnte den Blick nicht abwenden, auch wenn ihm das Geschehen Übelkeit verursachte. Solch Barbarei am Fuß des Turms von Babel schockierte ihn. Solch Verzweiflung! Am liebsten hätte er die Plünderer gezwungen, sich in ordentlichen Reihen vor ihn zu setzen und sie an ihre Menschlichkeit erinnert. Schlechte Zeiten wurden niemals dadurch besser, dass man seine Grundsätze aufgab!

Nach wenigen Minuten war von dem Unglück nur noch ein Krater übrig, eine feine Staubschicht sowie die beinahe nackten Leichen der Mannschaft.

Und dann breitete sich der Schatten des Turms über sie, als würde ein Vorhang vor diesen schändlichen Anblick gezogen.

Senlin schauderte in der Düsternis, als die Turmnacht anbrach. Er räusperte sich und wandte sich an Adam, dessen Umriss er im rasch schwindenden Sonnenlicht gerade noch erkennen konnte. »Wer wird sie beerdigen?«, fragte er, während er vorsichtig die mit Staub verklebte Wunde an seiner Wange berührte.

»Die Geier«, erwiderte Adam grimmig. »Wir sollten gehen. Der Weg ins Untergeschoss ist nicht gerade kurz.« Er zog den Ledergürtel aus seiner Segeltuchhose und formte eine kleine Schlinge, die er sich um das Handgelenk legte. Das andere Ende des Gürtels reichte er Senlin. Leicht verärgert ergriff dieser die Behelfsleine. »Halten Sie sich fest. Der Weg ist eng.«

Er folgte Adam wie ein verschlafener Hundeausführer oder wie ein verschlafener Hund. Als er einen Blick über die Schulter warf, sah er die Frau mit den dunklen Ringen unter den Augen, wie sie einen Kerzenstummel aus ihrer Kleidtasche zog. Sie zündete ein Streichholz an, entflammte den Docht und las im gelblichen Licht der Kerze weiter die Anschläge der Verlorenen.

Drei Monate zuvor hatte Senlin vor seiner Klasse gestanden und mit einem winzigen Kreidestück zwischen den Fingern eine Zeichnung des Turms von Babel vervollständigt.

Die Schule war ein fensterloses Haus mit großen Giebeln und befand sich auf Blöcken am Ende von Isaughs Hauptstraße. Jedes Frühjahr wurde das Schulhaus weiß wie eine Braut gestrichen, und jedes Jahr entkleideten es die Elemente an der Küste aufs Neue. Senlin liebte jeden Knoten in jedem Brett dieses zugigen, undichten Hauses.

Er trug seinen langen schwarzen Mantel und enge schwarze Hosen – seine Uniform und gleichzeitig seine liebste Kleidung. Seine Stimme füllte den Raum bis zu den hohen, freiliegenden Dachsparren. Auf dem mittleren Balken nistete ein Vogel. »Am Fuß des Turms von Babel sind die Mauern eine Viertelmeile dick«, dozierte er. »Was bedeutet, dass die Turmeingänge – davon gibt es acht – die Besucher durch eine Viertelmeile massives Gestein leiten müssen.« Er drehte sich mit wirbelnden Rockschößen auf dem Absatz um und musterte die vier Reihen alter Zederntische vor ihm. Seine derzeitigen Schüler waren wie üblich mit gestrafften Schultern und müden Augen dasitzende Jungen und Mädchen im Alter von acht bis sechzehn. Er tippte mit dem Kreidestummel gegen seine Schläfe. »Stellt euch das vor. Ihr kommt nach Hause, öffnet die Haustür und müsst dann noch fünfhundert Schritt gehen, bis ihr auch nur in der Diele seid. Das ist eine ganz schön große Schwelle! Und dann seid ihr erst im ersten Ringreich des Turms.«

Als sie nicht mit der Überraschung reagierten, die das Thema seiner Meinung nach verdiente, rief er den Jungen in der letzten Reihe auf, Colin Weeks, der vor Müdigkeit beinahe schielte. »Mr. Weeks, könnten Sie der Klasse bitte in Erinnerung rufen, was ein Ringreich ist?«

Aus seiner Träumerei gerissen zuckte Colin nach vorne und stieß mit seinem Bauch gegen die Tischklappe, worauf er ein leises Stöhnen von sich gab. Stühle knarrten, als die anderen Schüler die Köpfe zu ihm drehten. Die Rauchschwalbe über ihnen trällerte unpassend.

»Miss Stubbs, ich nehme an, dass Sie die Hausaufgabe gelesen haben. Können Sie Ihrem Mitschüler helfen?«, sagte Senlin und wandte sich an ein Mädchen mit spitzer Nase, die wie eine stolze Galionsfigur in der ersten Reihe saß.

»Ja, Mr. Senlin. Die Ebenen des Turms werden Ringreiche genannt, weil sie wie kleine runde Königreiche aufgebaut sind«, erwiderte sie mit schneidender, aber intelligenter Stimme. »Sie sind wie die sechsunddreißig Staaten von Ur, jedes auf seine Weise einzigartig, doch statt nebeneinander zu liegen, sind die Ringreiche übereinander aufgebaut, wie die Schichten einer Geburtstagstorte.« Die Klasse kicherte bei ihrer spontanen Analogie, erheitert von der Vorstellung des großen Turms von Babel als mehrlagiger Kuchen.

»Genau. Und hat der Turm von Babel einen König?« Senlin wischte sich den Kreidestaub von den Handflächen.

»Der Turm verfügt über verschiedene Monarchien, Demokratien und auch Bürokratien«, antwortete das Mädchen. »Er ist wie eine Hackfleischpastete – voller exotischer Zutaten.« Wieder lachte die Klasse, und dieses Mal verzog auch Senlin die Lippen zu einem schmalen Lächeln, worauf die eifrige Ms. Stubbs errötete.

»Sehr gut, auch wenn ich mich bei Ihren Analogien frage, ob Sie gerade ein wenig Hunger haben.« Er presste die Lippen aufeinander und ging an der Tafel entlang, die mit Gleichungen und korrigierten Knittelversen sowie einem Querschnitt durch die unteren Ebenen des Turms bedeckt war: das Untergeschoss, der Salon, die Bäder. »Natürlich wissen wir nicht, wie viele Ringreiche es insgesamt gibt, weil dazu keine verlässlichen Dokumentationen existieren. Die ständigen Wolken um seine Spitze machen eine Zählung vom Boden aus unmöglich.«

»Warum fliegt man nicht mit einem Luftschiff nach oben und hisst die Flagge von Isaugh?«, ertönte eine Stimme aus der mittleren Reihe.

»Eine gute Frage …« Senlin reckte den Hals, um zu sehen, wer sich da zu Wort gemeldet hatte. »Mr. Gregor. Doch sehen Sie es einmal so: Ich weiß, dass Sie ein kleines Ruderboot haben, ich habe gesehen, wie Sie das ganze Wochenende damit in der Bucht gerudert sind. Was würde passieren, wenn Sie Ihr Boot auf den besten Slipplatz im Hafen ziehen würden? Sie wissen, welchen ich meine, der direkt in der Mitte, der so breit wie ein Schulhof ist.«

»Der alte Captain Cuthbert würde seinen Anker darauf fallen lassen!«

»Warum?«

»Weil es seine Anlegestelle ist!«, rief der Junge und warf entnervt die Hände in die Höhe.

»Genau. Und wenn Sie mit Ihrem Boot über das Niromeer ruderten, zu einem exotischen Hafen, der von Festungen und Gewehren und einer Flotte von Kriegsschiffen bewacht wird, wie würde man Sie da wohl empfangen? Was, wenn ihnen der Anblick eines jungen Herumtreibers wie Ihnen in seinem Ruderboot nicht gefiele?« Der Junge lächelte und schnaubte, während er die Arme verschränkte. »So ist es wohl auch mit dem Turm, Mr. Gregor. Man kann nicht erwarten, dass einen jeder Hafen mit offenen Armen empfängt.«

Er beendete den Unterricht für den Tag. In der Garderobe zogen sich die Schüler ihre Stiefel an und unterhielten sich fröhlich. Draußen regnete es, wie so oft im Frühling. Das Wasser gurgelte unter den Dielenbrettern des Schulhauses und erfüllte das Klassenzimmer mit dem Geruch nach Erde. Seine Schüler wussten sehr gut, dass sie die Tür auf dem Weg nach draußen nicht zuschlagen durften, doch sie verließen das Haus dennoch übermütig. Nicht einmal der kalte Regen konnte ihre Erleichterung dämpfen, für den Tag in die Freiheit entlassen zu sein.

Sie wussten nicht, dass auch er diese Freiheit genoss.

Träumerisch wischte er die Kreide von der Tafel, darunter auch die

Zeichnung des Turms von Babel, und stellte sich vor, er stünde an Deck eines Luftschiffes, das den Turm umkreiste, ein Fernglas ans Auge gedrückt …

Er verzog verärgert das Gesicht. Nein, der Stör würde niemals zu einem Vogel werden.

Das harte Leder von Adams Gürtel verursachte Blasen an Senlins Hand, und trotzdem griff er noch fester zu.

Der Weg war tatsächlich eine Viertelmeile lang, hatte ansonsten aber nichts mit Senlins Fantasie gemein. Er hatte einen sorgfältig angelegten Gang sowie eine geordnete Passage erwartet. Stattdessen fand er sich in einem Tunnel wie einem Minenschacht wieder. Es gab keine Gehwege oder Geländer. Die hineingehenden Menschen drängten gegen die, die den Turm verließen, wie Schafe auf einer Brücke.

Touristen, Händler, Schurken und Wanderer stießen ihn von allen Seiten an. Man trat auf seine Zehen, seine Fersen, und seine Ellbogen waren schon ganz taub von den vielen Kollisionen. Qualm und Ruß aus gelegentlichen Öllampen brannten wie schwarzer Pfeffer in seinen Augen. Er bekam kaum Luft. Der Qualm wogte wie ein an der Decke verlaufender Fluss entlang der eisernen Sparren über ihnen. Das gestresste Brüllen der Packtiere, die starrsinnigen Befehle des Mannes, der sie antrieb, und das Schluchzen einer überforderten jungen Frau hallten von den Tunnelwänden wider, bis Senlin am liebsten schreiend davongelaufen wäre.

Doch er hatte keinen Platz, um wegzulaufen, und Luft zum Schreien hatte er auch nicht.

Die Erfahrung war so schrecklich und so entgegengesetzt zu seiner Vorstellung des Turms, dass er sich während des chaotischen Gewaltmarsches davon überzeugte, dass es sich hier um eine Anomalie, einen Zufall handeln müsse. Vielleicht war er in ein jährliches Festival hineingeraten, oder eine Stück Mechanik verweigerte den Dienst, wie ein Ventilator oder ein Regulator. Vielleicht hatte er den Turm auch über den Dienstboteneingang betreten.

Nach zwei Tagen schlafloser Panik erschöpften ihn der Marsch und die schlechte Luft rasch. Als der Druck der fremden Leiber abrupt nachließ und die Luft etwas angenehmer wurde, wusste Senlin, dass sie endlich im ersten höhlenartigen Ringreich des Turmes angekommen waren, auch wenn er wegen des Rauchs in seinen Augen wenig von seiner Umgebung erkennen konnte. Er stolperte mit tränenverschleiertem Blick über Kopfsteinpflaster und stürzte halb blind auf ein zitterndes Knie. Noch immer hielt er sich an seiner Rettungsleine in Form von Adams Gürtel fest wie ein Bergsteiger, der den letzten Anstieg überwunden hatte und nicht fassen konnte, dass er am Gipfel angekommen war.

Doch natürlich hatte er den Gipfel noch nicht erreicht. Er hatte sich nur einen Weg zum Fuß des Turmes gebahnt. Hier begann der Aufstieg erst.

5

»Der Brunnen des Turms produziert Wasser, das für seine Klarheit und Frische berühmt ist. Diese reine Zutat verleiht dem örtlichen Bier seinen viel gepriesenen Geschmack.«

Allgemeiner Führer durch den Turm von Babel, III.II

Senlin wachte in einer düsteren Kammer von einem fürchterlichen Schrei auf. Verängstigt und ohne Orientierung sprang er von der wackligen Pritsche auf, auf der er gelegen hatte. Die Kiefernbretter knarrten und vibrierten unter ihm wie die Latten eines alten Piers, die Luft stank nach Schimmel und Moder. Über ihm bewegte sich plötzlich ein blutfarbener Schatten in einer düsteren Ecke. Senlin warf die Arme in die Höhe, um sich gegen den roten Geist zu schützen, der über ihm lauerte, und stieß einen heiseren Schrei aus.

Der große Papagei hüpfte von seiner Stange, landete auf dem Rand von Senlins schmutziger Pritsche und krächzte wieder, ein durchdringender Laut in dem kleinen Raum. Der Vogel legte den Kopf zur Seite und musterte Senlin, die schwarzen Augen mit dem weißen Ring öffneten und schlossen sich neugierig.

Das einzige Licht stammte von einer Öllampe mit kleiner Flamme, die an der Luft leckte wie die Zunge einer Katze. Sie warf einen orangefarbenen Schimmer an die Wände, die so dünn schienen wie die verschimmelte Tapete, die sie bedeckte. Ein angeschlagenes Zinnwaschbecken fing die Tropfen aus einem primitiven Wasserhahn auf. Das einzige andere Möbelstück, ein dreibeiniger Stuhl, sah nicht besonders vertrauenerweckend aus. Der majestätische Vogel, der in diesem schäbigen

Zimmer völlig fehl am Platz wirkte, knabberte mit seinem gebogenen Schnabel an der braunen Decke auf der Pritsche.

Wie lange hatte er geschlafen? Er fühlte sich nicht ausgeruht, und ihm war immer noch übel vor Erschöpfung. Er hatte das Gefühl, als seien erst zwei Stunden vergangen. Oder vielleicht auch vier. Mit Gewissheit konnte er es nicht sagen.

Erst nach einem Moment erinnerte sich Senlin, wie er in diesen Raum gekommen war.

Als er und Adam aus dem verqualmten Tunnel in die Höhle des Untergeschosses getreten waren, war Senlin ein Wrack gewesen. Seine Augen waren von dem Rauch beinahe zugeschwollen, seine Arme und Beine fühlten sich unnatürlich schwer an, als ob er mit all seiner Kleidung am Körper ins Wasser gefallen sei. Er war hungrig und erschöpft und konnte kaum atmen, ohne an dem Ruß zu ersticken.

Adamos Boreas hatte ihm in die erste Unterkunft geholfen, an der sie vorbeigekommen waren, und die nur wenig mehr als eine Reihe von Absteigen aus Teerpappe war. Es gab keine Lobby oder einen Eingangsbereich. Die Türen zu den Zimmern gingen auf die Straße hinaus, wo ein dicknackiger Herbergsvater auf einer umgedrehten Kiste saß und sich scheibenweise Ahlewurst in den Mund schob. Der Geruch dieser Schweinewurst war Senlin wie Weihrauch erschienen, und das Wasser lief ihm wie einem Hund im Mund zusammen.

Wenn er in besserer Verfassung gewesen wäre, hätte er gegen diese Unterkunft protestiert. Er fand, die ganze Barackenreihe sollte niedergebrannt und die Asche entlaust werden. Doch zu erschöpft, um zu widersprechen, ließ er sich von Adam in ein Zimmer bringen, in dem er ein paar Stunden schlafen konnte, während sein junger Gehilfe auf seine Sachen aufpasste. Senlin fiel auf die Pritsche, alle Gliedmaßen schlaff von sich gestreckt. Er war zu müde gewesen, um den Papagei über ihm zu bemerken, und sofort in einen tiefen Schlaf gefallen.

Er fragte sich, wo Adam wohl war.

Er drehte den Hahn auf. Die Rohre erzitterten, und Wasser spritzte kurz aus einer mit einem Lumpen zugestopften Verbindungsstelle der

Rohre, dann füllte sich das Waschbecken. Das milchige Wasser roch schwach nach Schwefel, und wenn Senlin wacher gewesen wäre, hätte er sein Gesicht nicht so eifrig darin versenkt. Das Wasser fühlte sich herrlich auf den Wunden an seiner Wange und den Händen an, doch trotz seines großen Durstes konnte er sich nicht überwinden, davon zu trinken. Sein Reiseführer hatte vor verdächtigen Rohren gewarnt; schon ein Tropfen verdorbenes Wasser hatte mehr als einen Urlaub ruiniert.

Als er sich wieder aufrichtete, merkte er, dass er die Aufschläge seines Jacketts durchnässt hatte, und es gab kein Handtuch, nur ein Stück Stoff an einem Haken, das gerade groß genug für eine Maus gewesen wäre. Sein Cordanzug, rötlich vom Wüstenstaub, färbte sich tiefrot, als der Sand sich mit dem Wasser zu Schlamm vermischte. Er erinnerte sich an seine Wechselkleidung in seiner Tasche und drehte sich um, auf der Suche nach seinem Gepäck.

In der kurzen Zeit, die er am Waschbecken verbracht hatte, hatte der Papagei das Bett vollends zerwühlt. Der kluge Vogel kreischte wieder und sagte dann mit einer fast menschlichen Stimme: »Zeit zu gehen! Zeit zu gehen!«

»Ich brauche noch einen Moment!«, antwortete Senlin nervös. Sein Haar durchnässte seinen Kragen, als er weiter nach seiner Tasche suchte.

Schon bald erkannte er, dass sie, zusammen mit der Damenunterwäsche, verschwunden war. Als er in seine Hosentaschen greifen wollte, waren diese nach außen gestülpt. Sein Wechselgeld, das Pence- und das Halfpence-Stück, waren verschwunden. Man hatte ihn ausgeraubt. Sein Rasiermesser und seine Seife, sein Tagebuch, sein Kamm und seine Mantelbürste, seine Leinenhandschuhe und Taschentücher, seine Weste, Hosen, Socken, sein Reiseführer und die Zugfahrkarten, alles weg.

Panisch tastete er seinen Hosenbund ab und spürte die Wölbung des eingenähten Geldes. Er lachte kläglich. Wie klug er doch gewesen war, auf den Geheimtaschen zu beharren! Doch wie klug war er eigentlich wirklich? Er war zum zweiten Mal innerhalb von zwei Tagen beraubt worden.

»Zeit zu gehen!«, wiederholte der Papagei krächzend und hüpfte zurück auf seine Stange in der Ecke, wo er sich zu putzen begann.

Senlins Hand lag schon auf dem Türknauf, als er das Buch im Schatten unter der Pritsche entdeckte. Er ließ sich auf Hände und Knie herab und holte es heraus, wobei er eine Staubwolke aufwirbelte. Es war sein *Allgemeiner Führer.* Zu seiner großen Erleichterung steckten die Zugfahrscheine immer noch säuberlich wie ein Lesezeichen zwischen den Seiten.

Er hatte immer noch einen Großteil seines Geldes und seine Fahrkarte. Für jemanden, der gerade ausgeraubt worden war, hatte er wirklich Glück.

Wie hatte er sich so in Adam irren können? Er hatte sich immer für einen guten Menschenkenner gehalten. Jahre der Erfahrung hatten ihn gelehrt, die Lügner und Betrüger von den nur nervösen Schülern zu unterscheiden. Er hätte misstrauisch werden müssen bei jemandem, der nach zwei Jahren vergeblicher Suche immer noch Nachrichten am Schwarzen Brett hinterließ. Boreas war irrational, abergläubisch und verzweifelt. Solchen Männern durfte man nicht vertrauen, egal, wie wohlwollend sie wirkten. Adam war nicht einmal so schlau gewesen, den Reiseführer zu stehlen!

Verärgert durch diesen erneuten Rückschlag, der seine Wiedervereinigung mit Marya nur noch peinlicher gestalten würde, und verlegen wegen seines fehlerhaften Urteilsvermögens, ließ Senlin das Buch in seine Jacketttasche gleiten. Die Fahrkarten verstaute er in seiner Geheimtasche, holte dabei ein paar Schekel heraus und verließ das Zimmer. Der Papagei erinnerte ihn zum Abschied noch einmal an die Zeit.

Die Straßen und Häuserblöcke der Stadt im Untergeschoss befanden sich alle in einer einzigen riesigen Höhle. Senlin schätzte, dass ganz Isaugh, vom Schulhaus bis zur Spitze der Bucht, leicht hineingepasst hätte. Schwitzende Rohre, überzogen von gelbem Moos, verliefen an den Höhlenwänden und der gewölbten Decke wie ein Labyrinth in alle Richtungen. Ein sanfter Regen aus Kondensationswasser benetzte seine Schultern, die Schieferplatten und die Lehmziegel der Hüttendächer. Tausende von Schnecken, manche so groß wie eine Kuh, klammerten sich an die Rohre, ihre Gehäuse hatten die Farbe von dunkler, ungeschliffener Jade. Die Spuren dieser riesigen Mollusken glitzerten wie Risse in Glas.

So seltsam der Anblick dieser komprimierten Stadt oder der Kuhschnecken auch war, ein anderes Detail fesselte Senlins Aufmerksamkeit viel mehr. Das massive, eiserne Karussell, das sich auf der öffentlichen Straße drehte. Der Geruch von Schaschlik hatte ihn angezogen. Er kaufte zwei Fleischspieße und fragte beim Bezahlen fast automatisch, ob der Verkäufer kürzlich eine Frau mit einem roten Helm gesehen hatte. Seine Frage wurde mit einem routinierten Kopfschütteln beantwortet, wie schon Hunderte Male in den letzten Tagen. Das Ziegenfleisch schmeckte gut, aber das war vermutlich auch seinem Hunger geschuldet.

Während Senlin kaute, beobachtete er das Dutzend erwachsener Männer, das auf dem schwarzen Karussell vor ihm fuhr. Sie wirkten so ausgelassen wie seine Schüler, wenn er sie nach dem Unterricht in die Freiheit entließ.

Das Gefährt klirrte und surrte und ratterte, während es sich bewegte, und hatte Ähnlichkeit mit einem Mühlstein. Zwölf Sitze waren auf das eiserne Rad montiert, und unter jedem befanden sich Pedale wie bei einem Fahrrad. Wenn ein Mitfahrer langsamer trat, feuerten ihn die anderen an, damit er sein Tempo wieder aufnahm. Gemeinsam schienen sie das Karussell anzutreiben, auch wenn sein schwerfälliger Gang nicht zu den vereinten Anstrengungen der Mitfahrer passen wollte. Ein seltsamer Zeitvertreib für erwachsene Männer, bis er den Brunnen sah, den das kegelförmige Mittelteil des Karussells bildete. Das Wasser rauschte den Kegel hinab und landete schäumend in einem Trog auf Kinnhöhe der Männer. Elfenbeinrohre wanden sich von dem Trog zu ihren Mündern, und beim Treten tranken die Männer genüsslich aus diesen Strohhalmen.

Senlin leckte sich das Fett des Ziegenfleisches von den Lippen. Er wusste nicht, wann er das letzte Mal so durstig gewesen war.

Und gerade als er dachte, er könnte verzweifelt genug sein, ebenfalls auf den sich drehenden Brunnen aufzuspringen, brachte ein lautes

Scheppern das Gefährt zum Stehen. Die Mitfahrer jubelten vor Erwartung, als das Karussell schon seine Richtung änderte und rückwärtsfuhr, so schnell, dass die gebeugten Rücken der Männer ineinander verschwammen. Tropfen spritzten aus den Trogen, manche Zuschauer zogen sich zurück, um nicht getroffen zu werden, andere wiederum öffneten ihre Münder und versuchten, etwas von dem Regen aufzufangen. Ein Tropfen traf Senlin im Gesicht, und er kostete von der stark riechenden Flüssigkeit. Es war kein Wasser, sondern Bier.

Ohne Vorwarnung verlor ein Mitfahrer den Halt und wurde von seinem Sitz geschleudert. Er landete auf dem mit Steinplatten gepflasterten Boden und rollte ein Stück weit. Ein Passant musste ihm ausweichen, um nicht umgerissen zu werden. Das Karussell geriet aus dem Takt, schien seine gesammelte Energie aufgebraucht zu haben und blieb wie eine nicht aufgezogene Uhr stehen. Die übrigen elf Mitfahrer verließen das Rad auf unsicheren Beinen. Mit zitternden Knien entfernten sie sich schwankend, und die Sitze waren schon bald wieder besetzt.

Mitgefühl übermannte Senlin, und er eilte zu dem abgeworfenen Mitfahrer. Schon bevor er ihn auf den Rücken drehte, konnte er an dem sauren Körpergeruch und dem abgerissenen Kragen erkennen, dass der Mann bettelarm war. Die Augen des Mannes waren geschlossen, sein Unterkiefer hing schlaff herab und entblößte einige wenige Zähne in seinem Gaumen. Senlin fragte sich, ob er den Sturz wohl nicht überlebt hatte.

Doch dann riss der Mann die Augen auf und rülpste Senlin Übelkeit erregend ins Gesicht. Er war nicht tot, nur betrunken. Sein stinkender Rülpser ging in brüllendes Gelächter über, als er Senlins Jackett packte, um sich hochzuziehen, wodurch er aber nur den Aufschlag abriss. Beide starrten mit offenem Mund auf den Fetzen Cord in der Faust des Betrunkenen, der schließlich vergeblich versuchte, das Stück Stoff wieder an dem Jackett anzubringen.

Senlin erkannte mit plötzlicher Klarheit, dass er diesen Mann nicht retten konnte oder überhaupt irgendjemanden. Wenn sie auf der Straße nebeneinander stünden, könnte man sie kaum voneinander unterscheiden.

Keine drei Tage waren seit der Zugfahrt vergangen, und schon sah er aus wie ein Bettler.

Seine Frau war verschwunden. Er musste sich zusammenreißen. Schließlich war er ein Schuldirektor.

Unter den Rohren und den Schnecken erstreckte sich eine ganze Stadt aus Wirtshäusern, Geschäften, Herbergen und Hütten. Die meisten waren aus Teerpappe oder Lehm oder bröckeligem, schwarzem Zement, und ihre Wände waren krumm und bucklig. Das Licht von Gaslampen tauchte die Stadt in ein düsteres Zwielicht. Die Menschen drängten sich nicht so dicht wie auf dem Markt, waren jedoch genauso bunt gemischt. Eine Frau im Rüschenkleid ging am Arm eines teuer gekleideten Gentlemans an ihm vorbei, beide rochen nach Duftsträußchen und Haarwachs. Ihnen folgte hinkend ein Pilger in farblosen Lumpen, der wie ein Fischhändler im Sommer roch. Was gäbe Senlin nicht für eine frische, reinigende Meeresbrise. Hier und da standen zwischen den Barracken solide Ziegelhäuser wie Bäume zwischen Schilfrohren. Die roten Fassaden von Geschäften und Gildenhäusern verliehen den Straßen einen Anschein von Bürgerlichkeit; sonst war die Architektur der Stadt eher jämmerlich.

Senlin war enttäuscht. Das hier war nicht das glitzernde Zentrum der Kultur, das er erwartet hatte. Das Untergeschoss hätte in seiner Räudigkeit eine gesichtslose Hafenstadt sein können, in der sich die Matrosen austobten. Diese Bierbrunnen überall, Himmel noch mal! Mittlerweile war er bereits an sieben vorbeigekommen. Der *Allgemeine Führer* war ein wenig vage in seiner Beschreibung des Untergeschosses, beschrieb es als einen liebenswürdigen Durchgang zu den größeren Attraktionen auf den höheren Ebenen, doch selbst das war wohl eher eine Übertreibung. Das Untergeschoss war vielmehr wie ein vorgelagerter Raum in einem Haus, in dem man sich den Schmutz von den Stiefeln klopfte, bevor man sich in die geheiligten Hallen begab.

In der Mitte der Höhle erhob sich eine weiße Säule aus dem Straßengewirr zur gewölbten Decke. Die Marmorspitze erinnerte ihn an einen

Leuchtturm – nicht nur wegen ihrer imposanten Größe, sondern auch wegen der Sicherheit, die sie ihm vermittelte. Es war das erste Bauwerk innerhalb des Turms, das angemessen herrschaftlich wirkte. Selbst die Schnecken hielten sich davon fern. Er erkannte die Säule von der Beschreibung aus seinem Reiseführer; es handelte sich um die Treppe zur zweiten Ebene des Turms.

Marya war so viel besser als er darin, die kleineren Rückschläge des Lebens anzunehmen, weshalb sie unerschütterlich und kaum zu enttäuschen war. Sie fände die Kuhschnecken und das Bierkarussell wahrscheinlich entzückend.

Senlin erhaschte in einem Schaufenster einen Blick auf sein Spiegelbild. Sein sonst so ordentlich gekämmtes Haar stand in dicken, verfilzten Büscheln ab, sein Anzug sah aus wie ein Putzlumpen mit Taschen. Er bezweifelte, dass Marya ihn auch entzückend fände.

Es half nichts. Er brauchte einen neuen Anzug.

Eine halbe Stunde später stand Senlin im Umkleideraum eines Herrenausstatters und betrachtete sich in seiner neuen Kleidung in einem Wandspiegel. Er hatte einen Anzug ausgesucht, der praktisch war und tatsächlich seiner alten Schuldirektoruniform ähnelte: ein schenkellanger Mantel mit geraden Schößen, eine schwarze Weste samt Hosen, ein weißes Hemd mit Kragen und schwarze Stiefel mit abgeflachter Spitze. Nachdem er genug Geld für den Anzug und die sonstigen Ausgaben des Tages von seinem Vorrat genommen hatte, verstaute er den Rest in seinem Stiefel. Er war zuversichtlich, dass nicht einmal die geschicktesten Taschendiebe an dieses Versteck herankämen. Seine ruinierte Kleidung legte er säuberlich zusammen und ließ sie in der Umkleidekabine zurück.

Er war überrascht, einen weiteren Kunden im Laden vorzufinden, der bis auf den älteren, bebrillten Schneider vor einem Moment noch leer gewesen war. Der Neuankömmling war sehr klein, vielleicht ein Zwerg, hatte eine schiefe Nase und dichtes schwarzes Haar. Die Goldfäden in seinem Wams deuteten darauf hin, dass er eine Art Händler war.

Auf jeden Fall war er ein lebhafter Redner, denn er diskutierte mit dem Schneider gerade wegen eines Kleiderbündels. Senlin wollte ihr Geschachere nicht unterbrechen und besah sich die ausliegenden Taschentücher. Er brauchte mindestens drei.

»Aber ich verkaufe nicht an Damen«, sagte der Schneider entschieden.

»Sehen Sie es doch als Gelegenheit, Ihren Kundenstamm zu erweitern. Ich bringe Ihnen keine schlechte Ware, das hier ist echte Seide!« Der kleine Mann mit den wild abstehenden Haaren zog mit Mühe ein Damenhöschen aus dem Bündel und wedelte damit wie mit einer Flagge. »Sehen Sie, nicht eine Falte!«

»Bitte entschuldigen Sie mich«, sagte der Schneider knapp und wandte sich an Senlin, der drei weiße, zweckmäßige Taschentücher ausgesucht hatte. Sie gingen zum Verkaufstresen, auf dem eine Kasse mit Messingbeschlägen stand. Senlin bezahlte für seinen Anzug, die Stiefel und die neuen Taschentücher. Der Händler beobachtete die Transaktion wie eine Katze einen Vogel. »Hören Sie«, begann er erneut, »diese Seide ist so robust, Sie könnten dieses Mieder zusammennähen, mit Gas füllen und damit einen Lastkahn hochheben!«

Der Schneider schob die Kassenschublade so fest zu, dass ein Läuten ertönte, nahm seine Brille ab und rieb energisch die Gläser sauber. »Ich verkaufe aber auch nicht an Lastkahnkapitäne.«

Der Händler schnalzte mit der Zunge. »Ich liebe einen Mann mit Humor.«

Als Senlin sich zum Gehen wandte, sah er, dass eine Tasche über der Schulter des kleinen Mannes hing. Die Nähte waren unverkennbar. Es handelte sich um seine eigene Reisetasche.

Vielleicht beflügelte Senlin sein neuer Anzug und das frisch gebügelte Hemd, das sich befriedigend scharfkantig an seinem Hals und den Handgelenken anfühlte. Vielleicht war es auch die kleine Statur des Mannes, die ihn an seine Schüler erinnerte und ihm ein Gefühl der Autorität verlieh. Vielleicht war es auch Adams Vertrauensbruch und der Diebstahl seiner Besitztümer, die Senlin ein Selbstvertrauen einflößten, das schon an Leichtsinn grenzte. Diesen Dieb würde er nicht ungeschoren davonkommen lassen! Er würde seine übliche Zurückhaltung überwinden und die Dinge in die Hand nehmen. Da er fürchtete, der Mann könnte bewaffnet sein, beschloss Senlin, dass er den diebischen Zwerg am besten überraschte.

Er stand neben der Ladentür, den Rücken gegen die Wand gepresst, und könnte den Dieb dann überrumpeln, wenn dieser ahnungslos das Geschäft verließ. Senlin verspürte ein völlig unbekanntes Gefühl der freudigen Erregung in ihm aufsteigen. Als der Dieb die Ladentür öffnete und an ihm vorbeigehen wollte, packte Senlin ihn am Kragen und hob den Zwerg von den Füßen.

»Ha, habe ich dich!«, rief er triumphierend. Bis ihn ein Absatz im Schritt traf.

6

»Das Taschentuch ist das unverzichtbare Utensil eines erfahrenen Reisenden. Es kann zur Reinigung benutzt werden, als Sitzabdeckung, als Staubmaske, als Garrotte, Bandage, Knebel oder als weiße Fahne. Mit einem Einstecktuch ist man bestens gerüstet.«

Allgemeiner Führer durch den Turm von Babel, Anhang, I.IV

Die Verlobungszeit von Marya und Senlin war sehr kurz gewesen. Zwei Wochen, nachdem Senlin im Klee niedergekniet war und um Maryas mehlweiße Hand angehalten hatte, waren sie schon verheiratet.

Die Bürger von Isaugh kannten nur einen Grund für eine überstürzte Hochzeit.

Der Skandal war unbeschreiblich. Nicht weil so ein Vorgehen so ungewöhnlich gewesen wäre (viele Frauen waren schon zum Altar gerannt, solange sie noch eine jungfräuliche, nicht mütterliche Figur vorzuweisen hatten), sondern wegen der Verursacher des Skandals. Keiner konnte glauben, dass ihr Stör zu so etwas fähig war. Für die Hafenarbeiter, Kapitäne und Fischhändler war das eine beeindruckende Leistung. Die Frauen der Stadt waren weniger begeistert, die sich übergangen und beraubt fühlten. Sie liebten eine ordentliche öffentliche Brautwerbung, und die hatte es jetzt nicht gegeben. Für die Kinder war die Heirat ihres Lehrers eine Laune der Natur, wie Blitze im Winter oder eine zweiköpfige Schlange. Möglich, aber unwahrscheinlich.

Nicht dass irgendetwas grundsätzlich falsch an ihrem Direktor war. Er war lediglich züchtig und distanziert – was zu seinem Beruf passte. Die Dorfbewohner liebten ihn, weil seine Schüler (also ihre Kinder) normalerweise zu produktiven, funktionierenden und stoischen Erwachsenen wurden.

Doch er war ein wenig speziell.

Marya arbeitete in Berks' Lebensmittelladen, in dem sie die Regale auffüllte und zu Ms. Olivet Berks' ergebener Bestürzung den Kunden viel zu viel Kredit einräumte. »Unsere Kunden sind keine Fische, meine Liebe«, bemerkte Ms. Berks einmal. »Ihnen mehr Leine zu geben, macht es nicht leichter, sie einzuholen.«

Ms. Olivet Berks, eine freundliche, nie zurückgewiesene alte Jungfer, war Maryas ältere Großcousine. Die beiden bewohnten die Räumlichkeiten über dem Laden, stritten selten und waren beide Stammgäste im Wirtshaus *The Blue Tattoo*. Olivet Berks unterstützte das *Blue Tattoo,* weil sie Klatsch und Tratsch und Birnenbrandy liebte, und Marya begleitete sie, weil dort zu dieser Zeit das einzige Klavier der Stadt stand.

Marya bearbeitete die schwarzen und gelben Tasten des Klaviers an vier oder fünf Abenden in der Woche. Sie sang mit starker und durchdringender Stimme wie die einer Spottdrossel allseits beliebte Lieder. Alle waren sich einig, dass es in der Gegend keine bessere Unterhaltung gab.

Marya war charmant zu den Männern und herzlich zu den Frauen. Jeder liebte sie. Und obwohl sie im Mittelpunkt der Stadt stand, bemerkte niemand ihre heimliche Liebesbeziehung zu Senlin, auch wenn diese offenbar bereits einige Monate angedauert hatte. Nicht einmal Olivet hegte einen Verdacht.

Marya erzählte ihrer Cousine schließlich von der Verlobung, während die beiden einen Fünfzig-Pfund-Sack Reis auf Ein-Pfund-Säcke verteilten. Marya maß den Reis ab und schüttete ihn in die kleineren Beutel, Olivet nähte sie zu. »Aber warum er? Warum jetzt? Bist du in Schwierigkeiten? Habt ihr es eilig? Warum wartet ihr nicht bis zum Winter? Winterhochzeiten sollen eine Ehe widerstandsfähiger machen.«

»Er hat mich gefragt, ob ich ihn heiraten möchte, und ich liebe ihn, und er hat mir ein wunderbares Geschenk gemacht.« Marya blickte auf die Kelle mit Reis hinab, die sie gerade abmaß, ein rätselhaftes leichtes Lächeln auf den Lippen.

Olivet biss einen Faden durch und verzog das Gesicht. »Oh, Marya, sprich nicht so laut von einem *Geschenk*. Die Leute werden dich noch für so naiv wie ihn halten.«

Senlin ließ den sich widersetzenden Dieb zu Boden, gab ihn aber nicht frei. Der Schmerz durchzuckte ihn wie ein Sprung in einer Glasscheibe und verästelte sich in seine Beine und sein Rückgrat.

Ein körperlicher Angriff war ein Fehler gewesen. Er war noch nie in einen Kampf verwickelt gewesen, hatte niemals die Hand gegen einen Schüler erhoben. Er verließ sich ausschließlich auf seine Ernsthaftigkeit, um sich aus Kneipenschlägereien herauszuhalten und für Ordnung im Klassenzimmer zu sorgen. Ein gezielter Tritt von einem Zwerg war nötig, um ihn zu lehren, dass seine Haltung ihm in den Ringreichen des Turms nicht von Nutzen war.

Senlin widerstand dem Drang, sich wegen des brennenden Schmerzes in seinem Unterleib zusammenzurollen und fragte: »Warum tragen Sie mein Gepäck bei sich?«

»*Ihr* Gepäck? Ich habe diese Tasche vor zwei Stunden gekauft«, erwiderte der Dieb mit erstaunlich volltönender Stimme und einem melodischen Akzent, den Senlin nicht zuordnen konnte. »Ich habe dem jungen Kerl vier Schekel bezahlt.«

»Wo ist er jetzt?«

»Was weiß denn ich. Lassen Sie mich los!« Sein Kragen verdrehte sich unter Senlins Griff.

Senlin zerrte seine Tasche von der Schulter des Mannes und gab den Zwerg schließlich frei. Die Schnallen hingen lose herunter, die Tasche selbst war leer. Weit über ihnen rumpelte eine Rohrbiegung und schickte einen kurzen Regenguss nach unten, der die Gemüter der Männer abkühlte. »Wie heißen Sie?«

»Finn Goll.«

»Mr. Fingol, wo sind meine Sachen?«

»Es heißt Finn Goll«, wiederholte der Mann deutlicher. »Und Ihre Sachen, wenn sie überhaupt Ihnen gehörten, sind verkauft.« Er hielt die seidene Damenunterwäsche hoch. »Außer Sie wollen die hier auch?«

»Ja, danke.« Senlin riss das Bündel an sich, das er eigentlich überhaupt nicht haben wollte, er hatte es bereits fast vergessen gehabt. Doch seine Frustration machte ihn mürrisch. »Ist denn jeder hier ein Dieb?«

Goll zupfte sein Hemd zurecht und strich glättend über sein lilafarbenes Wams, während er indigniert antwortete: »Sir, ich bin kein Dieb. Zumindest nicht mehr als Sie, der mich schließlich gerade beraubt hat.«

»Mein Name ist Thomas Senlin. Und welche Initialen sind in die Innenseite meiner Tasche gestanzt?« Senlin zeigte Goll das Monogramm im Leder der Tasche.

»Was für ein Pech!« Voller Selbstmitleid raufte sich Goll sein sowieso schon wild abstehendes Haar. Er schien ein sehr theatralischer kleiner Mann zu sein. »Nehmen Sie sie, Tom, nehmen Sie sie einfach! Ich habe im besten Glauben gehandelt, doch ich hätte wissen müssen, dass der Junge Ärger bedeutet. Vertraue niemals einem Strauß!«

»Einem Strauß?«

»Ja, einem Vogel Strauß«, wiederholte der kleine Mann, als ob Senlin ihn dann besser verstünde. »Jemand, der des Salons verwiesen und zurück ins Untergeschoss verbannt wurde. Man verpasst ihnen ein Brandmal am Arm, damit sie sich nicht wieder einschleichen können.« Senlin erinnerte sich an die kreisförmige Narbe an Adamos' Unterarm. »Wenn sie es versuchen und erwischt werden«, Goll tat so, als wolle er sich ein Auge ausreißen, »behalten sie ein Auge. Wer zum dritten Mal kommt …« Er schnalzte mit der Zunge. »Dem nehmen sie das andere Auge auch. Jemand ohne Augen ist sehr langsam von Begriff. Der Schuft, der Sie ausgeraubt hat, wird schon bald mit einem Blindenstock und einer Bettlerschüssel herumlaufen.«

»Ich kann kaum glauben, dass man hier so barbarisch ist und den Menschen Augen herausreißt.« Senlin wollte herablassend lachen, begann stattdessen jedoch zu husten, seine ausgedörrte Kehle brannte wie Feuer.

»Hören Sie, wenn wir uns darüber streiten wollen, lassen Sie uns etwas trinken, bevor einer von uns noch erstickt«, schlug Finn Goll vor.

Kurz darauf saß Senlin auf dem schalenförmigen Metallsitz eines »Bierussells«, wie Finn Goll das Rad mit den Sitzen nannte. Es war ein Duplikat des von Menschenkraft betriebenen Brunnens, den Senlin zuvor beobachtet hatte, bis hin zu den Elfenbeinhalmen und den befestigten Pedalen. Laut Goll gab es im gesamten Untergeschoss Dutzende dieser Bierusselle. Senlin, dem Bier nie besonders geschmeckt hatte, ließ sich nur durch Golls Beharrlichkeit davon überzeugen, dass Bier sauberer und sicherer war als Wasser aus einer Pumpe. Bierstuben gab es so viele wie Laternenpfähle, und alle schienen gut besucht zu sein, doch die Bierusselle hatten den erheblichen Vorteil, kostenlos zu sein, solange man sich nicht vor ein wenig körperlicher Arbeit scheute.

Wenn die Wirte des *Blue Tattoo* (die den Besen in der Ecke für lebendiger hielten als ihren Schuldirektor) Senlin auf einem mechanischen Fahrradbierbrunnen in der Öffentlichkeit gesehen hätten, hätten sie sich die Augen gerieben, sich auf die Wangen geschlagen und drei Austern bestellt, um wieder nüchtern zu werden.

Die verbleibenden zehn rostigen Sitze füllten sich schnell, und dann konnte es losgehen. Senlin balancierte die Damenunterwäsche auf dem Schoß und packte den geriffelten Rand des leeren Troges. Dann begann er zu treten. Goll stand auf seinen Pedalen, da es ihm sein kleiner Wuchs unmöglich machte, gleichzeitig zu sitzen und zu treten. Auch wenn Senlin seine schlingernden Bemühungen seltsam vorkamen, schien sich Goll nicht daran zu stören.

Es war, als versuche er, mit einem Fahrrad einen schlammigen Hügel zu erklimmen, und es dauerte einige Momente, bis sie mit vereinter Kraft das große Rad in Bewegung setzen konnten. »Warum sind die Getriebe so schwergängig?«, beklagte sich Senlin. »Ich habe noch nie gesehen, wie ein Wirt das Bier so wütend gezapft hat!« Er begann vor Anstrengung zu keuchen, was seine Kehle nur noch mehr brennen ließ.

»Was sind Sie denn, ein Ingenieur? Wen kümmert das schon! Es ist Freibier«, rief Goll, was ihm Jubelrufe ihrer Mitfahrer einbrachte. Der Mann zu Golls Rechten trug eine Lederschürze, die mit den schmutzigen Abdrücken von Pferdehufen verschmiert war. Er brüllte wie ein

Vorarbeiter, dass sie fester treten sollten. Aus der Öffnung des Brunnens war ein leises Gurgeln zu hören.

Senlins Blick fiel auf eine Messingplakette, die grün vom Alter und regelmäßiger Bierbenetzung an dem kegelförmigen Konstrukt vor ihm befestigt war. Er las die Aufschrift laut vor: *Die Pumpe der Sphinx mit den dutzend Schwengeln*.

»Sie können also lesen«, bemerkte Goll. Seine dunklen Locken klebten ihm verschwitzt an der Stirn.

»Natürlich, ich bin schließlich Schuldirektor«, erklärte Senlin mit reflexartigem Stolz. Als Goll ihn fragte, welche Fächer er unterrichtete, strahlte Senlin geradezu. »Schreiben, Kunst, Geografie, Physik …«

»Mathematik?«

»Wie sollte ich Physik ohne Mathematik unterrichten können?«

Der Zahnkranz unter ihm knarrte. Einen Moment dachte Senlin, die Kette würde abspringen, doch dann bewegte sie sich weiter.

»Und Sie müssen sicher über alles Buch führen, nicht wahr? Noten und Anwesenheit und Schulgebühren und Unterrichtsgeld, richtig? Vielleicht ein gutes Heim für den einen oder anderen verlegten Schekel finden.« Er ließ den Trogrand lange genug los, um sich verschwörerisch auf die Wamstaschen zu klopfen.

Senlin wollte gerade etwas Entrüstetes und Tugendhaftes erwidern, als aus der Brunnenöffnung vulkanischer Bierschaum quoll und die ersehnte Flüssigkeit den Kegel hinabfloss. Jeder Mitfahrer reckte den Hals, um die Lippen um seinen Elfenbeinhalm legen zu können. Das kalte Bier strömte wie flüssige Seide durch Senlins raue Kehle. Noch nie hatte etwas so süß geschmeckt. Aus dem Augenwinkel sah er, dass Goll auf seinem Sitz kniete, die leeren Pedale drehten sich noch weiter, und aus seinem Halm trank. Er warf Senlin ein Grinsen zu. Der Schmied mit den Hufabdrücken auf der Schürze forderte Goll barsch auf weiterzutreten. Der kleine Mann antwortete ihm mit einer obszönen Geste, die Senlin zwar kannte, selbst jedoch noch nie verwendet hatte. Goll war zwar nur halb so groß wie Senlin, doch doppelt so mutig.

Als Senlin nach Luft schnappend seinen Halm wieder freigab, war ihm der Alkohol bereits ein wenig zu Kopf gestiegen.

Goll trat wieder kräftig in die Pedale und musterte Senlin gelassen, wobei er wie jemand lächelte, der sich über etwas amüsierte. »Sie sind ein Naturtalent. Sie sollten zu den Abendrennen bleiben. Da wird sich Ihnen erst der Kopf drehen.«

»Ich kann nicht, ich habe es eilig. Ich suche nach jemandem.«

»Oh, *Muddit!*« Goll stieß das Wort aufgebracht aus, obwohl Senlin mit dessen Gebrauch nicht vertraut war. Seit wann war »Schlamm« ein Fluch? Der kleine Mann redete weiter: »Diese alte, traurige Leier schon wieder! Lassen Sie mich raten: Sie haben jemanden verloren, der Ihnen lieb und teuer ist. Sie sind diesem Menschen zutiefst ergeben. Sie werden alles tun, um Mutter-Bruder-Tante-Kind-Frau zu finden, und ich will überhaupt nicht wissen, wen Sie …«

»Meine Frau. Marya Senlin. Sie trug einen roten Helm.«

Goll hämmerte mit der Faust gegen den Rand des Trogs, bis dieser summte. »Was rede ich überhaupt?« Er tröstete sich mit einem langen Zug aus seinem Halm. Senlin bedachte das theatralische Verhalten des Mannes mit einem Lächeln. Als Goll nach Luft schnappte, erklärte er: »Sagen Sie niemandem, dass Sie nach Ihrer Frau suchen.«

»Wie soll ich sie denn dann finden?«, entgegnete Senlin ungläubig, beinahe schon überheblich. Er beugte sich zu seinem Halm, während er weitertrat.

»Mit Ihren Augen und Ihrem Verstand und allein. Sehr wahrscheinlich werden Sie sie überhaupt nicht finden. Frauen werden in den Turm gesogen wie glühende Asche in ein Abzugsrohr.« Er pfiff und gestikulierte, als schiebe er etwas voran. »Alles in einem Rock schwebt nach oben! Haben Sie dem Jungen, der Sie ausgeraubt hat, von Ihrer Frau erzählt?«

»Ja, das habe ich.«

»Und was hat es Ihnen gebracht? Er hat nette Sachen gesagt, Ihnen Hoffnung eingeflößt, oder? Er hat Sie zu einem Säugling gemacht, Sie in den Schlaf gewiegt und Sie dann ausgeraubt.« Goll schüttelte den Kopf, bis Schweiß aus seinen dunklen Locken tropfte. »Kein Mensch hier wird

Ihnen helfen. Die guten Seelen haben weder die Mittel noch den Verstand dafür, die schlechten werden Sie nur ausnehmen. Sie werden Ihnen Gerüchte verkaufen, Karten, Reiseführer – alles, worin man besser Fisch einwickelt, anstatt seine Frau finden zu wollen! Sie werden so viel Hilfe bekommen, dass Ihnen kein Schekel bleibt. Angenommen, dass Sie nicht längst schon arm wie ein Hod sind …« Er rülpste.

»Angenommen«, antwortete Senlin ausweichend. So unehrbar, wie Goll wirkte, seine Warnungen ergaben Sinn. Man brauchte sicher mehr als nur einen Reiseführer und ein Taschentuch, um sich im Turm zurechtzufinden. »Was ist ein Hod?«

»Sie haben Sie sicher schon gesehen. Glatzköpfige, bis auf die Knochen abgemagerte, halbnackte arme Teufel mit Eisenschmuck. Sklaven. Hods sind Sklaven. Sie schleppen Säcke voller Sand, Kohle und Steinen, immer weiter nach oben! Der Turm wird schließlich weitergebaut. Er ist noch nicht fertig mit uns. Ach, *Muddit,* jetzt klinge ich schon wie so ein Mystiker.«

Noch vor einem Moment hatte sich Senlin diesem ungeschlachten, skrupellosen Mann überlegen gefühlt. Jetzt dachte er, dass es sicher Vorteile hätte, noch länger Zeit mit ihm zu verbringen. »Hören Sie, Mr. Goll, ich bitte um Entschuldigung, wie ich Sie vorhin behandelt habe. Und ich bin froh über Ihre Erklärungen. Vielleicht würden Sie ja als Führer für mich arbeiten …«

»Was rede ich überhaupt?«, wiederholte Goll und riss die Hände in die Höhe. »Sie mögen ja froh sein, aber zugehört haben Sie nicht. Niemand kann Ihnen helfen. Sie müssen allein vorgehen.«

Plötzlich kamen alle Pedale unter ihren Füßen zu einem abrupten Halt, Schmerz schoss durch Senlins Beine und Kniescheiben, und er keuchte auf. Er sah sich um und erkannte, dass er als Einziger von ihrem abrupten Halt überrascht war. Sie hatten den unsichtbaren Gipfel erreicht, auf den sie alle hingearbeitet hatten. Das Bierussell hatte die Grenze seiner mächtigen Feder im Inneren erreicht, die nun enger um das große Rad in der Mitte gewickelt war als eine bedrohte Viper.

Ein neuer Gang wurde eingelegt, mit einem Geräusch wie eine Unterwasserglocke, und die Pedale unter Senlins Füßen verloren allen Widerstand. Finn Goll rief: »Halten Sie sich fest!«, auch wenn seine Worte in der raschen Beschleunigung des Bierussells untergingen, als sich die straff gewickelte Spule aufzurollen begann. Die Sitze drehten sich nun gegen den Uhrzeigersinn, immer schneller, und Senlin hatte das Gefühl, als würde er den Berg hinunterrasen, den er gerade erst erklommen hatte. Seine Umgebung wurde zu einem undeutlichen Fleck aus nassen Steinen und Gaslichtern, die Gesichter der Umstehenden wurden wie Toffee in die Länge gezogen. Senlin heftete den Blick auf die ruhige Spitze des Kegels in der Mitte des Rads und klammerte sich an den Trogrand, auch wenn ihm das Bier ins Gesicht spritzte.

Inmitten aller Übelkeit und Desorientierung erinnerte er sich an Maryas Beschreibung, wie es sich anfühlte, im *Blue Tattoo* Klavier zu spielen. Sie hatte gesagt: »Ich spiele, und wir singen, bis sich der Raum dreht. Es ist wunderschön, sich im Zentrum dieses fröhlichen kleinen Kreises zu befinden.«

»Aber, meine Liebe«, hatte er geantwortet, in der falschen Annahme, dies sei der geeignete Zeitpunkt für einen Vortrag zur Geometrie, »das Zentrum eines Kreises ist ein winzig kleiner Punkt. Er existiert quasi nicht.«

»Das ist mir auch recht. Lieber bin ich ein Nichts in der Mitte von allem als ein aufgeblasener Irgendwer am Rand von allem.« Sie hatte in ihrer üblichen unbekümmerten Art gesprochen. Und ohne es zu wollen, hatte sie ihn damit genau beschrieben: ein aufgeblasener Irgendwer am Rand von allem.

Das Unterwäschebündel löste sich von seinem Schoß. Strümpfe, lange Unterhosen und Mieder flogen in die Menge auf dem Platz wie Tauben in einem Park.

7

»Neuankömmlinge stellen sich die Ringreiche des Turms vielleicht wie die Schichten eines Kuchens vor, die einander ähneln. Doch das ist nicht der Fall. Ganz und gar nicht. Jede Ebene ist einzigartig und verblüffend. Die Ringreiche des Turms haben nur zwei Dinge gemeinsam: die Form ihrer Außenmauern, die annähernd rund sind, sowie der Preis für Fleisch, der haarsträubend ist. Der Rest ist individuell und einzigartig.«

Allgemeiner Führer durch den Turm von Babel, I.X

Senlin tupfte sich den Nacken mit einem feuchten Taschentuch ab. Zwei Wachen in rußigen roten Mänteln und ausgefransten Gold-Epauletten standen am Fuß der Marmorsäule. Hinter ihren Rücken erstrahlten die Glastüren in den Pfeiler einladend in goldenem Licht.

Die Wachen wirkten verdächtig abgerissen. Die Degenscheiden an ihren Hüften waren unterschiedlich, was man bei Standardwaffen eigentlich nicht erwarten würde; außerdem schienen die Griffe der Säbel darin auch nicht zu den Scheiden zu passen. Der Mantel der einen Wache spannte über seinem Bauch, und die Hosenaufschläge des anderen bauschten sich über seinen Stiefeln. Senlin hielt sie für Schwindler, Betrüger wie diejenigen, vor denen ihn Adam gewarnt hatte, so ironisch das auch gewesen war.

Doch das hier war der einzige Aufgang zum Salon. Der einzige Weg, den Marya gegangen sein konnte, angenommen, sie hatte ihren ursprünglichen Reiseplan eingehalten. Was sonst hätte sie tun sollen? Was sonst blieb ihm, als davon auszugehen?

Nachdem sie unsicher und schwindelig vom Bierussell abgestiegen waren, hatte er Finn Goll verloren. Er war durch die Menge gestolpert, die von den verstreuten Wäschestücken angelockt worden war. Er bog in die erstbeste Gasse ab und erbrach sich heftig. Als sich Magen und Kopf hinreichend geklärt hatten, machte er sich auf die Suche nach einer Pumpe bei einer Wasserrinne. Er befeuchtete sein Taschentuch und erfrischte sich.

Etwas verlegen bahnte er sich einen Weg zu dem weißen Pfeiler, sobald er wieder sicher genug auf den Beinen war. Er umklammerte seine Tasche, wie ein Schiffbrüchiger auf dem offenen Meer sich an ein Stück Treibholz krallt. Er konnte es sich nicht leisten, noch einmal ausgeraubt zu werden.

Die Hochstaplerwachen drangsalierten gerade einen Bettelmönch in einem grauen Kittel. Der alte Mann versuchte angestrengt, die Wachen zu bekehren. »Der Turm muss gerettet werden! Er verfault von der Wurzel. Wir sind die Fäulnis! Er muss erlöst werden, bevor der Pesthauch der Menschheit sich bis zu den Wolken und den Sternen ausbreitet!« Seine Stimme hatte den schrillen Klang des Wahnsinns. Senlin hatte ein wenig über die Mystiker gelesen, die die Göttlichkeit des Turms vertraten, auch wenn die Literatur davon ausging, dass der Orden ausgestorben war.

Der größere der beiden Wachen, dessen Bartstoppeln fast bis unter seine Augen reichten, hob das Bein und trat dem Mönch fest mit seinem Stiefel gegen die eingesunkene Brust, sodass dieser nach hinten stürzte. »Aus dem Weg, du Irrer, bevor ich dir die Ohren trimme!« Die Drohung reichte aus, um den Mystiker zu entmutigen, der murmelnd davonschlich und sich den geprellten Hintern rieb.

Bevor Senlin sich den Wachen nähern konnte, hörte er das Rauschen einer steifen Krinoline neben sich, die sich an einer jungen Frau mit geschminkten Wangen und hüpfenden blonden Ringellöckchen befand, die zugegeben hübsch war, jedoch kalt und hochnäsig wirkte. Die beiden Hochstapler wichen rasch zur Seite, als sich die Frau näherte, und verbeugten sich mit zweifelhafter Anmut. Senlin erinnerte sich an Finn Golls Worte: *Alles in einem Rock schwebt nach oben.*

Sobald das hübsche Fräulein durch die warm leuchtenden Glastüren gegangen war, marschierte Senlin selbstbewusst und entschlossen – zumindest hoffte er das – auf die Lücke zwischen den Wachen zu, den Kopf so hoch erhoben wie ein Lord. Doch noch während er sich den Männern näherte, schloss sich der Zwischenraum, und er musste schließlich stehen bleiben und erkennen, dass ihm der Zutritt verwehrt wurde.

»Nicht so schnell, Master Langbein«, sagte der größere Wachmann sarkastisch. »Der sichere Aufstieg in den Salon kostet zwei Schekel.«

Senlin antwortete in seinem vernünftigsten Tonfall: »Ich habe gesehen, dass die Dame vor mir nicht für ihre Sicherheit bezahlen musste. Es scheint nicht gerade gerecht zu sein, dass man bei ihr eine Ausnahme macht, während ich …« Senlins Argumentation wurde von der Faust des kleineren Hochstaplers unterbrochen, die zielsicher in seinem Magen landete. Als Senlin sich nach vorn krümmte, schlug der Mann noch einmal zu.

Er war naiv gewesen zu glauben, dass so offensichtliche Schurken sich auf eine rationale Diskussion einlassen würden. Ihm blieb nichts übrig, als seine Lektion zu lernen, die zwei Schekel zu bezahlen und weiterzugehen.

»Der sichere Aufstieg in den Salon kostet vier Schekel«, verkündete der größere Wachmann mechanisch. Der kleinere grinste Senlin verschlagen an, als ob er hoffte, dieser möge noch ein zweites Mal protestieren.

Senlin straffte die Schultern und griff in seine Tasche. An diesem Punkt hätte er sogar seine Stiefel geleert, wenn er dadurch nur diesem nasskalten, bierverseuchten und gewalttätigen Untergeschoss entkam. Der gesamte Turm erstreckte sich über ihm, und er stand hier im Eingangsbereich mit den Dieben und Bettlern. *Muddit,* fürwahr.

Die Glastüren des Pfeilers öffneten sich in einen mit Teppich ausgelegten Korridor, der sich nach oben schraubte. Es war, als träte man von der Nacht in den Tag. Der saubere und leere Gang war mit Messinggeländern ausgestattet und wurde von flackernden Gaslampen beleuchtet.

Senlin fühlte sich an ein Opernhaus erinnert, das er einmal während seiner Studienzeit besucht hatte. In der süß riechenden Luft lag ein tiefes, gleichmäßiges Brummen, sodass man sich fast wie im Mutterleib vorkam.

Nachdem er ein paar Minuten den spiralförmigen Gang nach oben gewandert war, hörte Senlin eine größere Gruppe Menschen in der Nähe. Als er um eine Ecke bog, fand er sich hinter einer Schlange von Besuchern wieder, die langsam voranschritt. Sie waren besser gekleidet und im Gegensatz zu den meisten heruntergekommenen Gestalten im Untergeschoss und im Freien gewaschen – oder zumindest lag ihre letzte Wäsche noch nicht so lange zurück. Senlin war erleichtert über seinen neuen Anzug.

Die Frau in der Krinoline war nirgendwo zu sehen, was er dem Mann vor ihm in der Schlange sogleich mitteilte. Der Mann, von geselliger Natur, antwortete, dass man sie vorgelassen habe. »Offensichtlich«, erklärte er, »gibt es zu wenig Frauen für das angesetzte Theaterstück.« Senlin verstand nicht ganz, tat aber so, als könne er dem Mann folgen. Sein Unwissen kundzutun, würde ihn offensichtlich auch nicht weiterbringen.

Senlins neuer Bekannter war ordentlich in einen marineblauen, dreiteiligen Anzug gekleidet. Sein dünner Schnurrbart war sorgfältig geschnitten und gewachst. Auf den Straßen von Isaugh wäre er ein Geck gewesen. Er stellte sich als Mr. Edsel Pining vor. Senlin hielt ihn für niederen Adel.

Pining fragte, ob dies sein erster Besuch im Salon sei. Als Senlin gerade antworten wollte, schluckte er im falschen Moment, sodass seine Worte eher einem Grunzen ähnelten. Unter Angehörigen der besseren Gesellschaft war er schon immer unbeholfen gewesen. Ihre lebhafte, sorglose Art machte ihn immer noch nervöser, ihr Selbstbewusstsein zehrte seines auf.

»Ich frage nur, weil Sie so gefasst wirken«, sagte Pining freundlich. »Völlig mit sich im Reinen. Ich dagegen, ich bin ein wahres Nervenbündel, kurz davor, die Wände hochzugehen.« Er wippte auf den Fußsohlen nach vorn, die Hände hinter dem Rücken verschränkt.

»Ein Novize wäre wohl aufgeregter als ein Veteran, oder?«, sagte Senlin, als er seine Stimme wiedergefunden hatte.

»Ganz und gar nicht. Sie haben keine Ahnung, was Sie erwartet. Für Sie ist es ein Wort: *Salon*. Ein Paragraph in einem Buch. Ein Punkt auf einer Landkarte. Doch sobald man den Salon betreten hat, arbeitet man für den Rest seines Lebens auf die Rückkehr hin.« Pining strich sich mit der Handfläche über die Schläfe und sein gewachstes, dunkles Haar. Senlin schätzte den Mann etwa auf sein Alter, auch wenn sich die Jahre bei seinem Gesprächspartner nicht in derselben Reife zeigten. »Sehen Sie mich an. Ich bin ganz aufgeregt! Normalerweise bin ich nicht so. Zu Hause bin ich ein ungehobelter, mürrischer Invalide. Ich bin Buchhalter und habe Schwielen an den Fingerkuppen von Abakus und Stift. Nein, Sie können sich nicht vorstellen, wie der Salon einen verändert oder zulässt, dass man sich selbst verändert. Das ist jetzt mein vierter Besuch.«

Senlin wusste nicht, was er mit dieser herzlichen und sorglosen Konversation anfangen sollte. Sie schien allem zu widersprechen, was er bisher erlebt hatte: die armen Seelen am Schwarzen Brett, das havarierte Luftschiff, Adams Betrug und Finn Golls düstere Warnungen vor den Gelüsten des Turms und der Leichtigkeit, mit der Frauen davon mitgerissen wurden. Sein Bauch schmerzte immer noch von den Schlägen des Wachmannes. Und gleichzeitig plauderte er entspannt mit einem Dandy. »Wird es nicht irgendwann langweilig?«

»Ich verspreche Ihnen, Mr. Senlin, das wird es niemals. Die Drehbücher werden jeden Monat umgeschrieben, die Räume neu dekoriert und die Darsteller natürlich ausgetauscht. Ich könnte den Salon hundert Mal besuchen und nie genug davon bekommen. Man benötigt nur ein wenig Vorstellungskraft. Ein gewisser Verstand ist sicher hilfreich, doch auch ein Bauer würde sich unterhalten fühlen. Es ist nur schade, dass die Stücke so kurz sind, meistens nur eine Woche. Dann ist es vorbei, und wir müssen wieder zu uns selbst zurückkehren.« Er blickte bemitleidenswert drein.

Senlin war sich nicht sicher, was Pining genau meinte. Der *Allgemeine Führer* beschrieb die zweite Ebene des Turms, den Salon, als einen

Theaterbereich, der schon viele hervorragende Schauspielgruppen im Lauf der Jahre hervorgebracht hatte. Er und Marya hatten darüber gesprochen, sich eine Aufführung anzusehen, bevor sie sich auf der dritten Ebene, den Bädern, mit erschwinglichen Unterkünften und zahllosen Badeeinrichtungen niederlassen wollten. Der Reiseführer machte Vorschläge zur Analyse der Stücke und gab Hinweise zur allgemeinen Etikette. Um aber nicht sofort wieder veraltet zu sein, enthielt er keine genauen Angaben zu Einzelheiten oder Spielplänen. Nicht zum ersten Mal seit seiner Ankunft am Turm fühlte Senlin sich unvorbereitet. Doch er erinnerte sich an Golls Rat, in der Menge unterzutauchen, seine Suche fortzusetzen, ohne aufzufallen, und beschloss, sich nichts anmerken zu lassen.

Auch wenn er sich kein Theaterstück vorstellen konnte, nicht einmal das ausuferndste Epos, das eine Woche andauerte. Das war sicher nur eine Übertreibung.

Die Schlange bewegte sich schrittweise vorwärts. Pining plapperte sich durch sein Repertoire an humorigen Beobachtungen und Bemerkungen, und Senlin, der froh war, seinen Begleiter im Gespräch nicht unterstützen zu müssen, trug gelegentlich ein aufmunterndes Lächeln zu der Unterhaltung bei. Schon bald endete der spiralförmige Aufstieg in einem Raum vor einem mit Vorhängen verdeckten Torbogen, der an ein Theaterfoyer erinnerte. Es gab vier mit Schnitzereien verzierte Kassenschalter, hinter jedem stand ein glänzendes Drehkreuz. Männer in weißen Mänteln und aschegrauen Westen saßen in den Kabinen, die kaum größer als ein Sarg waren. Was wiederum äußerst passend war, denn die Saaldiener waren tatsächlich so bleich und wächsern wie Leichen.

Hinter den uniformierten Männern befanden sich vier Türen. An der ersten war ein Messingschild in Form des Buchstabens »K« befestigt, an der zweiten ein »S«, an der dritten ein »A«, und an der letzten Tür hing ein »I«.

»Das sind die Einweiser des Salons. Sie teilen einem die Rolle im Stück zu und erklären die Bühnenregeln. Hören Sie gut zu, Mr. Senlin. Diese Regeln sind zwar wenig erbaulich, doch jedes Rädchen hat seinen Platz, nicht wahr?«, sagte Pining leichthin, ohne den vielleicht tatsächlich gebotenen Ernst. Er zupfte seine Jackettaufschläge zurecht und wurde von einem Einweiser vorgerufen. Pining lächelte herzlich, wenn auch grundlos; seine Art, die Rädchen zu schmieren, auch wenn er wenig Erfolg damit hatte. Die Miene des Mannes war so mürrisch wie die eines Gerichtsvollziehers. Trotz Pinings Schwärmereien vom Charme des Salons wirkte die Szenerie wenig einladend.

Senlin wurde von einem weiteren Einweiser nach vorn gewunken, der gepflegtes weißes Haar hatte und Furchen im Gesicht, die geradewegs an der kahlen Stelle auf seinem Kopf zu beginnen schienen.

Der Mann reichte ihm ein gedrucktes Heft im Westentaschenformat. Es erinnerte Senlin an die einfachen Lehrbücher, die seine Schüler benutzten: grob und unansehnlich gebunden mit gezacktem Schnitt. »Sie werden den Butler spielen, Sir«, verkündete der Einweiser, ohne dass eine der Furchen in seinem Gesicht gezuckt hätte. Senlins Heft zierte ein Stempel mit dem Namen der Rolle: Isaac.

»Ich verstehe nicht. Ich bin kein Schauspieler. Ich hätte gern einen Platz, gern weiter hinten …«, sagte Senlin. Der Blick des Einweisers war so ausdruckslos, dass Senlin nicht wusste, ob das lange Schweigen Unglauben oder Verachtung ausdrücken sollte. Der Mann gab so viel preis wie ein Türklopfer. Senlin schluckte angestrengt.

»Sie sind sowohl Darsteller als auch Publikum, Sir«, erwiderte der Mann. »Sie können sich setzen, wenn Sie das möchten. Die Regeln des Salons stehen im hinteren Teil des Programms; ich empfehle, sich mit ihnen vertraut zu machen. Am wichtigsten aber ist, Sir, dass Sie nur durch die Türen gehen, die mit einem ›I‹ gekennzeichnet sind. ›I‹ wie Isaac. Sollten Sie durch die Tür einer anderen Figur treten, werden Sie des Salons verwiesen.«

»Könnte ich nicht jetzt schon gehen? Ich habe es etwas eilig, zu den Bädern zu gelangen.« Er hatte keine Ruhe, sich ein Theaterstück anzusehen, egal wie neuartig und modern es auch war, solange Marya verschwunden war. Es gab doch sicher einen Gang für Besucher, die nur hindurchgehen wollten …

»Niemand wird in diesem Fall in die oberen Ebenen entlassen, Sir, nur ins Untergeschoss. Wenn Sie unsere Unterhaltung umgehen wollen, hätten Sie eine Passage auf einem Luftschiff buchen sollen«, antwortete der Einweiser trocken. »Die zweite Vorschrift lautet, dass Sie die Kaminfeuer in den Räumen, die Sie betreten, entzünden müssen. Brennstoff wird bereitgestellt, und ich kann Ihnen versichern, dass alle Darsteller sich um die Feuer kümmern müssen, nicht nur diejenigen in der Rolle des Butlers. Ein Erlöschen der Feuer führt ebenfalls zum Verweis aus dem Salon.«

Der Einweiser forderte zwölf Schekel, von denen Senlin sich drei Nächte in einem Hotel hätte leisten können. Er war überrascht und nicht gerade begeistert von der hohen Summe, doch er hatte keine Wahl, erkannte er. Erst kürzlich hatte er schmerzhaft am eigenen Leib erfahren, wie weit ihn das Feilschen über Zutrittsgebühren brachte. Er konnte umkehren und ins Untergeschoss zurückgehen oder bezahlen und weiterkommen.

Um den Eintrittspreis zu bezahlen, musste er seinen Stiefel ausziehen, was ihm noch peinlicher gewesen wäre, hätte er nicht seinen neuen Bekannten Pining gesehen, wie dieser aus demselben Grund aus seinem sorgfältig polierten Halbschuh schlüpfte. Senlin war offensichtlich nicht der Einzige, der auf seinem Geld herumlief, und er kam sich gleich weniger schlau vor.

Senlin ging durch das glänzende Drehkreuz, doch bevor er die Tür mit dem Messing-I öffnen konnte, berührte Pining seinen Ellbogen und sagte: »In einer Woche wird man Sie aus diesem Abenteuer ziehen, und es wird wie ein Wecker sein, der einen aus einem wunderbaren Traum reißt.«

8

»Lassen Sie sich durch einen strikten Reiseplan niemals von einem unerwarteten Abenteuer abhalten.«

Allgemeiner Führer durch den Turm von Babel, III.II

Trotz der mysteriösen Erklärungen des Einweisers und Pinings Enthusiasmus erwartete Senlin immer noch, Reihen mit samtgepolsterten Sitzen vorzufinden, eine Bühne, ein Proszenium und einen Vorhang – kurz gesagt, ein richtiges Theater.

Stattdessen stand er auf der Schwelle eines weiß gefliesten Ganges, der ihn an die Umkleideräume des Internates erinnerte, das er vor langer Zeit besucht hatte. Holzbänke und Spinde verliefen entlang der Wände. Dutzende von griesgrämig dreinblickenden Angestellten in Weiß schoben Kleiderständer mit Anzügen herum, trugen Handtuchstapel und rollten Körbe voll polierter Schuhe von hier nach da. Im Gegensatz zu dem Einweiser, bei dem er gerade gezahlt hatte, trugen die Anzüge dieser Männer deutliche Spuren ihrer Arbeit. Die Luft war schwer vom Dampf und den aggressiven Duftnoten von Kölnischwasser, Seife und Haartoniken. Er erkannte, wo er sich befand: dem Bereich hinter den Kulissen. Wo aber war die Bühne? Und wer stand darauf?

Senlin wurde von einem Bediensteten unter die Fittiche genommen, der ein säuberlich gefaltetes weißes Handtuch mit rosafarbenem Seifenstück darauf hielt. Er hatte graues, sorgfältig gekämmtes Haar und eingefallene Wangen, die noch rosa von der letzten Rasur glänzten. Abgesehen davon strahlte er die Freundlichkeit eines Gefängniswärters aus. Senlin bemerkte erschrocken, dass der Mann bewaffnet war; eine

Einzelladerpistole hing an seiner Hüfte. Ein rascher Blick zu den übrigen Bediensteten ergab, dass auch von ihnen die meisten bewaffnet waren. Senlin war den Anblick offen getragener Pistolen nicht gewohnt (selbst Isaughs Wachtmeister trug seine nur unregelmäßig bei sich), doch er interpretierte es so, dass in diesem Teil des Turms stärker auf Recht und Ordnung geachtet wurde.

Senlin lächelte seinem ungeschlachten Helfer freundlich zu, der ihn jedoch grob auf eine offene Waschkabine zuschob.

Trotz seiner Unruhe genoss Senlin die heiße Dusche und die raue Sandelholzseife. Das erste Stück echten Luxus, das der Turm ihm geboten hatte. Er hätte noch länger unter den dampfenden Strahlen ausgeharrt, wenn sein grimmiger Aufpasser ihn nicht aufgescheucht hätte.

Mit einem Schneidermaßband nahm er Senlins Maße, während dieser in sein Handtuch gewickelt dastand, dann verschwand er und kam kurz darauf mit neuer Kleidung zurück: einem Butlerfrack und weißer, gestärkter Hemdbrust. Beide Sachen passten, schmeichelten Senlins hagerer Gestalt jedoch nicht. Er war ein wenig überzeugender Butler. Die rote Fliege sah an ihm so absurd aus, dass Senlin sie sofort wieder abnahm. Sein Aufpasser band ihm das verschmähte Stück Stoff jedoch gleich wieder grob um den Hals.

»Keine Änderungen an Ihrem Kostüm erlaubt, Sir«, sagte der grauhaarige Mann. »Lesen Sie die Regeln in Ihrem Programmheft.« Nach und nach verstand Senlin, was der Einweiser ihm hatte sagen wollen: Er war Schauspieler und Publikum in einer Person. Das hier war kein Theater, sondern eine Scharade. Ein Kinderspiel, eine Illusion. Natürlich gab es kein echtes Publikum. Wer würde sich das auch ansehen wollen?

Der Bedienstete befahl Senlin, seine Kleidung und seine Wertgegenstände in seine Tasche zu packen, und dieser gehorchte besorgt. Er verabscheute die Vorstellung, sich von seinem Geld, den Zugfahrkarten und seinem Reiseführer trennen zu müssen, doch er schien keine andere Wahl zu haben. Die Tatsache, dass dieses Theater so effizient betrieben und so viel Wert auf Sicherheit gelegt wurde, machte ihm jedoch ein wenig Hoffnung. Außerdem war er nicht der Einzige, der sein Geld in seinem Schuh aufbewahrte – wie sicher war dieses Versteck dann wohl?

Seine Tasche wurde in einen schweren Kasten auf Rollen gesperrt, zusammen mit den Habseligkeiten anderer Männer, die sich alle leichter von ihrem Besitz trennen zu können schienen. Und warum auch nicht? In einem normalen Theater fürchtete man ja auch nicht, dass der eigene Mantel aus der Garderobe gestohlen werden könnte. Diese Männer waren hier, um dem Alltag zu entfliehen, zu spielen, sich zu verstellen! Sie lachten und scherzten wie Schuljungen, auch wenn einige schon graues Haar oder gar keines mehr hatten. Jüngere Männer waren ebenfalls anwesend, doch sie waren zumeist eher unattraktiv, übergewichtig oder ungelenk. Es hatte den Anschein, als würden die Männer, denen eine gewisse Präsenz fehlte, von den Einweisern als Butler ausgesucht. Wie passend, dachte Senlin säuerlich, dass er auch hier gelandet war.

Nachdem er eingekleidet und zurechtgemacht war, las er endlich das Programmheft. Es erklärte die Handlung, die sie darstellen und ausschmücken sollten. Das Stück spielte in einem Haus, weshalb die Szenen in verschiedenen Räumen stattfanden, darunter einem Speisesaal, einem Arbeitszimmer, einer Küche und einem Dutzend anderer Orte. Es gab nur vier Personen: ein wohlhabendes Ehepaar namens Kerrick und Alice Mayfair, einen jungen Geschäftspartner namens Oscar Shaw sowie Isaac, den Butler – Senlins Rolle in dieser Farce.

Von den Darstellern wurde erwartet, dass sie die Dialoge um die Grundhandlung herum improvisierten. Diese war einfach genug. Der Ehemann, Mr. Mayfair, wird voll und ganz von seinen Geschäften in Anspruch genommen. Sein junger Partner Mr. Shaw ist für ihn der Sohn, den er nie hatte, und er verbringt viel Zeit damit, Oscar auf die Geschäftswelt vorzubereiten. Mrs. Mayfair fühlt sich von ihrem Ehemann vernachlässigt und hat begonnen, mit Mr. Shaw zu flirten. Mr. Shaw muss sich zwischen seiner Zukunft als Geschäftsmann und seinen aufkeimenden Gefühlen für Mrs. Shaw entscheiden, einer reizenden, wenn auch recht launischen Frau.

Senlin nahm bestürzt zur Kenntnis, dass der Butler Isaac sich irgendwann entscheiden musste, ob er die aufbrausende Mistress bei ihrer Indiskretion unterstützen oder die potenzielle Affäre seinem Dienstherren Mr. Mayfair offenbaren würde. Es war ein Albtraum. Die Handlung war genau die Sorte romantisches Melodrama, von der er seinen Schülern eindringlich abriet. Der Subtext war offensichtlich: Liebe, rein und ewiglich, stand über allem. Senlin glaubte nicht an diese Art Liebe: plötzlich und selbstsüchtig und unersättlich. Liebe, wie die Dichter sie so oft darstellten, war nur nackte Lust unter einer pompösen Perücke. Er glaubte, dass wahre Liebe eher einer Erziehung ähnelte: Sie war tiefgehend und subtil und niemals vollständig.

Der Bedienstete packte Senlins Schulter mit seiner schwieligen Hand, riss ihn aus seinen düsteren Gedanken und brachte ihn bis ans andere Ende des Umkleidebereichs in einen mit Teppich ausgelegten Flur. Der Gang, der sich vor ihm erstreckte, erinnerte ihn an ein nobles Hotel. Getünchte Türen gingen in regelmäßigen Abständen zu beiden Seiten ab, doch im Gegensatz zu allen ihm bekannten Hotels hatte dieser Korridor keine Abzweigungen. Er erstreckte sich schier unendlich, bis er in einer sanften Kurve aus dem Blickfeld verschwand. Hunderte Männer unterschiedlichster Herkunft, alle in demselben schwarzen Frack und der gestärkten Hemdbrust, standen herum. Die rote Fliege, die an seinem Hals juckte, sah nun nicht mehr auffällig, sondern eher absurd aus.

Es war, als wäre er zwischen zwei Spiegel getreten und würde sich jetzt in unzähliger Ausführung bis in eine immer dunkler werdende Unendlichkeit betrachten. Ihm wurde schwindelig.

Sein barscher Einweiser reichte ihm einen Schlüssel und sagte: »Finden Sie eine unverschlossene Tür auf diesem Flur. Hinter dieser benötigt das Stück noch einen Isaac. Die anderen Darsteller haben eventuell schon mit dem Spiel begonnen. Verschließen Sie die Tür hinter sich. Ihr Schlüssel wird alle ungekennzeichneten Zugänge zu den einzelnen Räumen sowie die Tür öffnen, durch die Sie eingetreten sind. Wenn Sie in den Flur zurückkommen, können Sie nicht wieder an dem Stück teilnehmen. Wenn Sie durch die Tür einer anderen Figur treten, werden Sie des Salons verwiesen. Haben Sie noch Fragen?«

Etwas sprachlos schüttelte Senlin den Kopf. Es wäre sicher auch keine gute Idee, den mürrischen Einweiser noch weiter auszufragen.

»Genießen Sie Ihre Vorstellung.«

Bring den Salon hinter dich, geh zu den Bädern. Sie wird dort sein, sagte sich Senlin erneut.

Er spürte den vertrauten Druck in seiner Kehle, das Pochen in seinen Fingerspitzen und den eingeschränkten Blick, die eine Panikattacke ankündigten. Zu viele Menschen hielten sich in dem engen Korridor auf. Er musste hier weg. Er drängte sich durch die vielen herumstehenden, plappernden Butler, von denen es keiner eilig zu haben schien, eine offene Tür zu finden. Schließlich war das hier ihr Urlaubsabenteuer! Sie experimentierten mit übertriebenen Akzenten und Gesten; sie schwadronierten darüber, welche Seite sie während des Stückes unterstützen würden. *Die Liebe muss gewinnen! Nein, die Ehe ist etwas Heiliges!*

Am liebsten hätte er geschrien.

Die Vorstellung, wie er in ein unbekanntes Zimmer hineinplatzte, bereitete ihm Sorge, jedoch weniger als dieser Flur voller Möchtegernbutler. Er packte den Türknauf der nächstbesten Tür, doch sie war verschlossen. Auch die nächste verwehrte ihm den Zutritt, ebenso wie die dritte. Seine Handflächen waren feucht vor Schweiß und rutschten von den Türgriffen ab. Mit jedem Misserfolg wurde er nervöser. Einen Moment betrachtete er sich von außen, sah diesen hektischen, hageren Dummkopf, der verzweifelt Türknauf über Türknauf zu drehen versuchte.

Seine Doppelgänger warfen ihm ungehaltene Blicke und Kommentare zu, als er sich an ihnen vorbeidrängte. Er stieß sie gegen die Holzverkleidungen und die mit Blattgold verzierte Tapete, ohne sich zu entschuldigen. Er konnte nicht anders. Er wurde in den Wahnsinn getrieben, nicht nur von den vertrauten Angstzuckungen in seinem Körper, sondern auch von der Vorstellung, dass Marya hinter einer dieser Türen sein könnte und in einem Stück mitspielte, in dem sie die Frau des einen und die Geliebte des anderen Mannes war. Er packte den nächsten Türknauf, als wolle er ihn erwürgen.

Und er drehte sich. Senlin stürzte in den Raum und verschloss die Tür hinter sich. Die Stille war eine Wohltat.

Er stand auf der Schwelle einer Küche, als ob er ein Haus durch die Hintertür betreten hätte. Feuerholz lag in einer säuberlich gestapelten Pyramide neben einem Kanonenofen. Netze voller Flaschenkürbisse und Zwiebeln baumelten von den Deckenbalken. Konservengläser leuchteten hell im Licht einer offen flackernden Öllampe. Hoch an der Wand war eine merkwürdig platzierte Messingklappe befestigt. Doch Senlin wurde rasch von dem Schinken abgelenkt, der mit Kirschen verziert auf einer verschnörkelten Servierplatte auf dem Dienstbotentisch lag. Der Geruch nach Holzrauch, Nelken, Schwein und durch langjährigen Gebrauch würzig riechender Pfannen wärmte die Luft. Es war zweifellos herrlich. Und friedlich. Er konnte kaum glauben, dass er sich immer noch im Turm von Babel befand.

Er schürte das Feuer und füllte den gusseisernen Kessel aus einem massiven grünen Hahn mit Wasser. Er handelte ganz automatisch, denn daheim in seinem Cottage stand immer Wasser auf dem Herd, damit er jederzeit eine Tasse Tee trinken konnte. Die Rohre gurgelten und husteten wie ein Lungenkranker. Die häuslichen Tätigkeiten beruhigten ihn. Die Fettspritzer auf dem Herd ließen ihn ans Frühstück denken: Pfannkuchen, geschmorte Äpfel, fettige Bücklinge, die in der Pfanne brutzelten. Er war hungrig, stellte er fest. Nein, mehr als das, er war ausgehungert. Er vergaß seine Manieren und riss ein großes Stück fettiger Haut aus dem bronzefarbenen Schinken, das er mit einem Bissen verschlang. Dann nahm er sich noch ein zweites und ein drittes. Er kaute und schnaufte und kaute wieder. Er stopfte sich voll, beugte sich über den Schinken wie ein Geier und war froh, dass ihn niemand sah. Das salzige Fleisch brannte auf seinen Lippen, die vor Durst gesprungen waren. Er nahm eine Teetasse von einem Haken und füllte sie mit Wasser aus dem Hahn, trank und stöhnte vor Erleichterung. Nachdem er so viel Fleisch verschlungen hatte, wie sein Magen ertrug, wickelte er noch ein paar Stücke in ein Stofftaschentuch und steckte das Bündel in seine Hosentasche.

Sein Blick fiel auf die Porzellantasse in seinen Händen, auch wenn er den Grund dafür erst nach einem Moment erkannte. Ihr Rand war mit einer zarten Blumengirlande bemalt.

Erst vor ein paar Monaten hatte Marya, als sie ihre Haushalte vereinigten, eine mit Stroh gefüllte Kiste mit Geschirr ausgepackt, das mit einem ähnlichen Muster bemalt war. Ihr Service war ein Familienerbe, ein Geschenk, das sie an ihrem Hochzeitstag von ihrer Großmutter erhalten hatte. Senlin hatte bemerkt, dass einige Stücke fehlten, und Marya angeboten, nach Ersatz zu suchen – zum einen, weil er ihr eine Freude machen wollte, zum anderen aus seiner Vorliebe für Vollständigkeit heraus.

Marya hatte ihm gedankt und seinen Hals gestreichelt, um seinen aufgebrachten Gesichtsausdruck zu mildern. (Jetzt fragte er sich: Blickte er immer so ungehalten drein, selbst wenn sie allein waren?)

»Auch die Lücken gehören zu dem Service«, hatte sie gesagt. »Man kann sie nicht ersetzen. Ich weiß, wie jedes Stück verloren ging oder zerbrach. Einen Teller habe ich selbst zerbrochen, als ich neun war. Jetzt bin ich ein unsterblicher Teil des Musters. Ich behalte die Lücken gern, danke.« Sie zwinkerte und schob die Zunge hinter ihre Oberlippe. Diese Grimasse hatte sie auch oft im Klassenzimmer geschnitten, viele Jahre zuvor, und bei der Erinnerung lächelte er zärtlich.

Nein, er blickte nicht immer ungehalten drein.

Senlin ließ sich in der warmen Theaterküche auf einen Stuhl fallen und vergrub das Gesicht in den Händen.

9

»Unausweichlich, ausnahmslos werden Sie schließlich merken, dass Sie nicht dafür gerüstet sind, eine auf Wissen und Erfahrung basierende Entscheidung zu treffen. Im Zweifelsfall sagen Sie einfach ›Ja‹. ›Ja‹ ist das Universalpasswort. ›Ja‹ ist die ewige Währung.«

Allgemeiner Führer durch den Turm von Babel, I.XII

Zu seiner Überraschung merkte er, dass er eingeschlafen war, als ihn das enervierende Klingeln einer Glocke weckte. Sie war zusammen mit vielen anderen an der Wand über dem Herd befestigt und zuckte an einem Seil auf und ab, das in der Wand verschwand. Reflexhaft stürzte er auf die Tür neben dem Herd und den Glocken zu, in der Hand immer noch die Teetasse, über die er so lange sinniert hatte.

Er betrat ein langgezogenes Esszimmer, das bis auf die fehlenden Fenster aus einer Stadtvilla stammen könnte. Stühle mit hohen Rückenlehnen säumten eine Tafel, die ein ganzes Parlament aufnehmen könnte und gerade erst poliert worden war. Leuchtend bemalte Schilder hingen zwischen Wandteppichen. Hoch oben an den Wänden waren weitere Messingvorrichtungen zu sehen. Vielleicht waren sie eine Art Luftventil? In einem großen Kamin glühten genug Kohlen, um ein Wildschwein zu braten. Der Raum war leer, doch Senlin hörte gedämpfte Stimmen aus dem Nebenzimmer.

Er beschloss, die anderen Darsteller in dieser Farce so lange zu meiden wie möglich, und ging zu dem Stapel Feuerholz, nahm zwei Scheite heraus und stellte sie sorgfältig gegeneinander auf den Kaminrost. Er konnte nicht sagen, aus welcher Richtung die Stimmen kamen. Sie klangen leidenschaftlich, doch es war unklar, ob aus Freude oder Wut. Senlin war immer noch benommen und fragte sich, wie lange er geschlafen hatte. Hatte das Stück bereits begonnen? Er hatte irgendeine Art Einleitung oder Prolog erwartet. Unbewusst zupfte er an der Fliege und fragte sich, ob er nicht einfach in der Küche bleiben und dem Melodrama seinen Lauf lassen sollte.

Eine der vielen Türen des Esszimmers wurde aufgestoßen, und eine Frau in einem Reifrockkleid stürzte herein, die Zähne gefletscht, entweder aus Frust oder vor Abscheu. Zuerst schien sie Senlin nicht wahrzunehmen, der starr wie ein ängstliches Kaninchen dastand. Als sie ihn entdeckte, lächelte sie wenig überzeugend.

»Isaac, wo bleibt unser Tee?«, fragte sie. Hinter der offenen Tür ertönten zwei männliche Stimmen im regen Austausch. »Haben Sie mich nicht klingeln gehört?«

Senlin begriff erst nach einem Moment, dass er ja schließlich Isaac war. »Ja«, antwortete er leicht gereizt. Normalerweise läutete er die Glocke, um die Schüler hereinzurufen. Er hatte nicht sechs Jahre an der Universität verbracht, nur um der imaginäre Diener einer Fremden zu werden. Doch da er keinen Streit anzetteln wollte, zwang er sich, gemäß seiner Rolle zu antworten, wenn auch ohne jegliche Begeisterung. »Er ist noch nicht fertig.«

Sie kam näher auf ihn zu, und er sah, dass ihre Wangen gerötet waren. Ihr Haar, dunkel wie nasser Schiefer, war hoch auf ihrem Kopf aufgetürmt. Ihre Haut hatte die Farbe von Karamell, der im Süden von Ur verbreitet war. Ihre kohlschwarzen Augen und die dichten Augenbrauen waren beeindruckend, passten jedoch nicht zu der Verspieltheit ihres pfirsichfarbenen Rüschenkleides. Sie sah aus wie ein Kuchen mit zu viel Glasur. Er musste daran denken, wie leicht ein ansprechendes Kunstwerk durch einen allzu prächtigen Rahmen erdrückt werden konnte. Der Ausschnitt ihres Kleides war tief und eng.

Sie nahm ihm die Teetasse aus der Hand, warf einen Blick hinein und drehte sie dann um, da sie leer war. Sie sah Senlin enttäuscht an und reichte ihm die Tasse wieder. »Vergessen Sie den Tee. Mein Mann und

Mr. Shaw streiten sich gerade im Arbeitszimmer. Eine beruhigende Präsenz wäre sicher hilfreich.«

Ihr theatralisches Gebaren verwirrte Senlin. Sie wirkte tatsächlich aufgewühlt, beinahe schon verängstigt, und doch nannte sie die anderen Darsteller bei ihren Bühnennamen. Vielleicht war sie auch nur eine talentierte Schauspielerin. Nicht jeder im Salon war wahrscheinlich ein Amateur wie er. »Was soll ich tun?«

Sie warf die Hände hoch, als wolle sie ein Huhn auf Abwegen in die richtige Richtung scheuchen. »Gehen Sie einfach ins Arbeitszimmer!« Kurz war sie aus ihrer Rolle gefallen, denn ihr Akzent klang auf einmal ländlich. Sie besann sich rasch und fügte ein höflicheres »Bitte« hinzu.

Sie riss ihm die leere Teetasse aus der Hand und benutzte sie als Requisite, tat mit abgespreiztem kleinem Finger so, als würde sie daraus trinken. Wenn sie sich dadurch beruhigen oder ihn davon überzeugen wollte, dass sie gefasst war, gelang es ihr nicht. Die Tasse traf klappernd auf der Untertasse auf, als sie sie zu fest darauf abstellte.

Die Frau tat ihm leid; sie schien sich beinahe so verloren zu fühlen wie er.

Mit einem resoluten kleinen Seufzer verbeugte er sich knapp und sagte: »Nach Ihnen, Madam.«

Das Zimmer wirkte eher wie eine Trophäenkammer als wie ein Arbeitszimmer. Alte Hörner, Helme und Säbel hingen überall an den Wänden. Eine unhandliche Muskete, etwa einen Meter achtzig lang, lag auf Pflöcken über dem Kamin. Senlin bezweifelte, dass sie echt war. Ein imposantes ausgestopftes Tier dominierte eine Ecke des Raumes, das lange braune Fell vom Alter etwas stumpf, doch immer noch dicht. Erst nach einem Moment erkannte Senlin, dass es sich um einen Großen Ameisenbär handelte. Das schwarze Fellbüschel an seiner Kehle, die gespreizten Klauen und die winzigen Augen wirkten noch dramatischer durch die schiere Größe des Tieres – es stand auf den Hinterbeinen und war beinahe zwei Meter hoch. An einer anderen Wand hingen Reh-, Hirsch- und Elchköpfe. Im gedämpften Licht des Kaminfeuers schienen sie ihn höhnisch anzugrinsen.

Zwei Männer in Dinnerjacketts gingen an einer Mahagonibar auf und ab und stritten sich; gelegentlich blieben sie stehen, um sich aus einer Kristallkaraffe nachzugießen.

Senlin erkannte überrascht den schlankeren und jüngeren der beiden Männer. Es handelte sich um Mr. Edsel Pining, der immer noch die Hände hinter dem Rücken verschränkt hatte und beim Sprechen mit dem Kopf nach vorne zuckte wie ein pickendes Huhn. Er verkörperte offensichtlich Oscar Shaw, den jungen, romantischen Geschäftspartner und Lehrling, und genoss sichtlich seinen Vortrag über die Unlogik der Liebe und die Kälte des Geschäfts. Er hatte sich nicht vorsichtig an die Krise in der Handlung herangetastet, nein, er hatte sich Hals über Kopf hineingestürzt.

Der größere Mann, der Mr. Mayfair spielte, hatte ein rotes Gesicht, einen grauen Bart und war Besorgnis erregend betrunken.

Die beiden Herren beachteten Senlin nicht, der zum Kamin ging und mit dem Schürhaken in der Glut stocherte, um den Streit der beiden theatralischer zu beleuchten. Die Frau in dem voluminösen Rüschenkleid war ihm gefolgt und faltete ihre Röcke nun über eine Ottomane beim Kaminfeuer.

»Ich habe dich aufgenommen, dich in meine Geschäfte eingeweiht, und so dankst du es mir? Indem du meine Frau betatschst?« Der Mann, der Mayfair darstellte, sprach laut, griff sein Glas von der Bar und riss seinen Arm aufgebracht in die Höhe, wobei er Alkohol auf den Ameisenbären verspritzte.

»Ich danke es Ihnen, indem ich Sie an meinem Leben teilhaben lasse. Ich habe Ihnen die Bücher meines Herzens gezeigt. Und ebenso wie ein Geschäftsmann den Preis für seine Waren nicht nach Belieben heben oder senken kann, kann ein Mann des Herzens nicht beeinflussen, für wen es schlägt. Die Börse des Herzens ist ein launisches Ding. Mrs. Mayfair …«

»… gehört mir! Hier geht es nicht ums Geschäft, das ist Diebstahl«, wütete der größere Mann und überraschte alle Anwesenden, als er sein Glas auf den Boden warf.

»Vielleicht sollten wir das Gespräch fortsetzen, wenn Sie sich ein wenig beruhigt haben«, sagte Pining, der die leidenschaftliche Szene sichtlich genoss. Er wandte sich an die Frau, deren Röcke die Ottomane bedeckten sowie den Teppich davor. Er bückte sich, um ihre Hand zu küssen. »Meine Liebe, ich verlasse dich jetzt, auf dass unser erneutes Zusammentreffen noch ergreifender sein werde. Ist die Sonne nicht am herrlichsten, wenn sie auf- oder untergeht? Mögen unsere Auf- und Untergänge, unsere Morgen- und Abenddämmerungen gleichermaßen strahlend sein!«

Als Pining sich wieder aufrichtete, zerschellte die Kristallkaraffe an seinem Hinterkopf. Ein Heiligenschein aus Glassplittern leuchtete im Kaminfeuerschein auf und verlieh Pining kurz ein engelhaftes Aussehen.

Der junge Mann brach vor Mrs. Mayfairs Füßen auf dem Boden zusammen, rote Spritzer befleckten ihren pfirsichfarbenen Rock. Panisch zuckte sie zurück, sprang auf und prallte gegen Senlin, der erstarrt am Kamin stand und immer noch den Schürhaken in Händen hielt.

Mr. Mayfair ragte über Pining auf, sein Kiefer schlaff, sein Kinn glänzend vor Speichel. »Sie will mich«, murmelte er und ließ den gezackten Hals der Karaffe fallen. Dann brüllte er: »Sie will mich!« Er deutete auf den bewegungslos daliegenden Pining. »Du bist ein Betrüger, ein kleiner, junger Schwindler. Du könntest eine Frau gar nicht befriedigen, du geckenhafter, großmäuliger Schwindler. Sie braucht einen Mann! Sie will mich!« Von Alkohol und Wut überwältigt fuhr sich Mayfair mit den Händen übers Gesicht und schwankte zu der Tür, durch die Senlin den Raum betreten hatte.

Dieser ergriff die Gelegenheit und ging neben Pining auf die Knie. Er musste sein Ohr gegen den Teppich pressen, um unter dem ganzen Blut einen Blick auf Pinings Gesicht zu erhaschen. Pining sah ihn mit einem offenen Auge an und brachte ein unsicheres Lächeln zustande. Er war am Leben. Senlin schöpfte neue Hoffnung. Er war am Leben! Natürlich war er das, es war schließlich nur ein Theaterstück. Roh und vulgär, aber sie hatten doch ihre Menschlichkeit nicht zusammen mit ihrer alten Kleidung abgegeben. Das Wichtigste war jetzt, das Stück zu unterbrechen und sich um Pinings Verletzung zu kümmern. Senlin hatte schon oft gesehen, wie sich ein Schüler auf dem Schulhof den Kopf aufgeschlagen hatte, und trotz des vielen Blutes war nie einer schwer verletzt gewesen.

Der Boden erzitterte unter schweren Schritten, und die Frau schrie auf.

Senlin hob den Kopf und sah, wie Mayfair den Raum durchquerte. Er hatte einen Säbel von der Wand genommen und hielt ihn mit beiden Händen wie ein Mann eine Flagge auf dem Schlachtfeld. Doch es gab keine Flagge, kein Schlachtfeld. Nur ein verwundeter Buchhalter in einem Kostüm, ausgestreckt auf dem Paisleyteppich liegend.

Mayfair stieß Pining den Säbel mit einem wütenden Grunzen zwischen die Schulterblätter.

Der junge Mann bäumte sich auf, als wolle er davonkriechen, und entblößte so den Blick auf die Klinge, die sich durch ihn hindurch bis in den Boden gebohrt hatte. Seine Hände zuckten zweimal, dann sank er wieder an der Klinge herab. Sein letzter Atemzug klang rasselnd wie ein Schnarchen, das jeden aus dem Tiefschlaf gerissen hätte. Doch er lag in seinem Blut und bewegte sich nicht mehr.

Senlin schob sich vor Mrs. Mayfair, die die Hände an Mund und Hals geschlagen hatte. Mayfair stellte seinen Fuß auf Pinings Rücken und zog den Säbel heraus. Die Klinge war dunkel vor Blut und Gewebe. Senlin zitterte, den Schürhaken immer noch in der Hand, und spürte, wie jemand an seinen Frackschößen zupfte; die Frau wollte ihn unauffällig zu einer Tür neben dem Kamin ziehen, von der er nicht wusste, wohin sie führte.

Senlin widerstand ihr und trat stattdessen auf Mayfair zu, der in der Mitte des Zimmers stand und wie ein wütender Stier keuchte. Senlin war verunsichert, vielleicht stand er sogar unter Schock. Doch er musste etwas sagen. Er richtete sich zu seiner vollen Lehrergröße auf und sprach in seinem schärfsten Tonfall: »Sind Sie von Sinnen? Er hat geschauspielert! Sie haben einen Mann wegen seiner Rolle getötet! Sie sind nicht ihr Ehemann. Sie sind nicht Mr. Mayfair.« Senlin deutete nachdrücklich zu Boden, wie ein Mann, der seinen Hund bei Fuß ruft. »Das ist ein Theaterstück, und Sie haben es beendet.«

Mayfair leckte sich die Mundwinkel, als wolle er einen schlechten Geschmack entfernen, und spuckte dann auf den Teppich. Er hatte die schwerfällige, apathische Haltung von jemandem, der sich gerade aus der Badewanne erhoben hatte. Beinahe gelangweilt hieb er mit dem Säbel in die Luft, und eine Blutspur wurde auf dem Teppich sichtbar. Seine Augen waren rot unterlaufen, sein Blick gehetzt und so hart wie Kohle.

»Weg von meiner Frau, Isaac«, zischte Mayfair und zielte mit dem Säbel auf Senlin.

10

»Alles, was von dem Stück ablenkt, wird zu dem Stück.«

Allgemeiner Führer durch den Turm von Babel, III. V

Senlin war sich nicht sicher, wann sich etwas geändert hatte, doch irgendwann in den letzten zwölf Jahren, seit er Schuldirektor in Isaugh war, hatte er begonnen, das ganze Dorf als sein Klassenzimmer zu sehen.

Nicht aus Überheblichkeit, zumindest hoffte er das. Er hielt sich nicht für besser als die Fischer oder deren Frauen, die den Kabeljau und den Lumb trockneten, in Salz einlegten und verpackten. Er rümpfte nicht die Nase über die rußverschmierten Eisenbahnarbeiter, die den kleinen Bahnhof betrieben, oder über den Händler, der die Stadt mit Brot, Kleidern und Ale versorgte. Doch hin und wieder hielt er es für nötig, diesen Menschen kleine Vorträge zu halten: eine Erklärung der Gleichförmigkeit von Salzkristallen oder eine Bemerkung zur Evolution des Dampfventils oder den exotischen Verwandten der einheimischen Hefe. Die Dorfbewohner ließen seine Lektionen geduldig über sich ergehen, waren aber nicht begeistert davon. Für sie waren solche Informationen nutzlos, denn sie erleichterten nicht ihre Arbeit. Senlin beharrte jedoch darauf, angetrieben von der Überzeugung, dass Wissen wie ein Antiseptikum wirkte: Je gebildeter eine Gesellschaft war, desto sauberer, sicherer, gleichberechtigter und wohlhabender wäre sie.

Das große Vorbild an Erleuchtung, an dem alles gemessen wurde, war natürlich der Turm von Babel. Lange hatte Senlin die Ansicht vertreten, dass der Turm die Wiege der Lehre war, der Zivilisation. Immer wieder betete er diese Weisheit den Dorfbewohnern vor, die regelmäßig die Augen verdrehten.

Und vielleicht war das tatsächlich die angemessene Reaktion gewesen. Hier stand er nun, gefangen in der Kehle des Turms, und sah seiner eigenen Ermordung entgegen. Sein Kopf war völlig leer.

Mayfair stürzte auf ihn zu. Selbst in diesem Bruchteil einer Sekunde sah Senlin keinen Hauch eines Gewissens auf dem Gesicht des Mannes. Seine Wut hatte ihn jeglichen rationalen Denkens beraubt. Senlin warf sich instinktiv nach hinten, durch die von Mrs. Mayfair geöffnete Tür, und stieß dabei gegen einen voll beladenen Bücherwagen. Die Frau sprang um ihn herum, als er zu Boden stürzte, und schlug die schwere Tür zu. Sie fiel in dem Moment ins Schloss, in dem von der anderen Seite dagegen gehämmert wurde.

»Alice, Liebling, öffne die Tür!«, brüllte Mayfair.

»Ich heiße Edith, Sie Wahnsinniger, und wenn Sie hier hereinkommen, werde ich Ihnen die Augen auskratzen!«, schrie sie zurück. Senlin war erleichtert, dass sie ihre Rolle endlich abgelegt hatte, die Wildheit in ihrer Stimme erschreckte ihn jedoch.

Die Tür erzitterte in den Angeln. »Sie ist nicht abgesperrt«, zischte Edith. »Wo ist der Schlüssel?« Als Senlin nicht sofort antwortete, weil sein Gehirn vor Schock erstarrt war, raffte Edith ihr Kleid nach oben, sodass sich die voluminösen Unterröcke um ihre Taille bauschten. Das entblößte Bein sah aus, als gehöre es einer Porzellanballerina aus einem Schmuckkästchen, die sich zu Musik drehte. Der Anblick trug nicht dazu bei, Senlins Schock zu lindern. Edith zog einen Schlüssel aus dem Band ihrer weißen Strümpfe und versuchte, den Rücken gegen die Tür gepresst, diesen blind ins Schloss zu schieben.

Doch da drehte sich schon der Knauf, Mayfair schob die Tür einen Spalt auf und streckte seinen Arm hindurch. Seine Hand packte wütend ihr Haar, und er brüllte: »Du hast mir zu gehorchen, Frau!«

Sie begann das Gleichgewicht zu verlieren und wegzurutschen, konnte die Tür nicht mehr halten. Panisch schrie sie um Hilfe, und die Angst in ihrer Stimme riss Senlin aus seiner Erstarrung. Er packte den nächstbesten Gegenstand, in diesem Fall den Wagen voller Bücher, und schob ihn wie einen Pflug auf die Türöffnung zu.

Edith sprang zurück und machte den Weg für Senlin frei, der den Wagen mit aller Kraft gegen Mayfair stieß, der in diesem Moment die Tür aufwarf. Das rollende Geschoss traf den wütenden Mann und ließ ihn nach hinten gegen die Bar taumeln.

Einen Augenblick dachte Senlin, ihr Angreifer wäre bewusstlos, doch als er sich gerade zu Edith drehte, hörte er das Klirren von Glas hinter sich und einen zornigen, animalischen Schrei. Wieder warf sich die Frau gegen die Tür, wobei sie Senlin beinahe im Türrahmen einklemmte, rammte den Schlüssel ins Schloss und drehte ihn um.

Der Berserker auf der anderen Seite hämmerte gegen die Tür und rüttelte am Knauf. Senlin und Edith hörten, wie Mayfair seinen eigenen Schlüssel ins Schloss schob, ihn jedoch nicht drehen konnte, weil Edith ihren nicht abgezogen hatte.

Senlin warf einen Blick durch den Raum; sie befanden sich in der Bibliothek. Dicht bestückte Regale bedeckten die Wände bis zur Zimmerdecke. Ein runder Kartentisch mit vier Stühlen stand in der Mitte eines großen Teppichs. Ein Feuer schwelte in einem fächerförmigen Kamin. Senlin nahm im Adrenalinnebel eines der Bücher auf, die von dem Wagen gefallen waren, und öffnete es. Er blätterte durch leere Seiten – das Buch war eine reine Requisite. Diese Erkenntnis riss ihn aus seiner inneren Erstarrung, Ärger brodelte in ihm auf. Nein, Wut. Er warf das leere Buch in den Kamin, wo es hell aufflammte, wie aus Abscheu vor sich selbst.

»Warum sind nicht wir in der Waffenkammer eingesperrt?«, sagte Edith verzweifelt. Ihr dunkles Haar hatte sich aus ihrer Frisur gelöst und hing ihr in Strähnen ums Gesicht.

In diesem Moment sahen sie die zweite Tür in der Bibliothek, die weit offen stand.

»Wir müssen sie blockieren«, sagte Senlin.

»Dann sind wir gefangen«, meinte Edith. Mayfair trommelte immer schneller gegen die Tür. »Ich will nicht in die Ecke getrieben sein. Da drüben war ein Gewehr, Sie haben es gesehen. Wenn es geladen ist, sind wir erledigt.«

»Dann müssen wir einen Ausgang finden.« Senlin hob den Schürhaken auf, den er zuvor hatte fallen lassen. Er konnte sich nicht vorstellen, damit zuzuschlagen, doch es war tröstlich, ihn in der Hand zu halten. »Sie müssen Ihren Schlüssel im Schloss stecken lassen.«

»Moment mal«, sagte sie und rief dann laut in Richtung Tür: »Brech dir bloß nicht die Hüfte, du alter Bock!«

Das hatte tatsächlich den gewünschten Effekt, denn Mayfair verdoppelte seine Anstrengungen, die Tür aufzubrechen. Während er sich immer stärker dagegen warf, entkamen Senlin und Edith durch die geöffnete Tür.

Es war keine Zeit für den Austausch von Höflichkeiten oder um sich gegenseitig vorzustellen. Wenn sie dem Berserker Mayfair entkommen wollten, würden sie sich auf ihren Verstand und ihre Umsicht verlassen müssen. Die Formalitäten würden sie später angehen, wenn sie denn überlebten. Im Moment zählte nur das Entkommen. Sie besprachen gemeinsam ihre Möglichkeiten, während sie durch das Haus schlichen.

Nach einer Weile merkten sie, dass es ein Fehler gewesen war, Ediths Schlüssel zurückgelassen zu haben, auch wenn sie keine Wahl gehabt hatten. Mit ihrem Schlüssel hätten sie vielleicht direkt ins Schlafzimmer ihrer Figur fliehen können, wo sie das Stück ursprünglich betreten hatte, und von dort flüchten. Ihr Zimmer lag am anderen Ende des nachgebauten Hauses und weit weg vom Schauplatz des Mordes. Mit Senlins Schlüssel, der nur zum Ausgang in der Küche passte, müssten sie zurück durch das Trophäenzimmer oder das angrenzende Esszimmer. Bei nur zwei Möglichkeiten hatten sie eine fünfzigprozentige Chance, Mayfair wieder zu begegnen. Um ihre Ausgangssituation zu verbessern, schlug Edith vor, Mayfair so tief ins Haus hineinzulocken wie möglich, in den Bereich, in dem es viele Schlafräume und verwinkelte Flure gab. Sobald er weit genug vom Trophäenraum entfernt war, würden sie ins Esszimmer zurückkehren und sich in die Küche flüchten. Wenn sie Isaacs Flur erreichten, würden sie bestimmt Hilfe finden.

Senlin regte an, jede Tür zu versperren, auf die sie trafen. Das würde Mayfair irritieren und bremsen. Wenn alle Türen verschlossen waren, gab es keine konkrete Spur, der er folgen konnte. Edith stimmte zu und verlieh ihrer Hoffnung Ausdruck, dass Mayfair weiterhin lautstark nach ihnen suchen würde, sodass sie immer wussten, wo er sich ungefähr befand.

Der Lärm ebbte ein wenig ab, als sie ein schwach beleuchtetes Musikzimmer mit einem Cembalo betraten. Mit Samt bezogene Stühle standen um das glänzende Instrument herum. Auch hier waren die seltsamen Messingvorrichtungen an den Wänden angebracht. Sie schienen in jedem Raum zu sein. In der Hoffnung, eine gefundene Kerze entzünden zu können, schürte Senlin den Kamin wieder an, dessen Feuer fast erloschen war. Doch als er einen Kienspan an die Kerze hielt, erkannte er, dass diese keinen Docht besaß. Er warf den Wachsstumpen auf das frische Feuerholz, überrascht von dieser Finte. Warum sollte jemand den Docht aus einer Kerze ziehen? Es war absurd.

Er wollte gerade versuchen, eine zweite Kerze anzuzünden, als das Hämmern in der Ferne verstummte. Er und Edith standen einen Moment erstarrt wie Rehe im Licht und eilten dann wortlos in den angrenzenden Wintergarten.

Dieser Raum war eine entsetzliche Nachbildung. Man hatte die Wände bemalt, um eine Illusion von Fenstern und Wattewolken neben einer eigelbfarbenen Sonne zu erzeugen. Ein Rotkehlchen, eingefangen im Flug, ähnelte eher einem zerquetschten Insekt an der Wand als einem lebendigen Vogel. Viele Räume waren wie dieser hier: dürftig und ungeschickt ausgestattete Theaterbühnen. Die meisten Gegenstände waren Hüllen oder Requisiten. Das Haus war eine einzige Bühne, bis auf das fehlende Publikum, an dessen Stelle sich eine weitere Wand befand. Senlin wünschte sich das Licht von Zuschaueraugen herbei, um die Schatten von der Bühne zu vertreiben. Ausnahmsweise sehnte er sich danach, im Mittelpunkt der Aufmerksamkeit zu stehen.

Langsam bahnten sie sich ihren Weg durch Zimmer und Flure. Senlin blieb jedes Mal beinahe das Herz stehen, wenn er seinen Schlüssel in ein

Schloss steckte. Das Geräusch war unerträglich, wie Sand, der über Glas gerieben wird. Selbst ihre Atemzüge und das Rascheln von Ediths voluminösen Röcken schien quälend laut. Als er an einer Ecke den Schatten eines erhobenen Säbels sah, schrie Senlin auf und schlug mit dem Schürhaken darauf ein.

Der leere Kleiderständer prallte gegen die Wand und stürzte mit einem lauten Krachen zu Boden.

Edith sah ihn mit panisch aufgerissenen Augen an. Er zuckte hilflos und entschuldigend mit den Schultern. Was sollte er tun? Für so eine Art Intrige war er nicht gewappnet. Er wollte es ihr gerade erklären, doch sie bedeutete ihm zu schweigen und eilte weiter.

Nachdem sie die Tür zu einem kurzen, düsteren Korridor verschlossen hatten, standen sie in einem Schlafzimmer, das von einem riesigen Himmelbett mit bernsteinfarbenem Seidenbaldachin beherrscht wurde. Die Tür zur Linken des Bettes war mit einem polierten »K« gekennzeichnet.

»›K‹ wie Kerrick Mayfair. Wir sind in seinem Zimmer«, sagte Senlin und stocherte in den Kohlen in dem grün gefliesten Kamin, um das Zimmer zu erhellen.

Edith begann, an ihrem Rock über der Krinoline zu zerren. »Das ist doch lächerlich.« Sie drehte Senlin den Rücken zu. »Ziehen Sie mich aus.«

Diese Aufforderung ließ ihn erstarren. Welche Lady bat um so etwas? Er starrte auf ihren Nacken, ihre karamellfarbene Haut, die dunklen Sommersprossen. Er erkannte, dass er seit dem Moment, in dem das grausame Schicksal sie zusammengeführt hatte, jeden Gedanken daran gemieden hatte, wer sie war oder was sie hierhergeführt hatte. Anfangs hatte er sie für eine Lady gehalten, da sie auch eine spielte, und jetzt kritisierte er ihr Verhalten, weil es nicht damenhaft war. Wie absurd! Er war schließlich auch kein Butler. Nein, sie war ein Mensch wie er, mit einer Vergangenheit und einem Zuhause. Vielleicht sehnte sich in diesem Moment ein Mann nach dem intimen Anblick ihres Nackens. Diese Gedanken überraschten Senlin und belebten die Erinnerungen an Marya und die Hochzeitsreise, die er verdorben hatte.

Frustriert von diesen unpassenden Gedanken, stieß er hervor: »Warum?«

»Im Ernst? Warum ich fünf Kilo Unterröcke und Rüschen loswerden will, wenn mich ein bewaffneter Irrer verfolgt?« Sie warf ihm über die Schulter einen Blick zu und hielt ihre lehmdunklen Haare hoch. »Zwei Frauen haben eine halbe Stunde gebraucht, um mich in das Ding hier zu zwängen. Allein komme ich nicht heraus.«

Senlin sah sich nervös um, Scham durchzuckte ihn, als sein Blick auf das Bett fiel.

Edith seufzte. »Sind Sie ein Mönch?«

»Nein.«

»Dann helfen Sie mir schon aus diesem Kleid heraus!«

Ein leises Knarzen, ein hauchzarter Protest von Holzbohlen unterbrach sie. Das Geräusch schien aus dem Flur zu kommen, auch wenn es genauso gut von der Decke oder dem Boden unter ihnen stammen konnte. Tatsächlich hatte Senlin sogar den merkwürdigen Eindruck, dass das Knarzen aus der Ecke des Schlafzimmers gedrungen war, die am weitesten von der Tür entfernt und bis auf die seltsame Messingvorrichtung leer war.

Die Härchen auf seinen Armen richteten sich auf, wie sie es manchmal taten, wenn er mit dem Rücken zu seiner Klasse stand. Die Härchen sträubten sich, und er wusste, dass hinter ihm etwas vor sich ging: Ein Schüler war von seinem Platz aufgestanden, jemand hatte den Arm gehoben, um einen Papierball zu werfen oder …

Er drehte sich zweimal um die eigene Achse, auf der Suche nach dem Grund für seine Vorahnung. Doch außer Ediths und seinem *gekrümmten* Schatten an der Wand war da nichts.

11

»Wenn die Schauspieler fähig sind, das Drehbuch oder der Regisseur, dann wird das Publikum mucksmäuschenstill sein. Außer natürlich das Stück ist eine Komödie. Dann ist Stille furchtbar und quälend.«

Allgemeiner Führer durch den Turm von Babel, III.XI

Ediths Schlafzimmer lag im Dunkeln, als sie es erreichten. Senlin ging zurück in den vorherigen Raum, entzündete einen Kienspan und trug ihn wie eine Fackel vor sich her. Hastig versenkte er den Funken sprühenden Stab in die Asche auf dem Kaminrost und legte Feuerholz hinzu. Währenddessen versuchte Edith, die massive Tür mit dem »A« zu öffnen, doch natürlich war sie verschlossen.

»Warum habe ich nur meinen Schlüssel zurückgelassen?«

»Wir hatten keine andere Möglichkeit. Ich könnte versuchen, die Tür aufzubrechen.« Doch noch während er den Vorschlag machte, dachte er an die Tür zurück, durch die er das Theaterstück betreten hatte. Sie war solide wie ein Deich gewesen.

»Sind Sie sicher?«, fragte sie und drehte zweifelnd den Kopf. Es war eine sinnvolle Anmerkung, er hatte jedoch trotzdem das Bedürfnis, sich zu verteidigen. Er war immerhin ein Gelehrter, kein Grobian. Wenn es weniger Schläger und mehr gebildete Menschen gäbe, müssten diese vielleicht nicht um ihr Leben rennen! Doch er schwieg. »Ich meine nur, weil er Ihre Versuche sicher hören würde und wir dann in die Ecke getrieben wären.«

Dagegen ließ sich nichts sagen.

»Ich weiß jetzt, wo wir uns befinden«, erklärte sie. »Das Foyer ist hier entlang.«

Eine breite Treppe mit einem grünen Läufer führte in die Höhe und endete abrupt an der Wand, wo das nächste Stockwerk hätte liegen müssen. Die Eingangstür war aufgemalt.

»Trotz all der Türen ist dieses Haus eine einzige Sackgasse«, bemerkte Senlin.

»Das Esszimmer ist dort drüben. Wir sind fast in der Küche«, sagte Edith und raffte theatralisch ihre schweren Röcke. »Wenn er da draußen ist und mich wegen dieses dummen Kleides erwischt, sind Sie dafür verantwortlich.« Sie lächelte nervös und warf dann einen ängstlichen Blick auf den Schürhaken in Senlins Hand. »Ich wünschte, wir hätten ein Schwert.«

»Ich hatte in meinem Leben noch kein Schwert in der Hand«, erwiderte er.

Seine Ehrlichkeit entwaffnete sie, und sie lächelte erneut. »Ich auch nicht.« Sie sah, wie der Schürhaken zitterte, und ihr Lächeln verblasste. »Ich erinnere mich, dass an den Wänden Dinge befestigt waren, die wie Schilder aussahen. Richtig?« Senlin nickte. »Ich würde vorschlagen, wir nehmen eines ab, und falls nötig, benutzen wir es als Rammbock. Wir zwei zusammen sollten einen alten Säufer umwerfen können.«

»Was, wenn es nur Attrappen sind?«

»Das Schwert war jedenfalls sehr echt«, meinte sie. Er fragte sich nach dem Grund. Warum gab es falsche Kerzen und leere Bücher, aber scharfe Schwerter? Er wünschte, der mürrische Bedienstete, der ihn eingekleidet hatte, hätte ihn davor gewarnt; nein, er wünschte, der Mann würde mit seiner Pistole hereinstürmen und diesem schrecklichen Martyrium ein Ende bereiten.

Er schloss die Tür zum Esszimmer auf, während sich Ediths Röcke gegen ihn bauschten. Sie spähte über seine Schulter durch den sich langsam öffnenden Türspalt. Beinahe erwartete er schon, den bulligen Mayfair am Kopf des Esstisches sitzen zu sehen, von sich selbst überzeugt wie ein König. Doch das Feuer war das einzig Lebendige, das fröhlich in dem tiefen gefliesten Kamin flackerte.

Die Schilde an der Wand waren mit leuchtend bunten Wappen lackiert und sahen echt aus. Senlin nahm ein Normannenschild von der Wand, auf dem ein blaues Kreuz prangte und das ihn beinahe in die Knie zwang. Er schaffte es mit Mühe, die dicke Eisenplatte vor sich zu halten, doch er würde lieber sterben, als sich über das Gewicht zu beschweren.

»Also gut, still jetzt«, sagte Edith, ihre Knie stießen gegen die Rückseite seiner Beine.

Der Flur vor ihnen schien sich endlos hinzuziehen. Die Küchentür wich immer weiter zurück, als sie hinter den Schild geduckt darauf zugingen. Sechs Türen gingen vom Esszimmer ab. Man konnte unmöglich sagen, aus welcher Richtung Mayfair sie angreifen würde. Oder er lag ohnmächtig vom Alkohol irgendwo auf dem Boden. Senlin fragte sich, ob überhaupt alle Türen echt waren. Die Haare auf seinen Armen sträubten sich. Unsicher drehte er sich mit dem Schild hin und her.

Sie kamen an dem Arbeitszimmer vorbei, in dem Pining ermordet worden war. Die Tür war offen – nicht weit genug, um hineinsehen zu können, aber durch den Spalt fiel etwas Licht ins Esszimmer. Senlin drehte sich mit dem Schild in diese Richtung, voller Angst, dass ein Schatten sich dazwischenschieben und Mayfair zu ihnen ins Zimmer stürzen könnte. Die Vorstellung war so real, dass sie sich wie eine Vorsehung anfühlte, doch natürlich glaubte er nicht an so etwas …

Das Quietschen alter Türangeln unterbrach seine Gedanken. Senlin blinzelte in Richtung Arbeitszimmertür und stellte erstaunt fest, dass sich der Spalt nicht verbreitert hatte.

»In der Küche!«, schrie Edith plötzlich, und Senlin wirbelte herum.

Mayfair stand im Türrahmen zur Küche und füllte diesen beinahe aus. Er wirkte genauso überrascht wie sie. Unter einen massigen Arm hatte er einen Schinken geschoben. In der freien Hand hielt er eine Muskete.

»Was ist Instinkt?« Senlin stand aufrecht wie ein Totempfahl vor der Klasse. »Instinkt ist eine angeborene Reaktion auf eine spezielle Gegebenheit.« Er ließ den Blick über die Reihen müder, jedoch aufmerksamer Schüler schweifen. »Der Fischadler weiß instinktiv, wie er ein Nest zu bauen hat. Die Makrele schwimmt instinktiv in einer Schule. Bären halten Winterschlaf, Kaninchen graben Gänge, und die Laubfrösche quaken. Sie wissen nicht, warum sie diese Dinge tun, doch alle Verhaltensweisen nutzen den Lebewesen und helfen ihnen beim Überleben.«

Rasch ging er einen Gang zwischen den Tischen entlang und zog einem überraschten Jungen ein gefaltetes Stück Papier aus den Fingern. Dann zerriss er das Briefchen in konfettigroße Stücke, während er zu seinem Lehrerpult zurückkehrte. Als wäre nichts passiert, fuhr er mit seinem Vortrag fort. »Instinkt lässt sich grob in zwei Kategorien einteilen: der Drang zu überleben und der Drang sich fortzupflanzen. Der menschliche Verstand ist sich dieser Bedürfnisse bewusst. Wir haben unsere Gesellschaft daran angepasst. So gut sogar, dass unsere Instinkte so weit abgeschwächt werden, dass wir leicht vergessen, überhaupt über sie zu verfügen.«

Er drehte sich zur Tafel und schrieb hastig eine Liste. »Wir haben Gewohnheiten, Verhaltensweisen, die Regierung, die Polizei, Traditionen, Bildung, Mode, Handel, kreative Erfindungen, Sport und so weiter. All diese Ausprägungen unserer Gesellschaft arbeiten auf dasselbe Ziel hin: die Unterdrückung und Beschneidung unserer Instinkte.« Die Tafel klapperte und wankte unter Senlins nachdrücklich gesetzten Kreidepunkten. »Instinkt ist der Treibstoff des Motors der Zivilisation. Generationen haben daran gearbeitet, diesen Motor zu perfektionieren. Ich hoffe, dass ihr alle euer Leben lang daran arbeitet, ihn zu erhalten. Denn ohne ihn wären wir gefährliche, wilde Tiere.«

Senlin rannte, das Schild vor sich haltend, das auf einmal viel leichter wirkte. Adrenalin pumpte durch sein Blut, als er auf Mayfair zustürmte. Der Wüterich stand schockstarr da, wie ein Reh im Scheinwerferlicht eines nahenden Zuges. Er wirkte älter und verletzlicher als zuvor. Senlin nahm diese Information zur Kenntnis, auch wenn sie kein Mitleid bei ihm hervorrief. Er dachte nicht nach; über das Denken war er hinaus.

Und das war ein gutes Gefühl. Er hatte noch nie im Leben eine solch wilde Hemmungslosigkeit verspürt. Edith folgte ihm, auch sie ließ sich von ihren Instinkten führen, während sie durch das Esszimmer stürmten. Sie würden Mayfair unvorbereitet erwischen. Sie würden überleben.

Dann ließ Mayfair den Schinken fallen, hob die Muskete und feuerte.

Er saß am Grund eines Brunnens. Weit über ihm sah er ein Licht. Ein schneidender Ton summte in seinen Ohren, der ihn vage an einen Finger erinnerte, der über den Rand eines Weinglases fuhr.

Seine Gliedmaßen fühlten sich an, als wären sie durch nasse Taue ersetzt worden. Er war verwirrt, empfand jedoch seltsamerweise keine Angst. Langsam stieg er aus dem Brunnen auf, seine nutzlosen Gliedmaßen baumelten in der Dunkelheit an ihm herab. Der Lichtfleck wurde größer. Auf dem Boden des Esszimmers tauchte er wieder auf.

Er starrte auf seine bleiche Hand, die neben seinem Gesicht lag.

Dann rollte er sich auf den Brustkorb, seine Rippen schrien vor Schmerz. Der Schild lag mit verbogener Ecke in der Nähe. Durch das Summen in seinen Ohren hörte er ein Stöhnen und das Klappern von Holz. Stühle waren auf den Boden gestürzt. Zwischen deren Beinen beobachtete Senlin, wie sich ein Paar Stiefel zurückzog. Ein weiterer Stuhl wurde zu Boden geworfen.

Mayfair marschierte seltsam ungelenk um den Tisch und stieß unbeherrscht die Stühle zur Seite, die Muskete immer noch in der Hand. Beim Anblick der Waffe verzog sich der Nebel aus Senlins Kopf, und er bemerkte, dass Edith nicht mehr an seiner Seite war. Er musste aufstehen.

Er packte die Tischkante und zog sich daran hoch, dann legte er die Hände an den Kopf, der zu explodieren drohte. Mayfairs Schuss hatte den Schild gestreift und dieser hatte dadurch gegen seinen Kopf geschlagen. Senlin fürchtete, wieder ohnmächtig zu werden. Dann sah er, wie Edith von Mayfair an ihren Röcken über den polierten Tisch geschleift wurde und er betrunken die Walfischstäbe ihres Mieders und ihr verletzliches Dekolleté betatschte. Edith schien nur halb bei Bewusstsein zu sein. Sie stöhnte und bewegte den Kopf hin und her, ihre Frisur hatte sich vollständig gelöst. Mayfair zog sie weiter mit sich.

Senlin fand den Schürhaken zwischen den umgestürzten Stühlen, packte ihn und hob ihn hoch über seinen Kopf. Er zielte auf Mayfairs Rücken und schloss dicht zu ihm auf. Edith kam einen Sekundenbruchteil vorher wieder zu Bewusstsein und trat durch die Stoffberge um sich. Mayfair ballte die Faust, bereit zum Schlag, als Senlin den Schürhaken mit aller Kraft auf die Stelle zwischen Hals und Schulter hieb.

Mayfair brach zusammen und riss die letzten noch stehenden Stühle mit sich. Senlin rutschte der Schürhaken aus der Hand, der klirrend über den Boden rollte. Er versuchte nicht, ihn zurückzuholen, sondern zog Edith an ihrem Kleid zu sich, während diese gleichzeitig zum Tischrand kroch und auf die Füße kam. Sie prallte gegen seine Brust, die Beine noch schwach von dem Schlag. Eine Blutspur zog sich über ihre Stirn und ein Auge. Senlin sah die Wunde an ihrem Haaransatz, die zwar stark blutete, aber nicht sehr tief zu sein schien.

Zusammen hinkten sie zur Küchentür, wobei sie immer wieder gegeneinanderstießen, auf wackligen Beinen wie frisch geborene Kälbchen. Sie brachten die zwei Stufen in die Küche hinunter hinter sich, die immer noch malerisch vor ihnen lag, auch wenn der Schwindel seinen Reiz verloren hatte. Ein großes »I« prangte an der Tür vor ihnen. Senlin spürte, wie er wieder zu rationalem Denken fähig war, und der erste Gedanke, der sich aus den Untiefen seines Instinktes löste, war so klar wie herzzerreißend: *Marya wird nie wissen, wenn ich hier sterbe. Sie wird glauben, ich hätte sie verlassen.*

Beinahe waren sie frei. Trotz seiner zitternden Finger schob Senlin den Schlüssel beim ersten Versuch in das Schloss. Die schwere Tür schwang auf, und sie stürzten taumelnd von einer Welt in die andere.

Eine Gruppe Butler im schwarzen Frack starrte mit unverhohlenem Schock das hyperventilierende Paar an. Senlins und Ediths Aussehen war Furcht erregend. Blut überzog eine Seite ihres Gesichts und war auf ihre Röcke gespritzt, dunkelrote Flecken leuchteten auf Senlins gestärkter

Hemdbrust. Angst stand glänzend in ihren Augen, als sie zusammen den Flur entlangrannten, Ediths Arm um seine Schulter und Hals geschlungen, als ob sie ein dreibeiniges Rennen absolvierten.

Nach dem ersten Schock brach Chaos unter den Butlern aus. Manche reagierten ihrer Rolle entsprechend und verbeugten sich, als die beiden an ihnen vorbeihasteten, eine unpassende Geste für den überfüllten Korridor. Andere tadelten sie, weil sie die Illusion zunichtemachten. Wieder andere wichen panisch zurück, in dem Glauben, das blutbespritzte Paar seien Mörder in Aktion. Senlin drängte sich mit Edith an seiner Seite durch die schwarzen Schultern und Frackschöße. Wieder dachte er: *Sie wird nie erfahren, wenn ich sterbe.*

Ein lautes Brüllen durchbrach den Tumult, die Stimme nicht die einer menschlichen Kehle, sondern tief aus dem Bauch der Wut kommend.

Senlin drehte sich um und sah, dass die Menge sich geteilt hatte und die Butler sich an die Flurwände drückten wie Käfer in einem Glas. Dahinter stand Mayfair und zielte mit angelegter Muskete auf sie.

Sie wird glauben, ich hätte sie verlassen.

Ein Schuss löste sich donnernd. Reihenweise fielen die Butler in Ohnmacht.

12

»Bestechung entscheidet mehr Auseinandersetzungen für sich als Argumente.«

Allgemeiner Führer durch den Turm von Babel, I.IX

Mayfair fiel wie ein Theatervorhang zu Boden. Aus dem versengten Loch in seinem Rücken quoll dunkles Blut. Seine letzten Atemzüge verklangen rasselnd.

Eine Phalanx weiß gekleideter Männer stand hinter ihm, ihr Anführer hielt noch eine Steinschlosspistole in die Höhe, aus deren Mündung Rauch aufstieg. Senlin erkannte den Mann: Es war der Einweiser, der ihn herumgeführt hatte. Sein Gesicht war wie versteinert; wenn er Schuldgefühle wegen der Tötung eines Menschen hatte, zeigte er sie nicht.

Mayfair war von einem überaus lebendigen, rotgesichtigen Mann zu einem Haufen Alltagsmülls geworden. Sein graues Haar könnte gut ein ausgewrungener Mopp sein, seine Hände lagen so flach da wie Wärmflaschen, sein Rücken ähnelte einem dick ausgestopften Kissen. Senlin versucht, den Mann – *es* – nicht anzusehen. Wenn die Einweiser einen Moment später eingetroffen wären, wäre Senlin der Haufen Abfall auf dem Boden gewesen. Auch wenn es der zweite gewaltsame Tod in ebenso vielen Stunden war, dessen Zeuge er geworden war, fühlte er statt Horror nur überwältigende Erleichterung. Er war noch am Leben.

Ediths Arm lag noch um seinen Hals, sie erzitterte unter einem tiefen Seufzer, der zu einem Lachen erblühte. Sie zog Senlin zu einer seitwärtigen, ungelenken Umarmung an sich. Er straffte die Schultern, setzte eine gefasste Miene auf. Niemand würde glauben, dass dieser Mann noch vor Kurzem seinem Instinkt die Führung auf der Flucht überlassen hatte. Auch Edith spürte trotz ihrer Überdrehtheit die Veränderung in ihm und wich ein Stück von ihm zurück. Senlin warf ihr ein knappes, dankbares Lächeln zu.

Doch die Erleichterung war nur von kurzer Dauer, denn der bewaffnete Einweiser und seine Begleiter nahmen Edith und Senlin fest. Sie packten sie an den Oberarmen und führten sie unerbittlich davon, während die beiden überrascht wie Marionetten zwischen den Männern dahinstolperten. Es war erniedrigend. Nach ein paar Dutzend Schritten den schier unendlichen Korridor entlang kamen sie zu einer Tür, die seltsamerweise ungekennzeichnet war. Die Einweiser schoben sie hindurch in einen Bereich, der voller unübersichtlicher Ecken war. Hinter ihnen schloss sich die Tür und sperrte den Lärm aus dem Korridor aus.

Die Stille währte jedoch nicht lang, dafür sorgte Edith. Sie beschwerte sich, mit einem Wahnsinnigen eingesperrt worden zu sein und erklärte, wie knapp sie entkommen waren. Es musste doch jemand verantwortlich sein für so einen desaströsen Fehler! Sie verlangte, sofort freigelassen zu werden und versuchte, den Männern ihre Arme zu entziehen, die jedoch nur fester zupackten.

Trotz Ediths zunehmend wütenderem Protest klärte man sie nicht über ihre unverzügliche Entfernung aus den Räumen des Salons auf. Die Männer schwiegen beharrlich. Sie waren nicht gerade unfreundlich, doch ihr Schweigen lastete drückend und nervenaufreibend auf den Gefangenen. Senlin erinnerte sich an Golls Warnungen vor den Strafen, die im Salon verhängt wurden – das Brandmal, die ausgestochenen Augen. Er konnte jedoch immer noch nicht glauben, dass hier, inmitten von gestärkten Baumwolluniformen, gebürsteten Teppichen und anheimelnd beleuchteten Korridoren solche Brutalität existierte. Sicherlich wurden nur kriminelle und bösartige Subjekte so gefoltert. Er und Edith hatten schließlich nichts verbrochen.

Er wünschte, er hätte seine Tasche bei sich. Vielleicht erwartete der Einweiser ja, dass man sich für die Lebensrettung erkenntlich zeigte?

Doch wie konnte er guten Gewissens eine Entlohnung erwarten? Er hatte Senlins Besitztümer ja schließlich am Anfang beschlagnahmt.

Sie wurden durch eine Reihe von Gängen geführt, die wenig bemerkenswert waren, bis auf die vielen Nischen und Einbuchtungen, die von ihnen abgingen und in denen bei gedämpftem Licht junge Männer und Frauen in den marineblauen Uniformen von Bankangestellten auf Schemeln saßen, Notizblöcke aufgeschlagen auf dem Schoß. Sie pressten ein Auge gegen etwas an der Wand und schrieben eifrig mit. Erst nachdem sie einige Nischen passiert hatten, erkannte Senlin das Objekt ihrer Aufmerksamkeit. Es handelte sich um ein Okular aus Messing wie bei einem Teleskop.

Jetzt wurden ihm die Zusammenhänge klar. Die Messingvorrichtungen in den Räumen des Theaterstücks waren keine Lüftungsschächte oder Ventile. Es waren Spione.

Erst nach einem Moment wurde ihm bewusst, dass das eine gute Nachricht war. Der Spion des einen ist der Zeuge des anderen! Jemand musste ihre Qual mitangesehen, den Mord an Pining verfolgt haben. Jemand hatte gesehen, wie Mayfair auf sie geschossen und Edith dann mit den unlautersten Absichten – Senlin erschauderte – weggeschleift hatte. Ihre Darbietung war doch nicht ohne Publikum gewesen. Er und Edith würden freigesprochen werden!

Senlin fing Ediths Blick ein, während diese sich noch gegen ihre Bewacher zur Wehr zu setzen versuchte, und zuckte mit den Augenbrauen, um ihr zu verdeutlichen: *Ganz ruhig. Machen Sie sich keine Sorgen*. Sie verengte aufgebracht die Augen, gab ihre Gegenwehr jedoch auf. Ihre Kiefermuskeln mahlten unaufhörlich. Seine Intervention hatte sie verärgert, doch er hoffte, sie würde sich besänftigen lassen, wenn sie den Grund dafür hörte.

Sie gingen länger, als sie erwartet hatten oder worauf sie vorbereitet waren, so erschöpft und verletzt, wie man sie festgenommen hatte. Das Blut an Ediths Stirn und Wange war zu einer dunklen Kruste getrocknet, die Wunde hatte sich geschlossen. Ihr Gesicht erinnerte Senlin an den abnehmenden Mond. Sein eigener Kopf hämmerte von der

Erschütterung durch den Gewehrschuss. Doch immer weiter ging es durch die Gänge mit den scharfen Abzweigungen, an Hunderten von Nischen vorbei, eine Stunde lang ohne Veränderung ihrer Umgebung.

Schließlich mündete der weiße Gipskorridor in einen Raum, der genauso gut das Foyer einer Staatsbehörde darstellen könnte. Deckleisten und opulente schwarze Walnussholztüren, Ölgemälde und Namensplaketten bedeckten die Wände. Es roch nach Möbelwachs und Leder. Dutzende von Angestellten in marineblauen Jacketts eilten zwischen Türen hin und her wie Mäuse zwischen ihren Löchern. Wie um der plötzlichen Zivilisiertheit um sie herum Genüge zu tun, ließen ihre Bewacher sie los.

Hier gab es keine falschen Kerzen oder aufgemalten Vögel, keine blinden Türen oder leeren Bücher. Substanz war den bloßen Hüllen gewichen. Sie schienen wieder hinter den Kulissen zu sein, jedoch nicht bei den Umkleideräumen. Senlin vermutete, dass hier die Verwaltung des Salons untergebracht war. Wo sonst könnten sie sich gerade befinden?

Er hätte seine bescheidene Erkenntnis gern mit Edith geteilt; sie wirkte aber noch nicht so, als wolle sie schon wieder mit ihm sprechen. Sein Hinweis auf Ruhe und Haltung schien sie beleidigt zu haben. Vielleicht hatte sie ihn als bevormundend empfunden. Vielleicht war er das auch gewesen, doch das spielte keine Rolle. Er arbeitete bereits daran, das ganze Missgeschick zu vergessen, und beschloss, Edith als »eigensinnig« und »vorlaut« zu charakterisieren, wenn er Marya alles erzählte. Der Gerechtigkeit halber musste er allerdings zugeben, dass sie besser auf die Situation reagiert hatte als er.

Mit einem Schaudern erinnerte er sich an ihre Forderung, sie von ihrem Kleid zu befreien. Vielleicht sollte er Marya am besten überhaupt nichts erzählen.

Schließlich blieben sie vor einem erhöht stehenden Tisch stehen. Auf einer eingebetteten Plakette war *Hauptrezeption* zu lesen, auch wenn sich Senlin eher an ein Richterpult erinnert fühlte und nicht an etwas, hinter dem ein Sekretär zu sitzen pflegte. Der Titel eines »Rezeptionisten« bedeutete im Jargon des Salons sicher etwas Größeres.

Der Mann hinter dem Schreibtisch wirkte etwas gehetzt, sogar überarbeitet, auch wenn er zu Senlins Bewunderung immer noch eine professionelle Herzlichkeit an den Tag legte. Sein Schreibtisch war übersät mit Papierstapeln, Durchschlagpapieren, Notizblöcken und ledergebundenen Büchern. Wenn es ein System gab, kannte nur er es. Sein dunkles Haar deutete darauf hin, dass er das jugendliche Alter noch nicht lange hinter sich gelassen hatte, Ohren und Nase schienen allerdings zu einem doppelt so alten Mann zu passen. Drei Monokel an Ketten hingen aus seinen Westentaschen, die er abwechselnd auf- und absetzte, je nachdem, auf welche Entfernung er etwas sehen wollte.

Der Rezeptionist entließ ihre Bewacher umgehend, suchte ein leeres Blatt Kanzleipapier und sagte: »Ihrem Äußeren nach zu schließen könnte ich mich den ganzen Nachmittag entschuldigen und immer noch nicht fertig sein. Doch statt die unterwürfige Vorstellung abzuliefern, die Sie beide zweifellos verdienen, beeile ich mich lieber, diese Formalität abzuschließen, damit Sie sich bald verabschieden können.«

Senlin warf Edith einen Blick zu und sah zu seiner Erleichterung, dass die Worte des Rezeptionisten sie milder gestimmt hatten.

Der Mann wechselte wieder das Monokel, suchte nach einem Stift und sagte: »Sie sind verheiratet?«

Senlin antwortete »Ja«, während Edith im selben Moment verneinte, was den Rezeptionisten erheiterte, auch wenn er dies mit einem dezenten Husten überspielte.

»Ich bin verheiratet, aber nicht mit der reizenden Dame neben mir«, erklärte Senlin.

»Natürlich.« Der Mann zupfte an seiner knollenförmigen Nase. »Ich bin, wie Sie sicher nachvollziehen können, nicht mit Ihrem Martyrium vertraut, weshalb ich Sie bitte, mir einige Fragen zu beantworten, die leider ein wenig ermüdend sind, aber sicherstellen werden, dass Sie angemessen für Ihre Mühen entschädigt werden.« Er musterte sie durch sein Brillenglas und lächelte. »Bitte, haben Sie Geduld mit mir.«

Edith antwortete bereitwillig auf die Fragen, auch wenn diese Senlin sehr weithergeholt erschienen. Sie war vierunddreißig, aus der ländlichen Gegend im Süden von Ur, in der Nähe der Stadt Niece. Sie hatte zwei Jahre auf einem Mädcheninternat verbracht, um dann auf die Farm ihres Vaters zurückzukehren, wo sie über zweihundert der dreihundert Morgen Land der Familie bestimmte. Sie konnte reiten, einen Zaun reparieren und Wasser selbst in einem ausgedörrten Tal finden. Nach neun Monaten Ehe hatte sie sich außerdem gerade scheiden lassen.

»Und Sie waren schon einmal im Salon?«, fragte der Rezeptionist, während er ihre Antworten notierte.

Zum ersten Mal war sie ein wenig verlegen. »Ich bin seit zwei Monaten hier und habe von einem Stück zum nächsten gewechselt. Insgesamt waren das etwa sechs Stücke, glaube ich.«

»Ich hoffe doch sehr, dass die vorherigen Auftritte angenehmer verliefen als dieser letzte«, sagte der Rezeptionist freundlich, und sie zuckte sittsam mit den Schultern.

Dann war Senlin an der Reihe. Er wünschte, er müsste nicht persönliche Informationen preisgeben, während er in einem belebten Foyer stand. Er versuchte, Haltung zu wahren, doch schon bald antwortete er murmelnd und stotternd, und er spürte, wie ihm das Blut in die Wangen stieg. Er war ein Einzelkind, seine Eltern bereits verstorben. Er besaß eine gute Ausbildung und war in fester Anstellung. Außerdem war er verheiratet und hatte keine Kinder. Sich selbst so kurz und bündig darzustellen, bereitete ihm kaum in Worte zu fassendes Unbehagen. Er wirkte so unscheinbar, so farblos. Vielleicht war er das auch. Doch er fühlte sich nicht so.

Nachdem alle Fragen beantwortet waren, bedankte sich der Rezeptionist für ihre Geduld. »Um zu den Ereignissen des heutigen Tages zu kommen – Ihr Fall wurde dem Assistenten des Hauptregistrars übertragen, einem Mr. Anen Ceph. Mr. Ceph ist einer unserer fähigsten und genauesten Ermittler. Kurz gesagt, er ist sehr klug. Man wird Sie vorübergehend, nur für einen Moment, in einem eigenen Raum unterbringen, während Mr. Ceph den Fall untersucht.« Der Rezeptionist ließ das Monokel von seinem Auge fallen, das an der Kette über seine Brust nach unten rutschte. Er gab einem großen, glatzköpfigen Bediensteten ein

Zeichen, dem man sein marineblaues Jackett auf den Körper genäht haben zu schien. Man konnte beinahe seine Rückenwirbel zählen. »Dieser Mann hier wird Sie zu Ihrem Zimmer bringen. Ich danke Ihnen beiden für Ihre Geduld. Sie waren wundervoll. Ich hoffe, Sie behalten mich in ebenso guter Erinnerung, wenn Sie Ihre Zeit hier im Salon bewerten.«

Der schlaksige Bedienstete führte sie aus dem Foyer durch ein weiteres Korridorlabyrinth, bis sie schließlich eine Krankenstation betraten, auf der reger Betrieb herrschte. Ein vertrauter Anblick bis auf die fehlenden Fenster, was Senlin immer mit zeitgenössischen Krankenhäusern assoziierte. Sonne und frische Luft waren schließlich unabdingbar für die Genesung. Sie gingen an zwei Rollwagen vorbei, auf einem standen dampfende Schalen mit Porridge, auf dem anderen sechs Kupferzylinder von der Größe eines Melkeimers. Sie hätten als Helme durchgehen können, wäre da nicht ein Rad auf einer Seite anstelle einer Blende gewesen, das beinahe die gesamte Breite des Zylinders einnahm. Senlin konnte sich nicht vorstellen, welchen medizinischen Nutzen das Gerät haben könnte.

Krankenschwestern gingen auf leisen Sohlen in weichen weißen Lederschuhen herum, Patienten mit bandagierten Gliedmaßen und Köpfen lagen auf Feldbetten, durch Vorhänge voneinander getrennt. Die Aussicht auf ein sauberes Bett und eine Schwester, die sich um ihre Wunden kümmerte, erfüllte Senlin mit Hoffnung. Er war aufgewühlt und erschöpft und grün und blau geschlagen; wäre er zu Hause, würde er sich eine Woche ins Bett legen und nichts tun außer Bücher lesen, Tee trinken und den Wellen beim Rezitieren ihres endlosen Liedes zuhören.

Doch er wurde schon bald enttäuscht, als der Bedienstete sie aus der Krankenstation in eine enge, heiße gekalkte Kammer führte. Ihnen gegenüber befand sich eine Eisenklappe, die über einen Meter hoch war und von deren Angeln der Rost abblätterte.

»Assistent Ceph wird bald bei Ihnen sein«, erklärte der Bedienstete und öffnete die Klappe mit einem schweren Generalschlüssel.

Senlin und Edith wechselten einen Blick. Sie wirkte besorgt, und er lächelte ihr aufmunternd zu – eine echte und freimütige Gefühlsäußerung, die man selten auf seinem Gesicht lesen konnte. Der Rezeptionist hatte mit seiner Freundlichkeit all seine Nervosität vertrieben. Das ganze furchtbare Geschehen begann bereits zu verblassen. Die Morde, die Flucht, sich mit angehaltenem Atem verstecken, all das schien einem Fremden zugestoßen zu sein.

Dennoch hatte dieser Raum wegen seiner Wärme und der plötzlich wachsamen Miene des Bediensteten etwas Verstörendes an sich. Senlin schob diese Gedanken beiseite als die üblichen Nachwehen von Panik und Angst.

Die Klappe öffnete sich. Sie mussten sich bücken, um hindurchzugehen und wurden von einem gleißenden Licht geblendet. Die Luft brannte heiß wie menschlicher Atem auf ihrem Gesicht. Senlin spürte die Hand des Bediensteten an seinem Rücken, der ihn vorwärtsschob, doch als er sich umdrehen und beschweren wollte, knarzte und bewegte sich der Boden wie eine rostige Bettfeder unter ihm und brachte ihn aus dem Gleichgewicht. Die Klappe fiel zu, und sie hörten, wie das Schloss einrastete.

Immer noch geblendet, stieß Senlin sich den Kopf, als er sich aufzurichten versuchte. Er betastete den Maschendraht über ihm und entdeckte rasch, dass er eine Art Verschlag bildete, wie ein Hühner- oder Kaninchenstall, der in einem blauen Raum befestigt war.

Dann wurde ihm bewusst, dass er in den Himmel starrte. Keine Wandmalerei, sondern den echten blauen Himmel.

Sie saßen in einem Käfig, der an der Außenwand des Turms angebracht war.

13

»Jeder, den Sie fragen: ›Vermissen Sie nicht die Sonne? Vermissen Sie nicht den Mond?‹, wird Ihnen antworten: ›Vermissen Sie die Hitzschläge? Vermissen Sie die heulenden Wölfe?‹«

Allgemeiner Führer durch den Turm von Babel, III.XII

Dreißig Meter unter ihnen erstreckte sich der Markt um den Turm, farbenfroh und ineinander verwoben wie eine Patchworkdecke.

Senlin hämmerte nachdrücklich gegen die schwarze Eisenklappe, was den Käfig bedenklich zum Schwanken brachte. Jedes Gelenk knackte, und Rost rieselte auf sie herab. Eine Masche brach unter ihnen. Edith drängte ihn aufzuhören und schlang ihre Arme um seinen Hals. Er hörte sie kaum, so laut waren seine Schläge. Er wollte sie auch nicht hören.

Der Rezeptionist hatte ihnen eine schnelle Klärung und ein eigenes Zimmer versprochen. Nach allem, was er durchlitten hatte, musste das doch einfach ein Versehen sein. Man hatte einen Fehler gemacht! Warum würde sonst überhaupt irgendjemand in den Salon kommen? Waren denn alle Sadisten? Das hier war ein Irrenhaus!

Er schlug noch einmal keuchend gegen die Tür. Sein Mund war wie ausgetrocknet. Dann ließ er zu, dass Edith ihn zurückzog, brach halb über ihr zusammen und klammerte sich schwach an den Maschendraht, um sich nicht von seiner Höhenangst überwältigen zu lassen.

»Ist Ihnen das schon einmal passiert?«, fragte er.

»Glauben Sie wirklich, ich wäre dann hierher zurückgekommen?« Sie wirkte ein wenig gefasster als er, auch wenn ihre Stimme zitterte. Sie blickte durch das Gitter nach unten. »Wie alt ist dieser Käfig? Er sieht aus, als würde er jeden Moment auseinanderfallen.«

Senlin erinnerte sich lebhaft an das Übelkeit erregende Geräusch, als das Luftschiff samt seiner Mannschaft auf dem Boden aufgetroffen war. »Lassen Sie uns über etwas anderes sprechen«, bat er mit zusammengebissenen Zähnen. Er wollte nicht darüber nachdenken, wer seine Taschen durchwühlen würde, wenn er abstürzen sollte.

Ihr Käfig bestand rundum aus Maschendraht und hatte etwa die Größe eines Kinderbettes. Es gab genug Kopffreiheit, wenn sie mit dem Rücken gegen die Außenwand gelehnt dasaßen, stehen konnten sie jedoch nicht. Sie mussten sich aneinanderdrängen, was Senlins Unbehagen nur noch vergrößerte. Er schluckte trocken und sagte: »Ich verstehe das alles nicht. Sie wissen doch genau, dass wir nichts verbrochen haben.«

»Alle Zeugen sind tot. Woher sollen sie es also wissen?«, entgegnete Edith. Senlin erklärte ihr seine Theorie von den Messingspionen in den Wänden und den Mitarbeitern auf der anderen Seite, die er in den Korridoren hinter den Kulissen gesehen hatte. Sie zupfte an ihrem Kleidausschnitt, der immer wieder nach unten rutschte, und sagte: »Ich bin nie auf den Gedanken gekommen, dass jemand zusehen könnte. Oh!« Sie schien sich einige Begebenheiten in Erinnerung zu rufen. »Diese Spione sind in wirklich jedem Raum.«

»Falls es Sie tröstet, ich glaube nicht, dass man uns im Moment beobachtet«, meinte Senlin und wischte sich den Schweiß vom Gesicht.

Die Sonne brannte erbarmungslos auf sie nieder. Aus seinem Butlerfrack konstruierte er eine Art Sonnensegel, indem er die Ärmel durch den Maschendraht über ihnen wand und an freistehenden Drahtenden festhakte. Edith breitete ihre üppigen Röcke aus, um den Maschendrahtboden bequemer zu machen und damit Senlin sich daraufsetzen konnte. Er dankte ihr wie jemandem, der auf einer Parkbank ein Stück zur Seite rutschte. Sie lauschten auf die vielfältigen Geräusche, die vom Markt zu ihnen drangen, dem Brüllen der Kamele und den Rufen der Marktschreier. In der Entfernung war das Tuten der Züge zu hören, das der trockene Wind aufgriff und davontrug.

Die Sonne wanderte hinter den Turm, die künstliche Nacht setzte ein. Senlin konnte die Fassade vor ihnen besser unter die Lupe nehmen, was seinem Verstand zugleich die dringend benötige Ablenkung ermöglichte. Die Turmmauern bestanden aus ungeschliffenem Kalkstein. Hier und da ragten die Reste alter, verlassener Vogelnester aus Ritzen zwischen den Steinblöcken. In einiger Entfernung zu ihrer Rechten und Linken waren weitere Käfige an der Außenmauer befestigt, schienen jedoch leer zu sein. Als Senlin durch einen Spalt in seinem Fracksonnensegel nach oben sah, wurde ihm erneut schwindelig, sodass er sofort den Blick wieder abwenden musste. Doch das spielte keine Rolle, denn es gab sowieso wenig zu sehen. Plattformen ragten über ihnen wie Dornen aus dem Turm. Senlin überlegte, ob es sich dabei um Lufthäfen handelte. Abgesehen davon war die Turmfassade so öde und unbelebt wie eine Wüste.

Bis auf die Uhrspinne. Sie hatte die Ausmaße eines großen Hundes und war zugleich beeindruckend und Furcht einflößend, wie sie über die gerundete Oberfläche des Turmes wanderte. Dampf stieg aus den Gelenken der acht Stahlbeine auf, durch den Kupferrumpf waren die Zahnräder und anderen mechanischen Verbindungen in ihrem Inneren zu sehen. Es war eines der kompliziertesten und elegantesten Uhrwerke, die Senlin je gesehen hatte. Als die Maschine näher kam, sah er ein rotes Licht, leuchtend wie ein Rubin, in ihrem Herzen.

Senlin war zu fasziniert, um Angst vor der ratternden Maschine zu haben, aber er gab vorsichtshalber kein Geräusch von sich, als er Edith darauf aufmerksam machte. Sie schnappte nach Luft und packte seinen Arm, doch schon bald merkten sie, dass die Uhrspinne kein Interesse an ihnen zeigte. Sie schritt mit der Zielsicherheit einer Fliege an der Wand voran, die Füße mit dunklen Gummisohlen überzogen. Gerade als Senlin sich zu fragen begann, ob es sich dabei nicht einfach um ein großes Spielzeug handelte, wurde seine Funktion deutlich. Die Spinne reparierte den Turm, indem sie die Fassade nach Löchern absuchte, in die es eine durchsichtige Masse spritzte, die schnell aushärtete und wie Quarz glitzerte. Senlin beobachtete, wie die Maschine sich von Spalte zu Spalte vorarbeitete, alte Vogelnester herausriss und die Ritzen verschloss. Schließlich verschwand sie außer Sichtweite.

Es war ein genialer kleiner Automat: praktisch und effizient. Sein Anblick machte Senlin ein wenig Hoffnung. Der Turm bestand nicht nur aus Terror und Verwirrung. Hier gab es auch Wunder.

Obwohl sich diese Wunder gerade sehr klein und sehr weit weg anfühlten.

Keiner von beiden überlegte laut, wie lange sie wohl gefangen gehalten oder ob man ihnen Essen oder Wasser bringen würde oder ob dieser Vogelkäfig ihr Sarg wäre. Diese Befürchtungen auszusprechen würde das Warten nur noch unerträglicher machen. Doch nach einer weiteren halben Stunde Schweigen stöhnte Edith plötzlich verzweifelt auf und sagte: »Ich werde noch wahnsinnig. Ich habe mir jeden peinlichen Moment vorgestellt, den die Spione vielleicht beobachtet haben, und jede mögliche Art, auf die wir in diesem Käfig sterben könnten.«

Senlin räusperte sich. »Ich auch. Ich habe mich gerade gefragt, wie viele Geier wohl auf dem Käfig sitzen müssten, damit ihr Gewicht zusammen mit unserem …«

»Wir müssen über etwas anderes sprechen«, unterbrach sie ihn und schlug mit den Händen auf ihre Oberschenkel. »Also, Sie heißen Thomas Senlin, sind Schuldirektor und verheiratet.« Das hatte sie natürlich während der Befragung des Rezeptionisten erfahren. »Seit vielen Jahren?«

»Nein.« Normalerweise hätte er es dabei belassen, doch irgendetwas trieb ihn jetzt an, mehr zu gestehen. Vielleicht aus dem Gemeinschaftsgefühl heraus, das aus einer miteinander erlebten traumatischen Situation erwächst. Vielleicht aber auch, und das wagte er sich kaum einzugestehen, weil der Moment nicht einer gewissen … *Intimität* entbehrte, und diese brachte Versuchung mit sich. Um sich nicht weiter in diese schuldbehafteten Gedanken zu verstricken, platzte er heraus: »Ich bin gerade auf unserer Hochzeitsreise; also wir sind auf meiner Hochzeitsreise.«

Er hätte es ihr nicht übel genommen, hätte sie gelacht. Doch das tat sie nicht, sondern ließ sich Zeit mit einer Antwort. Sie strich sich über die Wange, kratzte das getrocknete Blut von der Haut. Sie schien zu überlegen, ob sie die offensichtliche Frage stellen sollte: *Wo ist Ihre Frau?*

Er war etwas überrascht, aber vor allem erleichtert, als sie stattdessen von ihrer Vergangenheit zu erzählen begann. Da sie nichts anderes zu tun hatten, wurde aus ihren Anekdoten rasch eine ganze Geschichte. Sie wollte nicht nur einen groben Überblick geben, sondern schmückte alles bis ins letzte Detail aus. Ausführliche Erzählungen hatten ihn immer verunsichert, weil er nie wusste, was er sagen sollte. Doch jetzt begann er sich ein wenig zu entspannen. Sie entsprach überhaupt nicht der Vorstellung, die er sich bei ihrer ersten Begegnung von ihr in ihrem pfirsichfarbenen Reifrockkleid gemacht hatte, als sie ihn wie einen Diener herumgescheucht hatte. Sie war nicht melodramatisch und eingebildet, im Gegenteil, sie war ihm wirklich sympathisch. Er mochte sie.

Sie erzählte ihm mehr über die Farm ihrer Familie und die Ackerfläche, für deren Bestellung sie verantwortlich war. Voller Stolz berichtete sie von ihrem Talent für diese Arbeit. Sie wusste, wann sie verdorbene Reihen opfern musste; sie wusste, wie sie mit Dürre umzugehen hatte, wie sie betrügerische Vorarbeiter und Trunkenbolde entlarvte und wo sie neue Leute anheuern konnte. Sie hatte zwei ältere Brüder, die beide keinerlei Talent für den Familienbetrieb und auch kein Interesse daran hatten. Beide bewirtschafteten kleine Ackerflächen und waren damit nicht erfolgreich. Ihre Felder dagegen lieferten immer hervorragende Erträge. Ihr Vater, der seinen Lebensabend damit verbringen wollte, zu jagen und die Früchte seiner Obstgärten zu Cider zu pressen, war überaus stolz auf sie. Er nannte sie die Generalin des Gartens.

Vor etwas über einem Jahr hatte er sie allerdings überredet, einen Freund der Familie zu heiraten, einen Mann namens Franklin Winters, der einen durchschnittlich ertragreichen Weinberg besaß. Sie, die Generalin, die keinen Ehemann brauchte, hatte nur eingewilligt, weil ihr Vater einen Punkt ins Spiel brachte, den sie beide seit Jahren zu ignorieren versuchten: Ihre beiden Brüder waren Taugenichtse, faul und vor allem illoyal. Wenn er ihnen das Land überließ, würden sie es nur verkaufen und den Erlös verschwenden. Er konnte sein Vermögen allerdings keiner unverheirateten Frau vererben; das würde sie angreifbar für Klagen machen, nicht zuletzt von ihren Brüdern. Wenn sie verheiratet war, wäre sie sicher vor solchen Angriffen und könnte die Farm weiter nach ihren Vorstellungen leiten.

Mr. Franklin Winters war ein harmloser Mann. Er war hager und etwas farblos, doch er hatte keine Schulden, und seine Angestellten hielten ihn für gerecht, was in Ediths Augen ein gutes Zeichen war. Am wichtigsten war jedoch, dass er ihre Bedingungen für die Ehe akzeptierte: Ihre Rolle bei der Bewirtschaftung der Farm würde sich nicht ändern. Sie würde die Generalin bleiben. Er stimmte zu, allerdings unter einem Vorbehalt. Sie durfte die Farm leiten, solange es sich nicht auf ihre Gesundheit auswirkte.

Edith war nicht dumm. Sie wusste, dass Winters erwartete, dass sie bald schwanger werden und ihm damit einen Vorwand liefern würde, sie an ihrer Arbeit zu hindern. Auch ihr Vater hoffte, dass sie Kinder bekommen und so die Blutlinie fortsetzen würde. Sie selbst fand die Vorstellung lächerlich, die Mutterschaft reizte sie kein bisschen. Sie stimmte Winters' Forderung nur zu, weil sie wusste, dass sich das Problem nie ergeben würde. Sie war herzlich und stur, aber auch unfruchtbar, die Folge eines Jahre zurückliegenden Reitunfalls. Nur sie und der Landarzt wussten davon.

Die Bedingungen wurden festgelegt, ein Vertrag unterzeichnet, und sie waren verheiratet.

Doch schon bald, nachdem sie Mrs. Franklin Winters geworden war (bei einer ihren Worten nach »unsentimentalen« Zeremonie), fand er einen Grund, den Vertrag ins Feld zu führen. Sie entwickelte nämlich eine leichte Allergie auf ein Gras, das im Frühjahr überall auf den Feldern wuchs. Es war dasselbe lange Gras, an dessen Halmen sie früher immer gekaut hatte, während sie die frisch gepflügten Felder und die Böden überprüft hatte. Jetzt bekam sie von den Blüten leichte Atemprobleme. Für Winters reichte das, um sie ans Haus zu fesseln, völlig ungeachtet der Tatsache, dass die Hälfte der Arbeiter irgendeine Krankheit hatte,

Gicht, Syphilis oder getrübte Linsen. Sie musste die Zügel an die Wand hängen, die Arbeitsstiefel ins Regal stellen, ein Band um ihren Strohhut winden und akzeptieren, dass sie zu zart war für die Leitung einer Farm. Sie vermutete, dass es seine Strafe dafür war, dass sie keinen Sohn zur Welt brachte. Um fair zu sein, glänzte Winters in dieser Angelegenheit auch nicht gerade.

Senlin wäre rot geworden, wenn seine Wangen durch die Hitze nicht sowieso schon gerötet gewesen wären. »Sie haben sich also von ihm scheiden lassen?«

»Das habe ich«, bestätigte sie. »Auch wenn er mir die Höflichkeit nicht erwiesen hat.«

»Ich verstehe nicht.«

»Ich auch nicht!« Sie lachte, während ein warmer Windstoß ihr das dunkle Haar ums Gesicht wehte. »Er hat sich geweigert, in die Scheidung einzuwilligen, weshalb ich gegangen bin.«

»Weshalb Sie hierhergekommen sind …«

»Um sein Geld hinauszuwerfen, mein Geld.«

»Und die Frau eines Salonlöwen zu spielen«, sagte Senlin fröhlich, verzog aber sogleich entschuldigend das Gesicht, als er ihre finstere Miene bemerkte.

»Das Stück war furchtbar dumm.« Wieder versuchte sie, ihre sich blähenden Röcke zu glätten. »Ich musste den Kleiderständer spielen, während diese beiden Hohlköpfe über Geschäfte sprachen. Keiner von beiden wusste auch nur das Geringste darüber. Die Börse des Herzens! Also bitte! Wenn es nicht quantifizierbar ist, kann man damit auch nicht handeln. Genau darum geht es doch. Meines Wissens nach weiß auch niemand, wie viel *Liebe* wiegt, welchen Umfang sie hat, ob man sie aufteilen oder zusammenlegen kann … Wie viele Einheiten *Liebe* sind für eine Romanze nötig? Fünf? Zwanzig? Börse des Herzens! Wenn der eine Hohlkopf nicht durchgedreht wäre, dann wäre ich es.« Sie war sichtlich aufgebracht, allerdings mit einer Spur Humor darin.

Bevor er darauf antworten konnte, öffnete sich die Klappe in ihrer Eisentür.

Die beiden drängten sich dicht daran und sahen in das Gesicht eines jungen Mannes, der unter einem sorgfältig gewachsten Schnurrbart lächelte.

»Himmel, ist das warm«, sagte der Besucher, und ein Rüschentaschentuch verdeckte kurz sein Gesicht, als er sich die Stirn abtupfte.

»Sie müssen uns in den Turm lassen! Das ist doch Irrsinn, wir sind hier draußen in Gefahr!« Senlin konnte die Verzweiflung in seiner Stimme nicht ganz unterdrücken. »Wir haben nichts verbrochen.«

»Ja, nein, ich verstehe, aber ich muss Ihren Fall zuerst untersuchen, oder man bringt Sie sofort wieder hierher zurück.«

»Dann untersuchen Sie schneller«, sagte Edith.

Der junge Mann räusperte sich. »Ich bin der Assistent des Registrars. Mein Name ist Anen Ceph, und ich werde Ihnen heute zur Seite stehen«, brachte er stotternd und stammelnd heraus. Ganz offensichtlich ein Amateur, dachte Senlin.

»Schneller«, wiederholte Edith drängend.

»Ich habe meine Befragungen abgeschlossen und die Ergebnisse dem Registrar mitgeteilt, der mir wiederum seine Entscheidung überreicht hat …«

»Wer ist der Registrar? Was sind seine Befugnisse?«, unterbrach ihn Senlin.

Ceph lächelte, und Grübchen wurden in seinen Wangen sichtbar. »Was für ein herrlicher Humor!« Dann wurde sein Ausdruck sofort wieder ernst. »Sie, Mr. Thomas Senlin, werden zur dritten Ebene begleitet, die wirklich hinreißend ist. Mögen Sie Pfauen?«

»Ich habe zu diesen Vögeln keine Meinung.«

»Die Bäder sind voller Pfauen und Becken und warmen Quellen.«

»Das klingt wunderbar. Bringen Sie uns dorthin«, sagte Edith.

»Äh, nun.« Der Mann verzog das Gesicht, was ihn noch jünger wirken ließ, und räusperte sich wieder. »Ms. Edith Winters wird des Salons verwiesen und muss zur ersten Ebene zurückkehren.«

»Verwiesen? Warum?«, sagte Edith. »Sie haben mich mit einem Mörder eingesperrt, und ich wurde angegriffen.«

»Nicht ich. Ich habe Sie in keinen Raum gesperrt, außerdem hatten Sie einen Schlüssel und betraten diese Bühne des Salons freiwillig.« Senlin hörte aus Cephs Antwort die ausweichende Feigheit eines Beamten. Der Junge war ein verdammter Bürokrat. »Es gibt zwei Probleme. Erstens, Sie haben die Bühne regelwidrig verlassen. Die Figuren dürfen, wie man Ihnen gesagt hat, das Stück nur durch die Tür verlassen, durch die sie es auch betreten haben.«

»Wir wurden von einem Wahnsinnigen mit einem Gewehr verfolgt!«, betonte Edith noch einmal und unterstrich ihre Erklärung nachdrücklich mit ihrem Finger, der der Nase des Jünglings für dessen Geschmack entschieden zu nahe kam. Wieder wischte er sich mit dem Taschentuch über das Gesicht.

»Ja, in der Tat. Doch das zweite Problem besteht immer noch: die Kaminfeuer, Ms. Winters«, fuhr er fort. »Als Sie den Salon betreten haben, haben Sie zugestimmt, die Kaminfeuer in jedem Raum, den Sie durchqueren, wiederzubeleben. Wir haben ausreichende Beweise, dass Mr. Senlin dieser Aufgabe nachgekommen ist, wohingegen Sie, Ms. Winters, hier nachlässig waren. Einige Feuer sind deshalb erloschen.«

»Wieso ist das wichtig? Geben Sie mir ein Streichholz, und ich zünde sie wieder an«, sagte Edith.

»Der Schaden ist leider angerichtet. Sie werden des Salons verwiesen und dürfen diesen nicht mehr betreten. Das ist die Entscheidung des Registrars und …«

»Bitte entschuldigen Sie«, unterbrach ihn Senlin mit seiner besten Lehrerstimme. »Junger Mann, wir sind verletzt, wir werden hier in gefährlicher Höhe festgehalten. Wir sind hungrig und durstig und verängstigt. Ich ersuche Sie dringend, zu Ihrem Vorgesetzten, Ihrem Registrar, zurückzukehren und ihm eine deutliche Botschaft zu übermitteln: Wir werden beide freigelassen, und wir dürfen beide in die Bäder hinaufgehen. Wir bestehen darauf, dass wir uns vor Ihrem Gericht, wie auch immer dieses aussehen mag, verteidigen, und dass wir aus diesem unmenschlichen Vogelkäfig entlassen werden, in den man uns unrechtmäßig eingesperrt hat.« Er sprach mit einem Nachdruck und einer Zuversicht, die er nicht empfand.

Einen Moment erschien ein Riss in Cephs Maske aus bürokratischem Übereifer, doch er sammelte sich rasch und setzte wieder sein Lächeln auf. »Ich werde mit ihm sprechen und zu Ihnen zurückkehren. Bis dahin habe ich Ihnen Abendessen mitgebracht.« Er reichte ihnen durch die Klappe eine Blechflasche und einen kleinen Beutel mit harten Brotkanten.

»Könnten Sie uns bitte im Turm warten lassen?«, bat Edith und zügelte einen Moment lang ihre Wut. Doch Ceph hatte die Klappe schon geschlossen. Edith schlug mit der Handfläche dagegen. »Idiot!«

Schweigend und frustriert sanken sie wieder in ihre alte Position zurück.

In einigen Hundert Metern Entfernung glitt ein Luftschiff über den Markt, das gerade gestartet zu sein schien. Aus diesem Winkel sah Senlin die Gondel, die wie ein kantiger Lastkahn geformt war, sowie die schweren Seile, die das Schiff mit dem Ballon verbanden. Die riesige Hülle, die das Gas enthielt, war so rund und rot wie ein Kinderball. Neid durchzuckte Senlin. Oh, fliegen zu können! Ein Ballon zu sein, ein Drache!

Edith starrte blicklos auf den sich schier unendlich ausbreitenden Markt. »Du hast gehört, was sie mit denen machen, die aus dem Salon geworfen werden? Damit sie nie zurückkehren können? Tom«, sagte sie so vertraut, dass er sich völlig entwaffnet fühlte, »sie werden mich brandmarken.«

14

»Falls Sie sich im Salon nicht gut unterhalten fühlen sollten, wachen Sie auf. Sie sind eingeschlafen und haben einen langweiligen Traum.«

Allgemeiner Führer durch den Turm von Babel, III.LI

Schon als Kind hatte er Drachen geliebt. Er mochte ihre Ernsthaftigkeit. Ein Drache zog an der Leine, tauchte nach unten, stieg wieder auf, doch er geriet nie in Panik, selbst wenn eine unerwartete Bö an ihm riss. Der Mensch, der den Drachen lenkte, geriet vielleicht in Panik, nicht aber der Drache selbst.

Er hatte Kastendrachen gebaut, rautenförmige Drachen, Lenkdrachen in allen Formen und Größen. Jeden Monat bestellte er eine neue Ladung farbiges Reispapier bei Ms. Berks, und jeden Monat wunderte sie sich aufs Neue laut über seinen gewählten Zeitvertreib. Andere Männer im Dorf reparierten Gartenmauern und zimmerten Ruderboote, doch der Schuldirektor stand auf der Wiese mit einem Drachen. »Wie wollen Sie denn jemals eine Frau finden, wenn Sie Ihre Zeit nur mit Spielzeug verbringen?«, fragte Ms. Berks. Es war ihm egal. Viele Jahre lang war es ihm egal. Er ließ Drachen steigen. Ms. Berks verdrehte die Augen.

Es war eine weitaus romantischere Geste, als Ms. Berks ihm je zugetraut hätte, als er Marya gegen Ende ihrer geheimen Werbung einen Drachen baute und sie eines Nachmittags zu einem Picknick einlud. Er baute einen einfachen, diamantförmigen Drachen aus rotem Papier, weil das ihre Lieblingsfarbe war. Er wählte einen abgeschiedenen, dramatischen Ort für ihr Picknick aus: das Woolgatherer Kliff. Es erhob sich über der Kiesbucht, in der Isaughs Fischerbootflotte auf den sanften Wellen schaukelte. Es war ein ungewöhnlich warmer Frühlingstag. Eine frische Brise wehte vom Meer. Das einzige Hindernis auf den weiten Kleewiesen war ein alter Apfelbaum, der keine Früchte mehr trug.

Nachdem er den Drachen in die Luft gebracht hatte, stand er hinter Marya, die Arme um ihre Taille, die Hände an ihren Handgelenken. Sie hielt die Spule mit der Leine mit beiden Händen. Er sagte: »Die Wolken zeigen uns, was der Wind tun wird. Siehst du? Wir sehen, wie sie sich ausbreiten und dahinziehen und sich anhäufen. Der Drache bildet die Luft jedoch noch genauer ab. Man kann jedem Luftstrom und Abwind folgen. Wie ein fliegender Wetterhahn.«

Sie zog mit einem gekrümmten Finger an der Leine und stieß dabei gegen Senlin. »Genau das habe ich auch gedacht. Wie ein fliegender Wetterhahn.« Er wusste, dass es gut für ihn war, wenn sie ihn aufzog. Er war dann nicht immer so schrecklich ernst.

Dennoch errötete er und trat einen Schritt nach hinten. Er suchte Zuflucht in einem Vortrag, erklärte, wie sie den Drachen fliegen lassen und lenken sollte. Sie hörte zu und befolgte seine Anweisungen und brüllte den Drachen an, als sei er ein unerzogener Hund. Senlin trat noch weiter zurück und versuchte, ihr nicht über die Schulter zu spähen.

Schon bald verfing sich der Drache in den Zweigen des Apfelbaums. Er war steil nach unten gestürzt, und Marya war in Panik geraten, zu aufgeregt, um auf Senlins Anweisungen zu hören, und hatte hart an der Leine gezogen, was den Absturz des roten Geschosses nur beschleunigt hatte.

Ihn berührte das Malheur nicht. Im Lauf der Jahre hatte er viele Drachen zerstört. Marya war sentimentaler und bestand darauf, dass die Überreste gerettet wurden. Senlin schlug die seiner Meinung nach logische Lösung vor, abzuwarten, bis ein Windstoß den Drachen befreite. Er wäre danach sicher ein wenig zerrissen, doch leicht zu reparieren.

Marya beharrte jedoch darauf, ihn zu retten, und während Senlin noch Einspruch erhob, hatte sie schon Schuhe und Strümpfe ausgezogen, ihren Rock über den Knien verknotet und begann, den Baum zu erklimmen.

Auch wenn er es sich kaum eingestehen konnte, war er vom Anblick ihrer unverhüllten Beine, die sich um den Baumstamm schlangen, angeregt. Trotz der späteren Vermutungen des Dorfes war ihr Werben nämlich sehr züchtig gewesen.

Der Ast schwankte, als Marya sich daran Richtung Drachen entlanghangelte. Senlin musste den Impuls unterdrücken, nervös an den Nägeln zu kauen. Da hatte sie den Drachen schon befreit und machte sich auf den Weg zurück. Auf der Erde angekommen, klebten Rindenstücke an ihren Armen und Knien, doch sie bemerkte es kaum. Sie war ganz aufgeregt von dem Abenteuer und lachte nur, als sie über eine im dichten Klee verborgene Wurzel stolperte.

Sie war auf ihre unbekümmerte, ungekünstelte Art wunderschön.

Er sammelte allen Mut, um das zu sagen, weswegen er ihren Ausflug organisiert hatte.

Er stützte sich mit einem Knie in den Klee, nahm ihre Hand, ihr Arm wie die Leine eines Drachen. Ihr Gesicht schwebte über ihm, die Sonne erleuchtete ihr kastanienbraunes Haar. Sie war plötzlich so ernst.

Der Drache gerät nie in Panik. Diesmal tat er es ihm nach.

Er konnte nicht glauben, dass es wirklich geschehen würde – nicht hier. Sie würden doch niemals eine Frau brandmarken. Das hier war der Turm, um Himmels willen! Wenn überhaupt hatte das Martyrium Zweifel an der Moral und geistigen Gesundheit seiner Mitbesucher geweckt. Wie anders der Turm wäre, wenn die Touristen ihre Leiden und Schwächen nicht mitbringen würden! Senlin wusste, dass es hier Eingeborene gab, die noch nie einen Fuß auf den Erdboden gesetzt hatten. Ihre Geister waren natürlich erhöht durch eine Umgebung, die Dinge erfindet und nach Höherem strebt. Ihr Einfluss würde vorherrschen. Die Vernunft würde siegen!

Er weigerte sich, Edith zu trösten, denn er weigerte sich zu glauben, dass sie sich in echter Gefahr befand. Bald würde man sie freilassen. Er tätschelte aufmunternd ihren Arm, wie nervösen Schülern an ihrem ersten Schultag. »Na, na, so schlimm ist es doch nicht«, schien er damit sagen zu wollen.

Edith war immer noch zu erstarrt von Cephs Neuigkeiten, um Senlins dürftigen Trost wahrzunehmen.

Trotz seiner Zuversicht, dass der Registrar ihren Einspruch rasch beantworten würde, wurde es Nacht, und niemand kam mit einer Antwort.

Der Käfig, der bisher so ungeschützt und offen schien, fühlte sich nun seltsam privat an. Die Sterne waren wie Frost am Fenster. Der Mond stieg am Himmel auf, ein schmales Band. Sie aßen die Brotkanten und teilten sich die Flasche Wasser. Ihr Schweigen schien den Lärm des Marktes unter ihnen nur noch zu verstärken. Die Klänge von Flöten, Geigen und Trommeln drangen von unzähligen Lagerfeuern empor. Die Lieder überlagerten sich wie das Zirpen von Grillen.

In der Abendkälte drängten sie sich dicht aneinander. Edith breitete ihre Röcke über ihrer beider Beine. Seit sie wusste, dass man sie vielleicht brandmarken würde, war sie sehr schweigsam. Während die Stunden vergingen, spürte Senlin, wie die Quelle seines Optimismus, seiner *Verleugnung,* zu versiegen begann. Unaufhörlich dachte er darüber nach, was Ceph gesagt hatte. Er erkannte keinen Sinn darin, und das nagte an ihm. Er fragte sich, was hinter den willkürlichen Regeln des Salons steckte.

»Kommt dir diese Fixierung auf die Kaminfeuer nicht seltsam vor?«, sagte er, als er das Schweigen brach und im Angesicht ihrer misslichen Lage wie sie schon zuvor zum kameradschaftlichen Du wechselte. »Sie verlangen nicht, dass wir das Geschirr spülen oder die Böden wischen. Wir müssen nur die Feuer schüren. Es muss irgendeinen praktischen Grund dafür geben. Vielleicht wird dadurch die Luft bewegt oder die Rohre erwärmt …«

»Es gehört zu jedem Stück«, erklärte Edith und drängte sich näher an ihn. »Egal, worum es gerade geht, die Kaminfeuer müssen in Gang gehalten werden. Bisher habe ich das nie vergessen.«

»Du hattest andere Sachen im Kopf.«

»Du hast es nicht vergessen.«

»Nur aus reiner Gewohnheit. Wenn mich meine Frau im Wirtshaus oder auf einem Fest aus den Augen verloren hat, musste sie nur dem Kamin folgen. Ich werde von Feuer magisch angezogen. Außerdem wird man in Ruhe gelassen, wenn man in der Asche stochert.«

»Dann solltest du, wenn du hier rauskommst, einen Kamin suchen und dich daneben stellen.« Ihr Ton war scherzhaft, doch als Senlin neben ihr zusammenzuckte, sagte sie beruhigend: »Ich bin mir sicher, dass es ihr gut geht.«

»Hierherzukommen war meine Idee«, gestand er ein. »Ich wollte den Turm sehen. Ich habe uns hierhergebracht. Warum war ich so versessen darauf, sie hierherzubringen?«

»Wie lautet das alte Sprichwort? Wie das Wasser zum Abfluss, so werden wir vom Turm angezogen«, deklamierte sie. »Nicht, was du erwartet hättest, nicht wahr?«

»In den Büchern hat mir alles besser gefallen. Warst du schon weiter oben, in den Bädern oder was danach kommt? Neubabel?«

»Weiter als bis hier bin ich noch nicht gekommen.« Sie zupfte an dem zerknitterten Tüll ihres Kleids. »Und weiter werde ich auch nicht kommen.«

»Na, na.« Er tätschelte ihre Hand, was selbst auf ihn herablassend wirkte. Rasch drückte er ihre Finger. »Wir bleiben nicht hier. Du wirst nach Hause zurückkehren und deinen Mann loswerden, ich muss weitergehen und meine Frau finden.«

Marya strich mit der Hand über die Tasten und den Rand des Notenpultes bis hinauf zur frisch polierten Oberseite des aufrecht stehenden Klavieres. Voller Verwunderung drehte sie sich zu Senlin um.

»Wie hast du …«

Er zog die Klavierbank für sie hervor und stieß dabei gegen die Hutablage, die erzitterte, jedoch nicht zu Boden fiel. Das Klavier fand nur mit Mühe Platz in dem winzigen Wohnzimmer seines Cottages. »Ich habe es letzte Woche aus Bromburry kommen lassen. Es ist leider nicht mehr ganz neu. Ich habe es deinem alten Internat abgekauft, das neue Klaviere anschafft.«

»Ein Klavier, Tom! Du schenkst mir ein Klavier!« Sie setzte sich und probierte die Tasten aus, immer noch wie betäubt.

»Ich weiß, die meisten Männer schenken bei einem Heiratsantrag einen Ring«, meinte er schulterzuckend. »Aber ich dachte, wenn du hier glücklich werden willst, brauchst du ein Klavier mehr.«

Sie warf einen Blick durch den Raum und erkannte, was sich verändert hatte. »Aber wo ist dein Sofa?«

»Du sitzt darauf.« Er schwang sein Bein über den Hocker und setzte sich neben sie. Die alte, gebrechliche Bank schwankte ein wenig, sodass sie sich an den Tasten festhalten mussten.

Als die Sitzbank hielt und nicht unter ihnen zusammenbrach, lachten beide, und Marya sagte: »Ein sehr bequemes Sofa.«

Senlin räusperte sich und runzelte die Stirn. »Marya, ich … ich bin nicht gut darin, gewisse … tief empfundene Gefühle auszudrücken. Ich …« Er schluckte und schüttelte den Kopf. So hatte er seine Rede nicht beginnen wollen. Marya wartete geduldig, und er sammelte sich. »Seit ich dich kenne, kann ich kein Buch mehr in Ruhe lesen. Wenn du nicht hier bist, starre ich nur auf die Wörter, bis sie von den Seiten taumeln und sich in meinem Schoß sammeln. Statt zu lesen, sitze ich da und lasse die Stunden des Tages Revue passieren, die ich in deiner Gesellschaft verbracht habe, und diese Geschichte zieht mich mehr in ihren Bann als alles, was der Autor niedergeschrieben hat. Ich war noch nie einsam in meinem Leben, doch jetzt bin ich es ohne dich. Wenn du nicht hier bist, bin ich ein Häufchen Elend. Ich dachte, ich würde die Welt recht gut verstehen. Durch dich ist alles wieder zum Mysterium geworden. Das ist nervenaufreibend und beängstigend und wunderbar, und ich will, dass es so weitergeht. Ich will alle deine Rätsel. Und wenn ich könnte, würde ich dir hundert Klaviere schenken. Ich würde …«

Sie berührte ihn an der Schulter und unterbrach seine Rede. Dann stand sie auf und legte eine Hand an seine Wange. Auch er versuchte, sich zu erheben, und fiel zurück gegen die Tastatur, die dissonante Töne von sich gab. Marya küsste ihn und schob die Bank mit ihrem Bein zur Seite. Er wollte sich erheben, doch sie drängte ihn mit ihrem Kuss zurück, bis die Tasten wieder misstönend klirrten.

Die Dorfbewohner, die an diesem Abend am Cottage des Schuldirektors vorbeikamen, fragten sich, wo er denn ein Klavier herhatte und warum er so schlecht und so lange darauf spielen musste.

15

»Das meiste Leben im Meer spielt sich im Seichten ab.
Das trifft auch auf die Lebewesen an Land zu.«

Allgemeiner Führer durch den Turm von Babel, I.IIV

Er wachte von einer eiskalten Windböe auf. Der Käfig rasselte leise. Der Himmel war von einem tiefen Indigoblau, und im Sternenlicht hatte der Turm die Farbe eines Gletschers. Die Nacht war so erbarmungslos kalt, wie der Tag heiß gewesen war. Es würde noch Stunden bis zum Morgen dauern.

Sein Arm war eingeschlafen, und als er versuchte, ihn zu verlagern, erkannte er, dass er und Edith sich eng aneinanderklammerten. Ihre Wange lag an seiner Brust, er hatte seine Arme um sie geschlungen. Ihr dunkles, schweres Haar umwölkte sein Kinn und seinen Hals. Voller Schuldgefühle wollte er sich langsam zurückziehen.

Entweder hatte sie nicht geschlafen, oder seine Bewegung hatte sie geweckt, denn sie sagte rasch: »Bitte bleib. Mir ist so kalt.« Ihre Stimme klang gedämpft, ihr Atem war warm an seiner Brust.

Er hielt inne, und sie schloss die entstandene Lücke. Er spürte, wie sie zitterte, worauf er sein Jackett so weit wie möglich über ihre Schultern drapierte. »In ein paar Stunden bricht der Morgen an. Versuch zu schlafen.«

Ihm gelang das jedoch nicht. Er lag in der purpurfarbenen Dunkelheit und dachte nach. Er konnte seine Vorstellung von dem Turm nicht mit seiner persönlichen Erfahrung in Einklang bringen, und das nagte an ihm. Er hatte seine Schüler in die Irre geführt, als er den Turm so überschwänglich angepriesen hatte, so viel war sicher. Seinen Unterricht würde er diesbezüglich im Herbst und mit dem neuen Schuljahr noch einmal überarbeiten müssen. Er würde immer noch die technologischen Errungenschaften des Turms vortragen sowie von den vagen historischen Darstellungen berichten, doch er würde nicht mehr ausufernd von seinem Charakter schwärmen.

Menschen veränderten sich, wenn sie im Schatten des Turms standen. Er entzog ihnen ihre Menschlichkeit, entfachte ihren Ehrgeiz. Er konnte sich nicht vorstellen, warum jemand in den Salon zurückkehren wollte, nachdem man ihn von dort ausgeschlossen hatte. Warum sollte man sich weiterer Folter aussetzen? Er verstand es nicht. War das Leben auf dem Markt wirklich so hart? War wirklich jeder so furchtbar unzufrieden mit sich, dass er nichts Besseres mit seinem Leben anzufangen wusste, als eine Rolle spielen zu wollen? Er dachte an Pining, den armen, freundlichen Einfaltspinsel. Er war so begeistert von den Wundern des Salons gewesen. In den Momenten vor seiner Ermordung hatte er so selbstbewusst und zufrieden gewirkt, glücklich. Aber warum gab man vor, eine Frau zu lieben? Warum einer Schauspielerin den Hof machen? Es ergab keinen Sinn.

»Ich schätze, manche Menschen würden Hunderte von Schekeln für ein Zimmer mit einem Balkon wie diesem hier bezahlen«, erklang Ediths Stimme und unterbrach seine Grübeleien. »Glaubst du, hier passt ein Sofa herein?« Er lächelte bei der Vorstellung.

»Ich habe eine Frage, die du natürlich nicht beantworten musst, aber sie beschäftigt mich schon eine Weile, weshalb ich mich gezwungen sehe …«

»Red nicht lange, Tom, frag einfach«, unterbrach sie ihn freundlich.

Er holte tief Luft. »Warum bist du so oft in den Salon gekommen?«

Sie lachte und wandte ihr Gesicht von seiner Brust. »Das habe ich mich auch schon gefragt. Es gibt keinen guten Grund. Es hat nur etwas Nettes an sich, etwas Tröstliches, wenn man der Mittelpunkt einer fremden Geschichte ist. Auf seltsame Weise ist es klärend, und es fühlt sich wichtig an.« Senlin unterdrückte schnaubend ein Lachen, und sie stieß ihm in die Rippen. »Lach nicht. Ich weiß, dass es dumm klingt, aber wenn ich mein eigenes Leben von außen betrachte, sehe ich nur Zwiespältigkeit und Verwirrung. Nichts Dramatisches passiert, jedenfalls nicht plötzlich. Im echten Leben passiert nichts schnell. Alles wird nur untergraben. Und das ist verwirrend und frustrierend und eintönig. Himmel, wie eintönig es sein kann! Doch dann ist man im Salon, und alles hat einen Sinn. Ja, es ist einfach. Ja, es ist dumm. Aber es gibt eine Handlung. Vor einer Woche hätte ich alles für ein Leben mit einer Handlung gegeben. Jetzt würde ich mich für die Eintönigkeit entscheiden. Gebt mir Aufgaben und Jahrbücher und neun Stunden traumlosen, erschöpften Schlaf. Her mit der Eintönigkeit!«

Senlin dachte darüber nach. »Ich schätze, das ergibt Sinn. Aber ich ziehe die Geschichte von deiner Vergangenheit dem banalen Stück vor, aus dem wir entkommen sind. Dein Leben klingt sehr interessant.«

»Dann muss ich übertrieben haben.« Eine weitere eiskalte Windböe brachte den Käfig zum Erzittern, und sie wappneten sich dagegen. Senlin knirschte mit den Zähnen und kniff die Augen zusammen, bis der Wind nachließ. Dann ergriff Edith wieder das Wort, ihre Stimme plötzlich sehr viel leiser. »Ich weiß, dass du deine eigenen Probleme hast.« Sie drehte das Gesicht wieder zu seiner Brust. »Ich hoffe, du findest deine Frau. Das hoffe ich wirklich. Und ich glaube auch, dass es dir gelingt. Wenn du das hier überleben kannst, ist alles andere sicher einfach.« Sie musste sich räuspern, und ihm wurde klar, dass sie versuchte, die Tränen zu unterdrücken. »Aber ich muss dich um einen Gefallen bitten. Ich weiß, ich habe kein Recht darauf, und du hast auch keinerlei Verantwortung mir gegenüber …«

»Red nicht«, sagte er, versuchte, sie zu beruhigen, einen Zusammenbruch zu verhindern. »Frag einfach.«

»Bleib bei mir, bis es vorbei ist. Ich schaffe das. Ich brauche nur etwas moralische Unterstützung.«

Als er die Angst in ihrer Stimme hörte, sagte er sofort, dass er ihr beistehen würde, natürlich. Aber er fügte rasch hinzu, dass es nicht soweit kommen, dass der Registrar einlenken würde.

Als Ceph am nächsten Morgen mit seinem unerträglichen Lächeln hinter der Klappe der Tür erschien, wiederholte er allerdings das ursprüngliche Urteil. Edith würde ausgewiesen werden und dürfte nie zurückkehren. Ceph hatte sorgsam jede Erwähnung von Brandmalen oder körperlichem Schaden gemieden und bezog sich jetzt auf den »Ausstoßungsprozess«, dem sich Edith unterziehen würde. Bei ihm klang es wie die angenehmste Sache der Welt, und er versicherte ihnen, dass sich daran nichts mehr ändern lasse. Alle Alternativen und Einsprüche waren abgewiesen worden.

Senlin, der die ganze Nacht darüber nachgedacht hatte, hatte eine flammende Gegenrede vorbereitet. »Haben Sie denn überhaupt kein Gewissen?«, fragte er. »Verstecken Sie sich nicht hinter Pflicht und Behörden. Verhalten Sie sich wie ein menschliches Wesen! Nicht, als ob diese Brutalität zu verteidigen sei, nur weil eine willkürliche Politik und ein rücksichtsloser Bürokrat dahinterstehen. Sie brauchen keinen Einspruch, um zu bestätigen, was Sie wissen. Es ist falsch, einen Menschen zu verstümmeln, weil er vergessen hat, ein Feuer anzuschüren. Sie haben ein Gewissen, es ist Ihnen angeboren und ruft durch die Gitterstäbe Ihrer Rippen: *Lasst sie gehen!*« In seiner Stimme lag eine ungewohnte Leidenschaft, und er bemerkte, dass er vor Wut zitterte.

Ceph wedelte mit seinem Taschentuch vor seinem Gesicht, als wolle er eine Fliege verscheuchen. »Hört, hört. Eine beeindruckende Rede.«

Senlin nahm diese seltsame Reaktion verblüfft zur Kenntnis. Der Beamte klang ehrlich, wenn nicht sogar ein wenig gelangweilt. »Danke.«

»Letztendlich ist es jedoch keine Sache des Gewissens, sondern der Beständigkeit«, sagte Ceph, und bevor Senlin etwas einwenden konnte, fuhr er fort: »Wenn das Gesetz formbar ist, Mr. Senlin, wenn es sich an den Menschen anpasst, dann wird der Mensch empfänglich für seine eigenen Schwächen. Das Gesetz existiert, um den Idealen eines Menschen Form zu verleihen. Wenn Sie darüber nachdenken, dient die Gnade dann nicht den Frevlern auf Kosten des Gesetzes?«

Am liebsten hätte Senlin durch die Klappe gegriffen und den

selbstgefälligen Beamten erwürgt, vor allem, als Ceph seinen Schnurrbart zwirbelte, doch Edith zog ihn rechtzeitig nach hinten.

»Ich werde gehen. Ich will hier einfach nur raus«, sagte sie.

»Nein!«, rief Senlin und wollte sie seinerseits von der Öffnung zurückziehen. »Warum gibst du nach?«

»Weil sie uns für immer hier festhalten können, und das halte ich nicht aus. Willst du so sterben? Ich nicht. Ich will irgendwann in weiter Zukunft sterben, während ich mein Land bearbeite. Und du … du musst einen Kamin finden, neben den du dich stellen kannst.« Sie lächelte traurig, aber entschlossen.

Er schluckte seine Einwände hinunter. So sehr er es verabscheute, dieser Ungerechtigkeit nachzugeben, so wenig hatte er ihrer Bitte entgegenzusetzen. Er hatte versprochen, ihr beizustehen. Und das begann in diesem Moment.

»Wirklich, der Ausstoßungsprozess ist sehr menschlich«, sagte Ceph beiläufig, als würden sie hier aus einer Mücke einen Elefanten machen. »Für manche ist er sogar erhellend.«

Senlin musste die Zähne fest aufeinanderbeißen, um keine unhöfliche Antwort zu geben.

Nachdem sie das Urteil angenommen hatten, durften sie in den Turm zurückkehren. Ihre Rücken schmerzten, ihre Beine drohten unter ihnen nachzugeben, sodass sie sich erst einmal ausgiebig strecken mussten. Senlin fühlte sich wie ein Mann, der gerade aus einem Sturm an den rettenden Strand gekrochen war. Zum zweiten Mal innerhalb einer kurzen Zeit fühlte er die ungläubige Dankbarkeit eines Überlebenden.

Ceph führte sie in den Krankenflügel, den sie am Tag zuvor durchquert hatten. Ein Dutzend Bedienstete in weißen Anzügen patrouillierte aufmerksam an den mit Vorhängen abgetrennten Betten vorbei. Unter dem Saum ihrer Jacketts waren Pistolen zu sehen. Senlin erkannte, dass sie bei einem Fluchtversuch nicht weit kommen würden.

Die leeren Betten, an denen sie vorbeikamen, erschienen ihnen nun in einem düstereren Licht. Aus allen Ecken drangen Schluchzer und verzweifelte Laute, die von den Fliesen an Boden und Wänden zurückgeworfen wurden. Plötzlich verstand Senlin. Das hier war überhaupt kein Krankenhaus. Hier kam man nicht her, um geheilt zu werden. Hier wurden die unglücklichen Verbannten gebrandmarkt, hier wurden ihnen die Augen herausgerissen. Hier wurden verführte Touristen bestraft. Das hier war eine weißgekachelte Folterkammer.

Durch einen Vorhangspalt erhaschte Senlin einen kurzen Blick auf eine Szene, die so unglaublich war, dass die Zeit stillzustehen schien. Er sah einen Mann, der im Bett saß und von zwei Gehilfen aufrechtgehalten wurde. Auf seinem Kopf saß einer der mit Rädern versehenen Kupferzylinder, die er bei ihrem ersten Gang durch die Krankenstation gesehen hatte. Das Rad saß in der Mitte auf dem Gesicht des Mannes wie eine merkwürdige Nase. Eine Schwester beugte sich über ihn und drehte es mit knappen, angestrengten Bewegungen. Krämpfe durchzuckten die Arme und Beine des Mannes und stellten die Kräfte der zwei Helfer auf die Probe. Trotz seiner offensichtlichen Qualen drang kein Laut unter dem Helm hervor. Der Mann wand sich still. Sie folterten ihn. Die Schwestern schienen keinerlei Skrupel zu haben.

Senlin vermutete, dass das barbarische Gerät dazu da war, ein menschliches Auge zu entfernen. Die Vorstellung erfüllte ihn mit Abscheu.

Ein Baumwollhemd lag auf dem leeren, ordentlich gemachten Bett, an dem Ceph stehen blieb. Ein langer Vorhang hing an einer Stange, die um das Bett herumführte. Ceph trug Edith auf, sich für die Schwester fertigzumachen, die gleich hinzukommen würde. Er wollte Senlin mit sich fortführen und plapperte schon wieder etwas von den wunderschönen Pfauen, die überall in den Bädern herumliefen. Doch Senlin blieb beharrlich neben dem Vorhang stehen, nachdem Edith ihn hinter sich geschlossen hatte. Ihr Schatten zeichnete sich hinter dem Stoff ab.

»Ich werde bei ihr warten«, sagte er.

»Das ist wirklich nicht nötig. Sie wird …«

»Ich werde warten«, wiederholte er nachdrücklich.

Ceph wirkte ehrlich verblüfft. Er schien etwas erwidern zu wollen, zuckte dann jedoch nur mit den Schultern und trat einige Schritte zur Seite, um etwas auf einem Schreibblock zu notieren.

Eine kleine, matronenhafte Frau in einer scharlachroten Schürze und mit Schwesternhäubchen näherte sich, einen weißen Emaillewagen vor sich herschiebend. Ein Eisentopf mit Deckel stand darauf, der beim Fahren klapperte. Aus einer Aussparung ragte der Griff eines Brandeisens.

Die Schwester ignorierte Senlin und warf einen Blick hinter den Vorhang, bevor sie ihn aufzog. Edith hatte das schlichte weiße Hemd übergestreift und lag unter dem Laken. Ihr zerknittertes und beflecktes Kostüm lag zusammengefaltet am Bettende. Noch bis vor einem Moment hatte Senlins Blut vor Wut gekocht, doch der Anblick von Edith unter den weißen Laken war unerwartet beruhigend. Das hier konnte einfach nicht wahr sein.

Die Schwester plapperte fröhlich, wie hübsch Edith doch war und wie reizend ihr Kleid, während sie gleichzeitig Ediths rechten Arm auf dem Bett ausstreckte, die Handfläche nach oben. Edith reckte ihren freien Arm in Senlins Richtung. Er kniete sich neben den Kopf des Bettes und nahm ihre Hand. Die Schwester wollte ihr ein zusammengerolltes Stück Stoff geben, um daraufzubeißen und den Schmerz dadurch besser durchzustehen, doch Edith wandte schweigend den Kopf ab.

Die Schwester hob mit einem dicken Lederhandschuh den Deckel des Eisenbehältnisses ab. Das runde Brandeisen glühte zwischen den roten Kohlen; es war so groß wie eine Männertaschenuhr. Senlins Magen verkrampfte sich bei dem Anblick.

Als er den Kopf zu Edith wandte, sah ihn diese angespannt an. Ihr dunkles Haar lag auf dem Kissen ausgebreitet; ihre gebräunte Haut und das sommersprossige Schlüsselbein glänzten vor Schweiß. »Bleib nicht zu lange. Du hast schließlich noch etwas vor«, sagte sie und löste ihre Hand aus seiner, um seinen Unterarm zu umklammern.

Die Schwester streifte einen Schmiedehandschuh aus Leder über, der ihr bis zum Ellbogen reichte, und sagte: »Ich muss das Eisen auf die Haut drücken und bis drei zählen. Es ist sehr wichtig, dass Sie sich nicht bewegen, Liebes. Wenn es beim ersten Mal nicht gelingt, müssen wir die Prozedur wiederholen.« Ohne der Schwester zu antworten sah Edith weiter Senlin an, die Lippen fest aufeinandergepresst.

»Bis drei«, wiederholte diese nun. Als das Eisen ihre Haut berührte, traten die Adern an Ediths Hals hervor, die Augen drängten aus ihren Höhlen, und sie bohrte ihre Fingernägel in Senlins Arm. Ihre Wangen färbten sich tiefrot, und der schreckliche, vertraute Geruch nach verbranntem Fleisch stieg auf. Die Schwester sagte mit glockenheller Stimme: »Eins.«

Schließlich lag Edith bewusstlos im Bett, während die Schwester ihren Arm verband. Ihre Ohnmacht war eine kleine Gnade gewesen. Sie hatte keinen Ton von sich gegeben, und in ihrem Schweigen hatte er ihren Trotz gespürt. Die Matrone hatte weitere unpassende Nettigkeiten von sich gegeben, auch wenn Edith sie nicht hörte. Senlin hatte bleiben wollen, bis Edith wieder aufwachte, doch Ceph bestand darauf, dass er seinen Fall wieder aufrollen müsse, würde er sich noch länger hier aufhalten.

»Und Sie werden krank, Mr. Senlin! Sie verlieren den Preis aus den Augen. Galas und Bäder und Pfauen warten auf Sie«, sagte Ceph mit unerträglicher Begeisterung.

Senlin wusste nicht, was er Edith noch sagen könnte. Vielleicht war es besser, wenn sie sich eine letzte, verlegene Verabschiedung ersparten. Sie würde nach Hause zurückkehren, er hatte noch einiges im Turm vor sich. Er hoffte, sie wäre bald wieder auf ihrer Farm, wäre bald wieder die Generalin und er nur ein kleiner Darsteller in einer Horrorgeschichte, die sie zu vergessen versuchte. Wie konnte er all das bei einer simplen Verabschiedung sagen? Es war besser, ihnen beiden noch etwas Würde zu lassen, nachdem man ihnen schon so viel genommen hatte.

Erschüttert und angespannt folgte Senlin Ceph aus der Folterstation hinaus in die weiten Verwaltungsbereiche. Ein Angestellter erschien mit seiner Kleidung und seiner Tasche, und er durfte sein zerknittertes und verschwitztes Butlerkostüm ablegen. Selbst sein Geld war noch vollständig, was ihm jedoch in seiner derzeitigen niedergeschlagenen Stimmung egal war. Als er sein Hemd zuknöpfte, beschloss er dreimal, an Ediths Seite zurückzukehren. Sollten sie ihn doch ins Gefängnis werfen und einen Eimer aufsetzen und ihm die Augen herausschrauben. Das sollten sie nur versuchen!

Dreimal überredete er sich, weiterzuziehen. Marya wartete irgendwo über ihm. Er hoffte, dass sie unverletzt war. Er wünschte, sie wäre hier, bei ihm, um ihn zu trösten. Ein sehr selbstsüchtiger Wunsch, wie ihm bewusst war.

Assistent Ceph wirkte ungewöhnlich kleinlaut, als er Senlin zu der Treppe brachte, die zwischen Marmorwänden nach oben führte. Über der Tür war in großen Buchstaben eingraviert: *Die Bäder.*

Senlin hatte nicht die Absicht, ihren Abschied in die Länge zu ziehen, doch sobald er einen Fuß auf die erste Stufe gesetzt hatte, packte ihn Ceph am Ellbogen. Der junge Mann machte ein unerwartetes und ernsthaftes Geständnis: »Ich weiß, dass das alles etwas überwältigend war. Um ehrlich zu sein, fürchte ich, Sie mit meiner Darstellung im Stich gelassen zu haben. Sie waren so natürlich. Ich bewundere Sie. Ich wollte eigentlich selbst den Registrar spielen. Jetzt frage ich mich, ob ich der Rolle überhaupt gewachsen bin.«

»Nun, viel Glück«, erwiderte Senlin knapp und verstand nicht, warum der widerwärtige Assistent plötzlich so aufdringlich war und seine berufliche Hoffnung bekanntgab.

»Ich wollte Sie noch fragen, ob ich Ihrer Meinung nach besser für die Rolle eines Krankenpflegers geeignet wäre. Glauben Sie, dieser Part würde eher meinen Fähigkeiten entsprechen? Normalerweise wird er von Frauen gespielt, aber das Potenzial …«

Senlin unterbrach ihn. »Rolle? Was meinen Sie damit? Sie sind Schauspieler?«

Ceph konnte sein Entzücken nicht verbergen. Er biss sich auf den Fingerknöchel und errötete. »Oh, Mr. Senlin, was für ein wundervolles Urteil. Damit machen Sie mir eine große Freude!«

ZWEITER TEIL

Die Bäder

1

»Der Brunnen in den Bädern kann die Falten am Ellbogen eines alten Weibs glätten, gezerrte Muskeln heilen ebenso wie kranke Herzen; er kann selbst das hartnäckigste Zucken beruhigen. Alle Sorgen werden vergessen.«

Allgemeiner Führer durch den Turm von Babel, IV.III

Eine Gruppe sich unterhaltender Frauen in Filzkleidern und gehäkelten Hüten folgte ihm die Stufen hinauf. Die Treppe ging erst in eine zweite, dann in eine dritte über, bis sie die letzten Stufen auf rosafarbenem Marmor zurücklegten, der sich einen Häuserblock weit erstreckte. Die Schritte der aufstrebenden Besucher klangen wie Regen, der sich von einem unmelodischen Prasseln zu einem donnernden Strömen steigerte. Senlin war einer unter Tausenden auf der Treppe.

Der *Allgemeine Führer* nannte die Bäder »Krankenschwester der Menschlichkeit«, auch wenn Senlins Glaube an das Buch mittlerweile zutiefst erschüttert war.

Seine Gliedmaßen waren von der Zeit im Käfig noch steif, seine Beine brannten und zitterten. Als er die letzte Stufe erklomm, wäre er am liebsten zusammengebrochen, doch dafür war kein Platz. Ohne einen Moment Atem schöpfen zu können, wurde er auch schon in eine der vielen Reihen an der Zollstation gedrängt. Die weißen Porzellanziegel glänzten im Gaslicht der Bronzekronleuchter. Männer in marineblauen Uniformen streiften wachsam durch die Menge, Schlagstöcke und Degen hingen an ihren Gürteln. Die schwarzen Lederschirme ihrer blauen Mützen verbargen ihre Augen, doch Senlin spürte, wie die Uniformierten ihn beobachteten, ebenso wie alle anderen Besucher.

Am Ende der großen Halle, über zweihundert Meter vor ihm, stand eine Reihe von vergitterten Schaltern wie ein Bollwerk. Das war der einzige Zugang zu den Bädern. Entweder Marya hatte bereits hier gestanden oder würde bald hier stehen. Nach dem Labyrinth durch den Salon war er erleichtert, einen geraden Weg vor sich zu sehen.

Ein großes Banner über den Zollschaltern verkündete eine fixe Steuer von fünf Prozent auf alle Waren und Währungen. Ein zweites Schild versprach eine schnelle Bestrafung derjenigen, die beim Schmuggeln erwischt wurden.

Der Tourist neben ihm trug eine hohe Perücke, die weiß gepudert und prahlerisch war wie ein Hauptsegel; sein einziges Gepäck schien eine Krokodilledertasche zu sein, aus der ein kleiner Pudel spähte und fiepte. So auffällig der Mann war, war er doch nicht bemerkenswert. Die Menge war voller wohlhabender Exzentriker, die Rüschenschirme und Kreppháubchen trugen, Schwarzdorngehstöcke und goldene Uhrketten. Das Benehmen der Leute war trotz der edleren Kleidung allerdings nicht viel besser als das der Meute auf dem Markt. Die Ankommenden waren aggressiv, zielstrebig und rücksichtslos. Sobald Senlin eine Lücke zwischen sich und seinem Vordermann aufkommen ließ, drängte sich schon jemand hinein. Eine Frau, die einen großen, mit einem Tuch verdeckten Vogelkäfig trug, trat ihm auf die Füße, als sie sich in die Reihe schob. Er fühlte sich gefangen und kurz vor einer Panik. Rasch vergrub er die Hände in seinen Manteltaschen, um nicht an den Nägeln zu kauen; eine nervöse Angewohnheit, die er lange überwunden geglaubt hatte.

Er dachte immer wieder an Edith, ihren gequälten Gesichtsausdruck, das sadistische Abzählen der Schwester und den widerwärtigen und doch vertrauten Geruch nach verbranntem Fleisch. Er hatte sie zurückgelassen. Das war zwar ihr Wunsch gewesen, linderte seine Schuldgefühle aber nicht. Sein Gewissen machte ihm Vorwürfe: *Du hast sie verlassen, weil du Angst hattest. Du hast sie verlassen, weil du dich bei ihr unwohl gefühlt hast*. Beides stimmte.

Doch was hätte er tun können? Was hätte er erreicht, wenn er geblieben und ebenfalls gebrandmarkt und des Salons verwiesen worden wäre? Und dennoch, würde er erfahren, dass ein anderer Mann auf einer anderen Krankenstation Marya so im Stich gelassen hatte wie er Edith, würde er dem Schuft niemals vergeben.

Zum ersten Mal im Leben musste er sich eine unangenehme Wahrheit über sich selbst eingestehen. Ja, er war schüchtern und nervös und ein wenig scheinheilig, doch das waren nicht seine größten Schwächen. Er war ein Feigling, und Edith hatte den Preis bezahlt.

Nach drei Stunden voller Selbstvorwürfen hatte Senlin endlich den Kopf der Schlange erreicht. Er musste nur noch warten, bis die aggressive Frau mit dem Vogelkäfig die routinierten Fragen des Beamten beantwortet hatte. »Haben Sie verderbliche Waren dabei? Wollen Sie Geld während Ihres Aufenthalts in den Bädern verdienen?« Alles verlief glatt, bis der Beamte sie aufforderte, den Käfig abzudecken. Sie zögerte, er insistierte. Sie weigerte sich rundheraus mit dem Argument, ihr Vogel sei überaus empfindlich und sie eine Dame der Gesellschaft, deren Ehemann geradezu übernatürlichen politischen Einfluss besaß. Das verbesserte die Laune des Beamten nicht gerade, und der dunkle Schirm seiner Mütze ragte über seine Augen wie eine schwere, humorlose Braue.

Auf irgendein diskretes Zeichen hin trat ein weiterer Beamter hinzu, der der Frau den Weg versperrte. Dieser Mann zögerte nicht, einfach die hübsche, mit gelben Blumen bedruckte Decke von dem Käfig abzuziehen. Er wirkte kein bisschen überrascht, dass darunter kein Vogel zum Vorschein kam, sondern Unmengen von Geldscheinen. Es mussten Hunderte von Mina sein, ein kleines Vermögen. Senlin starrte mit offenem Mund darauf.

Die Frau gab ihre aggressive Haltung auf und kokettierte offen, indem sie die schwarz geschminkten Augen aufschlug und ihre Hüften aufreizend abknickte. Es war ein wahrlich grotesker Anblick. Der Beamte hakte sich unbewegt bei ihr ein und führte sie ab. Je weiter sich ihre Stimme entfernte, desto höher und panischer klang sie. Senlin dachte an die Folter, die sie erwartete, und ihm stellten sich die Haare auf.

Dann wurde er vorangeschoben, und der Beamte fragte, was er zu verzollen habe. Ohne zu zögern streifte er seine Stiefel ab, holte seinen dünnen Stapel aus Geldscheinen hervor – sechs Mina und zwanzig Schekel, sein eigenes kleines Vermögen – und zählte alles auf den Tresen. Pflichtbewusst zahlte er dem Beamten fünf Prozent Steuern. Als dieser ihn bat, seine Tasche zu öffnen, gehorchte er sofort.

Seine Ausgabe des *Allgemeinen Führers* rutschte über den Boden der ansonsten leeren Tasche. »Ich wurde ausgeraubt«, erklärte Senlin, was den Beamten in keiner Weise zu beeindrucken schien. Er wies Senlin mit einer knappen Kinnbewegung durch die Türen hinter ihm. Senlin stolperte in die sonnendurchfluteten Bäder und fühlte sich, als wäre er gerade einem Aufstand entkommen.

Es war blendend hell, und er fand erst nach einem Moment heraus, wie man das Sonnenlicht in die Höhle leitete, die die Stadt der Bäder beherbergte. Über rechteckige Öffnungen in der Höhlendecke strömte das Licht herein. »Die Schächte müssen hundert Meter oder noch länger sein«, murmelte Senlin. Er konnte sich nur ungefähr vorstellen, wie geschickt man diverse Spiegel anbringen musste, um dies zu ermöglichen. Das Licht wurde weiter über Reihen von Spiegelkugeln verbreitet, manche so groß wie eine Kutsche, die hoch über ihnen von der blau gestrichenen Decke hingen. Der Effekt erinnerte ihn daran, wie die Sonne die Wände einer Gezeitenhöhle erhellte, wenn sie vom Wasser zurückgeworfen wurde. Alles glitzerte und war von sich kräuselnden Lichtwellen überzogen. Ein wunderschöner Anblick.

Zu beiden Seiten einer gepflasterten Fußgängerstraße standen dicht an dicht drei- bis vierstöckige Gebäude. Die pastellfarbenen Fassaden waren mit weißen Brüstungen verziert, die die Häuser wie kunstvolle Torten aussehen ließen. Es gab Theater, Tanzlokale, Restaurants und Hotels. Die Besucher waren in die Moden ihrer Herkunftsorte gekleidet, manche trugen kurze Reitjacketts und Reithosen, andere edle Kimonos, wieder andere Togen und Lederriemensandalen. Doch auch hier, inmitten der gut gekleideten Menge, sah Senlin gelegentlich die nackten

Rücken und geschorenen Köpfe der Hods, die unter schweren Jutekörben gebeugt dahinschlichen. Zollbeamte begleiteten und drängten diese Schandflecke durch die Gruppen von reichen Besuchern, die vor den Hods zurückwichen, als fürchteten sie, sich mit einer Krankheit anzustecken. Senlin wurde bewusst, dass er im Salon keine Hods gesehen hatte, und er fragte sich, wie sie ungesehen auf die dritte Ebene hatten vordringen können. Dann erinnerte er sich an Golls Bemerkung, dass der Turm durchaus über Hintertüren verfügte. Vielleicht gingen die Hods über einen weniger bevölkerten Weg, auch wenn es sich dabei sicherlich um keine angenehme Reise handelte.

Die breite Straße mündete in einen See, der perfekt gerundet und blau wie ein Saphir war. Seine Größe war atemberaubend, und Senlin fragte sich, ob man das Wasser aus den tiefen Grundwasserschichten unter dem Turm hochpumpte oder es aus den Wolken extrahierte, die die höchsten Ebenen ständig umhüllten. Etwas weiter weg vom Ufer wuchsen Gräser mit weißen, flaumigen Samen; zwischen den hohen Halmen standen Gruppen von blassrosa Flamingos, die ihr Gefieder putzten und kreischten. In der Mitte des Sees schraubte sich ein Turm bis zur Höhlendecke und verjüngte sich wie eine Meeresschnecke. Hyazinthen und Efeu wuchsen aus Öffnungen und Fenstern und hing an jeder Oberfläche. Dampf waberte durch das Grün. Schmiedeeiserne Fußgängerbrücken reichten aus dem dampfenden Turm bis zum Ufer. Gebogene Schilder über den Brücken warben: *Einen Schekel für den Besuch der berühmten Brunnenbäder.*

Der See, offensichtlich die Hauptattraktion, war von Badehäusern umgeben. Am gepflasterten Ufer wimmelte es nur so vor Badenden aller Altersgruppen. In regelmäßigen Abständen öffneten mechanische Nilpferde im tieferen Wasser ihre Mäuler und schlossen sie wieder, nachdem sie zum Entzücken vieler Kinder einen Wasserstrahl aus ihrer Kehle abgegeben hatten.

Das hier war der wundersame Turm, den Senlin erwartet hatte, ein Ort wie geschaffen für eine Hochzeitsreise! Er hatte das Elend und die Gefahren der unteren Ringreiche unterschätzt, doch ebenso wenig war er auf die Schönheit der Bäder vorbereitet gewesen. Es war herrlich! Er wünschte nur, er könnte diesen Moment der Erleuchtung mit Marya teilen. Sie wäre so glücklich, das alles hier zu sehen.

Senlin ging am Seeufer entlang, bahnte sich seinen Weg durch die Picknickdecken, Sonnenstühle und Hütten. In der Luft hing der durchdringende Geruch vieler verschiedener Seifen und kitzelte ihn in der Nase. Aus reiner Gewohnheit suchte er die Umgebung mit dem Blick nach etwas Rotem ab, auch wenn es absurd war zu glauben, dass sie den Helm immer tragen würde. Vielleicht war er auch gestohlen worden. Er stellte sich lieber vor, dass sie sich im Moment in einer bequemen Hotelsuite aufhielt und ihn erwartete, vielleicht sogar gerade auf einem Balkon stand, auf die gezeitenlose Küste blickte und an ihn dachte. Vielleicht hatte sie ein Klavier gefunden und unterhielt die anderen Gäste mit ihrem kraftvollen Spiel und der durchdringenden Stimme …

»Das ist das Gesicht eines Mannes, der willkommen geheißen werden muss!« Der fröhliche Bariton schreckte Senlin aus seinen Gedanken auf. Er sah nach unten und erkannte, dass er direkt neben einem hölzernen Sonnenstuhl stand, auf dem ein großer Mann mit breitem Brustkorb lag. »Willkommen in den Bädern!« Der Mann hatte eine bronzefarbene Haut und trug nur eine dunkle Sonnenbrille sowie rote Badehosen. Ein gezwirbelter schwarzer Schnurrbart betonte seine graue Haarmähne. Er wirkte gesund und athletisch für einen Mann seines Alters. Senlin war ein wenig von seiner breiten Brust und den kräftigen Schultern eingeschüchtert, doch sein Lächeln war freundlich. »Sie haben den benebelten Blick eines Mannes, der gerade aus dem Affenzirkus kommt.« Er schauderte übertrieben. »Der Salon ist ein furchtbarer Ort.«

Trotz seiner bitter erarbeiteten Vorsicht gegenüber den Besuchern des Turms verspürte Senlin eine sofortige Verbindung zu diesem grinsenden Riesen. Er stellte als Erstes die Frage, die ihn beschäftigte, seit er Ceph am Fuß der Treppe im Salon zurückgelassen hatte. »Sind da unten alle Schauspieler?«

»Ich weiß es nicht. Vielleicht sind sie auch nur Musterknaben. Spielt es eine Rolle? Sie sind schrecklich, und Sie sind sie los. Körperlich zumindest, der Geist braucht sicher noch eine Flasche Wein, um sich zu reinigen, oder auch zwei Wochen in den Dampfbädern, wenn Sie richtig traumatisiert sind.«

Senlin deutete mit seinem knochigen Kinn zur Spitze des Brunnenturms in der Mitte des Sees. »Der Anblick ist unglaublich, aber ich glaube nicht, dass ich zwei Wochen bleiben werde.«

»Ah. Nein, ich auch nicht. Ich reise morgen ab, dann geht es zurück nach Hause.« Der Riese erzählte kurz, dass er im Bergbau arbeitete, hauptsächlich in den Cyanbergen im Norden, auch wenn sich Senlin beim Äußeren des Mannes kaum vorstellen konnte, dass dieser viel Zeit in den Gedärmen der Erde verbrachte auf der Suche nach glitzernden Steinen. Er wirkte eher wie jemand, der das Gold zählte und nicht schürfte. »Und Sie sind … warten Sie, ich weiß es.« Der Riese musterte Senlin von oben bis unten. »Ein Bestatter?«

Senlin lachte. »Schuldirektor.«

»Natürlich! Ganz in Schwarz, weil Sie den Verlust Ihrer jugendlichen Unschuld betrauern!« Sein tiefes Lachen war teils ehrfürchtig, teils belustigt. Senlin sollte schon bald feststellen, dass er dieses ironische Bellen oft von sich gab. »Ein Mann der Worte. Gut! Ich habe seit Monaten kein anständiges Gespräch mehr geführt. Jeder ist zu bieder oder zu witzig, um ein ehrliches Wort von sich zu geben. Ich bin ausgehungert nach einer intelligenten Konversation. Treffen wir uns doch heute Abend im *Café Risso* zum Essen oder für Drinks oder was auch immer Ihr Gelehrten euch so gönnt.« Das Café befand sich genau hinter ihnen am Wasser. »Die Bedienungen sind langsam, aber die Schnecken sind köstlich.«

Auch wenn Senlin lieber keine Verabredungen treffen wollte, falls er in den nächsten Stunden mit Marya wiedervereint werden sollte, wollte der fröhliche Riese seine Ausreden nicht akzeptieren und versprach, dass die Verabredung im schlimmsten Fall lehrreich, im besten Fall sogar vergnüglich ausfallen würde. Schließlich nahm Senlin die Einladung an, und bevor sie sich trennten, stellen sie sich einander noch offiziell vor.

Senlin schüttelte John Tarrou die Hand, der herzlich lachte, als er ein

Hotel empfehlen sollte. »Sie sind alle gleich, Direktor. Überlaufen mit luxuriösen Motten, die einem ständig das Geld wegfressen. Schicken Sie Ihrer Bank einen Brief, bevor Sie nach einem Zimmer mit Aussicht fragen!«

Ermutigt von der Begegnung mit dem netten Tarrou, machte sich Senlin auf die Suche nach Marya. Rasch entschied er, sich auf die zahlreichen Hotels und die Zollstation zu konzentrieren. Wenn sie bereits hier war, hatte sie irgendwo ein Zimmer angemietet, und wenn sie noch in den unteren Regionen des Turms feststeckte, würde sie über kurz oder lang durch die Zollstation kommen. Entweder traf er sie, wenn sie kam oder wenn sie ging.

Wieder wünschte er sich, im Vorfeld schon ein Hotel reserviert zu haben. So wie die Dinge standen, würde er das ganze Spektrum an Unterkünften absuchen müssen, von denen es insgesamt beinahe sechzig gab. Er würde außerdem diskret nach Marya suchen müssen, was sein Vorhaben noch erschwerte. Schließlich konnte er nicht überall verbreiten, dass er seine Frau verloren hatte. Er hatte Finn Golls Rat nicht vergessen, sich umzusehen, ohne es sich anmerken zu lassen. Er wollte nicht die Aufmerksamkeit von Dieben oder anderen Gaunern erregen. Selbst Tarrou, so liebenswürdig er auch zu sein schien, würde sich sein Vertrauen erst verdienen müssen.

Er entwickelte daher eine subtile Methode, um herauszufinden, ob Marya in einem Hotel abgestiegen war. Er sprach den Rezeptionisten an, als wolle er ein Zimmer mieten und müsste sich nur noch bestätigen lassen, dass seine Frau, die früher von einer Matinee zurückgekehrt war, das nicht bereits getan hatte. Wenn der Rezeptionist ihm dann mitteilte, dass im Moment keine Gäste dieses Namens im Haus logierten, spielte Senlin den Überraschten und sagte: »Das hier ist doch das *Montgrove Hotel?«,* auch wenn er genau wusste, dass dieses sich ein Haus weiter befand, weil er gerade erst dort gewesen war. Man berichtigte seinen Irrtum und schickte ihn wieder weg, ein weiterer geistig abwesender Tourist, der zwar sein Hotel verloren hatte, nicht jedoch seine Frau.

Bald hatte sich Senlin durch zwei Dutzend Unterkünfte gearbeitet. Auch wenn er immer noch keinen Hinweis auf Marya gefunden hatte, fühlte er sich durch den Fortschritt ermutigt. Er musste einfach nur Geduld haben.

Er befand sich gerade auf der Straße, als ein Glockenspiel mit einer lieblichen Melodie fünf Uhr nachmittags schlug. Er erinnerte sich an seine Verabredung mit John Tarrou und eilte rasch zum *Café Rossi,* zumal sich ein rapide wachsender Hunger bemerkbar machte. Seit Tagen hatte er keine vernünftige Mahlzeit mehr zu sich genommen, und die Aussicht auf gutes Essen war verlockend. Außerdem hoffte er, etwas Nützliches von dem Mann zu erfahren, der sich in den Bädern so sichtlich zu Hause fühlte.

Tarrou saß an einem schmiedeeisernen Tisch auf der Terrasse des Cafés, vor ihm ein Weinglas und eine Flasche. Die Terrasse war dicht mit Tischen und Stühlen bestückt und wurde von einem niedrigen Geländer eingegrenzt. Einige wenige Essensgäste saßen am See, der sich durch die Lichtbrechungen der untergehenden Sonne orange und lila färbte. Ein Künstler stand in der Nähe an seiner Staffelei und mischte Farbe auf seiner Palette. Die ideale Stunde zur Einkehr und Besinnung.

Senlin begrüßte seinen neuen Freund, der ein kanariengelbes Hemd über seine rote Badehose gezogen hatte. Sein extravaganter Kleidungsstil erheiterte Senlin, schien jedoch der örtlichen Mode zu entsprechen: Jeder sah aus wie ein Darsteller in einer Wandertheatertruppe.

Tarrou sah Senlin ausdruckslos an, als sei er ein Fremder, der in sein Blickfeld geraten sei. Verlegenheit überkam Senlin, offensichtlich hatte er die Höflichkeit des Mannes für ein ernsthaftes Freundschaftsangebot gehalten. Goll hatte ihn schließlich gewarnt: Man hatte keine Freunde im Turm. Es war dumm, sich etwas anderes zu erhoffen.

Senlin wollte sich schon auf die Straße zurückziehen, als Tarrou abrupt aus seiner Abwesenheit auftauchte. »Direktor! Bleiben Sie! Sie haben mich nur überrascht. Ich war gerade tausend Meilen weit weg.« Er rieb sich nachdrücklich das Gesicht. *»Muddit,* bei diesem geisterhaften Licht wandern die Gedanken aber.«

Tarrou komplimentierte Senlin auf den Stuhl ihm gegenüber und lächelte unter seinem gezwirbelten schwarzen Bart. Eine junge Frau mit roter Schürze kam mit einem zweiten Glas. Tarrou bestellte mit großen Gesten ihr Abendessen und wechselte dabei scherzhafte Worte mit der Bedienung. Er orderte Schnecken und Lamm, Kartoffeln und als Beilage geschmorte Datteln, dann drehte er die leere Flasche über seinem Kopf um und sagte: »Mein Gehirn trocknet aus«, was die Bedienung zum Lachen brachte. Sie eilte davon und kehrte bald mit einer vollen, entkorkten Flasche zurück.

Bald brach die Dämmerung ein, das eingeleitete Sonnenlicht wurde vom Silberlicht des sehr viel blasseren Mondes abgelöst. Senlins Wangen waren warm vom Wein und sein Bauch gefüllt mit ausgezeichnetem Essen. Ihre Teller wurden abgeräumt, eine Flasche Port gebracht, und sie drehten ihre Stühle zum dunklen Wasser, das wie gesplitterter Onyx glitzerte. Der Maler klappte seine Staffelei zusammen. Gaslampen wurden entlang der Straße und der Fußgängerbrücken entzündet. Musik aus den Tanzlokalen vermischte sich in der Ferne. Das Lachen einer Frau hallte von einer Hotelterrasse hinter ihnen. Senlin wünschte erneut, Marya wäre bei ihm, auch wenn sie ihn dann sehr wahrscheinlich von seinem Stuhl hochziehen und ihn in das nächste Tanzlokal schleifen würde.

Auch wenn ihr Gespräch während des Essens durch ihren Appetit beeinträchtigt gewesen war, unterhielten sich die beiden Männer jetzt mit der Leichtigkeit alter Freunde.

»Und es gibt keine Pfauen?«, fragte Senlin.

»Zwei Flamingos für jeden und Tausende von Finken und Papageien, Schwalben und Tauben, und ich habe von einem Exzentriker gehört, der mit einem Dodo an der Leine herumläuft. Aber einen Pfau habe ich noch nie gesehen.«

Senlin lachte. »Ich habe jemanden kennengelernt, der sich da ganz sicher war.«

»Ich misstraue Menschen, die sich sicher sind. Ich kannte Männer, die ohne den Hauch eines Zweifels sagten, dass der Turm sechsundvierzig

Ringreiche umfasst. Sie haben sich über diese unbestreitbare Tatsache sogar geprügelt.« Tarrou saugte an seinen Zähnen. »Ich habe aber auch scheinbar ernsthafte Luftfahrer getroffen, die geschworen haben, der Turm habe nur zweiunddreißig Ringreiche.« Tarrou tippte sich an die Nase. »Ich kenne die Wahrheit. Der Turm ist nur so hoch, wie ein Mann ihn erklimmen kann.«

»Auf die Ungewissheit!« Senlin erhob sein Glas, und Tarrou tat es ihm gleich. »Wenn es hier keine Pfauen gibt, dann aber gewiss Lamm. Das hier war eines der köstlichsten Lammkoteletts, die ich je gegessen habe.«

»Hier in den Bädern ist kein Platz für Lämmer, außer man zählt die Horden von Kurtisanen dazu, die mit diesen schrecklichen Wollperücken umherstreifen. Sie haben sie sicher schon gesehen! Jede einzelne von ihnen, das schwöre ich, sprüht geradezu vor Läusen.«

Tarrou erklärte, dass die leicht verderblichen Köstlichkeiten mit Luftschiffen heraufgebracht wurden, was auch der beliebteste Anreiseweg für Touristen war. »Nur die Abenteuerlustigen und die Genügsamen erklimmen den Turm zu Fuß«, sagte Tarrou, was Senlin befangen wegen seines eigenen Einkommens machte. Für Tarrou, der, wie er erfahren hatte, drei Minen besaß, von denen eine Smaragde hervorbrachte, stellte das Unterrichten von Kindern im Lesen, Schreiben und Multiplizieren bestimmt ein eher bescheidenes Leben dar. »Schauen Sie nicht so böse, Direktor! Das Lamm fliegt, während Sie klettern. Sie sind kein Lamm. Sie haben Mut und Verstand. Jeder hier ist weicher, dümmer und ärmer, als er vorgibt zu sein. Alle sind Schweinefarmer und Lebensmittelhändler in königlichem Ornat.« Tarrou wand sich seine Serviette um den Kopf wie einen Turban und brachte Senlin damit zum Lachen.

»Es tut mir leid, dass Sie abreisen, Tarrou. Angenehme Gesellschaft ist erfrischend.«

»Da lässt sich leider nichts machen. Um ehrlich zu sein, habe ich meine Heimkehr schon zu lange hinausgezögert. Meine Frau wird bereits meinen ganzen Besitz veräußert haben.«

»Sie sind verheiratet?« Senlin war überrascht.

»Seit achtundzwanzig … Nein, neunundzwanzig Jahren. Unter uns, es fühlt sich keinen Tag länger als dreißig an. Sie ist eine geduldige Frau, aber ich habe sie zu lange warten lassen.«

Dass Tarrou verheiratet war, machte ihn Senlin nur noch sympathischer, auch wenn er sich fragte, warum ein Mann in der Blüte seiner mittleren Jahre ohne seine Frau in die Bäder kam. Eine solche Trennung stellte durchaus Liebe und Ehe infrage. Warum heiraten, wenn man sich die Wunder der Welt allein ansah?

Auch wenn es genau das war, was er gerade tat, wie Senlin sich eingestehen musste.

2

»Die einzige echte Gefahr ist, sich so zu entspannen, dass man in einem Bad einschläft. Um nicht unglücklich zu ertrinken, sollte man stets in Begleitung sein oder sich einen neuen Freund suchen.«

Allgemeiner Führer durch den Turm von Babel, IV.IV

Die Tage vergingen.

Ein Rhythmus stellte sich ein, was Senlin sehr schätzte. Die Vormittage verbrachte er mit seiner diskreten Suche in den Hotels nach Marya. Wenn ihn die Panik zu überwältigen drohte, rief er sich in Erinnerung, dass Marya erfinderisch war, er geduldig und der Turm nicht unendlich. Er las den *Allgemeinen Führer,* sein einziges Buch, durchkämmte die vielen Plattitüden und oberflächlichen Ratschläge und gewann wenig Erkenntnisse. Er wünschte, er hätte mehr Bücher mitgebracht. Wenn das geschriebene Wort kein Trost mehr war, stärkte er sich mit einem Glas Wein.

Die Tage vergingen.

Nach kurzer Zeit fand er die schmalen Gassen hinter den Tortengusshotels und Galerien, in denen die Türsteher, Zimmermädchen und Verkäufer wohnten. Diese abgeschiedenen Straßen waren kein Elendsviertel, aber sie waren einfach und oft heruntergekommen. Holzläden hingen schief vor leeren Fenstern, Wäscheleinen verliefen von Haus zu Haus. Die Luft war drückend vor menschlichen Gerüchen. Das reflektierte Sonnenlicht war hier gedämpfter, grüne, schleimige Flechten gediehen an den Gipswänden und in den Ritzen des Kopfsteinpflasters.

Zwischen den Mietshäusern befanden sich Wohnheime, in die man sich kurzfristig und kurzzeitig einmieten konnte. Diese effektiv zu durchsuchen gestaltete sich schwierig, weil sie unorganisiert, überfüllt und oft von verdächtigen, wenig hilfsbereiten Eigentümern geführt wurden. Senlin fühlte sich fremd und unwillkommen in den Hintergassen der Bäder, und schon bald bediente er sich Ausreden, um dort nicht weiter suchen zu müssen. Er bezweifelte, dass Marya in solchen trostlosen und unsicheren Unterkünften verweilen würde.

Die Tage vergingen, und das Trauma des Salons verblasste in seiner Erinnerung. Fast hatte er sich davon überzeugt, dass Edith sich erholt hatte und nach Hause zurückgekehrt war. Die herbstliche Ernte stand bevor. Die Generalin, stellte er sich gern vor, hatte ihre Allergie überwunden und ihre Führungsrolle wieder für sich beansprucht. Sie würde immer die Narbe, das Brandmal des Salons, tragen, doch sie würde ein langes, ausgefülltes Leben weit weg vom Schatten des Turms führen.

Er verzehrte sein Mittagessen bei der Zollstation, wo man sich in der Menge der Touristen relativ leicht unbemerkt aufhalten konnte. Seit seiner ersten Begegnung mit den Zollbeamten bemühte er sich, ihre Aufmerksamkeit nicht zu erregen. Was gar nicht einfach war, denn die marineblauen Uniformen waren überall zu sehen. Die Beamten standen unter dem Befehl eines gewissen Commissioners, über den oft gesprochen wurde, den man allerdings selten zu Gesicht bekam. Abgesehen davon waren Senlin die herrschenden Gesetze ein Rätsel. Tatsächlich hoffte er, dass es auch so bliebe. Der *Allgemeine Führer* sagte nichts Stichhaltiges über die Gesetze in den Bädern, doch er wollte gern glauben, dass dieses Ringreich zivilisierter als das Untergeschoss oder der Salon war. Beweise für das Gegenteil konnte er nicht gebrauchen.

Doch er sollte bald herausfinden, dass diese Beweise unausweichlich waren.

An den Abenden traf er sich mit John Tarrou zum Essen. Der Mann hatte sein Versprechen, am Morgen nach ihrem Kennenlernen abzureisen, nicht eingehalten, und Senlin erkannte schon bald, dass es eine Art tägliche Hommage an seine Frau war: Jeden Tag bereitete er sich auf die Abreise vor.

Senlin sprach weiterhin nicht über seine persönliche Situation, auch wenn es ihm immer lächerlicher erschien. Er konnte es einfach nicht über sich bringen, Tarrou zu gestehen, dass er verheiratet war und seine Frau verloren hatte. Vielleicht war aus Diskretion mittlerweile Paranoia geworden. Vielleicht schätzte er Tarrous Unwissen. Solange er nicht von Marya sprach, konnten sie lachen, sich gegenseitig aufziehen, philosophieren und trinken. Ohne diese Ablenkungen müsste sich Senlin der Angst stellen, die sein Inneres ausfüllte. Die Furcht war bereits so widerspenstig wie ein Weinfleck und so durchdringend wie eisige Kälte. Was, wenn Marya nie hierherkam? Was, wenn sie auch ohne Zugfahrkarte einen Weg nach Hause gefunden hatte? Was, wenn sie verletzt war oder gefangen gehalten wurde oder Schlimmeres …

Doch im *Café Rossi,* wo Tarrous ironisches Bellen regierte, flaute die Furcht ab.

Wenn Tarrou nicht im Café war, hielt er sich oft in seinem üblichen gemieteten Liegestuhl am Wasser auf, nicht weit von einem mechanischen Nilpferd, das elegant Wasser spuckte.

»Heute ist kein guter Tag für eine Reise, Direktor. Der Wind kommt aus Norden. Wenn ich heute nach Hause fliegen wollte, würde ich am Südpol landen«, sagte Tarrou hinter seinen dunklen Brillengläsern. Das warme Licht der Nachmittagssonne schien von den Spiegelkugeln über ihren Köpfen sogar noch verstärkt zu werden. Senlin war seit über zwei Wochen in den Bädern und hatte sich immer noch nicht an das brüchige Licht gewöhnt oder wie es sich gelegentlich verdunkelte, wenn Wolken über den Himmel außerhalb des Turms zogen. »Sind Sie fertig mit Ihren mysteriösen Erledigungen oder Waschungen oder womit auch immer Sie sich den Tag vertreiben?«

»Ich mache nur eine Pause.« Senlin winkte ab. So genau wollte es der Riese auch nicht wissen, er neckte ihn nur gern.

Senlin bezahlte bei einem Angestellten einen halben Schekel, um den Liegestuhl neben seinem Freund zu mieten. In seinem langen dunklen Mantel fiel er zwischen den Touristen in Badekleidung auf, auch wenn sich in der Nähe noch ein anderer, merkwürdig gekleideter Mann aufhielt, der sich unwohl zu fühlen schien. Tarrou nickte verstohlen in Richtung des nervösen Besuchers.

»Ich beobachte ihn schon den ganzen Vormittag. Ich glaube, Sie sind gerade richtig eingetroffen, um das Ende dieser kleinen Tragödie mitanzusehen«, erklärte Tarrou. Der fragliche Mann war beleibt, mittleren Alters und trug die absurden Insignien eines Admirals: golddurchwirkte Epauletten, eine purpurfarbene Schärpe und einen Dreispitz. Der wohlgenährte und gut gekleidete Mann marschierte allerdings am Wasserrand entlang wie eine in die Enge getriebene Maus und nicht wie ein militärischer Befehlsführer.

»Er ist abgebrannt, das sind sie immer, und hat hohe Schulden«, erklärte Tarrou leise. »Und dennoch hat er sich sorgfältig sein pompösestes Kostüm bewahrt. Hier ist Ihr Pfau, Direktor. Doch schauen Sie selbst …«

Kurz darauf erschien eine Gruppe von sechs Zollbeamten, Schlagstöcke und Degen wippten an ihren glänzenden Gürteln. Der letzte Beamte zog einen Korb voller Kohle mit sich. Die Männer umringten den Kaufmann, der sofort von Justizmissbrauch zu schwadronieren begann, von seinen mächtigen Verbindungen und dem Geld, das er bald wieder zur Verfügung haben würde. Er sprang von einem Fuß auf den anderen, die Arme gehoben, als wolle er durch den Kreis aus Beamten tanzen. Diese ließen sich jedoch nicht erweichen, packten ihn und rissen ihm unsanft die Kleidung vom Leib. Senlin wollte schon erschrocken eingreifen, doch Tarrou hielt ihn zurück und drückte ihn in seinen Stuhl. Er legte den Finger an die Lippen und warf Senlin einen warnenden Blick zu.

Jetzt kauerte der Mann in seiner schlecht sitzenden und fleckigen langen Unterhose auf dem Boden und weinte, während zwei Beamte seinen Kopf erst mit rostigen Scheren und dann einem schartigen Messer schoren. Währenddessen verkündete ein weiterer Beamter den Namen des Mannes, beschrieb die exakte Natur und Größe seiner Schulden und verkündete, wie lange er als Hod arbeiten müsse, um alles abzubezahlen: zwölf Jahre. Zwölf Jahre! Ein ganzes Zeitalter im Leben eines Mannes verloren. Und wofür? Ein überzogenes Konto. Das war völlig unverhältnismäßig. Der entehrte Mann schluchzte während der Urteilsverkündung; aus Schnitten an seinem Kopf quoll das Blut. Zuletzt wurde die Autorität des Commissioners zitiert und ein schwerer Eisenring um den Hals des Verurteilten gelegt. Ein etwa fünfzehn Zentimeter langes Eisenrohr hing daran wie ein Anhänger. Der Beamte rollte die Urteilsurkunde wieder auf, verstaute sie in dem Rohr und verschraubte es mit einem Deckel. Der frisch ernannte Hod musste den Korb mit der Kohle auf die Schultern hieven und wurde weggeführt.

»Wohin bringen sie ihn?«, fragte Senlin.

»Es gibt einen Weg, über den nur Hods gehen ... Er wird die Alte Ader genannt, und er windet sich durch die Mauern des Turms, ein unbeleuchteter und unbelüfteter Aufstieg. Er ist gefährlicher, habe ich mir sagen lassen, als jede Mine, in der je ein Mann geschürft hat. Beten Sie darum, diesen Weg nie zu sehen.« Tarrou fuhr fort, ein harter, unerbittlicher Ton in seiner Stimme. »Der gerupfte Pfau wird keine zwölf Jahre überleben, vielleicht sogar nicht einmal die Nacht. Das ist eine Lektion, Direktor Tom. Behalten Sie Ihre Schulden im Auge.«

Senlin schob einen Fingernagel zwischen seine Zähne. »Das ist doch aber sicher kein häufiges Vorkommnis?«

»So häufig wie die Hods.«

Trotz dieser höchst anschaulichen Erinnerung an die Endlichkeit seiner Zeit und finanziellen Mittel bemerkte Senlin nachlassenden Eifer an sich in seiner Suche. Die Schönheit und Leichtigkeit seiner Umgebung betäubten die Furcht und ließen den Zwischenfall mit dem Hod ungeheuerlich wirken.

Ein paar Tage später beendete er seine zehnte Runde durch die Hotels der Bäder. Die meisten Rezeptionisten hatten seine Scharade schon lange durchschaut oder taten nicht länger so, als würden sie sich zum Narren halten lassen. Wenn sie ihn sahen, schüttelten sie nur knapp den Kopf, und er suchte die nächste Station auf seiner üblichen Route auf. Manchmal verweilte er unter dem Fenster eines Konzertsaals und lauschte den fröhlichen Klängen einer Blaskapelle. Manchmal beobachtete er die Kinder, die am Wasserrand entlangrannten und dachte an das kommende Schuljahr. Die Schule und seine Verpflichtungen waren weit weg und unwichtig, so kam es ihm vor.

Er verlor seinen Antrieb zu lesen. Er hielt immer noch den *Allgemeinen Führer* fest zwischen seinen knochigen Fingern und heftete den Blick auf die aufgeschlagene Seite. Doch dann glitt sein Geist in eine Fantasie ab. Er stellte sich den Moment ihrer Wiedervereinigung vor. Er malte sich viele Varianten dieser Szenerie aus, während er sich in der Nähe des Zolls herumtrieb und wartete, dass Marya mit den Armen schwingend an ihm vorbeiging oder mit einem Buch vor dem Gesicht oder ein Schanklied singend. In manchen Varianten prallten die beiden gegeneinander wie Becken, und vor aller Augen umfasste er ihren Nacken und küsste sie.

Währenddessen spielte Tarrou den fröhlichen Freund. Seine Nachsicht war ansteckend, auch wenn er es selbst nicht so nennen würde. Er würde von *Vernunft* sprechen. »Sie sind in den Bädern und haben noch nicht den Brunnen besucht? Das ist so, als steige man auf einen Berg und würde sich der Aussicht verweigern, Direktor. Seien Sie doch vernünftig!«

Als Senlin endlich nachgab, einen Schekel bezahlte, in die Säule, die den Brunnen beherbergte, ging und sich in das heiße Wasser sinken ließ, war sein Kopf schon nach wenigen Minuten frei von jeglichen Gedanken. Der Dampf trug seine Angst davon.

Der Brunnen war ein wahres Rohrwunder. Das geflieste Innere war mit aromatischem Dampf gefüllt, der so dicht wie Meeresnebel war. Rohre und Rinnen transportierten das Wasser zwischen Hunderten von weißen Marmorwannen, die übereinander wie die Schuppen eines Kiefernzapfens montiert waren. Je höher eine Wanne angebracht war, desto größer war die Herausforderung für den Badenden, zu ihr zu gelangen. Man musste auf einer Leiter nach oben klettern, über Vorsprünge und schmale Stufen. Wasser floss über und ergoss sich auf die unteren Ebenen wie ein Champagnerbrunnen. Ein beständiger, jedoch angenehmer Regen aus Luftfeuchtigkeit und Gischt benetzte die Umgebung. Senlin dachte kurz darüber nach, woher das Wasser wohl stammte und wie es geheizt wurde, doch nachdem sich diese Frage kein anderer zu stellen schien, nahm auch er schon bald alles als gegeben hin.

In dem Wissen, dass der Brunnen der Ort war, den alle besuchten (schließlich konnte man nur hier ein heißes Bad nehmen), hielt Senlin auch von seiner Wanne aus verstohlen und schläfrig nach Marya Ausschau. Nachdem sie den Brunnen verlassen und sich der Nebel aus seinem Kopf verzogen hatte, fragte er sich, ob seine Suche denn wirklich besser war als Tarrous Lippenbekenntnis an seine Frau. Würde Marya wirklich Zeit in einer Wanne vergeuden, während sie allein auf sich gestellt in einem fremden Land war? War sie überhaupt hier in den Bädern? Vielleicht war sie noch in dem Mayfair-Albtraum gefangen und spielte gehorsam die Frau eines anderen Mannes. Vielleicht lag sie in der Biergülle einer Untergeschossgosse, vielleicht kampierte sie auf dem sich ständig im Wandel befindlichen Markt an der Stelle, an der sie sich getrennt hatten. Er wünschte, er könnte sich sicher sein. Er sollte sich sicherer sein. Er sollte seine eigene Frau besser kennen.

Senlins Unterkunft verfügte weder über ein Fenster, ein Waschbecken noch einen Schreibtisch, belastete seine Finanzen jedoch erheblich. Seine Mahlzeiten mit Tarrou waren auch nicht gerade günstig, und dann waren da noch die gelegentlichen Bäder, die es zu bezahlen galt …

Nach einem Monat berechnete er, dass er sich nur noch zehn Tage leisten konnte, zwei Wochen, wenn er abends keinen Wein mehr mit Tarrou trank, was plötzlich eine große Einschränkung zu sein schien. Dieser aufkeimende Anspruch auf Luxus erschreckte ihn zutiefst. Doch so eine Wirkung hatte der Turm. Zuerst machte er aus Luxus eine Notwendigkeit, und dann verschwor er sich, um alle Forderungen nach Freude, Würde und Freiheit zu untergraben.

Diese perverse Metamorphose vom Touristen zum Adel und schließlich zum Hod quälte Senlins Vorstellungskraft. Seine Furcht kehrte mit aller Macht zurück. Er schlief tagelang nicht, und als er endlich in erschöpfte Bewusstlosigkeit fiel, plagten ihn schreckliche Träume. In diesen wurde der Pfauenmann erneut aus seinem Admiralsanzug gezogen. Dann reihte sich der Unglückliche, unter einem großen Korb mit Kohle kauernd, in einen Strom anderer Unglücklicher ein, die die zerklüftete Alte Ader erklommen. In diesem Traum suchte Senlin die hinkende, ausgemergelte Prozession von Hods nach Marya ab, wünschte sich verzweifelt, dass ihr Gesicht auftauchte und fürchtete dies zugleich.

Während sich seine Laken mit Schweiß vollsogen, folgte er der Reihe aus nackten Rücken und hervortretenden Wirbelsäulen über Wochen, Jahre hinweg den unendlichen Turm hinauf. Als der gerupfte Pfau schließlich zusammenbrach, sein ausgelaugtes Herz wie ein Tumor unter seinen Rippen schlagend, beugte sich Senlin herab und nahm die Last auf die eigenen Schultern. Er vergaß, dass er nicht zu ihnen gehörte, vergaß die Suche nach seiner Frau sowie die alte Sehnsucht nach zu Hause.

3

»Selbst Schönheit verblasst unter näherer Betrachtung. Ein kurzer Blick ist besser als offenes Starren.«

Allgemeiner Führer durch den Turm von Babel, IV.V

Die Glocke über der Tür läutete. Das Postamt war so klein wie ein Schrank, jedoch so hoch wie ein Silo. Der Postbeamte, der an einem vergitterten Schalter in einer Marmorwand saß, sah aus wie ein aufgewirbelter Staubhaufen. Sein Kragen, obwohl bis zum letzten Knopf geschlossen, lag locker um seinen skelettartigen Hals. Er war mit einer Schreibarbeit beschäftigt, das Kratzen seiner Feder ein unaufhörliches Kreischen in der Stille des Raums. Bis auf ein hölzernes Schreibpult war das Postamt leer.

Senlin bat den Beamten um ein Blatt Briefpapier und eine Feder. Der Mann sah von seiner Kritzelei auf, und Senlin erkannte durch die Gitterstäbe, dass er systematisch die Wörter in einem kleinen Büchlein schwärzte. Er fing hinten an und arbeitete sich nach vorn. Sobald er Senlins Münze entgegengenommen und ihm das Blatt Briefpapier gegeben hatte, kehrte er zu seiner methodischen, widerwärtigen Arbeit zurück.

Leicht beunruhigt stellte Senlin sich an das Pult und begann seinen Brief zu schreiben. Er zögerte nicht, denn er hatte die Sätze heute Morgen in seinen zerknitterten Laken ein Dutzend Mal formuliert.

Sehr verehrte Ms. Olivet Berks,

ich weiß, Sie werden erleichtert sein zu hören, dass es uns gut geht und wir unsere Hochzeitsreise in den Bädern genießen. Die Schnecken hier sind köstlich und erinnern mich an die Strandschnecken zu Hause.
Wir vergnügen uns tatsächlich so sehr, dass wir beschlossen haben, unseren Urlaub um ein paar Wochen zu verlängern. Als meine Angehörige bitte ich Sie um Unterstützung, falls sich meine Rückkehr verzögern sollte. Das Schuljahr beginnt in vier Wochen, weshalb ich Sie untertänigst bitte, Ihren bedeutenden Einfluss im Ort geltend zu machen, um einen passenden Ersatz für mich während meiner Abwesenheit zu finden.
Das ist keine Kündigung, nur die Bitte um die Ausweitung von Isaughs Verständnis. Ich werde mit Marya vor dem Ende der Ernte zurückkehren.

In Liebe,
Ihr Cousin Thomas Senlin

P. S.: Mir ist bewusst, dass Sie Marya abgeraten haben, meinen Heiratsantrag anzunehmen, und das werfe ich Ihnen nicht vor. Sie ist ein Schatz. Ich strebe jeden Tag danach, Ihr Vertrauen zu verdienen, weshalb ich Ihr treuer Freund und Diener verbleibe, T. S.

Er faltete und adressierte den Brief und versiegelte ihn mit dem Wachs und dem Siegel des Postamtes. Er bezahlte dem verstaubten Beamten einen Schekel. Wieder hielt der Mann nur so lange in seiner Arbeit inne, bis er das Geld entgegengenommen und den Brief durch einen Schlitz in der Wand hinter ihm geschoben hatte, um dann weiter das Heftchen auszulöschen.

Als er sah, wie sein Brief in dem Schlitz verschwand, kam Senlin der Gedanke, dass der Schacht ebenso gut in einem Feuer enden könnte und er es nie erfahren würde. Die Erkenntnis seiner Hilflosigkeit erfüllte ihn mit plötzlichem Groll, und er sagte impulsiv: »Ich kaufe das Buch, das Sie da gerade ruinieren, für einen Schekel.«

Der Beamte zuckte mit den Schultern und schob schweigend das halb geschwärzte Buch unter den Gitterstäben hindurch.

Zurück auf der Straße nahm Senlin seine übliche Route wieder auf, die Nase in dem Heft vergraben. So ging er weiter, abwesend und von der Geschichte so gefesselt, bis er den ungeduldigen Fußgängern ausweichen und sich auf eine Bank am Wasserrand setzen musste. Dort beendete er, was hoffentlich ein rührseliges Werk der Fiktion war. Denn es konnte ganz sicher nicht wahr sein.

Die Bekenntnisse eines Ehefrauenhändlers von Anonymus

Ein Ehefrauenhändler ist jemand, der, einfach gesagt, Frauen aufspürt, isoliert, vorbereitet und ausliefert, die sich für die Ehe mit willigen und wohlhabenden Gentlemen eignen. Ein kompetenter Händler wird niemals weniger als drei und niemals mehr als sechs Frauen in seinem Angebot haben. Weniger als drei Wahlmöglichkeiten, und die Gentlemen fühlen sich nicht ausreichend bedient, und bei mehr als sechs würden die möglichen Ehemänner denken, sie seien in einen Harem geraten.

Mögliche Ehefrauen aufspüren

Der Turm von Babel ist voller Straßenkinder, Prinzessinnen gibt es jedoch nur selten. Ein Ehefrauenhändler wird einen Großteil seiner Zeit damit verbringen, ehefrauliche Talente in den Mengen an Frauen zu entdecken. Die Händler erwarten drei grundlegende Tugenden bei ihren zukünftigen Gattinnen.

Tugend Eins: *Gesundheit.* Ehefrauen müssen fruchtbar und frei von Krankheit, Läusen und Missbildung sein. Auch Hässlichkeit gilt als Missbildung. Aus persönlicher Erfahrung lässt sich sagen, dass siebzig Prozent der weiblichen Bevölkerung diese erste Tugend nicht erfüllen. Der aufmerksame Leser wird hingegen nicht überrascht sein zu erfahren, dass fünfundneunzig Prozent aller angehenden Ehemänner gnädigerweise als *ungesund* beschrieben werden können.

Tugend Zwei: *Achtbarkeit.* Dies ist weniger eine positive Kraft als vielmehr der Widerstand gegen eine negative Eigenschaft. Oder, um es mit den Worten meiner Profession auszudrücken: »Flittchen geben keine guten Ehefrauen ab.« Ehemänner würden es natürlich vorziehen, mit einer *unberührten* Frau den Bund der Ehe einzugehen, doch Jungfräulichkeit ist keine Voraussetzung, solange eine Frau Reste von Unschuld, Sittsamkeit oder zumindest Schüchternheit zeigt. Mütter sind natürlich von vornherein ausgenommen. Von den übrigen Babellas ist eine von zwei Frauen angemessen *achtbar.* Zukünftige Ehemänner bleiben natürlich achtbar, unabhängig davon, wie viele Partnerinnen sie schon in zwei Hälften, Viertel oder Achtel gebrochen haben.

Tugend Drei: *Charme.* Charme ist sicher die trügerischste aller Tugenden, und viele Ehefrauenhändler haben sich schon wegen ihrer Unfähigkeit ruiniert, den Charme einer Frau richtig einzuschätzen. Neulinge in diesem Geschäft verwechseln oft ein üppiges Dekolleté mit Charme. Meiner Erfahrung nach hat dieser allerdings zwingend rätselhaft zu sein. Charmante Frauen lassen ihr männliches Publikum mit Fragen zurück. Wenn die Frau keine Neugier oder Verwirrung in einem Mann weckt, dann besitzt sie auch keinen Charme. Männer, die in dieser Hinsicht deutlich zu kurz gekommen sind, legen besonderen Wert auf diese Eigenschaft bei ihren Ehepartnern.

Angehende Ehefrauen isolieren

Sobald ein Händler echtes Ehefrauenmaterial ausgemacht hat, muss er dieses vor dem Einfluss von Familie, Freunden, Kameradinnen, Kollegen, Gleichaltrigen und allen anderen Bekannten abschirmen. Dieser Prozess, der auch als »Einstellen« eines Pferdchens bezeichnet wird, ist normalerweise erfolgreich, wenn das Subjekt sich in einer Notlage befindet. Erfahrene Händler werden nicht versuchen, eine potenzielle Ehefrau von einem Ehegatten oder Vater loszueisen. Stattdessen haben sie es auf die wandernden Seelen, die Verlorenen, die Mittellosen und die Verzweifelten abgesehen.

Wenn sich eine Frau bereits der Unausweichlichkeit ihres Ruins gestellt hat, lässt sie sich viel leichter von eventuellen Gefühlen der Hoffnung abbringen. Wenn die Frau ausreichend verängstigt ist, muss man sie vielleicht nicht einmal belügen.

Wahrscheinlich ist es aber nötig, sie zu belügen. Unter verbreitete Lügen fallen: »Dieser Mann ist ein Kapitän, dessen Handelsroute ihn in die Nähe Ihrer Heimat führen wird.« »Dieser anständige Gentleman ist ein Baron/Registrar/Angehöriger der Hafenbehörde und wird Sie wie eine Schwester behandeln, bis man Ihre Familie gefunden hat.« »Dieser Mann wurde von Ihren Liebsten engagiert, um Sie in Ihr altes Schlafzimmer zurückzubringen, das immer noch so aussieht wie früher, mit allen gepressten Wildblumen in den Herbarien, Ihren Hausschuhen neben dem Bett …« Und so weiter. Mit einer wohltätigen Fassade lässt sich eine verzweifelte Frau überreden, selbst dem dümmsten, missgestaltetsten und langweiligsten Männchen in seinen fürstlichen Bau zu folgen.

Die potenzielle Ehefrau vorbereiten

Vermeiden Sie bei der Kleiderwahl für Ihre eingestellten Pferdchen die Farbe Rot. Es ist eine entsetzliche Farbe und suggeriert eine sexuelle Aggressivität, die den pseudo-funktionalen Mann irritierend einschüchtern könnte. Meiden Sie außerdem weiße Kleider, da diese eine Züchtigkeit ausstrahlen, die die Libido eines Mannes nicht anspricht, der nicht fähig ist, auf normale Weise eine Gefährtin anzulocken. Meiden Sie auch Schwarz, das steht für Ernst und Unabhängigkeit. Blau-, Rosa- und Gelbtöne wirken generell ansprechend auf die unterentwickelten Geschmäcker der buckligen Gnome, die sich aus ihren schmutzverkrusteten Höhlen und unehrenhaften Blutlinien schleichen, um schutzlose Unschuldige zu jagen.

Wenn Ihre potenzielle Ehefrau eher robuste Manieren hat oder schüchtern im Gespräch ist oder mit einem ungewöhnlichen Lachen geschlagen, tun Sie Ihr Bestes, um ihr diese Angewohnheiten behutsam abzugewöhnen. Es ist unerlässlich, dass Sie ihr Vertrauen gewinnen und so viel wie möglich über sie erfahren. Der Ehefrauenhändler muss tiefe Blicke und schwärmerische Lobpreisungen beherrschen. Verbringen Sie lange Abende mit ihr. Machen Sie ihr kunstvolle Versprechungen. Reden Sie sich um Kopf und Kragen, wenn es sein muss, schwören Sie bei Ihrem Grab. Vermeiden Sie es um jeden Preis, sich in eine Frau in Ihrem Stall zu verlieben. Vergessen Sie nicht, dass Sie ein abscheulicher Mann sind, ein Monster, schlimmer als die lüsternen Prinzen, die den Turm von Babella hinunterrutschen wie Dung am Bein eines Kamels. Verlieben Sie sich auf gar keinen Fall. Die Tür zum Untergang ist herzförmig und umringt von Steinrosen …

Der Rest des Buches war geschwärzt.

Es musste sich um Fiktion handeln, eine seltsame Liebesgeschichte, geschrieben von einem zynischen Mann, der von seiner Geliebten zurückgewiesen worden war. Es gab keine Verschwörung, um hilflose Frauen in unglückliche Ehen zu zwingen. Das hier war der Turm von Babel! Und auch wenn er wusste, dass selbst dieses Paradies nicht ohne Schattenseiten war, war das doch immer noch im Kern und bis hinauf zu den höchsten Gemächern ein zivilisierter Ort. Nein, das Buch war entweder ein Werk der Fiktion oder die Auslassungen eines beschränkten Geistes. Vielleicht hatte der Postbeamte sogar das Richtige getan.

Senlin packte das Heft mit einem abfälligen Schnauben ein.

Der Morgen war durchaus produktiv gewesen. Er hatte Ms. Olivet Berks nicht gern belogen, vor allem nicht in schriftlicher Form, bewahrt für alle Ewigkeit, doch er wusste, dass es nicht hilfreich wäre, ganz Isaugh zu beunruhigen. Wenn die Stadtbewohner wüssten, dass Marya verschwunden war, würden sie sicher einen Suchtrupp losschicken. Berks würde ganz bestimmt auch kommen. Und dann würden sie mit demselben Chaos konfrontiert werden, in das er und Marya geraten waren. Gott weiß, wie viele von ihnen ausgeraubt oder abgelenkt und voneinander getrennt oder auf andere Weise im Getümmel des Marktes in ihr Unglück rennen würden. Nein, es war sinnlos, den Registern der Verlorenen noch weitere Einträge hinzuzufügen. Seine einzige

Möglichkeit war, Marya allein zu finden und mit ihr zurückzureisen, bevor ihre Zugfahrkarten verfielen.

Er machte sich gerade auf den Weg zum Hotel Le Gris, um dort erneut nachzufragen, als er auf eine freundlich aussehende Gruppe aufmerksam wurde, die sich bei einem Pavillon am Wasser versammelte. Ein schwarzes Banner hing von dem weißen Geländer wie eine lange, gespaltene Zunge. In dem Glauben, eine Theatertruppe bereite gerade eine Vorstellung vor, trat Senlin neugierig näher.

Zwei Männer standen auf der Pavillonbühne. Der Mann am vorderen Rand war jung, vielleicht sechzehn Jahre alt, und trug eine khakifarbene Schürze wie ein Hotelangestellter. Abgesehen von seinem gequälten Gesichtsausdruck war er recht ansehnlich, mit dichtem, pechschwarzem Haar. Hinter ihm nestelte ein unauffälliger kleiner Mann an seinem weißen Leinenhemd, offensichtlich abgelenkt von einem roten Fleck an seinem Ärmelaufschlag. Sein runder Bauch und die dünnen Beine verliehen ihm ein froschartiges Äußeres, und sein breiter, schmallippiger Mund verstärkte den Eindruck nur noch. Ein weiter Strohhut verbarg den Rest seines Gesichts. Irgendetwas an seinem Lächeln beunruhigte Senlin. Es war zu starr und gerade, wie die gemeißelte Grimasse eines Gargoyles.

»Hat die Vorstellung schon angefangen?«, fragte er eine alte Frau in der Nähe, die den Hals reckte, um besser sehen zu können. Ihre gestärkte Haube wies sie als Wäscherin aus.

Sie sah ihn lange genug an, um verächtlich den Kopf hochzuwerfen. »Zeigen Sie doch ein wenig Respekt.«

»Es tut mir leid. Sind das Berühmtheiten?«

»Was sind Sie – gerade erst vom Schiff gestolpert?« Sie warf ihm einen zweiten, aufmerksameren Blick zu. »Das dort ist der Sargträger, der Schnitter, die Rote Hand.«

Senlin lächelte bei der dramatischen Vorstellung des Schauspielers. »Sein Gesicht sieht jedenfalls ganz danach aus. Und wer ist der Junge?«

Sie flüsterte mürrisch weiter, während sie sich hektisch umsah, ob sie belauscht wurden. »Ein unbefleckter Dummkopf. Arbeitet im Mont Cappella Hotel. Zumindest hat er das. Armer Freddy.«

Ein Zollbeamter erklomm die ersten beiden Stufen des Pavillons und las von einem steifen Blatt Papier ab. »Mr. Frederick Haggard, man hat Sie für schuldig befunden des Diebstahls, der Unterschlagung, der Verleumdung, der Urkundenfälschung, Zerstörung fremden Eigentums …« So ging es noch einige Zeit weiter. Die Anklagen gegen den jungen Angestellten erschienen unglaublich und von geradezu absurder Anzahl. Senlin fragte sich nach dem Sinn dieser Farce. »… Verschwörung gegen das Zollamt, Körperverletzung, unzüchtiges Benehmen, unerlaubtes Eindringen sowie Vergewaltigung.«

»Lügen!«, zischte die Wäscherin neben ihm. »Freddy ist einer reichen alten Frau aufgefallen, und sie hat versucht, eine Liebschaft mit ihm anzufangen. Freddy hat sie abgewiesen, und sie hat den Commissioner eingeschaltet, um ihn zu bestrafen. Und das sehen wir gerade.«

»Ist der Verurteilte bereit, Buße zu tun?« Der Beamte, Feigling, der er war, sah den gutaussehenden jungen Mann nicht an. Senlin erkannte langsam, dass das hier kein Schauspiel war. Er war mitten in eine Hinrichtung gestolpert.

Der junge Mann sagte kaum hörbar: »Ich möchte meine Mutter sehen.« Ein kläglicher, ehrlicher Wunsch. Selbst ohne auch nur das Geringste über das Leben des Jungen zu wissen, war Senlin sich sicher, gerade fürchterlichem Unrecht beizuwohnen.

Am liebsten hätte er laut Einspruch erhoben, wäre zum Pavillon gestürzt und hätte das schwarze Banner heruntergezogen … doch er hatte gelernt, vor den Zollbeamten Angst zu haben. Und jetzt lernte er, etwas Neues zu fürchten. Dieser Mann – wie hatte sie ihn genannt? –, die Rote Hand. Etwas an ihm ließ Senlin schaudern.

Wie gelähmt verfolgte er, wie die Rote Hand ihren weißen Ärmel aufrollte und darunter ein Messingreif um seinen Unterarm zum Vorschein kam. Daran waren sechs Ampullen befestigt, wie die Kolben einer Injektionsnadel, die alle eine leuchtend rote Flüssigkeit enthielten. Den Hut tief ins Gesicht gezogen, drehte die Rote Hand an einigen Knöpfen an dem Messingreif, wie ein Musiker, der sein Instrument stimmte. Das leuchtende Serum wurde aus den Kolben in die Adern der Roten Hand geleitet.

Ein gurgelnder Schrei entrang sich dem Mund der Roten Hand, und einen Moment fragte sich Senlin, ob der Mann sich verletzt hatte. Dann hob er seine rechte Hand über den Kopf, und die Menge schnappte nach Luft beim Anblick des roten Aderngeflechts, das unter seiner Handfläche und seinem Arm leuchtete und sich wie Wurzeln von dem Messingreif aus verzweigte. Sie reichten bis zu seiner Schulter, ihr Licht drang durch seine Kleidung wie eine Wunde, die unter einem Verband blutet. Schon bald glühte seine ganze rechte Torsohälfte rot.

Die Rote Hand nahm eine affenartige Haltung ein. Sehnen und Muskeln zeichneten sich unter der Haut ab. Er umrundete den Jungen, der immer noch voller Angst darum bat, seine Mutter sehen zu dürfen. Aus dem Nichts sprang der kleine Mann den Jungen von hinten an. Mit dem bewunderungswürdigen Geschick eines Akrobaten erklomm er den Rücken des Verurteilten und bohrte seine Füße in dessen Schultern. Der Junge schwankte unter dem unerwarteten Gewicht der Roten Hand, hatte jedoch kaum Zeit aufzuschreien, als der Henker sich schon vorbeugte, seine Hände an den Kiefer des Jungen legte, sich aufrichtete und dabei den wunderschönen Kopf des Unglücklichen vom Hals abtrennte.

Blut spritzte in die Luft. Der unnatürliche Turm aus zwei Männern stürzte ein. Senlin drehte sich zu spät weg, sein Magen verkrampfte sich, und er übergab sich auf die Füße der Wäscherin.

Nicht weit von dem Pavillon entfernt trieben Badegäste auf dem Rücken im glitzernden Wasser des Sees.

4

»Konversationen sind ein ermüdendes Symptom einer leeren Tanzkarte.«

Allgemeiner Führer durch den Turm von Babel, IV. VII

Senlin ging durch die erleuchteten Straßen, wie hypnotisiert von den schrecklichen Ereignissen, die er gerade mitangesehen hatte. Auch wenn es ihm kaum bewusst war, waren seine Schritte nicht ohne Ziel. Er suchte nach einem Zeichen der Erlösung, irgendeinem Hinweis, dass das menschliche Wesen nicht nur entsetzlich und grausam war. Er brauchte irgendeinen ermutigenden Disput, kulturelle Errungenschaften oder künstlerische Ideale. Seine Suche führte ihn zu den geöffneten Fensterläden eines Musiksaales. Er blieb stehen und lauschte den Klängen eines Streichquartetts. Doch was noch vor einer Stunde wie eine fröhliche Melodie geklungen haben mochte, erschien ihm jetzt wie frivoles Sägen. Immer noch zutiefst erschüttert, ging er auf ein romantisches Fresko aus drei jungen Frauen zu, die mit Bändern und Primeln geschmückt waren. Ihre Mienen waren zugleich ekstatisch und unschuldig, ihre Arme und Beine füllig und doch offensichtlich ohne Gewicht. Die Jungfrauen schwebten und lächelten, strahlten eine erotische Kraft aus, bei der er sich verdorben und allein fühlte.

Eine Gruppe kleiner Kinder spielte auf dem Gehsteig. In der Hoffnung, einige unschuldige Aussprüche zu hören, die ihn mit Wehmut gegenüber seinen Schülern in der Heimat erfüllen würden, verlangsamte er seinen Schritt, als er an ihnen vorbeiging. Die Kinder spielten Himmel und Hölle auf einem frisch mit Kreide gezeichneten Diagramm.

Während ein kleines Mädchen erst auf einem Fuß balancierte und so das Feld durchquerte, sprach es einen Kinderreim, den Senlin noch nie gehört hatte. Wie es manchmal so ist, erschien ihm dieser für ihn neue, doch sicher altbekannte Reim speziell für ihn geschrieben.

Der Turm wächst nach oben. Der Turm wächst nach unten.
Der Turm hält den leeren Boden.
Der Hod fällt nach oben. Der Hod fällt nach unten.
Der Hod füllt den leeren Boden.

Der einfache Reim wurde fröhlich zu den Sprüngen des Mädchens in ihren Lederschuhen wiederholt. Senlin presste einen Finger aufs Ohr, als ob er das Lied und seinen morbiden Inhalt davon abhalten wollte, sich in seinem Kopf festzusetzen. Rasch ging er davon.

Er machte sich auf die Suche nach Tarrou und trostspendendem Wein. Er fand ihn im *Café Risso,* setzte sich an dessen Tisch und trank gierig aus dessen Glas, als seine eigene Bestellung auf sich warten ließ. Aufgebracht erzählte er von der Hinrichtung. Immer schneller strömten die Worte aus seinem Mund, immer mehr redete er sich in Rage. »Wie können wir so eine Brutalität dulden? Ich dachte, der Turm wäre ein moralischer Standpfeiler. Und was hat er mir bis jetzt gezeigt? Folter, Scheinjustiz, öffentlichen Mord. Schreckgestalten mit rotglühenden, blutigen Händen. Verrückte und Schauspieler ohne Gewissen. Das hier ist nicht der Abfluss der Menschheit, es ist die Kloake! Oh, sehen Sie mich nicht so an, als ob das hier einer meiner Vorträge wäre, Tarrou. Sie wissen, dass ich recht habe!« Unbewusst hatte Senlin begonnen, an seinen Fingernägeln zu kauen, seine Zähne trafen mit einem scharfen Klicken aufeinander.

»Hören Sie auf, an den Nägeln zu kauen«, sagte Tarrou.

»Das tue ich nicht! Ich stutze sie mit den Zähnen, weil ich meinen Nagelknipser verloren habe, zusammen mit allem anderen«, antwortete Senlin und schlug nach den Lichtflecken, die über sein Gesicht wanderten. Beinahe hätte er das wahre Ausmaß seines Verlustes offenbart, doch er beherrschte sich noch rechtzeitig. »Und besser meine Nägel als Ihren Kopf.«

Tarrou zuckte mit gespielter Furcht zurück und hob die Hände vors Gesicht. »Der Himmel bewahre mich vor dem Frühjahrsputz im Gewissen eines Mannes! Lassen Sie Ihren Zorn nicht an mir aus, Direktor. Ich bin froh, dass Ihre Selbstgerechtigkeit Ihnen ein wenig eingeheizt hat, aber Sie vergessen dabei etwas: Wir sind keine ordentliche, vernünftige und menschliche Rasse. Unsere Gedanken stehen nicht in grammatikalischen Reihen, unsere Herzen führen keine Gleichungen durch, unsere Gewissen haben nicht den Vorteil, dass uns Historiker die korrekten Antworten einflüstern. Also, schieben Sie sich Ihre Wut sonst wohin!« Wenn man sie beobachtete, hätte man nie gedacht, dass die beiden Männer Freunde waren. »Sie übersehen das Schöne und betonen das Böse zu sehr.«

»Sie haben nicht gesehen, was der Scherge des Commissioners mit dem Jungen getan hat! Sein Kopf …«

Tarrou unterbrach ihn mit zusammengebissenen Zähnen und sagte leise: »Die Rote Hand ist ein Dämon, das gebe ich zu. Und Nein, ich kann Ihnen nichts darüber sagen, warum er glüht oder woher er seine Kraft hat. Es spielt auch keine Rolle. Er ist ein Schreckgespenst für Ihre Albträume.« Tarrou griff blitzschnell über den Tisch und schlug seine breite Hand über Senlins Handgelenk, wobei er beinahe dessen neu gebrachtes Glas Wein umwarf. Seine Stimme war heiser, aber nachdrücklich. »Sie täten gut daran, wenn Sie leiser über die Sünden des Commissioners sprechen würden. Seine Ohren sind überall. Es gibt Männer, die eine Revolution begrüßen würden, doch wir sind wenige.«

»Warum reisen Sie dann nicht einfach ab?«, fragte Senlin mit entwaffnender Ehrlichkeit und befreite seinen Arm von Tarrous Hand.

Dieser wirkte, als hätte man ihn mit etwas gestochen. »Natürlich, das mache ich ja auch. Morgen.«

»Ich brauche noch ein Glas Wein, bevor ich dieses kleine Märchen glaube«, sagte Senlin.

Trotz der grauenhaften Hinrichtung, trotz seiner hoffnungslosen Suche nach Marya, trotz der Hods und des rachsüchtigen Commissioners verspürte Senlin einen Funken Frieden. Ihre Auseinandersetzung und der Wein hatten ihm verschafft, was er wie betäubt auf den Straßen gesucht hatte: ein Gefühl von Kontrolle und Ordnung. Es erinnerte ihn an die vielen Sommermorgen, an denen er mit sorgsam aufgerollten Hosen auf nackten Knien über den Boden des Schulhauses gekrochen war und die Nägel wieder in die Dielen gehämmert hatte, die sich aus dem aufgequollenen Holz gearbeitet hatten. Jeder Schlag hallte von den Dachsparren wider wie ein Pistolenschuss und erfüllte ihn mit dem befriedigenden Gefühl, etwas geschafft zu haben.

Auch wenn die Nägel jeden Sommer aufs Neue aus dem Boden sprossen.

Tarrou machte die Bedienung auf sich aufmerksam, und schon bald wurde eine weitere Flasche Billigwein gebracht: saurer Fusel, der am nächsten Morgen keine Gnade mit Senlins Magen walten ließ. Sie respektierten den Waffenstillstand, solange der Wein eingegossen wurde, doch bevor Senlin wieder zu dem Thema von Tarrous endlosem Abschiednehmen zurückkehren konnte, lenkte dieser ihre Aufmerksamkeit auf den Maler, der auf dem Gehsteig neben ihrem Tisch arbeitete.

Tarrou hatte es sich angewöhnt, den gebeugt dastehenden Künstler in den mittleren Jahren aufzuziehen. Der Mann, der kaum ein Wort sprach, hatte Farbe in den Haaren, und seine Augen schienen nie still zu stehen. Bis auf die Malerei schien seine einzige andere Tätigkeit das Rauchen zu sein, was er auch oft tat; der säuerliche gelbe Rauch stieg gerade wie ein Flaggenmast in die windstille Atmosphäre empor. Seine Gemälde lehnten am Geländer der Terrasse und an den dünnen Beinen seiner Staffelei, doch die Passanten schenkten seiner Arbeit kaum Beachtung. Tarrou neckte den Maler gern wegen seines Stils, der sich vor allem durch dicke Kleckse reiner, unvermischter Farbe auszeichnete. Aus der Entfernung war die Wirkung gar nicht übel, doch bei näherer Betrachtung erinnerten die Leinwände Senlin an ein Schneidebrett, auf dem man einen Fisch ausgenommen hatte.

»Maler, siehst du die Flecken? Hat man dir auf den Kopf geschlagen? Oder hast du vielleicht erst jetzt eins und eins zusammengezählt?« Tarrou lachte, versuchte offensichtlich, Senlin auf fröhlichere Gedanken zu bringen. Mit lautem Bühnenflüstern sagte er zu ihm: »Fällt Ihnen auf, wie der Mann nach dem Parfüm alter Frauen riecht? Wer finanziert wohl diese ganze Kleckserei? Witwen und alte Jungfern. Hässlich wie ein Hundehintern, aber so reich wie der Turm. Sie sitzen für ihn Modell, habe ich gehört, nackt, und deshalb ist er halb blind, und seine ganzen Pinsel haben den Grauen Star!« Tarrou lehnte sich über das Geländer und verschüttete Wein auf den Gehweg. »Schau nur, Maler, ich habe auch Talent!«, sagte er und deutete auf den Weinfleck.

Der bucklige Mann ignorierte Tarrou, auch wenn Senlin sehen konnte, dass er betroffen war. Sein bereits verkürzter Hals schien sich noch mehr in seinen Buckel zurückzuziehen. Senlin fühlte sich von der Entschlossenheit, der Beharrlichkeit des Malers etwas gemaßregelt. Tarrou dagegen war betrunken, hatte seine Stimme erhoben und sich im Recht gefühlt, ein unangemessenes Verhalten. Wieso tat er sich das nur an?

Eine Frau in einer Pelzstola blieb stehen, um die Werke des Malers zu betrachten. Tarrou gestikulierte in Richtung der Bilder, die bei ihnen am Geländer lehnten. »Ausverkauf wegen Schaden! Madam, die hier kosten nur die Hälfte. Dazu gibt es einen Farbtopf, damit Sie sie reparieren können, wenn Sie wollen.« Die Frau zog die Stola enger um den Hals und eilte davon. Senlin hob die Hand, um einzuschreiten, doch da drehte sich der Maler plötzlich zu ihnen.

Seine großen Augen brannten und waren rot vor Wut, als wolle er Tarrou umbringen. »Du vertreibst mein Einkommen, Tarrou.« Obwohl seine Stimme so dünn wie eine Tonflöte im Vergleich zu Tarrous theatralischem Bariton klang, zuckte Senlin zurück.

Tarrou sah aus, als wolle er jetzt erst recht loslegen, doch da klatschte Senlin in die Hände, um die angespannte Stimmung aufzulösen. »Lassen Sie den Mann arbeiten. Wir sind noch nicht fertig mit unserem Gespräch.«

»Haben Sie mich etwa gerade unterbrochen?« Tarrou rieb sich das

Gesicht, zog seine Bartspitzen in verschiedene Richtungen und schloss die Augen. Als er sie wieder öffnete, war sein Blick verschwommen. Der Alkohol hatte offensichtlich das Steuer übernommen. »Keine weiteren Gespräche, Direktor! Die Welt ist verkommen. Belassen wir es dabei. Warum sich darüber aufregen?«

»Ich rege mich auf, weil wir unser menschliches Genie in den Bau eines kunstvollen Turms gesteckt und diesen dann mit denselben Tyrannen gefüllt haben, die unsere Rasse heimsuchen, seit wir aus dem Meer an Land gekrochen sind. Warum erstreckt sich unser Innovationsgeist niemals auf unser Gewissen?«

»Mein Gewissen zwingt mich dazu, Sie nicht zu erwürgen oder mich auf den Maler zu stürzen. Das ist Fortschritt!«

»Das ist kein Fortschritt, das ist Angst vor dem Gesetz! Und das Gesetz ist korrupt! Die Unschuldigen werden immer noch gefoltert und ermordet. Heute erst habe ich wieder den Beweis dafür gesehen. Der Commissioner …«

»Ich unterstütze diesen Mann nicht!«, sagte Tarrou zu laut, und der Maler drehte ungläubig den Kopf zu ihnen, als ob der ewige Badegast nicht nur ein betrunkener Witzbold, sondern auch noch ein ausgemachter Idiot wäre. Der Blick brachte Tarrou ein wenig zur Besinnung, und er fuhr etwas beherrschter, wenn auch nicht nüchterner fort: »Er ist ein schnaufendes, keuchendes, kleines Schweinchen. Er ist allergisch gegen Luft und wird schneller krank als ein Säugling. Alle zwei Wochen veranstaltet er einen Clownsball in seiner Residenz, wo er sich als Mensch und ein Förderer der Künste ausgibt. Ein Mensch! Ein Förderer! Pah! Er beschäftigt einen Harem aus Kunstliebhabern, die ihm sagen, was ein Gemälde wert ist. Er ist ein Conn … ein Conn …« Tarrou spuckte aus, um besser weitersprechen zu können. »Er ist ein Connaisseur der Buchhaltung. Wenn wir seine Sammlung sehen wollen, dann benötigen wir eine Einladung. Wir müssen uns wie ein Scheich anziehen und die Kunst durch zentimeterdicke Glasscheiben betrachten, weil Dämpfe seine Nebenhöhlen reizen.« Tarrou tippte sich übertrieben an die Nase.

»Und ich habe mir Gedanken um Mord gemacht. Ich hatte ja keine

Ahnung, dass der Commissioner auch noch ein Langweiler ist«, sagte Senlin mit beißendem Sarkasmus, während er versuchte, möglichst nüchtern zu werden, um die Trunkenheit seines Freundes auszugleichen.

Tarrou lachte nur. »Immer so ernst, Direktor! Was können wir tun, um Sie aufzuheitern?«

»Ich brauche kleinere Tyrannen, Tarrou. Geben Sie mir einen geizigen Bäcker oder einen Bürgermeister, der während einer Tanzvorführung einschläft. Es ist an der Zeit, nach Hause zurückzukehren. Das Schuljahr beginnt in wenigen Wochen, und ich muss mich vorbereiten.« Er verschwieg, dass er zunehmend in Sorge war, daheim auch Marya zu finden. Vielleicht war sie schon lange auf einfache Art und Weise, die er sich nicht vorstellen konnte, zurückgekehrt und musste wahrscheinlich alle Arten von Tratsch und Spekulationen über sich ergehen lassen. Was hatte sie den Nachbarn erzählt? Dass ihr frisch angetrauter Ehemann sie verlassen hatte? Dass sie vielleicht Witwe war? Ihm ging das Geld aus, und seine Fahrkarte verfiel bald. Wenn er sich nur einen Flug leisten könnte, dann könnte er sich den ganzen mühsamen Weg durch den Turm nach unten ersparen!

»Ich reise ab«, sagte Tarrou, das Kinn gegen die Brust gedrückt.

»Ich meine es ernst.«

»Ich auch.«

»Wie lange waren Sie hier, Tarrou? Sechs Monate? Ein Jahr? Sie scheinen eher Inventar zu sein als ein Besucher.«

Der große Mann bewegte die Kiefer und brachte schließlich zischend heraus: »Sechzehn Jahre.«

»Jahre!« Senlins Stimme brach vor Überraschung. »Warum?«

»Das muss ich nicht erklären.« Die Flasche schien zu glucksen, als er sein Glas wieder füllte. »Unnötig zu sagen, dass ich die Zeit aus den Augen verloren habe. Nach einer Weile war es dann unmöglich, nach Hause zurückzukehren. Was sollte ich meiner Frau sagen? Sie hat das Geschäft schon vor Jahren übernommen. Das Gold kam unter ihrer Aufsicht genauso leicht aus der Erde wie unter meiner. Wir sind nicht so unentbehrlich, wie wir uns gern halten! Sie schickt mir monatlichen Unterhalt, schon seit Jahren. Ich schreibe ihr Briefe, die ich nicht abschicke … jämmerliche, elende Briefe.« Er zuckte zusammen, als müsse er einen Schauder unterdrücken. Senlin konnte sich vorstellen, was die Briefe wohl enthielten: unzählige Versprechen. Tarrou sackte auf seinem Stuhl zusammen, mit einem tragischen Seufzen, das wie ein Schnarchen klang.

Es war spät. Sie waren betrunken. Das importierte Licht des Mondes trieb wie Silberfischchen über ihre Haut und das Eisengitter der Tischplatte. Eine romantische, besinnliche Abendstimmung. Der Gedanke schmerzte, dass er sich allein daran erinnern würde müssen. Und er würde es Marya nie beschreiben wollen, da es sie nur an ihre verdorbene Hochzeitsreise erinnern würde.

Es schlug zehn Uhr abends, und das Läuten unterbrach das sich ausdehnende Schweigen zwischen den Männern. Der Künstler begann, Pinsel und Staffelei zusammenzupacken.

»Ich muss meine Sachen zusammensuchen und mir eine Fahrkarte kaufen«, sagte Tarrou fest, auch wenn seine Stimme vom Wein belegt war. »Wir treffen uns morgen früh am südlichen Lufthafen, Senlin. Ich will eine ordentliche Verabschiedung. Ich bringe eine Flasche mit, die Sie dann am Bug zerschellen lassen können. Oder an meinem Kopf. Sie sind ein Freund für alle Lebenslagen. Gute Nacht.« Tarrou stieß beim Aufstehen gegen den Tisch und brachte die leere Flasche ins Wanken, die Senlin gerade noch auffing. Tarrou taumelte gegen das Geländer und musste lachen. Er verließ die Terrasse und stolperte gegen den Künstler, ob bewusst oder aus Trunkenheit, sodass dieser die Mappe mit den Gemälden und seine Kiste mit Farben fallen ließ. Der Mann selbst schlitterte voran und stürzte unter einem Laternenpfahl zu Boden.

Tarrou verbeugte sich schwankend vor dem Gefallenen. »Lang sterbe die Revolution! Wir haben unsere Leben verschwendet, Maler. Aber ich zumindest habe der Welt nicht den Beweis dafür aufgehalst.« Mit bloßen Füßen galoppierte er über den Gehsteig auf die Kopfsteinpflasterstraße.

Schuldbewusst eilte Senlin zu dem Künstler, der erschrocken auf dem

Boden saß und seine langen Finger gegen die Stirn presste. Senlin entschuldigte sich ausführlich für Tarrou, der, wie er zugeben musste, den armen Maler viel zu oft plagte, und sammelte währenddessen die Tuben und Gläser auf, die aus dem Füllhorn der Farbenkiste gefallen waren.

Zum Glück war die frisch bemalte und noch feuchte Leinwand mit der richtigen Seite auf dem Boden gelandet. Andere lagen mit dem Motiv nach unten da. Senlin untersuchte jedes Gemälde im Licht der Straßenlampe auf Schäden und entschuldigte sich weiter, während er vorsichtig den Schmutz von den Kanten abwischte und umgeknickte Ecken geradestrich. Seine Worte verebbten jedoch abrupt, als er das letzte der umgestürzten Bilder umdrehte.

Das Gemälde zeigte eine Bank, hinter der der See in der Morgensonne glitzerte und in dessen Mitte sich der Brunnen in die Höhe schraubte und weiße Dampfstöße abgab. Es war eine atmosphärische Szene, wenn auch ungewöhnlich gemalt. Doch weder der Stil noch der Hintergrund hatten seine Aufmerksamkeit erregt. Auf der Bank im Vordergrund saß eine Frau. Der Maler hatte ihre Gestalt in wenigen Strichen eingefangen, dennoch erkannte Senlin sie sofort – und den leuchtend roten Helm.

Der gedemütigte Mann hatte sich schließlich aufgerappelt und bürstete sich den Straßenstaub von den Knien, als Senlin ihn fest am Arm packte und ihm das Gemälde vors Gesicht hielt.

»Wo haben Sie das gemalt? Und wann? Wo ist diese Frau?«, fragte er verzweifelt und deutete auf das Bild von Marya.

5

»Abgesehen von den Geldscheinen und Münzen tragen Sie noch viele andere Währungen in Ihrer Tasche. Manchmal kann eine Karte mit einem Lächeln erkauft werden, ein Glas Wein Bezahlung genug für eine unterhaltsame Geschichte sein.«

Allgemeiner Führer durch den Turm von Babel, IV.XI

Senlin stand auf der Dachterrasse einer zweistöckigen Parfümerie; es war die Wohnung des Künstlers. Ein intensiver, wenn auch unklarer Geruch durchzog alles: die rohen Stuckwände und die Wendeltreppe, die sie emporgestiegen waren, der Wandteppich vor dem Eingang, die Bouquets aus Pinseln, die aus Terrakottatöpfen erblühten. Die Luft war so durchsetzt von Parfüm, dass es beinahe nach Verwesung roch. Wenn Senlin nicht so abgelenkt von seiner Euphorie und den Zweifeln in ihm wäre, hätte er kaum Luft bekommen. Was, wenn das gar nicht Marya war auf dem Bild? Die Zeichnung war schließlich so vage. Selbst wenn es sie war, was, wenn sie nur kurz aus einer anonymen Menge aufgetaucht war, um dann gleich wieder in ihr zu verschwinden, endgültig dieses Mal? Und wie hatte er sie verpassen können, wenn sie ganz in der Nähe gewesen war? Trotz des Aufruhrs in seinem Inneren behielt er seine äußerliche Fassung bei.

Das Atelier des Malers nahm einen Großteil der Terrasse ein. Eine stabile, vierbeinige Staffelei stand mitten auf dem Boden. Leinwandstapel lehnten an der Brüstung, und bis auf eine bescheidene Pritsche und eine durchgesessene Chaiselongue, über die farbige Stoffe gebreitet waren, waren die einzigen Möbel ein wackliger Kartentisch und zwei Rohrsessel.

»Ich verstehe nicht, warum Menschen für ein zweites Dach über dem Kopf zahlen, wenn wir das doch bereits haben. Gewohnheit, nehme ich an«, sagte der Künstler, während er eine halb gerauchte Zigarette aus einem vollen Aschenbecher zog und sie anzündete. Er war Senlin immer noch eine Antwort schuldig auf seine erste, hektisch geäußerte Frage zu der vertrauten Gestalt auf dem Bild. Senlin hatte das beunruhigende Gefühl, dass ihm der Mann auswich.

Der Künstler stellte sich als Philip Ogier vor. Er hatte die nervöse Angewohnheit, sein kinnlanges blondes Haar immer wieder hinter die Ohren zu streichen, die rund und groß waren. Seine Gesichtszüge waren ansehnlich, seine hellen Augen lebhaft, und über seiner langen, leicht gebogenen Nase saßen dunkle, sich beständig bewegende Augenbrauen. Er hatte einen Buckel, der sich etwas weiter nach rechts zu neigen schien, weshalb der Mann immer ein wenig krumm stand oder saß. Seine Stimme und sein Gebaren waren beinahe weiblich, doch Senlin spürte ein starkes Ego hinter der weichen Fassade.

Ogier bat Senlin, sich zu setzen, und dieser gehorchte, auch wenn er wachsam am Rand des Stuhls sitzen blieb, auch um sich nicht von seinem Anliegen abbringen zu lassen. »Ich weiß, Sie sind noch nicht lange in den Bädern, aber ich bin nicht gerade begeistert über die Gesellschaft, die Sie sich ausgesucht haben«, sagte Ogier.

»Tarrou ist zu oft betrunken und hat ein zu sehr gebrochenes Herz.«

»Alkohol und selbst zugefügter Kummer sind wohl kaum eine Entschuldigung.« Ogier lächelte bitter.

Senlin glaubte, ihn zu verstehen: Ogier konnte kaum Mitgefühl oder Großmut gegenüber einem Mann empfinden, der sich mit seinem Feind herumtrieb. Er konnte nur hoffen, dass der Künstler empfänglich für Bestechung war. Auch wenn er kaum über die Mittel dazu verfügte.

Ogier holte eine Flasche und zwei geätzte Glasflöten aus einem blau gestrichenen Schrank. Bevor er wieder Platz nahm, legte er einen großen Schlüssel auf den Tisch, ein schwarzes, bedrohliches Ding mit einem Ring als Griff, der breit genug für zwei Finger war. Senlin erinnerte sich nicht, irgendwelche Schlösser auf dem Weg hinauf zur Dachterrasse gesehen zu haben.

»Sie scheinen Wein vorzuziehen, aber möchten Sie vielleicht einen Sherry? Er ist leider furchtbar trocken, aber gut«, sagte Ogier, und Senlin akzeptierte das Angebot, das er zudem schlecht ablehnen konnte. Ogier trank auf Senlins Gesundheit, und dieser erwiderte gütigerweise die Geste, auch wenn sich sein Magen vor Angst und dem vielen Wein umzudrehen drohte. Das hier war genau die Situation, vor der ihn Finn Goll gewarnt hatte; indem er Ogier seine Verzweiflung gezeigt hatte, hatte er sich angreifbar gemacht. Er war dem Mann völlig ausgeliefert. Doch dies war der erste Hinweis seit dem Tag, an dem er Marya aus den Augen verloren hatte. Der Gedanke, dass sie immer noch in den Bädern war – oder es zumindest bis vor Kurzem gewesen war –, verlieh ihm genug Hoffnung, um Ogiers Spiel mitzuspielen.

»Woher kennen Sie die Frau?«, fragte der Maler und deutete auf das Bild, das Senlins Aufmerksamkeit geweckt hatte. Es lehnte an der stabilen Staffelei, die ihnen zugewandt war.

»Sie ist eine Bekannte, falls sie es ist. Schwer zu erklären.«

»Eine Bekannte? Wenn die Verbindung zu ihr so oberflächlich ist, dann möchte ich wohl kaum Einzelheiten weitergeben«, sagte Ogier, während er den schweren Schlüssel in die Hand nahm.

»Ich habe mich falsch ausgedrückt. Wir sind natürlich verwandt.«

»Ah ja. Eine gedankenverlorene Cousine vielleicht?« Ogier zündete sich eine zweite Zigarette an und vernebelte die Luft zwischen ihnen absichtlich. Der Rauch und die parfümierte Luft ließen Senlins Augen tränen. »Wissen Sie, Ihre erste Reaktion wirkte so echt, und ich dachte, dass Sie vielleicht wirklich Hilfe benötigen. Jetzt jedoch sind Sie so gefasst, dass ich mich frage, ob Sie nicht vielleicht ein widerwärtiges Ekel sind. Ein Abartiger, der Übles im Schilde führt.«

Senlins ruhige Fassade bekam einen Riss; ein bittender Ausdruck trat in seine Augen. »Sie ist meine Frau, auch wenn ich es nicht beweisen kann. Ich verspreche, dass sie es bestätigen wird.«

Ogier lächelte, weil er seinem Gegenüber dieses Bekenntnis entlockt hatte. Angesichts dieser Selbstzufriedenheit hätte Senlin sich am liebsten auf ihn gestürzt, sehr zu seiner eigenen Überraschung. »Und sie ist verschwunden?« Der Maler bewegte die Zigarette und verteilte mehr Rauch zwischen ihnen.

Senlin sah keinen Vorteil darin, sich eine Geschichte zu ihrer Trennung auszudenken. Er war so weit gekommen, wie die Suche ihn bringen konnte. Er hatte fast kein Geld mehr. Er brauchte Hilfe. Ogier schien vernünftig zu sein. Etwas verletzt vielleicht durch die jahrelangen Quälereien durch Tarrou und ein wenig selbstzufrieden und möglicherweise auch etwas hinterhältig … aber er wirkte nicht wie ein Verbrecher. Außerdem – was für eine Wahl blieb ihm? Er beschloss, Ogier die ganze Wahrheit zu erzählen, auch wenn es ihn schmerzte.

Senlin schilderte emotionslos und knapp ihre Ankunft mit dem Zug, den Tumult auf dem Markt, seinen Fehler, sie allein losziehen zu lassen und den Moment ihrer unbeabsichtigten Trennung. Er fasste seine Suche zusammen, übersprang die Episode mit Edith (auch wenn er nicht genau wusste warum), ihre überraschende Gefangenschaft, ihre Folter und wie er sie verlassen hatte. Er wollte keinen falschen Eindruck von seiner Hingabe an Marya erwecken, weshalb er rasch dazu überging, seine erfolglose Suche durch die Bäder zu beschreiben.

Da er noch nie gut darin gewesen war, seine Gefühle zu zeigen, fürchtete Senlin, dass Ogier seine Zurückhaltung mit Gleichgültigkeit verwechseln könnte. Er konnte nur hoffen, dass sein bereitwilliges und offenherziges Geständnis ausreichte, um etwas Mitgefühl bei dem Künstler zu wecken.

»Sie ist also seit … fast fünf Wochen verschwunden?«, fragte Ogier, und Senlin bestätigte es.

Der Maler betrachtete nachdenklich die Blumentöpfe mit Orchideen, die die Hauswand belebten, und selbst jetzt zuckte sein Blick unruhig hin und her. Der Mann schien zu überlegen, wie er Senlins Erzählung bewerten solle. Nach einem Moment kehrte er mit einem Schulterzucken aus seinen Gedanken zurück und füllte erneut ihre Gläser. »Sie fragen sich, ob es wirklich sie ist, die Frau auf dem Bild. Es ist schwer zu sagen bei einigen wenigen Pinselstrichen«, sagte er ohne einen Hauch von Mitgefühl.

»In der Tat.«

»Sie fragen sich jetzt wahrscheinlich auch, ob ich weiß, wo sie gerade ist oder ob sie nur zufällig an dem Tag auf der Bank saß, an dem ich gearbeitet habe.«

»Sie können Gedanken lesen, Mr. Ogier.« Senlin konnte einen säuerlichen Unterton nicht unterdrücken, auch wenn er dadurch riskierte, den Maler zu beleidigen. Doch er war verärgert, dass man seinem ehrlichen Bekenntnis mit solcher Nüchternheit begegnete. »Darauf sind Sie sicher stolz.«

»Stolz ist etwas Merkwürdiges.« Ogier trank sein Glas aus und grinste. »Diejenigen befleißigen sich seiner, die ihn am wenigsten verdienen. Nehmen Sie nur unseren Freund Tarrou. Er ist stolz, aber er hat auch seinen Daseinszweck verloren. Vor einiger Zeit gab es diejenigen, die ihn liebten. Die dachten, er sei ein großer Mann, doch jetzt … Nun, Sie wissen ja, wie leer seine Abende sind. Er hat viele Bekannte, aber wenige Freunde, Mr. Senlin.«

»Sie sind sehr viel offenherziger, wenn er nicht dabei ist, um sich zu verteidigen. Oder wollen Sie, dass ich ihm Ihre Ansichten weitergebe?« Auch wenn Senlin Ogiers Einschätzungen zustimmte, fühlte er sich dennoch verpflichtet, seinen unglücklichen Freund zu verteidigen. »Um ehrlich zu sein, ich habe keinen Anteil an dieser Sache. Ich habe Sie immer mit Respekt behandelt.«

Ogier strich sich wieder das Haar hinter die Ohren, dessen Spitzen blau und grün waren, wo die Farbe von seinen Fingern abgefärbt hatte. »Ich sage Ihnen das nur, um Sie zu warnen. Wenn Sie darauf warten, dass er Ihnen hilft, dann wird er Ihre Geduld aufbrauchen oder noch schlimmer, Ihnen das Herz brechen. Ich dagegen …« Er stand auf und ging steif zu einem der vielen Leinwandstapel an der Brüstung. Er betrachtete eins nach dem anderen, bis er das Gesuchte gefunden hatte. Es war ein kleines Gemälde, nicht größer als die Schiefertafel eines Schulkindes. Er kam zum Tisch zurück und zeigte es Senlin. »Warten Sie, ich mache Ihnen Licht.« Als er eine Öllampe hochdrehte, tauchte Maryas Gesicht aus der Dämmerung auf, von Ogiers seltsamen, aber anziehenden knappen Farbpunkten eingefangen. Sie trug ihr Haar offen, der rote Helm war nicht zu sehen. Sie drehte dem Betrachter eine Schulter zu, den Kopf hielt sie so, dass der Schwung ihrer Nase die Wellen ihres kastanienbraunen Haares perfekt zu imitieren schien. Hinter ihr blühten Efeu, Tangerinen und Orchideen, woran Senlin sofort die Terrasse erkannte, auf der er sich in diesem Moment befand. Ihren Gesichtsausdruck hatte er noch nie zuvor an ihr gesehen. Er erinnerte ihn an den verzückten und dennoch glasigen Blick alter Ikonen. Am meisten fiel ihm allerdings auf, dass sie bis zur Taille unbekleidet war.

Ihm war bewusst, dass körperliche Gewalt die nächstliegende Reaktion sein sollte. Er sollte rasen vor Wut, weil seine Frau nackt auf diesem Bild zu sehen war, ihre Schönheit ausgebeutet wurde. Doch seine Emotionen waren nicht eindeutig. Er empfand Trauer und Schock, Wut und Verlangen. Es war, als würden zwei große Widder in ihm ihre Kräfte messen und die Köpfe gegeneinander stoßen. Nachdem er so überdeutlich mit ihrem Ebenbild konfrontiert war, fand er keinen Halt mehr bei Verstand und Logik. Seine Züchtigkeit konnte die Welt nicht verbessern, seine Suche die Zeit nicht zurückdrehen. Das alte, vertraute Gefühl von ihm und seiner Frau und ihrem gemeinsamen Leben war verschwunden. Seine Schultern begannen zu zucken, und er konnte die Tränen nicht zurückhalten.

Als er den Blick wieder hob, sah er, dass der Künstler erschrocken und verlegen zurückgewichen war. Senlins plötzlicher Kontrollverlust schien ihm Angst einzujagen, und merkwürdigerweise zeigte er mit dem schweren Schlüssel auf ihn. Als Senlin die Fassung zurückgewann, legte Ogier den Schlüssel wieder zur Seite. »Es tut mir leid«, sagte der Maler und heftete seinen Blick endlich fest auf seinen Gast. Er hatte leuchtende, intelligente Augen. »Ich vergesse immer, dass nicht jeder so skrupellos ist wie der Turm. Nun gut, sprechen wir wie Gentlemen darüber. Ich lege meine Waffen nieder.« Er deutete auf den Schlüssel. »Werden Sie es mir gleichtun?«

»Ich bin nicht bewaffnet«, antwortete Senlin und sah den schmiedeeisernen Gegenstand verwirrt an. »Was ist das?«

»Eine sehr diskrete und geniale Pistole. Tragen Sie wirklich keinerlei Waffen bei sich?«

»Warum sollte ich?«

Ogier lehnte sich auf seinem Stuhl zurück und verschränkte angenehm überrascht die Arme vor der Brust. »Sie sind wirklich so naiv, wie Sie wirken. Unglaublich. Ich kann es Ihnen kaum vorwerfen, dass Sie sich mit Tarrou angefreundet haben. Sie würden sicher auch einen Dachs zum Freund nehmen.« Er lachte fröhlich auf. »Also gut, ich erzähle Ihnen von Ihrer Frau. Aber es wird Ihnen nicht gefallen«, fuhr er fort und nickte in Richtung der nackten Marya, die Senlin immer noch mit schlaffem Griff hielt.

Vor einem Monat hatte Ogier am Ufer des Wasserbeckens gemalt, nicht weit entfernt von seinem üblichen Standort vor dem *Café Rossi*. Es war später Vormittag, als eine Frau mit einem roten Tropenhelm sich auf die Bank vor ihm setzte. Normalerweise übernahm Ogier keine Passanten in seine Bilder, außer sie befanden sich weit weg und konnten in wenigen Strichen eingefangen werden. Diese Frau saß jedoch genau in seinem Blickfeld, bewegungslos und wie hypnotisiert. Stundenland starrte sie über den Kopf des Malers hinweg. Deshalb hatte Ogier sie in sein Bild integriert. Als das Nachmittagslicht abzunehmen begann, packte er seine Farben und die Staffelei zusammen und riss die Frau kurz aus ihrer Abwesenheit, um sich zu bedanken, dass sie ihm so geduldig und bereitwillig Modell gesessen hatte.

Für Ogier war die Sache damit abgeschlossen.

Nur dass ihm die Frau folgte.

Er bemerkte sie erst, als sie ihn an der Treppe zu seinem parfümierten Terrassenapartment ansprach. Sie wirkte etwas verlegen, aber nichtsdestotrotz mutig, als sie ihn fragte, ob er auch dafür bezahlte, dass man ihm Modell saß. Er antwortete, dass er das im Allgemeinen nicht tat, bis auf gelegentliche Aktmodelle, die er beschäftigte, meistens ein armes Dienst- oder Kindermädchen.

Die Frau mit dem roten Helm ging sichtlich aufgewühlt davon, auch wenn er, Ogier, sich in keiner Weise unangemessen verhalten hatte, wie er Senlin rasch versicherte. Er erwartete nicht, dass eine Touristin für ihn posieren würde, ob nackt oder angekleidet, weshalb er den Vorfall rasch vergaß und einer momentanen Laune einer Besucherin zuschrieb, die sich von der Exotik der Bäder hatte mitreißen lassen.

Doch am nächsten Tag kehrte sie zurück, wollte ihm Modell sitzen und dafür bezahlt werden.

»Ich hoffe, dass Sie mir glauben, wenn ich sage, dass nichts Unschickliches passiert ist.« Ogier legte die Hand auf sein Herz, um seine Worte zu unterstreichen. »Sie saß mir Modell. Ich habe das Bild gemalt, das Sie gerade in Händen halten. Ich habe mich bei ihr bedankt, sie bezahlt, und sie ist gegangen. Wieder dachte ich, dass die Sache damit beendet sei.« Das blaue Mondlicht glitt über die Spiegelkugeln hoch über ihnen, die wie Fischköder glitzerten und funkelten. Ogiers Zigarette leuchtete orange auf, dann drückte er sie aus. »Aber ich habe sie wiedergetroffen, eine Woche noch, jeden Tag. Sie hat mir viel erzählt. Von Tragödien und Enttäuschungen und ihrem Plan, sich zu retten und hoffentlich auch ihren Ehemann.«

»Ich gebe Ihnen alles, was ich habe …«, begann Senlin mit so fester Stimme, wie er zustande brachte.

»Danke, aber was ich will, haben Sie nicht«, unterbrach ihn Ogier, und sein mitfühlendes Lächeln verhärtete sich. »Sie haben etwas verloren, das Sie sehr lieben. Auch ich habe etwas verloren, das ich sehr liebe. Ich mache Ihnen einen sehr einfachen, sehr gerechten Vorschlag. Ich wünschte, ich könnte sagen, wir wären Freunde und würden uns gegenseitig aus Freundschaft unterstützen. Doch so etwas gibt es nicht im Turm, nur Geschäftspartner. Also, wenn Sie mir helfen, zurückzubekommen, was ich verloren habe, werde ich auch Ihnen helfen.«

»Ich stimme allem zu, was Sie verlangen«, sagte Senlin rasch.

»Man hat mir eins meiner Gemälde genommen. Gestohlen, sollte ich besser sagen. Ich weiß, dass ein Gemälde nicht wichtig erscheinen mag. Ich habe viele und kann jederzeit neue malen. Aber ich bin keine

Bildermaschine, ich bin auf Inspiration und Gelegenheit angewiesen. Die Werke, die ich für wirklich gelungen halte, kann ich an einer Hand abzählen. Dieses spezielle Bild erachte ich als mein Meisterwerk, meinen größten Erfolg. Ich kann es nicht reproduzieren. Ich habe Jahre damit verbracht, es zu versuchen.«

Ogier beugte sich vor, sein Blick nicht mehr unruhig, sondern fest und eindringlich. Er war beim Kern seines Anliegens angelangt. »Vor zwei Jahren hat sich der Commissioner unter einem fadenscheinigen Vorwand mein Meisterwerk unter den Nagel gerissen. Mr. Senlin, ich will, dass Sie es zurückstehlen.«

6

»Besucher, die zu oft und zu liebevoll von ihrer Heimat sprechen, dürfen keinen allzu herzlichen Empfang erwarten. Einheimische nennen solche nostalgischen Touristen ›Nebelkopf‹ oder ›Schlammhirn‹. Man kann es ihnen kaum vorwerfen. ›Zuhause‹ ist eine Übertreibung, die durch die Entfernung erst real wird.«

Allgemeiner Führer durch den Turm von Babel, IV.XII

Seit dem Tag, an dem er sie aus den Augen verloren hatte, hegte er zum ersten Mal echte Hoffnung, Marya wiederzufinden. Die Vorstellung, dass sie sich vielleicht noch in den Bädern befand oder zumindest bis vor Kurzem hier gewesen war, verlieh ihm genug Hoffnung, um die Gefahren auf sich zu nehmen, die vor ihm lagen. Falls es notwendig sein sollte, würde er für sie den Turm einstürzen lassen.

Senlin und der Künstler berieten sich die ganze Nacht. Er erfuhr viel über den Commissioner: seine prunkvolle Residenz, die opulenten Empfänge, seine Allergien und Galerien. Senlin versuchte immer wieder, das Gespräch auf Marya zu lenken, um mehr über ihre Zeit mit dem Maler zu erfahren, ihre gegenwärtige Situation, ihr Befinden. Jedes Mal verschloss Ogier jedoch seine Lippen. Senlin flehte ihn an, eine andere Art Bezahlung anzunehmen, leerte sogar seine Stiefel auf dem Tisch aus, doch der Mann ließ sich nicht erweichen. Er würde nur sein Meisterwerk akzeptieren. Liebe im Austausch gegen Liebe, nichts anderes konnte ihn erweichen. Senlin hatte keine Wahl und hörte dem Bericht von dem exzentrischen Tyrannen und den wichtigen Leuten in den Bädern zu. Unter anderem erfuhr er Tarrous traurige Geschichte und die des Künstlers und seines gesunkenen Sterns. Der Schuldirektor kam sich vor wie ein Studienanfänger, der für seine Prüfungen lernte; sein Kopf schien vor lauter Lehrstoff fast zu platzen.

Mit jeder neuen Information kam ihm die vor ihm liegende Aufgabe unlösbarer vor. Der Wohnsitz des Commissioners war schwer bewacht. Zu jeder Stunde des Tages waren zwei bewaffnete Beamte vor jedem Eingang und jedem Fenster postiert. Ein Großteil der Wachen trug Steinschlosspistolen bei sich, die anderen Schlagstöcke oder Degen. Schlimmer war allerdings, dass eine speziell gezüchtete Hunderasse um das Haus patrouillierte, die darauf abgerichtet war, bestimmte Gerüche aufzuspüren und zu jagen.

Ogiers Gemälde hing im Ballsaal hinter zentimeterdickem Glas. Es wurde in der Nähe einer Balkontür ausgestellt, was zuerst sehr vielversprechend klang, bis Senlin erfuhr, dass der Balkon sozusagen der Bergfried der Residenz war und mit zwei Dreißig-Pfund-Kanonen und sechs Männern mit Gewehren bewacht wurde. Und als ob das nicht schon reichen würde, war da immer noch die Rote Hand, die regelmäßig über das Gelände strich. Man munkelte, dass er auch in der Residenz umging oder sogar am Fußende des Bettes des Commissioners schlief. Vielleicht lebte er auch in den Mauern oder erschien nur, wenn man seinen Namen zu laut aussprach.

»Was für ein hoffnungsloser Wahnsinn!«, stöhnte Senlin.

»Genau. Weshalb dafür ein hoffnungsloser Mann nötig ist«, erwiderte Ogier.

Als der Morgen aufzog, verließ Senlin den Maler mit einem Versprechen, das zu halten er kaum hoffen durfte: Er würde mit seinem Meisterwerk zurückkehren.

Senlin ging durch die fast menschenleeren Straßen der Bäder. Das entfernte Plätschern des Brunnens klang wie das Meer in einer Muschel. Leichter Ärger stieg in ihm auf über die Übelkeit erregende Illusion eines Meeresufers. Es war ein Ufer ohne Meer, ein oberflächlicher, dummer Ort. Doch was war schon dabei? Seine Gedanken wanderten nur von der vor ihm liegenden Aufgabe zu vertrauter, tröstlicher Kritik, um ihn von der unausweichlichen Realität abzulenken.

Selbst wenn er den Mut besessen hätte, sich dem Commissioner direkt zu stellen, bräuchte er eine Armee, um in die Residenz zu gelangen. Nein, mit Gewalt kam er hier nicht weiter. Senlin versuchte sich vorzustellen, wie er nachts durch die Residenz schlich, einen schwarzen Schal um das Gesicht gebunden wie ein gewöhnlicher Einbrecher, ein schlaksiger, ungelenker und gebückt laufender Einbrecher. Nein, Heimlichkeit stand außer Frage, blieb nur noch List. Er musste den Commissioner irgendwie dazu bringen, ihm das Gemälde zu geben oder es ins Freie zu bringen, wo es ungeschützt war, wenn es so einen Platz in den Bädern überhaupt gab. Pound war ein zutiefst misstrauischer und konservativer Mann. Ihn hinters Licht zu führen würde nicht einfach werden. Intrigen entsprachen normalerweise überhaupt nicht Senlins Charakter.

Die Musiksäle schwiegen, die Brasserien waren leer. Es war nicht nur spät, es war bereits früher Morgen. Ein Bad würde ihn vielleicht beleben und das Nachdenken erleichtern, doch dann verwarf er den Gedanken rasch wieder als feige Schwäche. Er musste sich der Herausforderung stellen und sich in einen Meisterdieb verwandeln. Bei der Vorstellung musste er lachen. Wenn seine Schüler ihn jetzt sehen könnten, bar aller Zuversicht und Autorität, ein Fisch auf dem Trockenen. Ein Stör, in der Tat.

Er fragte sich, wie aus seinen alten Tugenden Schwächen geworden waren. Seine Ruhe, seine Geduld, seine Liebe zur Überlegung, sein Rationalismus und Gerechtigkeitsempfinden – das alles gereichte ihm jetzt zum Nachteil. Er musste anmaßend und gerissen sein. Doch selbst dann – wie sollte ein eingebildeter Bücherwurm es mit dem mächtigen Commissioner aufnehmen? Senlin konnte ihn auf keiner Ebene herausfordern, höchstens in einem Wettbewerb der Schwächen.

Ein Wettbewerb der Schwächen. Er musste erneut lachen, und kurz darauf schmiedete er einen Plan.

Die ersten Händler des Morgens bevölkerten die Straßen hinter Karren, die vollbeladen waren mit frischem Gebäck und Früchten. Dann kamen die ersten Badegäste und die Älteren, die unablässig von Vitaminen und ihrem gesundheitlichen Zustand redeten. Zwei beleibte Kinder durchbrachen unter der Aufsicht einer Gouvernante die spiegelglatte Oberfläche des Sees und spritzten die Flamingos aus dem Schlaf. Die korallenfarbenen Vögel verzehrten ihr Frühstück in Form der Algen, die sich reichlich um ihre Schlafplätze angesammelt hatten. Ein Zollbeamter schäkerte mit einer jungen Frau, die Badesalze und parfümierte Seifen aus einer Lade um ihren Hals verkaufte. Das mechanische Nilpferd spuckte beeindruckende Wasserfälle. Senlin wanderte so in Gedanken versunken durch die Szenerie, dass er kaum bemerkte, wohin er ging, bis er stehen blieb.

Er stand vor Tarrou, der unter einem Handtuch auf seiner üblichen Liege am ordentlichen Ufer schnarchte. Senlin zog das Handtuch von seinem Gesicht und verpasste ihm leichte Schläge auf die Wangen, bis er mit einem Prusten aufwachte.

»Muddit, Mann! Lass mich in Ruhe!« Tarrous Ausdruck wurde weicher, als er Senlin erkannte. »Ich weiß, Direktor! Ich habe mein Luftschiff verpasst. Bitte schlagen Sie mich nicht. Mein Kopf dröhnt!«

»Stehen Sie auf. Ich kaufe Ihnen einen Kaffee.«

»Ich hatte noch nicht mein morgendliches Bad. Warum belästigen Sie mich so früh?«

»Weil es viel zu tun gibt, mein Freund. Heute Abend werden Sie mich auf einen Empfang begleiten.«

Bei einem Kaffee im *Café Rossi* erklärte Senlin seinen Plan, nur unterbrochen von Tarrous gelegentlichem ironischen Gelächter. Der Riese war trotz seines Katers angetan von Senlins verwegener Idee. Er hielt sie für einen Streich, einen ausgesprochenen Scherz. Wer wäre schon so verrückt, den Commissioner zu bestehlen, den Mann, der diesen irren Hund, die Rote Hand, an der Leine hielt? Abgesehen von der Absurdität des Vorschlags war Tarrou fasziniert von Senlins plötzlichem Bedürfnis, dem Maler zu helfen.

»Was kümmert er Sie? Soll er sich sein Meisterwerk doch selbst holen.

Ich würde keine zwei Schritte machen, um es von der Straße aufzuheben«, sagte Tarrou, während er einer jungen Dame mit hübschem Gesicht und kurzen Hosen hinterherblickte. Als er sich Senlin wieder zuwandte, sah er, dass ihn der Schuldirektor aufmerksam musterte. »Was?«

»Gestern Nacht habe ich einige Dinge erfahren, als ich mit dem Maler zusammensaß. Vor sechzehn Jahren haben Sie nicht, wie Sie selbst sagen, die Zeit aus den Augen verloren, Tarrou. Sie kamen mit Ihrer Frau in den Turm, und Sie haben sie verloren.« Alle Heiterkeit wich aus Tarrous Gesicht bei Senlins Worten. »Sie haben auf sie gewartet, waren sich sicher, dass sie den Weg zu Ihnen zurückfinden würde. Doch das geschah nicht.« Die junge Dame mit den schlanken, nackten Beinen kam wieder an dem Café vorbei, offenbar auf der Suche nach etwas, doch Tarrou schenkte ihr diesmal keine Beachtung. »Sie hätten nach Hause fahren können, doch was, wenn sie nicht dort war? Und was würden Sie ihrem Vater, ihrer Mutter sagen? Nein, ganz ruhig, Tarrou, ich rüge Sie nicht, ich erinnere Sie nur daran, wie es dazu kam, dass Sie hier feststeckten, zu etwas wurden, das sich weder nach oben noch nach unten bewegen konnte. Sie haben nach ihr gesucht, auf sie gewartet, krank vor Verzweiflung und Erniedrigung. Die Hoffnungsschimmer waren nicht weniger schmerzhaft. Ihr Geld wurde immer weniger. Als Sie alle Hoffnung verloren hatten, geschah ein Wunder: Ein Brief von Ihrer Frau traf in Ihrem Hotel ein. Irgendwie hatte sie in den Wochen nach Ihrer Trennung den Weg nach Hause gefunden. Sie fürchtete, Sie wären ebenfalls verschwunden oder tot, schickte aber dennoch Geld, nur für den Fall. Und Sie …«

»Bitte, hören Sie auf«, bat Tarrou leise.

»Sie«, Senlin kannte kein Erbarmen, »haben das Geld genommen. Sie haben einige Schulden bezahlt, den Rest ausgegeben, ihr jedoch keine Antwort geschickt … warum auch? Sie würden ja nach Hause fahren und alles persönlich erklären. Doch Scham hinderte Sie daran aufzubrechen. Im nächsten Monat erhielten Sie einen weiteren Brief, wieder mit Geld. Sie schickte Ihnen etwas von Ihrem Vermögen für den Fall, dass Sie noch am Leben waren und es genießen konnten. Und Sie hatten neue Schulden zu bezahlen und nicht genug für einen Flug nach Hause. Wochenlang schwankten Sie zwischen Scham und Schwäche, Wichtigtuerei und Selbstvorwürfen. Nach und nach machten Sie sich mit der einheimischen Gesellschaft bekannt. Sie wurden zu einem festen Bestandteil der Soireen; Sie unterhielten die Leute. Ogier hat mir erzählt, dass unzählige Feiern mit Ihnen standen und fielen. Und trotzdem schrieben Sie Ihrer Frau nicht, denn für sie war es besser, Sie für tot zu halten.«

»Ich werde diesen Maler mit seiner eigenen Zunge verprügeln!«, sagte Tarrou erregt, auch wenn er so aussah, als wolle er am liebsten Senlin erwürgen, da dieser gerade zur Hand war. Seine dunklen Augen brannten unter der geröteten Stirn, und er zitterte vor Wut. »Er hat Ihnen nicht einmal die halbe Geschichte erzählt. Tun Sie nicht so, als würden Sie mich durchschauen!«

Senlin schüttelte den Kopf mit der steifen Ernsthaftigkeit eines Patriarchen. »Er hat mir ein Porträt gezeigt, das er von Ihnen in den Tagen Ihrer Freundschaft gemalt hatte. Ihr Bart war damals weniger grau, doch Sie waren es unzweifelhaft. Er hat mir erzählt, wie Sie sich zerstritten haben, nachdem Sie ihm betrunken alles gestanden hatten. Danach ertrugen Sie seine Gegenwart nicht mehr.«

»Oh, so sieht er das also!« Tarrou schnaubte und schlug mit der Faust auf den Tisch. »Ich erzähle Ihnen gern die andere Hälfte, und dann werden wir sehen, wer hier so edel ist.«

»Es ist mir egal. Ich werfe Ihnen nichts vor!« Senlin packte die Hand seines Freundes. »Wir sind vom selben Schlag. Ich habe meine eigene Geschichte durch Ihre erzählt. Hören Sie zu! Ich habe meine Frau an diesem schrecklichen Ort verloren. Ich habe verzweifelt nach ihr gesucht und mich als Feigling erwiesen. Ich bin fast wahnsinnig geworden vor Hoffnung und Schuldgefühlen. Ich habe viel zu viel getrunken. Ich habe mich vor meinem Leben versteckt. Ich bin ruiniert, Tarrou. Ich kann nie nach Hause zurückkehren. Nicht allein jedenfalls.«

Zum zweiten Mal innerhalb weniger Stunden erzählte Senlin die Geschichte, wie er Marya verloren hatte. Nachdem er sein Unglück offenbart hatte, berichtete er, was er von dem Maler erfahren hatte, ließ kein Detail aus, trotz des Unbehagens, das es ihm bereitete. Es war zum Haare raufen, dass sie so nahe gewesen war. Vielleicht waren sie ein Dutzend Mal aneinander vorbeigelaufen und hatten dabei immer in die falsche Richtung geblickt.

Ogier hatte gesagt, Tarrou sei nicht verlässlich, ein falscher Freund, und Senlin konnte nur hoffen, dass seine erbärmliche Ehrlichkeit ausreichte, um das Gegenteil zu beweisen.

Nachdem Senlin sein überraschendes Geständnis beendet hatte, seufzte Tarrou und lockerte die Schultern. Seine Augen schimmerten feucht, als er auf die dahinziehenden Passanten unter dem aufgewühlten Mosaik aus Sonnenlicht blickte. »Das tut mir leid mit deiner Frau, Tom. So einen Rückschlag wünsche ich keinem. Das Gefühl der Leere ist unbeschreiblich …«

Senlin konnte es sich nicht leisten, Tarrou an sein aufwallendes Selbstmitleid zu verlieren, auch wenn ein besserer Freund erst einmal Trost angeboten hätte. Dafür war es jetzt zu spät. »Ich habe nicht viel Zeit. Es mag leichtsinnig erscheinen, aber ich habe eine winzige Chance, sie zu finden. Meine Frau ist sicher nicht zu Hause, Tarrou. Sie ist irgendwo hier, und ganz auf sich gestellt. Ich habe den Beweis dafür.« Senlin hörte das Echo von Ogiers Warnung unter den Worten, die sich in seiner Kehle bildeten, spürte die alte Furcht zurückkehren. Vielleicht hatte der Maler recht, wenn er sagte, dass der Turm eine Freundschaft unmöglich machte. Doch was blieb ihm noch? »Bitte, mein Freund, um meiner willen, um meiner Frau willen, hilf mir, das Gemälde zu stehlen.«

»Du konzentrierst dich auf das falsche Ende eines tollwütigen Hundes, Direktor. Warum willst du dein Leben riskieren, wenn wir den Maler einfach stellen und ihn zum Reden zwingen können«, sagte Tarrou. »Er ist stur, zugegeben, aber wir könnten die Wahrheit schon aus ihm herausbringen.« Er hob die geballten Fäuste.

»Ein gestohlenes Gemälde zurückbringen ist eins. Einen Mann zu foltern etwas völlig anderes«, erwiderte Senlin, und sei es gespielte Erregung oder echte Überzeugung, Tarrou erkannte, dass Senlin hier nicht von seiner Einstellung abrücken würde. »Ich werde nicht zulassen, dass mich der Turm in einen Tyrannen verwandelt.«

»Du hast keine Ahnung, in was dich der Turm verwandeln wird!« Tarrou lachte und winkte angesichts Senlins plötzlicher Ehrenhaftigkeit ab. Als dieser keine Miene verzog, verebbte Tarrous Gelächter zu einem verlegenen Stottern. »Ach, es ist zu spät. Du bist schon verrückt. Hast du eine Ahnung, was der Commissioner mit einem Mann anstellen wird, den man in seinem Haus bei einem Diebstahl ertappt? Glaubst du, deine Frau hätte lieber einen Märtyrer zum Mann als einen, der zwar verschwunden ist, aber wenigstens noch am Leben?« Tarrou suchte Senlins Gesicht nach Anzeichen gesunder Furcht ab. Stattdessen sah er nichts als Entschlossenheit. »Du willst es also wirklich tun?«

»Ja«, antwortete Senlin.

Tarrou holte eine kleine silberne Flasche aus seinem weißen Bademantel und hielt sie an die Lippen. »Dein Plan ist schlecht, das weißt du, oder? Wenn dein Plan ein Pferd wäre, hätte es drei Beine, zwei Köpfe und keinen Schweif.« Er leckte sich die Lippen und schraubte die Flasche wieder zu. Senlin saß schweigend da, ohne Gegenrede, auch wenn sein Freund darauf zu warten schien. Der Riese verzog als Erstes das Gesicht. »Na gut! Wir bringen dein Pferd in die Stadt, Direktor. Dein gebrechliches, unglaubwürdiges Pferd.«

Tarrou stand plötzlich auf und tastete seine Taschen nach seiner Geldbörse ab. »Ich brauche einen neuen Anzug. Etwas Pfauenhaftes und richtig Schreckliches.«

Von außen ähnelte die Residenz des Commissioners einem Luxushotel. Ein Säulengang führte von der öffentlichen Straße zu dem Gebäude. Jede Säule zierte ein breites schwarzes Band. Die weiße Marmorfassade der Residenz war mit grünen Girlanden über den Fenstern geschmückt, die von elektrischem Licht erhellt wurden. Zwei Reihen makelloser Zollbeamter standen neben den getäfelten Türen, die so hoch waren wie die Säulen.

Senlin musterte die Szenerie, während er auf seinen Mitverschwörer wartete. Er war frisch gewaschen und ordentlich gekleidet, sah geradezu adrett aus, was beinahe ausschließlich dem Zylinder zu verdanken war, den Tarrou ihm geliehen hatte. Dennoch hätte er inmitten all der Extravaganz um ihn herum auch den Kittel eines Fischhändlers tragen können. Die Mode der Gäste war so auffällig und vielfältig, dass Senlin sich fragte, ob hier nicht ein Maskenball stattfand. Farbenfrohe, opulente Gewänder, wohin er nur blickte. Männer in weißen Perücken oder Dreispitzen in Begleitung von Frauen mit glitzernden Tiaras und Reifröcken oder ausgefallenen Roben und juwelenbesetzten Turbanen. Er selbst trug immer noch seinen einfachen schwarzen Mantel und die engen schwarzen Hosen, von denen er, dem Anlass zur Ehre, die losen Fäden abgeschnitten hatte. Er wirkte eher wie ein Schatten als ein Gast und konnte nur hoffen, dass Tarrous Opulenz für sie beide ausreichte.

Das tat sie auch. Als sein Freund eintraf, wusste Senlin nicht, ob er eher wie ein König oder wie ein Hofnarr aussah. Seine goldbestickten Pluderhosen blähten sich absurd um seine Knie, sein riesiger Hut sah aus wie ein Thronkissen für einen Scheich, und seine grünen Filzschuhe waren an den Zehen nach oben gebogen. Bart und Haare waren geschnitten und gewachst, und seine Haut glühte immer noch vom Baden. Er verbeugte sich übertrieben vor Senlin. »Siehe, der Selbstmord der Mode! Nein, nein, bitte entschuldige: die Mode des Selbstmordes!«

Senlin brachte ein schwaches Lächeln zustande. »Ich muss dich warnen, auf Feiern bin ich abstoßend. Normalerweise verstecke ich mich hinter der sprühenden Persönlichkeit meiner Frau.« Er rückte seine schmale schwarze Krawatte gerade.

»Du wirst einen besseren Eindruck auf unseren Gastgeber machen, wenn du wie ein Bestatter aussiehst. Er ist nicht wie seine Gäste, aufgekratzt wie Feuerwerk und träge im Kopf wie Nebel. Er mag keine sprühenden Persönlichkeiten, was kein Angriff gegen deine Frau sein soll.« Tarrou klopfte seinem Freund auf die Schultern, zog ihn zu sich und flüsterte mit einem breiten, aufgesetzten Lächeln: »Der Commissioner ist so gut gelaunt wie eine Guillotine.«

»Das ist nicht gerade aufmunternd«, meinte Senlin und erschauderte. Ein taubes, schwebendes Gefühl breitete sich in seinem Bauch aus. Sein Mut verließ ihn, kehrte zurück und flüchtete wieder. »Ich fühle mich nicht so gut.«

»Deine Frau hat es nicht leicht mit dir«, sagte Tarrou und lachte.

7

»Die Politik des Turms ist sehr kleingeistig, wie zwei Nachbarn, die sich darüber streiten, wem der Pflaumenbaum gehört. Es mag Untertöne von Rivalität und Feindschaft geben, nichts davon ist jedoch ernsthaft. Nichtsdestotrotz ist es ratsam, eine anpassungsfähige Meinung in Dingen örtlicher Verwaltung zu haben.«

Allgemeiner Führer durch den Turm von Babel, I.XIV

Sie reihten sich in die Gästeschlangen ein, die durch die Türen strömten, die so hoch wie Eichenstämme waren und an denen Butler mit weißen Hemdbrüsten und schwarzen Fracks standen. Senlin war diese Kluft unangenehm vertraut.

Der Vorraum schien sich wie die Wände einer Schlucht nach oben zu erstrecken. Gäste überreichten ihre Mäntel und Umhänge den Butlern, die unter den Kleiderstapeln schier verschwanden. Helle elektrische Kronleuchter warfen auf alles ihre Heiligenscheine, das Licht wunderschön und gleichzeitig anstrengend. Senlin hatte ein wenig über Elektrizität gelesen, sogar einige grobe Modelle von Generatoren gesehen, die wimpernkurze Funken sprühten, doch er hatte noch nie gesehen und hätte sich auch nicht vorstellen können, wie Elektrizität in solchem Überfluss verwendet wurde.

Die hohen Wände der großen Eingangshalle waren mit Kunstwerken übersät; die vergoldeten Rahmen begannen an der Holzvertäfelung und reichten bis zur Decke. Die Arrangements wirkten überladen, zeigten aber die Hand eines Kurators. Der Raum wirkte eher wie der Flügel eines vollgestopften Museums als wie der Eingang zu einer

Residenz. Und übertraf dabei selbst die prächtigsten Museen, die Senlin bisher besucht hatte.

In unregelmäßigen Abständen standen Zollbeamte mit ausdrucksloser Miene wie Zinnsoldaten an den Wänden, kleine, haarlose Hunde an den Leinen haltend. Die Gäste wichen den aufmerksamen Tieren in einem weiten Bogen aus. Die Rasse erinnerte in Größe und Form an einen Terrier, auch wenn ihre nackte rosafarbene Haut sich grotesk an Wangen und Gelenken in Falten legte und herunterhing. Ogier hatte ihm erklärt, dass die Hunde die Gäste überprüften, bevor diese in die Atmosphäre des Commissioners eintreten durften.

Die Allergien des Mannes waren legendär. Er war so empfindlich, dass eine einzige Ansteckblume im Raum reichte, um ihm Atemnot und Niesanfälle zu bescheren. Wenn die Hunde auch nur den Hauch eines Parfüms oder Wässerchens oder von Pollen entdeckten oder irgendeine andere schädliche Substanz, knurrten sie und schnappten nach dem Übeltäter, der sofort aus dem Gebäude eskortiert wurde und nie wieder zurückkehren durfte. Dies war auch Ogier zugestoßen. Die Gerüche aus der Parfümerie unter seiner Terrasse hatten sich in Haut und Kleidung eingegraben, weshalb er sich dem Commissioner nur auf dreißig Meter nähern durfte.

Senlin und Tarrou hatten sich und ihre Kleidung sorgfältig gereinigt, auch wenn Geruchlosigkeit allein noch keine Garantie für einen ungehinderten Zutritt war, wie ihnen Ogier erklärt hatte. Der Commissioner war dafür bekannt, einen allergischen Anfall vorzutäuschen, wenn er sich von einem Anwesenden geärgert fühlte. Er behauptete dann, irgendetwas hätte seine Nase gereizt, was nicht einmal die Hunde wahrnehmen konnten. Pound war überaus stolz auf seine Empfindlichkeit, und das hatte den ersten Anstoß zu Senlins Plan gegeben.

Da die Prozession nur langsam voranschritt und die Menschen sich gegenseitig mit Schultern und Ellbogen anstießen, lenkte Senlin sich mit der Betrachtung seiner Umgebung ab. Er musterte die Kunstwerke, an denen er vorbeigeschoben wurde, die alle hinter dickem Glas hingen, damit die Farbe nicht in die Atmosphäre des Commissioners ausdünstete. Alle Stile und Motive waren vertreten. Senlin erkannte einige Künstler aus dem rudimentären Kunstunterricht, den er seinen Schülern erteilte.

Hinter der Eingangshalle schraubte sich eine breite Treppe zu einem riesigen Ballsaal empor. Das Glitzern der Kronleuchter mit ihren Glastropfen ließ die rosafarbenen Marmorsäulen und Böden wie ein Karussell leuchten. Schwarze Seidenbanner mit einem goldenen Astrolabium hingen von den Wänden. Senlin kannte die Flagge nicht und wusste auch nicht, zu welchem Land sie gehörte.

Ein Streichquartett spielte einen ausgelassenen Walzer, zu dem sich Paare auf der Tanzfläche verbeugten, drehten und gelegentlich gegeneinander stießen. Am Rand drängten sich die Zuschauer. So etwas hatte Senlin noch nie gesehen. Das hier war etwas völlig anderes als die Mengen, die sich morgens um das verschlafene Ufer des Sees scharten. Hier konnte man nicht mit der Menge verschmelzen, hier beobachtete jeder jeden, Blicke zuckten durch den Raum, ein Zwinkern wurde ausgetauscht – ein riesiger, liebäugelnder Wahnsinn. Kellner trugen Silbertabletts mit Champagnerflöten und Horsd'œuvre umher mit der Undurchdringlichkeit eines Schlafwandlers.

Hohes Lachen trat in Konkurrenz zu der Musik. Eine blonde Frau kletterte auf einen Flügel in Senlins Nähe, über den ein weißes Tuch gebreitet war. Sie raffte die dicken Stoffschichten ihrer Röcke und zeigte ihre weißen, langen Unterhosen mit so vulgärer Fröhlichkeit, dass Senlin zusammenzuckte. Sein im Gegensatz zu den Umstehenden wenig begeisterter Gesichtsausdruck erregte ihre Aufmerksamkeit, und sie sah ihm in die Augen. Gleichzeitig schüchtern und aggressiv hob sie mit den Händen ihre Brüste und presste sie zusammen, bis ihr Dekolleté überfloss wie ein Laib Brot in einer Backform. Er versuchte, seinen Abscheu hinter einem angespannten Lächeln zu verstecken. Die Frau biss lasziv auf ihren Daumen. Tarrou zischte ihm zu, er solle nicht so eine Furcht erregende Miene aufsetzen. Er wäre geflohen, wenn sein Freund ihn nicht am Arm gepackt und tiefer in das zuckende Herz des Empfangs gezerrt hätte.

Tarrou bewegte sich durch die Mengen, als wäre er der Gastgeber. Er schlug Männern auf den Rücken, neckte verkniffene Paare mit derben Scherzen und verlangte von jedem vorbeieilenden Diener einen Drink. Er schien für das Chaos geboren zu sein. Senlin fürchtete, Tarrou könnte ihren Plan vergessen und völlig in seinem alten Umfeld aufgehen. Doch dieser zog den Direktor trotz seiner Scherze zielbewusst weiter in Richtung ihres Ziels.

Ogiers Meisterwerk hing allein zwischen den Balkontüren. Der riesige Balkon zog junge Dandys und abenteuerlustige Frauen an, die wie Schwalben aus einem Stall hinaus- und wieder hineinhuschten. In einer kleinen Lücke zwischen den Menschen hing das Bild, und hier stellte Tarrou Senlin auch schließlich ab.

»Ich bin wahrscheinlich eine Weile unterwegs, ich muss einige Hände schütteln und alte Kontakte reaktivieren. Ich war seit Monaten auf keiner dieser Veranstaltungen. Hab Geduld. Nimm einen Drink. Nein, besser drei.« Damit verschwand Tarrou in der Masse aus Röcken und Frackschößen.

Ihm war, als hätte er den Kamin gefunden, was ihn unerwartet an Edith erinnerte. Er zuckte zusammen. Hinter ihm schlitterten die Tänzer mit unsicherer Eleganz vorbei. Er richtete seine Aufmerksamkeit auf Ogiers Gemälde und starrte darauf, als wäre es ein Kaminfeuer.

Das Bild war klein: fünfunddreißig Zentimeter hoch, zwanzig Zentimeter breit. Der breite, vergoldete Rahmen, der die Größe verdoppelte, erstickte es beinahe. Der Stil war unverkennbar Ogiers. Ein junges Mädchen mit Zöpfen und in einem weißen Badeanzug stand mit dem Gesicht zu dem blauen See, das Wasser reichte ihr bis zu den Knöcheln. Etwas weiter entfernt sah man andere Badegäste, das Mädchen war jedoch allein und im Mittelpunkt des Bildes. Sie drehte dem Betrachter den Rücken zu. Auch ohne ihr Gesicht zu sehen, spürte Senlin ihr Zögern. Sie schien zu überlegen, ob sie weiter ins Wasser hineingehen oder am Ufer bleiben solle. Sie hielt lose ein weißes Papierboot in der Hand. Auch wenn das Licht von den Spiegeln blendend hell war, breitete sich der dunkle Schatten unter dem Mädchen aus wie ein

Abgrund. Sie schien geradezu zu schweben. Es war verstörend und wunderschön …

Tarrous schwere Hand auf seiner Schulter riss ihn aus seinen Träumereien. Er drehte sich um und sah sich einem kleinen, schlanken Mann in einem eng geschnittenen grauen Anzug gegenüber. Seine Hosenaufschläge waren so hoch, dass seine Socken zu sehen waren. Eine Locke ringelte sich zart und steif wie ein Angelhaken in seine gebieterische Stirn. Seine Augen hatten die Farbe von nassem Mörtel, und seine bleiche, wachsweiße Haut ließ ihn wie einen Schwarz-Weiß-Druck aussehen. »Mr. Senlin«, sagte der Mann mit hoher, singender Stimme. »Wie ich höre, muss ich Ihnen für Tarrous Auferstehung danken. Sie haben geschafft, was ein Dutzend Einladungen nicht vollbringen konnte.« Er stampfte mit dem Fuß auf und verbeugte sich ironisch vor Senlin.

»Darf ich vorstellen, Ihre Eminenz, Commissioner Emmanuel Pound«, sagte Tarrou mit ausladender Verbeugung, die jedoch genauso ironisch wie die des Commissioners gemeint zu sein schien.

Man hatte Senlin davor gewarnt, dem überempfindlichen Mann die Hand zu schütteln, weshalb er sich ebenfalls verbeugte. Dann sagte er: »Sie haben eine wirklich überwältigende Sammlung, Commissioner. Ich gratuliere Ihnen.«

»Ja. Dieser Ogier ist eines meiner Lieblingswerke.« Er sprach den Namen des Malers anders aus als dieser selbst, mit einem härteren »G«, weshalb es klang, als würge er das Wort heraus. »Es wird auf dreihundert Mina geschätzt.« Die Summe war atemberaubend. Senlin hätte dafür ein zweites und ein drittes Schulhaus bauen können. »Ein Schnäppchen, ich weiß. Es wird seinen Wert noch verdoppeln, das verspreche ich, bevor ich damit fertig bin.« Pound tippte sich gegen die Unterlippe, als verkünde er gerade ein Geheimnis, in das er Senlin einweihte. Dieser bezweifelte, dass der Commissioner eine Einschätzung seines geheimen Vermögens wollte, doch er tippte sich ebenfalls gegen die Lippe. Er wollte das Vertrauen des Mannes gewinnen, also spielte er den Papagei. »Tarrou sagt, Sie seien Kunstkritiker?«, fuhr der Commissioner fort und lehnte sich ein wenig zurück, als wolle er Senlin aus einem neuen Blickwinkel betrachten.

»Ich habe einige Essays verfasst.« Senlin hielt einen kleinen Vortrag, den er mit Hinweisen auf seine Expertise würzte. Er wusste genug, um einen ausgebildeten Kunstgelehrten nachahmen zu können, auch wenn ihm die meisten Gemälde an den Wänden unbekannt waren. Als Pound eine bestimmte künstlerische Bewegung erwähnte, mit der Senlin nicht vertraut war, tat er diese sofort nachdrücklich als Dilettantismus ab. Diese Taktik wandten auch die schlechteren seiner Schüler an: Sie machten sich über das lustig, das sie versäumt hatten zu lernen.

Der Commissioner stimmte ihm rasch zu. »Ich traue Kritikern nicht, die alles loben. Wenn alles gut ist, hat nichts mehr Wert. Ohne Abfall kein Gold, nicht wahr?«

»Ganz genau«, log Senlin. »Doch dieses Gemälde«, er wandte sich wieder Ogiers Bild zu. »›Das Mädchen mit dem Papierschiff‹, ist etwas Besonderes. Das örtliche Licht scheint einen ganz neuen Stil inspiriert zu haben. Er mag primitiv sein, jedoch auf seine Weise atmosphärisch und präzise.«

»Da stimme ich zu. Mein Geschmack ist makellos«, sagte Pound und bedeutete Senlin mit einer knappen Handbewegung fortzufahren.

»Ich würde sehr gern ein Essay über die neuartige Farbpalette schreiben. Hier zum Beispiel ...« Senlin beugte sich näher an die dicke Glasscheibe, hinter der Ogiers Gemälde hing, und als es ihm Pound gleichtat, fingierte Senlin eine Reihe abrupter, krampfhafter Nieser.

Voller Panik wich der kleine Mann zurück, riss die Arme vors Gesicht, und stieß gegen Tarrou. Seine grauen Augen traten aus seinem weichen Puppenkopf, als er nach seiner Wache rief. Das Bellen der Hunde übertönte den Lärm im Ballsaal.

Unterdrückte Schreie und erschrockenes Aufkeuchen wurden laut. Das Streichquartett strauchelte und verstummte schließlich. Agenten in blauen Uniformen eilten aus allen Richtungen herbei und umringten Senlin. Einer der Männer reichte dem Commissioner ein Zinntablett, auf dem eine schwarze Gummigasmaske lag. Zwei Goldfolienfilter ragten an den Wangen hervor wie stumpfe Stoßzähne. Mit reflexhaftem Geschick zog sich Commissioner Pound die Maske über den Kopf und schnallte sie eng ums Gesicht. Dunkle Linsen, so groß wie die Verschlüsse von Marmeladengläsern, verbargen seine Augen. Pound hatte sich innerhalb von Sekunden völlig unlesbar gemacht. Wie sollte Senlin mit einem Mann ohne sichtbaren Gesichtsausdruck verhandeln?

Da er keine Zeit hatte, sich darüber Gedanken zu machen, erklärte er rasch: »Ich bin nicht krank, Commissioner Pound, das versichere ich Ihnen. Ich reagiere nur sehr empfindlich auf Gerüche.« Er holte ein Taschentuch hervor und schnäuzte sich diskret und nahezu geräuschlos. »Es mag absurd klingen, aber ich glaube, an Ihrem Gemälde finden sich Spuren von Parfüm.« Senlin tupfte sich die Augen und warf dem kleinen Mann dabei einen unauffälligen Blick zu, doch hinter den dunklen Linsen war nichts zu erkennen. Die Maske verzerrte die Atemgeräusche des Commissioners, selbst als er zu hyperventilieren drohte. Der Raum lauschte atemlos.

Der Atem des kleinen Mannes wurde wieder regelmäßiger und beruhigte sich. Schließlich hob er einen Finger und bedeutete dem Quartett, sein Spiel wiederaufzunehmen. Die Musik löste die Spannung im Raum. Jemand lachte, die Frau auf dem Flügel verpasste der Luft einen zögerlichen Tritt, und die Feier kam wieder in Gang. Jeder schien an die Ausbrüche des Commissioners gewöhnt zu sein und hatte gelernt, effizient damit umzugehen.

Die Gasmaske noch auf dem Kopf ging der schmale Mann auf den großen Balkon, die Beamten schoben Tarrou und Senlin ebenfalls ins Freie. Da er nicht wusste, was ihm bevorstand, verhielt sich Senlin, als wäre all das Teil einer Hausbesichtigung. Die jungen Männer und Frauen, die an der Brüstung schäkerten, zogen sich rasch in den Ballsaal zurück.

Als Pound endlich die Maske abnahm, musterte der kleine, allergische Tyrann Senlin aufmerksam mit der Miene eines Mannes, der gegen einen Sturm anblinzelte. »Es scheint, als hätten wir mehr gemeinsam als unsere Vorliebe für Kunst«, sagte er schließlich. Senlin bemühte sich um einen entspannten Gesichtsausdruck, auch wenn ihm ein Schauder über den Rücken lief. Natürlich hatte er nicht einmal den Hauch eines Parfümgeruchs an dem Gemälde wahrgenommen, doch er hatte darauf gezählt, dass der Commissioner eher auf die Scharade eingehen würde, als seinen Ruf als die empfindlichste Nase der Bäder zu riskieren. In der Hoffnung, die Eitelkeit des Mannes würde auch seine Fehler umfassen, hatte er daraus einen Wettbewerb der Schwächen gemacht.

»So genial Ogiers Werk auch ist, ist es doch völlig von Parfüm durchzogen. Sein Atelier liegt genau über einer Parfümerie. Ich hatte gehofft, das Glas würde den Geruch einsperren. Wie schade. Ich werde es verkaufen müssen, bevor es reifen konnte.« Pound zog seinen Kragen zurecht und entließ die Beamten mit einer weiteren Handbewegung.

»Commissioner Pound«, beeilte sich Senlin zu sagen, »das Werk kann vielleicht gerettet werden.«

»Es tut mir leid, Professor Senlin, aber bei meinen Nebenhöhlen gehe ich kein Risiko ein.«

»Dann erlauben Sie es mir. Ich habe da einen einfachen desodorierenden Prozess im Kopf. Eine Technik, die zu lernen ich gezwungen war.« Senlin betupfte mit seinem Taschentuch einen Augenwinkel. »Wenn es keinen Erfolg zeigt, verkaufen Sie das Bild. Aber es wäre eine Schande, es unnötig zu verlieren.«

Der Commissioner strich die steife Silberlocke auf seiner Stirn wieder in Form, nachdem die Gummimaske sie durcheinandergebracht hatte. »Barmherzige Samariter sind mir suspekt, Mr. Senlin.«

»Ich verfolge natürlich eigennützige Motive. Während das Gemälde gereinigt wird, möchte ich es gern studieren und, mit Ihrer Erlaubnis, ein Essay darüber schreiben.« Senlin versuchte so zu klingen, als ob er dem kleinen Mann etwas im Vertrauen erzählte.

»Ich überlasse meinen Besitz äußerst ungern Fremden.«

»Darum würde ich auch nie bitten, Commissioner. Die Prozedur, an die ich denke, erfordert nur Sonnenlicht. Direkte Sonneneinstrahlung neutralisiert nahezu jede Verunreinigung, wie ich gelernt habe, auch wenn man bei Gemälden natürlich auf Ausbleichen und Craquelé achten muss.« Craquelé war einer der undurchsichtigeren Fachausdrücke, den er aus seinen Studien behalten hatte. Jetzt sicherte er damit seine Reputation, und Pound schien ihm zu glauben. »Vielleicht könnten Sie eine kleine Ecke in einem Ihrer Lufthäfen dafür freigeben …«

Das Lächeln des kleinen Mannes wurde von einem verärgerten Blick abgelöst. »Ein Lufthafen? Das steht völlig außer Frage. Sie sind unmöglich abzusichern. Abgesehen von den professionellen Sündern, den Piraten und Schmugglern treiben sich dort auch noch viele andere Kretins herum: Schwachköpfe, Betrunkene, Handlanger, Schoßhündchen, Huren, Löffeldiebe …« Der Commissioner begoss diese Liste mit einer Champagnerflöte, die er vom Tablett eines vorbeieilenden Dieners nahm und austrank. Die paranoide Aufzählung erinnerte Senlin an die Anschuldigungen, die man gegen den Jungen vorgebracht hatte, der von der Roten Hand schließlich in zwei Stücke gerissen worden war.

Verzweiflung drohte Senlin zu überwältigen. Sein ganzer Plan baute auf diesem Punkt auf; er musste Pound von Ogiers Gemälde trennen, musste es aus der Residenz schaffen, weg von den Beamten und ihren Kanonen und neugierigen Hunden. Scheiterte dies, war der Rest seines Plans nutzlos.

Tarrou warf Senlin ein diskretes Grinsen zu, mit dem er zu sagen schien: *Siehst du, wie dein Plan in sich zusammenfällt, Direktor? Schau dir nur dein dreibeiniges, zweiköpfiges Pferd an, das zu laufen versucht!*

»Commissioner, wenn Sie erlauben.« Tarrou zog mit großer Geste den Hut von seinem Kopf, der an einen Giftpilz erinnerte, und kniete sich hin. »Ein Ei lässt sich auf viele Arten kochen. Soweit ich mich erinnere, besitzen Sie ein Stück Sonne. Ihr Solarium! Ein wunderbarer Ort der Unterhaltung, aber auch sehr sicher. Sie haben mir einmal erzählt, dass man es nur durch das Zollamt betreten kann. Haben Ihre Männer dort nicht Kasernen? Was könnte sicherer sein? Der Professor kann sich Notizen machen und die Sonne bei ihrer Arbeit beobachten.« Tarrou wirkte sehr zufrieden mit seinem Vorschlag, auch wenn Senlin seinen Enthusiasmus nicht teilte. Er kannte das Zollamt zwar nicht, doch er war nicht von der Idee überzeugt.

»Das ist kein ganz dummer Vorschlag«, sagte der Commissioner. Tarrou umgarnte ihn weiter. Der Professor könnte ihr Kanarienvogel in der Goldmine sein; wenn seine Nase nicht mehr gereizt wurde, könnte das Bild als gereinigt zurückkehren.

Pound war bald überredet und lud Senlin für den nächsten Morgen in sein Solarium ein. »Ich werde meinen Männern sagen, dass Sie kommen. Wenn Ihr Buch erschienen ist, hätte ich gern ein Exemplar«, sagte Pound zum Abschied. »Ich vertraue darauf, in der Danksagung erwähnt zu werden.« Dann wandte er sich anderen Gästen zu.

»Ich werde es Ihrer Großzügigkeit widmen«, sagte Senlin lächelnd und verbeugte sich.

8

»Der einfachste Weg, eine Tür zu öffnen, ist manchmal, zu klopfen.«

Allgemeiner Führer durch den Turm von Babel, IV.I

Über Nacht war aus den Champagnerbläschen Sand geworden, und Senlin erwachte mit schwerem Kopf.

Er rollte sich auf seiner durchgelegenen Hotelmatratze herum und entzündete die Gaslampe neben seinem Bett. Das Licht schmerzte in den Augen, und er verzog das Gesicht. Mantel, Hosen, Hemd, Socken und Stiefel lagen auf dem Boden verstreut.

Dunkel erinnerte er sich, wie er mit Tarrou gefeiert hatte, nachdem sie den Empfang des Commissioners verlassen hatten. Sein Freund hatte die Orgie eröffnet, indem er seinen lächerlichen Hut in den See geworfen und eine Drei-Liter-Flasche Champagner auf seine kräftige Schulter gehievt hatte. Senlin hatte keine Ahnung, wo er die auf einmal herhatte. Tarrou bestand darauf zu zechen. Bevor Senlin Einspruch erheben konnte, spritzte ihm sein Freund schon den Champagner ins Gesicht, und er musste die Flüssigkeit schlucken. Oh, er wünschte, er könnte behaupten, man hätte ihn gezwungen! Doch als der übermütige Riese sagte: »Geh ins Bett, wenn es denn sein muss, Tom. Ich bin eine Fliege, die einen Tag lebt! Ich muss herumfliegen, bis ich sterbe«, war ihm Senlin willig gefolgt.

Er goss Wasser in das Becken auf dem Hotelwaschtisch und spritzte es sich ins Gesicht. Langsam rasierte er sich vor dem Spiegel, ohne sich in die Augen zu sehen. Er konnte nicht fassen, warum der Abend eine Feier verdient hatte. Sein Plan, von Anfang an schlecht durchdacht, war gescheitert. Was gab es da zu feiern?

Sein Plan war gewesen, das Gemälde ins Freie zu bringen, wo es mehr Fluchtwege und weniger Beamte gab. Ein belebter Lufthafen war ihm als der geeignetste Ort erschienen; er war so chaotisch wie die Zollstation, jedoch nicht so schwer bewacht. Schiffsladungen wohlhabender Touristen trafen beinahe stündlich dort ein. Es gäbe zahlreiche Ablenkungen. Senlin würde warten, bis ein Tourist, irgendein reicher Mann mit einem Vogelkäfig voller Geldscheine, die Aufmerksamkeit eines Beamten erregte. Während des Aufruhrs würde er das Original des »Mädchen mit einem Papierboot« durch eine von Ogiers minderwertigeren Kopien ersetzen. Der Künstler sagte, er hätte viele davon, und eine würde hoffentlich geeignet sein. Senlin bezweifelte, dass den Beamten der Unterschied auffallen würde (schließlich waren sie keine Kunstkritiker), und er hoffte, es würden Tage oder Wochen vergehen, bis der Commissioner das Gemälde aufmerksam genug betrachtete, um den Austausch zu bemerken. Bis dahin wäre Senlin mit Marya im Arm schon auf halbem Weg nach Hause.

Eine hübsche Illusion!

Tarrou hatte recht, dieser Plan war ein dreibeiniges, zweiköpfiges Pferd. Er bezweifelte, dass Senlin die Fingerfertigkeit besaß, die dieser Austausch erforderte, bezweifelte, dass der Schuldirektor das Gemälde innerhalb weniger Sekunden aus seinem Rahmen lösen konnte. Und wie wollte er die Kopie hinein- und das Original hinausschmuggeln? Wollte er es sich unter sein Hemd schieben?

Doch das spielte jetzt kaum noch eine Rolle. Er hatte den Commissioner nicht überreden können, das Gemälde zum Lufthafen zu bringen. Jetzt würde er es mit dem Hauptquartier des Zollamtes aufnehmen müssen, das Tarrou als einen Bienenstock aus Büros, Kasernen, Waffenkammern und Verliesen beschrieb. Vielleicht waren seine Chancen, das Bild zu stehlen, sogar in der Residenz besser gewesen. Ihm blieb nun nichts anderes übrig, als weiterzumachen und auf eine Gelegenheit zu warten.

Sobald er sich präsentabel gemacht hatte, ging Senlin zur Rezeption seines Hotels und bat um ein leeres Blatt Papier. Der Mann, der Senlin schon vor Wochen als armen Gast, der dementsprechend wenig

Trinkgeld gab, eingeordnet hatte, bot ihm ein dünnes, muffig riechendes und leicht zerknittertes Blatt. Senlin nahm es, zu angeschlagen um zu protestieren, und schrieb dem Künstler eine Nachricht.

Verehrter O.,
ich brauche eine gute Kopie des Mädchens. Bringen Sie sie heute Abend ins Café.
Mit freundlichen Grüßen,
S.

Er hoffte, der Mann würde seine Nachricht richtig verstehen. Diskretion war angeraten. Er adressierte das gefaltete Blatt an Ogiers Parfümeriewohnung und übergab es dem Rezeptionisten zur Weiterbeförderung. Der Mann war überrascht, dafür mit einem Schekel entlohnt zu werden, einem ansehnlichen Trinkgeld. Jetzt war nicht der richtige Zeitpunkt für Sparsamkeit; Senlin musste sicher sein können, dass sein Brief zugestellt wurde. Der Rezeptionist winkte einen jungen Portier heran, dann verbeugte er sich förmlich vor Senlin.

Dieser hätte die seltene Respektsbekundung sicher zufriedener entgegengenommen, wenn sein Vermögen dadurch nicht auf sechs Schekel geschrumpft wäre. Er war beinahe bankrott. Beim nächsten Treffen musste er seine Schuld bei Tarrou noch vergrößern, indem er ihn um ein Darlehen bat.

In den engen Hintergassen der Bäder, unter den Flaggen der zum Trocknen aufgehängten Hotelbettlaken, saß ein alter Krämer hinter einer schäbigen Auswahl an Büchern, die vor ihm auf einem fadenscheinigen Teppich lagen. Wenn Senlin einen Kunstkritiker verkörpern wollte, brauchte er etwas, auf dem er schreiben konnte.

Er fragte nach einem Schreibheft, und man zeigte ihm ein Buch, das in Rohleder gebunden war. Die Seiten waren unsauber geschnitten, doch es wirkte robust. Die ersten zehn Seiten waren gefüllt mit den ungelenken Liebesgedichtversuchen eines armen Teufels. Senlin überflog die ersten Zeilen: »Das speiende Nilpferd benetzt unser Ruderboot. Dein flachsfarbenes Haar überschwemmt den Bug, ich steuere deinen Petticoat.«

Er schauderte. Nachdem er dem Mann zwei Pence für das Buch gegeben hatte, riss er die Gedichte heraus.

Das Zollamt klammerte sich an die Turmmauer wie ein riesiger Molluske. Die hintersten Grundsteine, jeder von zweifacher Mannshöhe, verschmolzen mit dem Kalksteinaufbau des Turms. Das Amt lag im ständigen Zwielicht, da es zu weit von den glitzernden Spiegelkugeln entfernt war. Kondensation und schwärzliche Flechten hinterließen dunkle Zungen auf dem Granitmauerwerk. Das Gebäude erinnerte Senlin an einen bemoosten Burgfried. Schlecht verglaste Schießscharten durchbrachen die Mauern, während hoch über ihnen Männer über die Wälle patrouillierten. Beamte strömten durch den Eingang, schwarz lackierte Schlagstöcke glänzten an ihren Gürteln. Das geöffnete Fallgitter im Torbogen ließ ihn an das offene Maul eines Wolfes denken.

Er schob seine Tasche zurück auf die Schulter und atmete tief durch. Er musste es für Marya tun. Er musste so tun, als sei er mutig.

Der Commissioner hatte Wort gehalten und alles für Senlins Besuch vorbereitet. Der Beamte, der an einem Rosenholzstehpult unter dem mittlerweile vertrauten schwarzen Banner postiert war, erkannte Senlins Namens sofort und rief einen Kadetten zu sich, der die Eingangshalle mit einem Besen reinigte. Der von Akne gezeichnete Junge, der eine hellblaue Version der üblichen Uniform trug, sollte Senlin zum Solarium bringen. Der Kadett schlug die Hacken zusammen und salutierte. Der bedingungslose Gehorsam des Jungen erschien Senlin tragisch; schließlich hatte er gesehen, wie viel das Zollamt für die Jugend übrighatte. Immer wieder hatte er in seinen Albträumen gesehen, wie dem Jungen der Kopf vom Leib gerissen wurde wie ein Korken aus einer Flasche.

Das Innere des Amtes war weiß getüncht und von elektrischen Glühbirnen beleuchtet, die so hell wie Schmelztiegel brannten. In jeder Ecke standen Regale mit Gewehren und Säbeln. Eisentüren öffneten sich kreischend und wurden wieder zugeschlagen. Stiefelabsätze donnerten über die Bodenplatten wie Hagelkörner. Senlin konnte nicht zuordnen, ob die entfernten menschlichen Geräusche von vor Lachen brüllenden Männern stammten oder ob es Schmerzensschreie waren. Er wartete immer noch darauf, Mut zu empfinden. Er fühlte sich so zerbrechlich und klein wie ein Stück Kreide.

Sie gingen an einem Kartenzimmer vorbei, das wie ein Terrarium verglast war und in dem Modelle des Turms auf Sockeln standen. Wie Länder auf einer Karte hatte jedes Ringreich eine andere Farbe. Die Vorstellung davon, wie viele Bereiche des Turms noch unerforscht über ihm lagen, war unglaublich. Einige Beamte standen bei einem Teewagen, der vor dem Kartenzimmer abgestellt war; ihre zweireihigen Uniformjacken standen offen, und das rote Futter war zu sehen. Sie beobachteten Senlin wie Katzen, die Haltung entspannt, die Augen aufmerksam. Der Kadett eilte unbeeindruckt an ihnen vorbei, und Senlin war froh, ihm rasch folgen zu können. Er wurde durch eine Kaserne geführt, die ganze Morgen umfasste. Wäscherinnen zogen die Laken von den einfachen Betten ab. Der Commissioner hatte ganz offensichtlich eine ganze Armee zur Verfügung.

Senlin folgte dem Kadetten eine Viertelstunde, bevor ihm bewusst wurde, dass die Fassade des Zollamtes zu flach gewesen war für so einen langen Weg. Doch eigentlich ergab es auch Sinn: Das ganze Gebäude war aus der Mauer des Turms gemeißelt wie ein Kaninchenbau in einen Abhang. Jeder Schritt brachte ihn dem Sonnenlicht näher.

Endlich kamen sie zu einer Wendeltreppe, die an einer großen, eisenbeschlagenen Tür endete. Der Kadett blieb stehen und drehte sich zu Senlin um. Mühsam nahm er Blickkontakt mit seinem viel größeren Schützling auf. »Ich bitte um Verzeihung, Sir, aber dürfte ich eine Frage stellen?«

Senlin nickte überrascht.

»Wie ist der Frühling?«, wollte der Kadett wissen. Seine Frage war ihm offensichtlich unangenehm, weshalb er schnell weitersprach. »Ich habe gelesen, dass der Boden aufbricht und alle Blumen gleichzeitig hervorkommen. Machen sie dabei Geräusche? Bebt die Erde? Wie riecht es?«

Senlins steife Miene wurde weicher. Der Junge war ernsthaft interessiert, weshalb er ihm auch eine entsprechende Antwort gab: »Der Frühling ist grau und trüb und regnerisch, etwa drei bis vier Wochen lang, während der Schnee schmilzt. Die Bäche werden zu Flüssen, und alles ist feucht wie ein Froschbauch. Eines Morgens geht man dann nach draußen, die Sonne scheint, und der Klee sprießt, und die Bäume schlagen aus, wie zehntausend grüne kleine Pfeilspitzen, und die Luft riecht wie …« Er musste nach dem passenden Vergleich suchen. »… wie ein Zimmer voller vornehmer Damen und einem nassen Hund.«

Der Kadett dachte mit einem träumerischen Lächeln darüber nach, dann kehrte sein Pflichtbewusstsein zurück, und er straffte die Schultern. »Danke, Sir«, sagte er, schlug die Hacken zusammen und zog sich zurück. Senlin sah ihm nach und überlegte, wie es wohl war, niemals den Frühling erlebt zu haben. Der Junge hatte womöglich noch nie einen Fuß auf den Erdboden gesetzt. Je weiter man den Turm erklomm, desto mehr solcher Menschen würde man wahrscheinlich treffen.

Er konzentrierte sich wieder auf die Tür und drehte den dicken Knauf.

Geblendet und mit tränenden Augen stand Senlin blinzelnd in der Tür des Solariums. Unerwartete Erleichterung durchströmte ihn beim Anblick der Sonne. Er fühlte sich wie ein Ertrinkender, der zumindest kurzfristig noch einmal an die Oberfläche gekommen war.

Das Solarium stand von der Turmfassade ab wie eine Blase. Eine Halbkugel aus Glas wölbte sich bis in sechs Meter Höhe. Licht strömte über einen makellos gewachsten Parkettboden, der bis auf eine Staffelei und einen Stuhl leer war. Ein einsamer Beamter mit großväterlichem Bauch und einem grauen, traurig herabhängenden Schnurrbart salutierte gleichermaßen kraftlos, wobei sich Kopf und Hand auf halbem Weg trafen. Senlin bemerkte allerdings die lange Steinschlosspistole an seinem Gürtel und ließ sich von seiner Gleichgültigkeit nicht täuschen.

»Ich bin Kristof«, stellte sich der Mann vor. »Sie sind der Kritiker mit Schlamm an den Stiefeln.« Nicht zum ersten Mal fragte sich Senlin nach dem Hintergrund der allgegenwärtigen Schlammobsession. Er sah Kristof nachdenklich an, der ihn wiederum mit väterlichem Misstrauen musterte. Senlin fühlte sich wie ein Junge, den man dabei erwischt hatte, wie er die Taschen seines Vaters durchsuchte. »Bitte zeigen Sie mir Ihr Gepäck.« Kristof nahm Senlins Tasche, betastete die Säume und durchsuchte die Seitenfächer. Er warf einen Blick auf den *Allgemeinen Führer,* das eingewickelte Mittagessen und das leere Notizbuch. Während Kristof seine armseligen Habseligkeiten durchwühlte, gewöhnten sich Senlins Augen ausreichend an das blendende Licht, um die Landschaft wahrnehmen zu können. »Rollen Sie bitte die Ärmel auf, Sir«, sagte der Beamte mit einer leicht ungeduldigen Handbewegung, als ob er eine normale Routine verfolgen würde, die Senlin eigentlich kennen müsse. Senlin zeigte Kristof die dürren Stecken seiner Unterarme, die bleichen Gartenzwiebeln seiner Ellbogen.

In weiter Entfernung am Rand der ausgedörrten Senke erhoben sich Berge in den wolkenlosen Himmel, dieselben Berge, die ihr Zug einige Wochen zuvor erklommen hatte, dieselben Berge, in denen sie die Privatheit ihres Schlafwagenabteils ausgenutzt hatten, selbst als es beim Aufstieg des Zugs schwankte, ihre Ohren knackten und ihre Herzen gegen die Brustkörbe hämmerten wie gefangene Vögel.

Obwohl nicht diese liebevolle Erinnerung seine Aufmerksamkeit in diesem Moment fesselte, sondern die Ballone eines Luftschiffes, das ganz in seiner Nähe im Wind wogte. Es hatte nicht nur einen, sondern drei Ballone, von denen jeder einzelne größer war als jede Gashülle, die er bisher gesehen hatte.

Senlin hatte einmal einen Markt besucht, auf dem ein Bastler gesicherte Flüge für einen Schekel mit einem Heißluftballon anbot. Er hatte sich zu sehr vor der Höhe gefürchtet, um eine Karte zu kaufen, aber er hatte stundenlang zugesehen, wie die Gondel auf- und wieder abstieg. Der Ballon war ihm so groß wie der Mond erschienen, auch wenn er nur einen kleinen Jutekorb und zwei tapfere Seelen sechzig Meter in die Luft gehoben hatte. Die drei Ballone vor ihm waren im Vergleich ganze Planeten. Senlin trat zwei Schritte vor, um über das Geländer, das das

Solarium umgab, hinausblicken und sehen zu können, welches wundersame Gefährt drei Jupiter benötigte, um in der Luft gehalten zu werden.

Das Schiff baumelte an einem wahren Dschungel aus Seilen. Es sah weniger aus wie ein übliches Luftschiff, sondern eher wie ein Kolosseum, das man von der Erde gerissen hatte. Senlin zählte drei Kanonendecks und sah am Boden eine offene Zugbrücke. Das Schiff war an dem riesigen Ausleger des Lufthafens befestigt. An einer Reling hing dieselbe schwarz-rote Flagge, die er auch in der Residenz des Commissioners gesehen hatte, und wehte im Wind.

»Sie trägt achtundsiebzig Kanonen.« Kristof stand auf einmal hinter Senlin, sein Atem stank wie das Wischtuch eines Barmannes. Senlin versteifte sich, drehte sich allerdings nicht um. »Zweiunddreißig-Pfund-Kanonen, die ein Loch in einen Berg sprengen können. Ihr Rumpf misst fünfunddreißig Meter in der Länge, über fünfundfünfzig an Umfang. Achtzehn Jahre habe ich auf ihr patrouilliert, bis ich endlich«, er trat zurück und schlug sich auf den Bauch, »genug hatte.«

»Wie heißt das Schiff?«, fragte Senlin.

Kristof musterte Senlin von oben herab, sein Hals quoll über seinen gestärkten Kragen. »Sie haben wirklich Schlamm an den Schuhen. Viel Schlamm. Jeder kennt das Schiff. Die fliegende Festung des Commissioners, die *Ararat*.«

Senlin zuckte die Schultern angesichts seiner Unwissenheit. »Sie sieht wehrhaft aus.«

»Gut, weil sie in sich ruht wie ein Mühlstein und um sich schlägt wie ein Schlagholz. Wenn die Kanonen erst mal feuern, ist es schon ein Sieg, wenn man sein Frühstück nicht von sich gibt.« Kristof rülpste und winkte Senlin dann zu dem Stuhl, der mit Blickrichtung zu der Staffelei und der Raummitte stand. »Schauen Sie sich das Gemälde an. Machen Sie Ihre Notizen. Unser Gespräch hat mich nostalgisch werden lassen.«

Kristof begann, mit schleppendem Schritt seine Runde durch das Solarium zu drehen, die blaue Mütze tief über die Augen gezogen. Wenn er hinter Senlin vorbeiging, hörte dieser oft das Gurgeln einer Flasche.

Senlin gab vor, Ogiers Gemälde genau zu studieren. Ohne das Glas und im Licht der echten Sonne, die das blendende Spektakel der kleinen gemalten Szene noch betonten, wirkte es viel schöner als an der Wand des Commissioners. Dennoch tat Senlin nur so, als würde er es untersuchen. Er machte sich unsinnige Notizen und rief gelegentlich überrascht etwas aus. Dabei versuchte er, Kristof bei seinen langsamen Rundgängen im Auge zu behalten und herauszufinden, wie intelligent der Mann war. Der Beamte schien vom Leben erschöpft zu sein und etwas betrunken, doch Senlin glaubte nicht, dass er so desinteressiert war, wie er den Eindruck erweckte. Das hier war ein leichter Auftrag, die Art Arbeit, mit der man einen guten Soldaten belohnte; einen aufmerksamen und vielleicht sogar gerissenen.

Senlin bot Kristof an, sein Mittagessen mit ihm zu teilen, in der Hoffnung, ihn in ein unverfängliches Gespräch verwickeln zu können. Kristof ließ sich auf dem Boden nieder, Senlin blieb auf dem einzigen Stuhl sitzen, und beide aßen kaltes Hühnerkebab. Danach zog Kristof sein eigenes Mittagessen aus der Jackentasche, das er allerdings allein verzehrte. Er zeigte keinerlei Interesse an den Olivenzweigen, die ihm Senlin reichte und antwortete auf dessen Gesprächsversuche nur mit langen, einfältigen Blicken. Kristof kaute mit leicht offenem Mund; seine Augen waren gerötet, und er schien an nichts Bestimmtes zu denken. Senlin fragte sich, ob er den Beamten nicht überschätzt hatte. Vielleicht war er ein einfacher Mann, der ein paar technische Details auswendig aufsagen konnte. Er könnte der einfältige Onkel eines Captains sein oder der Kindheitsfreund eines weit entfernten Herzogs.

Nach zwei weiteren Stunden schien die Sonne mit voller Kraft in den Raum, und die Hitze wurde unerträglich. Senlin tupfte sich den Nacken mit einem Taschentuch ab und verkündete, für heute sei seine Arbeit getan, und er wolle am nächsten Morgen zurückkehren. Er wies Kristof an, das Gemälde in einen schattigeren Raum im Inneren des Gebäudes zu bringen, was dieser mit einem kaum unterdrückten Gähnen befolgte. Zuletzt untersuchte Kristof noch einmal Senlins Tasche und sagte zum Abschied: »Morgen werde ich Sie vielleicht etwas fragen, Mr. Mud.«

Senlin zog wenig Aufmerksamkeit auf sich, als er unbewacht durch die Gänge des Zollamtes ging. Er fühlte sich optimistisch. Sein Gang war beinahe übermütig. Vielleicht war sein Plan doch nicht so schlecht. Vielleicht funktionierte er sogar. Er fragte sich, was Kristof wohl von ihm wissen wollte und ob es etwas mit dem Frühling zu tun hatte.

9

»Je länger man sich in den Hallen von Babel aufhält, desto stärker wird man den Sog von Gefolgschaften, Klans, Königen und Gilden spüren. Ein Mann allein wird generell als verirrter Tourist oder als verdächtiger Einzelgänger betrachtet. Oft ist der eine der Bruder des anderen.«

Allgemeiner Führer durch den Turm von Babel, IV.XX

Seine gute Laune verschwand rasch, als er ins *Café Rossi* zurückkehrte.

Er hatte erwartet, Tarrou vor einer Flasche und inmitten einiger Nachmittagsstammgäste vorzufinden. Stattdessen war die Terrasse bis auf einen Tisch verlassen, an dem zwei zugeknöpfte Beamte saßen. Zwei volle Weingläser standen unberührt vor ihnen. Senlin hatte in den letzten Wochen viele betrunkene Beamte gesehen, die ihre blauen Jacken halb ausgezogen hatten, singend durch die Badehäuser schwankten und die Mädchen betatschten, die Zigaretten und Orangen verkauften. Beamte waren in ihrer Freizeit alles andere als zurückhaltend. Diese beiden Männer sahen jedoch nicht danach aus, als wollten sie sich entspannen. Sie ähnelten zwei Eulen, deren Köpfe sich auf steifen Oberkörpern mit großen, aufmerksamen Augen hin und her drehten.

Senlin schlug eine andere Richtung ein und tat so, als wäre er von etwas abgelenkt und nicht abgeschreckt worden, doch er spürte, wie sie ihn beobachteten. Er hatte das Gefühl, als stünde ihm sein Plan auf den Rücken geschrieben. Die Haare auf seinen Armen standen zu Berge.

Ogier arbeitete in seiner üblichen Ecke vor dem Cafégeländer, doch als sich Senlin ihm näherte, warf er ihm einen warnenden Blick zu, der gleich darauf zu den zwei Beamten zuckte. Senlin änderte daraufhin zum zweiten Mal seine Richtung und ging auf das Ufer des Sees zu.

Er versuchte, seine Angst nicht zu zeigen, während er zu Tarrous üblichem Liegestuhl ging, der jedoch leer war. Senlin fragte den Vermieter der Stühle, ob er den Riesen heute schon gesehen hatte, und der junge Mann schüttelte den Kopf.

Einen furchtbaren Moment fragte sich Senlin, ob sein Freund ihn vielleicht mied und letztendlich entschieden hatte, dass der ungeschickte Schuldirektor mehr Probleme als Unterhaltung bedeutete. Senlin konnte sich nicht erinnern, sich jemals so allein gefühlt zu haben.

Um keine Aufmerksamkeit auf sich zu ziehen, wenn er am Ufer herumlungerte, setzte er sich auf eine Bank, die mit dem Rücken zum Wasser stand, um von dort Ausschau nach Tarrou oder Ogier zu halten. Ein Hausierer mit einer Kiste voll klirrender Flaschen rief immer wieder wie eine sehr entschlossene Schwarzkehl-Nachtschwalbe: »Vier Pence für einen Grappa! Vier Pence für einen Grappa!« Der Hausierer blieb bei der Bank stehen und wiederholte sein Angebot so lange, bis Senlin es nicht mehr aushielt. Er sagte, er würde eine Flasche kaufen, wenn der Mann dann bitte endlich weiterginge. Er zählte vier kleine Kupfermünzen ab und musterte kurz die verbleibende Handvoll Kleingeld. Das war noch von dem kleinen Vermögen übrig, das er jahrelang angespart hatte. Jahre! Und wofür? Um gehängt zu werden und seine Frau zu verlieren? Er wollte nur noch diese Flasche entkorken und sie austrinken.

Es war nicht Selbstbeherrschung, die ihn davon abhielt, sondern Angst. Er fürchtete, wenn er sie jetzt trank, würde er als Hod enden.

Wo war Tarrou? Wahrscheinlich hatten ihn die Beamten auf seiner Terrasse abgeschreckt oder er schlief irgendwo den Rausch von den Feierlichkeiten des gestrigen Abends aus. Wenn er tatsächlich gerade irgendwo schnarchte, hatte er sich einen furchtbar schlechten Zeitpunkt dafür ausgesucht. Senlin brauchte seinen Freund. Er musste ihn natürlich vor allem bitten, anflehen, falls nötig, ihm Geld zu leihen, aber er brauchte ihn auch zum Gedankenaustausch. Er musste immer noch einen Weg finden, wie er Ogiers zweite Version hinein- und das Original hinausschmuggeln konnte.

Eine halbe Stunde später erschien der Maler zwischen den Badehäusern, die die Einkaufsstraße vom Ufer abtrennten. Er trug seine Staffelei, die Kiste mit Farben und diverse Leinwände in einer Mappe mit sich, was seinen Buckel noch deutlicher hervortreten ließ. Mit gerötetem Gesicht setzte er sich ans andere Ende der Bank, ohne Senlin dabei anzusehen.

»Was haben Sie getan?«, fragte er leise keuchend. Er zündete sich eine Zigarette mit einem Streichholz an, das er an seinem Daumennagel entflammte. »Die Beamten sitzen schon den ganzen Tag da. Sind sie hinter Ihnen her?«

»Ich hoffe nicht. Vielleicht ist es nur ein Zufall«, sagte Senlin, auch wenn er es bezweifelte. Zumindest teilte der Maler endlich seine Angst, was nur gerecht erschien. »Haben Sie Tarrou gesehen?«

»Nein.« Ogier klopfte seine Zigarette rasch ab, bis die Glut zu einem wütenden, orangefarbenen Kegel wurde. »Ich hoffe, Sie zählen nicht auf ihn. Ich habe Ihnen ja gesagt, er ist nicht verlässlich.« Wieder schob er sich das farbbefleckte Haar hinter die Ohren. »Wie geht es voran?«

Senlin erklärte kurz seinen Plan, den Rückschlag mit dem Solarium und die Stunden, die er unter Kristofs Aufsicht verbracht hatte. »Er hat meine Tasche wie ein Spürhund durchsucht.« Er dachte daran, wie Kristof seine Ärmelaufschläge überprüft hatte, wie er wie eine Katze hinter ihm aufgetaucht war und an seine Vertrautheit mit den Waffen der *Ararat*. »Er könnte genauso gut ein Säufer wie ein Admiral sein.«

Ogier schien nicht gerade zufrieden. »Und wie werden Sie die Kopie hineinschmuggeln?«

»Handelt es sich nur um die Leinwand?«, fragte Senlin, und der Künstler nickte. »Vielleicht wenn ich sie falte …«

»Das ist ein Gemälde, keine Zeitung!«, unterbrach ihn Ogier panisch, beherrschte sich aber gleich wieder. »Nein. Man wird die Brüche in der Farbe sehen und die Kopie sofort entdecken. Außerdem soll das Original nicht auch in Vierecken zurückkommen. Sie können es rollen, aber auf gar keinen Fall falten. Dann will ich es lieber gar nicht.«

»Nun, das spielt im Moment auch keine Rolle. Ich muss mir sowieso erst überlegen, wie ich Kristof aus dem Raum schicken kann.« Senlin klammerte sich an die lange Grappaflasche. Das Etikett schien von Hand gezeichnet zu sein, wenn auch keiner besonders talentierten. Plötzlich fiel Senlin die Lösung für beide Probleme ein. »Haben Sie die Kopie bei sich?«

»Natürlich«, erwiderte Ogier und zog eine kleine, zusammengerollte Leinwand hervor. »Die beste, die ich habe. Ich hatte nur ein paar Skizzen und meine Erinnerung zur Verfügung. Ich weiß nicht, wie lange es genauer Betrachtung standhalten wird.«

»Pound weiß, was seine Sammlung wert ist, aber ich glaube, er kennt die einzelnen Kunstwerke nicht halb so gut, wie Sie denken. Ihre Kopie hängt vielleicht jahrelang an der Wand, bis es jemandem auffällt, wenn überhaupt.«

»Sie glauben, das könnte eine dauerhafte Lösung sein?«, fragte Ogier.

Senlin zuckte mit den Schultern. »Selbst wenn Pound Verdacht schöpft, womit könnte er die Kopie denn vergleichen? Er wird in einem solchen Fall allerdings Sie als Erstes aufsuchen.«

»Daran habe ich auch schon gedacht. Dieses Risiko will ich aber eingehen.«

»Gut«, sagte Senlin mit angespanntem Lächeln, während er innerlich vor Wut kochte. Ogier war bereit, alles zu riskieren, sogar sein eigenes Leben, Maryas Leben, für ein einziges Gemälde. Für den Maler war er nur ein Laufbursche. Wenn Ogier beschloss, nicht zu seinem Wort zu stehen und ihm mehr von Marya zu erzählen, müsste Senlin zu Gewalt greifen. Vielleicht hatte Tarrou recht gehabt. Vielleicht sprach er zum falschen Ende eines tollwütigen Hundes. Wenn Senlin und Tarrou den Maler in seinem Terrassenstudio stellten, könnten sie ihn zum Reden bringen …

Das unerwünschte Bild von rot verbranntem Fleisch stieg vor ihm auf. Wieder sah er die Krankenschwester vor sich, oder besser gesagt die fürchterliche Frau, die sich für eine Schwester ausgab, wie sie das glühende Eisen auf Ediths weiche Haut presste. Der Übelkeit erregende Geruch nach verbranntem Fleisch war so lebendig in seiner Vorstellung, dass er beinahe greifbar war.

Schaudernd unterdrückte Senlin die Erinnerung. Er schämte sich, überhaupt an so etwas gedacht zu haben. Als er den Künstler wieder ansah, war seine Wut verraucht, und er empfand vor allem Mitleid. Hier saß ein weiterer Mann, den seine Liebe in die Verzweiflung trieb. Er holte tief Luft und sagte: »Morgen muss es erledigt werden. Würden Sie mir ein paar Streichhölzer und ein bisschen Wachs leihen?«

»Ich habe einen Kerzenstummel. Wird das denn funktionieren?«, fragte Ogier, und Senlin nickte. Als ihm der Maler die Kerze und die Zündhölzer gab, verdunkelte sich sein Gesichtsausdruck. »Hier habe ich Ihre Frau zum ersten Mal gesehen, auf dieser Bank.« Das Bekenntnis schien ihn zu belasten. Spürte er endlich sein Gewissen? War ihm bewusst geworden, dass er im Grunde eine Frau als Geisel hielt?

»Ich riskiere mein Leben für Ihr Gemälde«, sagte Senlin. »Bevor ich mich einer möglichen Verhaftung und Hinrichtung stelle, sagen Sie mir bitte, ob Marya am Leben und in Sicherheit ist.«

Ogier blickte mit zusammengezogenen Brauen auf das Kopfsteinpflaster vor ihm und sah so elend aus, wie Senlin sich fühlte. »Ja«, sagte er schließlich. »Wir treffen uns morgen um fünf Uhr nachmittags hier. Mit meinem Gemälde. Ohne Falten, bitte.«

Am nächsten Morgen meldete sich Senlin beim Zollamt. Dieses Mal musste er seinen Weg allein finden, den er sich am Vortag zum Glück mit von Angst geschärften Sinnen gut eingeprägt hatte. Die Gänge wirkten klaustrophobischer, die Beamten jedoch weniger misstrauisch. Er fühlte sich wie ein betrügerischer Schüler, der sich seinen Spickzettel in den Socken geschoben hatte. Nur seine starrsinnige Haltung hinderte ihn daran, in Laufschritt zu verfallen.

Er war erleichtert, als er das Solarium fand, und fast schon froh, Kristof zu sehen, der am Geländer lehnte und ein Croissant aß. Dazu hielt er die langen Enden seines Schnurrbartes hoch, während er sich mit der anderen Hand sein Frühstück in den Mund schob. Senlin zeigte ihm seine Tasche, die Kristof schläfrig und noch langsam kauend durchsuchte. Als er die volle Flasche Grappa auf dem Boden der Tasche herumrollen sah, zog er sie heraus und betrachtete das von Hand gemalte Etikett.

»Grappa. Sehr gut.« Er tätschelte die Flasche liebevoll und legte sie zurück. »Ziehen Sie die Stiefel aus und rollen Sie die Hosenbeine hoch«, sagte er müde, als sei dies eine Wiederholung seiner gestrigen Durchsuchung. Senlin gehorchte und hüpfte ungelenk auf einem Fuß, während er die Stiefel auszog. Kristof warf einen Blick hinein, dann winkte er Senlin zu dem Stuhl vor der Staffelei.

Der Vormittag verlief ähnlich wie der vorherige: Die Sonne kitzelte seinen Nacken, Kristof drehte seine Runden durch den Raum, träge wie ein Geier, das Mädchen auf dem Gemälde stand zögernd am Ufer.

Um zwölf Uhr holte Senlin sein Mittagessen heraus, bestehend aus Kartoffelklößen und getrockneten Datteln. Kristof setzte sich im Schneidersitz auf den Boden, in der Annahme, dass Senlin sein Essen wieder mit ihm teilen würde, was dieser auch tat. Freudig nahm er zur Kenntnis, dass Senlin die Grappaflasche ebenfalls hervorholte. Er trank den Alkohol, als müsse er ein Feuer löschen. Der Direktor nahm nur einen kleinen Schluck, während Kristof an seinem durchtränkten Schnurrbart saugte.

Sie aßen schweigend. Senlin trank immer wieder einen kleinen Schluck aus der Flasche, bevor er sie Kristof weiterreichte, der sich nicht zurückhielt. Nachdem der Beamte das geschenkte Mittagessen verzehrt hatte, widmete er sich mit mechanischer Effizienz seinem eigenen. Senlin nippte an dem billigen Alkohol und blickte nach draußen. Die Entfernung verwandelte den Markt unter ihnen in eines von Ogiers Gemälden, eine Szenerie voller Punkte, Striche und Farben ohne Ecken und Kanten. Er hatte das Gefühl, als sei er auf einer anderen Erde gelandet.

Kristof rappelte sich umständlich auf, die Ohren rot wie Tomaten unter den zerzausten grauen Haaren. Sein Schnurrbart hing ein wenig schief über seinem zu einem Grinsen verzogenen Mund. Der Beamte salutierte und schlug ungeschickt die Hacken zusammen, marschierte stolpernd zur Tür und lehnte sich mit dem Rücken dagegen. Langsam glitt er zu Boden und zog sich die Mütze ins Gesicht. Er verschränkte die fleischigen Finger über seinem mächtigen Bauch und begann schon bald zu schnarchen.

Senlin schlich über den Parkettboden, voller Angst, der Mann könnte seinen Rausch nur vortäuschen. Wenn Kristof aufwachte, würde er einfach nach dem Waschraum fragen. Der geölte Lauf der Pistole am Gürtel des Beamten zeigte nach oben und schien Senlin zuzuzwinkern. Nach ein paar vorsichtigen Annäherungsversuchen und Rückzügen beugte sich Senlin nach unten und schlug auf die Spitze von Kristofs mit Speichel poliertem Stiefel. Der Mann reagierte nicht.

Zufrieden, dass der Fusel sein Werk getan hatte, kehrte Senlin zu dem Gemälde zurück. Den vergoldeten Rahmen abzunehmen bereitete ihm keine Mühe, doch die Leinwand vom Keilrahmen zu lösen, auf dem sie mit einem Dutzend Heftklammern befestigt war, erwies sich als deutlich schwieriger. Er musste seinen Gürtel aus der Hose ziehen und die Drahtklammern mit dem Dorn der Gürtelschnalle lockern. Mit einem Auge behielt er den schnarchenden Kristof im Blick.

Er hatte Ogiers Kopie hereingeschmuggelt, indem er sie eng um die Flasche gerollt hatte, mit der unbemalten Leinwandseite nach außen, sodass sie wie ein übergroßes Etikett aussah. Er hatte sie mit einem kaum sichtbaren Stück Wachs an der Flasche befestigt und dann das ursprüngliche Motiv von Hand nachgezeichnet. Das Ergebnis war hinreichend überzeugend: Alles wirkte wie Fusel, den man auf der Straße kaufen konnte.

Jetzt rollte Senlin die Kopie ab und legte sie auf den Keilriemen. Die Klammern wieder anzubringen erwies sich als schwieriger als gedacht. Seine Finger schmerzten schon bald, als er eine nach der anderen in den Rahmen drückte. Wenn sich eine verhakte, musste Senlin seine Nerven strapazieren und mit dem Flaschenboden dagegenschlagen. Er brauchte eine Viertelstunde dafür. Dann hing das Gemälde gerade, flach und mittig im Rahmen, wenn man es von vorn betrachtete.

Die Rückseite war etwas anderes. Wenn das Bild jemals aus dem Rahmen genommen werden sollte, würde der Betrug sofort auffallen. Doch dagegen konnte er nichts tun. Er konnte nur hoffen, dass das Gemälde die nächsten Jahrzehnte an der Wand hängen würde.

Er rollte das Original mit dem Gemälde nach innen zeigend um die dunkle Flasche, zündete ein Streichholz an und erwärmte die Wachsklumpen, die zuvor Ogiers Kopie fixiert hatten. Anschließend drückte er sie über die Kanten des Originals, bis es fest an der Flasche anlag. Er hatte keine Zeit, ein neues Etikett aufzumalen, und außerdem bezweifelte er, dass Ogier es gutheißen würde, wenn selbst die Rückseite seines Meisterwerkes verändert wurde. Senlin konnte die Flasche nur in die Tasche legen und hoffen, dass Kristof bei der Abschlussinspektion keinen zu genauen Blick darauf werfen würde. Mit ein bisschen Glück wäre er sowieso zu betrunken.

Nach vollendetem Tausch setzte sich Senlin wieder vor die Staffelei, das Notizbuch aufgeschlagen im Schoß. Die Sonne schien ihm wohltuend in den Nacken. Nachdem er das Original so ausführlich betrachtet hatte, erkannte er die Kopie tatsächlich sofort als schlechtere Version. Sie war nicht von untalentierter Hand, und wenn man das Original nie gesehen hatte, könnte man die Kopie als ausreichend gelungen bezeichnen. Doch er hatte das Original gesehen. In der Kopie wirkten die Proportionen des Mädchens etwas unelegant und zwergenhaft. Das Wasser, wenn auch an vielen Stellen hervorgehoben, erschien flach. Der sonst so verzaubernde Schatten unter dem Mädchen wirkte jetzt wie ein belangloser schwarzer Fleck. Komposition, Farben und Stil waren dem Original ähnlich, doch Senlin konnte fast nachvollziehen, wie Ogier von dem einen besessen und von dem anderen abgestoßen sein konnte.

Nach einer halben Stunde erwachte Kristof mit einem lauten Prusten. Er räusperte sich und rieb sich den Mund. Er blinzelte und schob sich an der Tür empor in eine stehende Haltung. Dann korrigierte er den Sitz seiner Mütze und zog seine Jacke zurecht. Er nahm seinen Rundgang durch den Raum auf, als hätte er nie pausiert.

Hinter Senlin, der weiterhin vor der Fälschung saß, blieb er stehen. Senlin spürte, wie sich die Anwesenheit des Mannes hinter ihm auszudehnen schien. Vielleicht war Kristof bewusst geworden, dass der Kunstkritiker zu großzügig mit dem Alkohol gewesen war, verdächtig großzügig sogar. Kristof legte vielleicht in diesem Moment seine Hand an den Griff seiner Pistole, zielte gar schon damit auf Senlins Hinterkopf, bereit, sich die Empfehlung zu verdienen, die ihn danach erwartete. Senlin kniff die Augen zusammen.

So blieb er, bis ihn Kristofs Stimme dazu zwang, sich umzusehen. Der Beamte lehnte am Geländer und starrte träge auf den Markt, wobei er den Kopf träumerisch hin und her wiegte. »Ich wäre gern ein Händler gewesen. Die Reisen, exotische, sonnengebräunte Frauen, frisches Fleisch, der Regen, die Pfützen …«, sagte er und brach damit sein langes Schweigen. »Ich habe noch nie einen Fisch gegessen, der nicht gesalzen oder in Öl ertränkt wurde.«

»Sie sind im Turm geboren?«, fragte Senlin, erleichtert, dass Kristof die Fälschung offensichtlich nicht bemerkt hatte.

»Natürlich. Im Haus Pell, lang möge es Bestand haben …« Der Beamte deutete mit dem Daumen nach oben und berührte dann seine Nasenspitze damit. »Meine Mutter hatte gehofft, ich würde im Lauf meiner Karriere noch ein wenig höher klettern. Kanzler oder Herzog oder ein Lord Port werden. Doch ich war nicht so gut im Verbeugen und Kratzfüße machen wie zwei Drittel der höheren Gesellschaft. Ich mochte das andere Drittel«, sagte er mit einem Zwinkern und einer zuprostenden Geste. »Und jetzt, Mr. Mud-Stiefel, möchte ich meine Frage stellen.«

Ein wenig gerührt von Kristofs vertraulichem Tonfall antwortete Senlin: »Gut, gut.«

»Ich war auf der *Ararat* im Ausguck. Ich habe sie davor bewahrt, in Schwierigkeiten zu geraten: vor Scherwinden und Piraten. Ich hatte ein Auge dafür und den Kopf, um die Zeichen zu deuten: Vögel im Sturzflug, aufgerissene Wolkenbänke sowie die kleinen Trichter von Sandteufeln … Mir ist es egal, ob Sie das Gemälde des Commissioners stehlen wollen, Mr. Mud-Stiefel. Aber ich möchte wissen, ob Sie zum Haus Algez gehören oder ein einsamer Wolf sind.«

Senlin wäre beinahe aufgesprungen, schaffte es aber, nur ein wenig die Schultern zu straffen und völlig ungerührt zu antworten: »Ich weiß nicht, was Sie meinen.«

Kristof wandte sich zu Senlin um, der immer noch steif über die

Schulter zu dem Beamten blickte. Sein Schnurrbart schien theatralisch die Stirn zu runzeln. »Hören Sie, ich bin es leid, Kommandant Rotz das Leben zu erleichtern. Wegen ihm langweile ich mich zu Tode.« Senlin bemerkte aufrührerische Bitterkeit in Kristofs Miene, was ihn hoffen ließ. »Jeder Posten, den ich bekomme, ist doppelt so stumpfsinnig wie der letzte. Wenn ich Sie verhafte, würde Pound es mir ganz sicher damit vergelten, dass ich Patrouille in den Toiletten des Brunnens gehen soll.«

Kristof klang beinahe nüchtern, auch wenn er immer noch etwas schwankte. »Ich weiß, dass Sie kein Strauß sind, denn Ihre Arme sind unversehrt. Wenn Sie aus dem Schlamm kommen, müssen Sie schlau sein, wahrscheinlich auch schnell mit Schmiergeld oder geschickt mit einer Waffe.« Dass Kristof ihn dermaßen überschätzte, überraschte Senlin. Bevor er sich davon erholt hatte, zog Kristof allerdings seine Pistole, wenn auch gemächlich und beiläufig. »Ihre Stiefel sind in Algez genäht worden, ich habe das auf dem Fußbett eingestanzte A gesehen. Das muss an sich nichts bedeuten; Algez-Stiefel werden überall verkauft, wie ich höre. Vielleicht ist es nur ein Zufall. Oder aber es bedeutet, dass Ihre Qualifikationen gefälscht sind, und Sie sind ein Spion des Hauses Algez.«

Die Anschuldigung machte Senlin sprachlos. Er hatte noch nie von diesem Haus Algez gelesen oder gehört. Kristofs Waffe vor seinem Gesicht erschwerte das Denken. Er bezweifelte, dass ein Leugnen den Beamten überzeugen würde, und er war zu gelähmt, um sich eine plausible Lüge auszudenken. Daher platzte er heraus: »Ich bin der Direktor der Schule in einem Fischerdorf namens Isaugh. Ich bin mit meiner Frau auf Hochzeitsreise, doch ich habe sie verloren. Der Künstler, der mir Informationen zu meiner Frau vorenthält, hat mich gezwungen, das Gemälde für ihn zu stehlen. Ich tue das hier nur für meine Frau.«

Mit dem Pistolenlauf schob Kristof seine Mütze nach hinten und kratzte sich mit dem Kolben an der Stirn. »Sie sind ein guter Lügner.«

Dieselbe Wachsamkeit und dasselbe Misstrauen, die Kristof im Ausguck zugutegekommen waren, machten ihn offensichtlich blind gegenüber Ehrlichkeit. Was aber wahrscheinlich keine Rolle spielte. Senlin wusste nichts anderes zu sagen als »Danke«.

»Ich wünschte, Sie wären ein nur halb so guter Maler. Das hier ist eine schreckliche Fälschung. Der Commissioner wird es entdecken oder einer seiner erbsenhirnigen Kuratoren. Wie viel Geld haben Sie?«

»Zweieinhalb Schekel.«

»Ein bettelarmer Pirat also. Man stelle sich das vor! Für zweieinhalb Schekel kann ich Ihnen eine Stunde Vorsprung geben.« Kristof steckte seine Pistole ins Holster und fragte: »Rieche ich nach Alkohol?«

»Durchdringend«, antwortete Senlin und suchte in seiner Hosen- und Manteltasche nach seinen letzten Münzen, die er schließlich in Kristofs Handfläche legte.

»Dann bekommen Sie zwei Stunden.« Der Beamte scheuchte Senlin mit einer erschöpften Armbewegung von dem Stuhl und setzte sich mit einem Grunzen. »Falls Sie sich doch entscheiden, für das Haus Algez zu arbeiten, sagen Sie ihnen, dass ich offen für Angebote bin. Ich wäre ein ausgezeichneter Spion.«

Senlin ging gemessenen Schrittes zur Tür, wie ein König auf dem Weg zu seiner Krönung, auch wenn sein Herz wild gegen den Brustkorb hämmerte und er am liebsten gerannt wäre. Doch das würde er nicht tun, auf keinen Fall.

Als er die Tür erreicht hatte, rief ihm Kristof etwas nach, und Senlin drehte sich noch einmal zu ihm um. Der Beamte deutete mit einem Lächeln, so gelb wie altes Elfenbein, auf das Gemälde und sagte: »Warum läuft der Zwerg auf dem Wasser?« Dann rülpste er laut.

10

»Die Bäder sind wie ein Kokon. Erschöpfte Männer und Frauen lassen sich davon einhüllen und sind nach zwei Wochen völlig neue Menschen. Man kommt als Wurm hierher und geht als Schmetterling.«

Allgemeiner Führer durch den Turm von Babel, V.III

Das Zollamt wimmelte nun vor Beamten, da Wachwechsel war. Eine Kakophonie aus Stiefelabsätzen, verstärkt noch durch die seltsame Akustik der Korridore, hallte von den Wänden wider wie ein stotternder Motor. Die Luft stand geradezu vom Geruch nach Leder und Schweiß und wäre zweifellos toxisch für (wie hatte Kristof ihn noch genannt?) *Kommandant Rotz*.

Senlin bildete sich ein, dass ihn die Beamten wissend anlächelten. Er ging um eine Ecke und prallte mit einem Mann zusammen, der einen Kopf kleiner war. Der Zusammenstoß war leicht, doch Senlin fühlte sich, als wäre er mit einem Zug kollidiert.

Der in Weiß gekleidete Mann legte den Kopf in den Nacken und spähte unter der ausgefransten Krempe seines Strohhutes zu Senlin empor. Seine falten- und porenlose Haut erinnerte ihn an ein gekochtes Ei, und seine großen Zähne waren wahrscheinlich deshalb abgeschliffen, weil sie oft an Knochen nagten. Die hellblauen Augen der Roten Hand blickten abwesend, beinahe schläfrig. »Ist er nicht groß! Ja, was für ein Exemplar; hervortretende Stirn, dünne Lippen …«, sagte der Mann mit einem leisen, nachdenklichen Grollen. »Scharfe Wangenknochen und ebensolches Kinn – was für ein tragisches Gesicht. Geradewegs aus einem Lehrbuch: männlicher Bewohner von Ost-Ur«.

Die Schlussfolgerung der Roten Hand war erschreckend genau. Selbst unter Schock war Senlin beeindruckt von der Intelligenz des Mannes. Doch bevor er eine passende Antwort hervorbringen konnte, ging die Rote Hand schon an ihm vorbei, die Hände in den Hosentaschen zu Fäusten geballt, seine Ledersandalen klatschten gegen seine Fußsohlen. Senlin schluckte gegen den Kloß in seiner Kehle an und setzte sich wieder in Bewegung.

Er konnte nur hoffen, dass Kristof Wort halten würde, auch wenn zwei Stunden im Grunde nichts wert waren. Er hatte damit gerechnet, dass Wochen vergingen, bis man den Betrug entdeckte. Sein Plan war gewesen, sich etwas Geld von Tarrou zu leihen, Marya aufzusammeln und auf dem halben Weg Richtung Markt zu sein, bevor der Commissioner die Bluthunde loslassen würde. Im menschlichen Labyrinth unterzutauchen, Marya dicht an seiner Seite, nein, an ihn gefesselt wie die alten Jungfern am Tag ihrer Ankunft. Doch jetzt hatte sich alles anders entwickelt.

Ein Chor aus Glocken schlug drei Uhr nachmittags, als er auf die graue Straße trat. Seine Tasche hing an seiner Schulter wie ein Mühlstein, die Flasche stieß ihm in die Hüfte wie eine Spore. Viele Häuserblöcke erstreckten sich zwischen ihm und der Bank am glitzernden See, an der er Ogier treffen würde. Er würde rennen müssen.

Wenn der Maler sich als Lügner oder Schurke entpuppte, wenn sich herausstellte, dass er für Maryas gegenwärtige Schwierigkeiten verantwortlich und das alles nur ein Trick war, um Senlin seine schmutzige Arbeit erledigen zu lassen, wusste er nicht, was er tun würde. Vielleicht würde er Ogier vor aller Augen auf der Straße erwürgen. Er fragte sich, ob irgendjemand versuchen würde, ihn daran zu hindern, oder ob die Touristen und Sklaven nur einen Bogen um ihn machen und den Blick abwenden würden. Die Vorstellung bereitete ihm Angst.

Noch war er einer unter vielen, niemand achtete auf seine Eile. Wie ein Kaninchen hüpfte er zwischen den Gehsteigen hin und her, sprang über die Rinnsteine voll seifigem, grauem Wasser und stieß die alten Frauen und jungen Dienstmädchen beiseite, die Wäschekorbe schleppten. Er bat um Verzeihung, bis er nur noch einen Schwall willkürlicher Entschuldigungen von sich gab. Als seine Füße die sauberen Gehwegplatten der Hauptstraße berührten, die um den See herumführte, war er schweißüberströmt.

Händler bevölkerten die Promenade. Die Lücken zwischen den Ständen, die vor Obst und Gemüse, Wässerchen und Seifen überquollen, waren mit Karren verstellt, und er musste erst einen schmalen Spalt finden, durch den er sich zwängen konnte. Er drehte sich zum Ufer, wo die Menschenmenge sich etwas zu zerstreuen schien, bereute seine Entscheidung jedoch sofort, als er sah, weshalb sich eine Lücke aufgetan hatte. Zollbeamte umringten einen Mann, dessen Kopf sie gerade geschoren hatten und der bis zur Taille nackt war. Ein Korb mit Kohlen stand zu seinen Füßen. Senlin war mitten in eine Hod-Prozedur gestolpert.

Als er sah, wer die Verbrechen des Mannes verkündete, blieb er wie angewurzelt stehen. Es war Commissioner Pound, wie schon bei seinem Empfang in einen schwarzen Anzug gekleidet, der ihm ein paar Nummern zu klein zu sein schien. Außerdem saß die albtraumhafte Gasmaske auf seinem Kopf. Die Linsen vor seinen Augen waren so schwarz wie der Grund eines Brunnens und schienen direkt auf Senlin gerichtet zu sein. Eine Gänsehaut überlief ihn.

Es war so ungerecht. So lange, so hart hatte er überall nach Marya gesucht, doch wen traf er stattdessen in regelmäßigen Abständen? Seine Feinde.

Senlin versuchte, wieder mit der Menge zu verschmelzen, fand sich jedoch eingezwängt zwischen einem Karren mit duftenden Melonen und einigen Kindern in gestreiften Badeanzügen, die den armen, ruinierten Mann angafften. Sein Verbrechen waren offensichtlich allein seine Schulden: Der Commissioner las eine Liste unbezahlter Rechnungen bei Restaurants vor, Schneidern, Tanzlokalen, Theatern, Hotels und jedem anderen Vergnügen, das die Bäder zu bieten hatten. Senlin bezweifelte nicht, dass die Anklagen wie bei der Hinrichtung des Jungen übertrieben waren. Dennoch war das hier nicht seine Tragödie, und er hatte keine Zeit, noch länger bei dem Elend des Mannes zu verweilen. Wenn er sich nicht beeilte, würde er sich sowieso bald zu ihm gesellen.

Senlin versuchte, sich mit dem Ellbogen weiterzudrängen, worauf eines der Kinder die Ferse in seinen Zeh bohrte. Er schrie leise vor Schmerz auf, und der Commissioner hielt in seinem Vortrag inne. Die Gasmaske wandte sich ihm zu, und Pound rief: »Mr. Senlin! Mr. Senlin, wie schön, Sie zu treffen.« Bei diesem Worten gefror ihm das Blut in den Adern, und die Kinder wichen vor ihm zurück. Er fühlte sich, als hätte man ihn auf eine Bühne geschubst. »Ich habe gehört, dass Sie sich engagiert Ihren Notizen gewidmet haben. Gut. Ich mag gewissenhafte Gelehrte. Einem Mann, der sich seine eigene Meinung bildet, kann man vertrauen. Dünstet es noch aus?«

Senlin nickte, erleichtert, dass man ihn noch nicht entlarvt hatte. »Die Sonne verrichtet ihre Arbeit. Ihr Ogier ist beinahe geheilt.« Er rieb sich die Nase und schniefte übertrieben. »Es war sehr anstrengend für mich, aber ich habe einige hervorragende Eindrücke entworfen.«

»Hervorragende Eindrücke!«, wiederholte Pound und drückte einem unvorbereiteten Beamten die Schriftrolle, aus der er vorgelesen hatte, gegen die Brust. Dieser hatte Mühe, die Papiere aufzufangen, bevor sie zu Boden fielen. »Mir ist der Gedanke gekommen, dass ein Gespräch einen ausgezeichneten Rahmen für Ihr Essay abgeben würde. Trockene Fakten sind so langweilig. Wir sollten uns zusammensetzen und über meine Gedanken zur Welt der Kunst sprechen.«

»Ja, in der Tat. Natürlich«, antwortete Senlin eifrig. Die Minuten vergingen. Was, wenn sich Marya an einem schwer zu findenden Ort aufhielt? Wenn sie in einem Zimmer irgendwo in den Bädern eingesperrt war oder in einer Wanne im Brunnen saß? Er würde Stunden brauchen, um sie zu finden, selbst wenn Ogier ihren genauen Aufenthaltsort kannte. Und er würde wie ein Dieb durch die Stadt schleichen müssen. Was er ja auch war.

Zu seiner Erleichterung verlor Pound bereits wieder das Interesse an ihm. Der Schuldirektor wollte sich schon verbeugen, als der arme Kerl mit dem nackten Oberkörper, der frisch verurteilte Hod, zwischen den Beamten hindurchstürzte und Senlin am Mantel packte. Er zog ihn in eine feste Umarmung und krallte seine Finger in Senlins Rücken. Dieser reagierte instinktiv abwehrend, drehte den Kopf und versuchte, die Arme zwischen ihrer beider Körper in die Höhe zu reißen, doch der Hod klammerte sich nur noch verzweifelter an ihn.

»Mein Freund, ich bin es!«

Senlin blickte in das breite Gesicht des Mannes, das überströmt war mit Schweiß und Blut aus den Wunden, die das unerbittliche Rasiermesser an seinem Kopf und seinen Wangen hinterlassen hatte.

Ohne seinen beeindruckenden Bart und seine eisengraue Mähne wirkte Tarrou wie ein Geist. Nur seine schieferfarbenen Augen und der warme Bariton verrieten ihn.

Senlin drehte sich rasch zu dem Machthaber der Bäder. »Commissioner Pound, hier muss ein Fehler vorliegen. Das ist Tarrou! Er war noch vor zwei Tagen in Ihrer Residenz zu Besuch.«

»Ich bin genauso überrascht wie Sie, Mr. Senlin. Doch es ist kein Fehler. Kontobücher lügen nicht. Er hat seit über einem Monat seine Rechnungen nicht bezahlt und dabei trotzdem gelebt wie ein Scheich.«

Senlin dachte an all die Abendessen und Weinflaschen, die sein Freund für sie beide bezahlt hatte. Er war geradezu starrsinnig großzügig gewesen. »Dann ist er eben ein wenig im Verzug; ich bin mir sicher, dass er jetzt seine Schulden bezahlen wird.« Senlin packte die muskulösen Schultern seines Freundes. »Es ist nicht der richtige Zeitpunkt, um geizig zu sein. Her mit der Geldbörse!«

»Ich kann nicht«, erwiderte Tarrou. All sein Humor, sein beißender Witz waren verschwunden. Senlin blickte in die Augen des Riesen und sah einen Mann, der über die Erniedrigung hinaus war, Verzweiflung und Angst hinter sich gelassen hatte. Ein primitiver Kern war in ihm aufgeplatzt. Tarrou kochte nun vor Wut.

Plötzlich brüllte er über Senlins Kopf hinweg der gaffenden Menge zu: »Ich habe mich und meine Freunde betrogen. Ich wurde fett und müde.« Er griff sich in die Seiten, wo sich Muskeln zu Fett verwandelt hatten. »Ich habe getrunken und getanzt und ein Bad nach dem anderen genommen, aber ich war nie frei. Ich war nur abgelenkt! Jetzt bin ich, was ich schon seit Jahren war: ein Sklave.« Die Menge erbleichte, als Tarrou Blut von seinem Schädel über seine Augen verschmierte. »Wir haben Gesellschaft, aber wir sind allein. Wir haben Licht, doch niemals die Sonne. Der Turm saugt das Leben aus uns heraus und gibt uns nur ein wenig Zerstreuung und einen kleinen Tod. Akzeptiert keinen kleinen Tod! Fordert einen großen, dröhnenden Untergang!«

Mit jedem Satz sprudelten mehr Hass und Gift aus ihm heraus, und die schaulustigen Männer und Frauen fanden sich plötzlich im Zentrum der Aufmerksamkeit wieder. Der Commissioner und seine Beamten suchten die Menschenmenge nach Anzeichen von Zustimmung oder Aufmüpfigkeit ab. Die Zuschauer standen starr da wie verängstigte Kaninchen und blinzelten im Schatten eines Habichts.

Inmitten dieser furchtbaren Anspannung merkte Senlin kaum, wie Tarrous Hand in seine Manteltasche glitt. Dann schob ihn der Hod so kraftvoll von sich, dass er nach hinten gegen einige sprachlose Zuschauer stolperte. »Und du kümmerst dich nur um deine Bilder und dein Buch. Akademiker! Anämiker! Du bist so feige wie eine Muschel! Dein Tod wird so windig sein wie ein Furz!«

Der unerwartete Verrat seines Freundes schmerzte Senlin, und der Schock war ihm deutlich anzusehen. Doch im nächsten Moment erkannte er, weshalb Tarrou sich so verhielt. Er wollte ihn nicht verletzen, sondern beschützen. Er machte deutlich, dass sie keine Freunde waren und ganz bestimmt keine Mitverschwörer. Nichtsdestotrotz war Senlin überrascht von Tarrous aufrührerischer Rede. Er hatte politische Aussagen immer vermieden, schien immer gefürchtet zu haben, dass man sie belauschte. Erst jetzt, als er nichts mehr zu verlieren hatte, konnte er frei seine Meinung sagen. Es war eine wirklich gute Rede gewesen.

Pound machte eine Handbewegung, und seine Beamten stürzten sich auf Tarrou. Sie schlugen mit ihren schwarzlackierten Knüppeln auf seine Beine, bis die Knie unter ihm nachgaben. Ein zweiter Regen aus

Schlägen prasselte auf seinen Rücken und seine Schultern nieder, und er brach zusammen. Er weigerte sich jedoch zu schreien, selbst als er sich auf dem Boden zusammenrollte. Senlin hätte sich am liebsten zwischen die Knüppel gestürzt und seinen Freund vor den Misshandlungen bewahrt. Doch dann wäre alles vorbei. Tarrous Opfer wäre wertlos, und Marya für immer verloren. Wieder einmal musste er feige sein und einen Freund zurücklassen.

Der Commissioner nahm beiläufig ihre Unterhaltung wieder auf. »Kommen Sie morgen Abend um acht bei mir vorbei, Mr. Senlin.« Pounds Stimme klang wie eine Wespe in einem Glas. »Bringen Sie ein, zwei gespitzte Bleistifte mit. Ich werde Ihren trockenen Fakten ein wenig Extravaganz verleihen.« Er drehte sich um, beendete das Gespräch und deutete auf Tarrou, der keuchend und mit zugeschwollenen Augen auf dem Boden lag. Mit unverändertem Tonfall sagte er: »Schafft das in die Mauer.«

In der Ferne läuteten die Glocken halb vier.

Senlin drängte sich mit der Schulter durch die Menschenmenge, und diesmal trat ihm niemand auf die Zehen. Man machte ihm den Weg frei, wie Wasser um einen Stein herumfloss. Niemand gaffte ihn an, jeder senkte den Blick, als habe er Angst. Zu Recht. Verderben war ansteckend. Wenn der allseits beliebte Tarrou so rundum ins Verderben gestürzt werden konnte, von niemandem verteidigt, dann konnte es jeden treffen.

Marya. Gab es für sie noch Hoffnung?

Wie vereinbart saß der Künstler auf der Bank am Ufer, die Ärmel seines farbverschmierten Kittels bis zu den Ellbogen aufgerollt. Seine Hände hatte er im Schoß gefaltet, ein gelassener, entspannter Ausdruck lag auf seinem Gesicht. Auf einen flüchtigen Beobachter wirkte er wie ein bedauernswerter, buckliger Ausgestoßener. Doch Senlin wusste es besser. Nichts an Ogier verdiente Mitleid. Der Künstler war klug und wusste, was er wollte. Senlin hatte er mühelos herumgescheucht.

Als der Maler ihn sah, nickte er nur in Richtung der anderen Bankhälfte. Senlin setzte sich und sprach, ohne Ogier anzusehen, den Blick auf die Badegäste gerichtet, die ihnen keine Beachtung schenkten: »Sie haben Tarrou zu einem Hod gemacht.« Erst jetzt wandte er den Kopf zu dem Maler, und sein Gesicht brannte vor Wut. »Ich hoffe, das ist Ihnen das Gemälde wert. Mir ist es das nämlich nicht.« Er spürte, wie er seine Haltung zu verlieren drohte. Er wollte den Künstler so gern dafür verantwortlich machen, ihm die Schuld geben, ihn bestrafen. »Ich habe nur noch eine Stunde, bevor man wegen Ihrer unzureichenden Kopie Alarm schlagen wird.«

Senlin sah, wie sich eine ganze Reihe von Emotionen auf Ogiers Gesicht abzeichnete. Es erblühte, verdorrte und erblühte wieder, während Unglauben und Verzweiflung ihn zu übermannen drohten. Es war beängstigend zu sehen, wie Ogiers Selbstvertrauen in sich zusammenbrach, faszinierend zu beobachten, wie er darum kämpfte, es wiederherzustellen. Nachdem er sich gefasst hatte, gab der Maler seine bisherige Diskretion auf und wandte sich an Senlin. »Dann haben wir für das hier keine Zeit. Das Bild ist immer noch an der Flasche befestigt?«

»Ja«, erwiderte Senlin und schob ihm die Tasche über die Bank zu. Ogier packte sie rasch, etwas alarmiert von der groben Behandlung seiner wertvollen Fracht.

»Warten Sie hier«, sagte er und ließ Senlin auf der Bank zurück. Er nahm die Tasche mit zu einer der grüngestrichenen Badehütten, die kaum größer als ein Toilettenhäuschen waren, bezahlte einem verschlafenen Angestellten zwei Pence für den Schlüssel und verschwand darin.

Einige Minuten später war Senlin kurz davor, die dünne Tür der Hütte einzuschlagen, als der Künstler wieder zum Vorschein kam und dem Schuldirektor bedeutete, aufzustehen. »Wir müssen uns beeilen.«

»Erzählen Sie mir von Marya«, forderte Senlin und blieb demonstrativ sitzen.

»Während wir gehen. Wir haben nur wenig Zeit, bis man die Häfen schließt, um Sie hier einzusperren. Das wird der Commissioner als Erstes tun, um die Schlinge enger zu ziehen.« Ogier faltete ein Papier auf, offensichtlich eine Karte der Bäder mit weiteren Informationen. Er studierte einen Moment lang die Hafenpläne, bevor er verkündete: »Eine

Fähre fährt zur vollen Stunde vom Nordhafen. Wir müssen uns beeilen, damit wir sie noch erreichen.«

»Aber ich habe kein Geld.«

»Ich bringe Sie an Bord.«

»Ist Marya dort? Am Nordhafen? Sagen Sie mir, wo sie ist, oder ich schwöre, ich …« Seine Stimme zitterte, und er musste schlucken. Er merkte, dass er seine geballten Fäuste in die Höhe hielt. Hitze überlief sein Rückgrat wie eine Zündschnur.

Der Künstler lächelte entwaffnend schwach. Sein Ausdruck war mitfühlend und echt, frei von aller Arroganz, die so fest in seine Züge eingemeißelt schien. Es war, als hätte Ogier eine Kapuze abgestreift, die er seit ihrer ersten Begegnung getragen hatte. »Es tut mir leid, dass ich so misstrauisch war, aber ich musste sichergehen.« Überrascht ließ Senlin die Hände sinken, und Ogier fuhr fort: »Dieser Ort ist voller Spione und Verräter. Ich musste sicher sein, dass Sie wirklich Maryas Ehemann sind. Sie haben alle Beweise erbracht, die ich benötige. Sie würden alles für sie tun. Ich werde Ihnen erzählen, was ich weiß, aber wir müssen sofort zum Nordhafen aufbrechen. Dabei dürfen wir uns nicht anmerken lassen, wie eilig wir es haben.«

11

»Die Wahrheit, wird sie endlich offenbar, klingt oft fremdartig, wohingegen eine Lüge meist so trügerisch vertraut wirkt.«

Allgemeiner Führer durch den Turm von Babel, V.IV

Ogier und Senlin bahnten sich einen Weg zum Nordhafen, die Köpfe so eng zusammengesteckt, dass man sie für siamesische Zwillinge halten könnte. Sie umgingen die Beamten, die zwischen den Badenden am perfekt gerundeten Ufer umherstreiften. Zu rennen wagten sie nicht. Blechbläsermusik tönte von irgendeiner Bühne zu ihnen, die Piccoloflöte erhob sich schrill über die freudlos aufspielende Kapelle. Die Nachmittagssonne blendete nicht länger, sondern wirkte eher wie eine Schuppenflechte, die die Touristen befiel und die pastellfarbenen Hotels verschandelte. Der Brunnen stieß Dampf aus wie ein Fabrikschacht. Ein Mädchen, das Orangen aus seiner Schürze verkaufte, versuchte, einem Lüstling mit weißer Perücke auszuweichen, der sie in die Hüften kniff und ihr Haar streicheln wollte. Schließlich ließ sie ihre Schürze los, sodass die Orangen in alle Richtungen rollten, und flüchtete. Senlin dachte zum ersten Mal seit Wochen an seine Schüler. Die Erinnerung war wie ein Märchen, ein altes, primitives Ideal. Früher hatte er gelegentlich davon geträumt, mit seinen Schülern einen Ausflug zum Turm von Babel zu unternehmen. Jetzt konnte er sich nichts Trügerischeres mehr vorstellen.

Während ihrer unauffälligen Flucht sprach Ogier die ganze Zeit, als würde er eine gut eingeübte Geschichte erzählen, als ob Maryas Schicksal sein Herz und seinen Geist wochenlang beschäftigt hätte.

Und das war passiert.

Marya hatte Ogier mit ihrem Interesse an seiner Arbeit überrascht. Sie wollte wissen, wie er seine Farben mischte und seine Palette organisierte, wie er seinen neuartigen Punktstil entwickelt hatte. Aufmerksam lauschte sie seinen Erklärungen.

Nach ihrer ersten Sitzung zählte Ogier das Geld ab, während sie sich wieder ankleidete. Ein benommener Ausdruck ließ ihr Gesicht weicher erscheinen, und schließlich landete ihr Blick auf einer der vielen Landschaftsszenen, die am Geländer der Terrasse lehnten. Sie holte die Leinwand hervor und betrachtete sie.

»Wie das Gefieder eines Vogels, nicht wahr?«, sagte sie. »Eine glatte Fläche aus der Entfernung, doch von Nahem betrachtet besteht es aus vielen verschiedenen Farben.« Sie knöpfte die Manschetten ihrer vergilbten Bluse und richtete ihre Aufmerksamkeit auf Ogiers Staffelei. Sie erkannte sich sofort: Ihr kastanienbraunes, rötliches Haar war von Grün durchzogen, ihre roten Lippen von Blau, die Haut ihres nackten Oberkörpers war eine Mischung aus verschiedenen Rosatönen, Brauns und Lilas. Außer in einem Spiegel hatte sie sich noch nie selbst gesehen, und der Anblick war etwas völlig anderes. »Es ist überhaupt nicht so, als sähe man sich in einer Glasscheibe. Sehe ich wirklich so aus?«, fragte sie eher erstaunt als zweifelnd.

»Für mein Auge schon«, erwiderte Ogier. »Oft ist der schwierigste Teil des Malens, die Modelle davon zu überzeugen, dass sie wie ihr Porträt aussehen.« Es war ein ungewöhnliches Gespräch. Normalerweise belastete Ogier seine Modelle nicht mit seinen Gedanken, seiner Philosophie. Die jungen Frauen, die er porträtierte, hatten weder das Interesse noch die Fähigkeit, darauf einzugehen. Sie kamen nur wegen ein wenig Taschengeld zu ihm und sonst nichts. Diese Frau strahlte jedoch eine Intelligenz aus, die er in der betäubten Menge in den Bädern kaum zu Gesicht bekam, weshalb er fortfuhr: »Schmeichelei in der Porträtmalerei garantiert einem eine zwar lange, aber sehr unglückliche Karriere.«

Marya verstand, was er damit meinte, und nickte, als sie ihren Rock zuknöpfte. »Aber wenn Sie uns malen, wie wir gern aussehen wollen, dann würde man uns nicht mehr erkennen. Was ist der Sinn eines Porträts, das nicht zu seinem Motiv passt?«

»Genau richtig«, erwiderte Ogier. »Man muss Lügen erzählen, die nicht die Wahrheit verdecken.«

Als sie schließlich ging, war der Maler ein wenig fasziniert von ihrer Neugier und ihrem Scharfsinn. Wieder fragte er sich, warum eine solche Frau für einen geringen Geldbetrag einen Nachmittag bei ihm Modell saß. Sie musste in irgendwelchen Schwierigkeiten stecken.

Und er fragte sich, ob sie überhaupt wusste, wie groß diese Schwierigkeiten waren.

Als sie am nächsten Morgen zurückkam, war er nicht überrascht.

Sie bot ihm freimütig an, einige Tage in Folge Modell für ihn zu sitzen. Bei jedem anderen hätte er gezögert und sich beleidigt gefühlt, dass man glaubte, seine Inspiration würde sich nach der Zeit eines Modells richten. Doch die Aussicht auf eine längere Studie, ein umfassenderes Werk mit dieser klugen und exotischen Frau war verlockend. Deshalb stimmte er zu. Er bat sie, sich so hinzusetzen wie am Tag davor, drapierte allerdings die Decke sorgfältiger über die Chaiselongue. Das Bild sollte größer werden, ihren ganzen Körper einfangen, auch wenn er noch zögerte, sie zu bitten, weitere Kleidung abzulegen.

Einen Moment später kam sie völlig nackt hinter dem Vorhang hervor, als hätte sie seine Gedanken gelesen, und setzte sich mit der natürlichen Anmut eines fallenden Blattes auf die Chaiselongue. Seine weißen und gelben Orchideen umrahmten ihre Haare, Schultern und Oberkörper. Er war verzaubert.

Während er arbeitete, begannen sie ein ungekünsteltes Gespräch, nicht der atemlose Austausch von Klatsch oder der Schlagabtausch zweier flinker Geister, sondern wie zwei alte Männer, die Dame spielten, mit nachdenklichem Schweigen, unausgesprochener Übereinkunft und schulterzuckenden Antworten.

Ogier hörte zu, wie sie im Lauf der Sitzung langsam ihre Geschichte offenbarte. Er erfuhr von ihrer noch nicht lange zurückliegenden Heirat und wie ihre Hochzeitsreise so rasch aus dem Ruder gelaufen war. Sie beschrieb ihre ersten Stunden allein auf dem Markt, die Erkenntnis, dass sie keine Fahrkarte hatte und auch nicht das Geld, eine neue zu kaufen, und ihre rasche Schlussfolgerung, dass sie sich auf die dritte Turmebene begeben sollte, auf der sie und ihr Mann ihre Flitterwochen verbringen wollten. Sie hatte sich von einem Karren mit Abfall einen mottenzerfressenen Umhang genommen und sich darin eingewickelt. Ihren roten Tropenhelm, der zu auffällig war, trug sie unter dem Arm. Auf ihrem Weg durch die bierdurchweichten Straßen des Untergeschosses sprach sie mit niemandem, und wenn sich ihr jemand näherte, hustete sie so angestrengt wie jemand, der unrettbar an Schwindsucht erkrankt war. Selbst die widerlichsten Männer machten einen großen Bogen um sie.

Ogier gefiel ihr Einfallsreichtum.

Den Morast des Salons hatte sie in weniger als einem Tag durchquert, indem sie die langweiligste, reizloseste Version von Ms. Mayfair darbot, die sie zustande brachte. Sie gab vor, auf dem Gipfel der gestelzten Liebesbekundungen einzuschlafen und schließlich von ihrem eigenen Schnarchen wieder aufzuwachen. Sie lachte, während sich die Männer stritten, und tat so, als ersticke sie an einem Keks, als Mr. Mayfair ihr zum zweiten Mal seine ewige Liebe schwor. Ihre Darstellung wurde von den anderen Schauspielern scharf kritisiert, die schließlich verzweifelt das Stück verließen.

Zwei Tage, nachdem sie ihren Mann auf dem Markt verloren hatte, betrat sie die Bäder, voller Angst, dass sie ihn hatte warten lassen. Sie wusste schließlich nicht, dass er gerade erst das Untergeschoss eroberte und sich sein Fortkommen zuerst durch Verleugnung, dann durch Schock verzögert hatte. Sehr rasch wurde ihr klar, dass sie ihren Mann in den Massen an Besuchern und unzähligen Hotels wahrscheinlich niemals finden würde.

Ihren anfänglichen Nachforschungen begegnete man entweder mit Spott oder Erpressung. Ein Hotellieferant ging sogar so weit, von Marya eine körperliche Bezahlung für seine Auskünfte zu verlangen. Nachdem sie so viele Stunden in Wirtshäusern inmitten von Männern verbracht hatte, die ihren Anstand versoffen hatten, wusste sie genau, wie sie auf einen solchen Vorschlag zu antworten hatte und bezahlte den Mann mit einem Stiefeltritt auf beide Schienbeine.

Als die Sonne an ihrem ersten Tag in den Bädern unterging, wurde ihr klar, dass sie sparsam mit ihrem Geld umgehen musste. Daher fragte sie eine junge Frau, die Seife verkaufte, nach ihrer Unterkunft. Man wies ihr den Weg zu einem Frauenwohnheim, das von einer mausgesichtigen, alten Frau namens Ms. Curd geführt wurde, deren Augen dunkel und scharf wie eine Bleistiftmine waren. Marya bezog einen Raum unter dem Dach, kaum größer als ein Schrank, und verstaute ihr Geld unter der schimmligen Matratze ihres sarggroßen Bettes. In ihren Kleidern schlief sie ein, zu erschöpft, um zu träumen.

Am nächsten Tag nahm sie ein wenig Geld und ihren roten Tropenhelm und machte sich auf die Suche nach offizieller Unterstützung. Sie war überzeugt, dass es irgendwo in den Bädern eine Stelle gegen müsse, die den auf Abwege geratenen und Verlorenen helfen würde. Ms. Curd erklärte ihr, dass es weder eine Mission noch etwas Ähnliches gab, und empfahl ihr, sich an einen gewissen Mr. Horace Fossor zu wenden, einen pensionierten Zollbeamten, der über viele Verbindungen verfügte. Ms. Curd erbot sich, ein Treffen im Crêpe-Haus zu arrangieren. Marya dankte ihr überschwänglich, was die knopfäugige Frau mit einem arthritischen Knicks beantwortete.

Mr. Fossor stellte sich als ein überaus wohlerzogener Mann heraus, der frei von Lastern war, abgesehen von Schnupftabak, für dessen Gebrauch er sich nach jedem unausweichlichen Niesen entschuldigte. Früher war er wahrscheinlich einmal ansehnlich gewesen. Er war immer noch relativ dünn, hatte das geölte, tiefschwarze Haar eines jungen Mannes, doch seine schweren Wangen und sein zurückweichendes Kinn verrieten sein wahres Alter.

Marya zögerte, sich ihm anzuvertrauen, nachdem sie durch ihre bisherigen Begegnungen in den Bädern gelernt hatte, Vorsicht walten zu lassen, doch Mr. Fossor verfügte über das unheimliche Talent, selbst aus den ungenauesten Andeutungen die wahre Natur ihrer Schwierigkeiten herauszulesen. Es schien, als wäre ihre gesamte Geschichte in ihrer Kleidung niedergeschrieben, ihren leichten Gewichtsverlagerungen und ihrer Stimmlage. Er stellte Vermutungen an, und sie musste diese nur noch bestätigen, was sie mit einiger Verwunderung auch tat.

War das irgendein Trick, fragte sie ihn, dass er so viel über sie wusste?

»Kein Trick, meine Liebe, nur ein besonderes Einfühlungsvermögen«, sagte Mr. Fossor bescheiden.

Er bestand darauf, sich seiner Kontakte zu bedienen, um ihren Ehemann ausfindig zu machen, für die bescheidene Summe von einem Schekel pro Tag. Das Geld würde sie natürlich zurückerstattet bekommen, wenn er nach zwei Wochen immer noch keinen Erfolg gehabt hatte. Dann bezahlte er ihr Essen und schritt zur Tat, noch bevor Marya völlig davon überzeugt war.

Doch was blieb ihr schon übrig, als einzuwilligen?

Sie kehrte in ihr Zimmer bei Ms. Curd zurück, um sich angesichts dieser neuen Ausgaben einen Überblick über ihr verbleibendes Geld zu verschaffen. Dort angekommen erwartete sie eine böse Überraschung. Drei Mal schlug sie ihre feuchte Matratze zurück, bis sie ihren eigenen Augen glaubte: Man hatte sie beraubt.

Ms. Curd darauf anzusprechen erwies sich als sinnlos. Die Frau behauptete, dass alle Mädchen in dem Haus sittenlose Schlampen waren und Diebstahl noch die geringste ihrer verkommenen Gewohnheiten! Und sie hätte gedacht, dass Marya schlauer wäre, als ihre Wertsachen in einem Zimmer ohne Schloss zurückzulassen. »Ich betreibe ein Wohnheim, keine Bank, Missy«, sagte sie. »Morgen früh ist die Miete fällig.«

Wie betäubt ging Marya hinaus in den täglichen Trubel der Bäder, der Mengen an Besuchern und Händlern, die dicht an dicht standen. Oh, was hätte sie für ein Stück Gras oder den Schatten eines Baumes auf diesem unendlich im Kreis verlaufenden Gehweg gegeben! Sie fand eine Bank am Ufer, setzte sich aufrecht hin und versank in Selbstvorwürfen. Wie hatte sie nur so dumm sein können? Sie hatte den Turm so klug und behände gemeistert – und jetzt war mit einem einzigen Fehler alles zunichte gemacht.

Ihre einzige Hoffnung war, rasch mit ihrem Ehemann wiedervereint zu werden, doch dafür musste sie Mr. Fossor seinen täglichen Schekel bezahlen, damit dieser seine Kontakte spielen ließ.

In diesem Moment bedankte sich ein Maler mit Farbe im Haar bei ihr, dass sie ihm so bereitwillig Modell gesessen hatte. Woraus sich ihr gegenwärtiges Arrangement ergeben hatte: Sie saß ihm weiterhin Modell, und er bezahlte ihr gerade genug, damit Mr. Fossor weitersuchen konnte und sie ein Dach über dem Kopf hatte.

»Kennen Sie Mr. Fossor zufällig?«, fragte Marya. »Haben Sie vielleicht seinen Namen auf einem Empfang oder in einem Wirtshaus gehört?«

Ogier schien sich in seinen Buckel zurückzuziehen, eine Schildkröte, die Schutz in ihrem Panzer suchte. »Madam, ich bin eine Persona non grata in den Bädern. Ich kenne im Grunde niemanden mehr.«

»Unbekannt zu sein hat seine Vorteile.« Marya zuckte kaum merklich mit der Schulter, was unter dem mikroskopischen Auge des Malers einem Erdbeben gleichkam.

»Sagen Sie das nie zu einem Künstler«, scherzte er.

Am Ende ihrer zweiten Sitzung verkündete Marya, dass Mr. Fossor einige Gespräche für das Ende der Woche arrangierte.

Ogier war etwas besorgt, als er erfuhr, dass Marya nicht wusste, wen sie treffen würde. Sie konnte ihm nur sagen, was Mr. Fossor ihr mitgeteilt hatte: Es gab eine geheime Gesellschaft von Altruisten, die dem unmoralischen Einfluss von Babel noch standhielten und die denjenigen helfen wollten, die es verdienten. Es waren Männer mit Prinzipien, die an zwei Wirtschaftssysteme glaubten: das materielle und das ewige, dessen Währung Wohlwollen und Selbstaufopferung waren. Sie nannten sich der Kreis der Talente und hatten, laut Mr. Fossor, »Galeonen von Gold« zu ihrer Verfügung.

»Man hat mir eine Rettungsleine zugeworfen«, sagte Marya, und als sie erleichtert lächelte, wurden die Grübchen in ihren Wangen sichtbar. »Wissen Sie, wie ich mich auf die Möglichkeit einer Trennung vorbereitet habe? Ich habe meinen Hut rot gefärbt! Wenn ich Tom je wiederfinden will, brauche ich Hilfe. Ich kann nicht einfach um die Cafés herumschleichen und hoffen, dass man mich entdeckt. Ich brauche Hilfe.«

Ogier lächelte, weil er ihren Optimismus nicht dämpfen wollte und behielt seine Zweifel für sich. Zum ersten Mal seit Jahren wünschte er, er hätte mehr Freunde und Möglichkeiten.

Der Kreis der Talente. Das gefiel ihm überhaupt nicht.

Am nächsten Tag erschien sie in einem neuen Gewand, einem hellblauen, trägerlosen Kleid, das ihrer Figur schmeichelte und ihren schlanken Hals betonte. Es war frei vom üblichen Firlefanz wie Pailletten und Federwolken, die in letzter Zeit so beliebt waren. Es war ein klassisches, vornehmes Kleid, schlicht, bis auf das Dekolleté, was es überaus gefährlich machte.

Ogier versuchte, sich seinen Schock über ihre Verwandlung nicht anmerken zu lassen und fragte, wie die Suche nach ihrem Mann voranging. Marya gestand, dass Mr. Fossors Methoden ein wenig umständlich waren.

Am Abend zuvor hatte sie sich nach ihrer Sitzung wieder mit ihm im Crêpe-Haus getroffen, und er hatte darauf bestanden, das Abendessen solange zu verschieben, bis sie in ihre angemessene Abendgarderobe schlüpfen konnte.

»Meine Liebe, ich habe bei meinen Freunden Ihre Tugend verbreitet«, sagte Mr. Fossor, nahm eine Prise Schnupftabak und wandte sich dann zur Seite, um diskret Richtung Gehsteig zu niesen. Er entschuldigte sich und wiederholte die Prozedur noch zweimal. Als er sich davon erholt hatte, waren seine Augen gerötet. »Ich habe Dutzende Briefe in Ihrer Sache geschrieben, was bereits bei einigen Mitgliedern des Kreises Interesse an Ihnen geweckt hat, denke ich.« Er beugte sich über den Tisch, sein gespitzter Mund eingebettet in seine schweren Wangen. »Einer oder zwei sind vielleicht sogar bereit, all ihre Möglichkeiten für die Suche nach Ihrem Mann auszuschöpfen. Glauben Sie mir, das sind äußerst prinzipientreue, aber auch sehr pragmatische Männer. Sie würden niemanden unterstützen, der …« Er musterte bedauernd ihre abgetragene Bluse. »… mittellos erscheint. Sie haben die Erfahrung gemacht, dass Armut einen Menschen zu Unehrlichkeit verleitet. Deshalb sind sie misstrauisch. Sie müssen so wirken, als wären Sie verzweifelt, aber nicht hilflos, wenn das Sinn ergibt. Kurz gesagt, wir müssen Sie etwas aufpolieren.«

Marya gestand, dass ihr Gepäck auf dem Markt gestohlen worden war und sie gerade kaum Geld zur Verfügung hatte. Ms. Curd für das Zimmer und Mr. Fossor für seine Dienste zu bezahlen, erschöpfte ihre Möglichkeiten.

Der Mann bot ihr umgehend, eifrig fast schon, an, ein Kleid für sie zu kaufen. »Ich bin sicher, Ihr Ehemann wird mir die Auslagen erstatten, und ich kenne eine hervorragende Schneiderin, die mir noch einen Gefallen schuldet.« Als Marya widersprach und sagte, sie würde ungern zu tief in seiner Schuld stehen, beharrte er darauf. »Sehen Sie es so: Sie müssen mir wenigstens eine Chance auf Erfolg einräumen. Ich habe bereits einiges in Ihre Sache investiert. Wenn es mir nicht gelingt, Ihren Mann ausfindig zu machen, können Sie das Kleid behalten oder mir zurückgeben, wie Sie möchten.« Er lächelte, wobei sich seine fleischigen Wangen ein wenig wölfisch hoben.

Sie war zwar nicht glücklich mit der Vereinbarung, hatte seiner Logik aber auch nichts entgegenzusetzen. Wenn sie als mittellos auftrat, würde man sie auch so behandeln. Deshalb verbrachte sie den restlichen Abend bei der Anprobe für ein neues Kleid in einer teuren Boutique.

Ogier lauschte ihren Erzählungen mit zunehmender Unruhe, während er malte. Auch wenn er Fossors wahre Motive nicht wissen konnte, bezweifelte er die Existenz eines Kreises aus wohlhabenden Philanthropen. Egal, wie diese vermögenden Männer ihre Wohltätigkeit nannten oder in welcher Währung auch immer sie handelten, im Turm gab es nur eine Wirtschaftsform, und die war ganz bestimmt nicht *ewiger* Natur.

»Heute Abend will Mr. Fossor mich einigen seiner Freunde vorstellen«, erklärte Marya, als sie sich am Ende der Sitzung wieder ankleidete. Ogier runzelte die Stirn, während er die Farbe aus seinen Pinseln strich und sie in Terpentin ausschwenkte. Sein verärgerter Blick ließ Marya befürchten, er sei mit seiner Arbeit oder ihrem Beitrag nicht zufrieden.

Ogier beruhigte sie. »Nein, es schreitet gut voran«, sagte er und deutete auf die Leinwand und die darauf entstehende, beinahe geisterhafte Gestalt. Er war zufrieden mit den Proportionen und den Farben, allerdings noch nicht mit ihrem Gesichtsausdruck, der in sich nicht stimmig war: Ihr Mund lächelte mit natürlicher Anmut, wohingegen ihre Augen geradezu brannten. »Es wird eine ausgezeichnete Arbeit, hoffe ich. Nein, ich mache mir Sorgen um Sie. Sind Sie sicher, dass dieser Mr. Fossor nur die besten Absichten hat?«

»Vermutlich nicht«, gab Marya zu. »Er wirkt gierig und eitel und auch ein wenig oberflächlich. Wahrscheinlich wird er aus Tom den letzten Pence herauspressen, aber es ist nur Geld.«

»Die Reichen sagen das auch immer, meinen es nur nie ernst«, antwortete Ogier und bezahlte sie für den Tag.

12

»Man sollte sich nicht verpflichtet fühlen, auf jedem Empfang zu erscheinen, jedes Angebot anzunehmen oder jedes Glas auszutrinken, das erhoben wird. Die Sonne ist vom Schatten aus betrachtet oft heller. Um etwas voll und ganz zu erfassen, müssen wir manchmal erst ein Stück zurücktreten.«

Allgemeiner Führer durch den Turm von Babel, V.XIV

Senlins Herz benahm sich wie die Luftblase in einer Wasserwaage: Es wanderte seine Kehle hinauf und hinunter, auf der Suche nach einer Mitte, die offensichtlich nicht mehr existierte.

Ogiers Beschreibung des blauen Kleides war der Grund dafür; sie rief die Erinnerung an das eigenartige, halb geschwärzte Buch wach, das er vor einigen Wochen vor der endgültigen Zerstörung gerettet hatte. *Die Bekenntnisse eines Ehefrauenhändlers,* oder wie auch immer es geheißen hatte, hatte von einer Art Farbcode gesprochen, was ihm damals unvorstellbar erschienen war. Jetzt war er sich da nicht mehr so sicher.

Die Marmorfassaden der Hotels glühten im Licht der Nachmittagssonne. Senlin klammerte sich an Ogiers Arm, während sie im Schatten der Markisen von Tanzlokalen und Dinnerclubs dahineilten, die Schatten mottenzerfressen unter den Spiegelkugeln, die sich über ihnen wie geisterhafte Augen drehten.

Die nächsten Tage verliefen ähnlich. Marya kam am Morgen und ging am Nachmittag. Während ihrer gelegentlichen Pausen kochte Ogier Tee und servierte Gebäck, das sie aß, während er rauchte. Sie blickten von ihrem Dachterrassenfort, bewacht von Orchideen, verblichenen Wandteppichen und erlesenen Düften und fühlten sich heiter und gelassen.

Marya war ein Naturtalent als Modell: Sie war sich ihres Körpers bewusst, aber nicht in ihn verliebt; es machte ihr nichts aus, entspannt dazusitzen. Die daraus resultierende Pose war schöner als alles, was die jüngeren Mädchen je zustande gebracht hatten.

Während er seine Farben mischte und mit ihrem nicht zueinander passenden Gesichtsausdruck haderte, Striche setzte und sie wieder abwischte, unterhielt sie ihn mit ihren Erlebnissen.

Jeden Abend begleitete sie Mr. Fossor zu einer anderen privaten Einladung. Fossor wählte diese aus, weigerte sich aber auf ihre Nachfragen hin zu erklären, nach welchen Kriterien. Diese *Soireen,* wie er sie nannte, wurden meist in gemieteten opulenten Salons abgehalten, die ausnahmslos mit Seide und Silber oder Blattgold tapeziert waren.

Die Soireen waren gesetzter als ein Empfang, aber weniger formell als ein Dinner. Ein paar Dutzend gepflegter Männer und ordentlich zurechtgemachter Frauen, offensichtlich alles Fremde, nahmen daran teil. Es gab immer einen geselligen, unermüdlichen Gastgeber, der sich nicht nur unter seine Gäste mischte, sondern diese regelrecht antrieb. Sie selbst hatte wenig zu tun, außer herumzusitzen, zu nicken und zu lächeln und dem Flügel sehnsüchtige Blicke zuzuwerfen. Denn es gab immer einen Flügel, der jedes Mal von wenig schüchternen Amateuren und unmusikalischen jungen Frauen belagert wurde. Es war eine Qual. Wenn sich einer von ihnen an das Klavier im *Blue Tattoo* gesetzt hätte, hätte man die Person ausgebuht, bis sie weinend den Raum verlassen hätte.

Vor jeder Soiree wiederholte Mr. Fossor seine strikten Anweisungen, wie sie sich zu verhalten habe. Sie musste warten, bis sie von anderen Gästen angesprochen wurde. Sie durfte ihre bedauerlichen Umstände nicht erwähnen oder einen Hinweis auf ihre persönliche Tragödie geben, außer sie wurde direkt danach gefragt. Fossor würde zum gegebenen Zeitpunkt ihre Sache ansprechen; Marya sollte nur charmant sein und so wirken, als verdiene sie Aufmerksamkeit und Unterstützung.

»Meine Liebe, das sind sehr diskrete Menschen. Die Talente sind außerordentlich großzügig, Wohltätigkeit ist ihnen aber ein Gräuel. Sie bezeichnen sich lieber als *Gönner.*« Er betonte das Wort mit einem Zucken seiner fleischigen Wangen.

Marya fühlte sich etwas angegriffen durch sein mangelndes Vertrauen in ihre gesellschaftlichen Umgangsformen, doch da sie mit dieser Art Menschen keine Erfahrung hatte, gab es da wahrscheinlich ein paar Regeln der Etikette, mit denen sie nicht vertraut war. »Und, meine Liebe, bitte sprechen Sie auf keinen Fall mit den anderen jungen Damen. Ihre Familien sind sehr beschützerisch und fürchten, dass exotisch aufgewachsene Frauen wie Sie einen schlechten Einfluss auf ihre Schwestern und Töchter ausüben könnten. Ich weiß, wie lächerlich das klingt, aber ich werde weniger Gemüter zu beruhigen haben, wenn Sie sich zurückhalten.«

Exotisch aufgewachsen. Bei ihm klang es, als sei sie ein seltenes Lebewesen oder ein Stück Bernstein oder ein Wüstenzitronenbaum. Marya konnte sich keine trostlosere und widersinnigere Art vorstellen, sich auf einer Feier zu benehmen, aber sie hielt sich pflichtbewusst an seinen Rat. Zumindest einige Tage lang.

An den ersten Abenden war sie etwas verwirrt von den Soireen. Sie lächelte und nickte, bis ihr schwindelig war, und wurde von allen ignoriert. Sie verbrachte die meiste Zeit damit, kleine Sandwiches zu essen und an Sherry oder Champagner zu nippen. Sie vertrieb sich den Abend, indem sie Geschichten zu den wohlfrisierten Männern in ihren Anzügen erfand, manche vornehm, manche militärisch, manche lächerlich verwegen. Sie hatte noch nie so viele gekräuselte Kragen gesehen. Gelegentlich erschien Mr. Fossor mit einem Captain oder einer Kurtisane im Schlepptau, und Marya, die erfasste, dass es sich dabei um Mitglieder des Kreises der Talente handeln musste, bemühte sich um ein ihrer Meinung nach spritziges Geplänkel. Doch jedes Mal fanden ihre neuen Bekannten rasch einen Grund, um sich zu entschuldigen, und ließen sie bei Fossor zurück, der immer öfter die Stirn runzelte.

Es war schwer, sich nicht getroffen zu fühlen. Irgendetwas musste sie falsch machen, auch wenn sie nicht wusste, was das sein könnte.

Nach diversen Abenden mit dem Gefühl, ein bloßes Anhängsel auf der Soiree zu sein, fragte sie Mr. Horace Fossor verzweifelt, was sie anders machen sollte. In einer Ecke eines Wintergartens, während ein junger Mann mit mehr Humor als Talent den Flügel quälte, antwortete Fossor flüsternd: »Es bereitet mir einige Schwierigkeiten, Interesse für Ihre Situation zu erwecken, meine Liebe. Dagegen lässt sich wahrscheinlich nichts tun. Sie verschmelzen einfach zu sehr mit der Menge.«

»Was haben Sie denn erwartet? Ich darf ja nicht einmal ein Gespräch beginnen. Es ist wohl kaum meine Schuld, dass diese Feiern so schrecklich sind. Wenn ich noch mehr lächele, reißen meine Wangen ein«, wehrte sich Marya mit rauem Flüstern.

»Haben Sie wirklich nicht mehr Charme und Liebreiz? Ich dachte, Sie wären erfinderischer«, erwiderte Fossor säuerlich und nahm eine Prise Schnupftabak. Diesmal entschuldigte er sich nicht, als er nieste. Sie fürchtete, dass er ihrer Notlage bald überdrüssig werden und sich anderen Angelegenheiten widmen würde, anderen Wohltaten. Sie bezweifelte, dass sie sich andere Hilfsmöglichkeiten leisten konnte; außerdem würde sie das Kleid zurückgeben müssen, das ihre Eintrittskarte zu diesen Veranstaltungen war.

»Lassen Sie mich einen direkten Vorstoß wagen, Mr. Fossor. Vielleicht ist eine unmissverständliche Frage …«

»Völlig unmöglich. Wenn man mich mit einer bettelnden Frau am Ellbogen sieht, bin ich für die nächsten hundert Jahre ruiniert. Sie wissen nicht, wer diese Männer sind. Glauben Sie mir, sie haben kein Interesse an bemitleidenswerten Kreaturen, an Bettlern und Aussätzigen. Sie interessieren sich für Seelen, die erlöst werden können. Nein, ich habe offensichtlich einen Fehler gemacht …« Lauwarmer Applaus unterbrach sie, als der Amateur aufhörte zu spielen. »Ich werde uns entschuldigen, und wir werden gehen«, erklärte er unbewegt und wandte sich schon ab, bevor sie noch etwas erwidern konnte.

Marya beschrieb Ogier detailliert die plötzliche Unverfrorenheit, die in ihr aufstieg. Sie wusste, dass sie kurzerhand von ihrem Retter im Stich gelassen worden war, unehrenhaft, wie er sicherlich war, und sie sich bald aufs Betteln verlegen würde müssen. Ihre Schicklichkeit hatte Grenzen, und ihr Stolz war verletzt von seiner Andeutung, sie könne zu farblos sein, um irgendjemandes Aufmerksamkeit zu erregen. Sie beschloss, wenn man sie schon von dieser aristokratischen Brust losriss, dass sie wenigstens einen erinnerungswürdigen Abgang inszenieren würde.

Niemand im Raum nahm Notiz von ihr, als sie ihr Kleid unter sich glättete und sich auf den Klavierhocker setzte, oder bemerkte ihre kurzzeitige Versteinerung bei der Aussicht, nach Wochen ohne Übung in der Öffentlichkeit zu spielen, ohne Noten, ohne sonstige Vorgaben. Sie konnte sich nur an eine alte Seefahrerballade erinnern, eine romantische Wehklage, die man im *Blue Tattoo* gern hörte. Ganz sicher war es völlig ungeeignet für den erlesenen Geschmack ihres Publikums, doch sie hatte wenig Wahl. Mit aller neugefundenen, spitzbübischen Gleichgültigkeit hieb sie mit solcher Kraft in die Tasten und sang mit solcher Lautstärke, dass ein Gentleman, der sich an das Klavier gelehnt hatte, zur Seite sprang, als hätte er sich verbrannt, und seinen Drink verschüttete.

Ihre Stimme lag über ihrem energischen Spiel wie Glockenläuten in einem Sturm. Sie ließ sich von dem tragischen Text mitreißen, der vom Ertrinken eines jungen Fischers erzählte und dem Selbstmord seiner verzweifelten Ehefrau. Sie spielte durch konsterniertes Aufkeuchen und vereinzelte Buhrufe hindurch; sie schloss die Augen und sang sich bis an die Grenze, sang sich nach Hause in das Cottage, das sie mit Tom teilte, dem geliebten Tom, sang, bis sein ernstes Gesicht vor ihr erschien und ihr Herz brach.

Erschöpft schloss sie mit einem tiefen Akkord, der auf eine schweigende Zuhörerschaft traf.

Als sie die Augen öffnete, saß ein Mann mit kurz geschorenem blondem Bart neben ihr auf dem Klavierhocker und musterte aufmerksam ihr Profil. »Sie spielen wie ein flüchtendes Reh – mit verängstigter Anmut.«

Bevor sie etwas erwidern konnte, stand Fossor neben ihr, auch wenn er sich des Mannes neben ihr bewusster zu sein schien als sie. »Eine ungewöhnliche Darbietung, Madam«, sagte er.

»Ach ja? Und dabei habe ich so sehr versucht, nicht aufzufallen«, antwortete sie und genoss Fossors Unbehagen. Er setzte gerade zu einer Erwiderung an, als sie ihm den Rücken zuwandte und den Mann an ihrer Seite genauer betrachtete. Er trug einen edlen grauen Wollanzug, und sein Gesicht war ansprechend, auch wenn seine Wangen noch ein wenig jugendliche Fülle zeigten. Der Bart sollte das wohl kompensieren. »Und Sie, Sir, finden Sie meine Darbietung auch ungewöhnlich?«

»Das sollte sie ja auch sein. Sie sind stolz auf Ihre Andersartigkeit«, sagte er mit intelligentem Lächeln, auch wenn er ein wenig zu sehr von sich eingenommen schien.

»Es ist besser, Befriedigung aus der eigenen Anstößigkeit zu schöpfen, als den Geschmack eines anderen zu befriedigen«, antwortete sie, was ein aufrichtiges Lachen ihres neuen Bekannten zur Folge hatte.

»Großartig! Mr. Fossor, Sie müssen mich dieser reizenden Hedonistin vorstellen.«

Den Rest des Abends verbrachte sie unter Mr. Fossors wachsamem Blick im Gespräch mit dem bärtigen jungen Aristokraten. Sie achtete darauf, ihre Lage oder ihren vermissten Ehemann nicht offen zu erwähnen, flocht aber immer wieder diskrete Andeutungen ein, dass eine gewisse Hilfsbedürftigkeit bestand. Er äußerte sich mitfühlend und sagte, er sei immer bereit, einem Freund zu helfen.

Nachdem sie die Feier verlassen hatten, drückte Fossor seine Begeisterung für den Mann aus, der sich mit ihr befasst hatte. »Er ist ungeheuer wichtig, ein echter Prinz. Und er scheint ganz hingerissen von Ihnen. Ich denke, er wird uns helfen wollen.«

Marya fühlte sich ein wenig getröstet, auch wenn ihr dieser unendlich komplizierte Prozess wenig behagte. Warum kokettierten nur alle? Der Mann hatte ihr seinen genauen Hintergrund verschwiegen, sogar seinen Namen. Die örtlichen Benimmregeln verlangten doch wohl nicht, den eigenen Namen zu verheimlichen! »Wie heißt er?«

»Geduld, meine Liebe. Er ist berühmt und sehr auf Diskretion bedacht, auch wenn er Ihnen sicher schon bald mehr von sich offenbaren wird.«

All das erzählte Marya dem Maler, als sie am nächsten Morgen für ihn Modell saß.

Am darauffolgenden Tag – danach sollte er sie nicht mehr sehen – kehrte sie mit noch mehr Geschichten über den mysteriösen Aristokraten zurück, den sie *den Grafen* nannte. »So nenne ich ihn, weil es ihn ärgert. Und ich sehe nicht ein, warum ich bei so einem selbstgefälligen jungen Mann übermäßig nett sein sollte.« Sie hatte einen weiteren Empfang besucht, der exklusiver war, und der Graf hatte sich wieder fasziniert von ihr gezeigt und die meiste Zeit mit ihr gescherzt und ihr Vorträge über Sherry gehalten. Die anderen Anwesenden schienen verärgert, dass er nur Augen für sie hatte. Der Graf übersah die aufgebrachten Blicke der jungen Damen und bestand darauf, dass sie noch ein Stück am Flügel spielte, mit ihm auf die Veranda ging und ihm schließlich sogar ihren größten Wunsch gestand.

Überaus erleichtert, endlich am Ende dieser Flirtscharade angelangt zu sein, erklärte Marya: »Ich habe meinen Ehemann verloren und brauche Ihre Hilfe, wenn ich ihn je wiederfinden soll.«

Der Graf umfasste ihre Hände mit seinen, die in edlen Handschuhen steckten, und antwortete ohne zu zögern: »Ich werde Ihren Ehemann finden.«

»Oh, das ist wundervoll! Großartig! Ich dachte schon …« Sie unterbrach sich, um nicht weiterzuplappern. Ihre Hände lagen in seinen wie eine Perle in einer Auster und hüpften vor Freude.

Zu Maryas großem Entzücken versprach der Graf, sie am folgenden Abend mit ihrem Mann zu vereinen.

»Mr. Ogier«, sagte Marya am letzten Tag in seiner Gesellschaft. »Ich werde heute Abend Tom wiedertreffen, wenn der Graf auch nur über die Hälfte des Einflusses verfügt, den er vorgibt zu haben.« Nachdem sie sich ihr hübsches blaues Kleid wieder übergestreift hatte, stellte sie sich vor die Staffelei, um das Werk einer Woche Arbeit zu begutachten. Ogier verkündete, es sei fertig, auch wenn er noch etwas an den Orchideen über ihrer blassen Schulter verbessern musste. Sie betrachtete sich nur kurz, bevor sie in schallendes Gelächter ausbrach.

Ogier zuckte zusammen, als hätte man ihn geschlagen.

»Nein, Nein, es ist wunderschön. Ein Meisterwerk! Ich habe nur daran gedacht, wie Tom reagieren wird, wenn ich ihm zeige, womit ich unsere Flitterwochen verbracht habe. Und ich werde es ihm zeigen. Das muss ich!« Sie lachte wieder. »Bitte, darf ich morgen mit ihm vorbeikommen?«

Ogier wirkte nervös; er hatte nicht an die Möglichkeit gedacht, ein verheirateter Mann könnte das Bild seiner unbekleideten Frau zu sehen bekommen. »Ich hoffe, er verfügt über Ihren Sinn für Humor.«

»Überhaupt nicht, aber er ist der logisch denkendste Mensch der Welt. Er wird es als Tatsache akzeptieren, fremdartig und kompliziert, aber als Tatsache. Er wird verstehen, dass ich dadurch bis zu unserer Wiedervereinigung überlebt habe.«

»Dann freue ich mich darauf, ihm vorgestellt zu werden«, sagte Ogier mit gespieltem Selbstvertrauen.

Marya zog den Maler von seinem Stuhl und umarmte ihn kameradschaftlich. Ein zufriedenes Lächeln rötete ihre Wangen. »Sie haben mich gerettet. Das werde ich nie vergessen. Und das Bild ist wunderschön. Ich wünschte, ich könnte die ganze Welt so sehen. Sie haben so einen romantischen Blick.«

Als sie am nächsten Morgen nicht zurückkehrte, hielt Ogier das für ein gutes Zeichen. Vielleicht war sie tatsächlich wieder mit ihrem kürzlich Angetrauten vereint und hatte Besseres zu tun, als ihren Mann (und sich selbst) mit den genauen Umständen ihres Überlebens zu konfrontieren. Das konnte er ihr kaum vorhalten. Dennoch war er ein wenig enttäuscht. Sie war eine so befreiende, aufmunternde Gesellschaft gewesen. Sie hatte ihm gutgetan. Doch als er sein Bild von ihr aufmerksam musterte, musste er zugeben, dass es fehlerhaft war. Seine Verzückung hatte seine Neuschöpfung ihrer Person beeinflusst: Er hatte das Ideal, aber nicht die tatsächliche Frau eingefangen. Das war beinahe poetisch: Sie hatte ihm rein und ehrlich Modell gesessen, und er hatte sie eitel dargestellt.

Ogier überlegte gerade, ob er aus seiner Erinnerung heraus Verbesserungen durchführen sollte, was, gelinde gesagt, risikoreich war, als ein junger bärtiger Mann auf die Terrasse stürmte und ihn bei seinen Überlegungen unterbrach.

Er trug Reitkleidung mit steifem Kragen und Reithosen, was unüblich war. An einem roten Ledergürtel hing das lange Holster einer Pistole mit goldüberzogenem Griff. Zwei andere Männer folgten ihm, weniger auffällig gekleidet, mit breiten Schultern und Säbeln an den Hüften. Anhand von Maryas Beschreibung erkannte Ogier in dem jungen Mann den mysteriösen Grafen. Die Männer stürmten auf seine Terrasse, als wären sie eingeladen. Ogier sagte ihnen besser nicht, dass sie nicht erwünscht waren.

»Sie sind Ogier«, stellte der Graf mit leicht fragendem Unterton fest. »Ich bin wegen des Gemäldes hier, das Sie kürzlich fertiggestellt haben. Ah, da ist es ja.« Er stellte sich vor die Staffelei. Die Farbe glänzte noch. »Um ehrlich zu sein, habe ich viel Schlimmeres erwartet. Sie haben die Ähnlichkeit adäquat eingefangen, Mr. Ogier. Glückwunsch. Ich werde Ihnen zehn Mina dafür bezahlen, doppelt so viel, wie es wahrscheinlich wert ist.«

Sprachlos durch das plötzliche Erscheinen des Grafen in seinem Studio verstand der Maler nicht sofort den Sinn des Besuchs. »Warum sind Sie hier?«

»Nun, als Marya mir erzählt hat, wie Sie ihre missliche Lage ausgenutzt haben, war mein erster Impuls, Sie zu töten.« Seine Hand sank zu dem goldenen Pistolengriff, und einen alarmierten Moment befürchtete Ogier, an Ort und Stelle erschossen zu werden.

»Jungen Damen nachzustellen, um fleischliche Gelüste zu befriedigen, ist wirklich verachtenswert, Mr. Ogier.« Der Graf hob seine Hand an den Kragen, um diesen zu lockern. Er beugte sich zu dem Gemälde, dem Maler den Rücken zugewandt, dessen Blick zu den zwei Männern huschte, die den Ausgang verstellten. »Doch ein Mann verabscheut am meisten, was er sich selbst zum Vorwurf macht.« Als er sich mit einem lüsternen Grinsen zu Ogier umdrehte, wurde dem Maler alles klar. »Es hat keinen Sinn zu bekämpfen, was wir sind.«

»Sie haben ihren Ehemann überhaupt nicht gefunden«, sagte Ogier.

»Natürlich habe ich das«, antwortete der Graf, trat einen Schritt zurück und verbeugte sich. »Ich bin es, wenn auch noch nicht offiziell.« Er ging zurück zu dem Gemälde, sah in die untere Ecke, in der Ogier das Bild mit schwarzen Buchstaben signiert hatte, und presste seinen behandschuhten Daumen darauf. Er verrieb die Schrift und sagte: »Heute lasse ich Sie am Leben, weil ich versuche, diskret zu sein. Aber wenn ich Sie je wiedersehe, oder hören sollte, dass Sie irgendwem von mir oder meiner zukünftigen Braut erzählt haben, werde ich Sie mit meinem Daumen zerquetschen. Ich hoffe, ich habe mich deutlich ausgedrückt.« Er streifte seinen befleckten Handschuh ab und zeigte fünf makellose Finger, weiß wie Klaviertasten. »Nimm das Bild«, befahl er einem der Männer. Dieser salutierte, packte das Gemälde, als sei es ein schreiender Säugling, und hielt es mit ausgestreckten Armen vor sich. Der Graf ließ eine Geldbörse auf den Tisch des Malers fallen. »Sie haben keine Skizzen von ihr? Studien?«

Ogier schüttelte nachdrücklich den Kopf.

»Falls doch, und ich erfahre davon …« Der Graf schlug dem Maler brutal mit seinem verschmierten Handschuh ins Gesicht. Dann warf er das Kleidungsstück zu Boden, drehte sich auf dem Absatz um und marschierte davon. Ogier war starr vor Schock.

13

»Der Passat schraubt sich kreisförmig den Turm hinauf. Schiffe fliegen nicht gerade nach oben wie Blei an einem Lot, sondern bahnen sich ihren Weg wie Efeu, der sich um einen Baum windet. ›Nach oben‹ muss nicht den direkten Weg bedeuten.«

Allgemeiner Führer durch den Turm von Babel, I.XIII

Er hatte sie nicht gemocht. Er hatte sich bemüht, so wie jeder unvoreingenommene, gute Lehrer es tun würde, doch sie schien es darauf anzulegen, abgelehnt zu werden und seine erschöpfte Geduld zu strapazieren und auf die Probe zu stellen wie ein Berggipfel einen erschöpften Bergsteiger. Schließlich ergab er sich und ließ sich den Hügel ihrer mangelnden Liebenswürdigkeit hinabrollen.

Er hatte sie von seinem Vorgänger geerbt, als dieser in den Ruhestand ging. Der alte Schuldirektor war mit seinem weißen Rauschebart, der ihm bis auf die Brust reichte, das wahre Ebenbild der alten Zeit. Senlin dagegen verkörperte eine neue Generation, mit seinen leicht geröteten und ein wenig fleischigen Wangen und den glänzenden Augen, die vor Optimismus für die Jugend von morgen strahlten. Mr. Regimond DeSeay, der dreiundfünfzig Jahre im Amt gewesen war und etwa eintausendeinhundert Schüler erlebt hatte, hinterließ Senlin die Schlüssel zum Schulgebäude an einem schwülen Sommermorgen. An der Zeremonie nahmen nur zwei Kaninchen an der Hecke teil, die sich am Klee gütlich taten.

Er dachte bereits darüber nach, welche großartigen Verbesserungen er an diesem hoffnungslos antiquierten Schrein der Bildung durchführen würde und erwartete einen letzten klugen Rat von dem in Ehren ergrauten Schuldirektor, der gerade noch an den Resten seines Frühstücks zu kauen schien, vielleicht aber auch nur seine Kiefermuskeln aufwärmte. DeSeay holte zitternd Atem. Senlin beugte sich zu ihm. Der alte Mann sagte: »Diese Marya Berks ist ein neugieriges, kleines Miststück. Viel Glück.«

»Altklug« war vielleicht eine akkuratere (und sicher auch mildere) Beschreibung des Verhaltens der jungen Miss Berks im Unterricht. Das Kinn in die Handfläche gestützt, Ellbogen auf der Tischplatte, entsprach sie dem Bild eines Philosophen, was von ihren klaren Augen und dem leicht verzogenen, gespitzten Mund komplettiert wurde. Doch wenn sie tatsächlich eine Philosophin war, dann vertrat sie eine Lehre der Widerrede.

Sie forderte alles heraus, was er sagte, seine Logik, seine Beweise und seine Autorität, mit einer solch quälenden Beharrlichkeit, dass Senlin sie beinahe täglich strafen musste. Zuerst nahm er ihr Tintenfass und Löscher weg, ein Privileg der höheren Klassen, und gab ihr Tafel und Kreide wie einem Schulanfänger. Dann übertrug er ihr Zinkeimer und Handtuch, mit dem jeden Abend die Tafel von den Kreidespuren des Tages gereinigt werden musste. Und trotzdem verfolgte sie ihn mit geradezu aufrührerischer Neugierde: *Könnte die Sonne nicht aus Kohle bestehen? Ist null wirklich eine Zahl oder eher so etwas wie ein abstrakter Buchstabe? Wenn wir nicht wissen, wer den Turm von Babel erbaut hat, dann könnte das doch eine mittlerweile ausgestorbene Tierart gewesen sein – hochintelligente Käfer vielleicht?*

Er stellte ihr Pult in die erste Reihe, sodass es seines berührte, doch seine geballte Aufmerksamkeit schien ihr nichts auszumachen; im Gegenteil, sie ergriff die Gelegenheit, seine lang gezogene Schreibschrift an der Tafel zu kritisieren. Er stellte ihr Pult an die Wand, sodass sie mit dem Rücken zum Raum dasaß, doch sie hob einfach die Stimme, die durch das ganze Zimmer hallte. Nichts schien sie zu entmutigen. Nur die Farbe des Bandes änderte sich von Tag zu Tag, mit dem sie ihr Haar zusammenraffte, das die rötliche Farbe von Ahorn im Herbst hatte.

Da Senlin noch nicht die Listen und das dicke Fell eines erfahrenen

Lehrers entwickelt hatte, stellten ihn ihre Schulmädchenfragen auf eine harte Probe. Nach seinem ersten Jahr hasste er den neugierigen Rotschopf, weil er sich fragte, ob sie ihn nicht zu Recht hinterfragte. Vielleicht war er ein Schwindler, ein unfähiger Tölpel, der die geistige Entwicklung seiner Schüler hemmte.

Doch dann kam der Sommer und mit ihm ein wenig Abstand. Er hatte Zeit, Drachen zu bauen, über die Klippen zu spazieren und alte Briefe seiner verehrten Professoren durchzusehen, und allmählich wurde ihm bewusst, dass die Situation nicht so unerträglich war, wie sie ihm erschien. Er kam zu dem Schluss, dass Marya Berks einfach Verantwortung und Herausforderungen fehlten. Sie war gelangweilt. Deshalb würde er eine Beschäftigung für sie finden.

Als das neue Schuljahr begann, verkündete er als Erstes – bevor sie Gelegenheit hatte, seinen Unterricht mit abseitigen Fragen entgleisen zu lassen, die letztendlich nicht zu beantworten waren (wenigstens nicht zu ihrer Zufriedenheit) –, dass Miss Berks ihn im Herbst unterstützen und die unteren Klassen in Geschichte und im Schreiben unterweisen würde. Sie würden sich dafür in den hinteren Bereich des Schulhauses zurückziehen, während er die oberen Klassen im vorderen Bereich unterrichtete. Natürlich musste Miss Berks neben einigen anderen Vorbehalten darauf achten, ihren eigenen Lernstoff nicht zu vernachlässigen, doch Marya ließ sich davon nicht im Geringsten verunsichern. Sie stürzte sich auf die Chance, die er ihr bot.

Nach einigen Anfangsschwierigkeiten erteilte sie schließlich einen gut organisierten und aufmerksam angenommenen Unterricht im Schreiben und grundlegender Grammatik sowie den wichtigsten Epochen von Ur.

Ihre bohrenden Nachfragen gab sie nicht völlig auf, doch mit der Zeit entwickelte sie durch ihre eigene Lehrtätigkeit mehr Geduld mit Senlin. Sie blieb eher nach dem Unterricht und stellte ihre Fragen unter vier Augen, die zudem durchdachter und weniger auf Konfrontation ausgerichtet schienen. Er hielt sie immer noch für etwas lästig und selbstgefällig, fand sie aber wenigstens zum ersten Mal erträglich.

Drei Jahre später war Senlin ein etablierter Schuldirektor, der nicht länger unter der Unsicherheit eines Anfängers litt, und Maryas jugendliche Dornen hatten sich abgeschliffen und Platz für Humor und Anmut gemacht. Ihre Beziehung war herzlich, beinahe freundschaftlich geworden. Er bedauerte es, sie nach ihrem Abschluss gehen lassen zu müssen.

Wenn Schüler aus Isaugh den Ort verließen, um ihre Ausbildung an einer höheren Bildungsstätte fortzuführen, wurden sie traditionsgemäß vom Schuldirektor verabschiedet. Senlin hasste Verabschiedungen, noch dazu öffentliche, weshalb er diese Pflicht gerne mal vergaß. Ein- oder zweimal war er gerade rechtzeitig am Bahnhof eingetroffen, um zu sehen, wie der Zug große Dampfwolken ausstieß und langsam davonrollte – sehr zu seiner Erleichterung und mit nur wenigen Schuldgefühlen.

Als Marya an einem Tag Mitte Juli aufbrach, versuchte Senlin aktiv, ihre Abfahrtszeit zu vergessen. Selbst eine halbe Stunde, bevor der Zug den Bahnhof verließ, stand er auf einer Leiter und säuberte die Dachrinne seines Cottages von Gras, während er mit einem Taschentuch um den Kopf in der glühenden Sonne schwitzte. Plötzlich ließ ihn ein unbekanntes Gefühl absteigen: Er musste sie am Bahnhof verabschieden, jetzt, sofort. Er hatte keine Zeit mehr, sich die Hände zu waschen, die Haare zu kämmen oder sich umzuziehen. Deshalb sah er wie ein Stallbursche aus, als er über die große grüne Böschung durch das Dorf zum Bahnhof rannte, der auf der anderen Seite der Bucht lag. Die Dorfbewohner, an denen er vorbeihastete, konnten kaum glauben, dass das ihr Schuldirektor war. Er rannte wie ein verängstigter Strauß, und man glaubte, er sei jetzt völlig verrückt geworden, was allerdings auch niemanden überraschte.

Senlin wunderte sich auch über sich und konnte nicht sagen, warum er überhaupt rannte und dabei noch grinste.

Mit den Stiefelsohlen rutschte er über die verwitterten Holzbretter des Bahnsteigs. Gerade noch rechtzeitig erinnerte er sich an das Tuch auf seinem Kopf und riss es herunter, bevor er Miss Berks entdeckte, die neben einem Überseekoffer stand, den der Gepäckträger gerade wog und kennzeichnete. Heute zierte kein Band ihr Haar, das zu einem praktischen Knoten geschlungen war und sie reifer wirken ließ. Sie trug ein langärmeliges Kleid mit hohem Kragen, dessen Rock fast bis zu ihren Stiefelspitzen reichte, die so schwarz und blankgeputzt waren wie die Nase eines Hundes. Da er sie zuerst erblickte, sah er, wie ernst sie war. Sie wirkte sogar traurig.

Als sie ihn bemerkte, wie er mit seinem Taschentuch in der Hand dastand, lächelte sie warm und sagte: »Sie sind zu spät, Herr Direktor.«

»Das ist unmöglich. Rektoren können gar nicht zu spät sein«, erwiderte er. »Die Sonne bewegt sich zu schnell.«

Sie musste lachen, was ihn seltsamerweise erfreute. Bald wurde ihnen bewusst, dass sie schon viel zu lange herumstanden und sich schweigend angrinsten. Sie rettete sie beide, indem sie sagte: »Haben Sie schon jemanden für den Herbst gefunden, der Sie unterstützt?«

»Ich dachte, ich gebe Mr. Barret eine Chance.«

Sie verzog das Gesicht und meinte: »Mr. Barret ist aber ein bisschen ungeschickt.«

»Nein, nein, er ist es nur nicht gewohnt, vor Leuten zu sprechen.«

»Also der ideale Lehrer. Er kann den Unterricht als Pantomime führen«, antwortete sie und zeigte kurz mit den Armen, was sie meinte. Senlin war überrascht, wie gelöst er lachte, nein, *kicherte*.

Der Gepäckträger hievte ihren Koffer in den Waggon, ignorierte ihrer beider Hilfsangebote, akzeptierte jedoch willig die zwei Pence, die Marya ihm gab. Die Lokomotive stieß zischend Dampf aus, und der Lokführer läutete die Glocke als Zeichen für die letzten Passagiere, einzusteigen.

Jetzt wartete der unangenehme Teil, den Senlin so verabscheute. Er versuchte gerade zu entscheiden, ob er ihr seine Hand reichen sollte, als sie ihm ihre auf die Schulter legte, sich auf die Spitzen ihrer hundenasigen Stiefel stellte und ihn auf den Mund küsste.

Dann stieg sie rasch ein, und er winkte ihr wie betäubt nach, während der Zug sich unbeteiligt auf die Abfahrt vorbereitete. Viel zu nah stand er am Antriebsrad, das ihn in Rauchwolken einhüllte.

Der Zug setzte sich in Bewegung. Ein letztes Tuten, eine letzte Rauchwolke über den Hügeln, dann war sie weg.

Sie sind zu spät, Herr Direktor. Sein Geist fühlte sich so ausgedörrt an wie seine Zunge, die an seinem Gaumen klebte, als er im gedämpften Licht zum Nordhafen eilte. Ein Medaillon aus Sonnenlicht schwang hypnotisierend vor ihm hin und her, dann wurde daraus eine Untertasse und schließlich ein großer Teller. Er konnte das Salz der Wüstenluft riechen. *Sie sind zu spät, Herr Direktor,* hörte er ihre Stimme in seinem Ohr, die ihn durch den Turm trieb. *Sie sind zu spät, Herr Direktor, Sie sind zu spät.*

Man hatte den Nordhafen aus der Fassade des Turms herausgeschält. Der abgestufte Torbogen erinnerte ihn an die Musikmuschel eines Amphitheaters. Nach der Zollstation führten drei breite Anlegestellen wie ein Dreizack ins Freie. Die Anleger wurden von einer großen Matrix aus Gurten gestützt. Nur ein Luftschiff lag im Hafen, das die Narben und Flicken eines alten Arbeitsgerätes trug. Es sah aus wie etwas, um das Männer spätnachts beim Kartenspielen wetteten. Wie eine graue Molluske, die an einer bläulichen Qualle hing.

Der entspannten Haltung, mit der die Beamten an der blauen Zollstation lehnten, nach zu urteilen, war der Alarm entweder noch nicht ausgelöst worden oder hatte seinen Weg noch nicht bis zum Nordhafen gefunden. Zwei Schauerleute luden Kisten aus dem Luftschiff, das sanft gegen die Jutesackfender schlug. In der Nähe der Gangway, die stark schwankte, wenn die Männer darüber gingen, standen einige Frauen, die offensichtlich darauf warteten, an Bord gehen zu können. Sie waren jung, wirkten jedoch im erbarmungslosen Sonnenlicht bleich und zerbrechlich.

Ogier gab Senlin ein kleines Stück Papier und zehn Schekel. »Gib das Geld den Wachen und das Papier dem Captain. Er schuldet mir noch einen Gefallen. Er wird allerdings nicht mit dir sprechen, also mach dir gar nicht erst die Mühe. Das gilt übrigens generell: Sag so wenig wie möglich. Die Menschen da oben mögen keine Gelehrten, Tom.«

Senlin versuchte, sich auf das zu konzentrieren, was der Maler ihm erklärte, doch er war zu verwirrt. Fragen rasten durch seinen Kopf: Wer war der Graf? Wie konnte er eine verheiratete Frau heiraten? War er gefährlich, war er gewalttätig? Wo wohnte er?

»Neubabel ist der nächste Hafen«, sagte Ogier. »So weit kann dich mein Gefallen bringen.«

Eine Frage war am wichtigsten, beschloss Senlin. »Wie kann ich sie finden?«

»Der Handschuh, den der Graf fallen gelassen hat, trägt das Monogramm W. H. P. Ich bin mir ziemlich sicher, dass das ›P‹ für Pell steht. Das Haus Pell ist mehr als eine Familie; sie sind eine reiche und mächtige, jahrhundertealte Dynastie, und leider gibt es Dutzende niedere Adelige, die sich nur zu gern des Namens bedienen. Die Bäder sind im Grunde eine Pell-Kolonie, auch wenn die Adeligen sich eher wie in einem Verbindungshaus benehmen. Der Commissioner ist ihr Vollstrecker vor Ort: Er hisst ihr Wappen, das goldene Astrolabium, erhebt in ihrem Namen die Zölle und schafft haufenweise Gold nach oben in ihr Ringreich. Wenn dieser Graf tatsächlich ein Pell ist – und so arrogant hat er sich zumindest verhalten –, dann wird er Marya dorthin mitnehmen, nach Pella.«

Ein Schiffsjunge läutete dreimal eine Glocke auf der Fähre, und die Frauen begannen, über die wacklige Gangway an Bord zu gehen. »Thomas, es tut mir leid, dass ich dir nicht von Anfang an glauben konnte. Ich dachte, der Graf hätte dich geschickt. Ich war mir sicher, du seist ein Spion, der mich entlarven soll. Ich weiß, ich habe dich bitter auf die Probe gestellt. Es tut mir leid.«

Eine unerwartet scharfe Brise kam auf, als ein Strom höhergelagerter Luft entlang des Turms nach unten schoss und sie am Weitersprechen hinderte. Senlin legte seine Hand auf Ogiers gekrümmte Schulter und spürte darunter die verwachsenen Knochen. Der Wind vertrieb einen Moment lang alle Fragen und Anschuldigungen aus Selins Geist, und als er wieder sprechen konnte, sagte er: »Danke, dass du Marya geholfen hast. Ich glaube, du hattest unrecht, als du sagtest, der Turm verbietet Freundschaften.«

Ogiers Gesicht leuchtete vor Dankbarkeit auf. »Ja, Freunde, die sich gerade rechtzeitig kennengelernt haben, um sich dann nie wiederzusehen.« Er packte Senlin bei den Schultern, drehte ihn um und schob ihn sanft Richtung Zollstation. »In deiner Tasche liegt ein Abschiedsgeschenk«, sagte er dicht am Ohr des Schuldirektors. »Neubabel ist voller Schurken. Achte auf meinen Schlüssel. Er feuert zwar nur eine mickrige Kugel, und der Abzug ist nicht genau, aber es könnte dich eines Tages retten. Ich fürchte, du wirst sie brauchen.«

»Was ist mit dir? Was, wenn Pound Verdacht schöpft …«, begann Senlin, doch Ogier unterbrach ihn rasch.

»Der Commissioner wird mich nicht anfassen, so gern er das täte. Größere Kräfte sind hier am Werk, und zum Glück für mich brauchen diese mich lebendig.«

»Ich verstehe nicht.«

»Und es ist auch keine Zeit, es zu erklären. Bon Voyage, mein Freund.«

DRITTER TEIL

Neubabel

1

»Teil II der beliebten Ausgabe der Reihe Allgemeine Führer beschreibt die vielen Wunder von Neubabel: das Nest der Blitze, die Chrom-Kapellen, die Population exotischer Motten und Fledermäuse und wie es zu dem erregenden Beinamen das Schlafzimmer kam. Ordern Sie noch heute Ihr Exemplar bei Ihrem örtlichen Buchhändler!«

Allgemeiner Führer durch den Turm von Babel, V.XXII

Die Galeone schwankte unter ihm. Wolken zogen über die Berge am Horizont, so verträumt wie eine Herde wilde Schafe. Vielleicht stand auch das Schiff still, und die Erde schwankte. Er spürte ihren Aufstieg durch den stärker werdenden Druck in seinen Ohren, doch sonst war Fliegen nicht so quälend, wie er befürchtet hatte. Er empfand diese Art der Fortbewegung sogar als recht gelassen. Dann erinnerte er sich, dass Gelassenheit oft ein Symptom eines Schocks war. Dazu passte, dass er die Nachricht, dass Marya von einem ausländischen Adligen entführt worden war, bemerkenswert ruhig aufgenommen hatte. Zu ruhig. Vielleicht glaubte er es noch nicht, oder möglicherweise hatte er befürchtet, ein weitaus schlimmeres Schicksal hätte sie ereilt. Immerhin war sie am Leben. Und im Moment war es ihm auch egal, woher das Gefühl des inneren Friedens rührte und wie lange es vorhalten würde. Die Welt verschwamm um ihn herum wie ein Kinderzimmer um eine Wiege.

Das Schiff war aus leichten Materialien erbaut: Kiefernholz, Seilen und Weidengeflecht. Die Reling an seinem Ellbogen und die Bank unter ihm waren aus Bambus. Alles knarzte wie alte Scharniere und zirpte wie Grillen. Der Wind pfiff durch alle Ritzen. Senlin saß bei etwa zwanzig jungen

Frauen achtern im Schiff. Seine Größe und seine relativ saubere Kleidung ließen ihn wie ein Reiher unter Möwen hervorstechen. Ihre Röcke und Saronge waren befleckt und eingerissen, ihr Haar war zerzaust und wurde noch mehr vom Wind in Unordnung gebracht, der es ihnen ins Gesicht schlug. Alle Frauen wirkten erschöpft, die glasigen Augen blickten wie die eines Rehs, das man bis zum Zusammenbruch gejagt hatte. Prellungen, Wunden und Schmutz verunstalteten ihre Gesichter. Eine Frau mit wilden, blonden Haaren blinzelte in seine Richtung, während er über die Gruppe nachdachte. Sie kam ihm vage bekannt vor, doch er konnte sie nicht einordnen. Wahrscheinlich hatte sie ein Allerweltsgesicht und fragte sich, was ein Mann auf einer offensichtlich für Frauen reservierten Fähre tat. Sie rümpfte die Nase und wandte abrupt den Blick ab.

Er fragte sich, warum diese Frauen so zugerichtet und ihrer Würde und ihrer Lebendigkeit beraubt waren. Hatte man sie von ihren Familien weggelockt? Waren sie, wie Edith, ursprünglich unabhängig und abenteuerlustig gewesen? Waren sie in den Turm gekommen oder hier geboren? Er fragte sich, ob ihr Schicksal besser oder schlechter als Maryas war.

Der Graf oder W. H. Pell oder wer auch immer er war hatte große Mühen auf sich genommen, um Marya davon zu überzeugen, ihm freiwillig zu folgen. Was bedeutete, dass er ihr vermutlich nichts antun würde. Er mochte skrupellos sein und verwöhnt von seiner Herkunft und seinem Reichtum, doch der Graf wirkte nicht wie ein Irrer. Er hatte Ogier nicht getötet, auch wenn er das leicht hätte tun können. Wenn Senlin ihn gefunden hatte – und das würde er –, würde er zuerst versuchen, vernünftig mit ihm zu reden. Dem Grafen würde es vielleicht schwerer fallen, Anspruch auf die Frau eines anderen zu erheben, wenn der Ehemann vor ihm stand.

Was aber, wenn er mit Vernunft nicht weiterkam? Senlin versuchte sich vorzustellen, wie er den Grafen zu einem Duell oder etwas ähnlich Gewalttätigem und Aussichtslosem herausforderte, scheiterte jedoch, konnte sich nicht einmal ausmalen, wie es vielleicht ablaufen könnte. Für einen Mann voller angelesenem Wissen hatte er wenig Gespür dafür, wozu er im Stande war. Er kannte sich selbst sehr schlecht.

Weshalb gelang es ihm also, den Fallstricken des Turms ständig zu entkommen, während andere in seiner Begleitung – Edith, Tarrou – gefangen genommen und bestraft wurden? Sie waren stärker als er, widerstandsfähiger, verdienten viel eher eine zweite Chance. Das war wohl kaum gerecht. Senlin hoffte, dass man Ogier übersah, auch wenn das unwahrscheinlich war. Pound würde bald Verdacht schöpfen und seine Beamten schicken, um Ogiers Studio auf den Kopf zu stellen. Wenn sie das gestohlene Gemälde fanden, würde die Rote Hand ins Spiel kommen, eine Menge sich versammeln, ein Kopf vom Körper getrennt werden.

Nein. Ogier würde entkommen. Er war gerissen und vorsichtig und wollte noch nicht sterben.

Senlin erinnerte sich an das Abschiedsgeschenk, das der Maler erwähnt hatte, und tatsächlich, seine Ledertasche fühle sich schwerer an als bisher. Senlin löste die Messingverschlüsse und sah hinein. Auf dem Boden der Tasche lag der Schlüssel, frisch geölt und glänzend. Ogier hatte ihn in einem ihrer Gespräche als Gefängniswärterschlüssel bezeichnet und ihm von seinem ursprünglichen Zweck als Gefängnisschlüssel und Waffe gegen aufständische Gefangene erzählt. Ohne Schloss war er auf seine Funktion als Feuerwaffe reduziert. Senlin hatte noch nie im Leben eine Pistole geladen oder abgefeuert. Er fragte sich, ob es an der Zeit war, es zu lernen.

Vorsichtig legte er den Schlüssel zurück und entdeckte ein Stück Holz. Er zog den auf der Rückseite mit Papier bezogenen Keilrahmen halb aus seiner Tasche und erkannte das Werk auf den ersten Blick. Es war Ogiers Nacktstudie von Marya, die er vor dem Grafen verheimlicht hatte. Es war das schönste Geschenk, das er je bekommen hatte. Der unerwartete Anblick ihres Gesichts, ihres charakteristischen Lächelns ließ ihm den Atem stocken. Er saß über das Gemälde gebeugt da, als sei es eine vom Erlöschen bedrohte Kerze. Sehnsucht erfüllte ihn, und hundert lebhafte Erinnerungen durchzuckten seinen Geist. Er räusperte sich, um den aufwallenden Emotionen Einhalt zu gebieten, und schob das Bild zurück in die Tasche.

Seine einzigen weiteren Besitztümer waren sein Reiseführer, dessen

Seiten schon ganz abgegriffen waren, ein wenig bescheidener Kleinkram und das Notizbuch, das er kürzlich erworben und angefangen hatte zu füllen. Wenn Tarrou hier gewesen wäre, hätte er sicher angemerkt, wie grausam es von dem Künstler gewesen war, die Flasche Grappa zu behalten. Senlin zuckte bei der Erinnerung an seinen halb nackten und geschorenen Freund zusammen. Tarrou hatte so jämmerlich ausgesehen wie ein Bär, der sein Fell an die Räude verloren hatte.

Da erinnerte er sich, dass Tarrou ihm bei ihrer letzten Begegnung etwas in die Tasche seines Mantels geschoben hatte. Nach kurzer Suche förderte er ein Stück Papier zutage, das zu einem kleinen, zerknitterten Rechteck gefaltet war. Er öffnete es und erkannte Tarrous vornehme Schrift, die gen Ende des Briefes immer ausgreifender und gehetzter wurde.

Mein lieber Tom,

vergib mir bitte meine dramatischen Worte, aber ich bin erledigt. Die Blaujacken des Commissioners sind hinter mir her, und ich bin mir sicher, dass sie mir meinen Bart nehmen wollen. Meine Schulden, sowohl finanzieller als auch kosmischer Natur, haben mich eingeholt und werden mich nicht mehr loslassen. Es ist eine traurige Geschichte.
Ich habe es versucht, mein Freund. Ich wollte wirklich nach Hause zurückkehren. Es steckt mehr dahinter, als ich dir erzählt habe. Ich denke, dass du, der Mann mit dem grimmigen Blick, verstehen wirst, wie schwer es ist, traurige Geschichten und andere Verfehlungen ehrlich einzugestehen.
Ogier ist ein verlässlicher Mann. Er ist unausstehlich, aber verlässlich. Vertraue ihm. Ich glaube, er ist nie vom Weg seines Gewissens abgewichen. Im Gegensatz zu mir, der ich diesen Pfad bereits vor einigen Jahren verlassen habe und ein glückliches Leben führte. Bis zu dem Tag, an dem mich ein völlig verrückter Tourist beschämte und mir klarmachte, dass ich etwas tun musste. (Hiermit bekenne ich allen zufälligen Lesern dieses Briefes: Ich bin der Kopf hinter der Verschwörung gegen den Commissioner. Tom ist völlig unschuldig und viel zu fantasielos, um sich so etwas auszudenken.)

Tom, als fortgeschrittener Schüler des Turmes – bleib dran an deiner Frau. Es ist einfacher zu akzeptieren, was man geworden ist, als sich daran zu erinnern, wer man einmal war. Such sie.

Mit trostlosen Grüßen,
J. Tarrou

Die Unterschrift drängte sich an den unteren Rand der Seite.

Senlin las den Brief zwei Mal und entließ ihn dann in die Lüfte. Das Blatt tanzte zwischen den gesenkten Köpfen der geschlagenen Schönheiten und verschwand dann zwischen den Seilen der Takelage. Es war besser, sich der Nachricht zu entledigen. Senlin verstand Tarrous Anspielungen auf das Gewissen oder kosmische Schulden nicht, und er war überrascht, dass er Ogier mit seinem letzten Atemzug in Freiheit ein Lob ausgesprochen hatte. Der letzte Satz war allerdings glasklar. Senlin verstand seinen Freund nur allzu gut.

Vom Zug aus hatte der Turm vor einigen Wochen dünn wie eine Nadel ausgesehen, jetzt schien er sich über den gesamten Horizont zu erstrecken, seine Oberfläche gebogen wie ein Halbmond, in dessen Umlaufbahn sie sich gerade befanden. Senlin spürte seine Unermesslichkeit und Bedeutsamkeit. Sie flogen so nahe an dem gelblichen Sandstein, dass er sich zu fragen begann, was wohl geschah, wenn eine Gashülle am Turm entlangschrammte. Ob sie wohl platzte? In Flammen aufging? Oder ob nur ein Riss entstand und das Gas langsam entwich, bis der Ballon vom Himmel fiel? Er sah nach oben und sinnierte über die Verletzlichkeit seines Transportmittels. Sie hingen an etwas, das so fadenscheinig aussah wie ein Seidenhemdchen.

Doch kein anderer wirkte besorgt, weshalb Senlin davon ausging, dass alles völlig normal war. Er genoss den Frieden und die Pause von all den schrecklichen Dingen. Die riesigen Steinblöcke des Turms waren zimmerhoch, mit gewundenen Knoten verziert und mit uralten Farbschichten bedeckt. Die Oberfläche erinnerte Senlin an einen alten Teppich: hervorragend gearbeitet, doch mit den Spuren der Zeit. All die Pracht war jedoch verschwendet an seine Mitreisenden, die ihre Umgebung so langweilig wie einen unbeleuchteten Zugtunnel zu finden schienen.

Das Schiff setzte seinen Weg rasch wie eine Fregatte in Kreisen um den Turm fort und schraubte sich so nach oben. Sie stiegen auf wie ein Band um einen Maibaum. Es war aufregend. Es war, als flöge man einen Drachen.

Der Hafen erschien in der Ferne, ragte aus dem Turm heraus, und der Seemann im Ausguck, der in dem Seilgewirr unter der Gashülle befestigt war, rief: »Hafen voraus!«

Nun näherte sich der Hafen rasch, und in dem kurzen Moment, bevor der Ballon ihn verdeckte, erkannte Senlin, dass sie zu tief heranflogen, weit unter der Anlegestelle. Er fragte sich, ob der Captain noch einmal um den Turm herumfliegen musste und wie lange das wohl dauern würde.

Gerade als Senlin ernsthafte Zweifel an dem Mann am Steuerrad zu hegen begann, korrigierte der Captain seelenruhig den Brenner, und sie schossen nach oben. Es fühlte sich an, als würden sie aus einem reißenden Fluss auftauchen. Der Luftstrom wurde zu einer Brise, die sie sanft vom Turm wegschob. Der Hafen tauchte wieder unter dem Rand des Ballons auf, und Senlin sah, dass der Wind sie zu weit nach außen getragen hatte. Sie würden sogar die Spitze des hervorstehenden Anlegers verpassen! Das Fliegen von Luftschiffen war wirklich eine heikle Angelegenheit.

Sie waren beinahe auf einer Höhe mit der Plattform, als ein großer Drache aus den Armen einiger Hafenarbeiter aufstieg. Er war so groß, dass er einem Schiffssegel ähnelte, und schleifte ein Juteseil hinter sich her. Der Hafen warf die Abschleppleine aus.

Der Anblick war faszinierend. Der Drachen stürzte auf das Schiff zu, während der Mann im Ausguck versuchte, diesen mit einem Bootshaken einzuholen. Nach einigen gescheiterten Anläufen gelang es dem Mann, das Seil zu packen. Er holte es ein und zerschnitt die kleine Leine, die das Seil mit der Seidenleine des Drachen verband. Der Drachen stieg in den Himmel auf.

Der Mann band die Schleppleine in die Takelage, damit sie nicht wieder über Bord gerissen wurde, dann kletterte er an Deck. Dort wand er die Leine um eine Klemme, während der Captain eine rote Flagge an einem kurzen Griff entrollte und damit Richtung Hafen winkte. Die Arbeiter setzten eine Winde in Bewegung und zogen das Schiff aus dem Thermalwind auf einen Landeplatz.

Die Plattform saß auf einem rostigen Gerüst und war knapp hundert Meter lang und knapp fünfundzwanzig Meter breit. Rahen ragten wie unbelaubte Bäume einer Allee empor. Hafenarbeiter luden Säcke von dem einzigen anderen Schiff, das gerade vor Anker lag. Der Eingang zum Turm war ein schmuckloser, bescheidener Bogen, ganz im Gegensatz zu der Konzertmuschel der Bäder.

Zwei Liegeplätze erstreckten sich unter der Anlegestelle, an der sie angedockt hatten, und Hafengehilfen rutschten diese auf dem Gesäß entlang, mit über dem Abgrund baumelnden Beinen, um das Schiff zu verankern. Die Mannschaft der Fähre warf den wartenden Schauermännern Seile zu, die sie um eiserne Poller wanden, von denen jeder so groß war wie eine Zweiundvierzig-Pfund-Kanonenkugel.

Die Frauen standen auf und verließen das Schiff der Reihe nach. Ihr Schweigen war beinahe wie auf einer Beerdigung. Alle waren wie betäubt von ihrer persönlichen Verzweiflung. Da Senlin nicht wusste, was er sonst tun sollte, reihte er sich hinter ihnen ein. Ein Arbeiter in einem Lederoverall bedeutete ihnen, ihm zu folgen, und sie bahnten sich ihren Weg durch Paletten und Kisten auf den Turm und den Eingang von Neubabel zu, der so einladend wie eine Höhle war.

Dieser Lufthafen unterschied sich völlig von den Häfen des Commissioners, die sauber, organisiert und auf ihre Art entzückend gewesen waren. Hier zogen offene Kisten mit Obst und Gemüse Fliegenschwärme an, Kohlestaub knirschte unter den Schuhen, und die Gänge waren voller leerer Paletten, eingedrückter Fässer und den Beinen von dösenden Männern. Die Zollstation war ein schiefer Schalter mit einem darüber angebrachten Brett. Ein einfältiger Mann lehnte an dem Schalter, den Mund zu einem bedrohlichen Grinsen verzogen. Senlin sah keine Touristen, keine Mitglieder der besseren Gesellschaft, nur eine Menge abgerissener, hart arbeitender Männer. Er fragte sich, wer wohl in diesem Chaos den Oberbefehl hatte.

Der Büffel war in altes Leder und schweren Baumwollstoff gekleidet. Sein graubrauner Bart reichte bis in seinen Kragen aus Kaninchenfell. Er sah aus wie ein Fallensteller aus irgendeiner entlegenen Berggegend. In einer anderen Umgebung hätte das vielleicht lustig gewirkt, hier im Freien, unter der erbarmungslosen Sonne, an diesem menschenfeindlichen Ort war der Mann eine einzige Bedrohung.

Er behandelte die Frauen wie Vieh auf einem Markt, betastete ihren Hals auf der Suche nach Pestbeulen, überprüfte ihre Arme nach der runden Narbe aus dem Salon und rieb seinen schmutzigen Finger über ihre Zähne. Die Frauen mussten ihren Namen nennen und sich in sein Buch eintragen. Dann verpasste er ihnen einen unfreundlichen Klaps auf den Hintern und untersuchte die nächste.

Danach wurden alle Frauen auf die Transportfläche eines seltsamen Gefährts geladen. Anstelle von Pferden oder Mauleseln oder Ochsen war eine Maschine davorgespannt, etwa von der Größe und Form eines Buggys, die Dampf ausstieß und auf zwei Achsen vibrierte. Die hinteren Räder waren breit und stahlverstärkt, wohingegen die vorderen Räder klein und offensichtlich aus Gummi waren. Ein befreiter Zug. Ein schienenloser Wagen. Eine Autokutsche! Trotz allem wäre Senlin am liebsten hingerannt und hätte die tickenden Anzeigen und Klappen inspiziert, die stampfenden Kolben …

»Du bist aber eine hässliche Frau«, sagte der Einfaltspinsel. Senlin sah sich überrascht um, bis er schließlich bemerkte, dass er am Kopf der Schlange angekommen war.

Bevor er sich zurückhalten konnte, hatte er schon geantwortet: »Wenn du meinst, Schwester.«

Der Einzige, der noch verblüffter von dieser Antwort war als Senlin selbst, war der Büffel, der prustete: »Genau das, was das Boudoir braucht – noch einen Komiker!« Der Mann riss Senlin die Tasche von der Schulter, bevor dieser reagieren konnte. Er durchwühlte sie mit seinem haarigen Arm und förderte den *Allgemeinen Führer* zutage. Er schnaubte erneut und hielt das Buch in die Höhe, um es einem größeren, mürrischeren Wachposten zu zeigen, der mit verschränkten Armen hinter ihm stand. Erst auf den zweiten Blick erkannte Senlin, dass es sich bei dem Wachmann oder Beamten oder Torhüter oder was auch immer um eine Frau handelte, die genauso breite Schultern wie Tarrou hatte und noch eine halbe Handbreit größer war. Sie war um einiges älter als die Frauen, die gerade das Schiff verlassen hatten, und hatte die weichen Lider und die breite Stirn, die man häufig bei den Bewohnern des harschen arktischen Rings fand. Ihr kurzes Haar schien von einem blinden Mann mit einer Sichel geschnitten zu sein und hatte die Farbe von Asche. Um ihre Taille trug sie eine dreifach geschlungene schwere Kette, als wäre das ein völlig normaler Gürtelersatz. Senlin konnte den Blick nicht abwenden.

»Schau, Iren! Ich hab sein Buch mit Witzen gefunden«, sagte der Büffel. Das Gesicht der Amazone blieb unbewegt. Der Mann hob den Arm und warf das Buch geschickt über Senlin hinweg. Es öffnete sich in der Luft und flatterte wie ein Vogel über den Hafenrand ins blaue Nichts.

Trotz seiner Überraschung war Senlin nicht besonders traurig über den Verlust des Buches. Die Zeiten, in denen er sich verzweifelt daran geklammert hatte, waren vorbei. Außerdem – was hatte es ihm schon Gutes gebracht? »Alte Witze«, meinte er daher nur knapp.

Der Büffel zeigte kein Interesse an Senlins ledergebundenem Notizbuch oder dem Gefängnisschlüssel, den er dankenswerterweise nicht als Waffe erkannte, doch Ogiers Gemälde erregte seine Aufmerksamkeit. Als er das Bild ins Licht hielt, pfiff er lüstern und strich mit dem Daumen über die Leinwand. »Na, du bist mir ja einer! Willst eine Nackte hereinschmuggeln.« Der Büffel wollte das Bild in eine Tonne werfen, die vor Taschenuhren, Medaillons, Elfenbeinkämmen und anderen Wertsachen überfloss. Eine wahre Fundgrube an Erinnerungen.

Etwas explodierte in Senlins Kopf, wie ein platzendes Maiskorn.

Er packte mit einer Hand das Handgelenk des Büffels und mit der anderen das Gemälde, worauf sich die zweite Hand des Mannes um seine Kehle schloss. Die Haut war so rau wie Korallen. Sein Grinsen war verschwunden, sein Blick war unbeteiligt, als würde er gerade einen schwierigen Knoten entwirren und keinen Mann strangulieren.

Trotz seiner Atemnot weigerte sich Senlin, das Bild freizugeben. Er fürchtete, der Rahmen könne zerbrechen, doch er würde sich eher am Hals in den Abgrund werfen lassen, als ihr Bild loszulassen. Das überraschte ihn; er hatte wahrlich seine Feigheit überwunden. So standen die beiden Männer also da, zwei kämpfende Krabben mit ineinander verhakten Scheren.

Der Büffel schien ebenfalls überrascht von Senlins Entschlossenheit und verzog den Mund zu einem trägen Grinsen, bei dem seine gelben Zähne sichtbar wurden. »Ich kann einen Mann respektieren, der seine Nackten mehr liebt als sein Leben.« Er gab Senlins Kehle frei und ließ das Gemälde zurück in die Tasche gleiten. Dann fragte er, während der Schuldirektor noch die Farbe zurück in seine Wangen atmete: »Name?«

»Mud«, erwiderte Senlin heiser.

»Mud also«, sagte der Wachmann und drehte sein Buch zu Senlin, in dessen Mitte ein Bleistift lag. »Eine Unterschrift, Mud.« Das Buch war voller ungelenker X und unleserlicher Kritzeleien. Keine Unterschrift zeigte einen echten Namen. Senlin befeuchtete die Spitze des Bleistiftes mit seiner Zunge und unterschrieb mit der ausgreifendsten, schnörkeligsten Schrift, die er zustande brachte: *Thomas Senlin Mudd, Doktor der Buchstaben*. Er ließ den Bleistift mit einem frechen Zwinkern zurück ins Buch fallen. Er fühlte sich ein wenig wahnsinnig.

Der Mann verzog verächtlich die Lippen angesichts von Senlins Bemühungen. »Oh, ein Gentleman ist mit dem Hurenkahn gekommen. Macht den Weg frei für Doktor Thomas Senlin Mudd!«, rief er mit um den Mund gelegten Händen.

Senlin fühlte sich mutig und ein wenig selbstzufrieden bis zu dem Moment, in dem der Kopf der Amazone zu ihm herumwirbelte wie ein zum Leben erwachter Gargoyle, ihr bisher desinteressierter Blick plötzlich klar und scharf wie der eines Habichts. »Du bist Tom Senlin.« Das war keine Frage.

Etwas sagte ihm, dass er sich seiner alten Feigheit besinnen und losrennen sollte.

2

»Der einfachste Weg, die Welt für einen Menschen rätselhaft und Angst einflößend zu gestalten, ist, ihn hindurchzujagen.«

Ein Mann und sein abenteuerlicher Weg durch den Turm, von T. Senlin

Der Tunnel in den Turm war so roh und unbehauen, dass er von einem riesigen Wurm aus dem Gestein gebissen worden zu sein schien. Hier gab es keine Messinggeländer oder exotische Teppiche oder weiße Wandvertäfelungen. Dampf aus Maschinen klebte am Gestein wie Nebel auf Glas, weshalb jeder Schritt zu einer unsicheren Rutschpartie mutierte. Eine Reihe gelblicher elektrischer Glühbirnen, die kaum Licht verbreiteten, hing an der Decke. In der Düsternis konnte Senlin keine Nischen oder Abzweigungen entdecken, in denen er sich verstecken oder in die er sich flüchten konnte. Die einzige Möglichkeit, der Amazone, die ihn mit klirrenden Ketten verfolgte, zu entkommen, war schneller zu sein als sie.

Eine dunkle, schaukelnde Masse versperrte ihm den Weg: die Autokutsche. Als sie unter einer Glühbirne hindurchfuhr, zeichneten sich die Schatten eines Dutzend Frauen an den Wänden ab. Da das Gefährt sich in Schrittgeschwindigkeit bewegte, den Gang fast vollständig ausfüllte und er sich nicht ohne Gefahr für sein Leben daran vorbeidrängen konnte, saß er in der Falle. Außer er kletterte darüber. Er sprang auf den Wagen auf und rief: »Aus dem Weg!«, als er sein Bein über den Rand schwang.

Die Frauen standen dicht gedrängt wie Menschen in Seenot in einem

Rettungsboot und waren von seinem Eindringen überhaupt nicht begeistert. Wer Platz hatte, hob den Arm und schlug auf ihn ein, traf ihn unter dem Ohr, zwischen den Rippen, den Schulterblättern. Andere kreischten Verwünschungen in sein Ohr. Er drängte sich zwischen ihnen hindurch und entschuldigte sich fortlaufend. Ihre Wut hatte jedoch auch einen positiven Effekt: In dem Tumult konnte die Amazone nicht auch aufspringen, sondern wurde von Tritten zurückgedrängt. Sie schien zu zögern, die Frauen zur Seite zu befördern, auch wenn sie sich mühelos wie ein Löwe im Gras einen Weg bahnen könnte.

Senlin nutzte die momentane Verwirrung, um auf die Fahrerbank zu klettern. Er setzte einen Fuß auf den Querbalken, packte die eisernen Haltestangen und hievte sich neben den überraschten Fahrer, dessen weiße Haarsträhnen im Dampf der Maschine wehten. Der Mann hustete verschleimt und drängte sich wie ein geschlagener Hund in eine Ecke der Sitzbank. Senlin entschuldigte sich erneut, auch wenn der Lärm der Kolben seine Worte verschluckte. Der lärmende Motor befand sich vor ihnen und stieß dichte Dampfwolken aus, die den Tunnelboden und die Glühbirnen über ihnen verdeckten.

Senlin erkannte, dass sein einziger Fluchtweg über den Motor führte, weshalb er nach einem Halt zwischen den nach oben schießenden Kolben und den sich rasch bewegenden Bändern suchte. Vorsichtig streckte er den Fuß aus, der sofort von einem Kolben beiseitegedrückt wurde. Etwas riss an seinem Ärmelaufschlag, und als er sich umblickte, sah er eine kräftige Hand, die über die Köpfe der erbosten Passagiere hinweggriff. Die Amazone durchbohrte ihn mit ihrem erbarmungslosen Blick, verstärkte ihren Griff und schien ihn gerade vom Fahrersitz ziehen zu wollen, als eine der Frauen ihre Zähne in der Armbeuge seiner Verfolgerin versenkte.

Sie lockerte ihren Griff gerade lange genug, damit Senlin sich freimachen konnte. Jetzt durfte er nicht mehr zögern. Er zog die Beine an und legte eine Hand auf die verkalkte Wölbung des Kessels. Schmerz durchzuckte ihn, als die heiße Oberfläche seine Haut verbrannte, doch er zuckte nicht zurück, sondern flankte über den Motor wie ein Junge über einen Zaun.

Es war ein Wunder, dass er sich bei der Landung nicht beide Knöchel verdrehte oder unter die Räder der Autokutsche geriet. Irgendwie schaffte er es, auf den Beinen zu bleiben. Er ballte seine verbrannte Hand zur Faust, als ob dadurch der Schmerz geringer würde, und rannte los.

Bald schon mündete der Tunnel in eine Höhle, die so groß wie ein ganzer Häuserblock war und in der das Lager für die Waren untergebracht zu sein schien. Unzählige Männer luden Karren und Lastschlitten ab, Fahrer versuchten, mit ihren Wagen auf dem Kiesboden umzudrehen, während andere auf aufgetürmten Kisten saßen, aus Flaschen tranken und ihre Freunde aufs Korn nahmen. Auf einem Gurkenfass wurde ein lebhaftes Kartenspiel ausgetragen, das Senlin zuerst für einen beginnenden Tumult hielt. Ein nüchternes, zweistöckiges Gebäude, das Einzige in der Höhle, stand wie ein tauber Großvater inmitten des Chaos, die weißen Giebel und freiliegenden Balken sahen so alt aus wie die Spuren der Spitzhacken in den Höhlenwänden. Einen Moment dachte Senlin amüsiert, dass diese reizlose Höhle sich ausgerechnet mit dem Namen »Neubabel« schmückte, doch dann erkannte er, dass es sich nur um einen kleinen Bereich in der Außenmauer des Turmes handelte. Das Ringreich Neubabel hatte er noch gar nicht betreten. Das hier war nur der Vorhof. Die Tasche fest an die Brust gedrückt, eilte er weiter.

Er achtete sorgfältig darauf, wohin er seine Schritte setzte, ganz ähnlich einem Weg über eine Kuhweide. Er umging eine kleine Lawine aus verfaulenden Äpfeln, tänzelte zwischen Flecken aus feuchtem Teer hindurch und eilte durch einen Haufen aus Metallspänen, an denen man sich hervorragend eine tödliche Infektion holen konnte. Während er die Stolperfallen des Lagers umging, fragte er sich, warum die Amazone ihn überhaupt verfolgte. Sie hatte auf seinen Namen reagiert, als hätte sie erwartet ihn zu hören. Senlin überprüfte die magere Liste seiner Feinde. Es war unwahrscheinlich, dass sie für den Commissioner arbeitete. Selbst wenn sich sein Einfluss bis nach Neubabel erstreckte, konnte die Nachricht von Senlins Diebstahl nicht schneller als er selbst gereist sein.

Vielleicht stand die mysteriöse Amazone in Diensten des Grafen. Dieser wusste von seinem Rivalen und war möglicherweise zu dem Schluss gekommen, dass es leichter wäre, Senlin töten zu lassen, als eine eventuelle Konfrontation zu riskieren. Doch der Graf konnte nicht wissen, in welche Richtung Senlin sich bewegen würde. Es gab Dutzende von Häfen und Toren, Hunderte vielleicht sogar. Wie sollte er die alle überwachen? Und warum sollte er sich überhaupt die Mühe machen? Der Graf hatte wenig von einem mittel- und machtlosen Mann aus einem armen Fischerdorf zu befürchten.

Als Senlin den Tunnel am anderen Ende der Höhle erreichte, war er sich sicher, dass nicht der Graf hinter seiner momentanen Panik stecken konnte. Doch wenn weder er noch der Commissioner dafür verantwortlich waren, wer dann? Und warum?

Er nahm diese Fragen mit in den düsteren Gang, in dem ihm Glühbirnen wie Brotkrumen den Weg nach Neubabel wiesen.

Indigofarbene Streifen aus Licht zuckten über die Stadt, und Senlins Angst verblasste angesichts dieses Spektakels. Er suchte nach einer vergleichbaren Erfahrung aus seiner Vergangenheit, irgendeiner Theorie, mithilfe derer er sich alles erklären konnte, doch vergeblich. Was er da sah, überstieg die Vorstellungskraft oder das Wissen eines einfachen Schuldirektors. Er stand in der Öffnung des Eingangstunnels und starrte mit offenem Mund auf eine riesige Kuppel, die von blauen Blitzen erhellt wurde.

Es war schwierig, die gezackten Ausläufer der Elektrizität direkt anzusehen, die über die Säulen der Kuppel zuckten. Diese erstreckte sich über freudlose, fensterlose Gebäude, die bis auf gelegentliche Türen so undurchdringlich wie Ziegelwände wirkten. Fledermäuse huschten um die Kuppel herum, die von Motten umschwärmt war. Jede Sekunde flatterten diverse Insekten in die Elektrizitätsbögen und verglühten. Selbst aus der Entfernung knackten und dröhnten die Blitze so laut wie ein Wasserfall.

Dann hörte der blaue Funkensturm plötzlich auf, und die Dunkelheit, die an seine Stelle trat, war so absolut, dass Senlin sich einen Moment fragte, ob er gestorben war.

Doch es handelte sich nur um die falsche Dunkelheit, die ein Lagerfeuer umgibt. Nach einem Moment hatten sich seine Augen daran gewöhnt, und er sah gedämpfte elektrische Straßenlaternen in einem Labyrinth aus gepflasterten Straßen. Pferdelose Kutschen und alle Arten seltsamer Dampfmaschinen bewegten sich in alle Richtungen. Die Lichter der Fahrzeuge schwebten wie Geister durch den Dampf.

Etwas klirrte hinter ihm, und sein Fluchtinstinkt trieb ihn dazu, aus der Ecke auf die Straße zu stürzen, ohne auch nur einen Blick vorher auf seine Umgebung geworfen zu haben.

Senlin wusste sofort, dass dies ein Fehler gewesen war.

Eine hohe Dampfkutsche bog im selben Moment mit halsbrecherischer Geschwindigkeit um die Straßenecke. Der Schornstein stieß dichten, undurchdringlichen Qualm aus. Der Mann auf dem Fahrersitz, der eine Fliegerbrille trug, bemerkte Senlin und versteifte sich vor Schreck. Da der dichte Verkehr ihm keinen Raum zum Ausweichen ließ, würde das Unausweichliche geschehen.

Da zuckte ein silberner Blitz durch die Speichen des Hinterrades des Gefährts. Das fließende Metall wurde sofort fest, als die Kette straffgezogen wurde. Der Wagen knickte ein wie ein Pferd, das sich bei vollem Galopp ein Bein bricht. Ein halbes Dutzend Speichen sprang aus dem Rad, und das andere Ende der Kette, die um den Laternenpfahl an der Ecke geschlungen war, riss diesen aus dem Boden. Die Kutsche rutschte unaufhaltbar gegen den Bordstein und warf den Fahrer von seinem Bock. Der Laternenpfahl prallte gegen die offen klaffende Kutsche und schlug den Motor vor Senlins Füße. Neben ihm explodierte eine Dampffontäne, als ein Kolben sich löste und wütend gegen den Boden hämmerte. Senlin konnte gerade noch für einen Moment die Augen schließen und sich Maryas Bild ins Gedächtnis rufen, als der Kessel auch schon explodierte. Die Messingabdeckung flog durch die Luft wie eine Kanonenkugel, kam einmal, zweimal, dreimal auf der Straße auf, wobei sie tiefe Krater wie in nassem Sand hinterließ, bis sie schließlich in der Ecke eines Gebäudes einen ganzen Häuserblock entfernt einschlug.

Als Senlin sich umdrehte, seine Gliedmaßen noch gelähmt vor Angst, stand die Amazone hinter dem Wrack und starrte ihn an. Sie befreite ihre Kette aus der Verwüstung. Wie sie es geschafft hatte, ein schnell fahrendes Vehikel an einen Laternenpfahl zu ketten, war ihm beinahe ebenso sehr ein Rätsel wie ihr Grund dafür. Sie hatte ihn gerettet, was nur eines bedeuten konnte: Sie versuchte, ihn lebendig zu erwischen. Jemand hatte noch etwas mit ihm vor. Er konnte sich zwar nicht vorstellen, was das sein sollte, doch er hegte den starken Verdacht, dass er es auch nicht herausfinden wollte.

Senlin löste sich aus seiner Erstarrung und schob sich durch den Verkehr, der sich um das Wrack drängte. Er suchte die Umgebung nach einem Unterschlupf ab, sah aber nur Reihen von Gebäuden, die so nahe beieinanderstanden wie Grabsteine auf einem Armenfriedhof. Es war nicht zu unterscheiden, ob es sich um Büros, Fabriken oder Geschäfte handelte oder gar Wohnhäuser, weil alle gleichförmige, fensterlose Klötze waren.

Bis auf einen.

Durch den Nebel leuchtete eine runde Scheibe am Ende der Straße wie ein farbiges Signalfeuer. Senlin eilte darauf zu und erkannte schon bald, dass es sich um eine hoch oben im Giebel eines mit hübschem weißem Stuck verzierten Gebäudes eingesetzte Fensterrosette handelte. Die breiten Türen standen einladend offen. Vielleicht war es eine Mission. In einem Anfall von Optimismus fragte er sich, ob er hier wohl Zuflucht bekäme. Als er die Türen erreichte, atemlos und unter Krämpfen leidend, war er trunken vor Hoffnung. Die Blockbuchstaben auf dem breiten Türsturz formten die Worte: *Haus des Weißen Chroms*. Es klang sogar wie eine Mission.

Über die Schulter warf er einen Blick auf die Straße, die voller ratternder Fahrzeuge war. Die Amazone war unter den Fußgängern nicht zu sehen, die alle die dunkle Kleidung von Fabrikarbeitern trugen. Er schauderte in der feuchten Kälte und spähte durch die Türen. Ein warmer Hauch strich über sein Gesicht. Die Luft im Inneren schien voller Kreidestaub zu sein, als ob jemand Tafelschwämme ausgeklopft hätte. Er konnte sich keinen willkommeneren Anblick vorstellen. Er zog den Kopf ein und betrat das Gebäude.

Zu spät erkannte er, dass er in eine Drogenhöhle geraten war.

3

»Es existiert eine Droge, die es nur im Turm und vor allem in Neubabel gibt. Man nennt sie unter anderem Weißes Chrom oder Krümel. Die Hafenarbeiter nennen sie Krümel, weil sie die Welt aussehen lässt wie etwas, das eine Maus mit einem Happs verschlucken würde und danach immer noch hungrig wäre.«

Ein Mann und sein abenteuerlicher Weg durch den Turm, von T. Senlin

Zuerst bemerkte er nicht, wo er gelandet war, weil alles so vertraut wirkte. Der Raum sah aus wie ein freundliches Wirtshaus in einem Gemeindehaus. Es gab keine Bar, doch die Decke war hoch, die Kanten der Tische abgewetzt vom Alter und glänzend vom Fett vieler Handflächen. Er war nicht allein; Männer saßen ruhig und gelassen an den Tischen, die Köpfe unter kleinen weißen Tüchern gesenkt. Das war seltsam. Das Licht war auch merkwürdig. Es drang von der Laterne vor dem Gebäude durch das Rosettenfenster herein und brach sich in verschiedene Farben und Formen. Es war, als blicke man in ein Kaleidoskop. Alles war zersplittert und wunderschön.

Bis auf die alte Matrone, die ihn begrüßte. Ihr schneeweißes Haar war zu einem Knoten geschlungen, ihre makellose Schürze steif gestärkt und, da war er sich sicher, sorgsam vor Flecken bewahrt. Sie war das Ebenbild einer anständigen Teeverkäuferin.

Die Matrone führte ihn zu einem leeren Tisch, was er zuließ, da er das Wirtshaus, das gar keines was, allmählich mit einer Teestube verwechselte, die er während seiner Studienzeit oft besucht hatte. Er wurde am Ende einer langen Bank platziert, von wo aus er die Männer betrachtete, die wie kleine weiße Berge aussahen. Ein feiner Staub schwebte über allem, so dünn wie Mondlicht.

Vor jedem Mann stand eine Schüssel, über die er sein Gesicht wie bei einer Erkältung hielt. Das weiße Tuch lag über ihren Köpfen und verdeckte die Profile.

Senlin bemerkte, dass vor ihm ebenfalls eine weiße Schüssel stand. Das Wasser war so klar und rein, dass er es gar nicht gesehen hätte, wenn die Frau nicht einen weißen Umschlag, nicht größer als ein Teebeutel, aufgerissen und ein weißes Pulver auf der Oberfläche verteilt hätte. Sofort stieg Dampf an seinem Hemd empor und in seine Nase. Die Frau half ihm, sich vorzubeugen. Ein weißer Vorhang fiel vor die Welt. Und dann …

Die Morgendämmerung war spektakulär. Er stand in einem Korb, hoch über der ausgedörrten Ebene des Tals von Babel.

Über ihm glänzte der Ballon wie eine frisch geschälte Orange. Seine Finger lagen auf dem mit dünnem Frost überzogenen Korbrand und schmerzten vor Kälte. Der Boden der Gondel schwankte sanft unter ihm, als er sich von dem hoffnungsfrohen Sonnenaufgang abwandte, hin zu der mächtigen Säule des Turms. Der Schatten des Ballons glitt kaum wahrnehmbar über die Oberfläche wie eine Zecke über einen Felsen.

Wenn er sich ein wenig vorbeugte, sah er die dichten Wolken, die sich um die höheren Ebenen des Turms drängten. Plötzlich überkam ihn der Drang, diese zu durchbrechen, um zu sehen, was den Menschen auf der Erde und den ärmeren Touristen verborgen war. Es musste prächtig und heilig sein, der Thron von Philosophen und Ingenieuren.

Fieberhaft warf er die Sandsäcke zu seinen Füßen über Bord, dann löste er die Seile, an denen die Ballastsäcke an der Außenseite der Gondel hingen, bis er alles zusätzliche Gewicht abgeworfen hatte. Die Ballonhülle blähte sich, als er in eine neue Strömung glitt und aufstieg. Senlin hatte keine Ahnung, wie schnell er sich bewegte, bis die Wolken ihn einhüllten, milchig und neblig wie Grauer Star, und der Turm aus seinem Sichtfeld verschwand.

Wie Geister umwehten ihn die Wolken. Er schwebte endlos, verloren im Wattenebel, inmitten von bauchigen, geisterhaften Gestalten. Gesichter tauchten an den Rändern seiner Wahrnehmung auf und verflüchtigten sich wieder, wenn er versuchte, sie zu erfassen. Der Korb war nichts als eine Hülle, eine Haut, aus der er sich löste. Er flog nicht, er stieg von der Erde auf. Er verwandelte sich in einen Geist.

Der Wahnsinn breitete sich in ihm aus wie die Angst auf dem Totenbett, und er versuchte, die Seile hinaufzuklettern. Er musste den Ballon einfach zum Absturz bringen. Er suchte nach etwas Scharfem, um die Seide zu durchtrennen, in der Überzeugung, lieber in den Abgrund zu stürzen, als noch weiter in die undurchdringliche Masse aufzusteigen.

Die Gondel durchbrach die Wolkendecke, und er beruhigte sich wieder. Da waren die Sonne und die blaue Himmelskuppel, und neben ihm war der Turm, jedoch nicht in der ihm bekannten Form.

Er sah aus wie ein riesiges abgebranntes Streichholz: verkohlt, noch schwelend und sich am fernen Gipfel zu einer zerbrechlichen Spitze krümmend. Eine Ruine. Zwischen den aufgerissenen Mauern sah er die Trümmer eingestürzter Gebäude, die Geländer und Pfeiler zerstörter Lufthäfen, zerfetzte Flaggen und Luftschiffe, schwarz verbrannte, gekrümmte Leichen, um die sich unzählige Geier scharten. Schutt rutschte von den oberen Ebenen wie Sand in einer Sanduhr, während der Turm in sich zusammenbrach.

Senlin erkannte voll Schrecken, dass er immer weiter auf die Ruine zugetrieben wurde.

Instinktiv trat er einen Schritt zurück und prallte dabei gegen jemanden, der größer und fester als er selbst war. Er drehte sich um und sah sich Marya gegenüber, der lieben, süßen Marya, die mit roten Apfelwangen über ihm aufragte. Zuerst erschien es ihm völlig logisch, dass sie hinter ihm stand, doch dann kamen ihm Zweifel, da sie beinahe doppelt so groß war wie er. Oder war er geschrumpft?

Er versuchte, seine Arme um sie zu legen, doch sie waren so nutzlos wie leere Ärmel. Hilflos schlug er um sich, als Tränen in seine Augen traten. Heiser von dem Qualm, der aus dem zerstörten Turm aufstieg, ließ er es geschehen, als sie ihn wie ein Kind auf den Arm nahm. Sein Kopf lag an ihrer Brust. Sie roch wie eine Schmiede, doch irgendwie tröstlich.

Er ließ sich eine Weile auf ihrem Arm wiegen, dann stellte sie ihn wieder auf dem Boden ab. Hinter ihr entschwebte sein Ballon; er erinnerte sich nicht, hinausgeklettert zu sein. Als er nach unten sah, entdeckte er, dass er auf einem verkohlten Steinvorsprung stand. Über ihm schien sich die schwarze Turmspitze zur Seite zu neigen. Marya legte ihre unnatürlich großen Hände an seinen Kopf. Er sagte mit belegter, brechender Stimme: »Ich liebe dich.«

Sie zog eine Hand zurück, die andere umfasste weiter seine Wange, und schlug ihn mit ausdrucksloser Miene, sodass er Sterne sah.

Der Himmel, der Ballon, das verbrannte Streichholz, das einmal der Turm gewesen war, verschwanden, und Senlin fand sich unter dem Schwefellicht einer Straßenlaterne vor der weißen Kapelle wieder. Wo Marya noch einen Moment zuvor gestanden hatte, ragte jetzt die Amazone über ihm auf. Sie packte ihn am Kragen und hielt die andere Hand so weit erhoben, dass er dachte, sie wolle ein Gähnen verbergen. Er lockerte seinen Kiefer, wollte etwas zu seiner Verteidigung sagen, da sauste die Hand, die so breit wie ein Ruder war, auf ihn herab und verpasste ihm einen Schlag ins Gesicht, der ihn herumwirbelte.

Er sah sein überraschtes Spiegelbild im Fenster einer Kutsche, die auffallend dicht bei ihm stand. Selbst in seiner Verwirrung über die abklingenden Halluzinationen und die Schläge der Amazone war er schockiert von seinem Anblick. Er sah aus wie ein Fisch, wie ein weißer Koi, der aus einem Teich blickt, mit riesigen Augen und farbloser Haut. Er sah völlig wahnsinnig aus.

Die Kutsche war opulent ausgestattet, schwarz lackiert, mit goldenen Leisten. Wie die anderen Gefährte in Neubabel war auch dieses ohne Pferde und vibrierte selbst im Stehen. Senlins Ärmel schnitten schmerzhaft in seine Achselhöhlen ein, wodurch er merkte, dass man ihn von hinten am Mantelkragen gepackt und hochgehoben hatte. Die Tür der Kutsche öffnete sich, und sein eigenes Spiegelbild wurde von einem nicht gänzlich unbekannten Gesicht ersetzt.

Es dauerte einen Moment, bis Senlin den dunkelhaarigen Cherub erkannte, der ihn von der roten Samtbank angrinste.

»Da bist du ja, Tom«, sagte Finn Goll. »Du bist nicht gestorben. Was für eine Überraschung.«

4

»Golls Hafen war nicht von Anfang an Teil des Turms, sondern er wurde Äonen nach dessen Errichtung angelegt, was man seinem schäbigen Äußerem auch ansieht. Im Lauf der Jahrhunderte wurde er immer wieder von ehrgeizigen Männern umbenannt, und doch scheint er bis heute wenig besser als eine Schmugglerbucht.«

Ein Mann und sein abenteuerlicher Weg durch den Turm, von T. Senlin

Die pferdelose Kutsche roch, im Gegensatz zu dem allgegenwärtigen Geruch nach Kohle und Schwefel, nach Kampfer und Orangenöl. Zwischen den hohen Samtbänken schwang eine tränenförmige Lampe wie das Pendel eines Hypnotiseurs. Kristallkaraffen klirrten in einem Fach, das mit Kork ausgeschlagen war. Der heruntergezogene Sichtschutz an den Fenstern war mit winzigem Paisleymuster überzogen. Die Kutsche schwankte so sanft wie eine Hängematte, und Senlin fühlte sich an seine letzte Zugfahrt erinnert: die geschützte Umgebung und die entspannte Geschwindigkeit, Luxus über roher mechanischer Kraft. Auch wenn er dieses Mal nicht wusste, wohin die Maschine ihn brachte und wann sie anhalten würde.

Wie gern sich Senlin einst an Finn Golls Rat erinnert hatte! Die folgenden Wochen nach seiner Begegnung mit dem kleinen Mann im Untergeschoss waren so voller Verrat und Misstrauen gewesen, dass Senlin sich an ihre kurze Bekanntschaft als Beispiel für das bessere Wesen des Turms geklammert hatte. Wenn Finn Goll hier lebte, hatte er bei diversen Gelegenheiten geschlussfolgert, dann musste es hier auch andere gute Seelen geben. In einem Land mit wenigen Freunden war Goll ein Mann ohne Hintergedanken und finstere Pläne.

Falscher hätte Senlin gar nicht liegen können.

Golls bescheidenes Auftreten, seine Kleidung eines einfachen Händlers … alles hatte sich gewandelt. Sein Tweedmantel und seine Wollhosen waren makellos. Sein dichtes Haar war zu einer schwarzen Welle frisiert, die sich auf einer Seite seines Kopfes ständig aufzubauen, jedoch nie einzubrechen schien. Goll saß Senlin gegenüber, knetete seine Unterlippe, seine dicken, dunklen Brauen amüsiert gefurcht. Je klarer Senlins Kopf wurde, desto verstörter war er von Golls Anblick. Er schien nicht hierherzupassen, ein kosmischer Fehler. Was tat er hier?

Ohne die Amazone neben ihm auf der Sitzbank hätte Senlin alles für eine weitere Halluzination gehalten. Während Senlin sorgsam Blickkontakt mit Finn Goll hielt, starrte sie ihn offen an, beugte sich so nahe zu ihm, dass er den Atem, der durch ihre Nase strömte, spürte.

»Was für ein Auftritt, Tom. Wirst am Hafen in die Mangel genommen, erschreckst die armen Weiber auf dem Karren zu Tode, wirfst dich in den Verkehr und benebelst dich im Krümelhaus. Bravo! Ich bin beeindruckt.« Goll rieb mit den Handflächen über seine Knie. »Am besten gefällt mir der Teil, in dem du Iren sagst, dass du sie liebst.« Er lachte schallend in die Richtung der Riesin, die den Scherz mit einem trägen Blinzeln zur Kenntnis nahm. »Unter uns, ich glaube nicht, dass sie der Typ zum Heiraten ist.« Er lachte wieder. »Ich wette, diese Tricks hast du nicht aus deinem Reiseführer.«

Senlin weigerte sich, seine Demütigung zu zeigen. Er gab sich unbeteiligt und antwortete: »Ich werde den Unsinn nicht verteidigen. Es ist mir ein Rätsel, dass ein Reiseführer so unzutreffend sein und trotzdem die vierzehnte Auflage erleben kann.«

»Es ist weniger überraschend, wenn man weiß, dass die meisten Autoren, die daran gearbeitet haben, nie einen Fuß in den Turm gesetzt haben.«

»Ganz sicher nicht«, höhnte Senlin.

»Aber es erklärt einiges, nicht wahr?«, trällerte Goll fröhlich. »Ich gebe dir die nützlichste Information, die jede dieser Klorollen verschweigt: Der Turm ist eine Teergrube. Sobald man einen Zeh hineingesetzt hat, steckt man für immer fest. Niemand reist wieder ab. Niemand kehrt nach Hause zurück.«

»Natürlich kehren Menschen nach Hause zurück«, erklärte Senlin und unterdrückte ein Schnauben. Es fiel ihm zunehmend schwerer, freundlich zu bleiben. Wer war Goll eigentlich, so überheblich und einschüchternd mit ihm zu sprechen? »Ich hätte Sie nicht für einen Verschwörungsanhänger gehalten, Mr. Goll.« Senlin straffte die Schultern und versuchte, seine Manschetten geradezurücken, auch wenn diese durch seine Flucht dreckverschmiert waren. Goll beobachtete amüsiert seine Versuche, sich präsentabel zu machen. »Natürlich reisen Menschen nach Hause«, beharrte Senlin. »Meine Frau und ich werden zurückkehren.«

»Aha!« Finn Goll deutete auf Iren, die Amazone, und verkündete: »Ich habe dir doch gesagt, dass ich ihn vom ersten Moment an für den Posten haben wollte. Er ist so *ernsthaft!«* Iren grunzte zustimmend, und Goll zeigte mit seinem kurzen Finger auf Senlin. »Das war ein langes Vorstellungsgespräch, Tom, wie du dich durch den Turm gekämpft hast. Ich war mir nicht sicher, ob du den Salon überleben würdest. Dass du den Bädern entkommen bist, ohne zum Hod zu werden, ist ein kleines Wunder. Ich habe natürlich gehofft, dass du es schaffst.«

»Ich weiß nicht, wovon Sie sprechen. Ich bin aus eigenem Antrieb hier und nicht wegen eines Postens.«

»Ja, Ja, natürlich.« Goll verdrehte die Augen. »Tu nicht so, als sei das hier etwas Obszönes. Das ist eine Verhandlung, Tom, ein Geschäft. Mein Hafen hat seit sechs Monaten keinen Hafenmeister, nicht seit der letzte … spontan in den Ruhestand gegangen ist, und ich finde niemanden, der geeignet und willig für die Aufgabe wäre. Ich brauche einen neuen Hafenmeister, und du Arbeit. Auch wenn es dir da noch nicht bewusst war, aber seit dem Moment, in dem du den Zug verlassen und den Markt betreten hast, hast du Arbeit gebraucht. Jeder im Turm findet früher oder später Arbeit. Es ist nur die Frage, ob man dafür bezahlt wird.«

»Ich gebe zu, dass ich mir eine etwas andere Reise vorgestellt hatte, aber ich brauche keine Arbeit. Daheim wartet meine Stelle auf mich«, sagte Senlin, auch wenn er selbst nicht mehr so recht daran glaubte. Trauer durchzuckte ihn bei der Vorstellung, dass man ihn mittlerweile ersetzt haben musste. Ohne Vorwarnung, ohne Erklärung für seine Schüler. Das Schuljahr hatte angefangen, und ein Fremder würde vor ihnen stehen. Das würde sich schnell ändern, denn die Bindung zwischen Schüler und Lehrer entwickelte sich rasch. Senlin schüttelte das stärker werdende Gefühl des Verlustes ab und überließ seiner Wut die Führung. »Und tun Sie nicht so, als ob Sie für mein Überleben verantwortlich wären. Es gab kein Vorstellungsgespräch, das hier ist nicht mein Ziel. Sie oder Ihr Posten sind mir egal. Und sobald Sie diese Kutsche anhalten lassen und die Tür öffnen, werde ich gehen.«

Goll ignorierte Senlins Protest. »Du fragst dich sicher, warum ich nicht einfach einen neuen Hafenmeister aus meinem eigenen Hafen rekrutiere. Warum so tief unten im Untergeschoss nach jemandem suchen? Ich muss doch nur hier sitzen und die eintreffenden Massen überprüfen. Ich könnte einfach jeden primitiven Mundatmer durch das Tor fragen: ›Können Sie mit Zahlen umgehen? Sind Sie loyal? Ehrlich? Vernünftig?‹ Goll zählte die Eigenschaften an seinen dicken Fingern ab. »Das habe ich auch getan, und das hat mir eine Reihe inkompetenter, unverlässlicher Lügner eingebracht, die mir fast das letzte Hemd geraubt hätten. Weil man den meisten schon jeden Anstand aus dem Leib geprügelt hat, wenn sie es so weit in den Turm hineinschaffen. Sie würden alles sagen, um ihr Ziel zu erreichen. Man kann nicht mit ihnen verhandeln und ihnen nicht trauen. Um einen Menschen zu kennen, seinen Charakter zu verstehen, muss man ihn schon gekannt haben, bevor der Turm ihn bis in seine Grundfesten erschüttert hat. Wenn man nicht weiß, wie er sich verändert hat, weiß man nicht, zu was er geworden ist. Allein die Tatsache, dass du dich mir widersetzt, zeigt mir, dass du der richtige Mann für den Posten bist.«

»Geben Sie allen denselben schlechten Rat wie mir?«

»Was für einen schlechten Rat? Misstrauisch zu sein? Sich auf die eigenen Augen zu verlassen? Warum sollte das schlecht sein?«

»Sie haben mir gesagt, ich solle niemandem vertrauen«, erklärte Senlin und hätte den Mann am liebsten mit einer Geste bedroht, doch er wollte neben der Amazone keine abrupte Bewegung machen. Er versuchte, so viel Leidenschaft wie möglich in seine Worte zu legen. »Doch dem Salon und den Bädern bin ich nur entkommen, weil ich meinen Freunden vertraut habe.«

»Wirklich? War es tatsächlich so?« Goll strich sich fröhlich, fast zwanghaft über den Bart. Er schien sich köstlich zu amüsieren. »Bist du sicher, dass du nicht einfach eine enge Bindung zu Fremden aufgebaut und diese dann ausgenutzt hast? Wo sind diese Freunde denn jetzt? Sind sie genauso gut zurechtgekommen wie du?« Er öffnete erwartungsvoll die Hände. »Ich verstehe dein mürrisches Schweigen so, dass dem nicht so ist. Würden sie dir jetzt auch noch vertrauen, nach allem, was sie wissen? Würden sie dich immer noch einen Freund nennen?«

»Dennoch haben Sie erwartet, dass ich Ihnen vertraue.«

»Nein. *Muddit,* nein! Die Mächtigen vertrauen niemals. Sie respektieren und werden respektiert. Vertrauen ist ein schwaches Band, das nur für die Schwachen ist.«

»Ich habe andere, stärkere Bindungen im Sinn«, erklärte Senlin würdevoll.

»Ah …« Goll lehnte sich gegen die gesteppte Rücklehne der roten Sitzbank, Verstehen zeichnete sich auf seinem Gesicht ab. »Du sprichst von deiner Frau.« Er öffnete den Vorhang. Vor der Kutsche zogen die Gebäude von Neubabel, so schmucklos wie ein Wegweiser, so abweisend wie Särge im grauen Dämmerlicht vorbei. Die Welt roch wie die Unterseite eines Pflastersteins. Motten flatterten um die Straßenlaternen herum. Als Golls Hand am Sichtschutz ruhte, sah Senlin zum ersten Mal den goldenen Ehering an seinem Finger.

Als der kleine Mann wieder sprach, hatte seine Stimme etwas von seinem prahlerischen Ton verloren. »Du tust so, als hättest du sie nicht verloren. Du bist wie ein Hund, der am Grab seines Herrchens weint. Aber sie ist weg, Tom.« Finn Goll lächelte aufrichtig, fast schon melancholisch. »Die Menschen glauben, dass das fehlende Scheitern der Unterschied zwischen Arm und Reich, den Mächtigen und den Hod ist. Doch das stimmt nicht.« Golls Tonfall wurde wieder lebendiger. »Mächtige Männer scheitern genauso oft, wenn nicht sogar mehr als die Versager. Der Unterschied ist, dass sie dazu stehen; sie führen sich ihre Fehlschläge vor Augen, erkennen die Enttäuschung an und machen weiter!« Goll reckte die Fäuste in die Luft, als hätte er einen unsichtbaren Halunken am Schlafittchen gepackt. »Sei kein Hod. Der Hod leugnet die Realität, Tom! Er kann sich nicht eingestehen, dass er geschlagen ist, weshalb er den Schlägen nie entkommen kann. Deine Frau ist weg!« Seine Stimme überschlug sich beinahe.

Senlin hatte während Finn Golls Tirade begonnen, seine Hände zu mustern. Sie waren schmutzig, und eine Blase von der Größe eines Sanddollars prangte auf einer Handinnenfläche, der Preis, dass er den Dampfkessel berührt hatte. Vorsichtig ballte er die Hand zur Faust, beobachtete, wie das rote Fleisch anschwoll und sich dehnte. »Meine Frau ist nicht weg«, erwiderte er. »Sie wurde von einem vermögenden Schurken namens W. H. Pell entführt, aber sie ist nicht verloren. Ich weiß, wo sie ist. Ich werde sie holen, und weder Sie noch irgendjemand sonst kann mich daran hindern.«

Die Leidenschaft in Golls Ausdruck erstarb so plötzlich, als hätte er einen Schlaganfall erlitten. Er warf der Amazone Iren einen Blick zu, die daraufhin Senlin wieder am Kragen packte und ihn schüttelte, als bestrafe sie einen lästigen Hahn. Senlins Wirbelsäule knackte, Schmerz durchzuckte ihn, als die Kutsche um ihn herum verschwamm. Ihr Griff war eisenhart, er konnte sich nicht wehren.

Draußen erwachten die Blitze an der Kuppel wieder zum Leben, das Dröhnen und Knistern wurde immer lauter, während die purpurfarbenen Zacken gegen den Käfig prallten und die Stadt erhellten. Das Innere der Kutsche wurde zu einem Gemälde. Senlin bemerkte, dass er nicht mehr geschüttelt wurde, und schnappte nach Luft.

Dann fuhr die Kutsche in einen Tunnel, und das Tuckern des Motors und das Knirschen der Räder hallte hörbar von den Wänden wider.

Senlin fühlte sich, als seien seine Gedanken das Echo einer lange vergangenen Äußerung. Er straffte die Schultern, räusperte sich und klärte seine gequälte Kehle mit einem schleimigen Husten. »Meine Frau ist nicht verloren«, erklärte er mit unbeirrter Sicherheit.

Goll lehnte sich vor, seine schweren Brauen so weit nach unten gezogen, dass sie wie eine Augenbinde aussahen. »Du bist nicht der einzige Nichtsnutz im Spiel, Tom. An dem Tag, an dem ich dich getroffen habe, habe ich ein Dutzend anderer Kandidaten ins Rennen geworfen.« Er schnippte mit dem Finger in Irens Richtung. »Zähl sie auf!«

Sofort listete die Amazone aus ihrer Erinnerung eine Reihe von Namen auf: »Haden Peal, Farooq Jiwa, Geert Van Dijk, Willam Mercer, Edgar Cole, Jean Flaubert, Chin Mawei, Thomas Senlin, Colin Hannah …«

Goll bedeutete ihr ungeduldig zu schweigen. »Du glaubst, du bist der Einzige, der schreiben und lesen und Zahlen zusammenrechnen kann? Ihr Gelehrten seid so selten wie Bettwanzen!« Er war laut geworden und erlangte seine Fassung mit einer fast manischen Anmut wieder. Dann lehnte er sich zurück. »Lehn den Posten ab, Tom, und viel Glück. Aber ich warne dich, eine Ware ist immer ausreichend vorrätig im Turm: verzweifelte Männer.«

»Verzweiflung ist gar nicht so schlecht«, erwiderte Senlin.

»Ja, wenn kein Geld dahintersteckt«, konterte Goll.

So ungern Senlin es zugab, der kleine Mann hatte recht: Er brauchte Geld. Marya zu finden und den Turm zu durchqueren brachte Transportkosten, Schmiergeld und wer weiß was mit sich. Er konnte nicht länger als Tourist weitermachen und sich auf die Opfer seiner Freunde und Bekannten verlassen. Er musste einen Plan ausarbeiten, seine Kräfte sammeln und konzentriert losschlagen. All das kostete Zeit, und Zeit kostete Geld.

Goll beobachtete ihn aufmerksam und erriet, welche Gedanken Senlin gerade hegte. Der Schuldirektor spitzte die Lippen, um seine Überlegungen zu unterstreichen. »Ich mag es nicht, unter Druck gesetzt zu werden, Mr. Goll. Wenn Sie mir einen Posten anbieten wollen, werde ich es erwägen, aber wenn Sie mich tyrannisieren und sich benehmen, als stünde ich in Ihrer Schuld, weil man mich hier ausnutzt, dann geselle ich mich lieber zu den Hods.«

»Eins möchte ich klarstellen: Ich habe Angestellte. Hods beschäftige ich nicht. Du wirst für deine Arbeit bezahlt werden.«

»Um was für eine Arbeit handelt es sich genau?«, fragte Senlin und lauschte, als Finn Goll ihm die Pflichten eines Hafenmeisters erklärte, darunter die Organisation der Schauerleute und die Inspektion und Auszeichnung der Waren sowie der Kauf und Verkauf importierter Güter. Er würde die Schichten der Arbeiter einteilen, die Kontobücher führen, die Männer bezahlen und vor allem den täglichen Acht-Uhr-Bericht für Goll aufbereiten.

»Die Arbeit ist weder leicht noch einfach. Du hast den Hafen gesehen, die Zollstation, die Männer. Es ist alles …«

»… etwas schäbig, unorganisiert und chaotisch«, vervollständigte Senlin den Satz.

Finn Goll breitete die Hände aus und akzeptierte die Beschreibung. »Also, du wirst dir dein Geld verdienen müssen. Dein Gehalt wird einen Mina pro Monat betragen, nach Abzug der Kosten für Kost und Logis.«

Das war weniger als sein alter Lohn als Schuldirektor, doch Senlin bezweifelte, dass er in der Position für Verhandlungen war. Er nickte bedächtig und streckte die Hand aus. Die beiden Männer besiegelten die Abmachung mit einem Handschlag und einem eindringlichen Blick, der bar jeglichen Vertrauens oder Zuversicht war. Für Senlin hatte die Situation eine gewisse Ähnlichkeit mit dem Salon. Er würde so lange wie nötig seine Rolle spielen, doch er war ebenso wenig ein ehrlicher Angestellter, wie Goll ein ehrlicher Arbeitgeber war. Der Handschlag bedeutete nur ihre Übereinkunft, so lange an einer Illusion festzuhalten, wie es beiden nutzte.

Im nächsten Moment traf die Kutsche an derselben Wiegestation an, an der Senlin kürzlich erst vorbeigekommen war. Die Tür öffnete sich, und Senlin kletterte aus dem Gefährt. Er erwartete, dass Goll oder Iren ihm folgen würden, doch beide machten keine Anstalten.

Goll schien große Freude daran zu haben, Senlin durch die wieder geschlossene Tür zu betrachten, wie er ratlos dastand und versuchte, nicht so verloren wie ein Junge an seinem ersten Schultag zu wirken. Ein

Arbeiter, der einen schief beladenen Schlitten mit schwankenden Kisten hinter sich herzog, stieß Senlin mit dem Ellbogen in ein Rah. Eine Flasche zerbrach in einer der Kisten, und die Flüssigkeit floss durch die Ritzen zwischen den Latten. Senlin sprang aus dem Weg und kämpfte sich zur Kutsche zurück.

»Wo fange ich an?«, rief er Goll zu, der eine Hand hinters Ohr legte, den großen Kopf schüttelte und vorgab, nichts zu hören. Senlin stellten sich die Nackenhaare auf. Schon jetzt bereute er seine Entscheidung.

Goll machte eine kleine Drehbewegung mit seinem Finger, und die Kutsche setzte sich in Bewegung.

Senlin starrte dem glänzenden Gefährt nach, das in Richtung Neubabel davonrumpelte, und einen Moment erwog er, ihm nachzulaufen. Er fühlte sich so einsam und verzweifelt wie ein Schiffbrüchiger und sprang überrascht zur Seite, als ein junger Mann mit gebräunter Haut dicht neben ihm auftauchte. Sofort war ihm seine Reaktion peinlich. Der junge Mann, der muskulöser, aber kleiner als Senlin war, schien es nicht zu bemerken. Er trug eine braune Augenklappe aus Leder und starrte Senlin mit seinem verbliebenen Auge an, das funkelte wie eine Goldmünze. Adam Boreas.

Hier stand sein Räuber, der junge Mann, der sein Verderben beschleunigt hatte.

Senlin hatte oft Adams Bild heraufbeschworen, wenn er das Bedürfnis hatte, jemandem die Schuld an seinem Unglück zu geben. In diesen bitteren Tagträumen hatte er Adam zu allen möglichen absurden Strafen verurteilt. Er hatte ihn in einer Leprakolonie auf einem Vulkanatoll ausgesetzt; er hatte ihn gezwungen, den Turm von der Spitze bis zum Boden zu schrubben; er hatte ihn das Wörterbuch auswendig lernen und aufsagen lassen, während er seilspringen musste.

Diese grausamen Fantasien, die ihn einmal erheitert hatten, kamen ihm wieder in den Sinn, als er starr wie eine Statue dastand. Er schämte sich. Adam sah aus, als hätte er in den letzten Wochen viel durchgemacht. Seine breiten Schultern waren eingefallen, sein dunkles, prächtiges Haar war verfilzt, seine kupferfarbene Haut beinahe grünlich. Unter seiner Augenklappe war eine verblassende Prellung zu erkennen, sein Nasenrücken war verkrustet. Trotz seines jungen Alters hatte er den Blick eines Freibauern, der ein halbes Jahrhundert damit verbracht hatte, auf einem armseligen, steinigen Feld herumzukratzen. Er wirkte geschlagen und schien sich gegen einen weiteren Angriff zu wappnen.

Senlin erkannte, wie überflüssig seine Abneigung war. Dieser gealterte Junge war nicht sein Feind. Außerdem wollte er Finn Goll beweisen, dass er unrecht hatte. Verzweiflung machte Freundschaft nicht unmöglich, und auf Vertrauen basierende Bande waren nicht schwach.

Senlin setzte ein gleichmütiges Lächeln auf und reichte Adam seine versengte Hand. »Es scheint, als stünden wir künftig unter derselben Fuchtel, Mr. Boreas.«

Erleichterung überzog das Gesicht des jungen Mannes wie aufreißende Wolken. »Nenn mich Adam«, sagte er und schüttelte Senlins versehrte Hand.

»Adam, ich heiße Tom. Es ist schön, ein freundliches Gesicht zu sehen.«

Adams Miene verdüsterte sich, und sein Griff erschlaffte. »Man hat keine Freunde.«

Senlin lachte, was Adam überraschte. »Das sagen alle meine Freunde.«

5

»Ein alter, von mir verehrter Lehrer hat mir einmal gesagt, dass ein Tagebuch das einzige Buch ist, das ein Mann schreiben und bei dem er sich sicher sein kann, dass er es eines Tages beenden wird.«

Ein Mann und sein abenteuerlicher Weg durch den Turm, von T. Senlin

7. September

Ich bin dafür verantwortlich, dass alles geordnet abläuft.

Dazu zählt der Lufthafen, dessen Vernachlässigung nur noch von seiner Unfähigkeit übertroffen wird; die Wiegestation mit ihrem alten Flaschenzug und rostigen Gewichtscheiben zweifelhafter Kalibrierung; außerdem die Lagerhalle, in der verderbliche Güter von Maden gefressen werden und Kisten mit Portwein regelmäßig auf mysteriöse Weise verschwinden. Um alles muss gefeilscht, alles mit Gewinn verkauft werden, Käufe, Bestände, Löhne und Verluste müssen lückenlos dokumentiert und kopiert werden für den »Allmächtigen Acht-Uhr-Bericht«, den man Goll jeden Tag vorlegen muss, beziehungsweise seiner Vertretung, Iren, der Amazone, zusammen mit einem Großteil des Geldes und Kopien der Ladungsverzeichnisse. Die Männer reagieren geschlossen mürrisch und ausweichend auf meine Anweisungen, und sie sind so selten nüchtern, dass ich erst noch die Ungeeigneten von den Lethargischen, die Geistesschwachen von den Betrunkenen unterscheiden muss. Ich bin nur dem Namen nach der Meister des Hafens und weiß kaum, wo ich anfangen soll.

Hier ist es nicht wie in den Bädern oder im Salon. Es gibt keinen Hauptrezeptionisten oder einen Commissioner oder einen Lord des Boudoirs. Neubabel wird von den Hafenbehörden regiert, den Hurenhändlern und den Fabrikbesitzern. Die Männer an der Macht gieren nach immer mehr. Unter ihnen ist keine einzige anständige, einfühlsame Seele.

Der Lagerplatz befindet sich mitten im Tunnel, wie eine Beule mit unverdauter Nahrung in einer Schlange. Das Hafenbüro ist ein einstöckiges Bauwerk aus Holz und Stein und trumpft mit einfachen Kasernen mit verfaulenden Hängematten für die Männer auf, einer Kantine, in der man nicht einmal Fisch putzen sollte, und einer Küche, die von Schimmel und Fett überzogen ist. Im Obergeschoss befinden sich mein Büro und zwei Wohnungen; die eine habe ich bezogen, die andere Adam. Mein Büro ist lächerlich ausgestattet mit einem Tisch, der wohl ursprünglich ein Schiffsbug gewesen ist. Noch lächerlicher würde er wirken, wenn er nicht unter Stapeln voller Kontobücher und unerledigter Pläne und Listen versinken würde. Alles ist mit Bleistiftspänen übersät, Staub und toten Motten. Wenn ich im Büro sitze, möchte ich am liebsten schreien. Sobald ich einen Lumpen gefunden habe, der nicht noch schmutziger ist, werde ich hier saubermachen.

Meine Wohnung riecht wie eine Höhle, in der Generationen von Käsern ihre Räder haben reifen lassen. Eingerichtet ist sie mit Stöcken und Splittern, die entfernte Ähnlichkeit mit einem Tisch, zwei Stühlen, einer Kommode und einem Bett haben. Ein loses Dielenbrett neben dem Bett ist so empfindlich wie eine Wolfsfalle. Bereits zweimal bin ich falsch daraufgetreten und mit meinem Fuß in einen gezackten Schlund eingebrochen. Der Hohlraum ist groß genug für dieses Tagebuch, und da es angebracht scheint, meine privaten Betrachtungen unter Verschluss zu halten, habe ich beschlossen, sie zusammen mit Ogiers Gefängnisschlüssel hier zu verwahren. Zumindest etwas Sinnvolles hat sich aus meinen aufgeriebenen Schienbeinen ergeben.

Ogiers Bild von Marya steht auf meinem Nachtkästchen. Ich habe es zur Wand gedreht und dann etwa alle Viertelstunde wieder zurück, zwei Stunden lang – der Anblick beider Rahmenseiten ist schmerzlich.

Ich weiß wirklich kaum, wo ich anfangen soll!

12. September

Ich habe schließlich damit angefangen, ein Exempel zu statuieren.

Ich habe Adam gefragt, wer seiner Meinung nach hauptsächlich für das Verschwinden der Alkoholkisten verantwortlich ist. Nach kurzer Zeit kehrte er mit dem Namen Tommo Carric zurück, Hauptschauermann, nach Adam und mir dritter in der Befehlskette und derjenige, der mich bei meinem Eintreffen im Hafen gewürgt und das Porträt meiner Frau liebkost hat (»Porträt« ist etwas unzutreffend, doch ich schaudere bei der Vorstellung, es »den Akt meiner Frau« zu nennen, selbst im Privaten). Iren hat überall ihre Augen, weshalb ich sie in meine Untersuchungen miteinbezogen habe. Sie zeigte sich mit meinen Plänen einverstanden, wobei man gerechterweise sagen muss, dass sie generell so wenig Emotionen zeigt wie ein Spaten. Ich gebe nicht vor, mich in ihrer Gegenwart wohlzufühlen; meine Hand ist immer noch bandagiert und mein Kopf angeschlagen von unserem Kennenlernen. Doch Goll hat ihr den Befehl erteilt, mir in allen Belangen zur Seite zu stehen, um den Hafen wieder unter unsere Kontrolle zu bekommen, und mich nur im äußersten Notfall umzubringen. Das weiß ich, weil sie es mir erzählt hat.

Dennoch ist Iren genau die Art Begleitung, die man möchte, wenn man einen Büffel entlässt. Tommo Carric leistete genau den Widerstand, auf den ich gehofft hatte. Ich, Adam und Iren konfrontierten ihn an seinem Freiluftstand am Hafen. Als ich ihn davon in Kenntnis setzte, dass seine Dienste nicht länger benötigt wurden, riss er den Stand aus seiner Verankerung und wollte damit auf mich losgehen. Wenn Iren ihn nicht an der Hüfte gepackt und ordentlich durchgeschüttelt hätte, wäre ihm das auch gelungen.

Carric brüllte Iren äußerst kunstvoll formulierte Obszönitäten zu, als sie ihn wie ein heulendes Kind steif auf Armeslänge durch die Tunnel und den Lagerplatz in den Nebel von Neubabel trug. Auch wenn ich meinen Auftrag nicht aus schnöder Rache erfüllte, war es mir doch eine Freude, den Schläger ausgestreckt auf der Straße liegen zu sehen. Er rappelte sich auf und wollte sich wieder auf mich stürzen, als Iren ihm einen so heftigen Schlag verpasste, dass seine Nase brach.

Kurz darauf rief ich die Männer zusammen und verkündete, dass der Weindieb identifiziert und entlassen worden sei. Die Arbeiter hörten zu und schienen zu verstehen, dass jetzt wenigstens ihre Unschuld bewiesen war und wir von vorn beginnen konnten. Ich hoffe, das öffnet die Tür für Erneuerungen. Allerdings vermute ich, dass ein Aufstand losbrechen wird, sollte ich diesen Trick noch einmal anwenden. Aber wenn ich das Vertrauen der Männer behalten kann, kann ich auch Golls Vertrauen gewinnen. Dann kann ich ihn glauben machen, dass ich Marya aufgegeben habe. Und dann werde ich entkommen.

Ich habe einen sauberen Lumpen und etwas Seife gefunden und mein Büro und das Schlafzimmer zu kleinen Inseln der Sauberkeit und Vernunft geschrubbt. Morgen werde ich den Lagerplatz in Angriff nehmen. Falls dies der letzte Eintrag sein sollte, müssen zukünftige Leser annehmen, dass meine Männer mich mitten in der Inventur gelyncht haben.

16. September

Seit Carrics Entlassung fällt mir auch die Überwachung der ausgehenden Ladungsverzeichnisse zu sowie das Einholen von Unterschriften ablegender Kapitäne. Die Kluft zwischen dem, was im Ladungsverzeichnis aufgeführt und was unter Deck verstaut ist, ist manchmal signifikant. Die Mannschaften versuchen, Golls Steuer auf Exporte zu umgehen und haben dafür geschickte Schmuggelmethoden entwickelt. (Ich denke da zurück an die Tage, als ich mein Geld noch in meinen Stiefeln verwahrte, und muss lachen. Was für ein Amateur ich doch war in der im Turm hochangesehenen Kunst der Heimlichtuerei.) Um dem Verlust an Einnahmen entgegenzuwirken, sind Stichproben nötig, und ich habe bereits einige angespannte Unterhaltungen zwischen meinen Schauerleuten und den Schiffsmaaten erlebt.

Wichtigster Industriezweig in Neubabel ist die Produktion von Wasserstoff, ein Gas, das so flüchtig wie explosiv ist. Die vier anderen Lufthäfen von Neubabel, alle offiziell und gut geschmiert, versorgen die örtlichen Fabriken mit Metallpulver und Schwefelsäure für die Wasserstoffherstellung. Stahl wird für den Bau von spezialisierten Fässern importiert, in die man das Gas nach der Komprimierung abfüllt. Diese Tonnen befeuern die Luftschiffe und sind das wichtigste Exportgut des Ringreiches.

Die allgegenwärtigen gedrungenen, fensterlosen Gebäude in Neubabel ähneln nicht zufällig Bunkern. Sie wurden so gebaut, um einerseits das Gas zu kontrollieren und die Möglichkeit spontaner Explosionen zu reduzieren, andererseits um andere Gebäude, die keine Fabriken beherbergen, zu schützen. Die Angst vor entwichenem Wasserstoff ist allgegenwärtig, vor allem, wenn man die Regelmäßigkeit bedenkt, mit der ein Funken in die Atmosphäre entkommt. Unglaublicherweise kommt es selten zu Katastrophen.

Doch diese Arbeit betraf nicht Golls Hafen. Nein, wir waren nicht so nobel. Wir waren die Importeure des Lasters.

19. September

Fremde Kapitäne und ihre Mannschaft nennen Neubabel nicht umsonst das Boudoir oder das Schlafzimmer. Das Ringreich ist voller Bordelle und Freudenhäuser, die sich unter trostlosen Betonhüllen verstecken. Im Inneren dieser farblosen Krypten … nun, wenn man nach den Handzetteln geht, die überall auf den Straßen liegen, wird hier eine alles andere als trostlose Unterhaltung geboten.

Nichts deprimiert mich mehr als die Schiffsladungen voller Frauen, die jede Woche eintreffen. Ihre Gesichter sehen aus wie Bleiglasscheiben: durchsichtig, aber verhärtet. Alle sind verloren. Für Finn Goll scheinen sie nichts anderes als eine Kiste mit Orangen oder ein Fass Bier aus dem Untergeschoss zu sein. Sie werden registriert, auf eine Arbeitsstelle verteilt und dann weggebracht, um auf Bühnen und in Schlafzimmern zu arbeiten. Goll hat sein eigenes schäbiges Etablissement, *Steam Pipe,* dem er die hübschesten Frauen zuschanzt. Es wird von einem Zuhälter namens Rodion geleitet, den ich hoffentlich nie treffen werde, auch wenn mir das wohl nicht erspart bleiben wird. Ich habe gehört, er sei gefährlich und ehrgeizig.

Die Hafenarbeiter sparen ihren Lohn natürlich für solche Unterhaltung. Ich bin nicht naiv. Es ist das älteste Gewerbe der Welt. Doch es wirkt so traurig. Wenn ich daran denke, drehe ich das Gemälde von M. um. Doch wenn die Gedanken bleiben, was sie manchmal tun, wende ich es wieder um.

24. September

Endlich ist es mir gelungen, ein aktuelles Verzeichnis aller Schauerleute, Hafenarbeiter, Wachleute und Tagelöhner, die für Mr. Goll in seinem Hafen arbeiten, anzulegen. Nachdem ich vierzehn Faulenzer entlassen habe, sind es insgesamt noch zweiundfünfzig arbeitsfähige Männer. Achtzehn sind Schwarzarbeiter, die außerdem in einem der offizielleren Häfen in Neubabel arbeiten, wie Ginside oder Erstmeer. Von den vierunddreißig Vollzeitarbeitern kann keiner lesen oder kompliziertere Rechnungen als mit den Fingern anstellen. Wenn etwas die Zahl zehn übersteigt, sind zwei Männer für die Zählung erforderlich.

Adam ist natürlich eine Ausnahme. Er ist belesen, ein verlässlicher Rechner und ein begabter Mechaniker. Ich vergesse immer wieder sein relativ junges Alter und vertraue ihm oft das eine oder andere praktische Problem an. (Niemand spricht von seiner traurigen Vergangenheit oder anderen Dingen von persönlicher Relevanz.) Wir haben die Turbulenzen unserer ersten Begegnung hinter uns gelassen, auch wenn er einer einfachen Versöhnung gegenüber misstrauisch war. Er wollte zuerst alle Karten auf den Tisch legen, bevor wir beschlossen, Freunde zu werden. Deshalb erklärte er mir, warum er mich nur Stunden nach unserem ersten Kennenlernen beraubt hatte.

Natürlich steckte Finn Goll dahinter. Er bestand darauf, neue Talente aus dem Untergeschoss zu importieren, da er diese Männer für klug, naiv und frei von Verstrickungen mit seinen Feinden hielt. Kurz gesagt, suchte er Männer, denen er vertrauen konnte (Ironischerweise vertraut er selbst niemandem genug, um Leute für eine Stelle auszuwählen, die wichtiger als die eines Packers ist). Adams Rolle war es, isolierte, verletzliche und gebildete Touristen auszumachen. Er sollte ihr Vertrauen gewinnen, ein für sie unerwartetes Treffen mit Goll arrangieren und sie, sobald sich eine Gelegenheit ergab, ausrauben. Dann brachte er die Habseligkeiten des Reisenden zu Goll, der schließlich, völlig zufällig natürlich, auf diese verarmten Touristen traf.

Danach ging es nur noch darum, den Mann oder die Frau glauben zu lassen, dass auch Goll Opfer desselben Diebes geworden war, was, wie ich aus eigener Erfahrung bestätigen kann, sofort eine überraschend starke Verbindung aufbaut. Golls Philosophie, viele Anwärter vorzubereiten, um dann einen robusten Kandidaten auszuwählen, bedeutete, dass Adam sehr viele Menschen ausgeraubt hatte. Seit ich Golls Brutalität und extremen Charakter kenne, kann ich Adam seine Rolle in dem Ganzen kaum vorwerfen. Er tat nur, was man von ihm verlangte. Wie kann ich ihm da grollen?

Außerdem legt Adam es als Einziger im Hafen nicht darauf an, mich in einen tödlichen Unfall zu verwickeln. Ich bin unbeliebt bei den Männern. Sie halten meine Pläne und Arbeitsabläufe für willkürlich und übertrieben. Sie haben noch nie daran gedacht, dass überquellende Vorräte an verfaulendem Fleisch und Gemüse das Ergebnis schlechter Organisation sind oder dass sich Engpässe im Warenverkehr vermeiden lassen oder dass fehlerhafte Verzeichnisse Geldverlust bedeuten. Für sie sind schimmelnde Scheffel Feigen, eingedrückte Kisten und das Verdunsten von Alkohol natürliche Phänomene, die man bedauern, aber nicht ändern kann.

Adam bringt mir die Grundzüge von Dampfmaschinen bei. Da unsere Zugmaschinen regelmäßig den Dienst verweigern, müssen wir sie reparieren oder die Importwaren von Hand schleppen, weshalb eigene

Kenntnisse von Vorteil sind. Mir gefallen die klaustrophobischen Unterrichtsstunden unter den Motoren, da sie mich wenigstens von meinem Schreibtisch loseisen, an den ich mich zunehmend gefesselt fühle. Außerdem hat die Arbeit mit den Maschinen eine Theorie in mir geweckt, die ich gerne weiterverfolgen würde … falls ich je wieder die Energie für solche wissenschaftlichen Gedanken haben sollte.

29. September

Ah, die abendliche Versammlung! Jeden Abend stehe ich am Fuß des Wiegekrans auf dem Lagerplatz, brülle wie früher als Schuldirektor und mache Ankündigungen zu Produktivität und Arbeitsverteilung. Diese Versammlungen, die die Männer verabscheuen, wurden erst kürzlich aufgewertet. Vor einer Woche kam nämlich unser Koch, Louis Mawk, zu mir und bat mich, ihm ein Stück Papier vorzulesen. Es handelte sich um einen Schuldschein, dem er misstraute. Da er nicht lesen konnte, konnte er seine Neugier aber nicht befriedigen. Ich las ihn, natürlich mühelos, und erheiterte damit die Männer sehr. Am nächsten Abend kam ein anderer Mann mit einem Schriftstück, das ich für ihn entziffern sollte. Seither umringt mich jeden Abend ein halbes Dutzend Männer, für die ich Limericks, Briefe und Handzettel lesen soll.

Ich hätte erwartet, dass die Männer ihre Angelegenheiten für sich behalten wollen, doch niemand scheint sich an der Öffentlichkeit zu stören. Im Gegenteil: Die Männer bleiben freiwillig, um zu hören, was für Neuigkeiten aus der Welt ich vorlesen werde. Normalerweise sind die Nachrichten recht banal, wenn nicht sogar profan. Doch ich behandele alle als Literatur und verhindere so, mich vor Unbehagen zu krümmen, wenn ich die derbe Werbung für ein Bordell lese oder die reizlosen Liebesbriefe, die die Männer manchmal erhalten.

Heute Abend hätte ich beinahe gelacht, als der junge Adam Boreas bei so einem Vortrag errötete. Der alte Louis Mawk kam mit einem besonders grellen Werbezettel für das *Steam Pipe,* Golls Lasterhöhle, der neben diversen angebotenen Obszönitäten auch die Zeichnung einer wunderhübschen jungen Frau mit einem wilden schwarzen Lockenschopf zeigte. Sie saß in einem Akrobatentrikot auf einem Trapez. Der Werbezettel verkündete: »Kommen Sie und sehen Sie das Fliegende Mädchen! Die Wunderbare Voleta! Der Rücken breit, schmal die Brust, sie fliegt für eure Lust!«

Das an sich war schon rüde, doch ich war überrascht, den normalerweise unerschütterlichen Adam wütend erröten zu sehen. Dann verschwand er für den Rest des Abends.

30. September

Ich bin ein unsensibler Idiot. Der Name des Mädchens auf dem Zettel kam mir nur entfernt bekannt vor, aber ich hätte mich erinnern müssen. An Voleta war die Nachricht gerichtet, die Adam am Schwarzen Brett im düsteren Schatten des Turms hinterlassen hatte. Voleta, der Star des *Steam Pipe,* ist seine Schwester.

Warum hatte er vorgegeben, sie sei verschwunden? Scham? Verleugnung? Aberglaube? Die Frage beantwortet sich selbst. Ehrlichkeit heißt, Niederlagen einzugestehen. Wir sprechen nicht über unsere Vergangenheit. Das würde der Verzweiflung nur Tür und Tor öffnen. Wir sprechen über den Hafen, die Männer, den Zustand des Tees, der in seinen Kisten auf dem Lagerplatz vor sich hin schimmelt. Wir sind Freunde, aber ich muss ihn noch fragen, wie es ihn hierher verschlagen hat oder warum, und wie er sein Auge verloren hat, oder wie seine Schwester zu Finn Golls Amüsierdame wurde. Was für schreckliche Fragen. Was für schreckliche Antworten, die es zu verbergen gilt.

5. Oktober

Jeden Tag kommt Iren in mein Büro, um den »Allmächtigen Acht-Uhr-Bericht« für Goll zu holen. Seit meiner Einstellung habe ich Goll selbst nicht mehr gesehen und weiß auch nicht, wo in Neubabel er sich aufhält. Er könnte genauso gut in einem Schiff in den Wolken leben.

Jeden Morgen erschreckt mich Iren halb zu Tode, wenn sie mit der Zivilisiertheit eines ausgehungerten Bären in mein Büro stürmt. Sie achtet geschickt darauf, mich immer zu überraschen, kommt nie zum exakt selben Zeitpunkt, und nähert sich dem Büro lautlos. Dann wirft sie die Tür auf, die gegen das Bücherregal prallt, und der ausgehungerte Bär stürzt ins Zimmer.

Heute Morgen bin ich so sehr zusammengezuckt, dass ich mein Tintenfass umgeworfen und ein offenes Kontobuch in einem schwarzen See ertränkt habe. Während ich versuchte, den Schlamassel mit meinem dadurch ruinierten Taschentuch zu beseitigen, bat ich Iren, den Umschlag mit dem Acht-Uhr-Bericht selbst zu holen. Er lag am Rand meines Tisches, zusammen mit anderen Unterlagen, und war deutlich mit »Golls Hafen, Bilanz 4. Oktober« beschriftet.

Sofort loderte Wut in ihr auf (keine schöne Aussicht), und sie forderte, dass ich ihn ihr gebe. Ich saß da, meine Hände bis zum zweiten Fingerglied geschwärzt, und verweigerte ihr in meiner Notlage ihren Wunsch.

Erst später wurde mir bewusst, dass sie nicht lesen und den Umschlag somit nicht identifizieren konnte. Das hätte mich nicht überraschen sollen, und wenn ich nicht von der frühen Uhrzeit und der Tinte auf meinem Schreibtisch abgelenkt gewesen wäre, hätte ich diesen Fehler nie begangen. Was mich aber überraschte, war, wie beschämt und ärgerlich sie reagierte. Den Arbeitern ist es nicht peinlich, dass jemand anders ihre Nachrichten lesen muss. Doch Iren war … außer sich. Und sie rief mir umgehend in Erinnerung, warum ich sie unter keinen Umständen aufregen sollte.

Sie schlug mir einmal auf den Kopf, als sei dieser eine Tür, und wiederholte ihre Forderung, der ich unter diesen Umständen natürlich nachkam.

Ich frage mich, ob Goll sich wunderte, dass seine tägliche Post heute Morgen voller schwarzer Fingerabdrücke war.

8. Oktober

Ein kleines, Furcht erregendes Schiff, kaum mehr als ein Ruderboot an einem Ziegenhautballon, traf heute mit einer Ladung Weißem Chrom ein. Die Lieferung rief starke Gefühle bei den Männern hervor, die diese abwechselnd misstrauisch betrachteten oder von ihr angezogen waren wie Regenwürmer von einem Wolkenbruch. Die Männer nennen es Krümel, und es ist zu gefährlich, es im Lager zu behalten. Es würde verschwinden oder einen Tumult auslösen, wahrscheinlich beides. Deshalb steht es jetzt in meinem Zimmer. Zehn Pfund Weißes Chrom in einer Kiefernholzkiste auf meiner Kommode.

An diesem ersten Tag in Neubabel, als ich in das Gebäude floh, das ich irrigerweise für eine Mission hielt, geriet ich in eine Krümeltrance, die mir ein Bild des Turms als abgebranntes Streichholz zeigte, aber auch etwas Besseres als die Vorstellung eines Malers, besser als eine Erinnerung oder ein lebhafter Traum. Sie brachte mir Marya auf so greifbare Weise zurück, dass es sich anfühlte, als hätten sich unsere Wege nie getrennt. So seltsam es auch war, sie in riesiger Form im Korb eines Ballons zu sehen, so glaubte ich doch aus tiefstem Herzen, dass es sie war. Sie war wirklich dort.

Ich habe die Hafenarbeiter gesehen, die sich einmal zu oft in den überzeugenden Krümelträumen verkrochen haben. Sie haben das sanfte Lächeln eines schläfrigen Kindes. Ein bemitleidenswerter, unwissender Ausdruck. Und manchmal beneide ich sie darum. Marya ist in dieser Kiste auf meiner Kommode. Nicht in Fleisch und Blut, aber in der Überzeugung von Erinnerung und Geist. Sie ist dort, und ich könnte ihr nachfolgen.

Ich muss Adam finden, vielleicht hat er Lust auf eine Partie Karten.

15. Oktober

Dreiundneunzig Tage sind vergangen, seit ich Marya im Unterwäschemarkt verschwinden sah, und vierzig Tage, seit ich die Stelle bei Goll angetreten habe. Die Brandwunde an meiner Hand ist geheilt, auch wenn es aussieht, als sei Wachs in meiner Handfläche getrocknet. Es ist ein seltsames Gefühl, daraufzublicken und zu denken, dass mich dieses Mal jetzt immer begleiten wird. Wenn ich an die Narben denke, die meine Freunde davongetragen haben, Ediths teuflisches Brandmal, Tarrous geschorener Kopf und Adams ausgerissenes Auge, habe ich Glück gehabt.

Mittlerweile laufen der Hafen und die Wiegestation wie zwei Uhrwerke. Das Hafenbüro ist so ordentlich wie eine Bibliothek, und die Autokutschen fahren so regelmäßig wie die Gezeiten. Ich habe Goll einigermaßen davon überzeugt, dass ich *Hafenmeister* Tom Senlin bin, ein verlässlicher Mann, der zufrieden ist mit seinem Gehalt und seinem Los. Er glaubt, dass ich meinen alten Kreuzzug vergessen habe.

Heute landete ein Schiff mit einer wundersamen Fracht. Der Kapitän selbst eskortierte die vier wasserdichten Kisten zur Station. Er öffnete eine und zeigte mir den Inhalt: diverse Schichten Stroh, in denen ein Kanten Eis – Eis! – lag, den er selbst von einem Berggipfel geerntet hatte, bevor er es zu einem Hafen geflogen hat, einem echten Meereshafen, wo er seine wertvolle Ladung aufgenommen hat: fünfhundert Austern. Er zog eine der gefurchten Muscheln aus dem Eis, um zu beweisen, dass die Austern noch fest geschlossen waren und nach Meer dufteten. Geschickt öffnete er eine und bot mir den glänzenden Happen an. Was für mich immer bäuerliches Essen gewesen war, bedeutete jetzt ein Stück verlorenen Zuhauses und eines alten Lebens. Ich habe noch nie etwas so Köstliches gegessen.

Der Captain verließ den Hafen mit einer wohlgefüllten Börse, doch die Hafenkasse füllte sich rasch wieder um den doppelten Betrag, nachdem die Schätze an ein privates Etablissement verkauft wurden. Doch viel wichtiger war, dass der ungeschlachte, wenig bemerkenswerte Captain mir gezeigt hatte, dass ein Mann mit einem Schiff alle möglichen Wunder vollbringen kann. Wenn fünfhundert Austern, die verderblichsten aller Geschöpfe, ohne Schaden aus dem Meer gefischt und ins Herz eines ganzen Kontinentes transportiert werden konnten, welche Grenzen waren einem Schiff dann gesetzt?

Wie weit bringt einen schon Geld? Es kann abgeschöpft und erpresst werden, besteuert und geraubt! Mit Fahrkarten strandet man, der Zoll raubt einen aus. Ich brauche kein Geld, um mir eine Karte für ein Schiff zu kaufen. Ich brauche ein ganzes Schiff für mich, das mir gehört. Soll Goll doch denken, ich hätte aufgegeben! Im Gegenteil, ich bin fest entschlossen. Ich werde sie finden.

Mit meinem Schiff.

6

»Angenommen, ich käme an ein Schiff, wie könnte ich es bemannen? Natürlich kann ich es mir nicht leisten, Schiffsleute anzuheuern, und Piraten, die sich mit Plünderungen versorgen, kann ich nicht tolerieren. Nein, jedes Mitglied meiner Mannschaft muss aus freien Stücken, aus eigenen Beweggründen zu mir kommen.«

Ein Mann und sein abenteuerlicher Weg durch den Turm, von T. Senlin

Ende Oktober kam Adam eines Mittags mit verschränkten Armen in das Büro des Hafenmeisters. Offensichtlich belastete ihn etwas zutiefst.

Senlin war jedoch zu abgelenkt, um die grüblerische Stimmung seines Freundes zu bemerken, da er just an diesem Morgen eine bahnbrechende Entdeckung gemacht hatte. Als er die Spinnweben an der Unterseite seines Bugschreibtisches entfernt hatte, hatte er in einer Nische einen seltsamen und sehr verstaubten Gegenstand gefunden. Es handelte sich um eine Stahlstange, einen guten Meter lang und etwa so dick wie ein Besenstiel. Sie war recht schwer, aber auf gute Art. Zuerst hatte er sie für ein Stück Rohr gehalten, doch sie war nicht hohl, und auf der Oberfläche waren in regelmäßigen Abständen Ringe eingraviert. Nachdem er eine dicke Schmutzschicht abgerieben hatte, entdeckte Senlin Namen, die exakt zwischen den Ringen eingraviert waren. Nein, nicht Namen: Ziele. Zwischen dem unteren Ende und der ersten Linie stand: »Genesis«, im nächsten Zwischenraum »Salon von Algez«, gefolgt von »Die Bäder«.

Ein Modell des Turms, eine dreidimensionale Karte!

Er brauchte eine halbe Stunde, um die Stange vollständig zu säubern, und noch eine halbe Stunde, um sie zu ölen und einige scharfe Kanten abzufeilen. Insgesamt gab es fünfunddreißig Abschnitte, und auch wenn nicht in allen etwas stand oder die Inschrift herausgekratzt worden war, waren neunzehn Ringe deutlich gekennzeichnet. Senlin erkannte an der Form der Buchstaben mindestens drei verschiedene Schreiber. Es war fantastisch!

Im fünften Ring fand Senlin die Inschrift, nach der er suchte: *Das Ringreich von Pelphia, Sitz der Familie Pell.* Er strich mit dem Daumen über die makellosen Buchstaben und wiederholte die Worte so lange, bis sie fast schon zu einem Mantra wurden. *Das Ringreich von Pelphia, Sitz der Familie Pell.*

Ein ganzer Staat trug den Namen des Mannes: W. H. Pell, der Graf, der Marya hintergangen und entführt hatte. Zum ersten Mal wusste Senlin genau, mit erregender Sicherheit, wo seine Frau sich aufhielt.

Senlin hielt den glänzenden Stab mit einem fast schon übermütigen Gesichtsausdruck empor und fragte: »Hast du den hier schon mal gesehen?«

Adam schloss die schwere Tür zu Senlins Büro, die leicht schief in den Angeln hing, die durch die täglichen Besuche der Amazone bereits etwas locker waren. Er ließ sich auf den Stuhl vor dem Schreibtisch fallen, der von hohen, schief stehenden Kontobücherstapeln und Manuskripten beherrscht wurde, so viel Papier, dass Senlin sich manchmal wie der Rücken eines riesigen Buches vorkam, das langsam geschlossen wurde. Das alte rote Leder knarzte, als Adam unbehaglich das Gewicht verlagerte. »Man nennt es Luftfahrerstab oder Aerostab«, sagte er, ohne den Gegenstand eines zweiten Blickes zu würdigen, als wäre er etwas völlig Alltägliches. »Kapitäne benutzen ihn zur Navigation.«

»Ein Aerostab!«, sagte Senlin anerkennend. »Er ist allerdings nicht vollständig, und die Inschriften stammen von verschiedenen Menschen. Wahrscheinlich wurden die Ergänzungen vorgenommen, wenn neue Gebiete entdeckt wurden. Er muss jahrzehntealt sein!« Senlin konnte sich nicht von dem Stab losreißen und bemerkte immer noch nicht

Adams offensichtliches Elend. Er fuhr fort: »Das ist ein erneutes Beispiel für die Wichtigkeit des Lesens. Männer, die des Lesens nicht mächtig sind, hätten das hier nicht anfertigen können. Ich habe nachgedacht«, sagte Senlin und drehte den schweren Stab in der Luft. »Ich werde Iren das Lesen beibringen.«

Trotz seiner trübseligen Stimmung lachte Adam bei dieser Ankündigung kurz auf. »Ich kann mir keine schlechtere Idee vorstellen«, meinte er.

»Warum? Ich habe schon bei vielen Schlägern erlebt, wie das Lesen sie verändert hat. Iren weiß, dass sie von offenen Geheimnissen umgeben ist, die ihr verborgen bleiben, weil sie nicht lesen kann. Sie weiß, wie leicht jemand das ausnützen kann, weiß, dass ihr Unwissen sie angreifbar macht, was sie mit Gewalt kompensiert. Doch sie kann nicht darauf vertrauen, bis ins hohe Alter als Leibwache zu arbeiten. Eines Tages wird sie sich zurückziehen müssen, und was wird sie dann tun?«

»Das ist ein sehr löblicher Gedanke, Tom, aber …«

Senlin blickte auf und verengte besorgt die Augen. »Was ziehst du so ein trauriges Gesicht? Bist du krank?«

Adams Mund stand offen, sein Blick war zu Boden gesenkt. Er holte tief Luft und antwortete: »Die Orgel im *Steam Pipe* ist schon wieder kaputt, und Rodion hat mich angewiesen, sie heute Abend zu reparieren, vor der Vorführung.«

»Nun, das ist …«

Adam unterbrach ihn. »Du sollst auch kommen. Er will den neuen Hafenmeister kennenlernen.«

»Ah.« Senlin identifizierte rasch die Wurzel von Adams Unbehagen. Nicht die Reparaturarbeiten an der Pfeifenorgel oder der widerwärtige Zuhälter Rodion beschäftigten ihn, sondern die Möglichkeit, dass Senlin »das Fliegende Mädchen«, seine Schwester Voleta, bei ihrer erniedrigenden Arbeit sehen könnte.

Seit er vor einigen Wochen den Handzettel des *Steam Pipe* laut vorgelesen und so erfahren hatte, wo Voleta arbeitete, hatten sie das Thema nicht mehr angeschnitten. Senlin hatte Adams Schweigen respektiert.

Jetzt schienen sie darüber reden zu müssen, beziehungsweise Adam schien etwas sagen zu wollen. »Ich würde dir gern erzählen, Tom, wo ich herstamme.«

Der junge Mann räusperte sich und blickte zu Senlin auf, der den Aerostab leise zur Seite legte. Der frühere Schuldirektor faltete die Hände auf der Schreibtischplatte und gab Adam die Zeit, die er brauchte, um seinen Mut zu sammeln und sich die Worte zurechtzulegen. Die Seiten des Büros schienen sich noch mehr um ihn herum zu schließen, während die baumelnde Glühbirne, wie die Beleuchtung bei einem Herbstfest, ein mildes Licht verbreitete. Dann begann Adam mit seiner Erzählung.

Adam Boreas wurde in den Steppen von Khayyam im Westen von Ur geboren, wo das Land golden von mehrjähriger Dürre war und der Himmel eine blaue Wüste. Sein Vater arbeitete im Depot von Sumer, in dem sich viele wichtige Bahntrassen kreuzten, Ladung austauschten und sich dann wieder wie schwarze Tausendfüßler durch die weiten Felder voll hohem Büffelgras davonschlängelten.

In der Ferne erhob sich etwas von der Erde wie ein einzelnes Haar auf einem kahlen Kopf: der Turm von Babel. Der Traumfänger seiner Kindheit.

Die Stadt Sumer war auf Pfählen über den Schienen und Weichen des Depots erbaut. Die Gebäude waren alle windschief und dünnwandig wie Spielkarten. Egal, wo man stand oder saß oder schlief, das ständige Rattern der Züge dröhnte von unten herauf. Dampf drang durch jede Ritze und jedes Astloch, als ob eine heiße Quelle direkt unter den grauen Gehsteigen brodelte. Es gab keine Straßen zwischen den Gebäuden, nur Kanäle, in denen die Züge unter der Stadt hindurchfuhren.

Voleta kam nur zehn Monate nach Adam auf die Welt, und die beiden waren fast wie Zwillinge. Er war ihr zutiefst ergeben. Sie war ein glückliches, abenteuerlustiges Kind, das eine natürliche körperliche Anmut besaß, die von der Umgebung, in der die Kinder aufwuchsen, noch verfeinert wurde. Die Stadt der hundert Fußgängerbrücken und tausend Spannleitungen war die Manege ihrer ganz persönlichen Seiltanzvorführung. Feste Kabel waren über Kanäle gespannt, die sich plötzlich mit Tonnen von dahinrollendem Stahl füllen konnten. Dampffontänen schossen aus den Schornsteinen der Züge nach oben und konnten einen Menschen auf einen Schlag verbrühen. Nur die Mutigen und die Dummen benutzten die Kabel anstatt der Brücken, um sich in der Stadt fortzubewegen, doch Voleta turnte an ihnen so selbstbewusst wie ein Eichhörnchen entlang. Sie sprang zwischen Rinnsteinen und Rampen hin und her und tanzte auf den Seilen, ignorierte die sechs Meter Abgrund, die ihr wie ein Schatten folgten.

Adam lebte in ständiger Todesangst, dass sie eines Tages den Halt verlieren und in die eisernen Arme eines Bahngleises fallen würde. Voleta aber war viel geschickter als seine Schreckensvisionen.

Wenn ihr Vater doch auch nur so gewesen wäre.

Unfälle waren im Depot von Sumer an der Tagesordnung. Die Beleuchtung war schlecht, die Luft voller Dampf und Rauch, und die Gleise waren viel zu dicht nebeneinander verlegt. Die Schwärme von Schleppern und Weichenstellern lebten in ständiger Gefahr, und dennoch kam es wie aus heiterem Himmel, als der Vorarbeiter an der Tür ihrer Häuser klopfte – und damit die ganze Fassade zum Erzittern brachte – und ihre Mutter davon in Kenntnis setzte, dass ihr Ehemann auf der Spitze des Stiefels eines anderen Mannes ausgerutscht und bis zur Hüfte unter einen fahrenden Waggon gelandet war.

Sein Tod, sagte man ihr, sei nicht gnädig gewesen.

Ihre Mutter, ein rundum pragmatischer Mensch, wollte keine Einzelheiten wissen. Details waren etwas für diejenigen, die sich anfänglich in die Verleugnung flüchteten, und sie war niemand, der den harten Fakten des Lebens keinen Glauben schenkte. Sie dankte dem Vorarbeiter, schloss die Tür, holte das schwarze Kleid aus der Zederntruhe und begann es zu bügeln. Adam hoffte, dass er ihren Pragmatismus geerbt hatte. Ein sehr pragmatischer Wunsch.

Ihre widerstandsfähige Mutter hatte als Kind ein schweres Fieber überstanden, das allerdings später im Leben zurückkam, erst unregelmäßig, dann immer öfter, weshalb sie sich während der letzten Schuljahre ihrer Kinder nicht mehr um diese kümmern konnte.

Adam war in seiner Jugend ein fleißiger Schüler mit guten Noten; er hatte sogar gehofft, zur Universität zu gehen. Doch das war jetzt unmöglich. Er musste Arbeit finden, und dabei würden ihm gute Noten nicht helfen. Im Depot von Sumer gab es nur eine Arbeit für junge Männer aus unbedeutenden Familien: die blutige, tödliche Art. Er war zuversichtlich, dass der alte Vorarbeiter ihres Vaters ihm irgendwo auf dem Gelände eine Stelle beschaffen konnte, und selbst wenn er mit einem äußerst mageren Gehalt beginnen würde, wäre er wenigstens ordentlich angestellt. Auch wenn der Gedanke daran schon genug war, um ihm das Blut in den Adern gefrieren zu lassen. Nach dem Tod seines Vaters war der Unterleib der Stadt auf Stelzen zu einem bodenlosen Abgrund geworden. Selbst der Blick nach unten von einer Brücke in das verqualmte Dämmerlicht erfüllte ihn mit Angst.

Kurz nach der Katastrophe, als diese noch allgegenwärtig war, fesselte das Kindheitsfieber seine Mutter erneut ans Bett. Sie widerstand selbst mit hohem Fieber dem Delirium, in das sich ein weniger praktisch veranlagter Mensch vielleicht ergeben hätte. Zwei Tage lang lag sie unbeweglich da und starrte mit klarem Blick an die Zimmerdecke, bevor sie Adam zu sich rief und ungerührt verkündete, dass er sich ab jetzt um sich selbst kümmern müsse. »Wenn du dich mit der Sorge um mich belastest, wirst du untergehen; und wenn ich mich mit der Sorge um dich belaste, werde ich untergehen. So ist es einfach, Adamos. Aber wenn wir unserer Wege gehen und uns retten, retten wir uns auch gegenseitig.« Adam sah keinen Grund, keinen praktischen Grund, ihr zu widersprechen.

Seine Mutter zog zu ihrer Schwester, deren Mann Assistent des Einteilers war. Irgendwann würde er diese Arbeit selbst einmal übernehmen. Adams Tante und Onkel standen an der Schwelle zu dem, was im Depot von Sumer als Wohlstand galt. Er wusste, seine Mutter würde unter ihrem Dach keinen Hunger leiden.

Voleta wollte sie mitnehmen, die sich in der Küche des Onkels nützlich machen konnte; außerdem musste sich jemand um sechs Cousins und Cousinen kümmern, was auch ein Grund war, warum für ihn kein Platz war. Ein Grund. Sein Onkel hatte bereits zwei Söhne, die er erziehen, lieben und auf dem örtlichen Arbeitsmarkt unterbringen musste. Ein dritter Sohn war zu viel. Adams ganzes Erbe, der ganze Wohlstand seines Vaters im Tode, reichte gerade für eine Zugfahrkarte.

Adam fühlte sich seltsam erleichtert. Es war, als hätte man ihn auf die Weide gebracht, während der Rest der Herde zum Schlachter geführt wurde. Er wusste sofort, wohin er fahren würde: zum Turm von Babel, dem Abfluss der Menschheit, das gelobte Land junger Männer. Er packte seine mageren Besitztümer, gab seiner fiebernden Mutter einen Kuss und verließ mit Voleta zusammen sein Zuhause, als wäre es selbstverständlich, dass sie ihn begleitete. Er konnte sie nicht zurücklassen.

Erst als sie im Zug saßen und er den schwachen, kalten Tee trank, den man in der Dritten Klasse servierte, wurde ihm bewusst, dass diese Entscheidung nicht die weiseste gewesen war. In Khayyam hätte seine Schwester bei ihrem Onkel ein Dach über dem Kopf, und er beraubte sie dieser Sicherheit. Sie wäre zwar die unerwünschte Cousine und sehr willkommene Dienstmagd, hätte aber ein sicheres Leben. Seine neue Verantwortung lastete auf einmal schwer auf ihm. Vor dem Zugfenster wiegte sich das Büffelgras. Voller Angst vor der Zukunft sah er nach draußen.

Wie bei älteren Brüdern oft üblich ging Adam davon aus, mehr Verantwortung zu haben, als es tatsächlich der Fall war, und dass seine Schwester sich ihm aus reiner Ergebenheit angeschlossen hatte. Er konnte sich nicht vorstellen, dass sie ihre eigenen Gründe gehabt haben könnte, die Heimat zu verlassen. Natürlich hätte Voleta ihn nicht allein gehen lassen. Er war ihr geliebter Fast-Zwillingsbruder. Doch nicht deswegen fuhr sie mit ihm zum Turm. Erst nach einigen Wochen gestand sie ihm, dass sie mit ihm gegangen war, weil sie bei ihren täglichen Ausflügen über die Seile keine Angst mehr verspürte. Ihre Tage waren angefüllt mit überschaubaren, kleinen Kunststücken und zahnlosen Gefahren. Sie nannte es nicht so, doch Adam sagte später, dass *Langeweile* sie von der Seite ihrer Mutter und aus einem sicheren Zuhause getrieben hatte.

Der Tod ihres Vaters war ihr ein Rätsel. Der Unfall erschien ihr so banal und dumm. Wie konnte man auf dem Stiefel eines anderen Menschen ausrutschen? Hatte der andere Mann ihm aus einem unausgesprochenen Groll heraus ein Bein gestellt? Es war einfach unvorstellbar. Selbst wenn sie die Beweglichkeit ihrer Beine halbierte und zwanzig Jahre dazuzählte, konnte sie immer noch nicht glauben, dass ihr Vater auf solch festen und geschickten Beinen gestolpert war. Es war einfach zu dumm.

Als sie die Schreckensnachricht hörte, war sie zuerst überzeugt, dass er sich selbst hatte von dem Zug überrollen lassen. Und warum auch nicht? Er hatte seit neunundzwanzig Jahren in einem Kohlesumpf unter einem Kiefernholzhimmel geschuftet. Glühend heiße Stahlkessel rasten ständig an ihm vorbei, in jeder Minute, zwölf Stunden am Tag. Noch nie zuvor war er von etwas getroffen worden. Er hatte sich flink zwischen den Zügen bewegt, im Dunkeln und den tiefhängenden Qualmwolken.

Er war ein Akrobat, der sich in einem Moment der Verzweiflung hatte töten lassen. Es war jedoch kein Selbstmord. Sondern schlimmer. Es war Langeweile. Deshalb hatte sie fortgehen müssen, an einen Ort, an dem sie nicht jede Ritze und jeden Winkel kannte. Sie musste die Angst wiederfinden und, tief darin versteckt, das Leben.

Klugerweise offenbarte Voleta diese Gründe ihrem Fast-Zwilling erst sehr viel später. Zuerst sagte sie nur, eine ihrer Cousinen, die achtzehnjährige Dienstmagd Delphie, die sehr häuslich war und unbedingt heiraten wollte, hätte ihr zwei Mina für ihre Haare angeboten, womit sie dann die Zugfahrkarte kaufen konnte.

Deshalb schnitt sie sich ihre wunderschönen schwarzen Locken ab, der Stolz ihrer Mutter, und kaufte ihre eigene Fahrkarte zum Turm.

Als das Fieber ihrer Mutter endlich wieder sank, waren sie schon über alle Berge.

Als der Zug in den Bahnhof unter dem Turm von Babel einfuhr, verließ ihn kein Junge, sondern ein Mann.

Der Junge hatte sich im Lauf der zwei Tage langen Fahrt verflüchtigt wie Erz bei der Goldschmelze. Als Adam den Zug verließ, wobei er kaum die Stufen berührte, trat er nicht in den Kernschatten des größten Bauwerks menschlicher Erfindungskunst, Genialität und Kühnheit; er wurde zum Erwachsenen mit all seinem innewohnenden Potenzial, dem der Turm zum gegenwärtigen Zeitpunkt noch keine Grenzen setzen konnte.

Er richtete sich auf dem Bahnsteig zu voller Größe auf, der unter den Schritten Tausender Einwanderer knarzte, während Voleta seine Hand fest umklammert hielt. Er spürte die Angst in ihrem Griff, doch sie lächelte, strahlte zu dem Turm empor, wo der weiße Marmor in Kalkstein überging, der Kalkstein in Sandstein, der Sandstein in Wolken. Die sich von der Oberfläche abstehenden Zugänge zu den höheren Ebenen waren rege frequentiert. Luftschiffe schwirrten um den Turm herum wie Mücken um das Bein eines Stiers. Und er hatte keine Angst.

Erst viel später würde die Erinnerung eine Art traurige Fabel für ihn werden, und er würde den Jungen sehen, wie er stolz in seinen Untergang marschierte wie ein verrückter König, der zum Schafott geführt wird.

Hand in Hand spazierten sie in das Chaos des Marktes. Zwei Tage später hatte er Arbeit im Salon gefunden.

7

»Selbst mit einer Mannschaft und einem Schiff benötigt man den richtigen Wind, um aus dem Hafen zu entkommen. Ein einzelner Luftstrom versorgt den ganzen Hafen von Goll; alle Schiffe kommen von unten aus dem Süden und legen nach oben Richtung Norden ab. Wenn es nur einen Weg aus einer Stadt gibt, lassen sich Flüchtende leicht einfangen.«

Ein Mann und sein abenteuerlicher Weg durch den Turm, von T. Senlin

»Warte«, unterbrach Senlin ihn. »Du hast im Salon gearbeitet. *Gearbeitet?«*

»Nun, zumindest dachte ich das«, meinte Adam schulterzuckend. »Als wir bei den vier Salontüren angekommen waren, wollte einer der Einweiser mir eine Rolle zuteilen. Ich hielt ihn davon ab und erklärte, ich sei nicht zum Spielen gekommen, sondern wegen einer Stelle.«

»Unglaublich.«

»Nicht für mich. Mir erschien es sehr einfach. Ich wurde von einem – wie hieß er noch – *Assistenten des Registrars* befragt. Er bot mir einen sechsmonatigen Arbeitsvertrag als Angestellter an, den ich ohne zu zögern unterschrieben habe. Er verlangte eine Kaution für Kost und Logis, die ich bezahlt habe. Ich war so naiv zu glauben, dass das alles eine Selbstverständlichkeit sei. Ein paar Minuten später nahm man meine Maße für eine neue Uniform. Ich hatte keinen Schekel mehr, aber das war egal. Ich hatte Arbeit.«

»Was war mit Voleta? Hat sie auch Arbeit gefunden?«

Adam schüttelte den Kopf. »Nein. Sie war erst fünfzehn Jahre alt, und für sie gab es dort keine Stelle. Ich ging davon aus, dass ich mich um sie kümmern würde, weshalb ich mir keine Gedanken machte. Wir hatten unsere eigene kleine Hütte. Das war nicht viel, und ich weiß, dass sie schier verrückt wurde, aber ich hatte ein paar alte Schulbücher mitgebracht. Sie musste sich nur aus Ärger heraushalten und lernen, während ich arbeitete.«

»Was hast du gemacht?«

Adam schnaubte verärgert. »Einhundertachtzig Tage saß ich auf einem Hocker in einem düsteren Gang, habe durch einen Spion geschaut und mir Notizen gemacht.«

»Das habe ich gesehen«, murmelte Adam und korrigierte sich, als Adam verständlicherweise verwirrt reagierte. »Nein, nicht dich im Speziellen. Ich habe die Angestellten in den Gängen hinter den Kulissen gesehen, wie sie durch die Messingspione geschaut haben.«

»So einer war ich. Am ersten Tag war ich so nervös, dass ich kaum etwas essen konnte. Ich hatte Angst, etwas zu übersehen. Außerdem wusste ich gar nicht genau, wonach ich suchen sollte. Deshalb habe ich jedes Niesen, jeden merkwürdigen Satz und jedes betrunkene Kichern dokumentiert. Ich war schockiert, wie bemitleidenswert die Menschen waren, und ich konnte mir nicht vorstellen, warum man sie ausspionieren sollte. Doch mein Auftrag war, zu beobachten und davon zu berichten, weshalb ich meinen Notizblock mit Aufzeichnungen füllte und ihn am Abend stolz meinem Vorgesetzten übergab. Das Einzige, was ihn interessierte, waren die Kaminfeuer und die Ausgänge. Er wollte wissen, wer die Feuer in Gang gehalten und wer welche Tür benutzt hatte. Alles war ziemlich … dumm. Diese Feuerbesessenheit habe ich nie verstanden.«

Senlin nickte mitfühlend. »Dazu habe ich eine Theorie …« Doch er winkte den Gedanken wie einen unangenehmen Geruch beiseite. »Egal – du warst eigentlich nur ein Schauspieler, der über andere Schauspieler berichtet hat, nicht wahr?«

Adam machte ein unbestimmtes Geräusch und seufzte schließlich tief.

»Das Seltsame am Salon ist, dass man den Unterschied zwischen den Menschen, die sich ihrer Rolle bewusst sind, und denjenigen, die gar nicht wissen, dass sie spielen, nicht benennen kann. Es muss irgendeine offizielle Verwaltung geben, aber ich glaube, ich habe nie jemanden daraus kennengelernt. Andererseits, wer weiß das schon.« Seine wiedererwachte Frustration färbte seinen Hals tiefrot. »Nach Ablauf meines Sechsmonatsvertrages ging ich zu meinem Vorgesetzten und bat um mein Gehalt und eine Beförderung. Ich wollte Assistent des Registrars werden. Diese Leute bewohnten richtige Wohnungen, nicht nur Hütten mit einem Bett und einer Chaiselongue – ich hatte es so satt, auf einem durchgelegenen Sofa zu schlafen! Menschen durch einen Spion zu beobachten, war auch nicht gerade mein Lebensziel, und ich begann mir Sorgen um Voleta zu machen. Sie war nervös, launisch und seltsam geworden. Und es war meine Schuld.

Meine Forderung nach Geld verwirrte meinen Vorgesetzten. Er sagte, wenn ich Assistent des Registrars werden wolle, müsse ich meinen Vertrag abbezahlen und einen neuen abschließen. Schnell wurde mir mein Irrtum klar. Ich hatte den Vertrag falsch gelesen, nein, ich hatte ihn überhaupt nicht gelesen. Ich hatte nur eine Zahl gelesen, sechzehn Mina, und angenommen, dass das mein Lohn sein würde, was mich völlig zufriedenstellte. Daher habe ich sechs Monate in dem Glauben verbracht, ich sei ein hart arbeitender Erwachsener, doch ich war die ganze Zeit ein Besucher, genau wie all die Dummköpfe, die ich zwölf Stunden am Tag durch die Wand beobachtete. Hundertachtzig Tage im Salon sind teuer. Ich schuldete ihnen sechzehn Mina.«

Während seiner Erzählung sank Adam in sich zusammen wie ein alter Mann. Er sah Senlin mit seinem verbleibenden Auge an, das die Farbe von totem Gras hatte, und sagte: »Mein Arm wurde gebrandmarkt. Man hat mich in die Mauer gebracht, zu den Hods. Tom, im Turm gibt es Orte, die du hoffentlich nie zu sehen bekommst, wo man Männer und Frauen wie Vieh in Ställe sperrt. Die Knochen werden zermahlen und beim Straßenbau verwendet.« Er führte es nicht weiter aus, schien das Gesehene nicht in Worte fassen zu können, doch sein gequälter Blick sagte genug. Senlin musste den Kopf abwenden. Er sah auf seinen Tintenlöscher hinab und spielte mit einer Schreibfeder.

»Voleta hat mich letztendlich gerettet«, sagte Adam stolz. »Sie hat überhaupt keine Angst. Sie ist bei mir geblieben im Dunkeln, auch wenn sie sich gegen mich und die Einweiser durchsetzen musste. Als man mir auf einem stickigen Sklavenmarkt ein eisernes Halsband anpasste, fand sie … einen Mann, der einen Handel mit ihr einging.«

»Finn Goll«, sagte Senlin grimmig.

»Er hat meine Schulden bezahlt, hat sie dafür als Pfand genommen, und ich versuche seither, einen Weg zu finden, wie ich uns befreien kann. Seit über zwei Jahren.«

»Wie lange dauert es noch, bis die Schulden abbezahlt sind?«

»Drei Jahre«, antwortete Adam und betrachtete seine verhornte Handfläche. »Sie wird einundzwanzig sein, wenn sie endlich wieder frei ist.«

»Drei Jahre!«, wiederholte Senlin voller schmerzhaft empfundenem Mitgefühl. »Warum so lange? Selbst zwei Jahre mit deinem Gehalt würden sechzehn Mina abdecken.«

»Weil meine Schwester viel … Aufmerksamkeit erregt.« Adam schluckte gegen seine aufsteigenden Gefühle an. Er schüttelte kurz den Kopf und fuhr fort: »Ich muss Rodion bestechen, damit er sie auf der Bühne und aus den Zimmern heraushält. Ich muss ihn bestechen, damit sie nicht an irgendwelche reichen Adeligen verkauft wird. Ein Großteil meines Verdienstes geht direkt an Rodion, und Finn Goll bekommt davon sicher auch etwas. Ich arbeite, um den Mann zu bezahlen, der mich in der Hand hat. Ich hasse es, dass sie sich vor diesen schlammigen Gaffern präsentieren muss, aber besser auf der Bühne als dahinter.«

»Aber warum versucht ihr nicht zu fliehen? Drei Jahre!« Senlin unterdrückte sein Grauen, als er erkannte, dass er nur Salz in die Wunde rieb. »Wie könnt ihr da abwarten?«

Adam lächelte mutlos, wie ein viel älterer Mann. »So habe ich auch empfunden«, sagte er. Er hatte sich im Lauf des Gesprächs an die Stuhlkante geschoben und lehnte sich jetzt wieder in das knarzende Leder zurück. »Und dann habe ich mein Auge verloren.«

Die Worte hingen schwer in der Luft. Mitgefühl und das Bedürfnis, diesen Schlamassel in Ordnung zu bringen, eine rückwirkende Lösung vorzuschlagen, hatten Senlin bereits erschöpft. Er wünschte, er könnte sich den Rest von Adams trauriger Geschichte ersparen. Doch wie so oft – war das Schweigen erst einmal gebrochen, konnte es erst wiederaufgenommen werden, wenn alles gesagt war.

Adam spürte Senlins Unbehagen und versuchte, seine Erzählung leichter zu gestalten. »Kurz nachdem ich deinen Tag verdorben hatte, habe ich einige Touristen ausgeraubt, die gerade im Bahnhof den Zug verlassen hatten. Es war gar nicht meine Aufgabe. Goll gibt einem eine Einkaufsliste, einen Termin- und einen Zeitplan, ein Budget und eine Postkarte, damit man nicht vergisst zu schreiben. Aber ich sah sie dort stehen, so wie dich Monate zuvor, glücklich und zuversichtlich und so dumm. Ich dachte: *Das ist es! Das ist deine Chance, um deine Strafe zu verkürzen und deine Schwester zu retten.* Ich habe ihnen erzählt, ich sei Gepäckträger für die Zuggesellschaft und würde ihre Koffer zur Fähre bringen. Sie konnten es kaum erwarten, so aufgeregt waren sie. Sie gaben mir ihren ganzen Besitz. Ich musste einen Wagen mieten, um alles transportieren zu können.« Boreas kratzte sich neben seiner ledernen Augenklappe und lachte unsicher. Senlin spürte die Schuld, die unter der Oberfläche lauerte, doch Adam sprach bereits weiter. »Ich habe alles so schnell verkauft, wie ich konnte, Kleider, Hüte, Rasierutensilien, Schmuck. Das alles brachte mir beinahe zwanzig Mina ein. Wenn Finn Goll es herausgefunden hätte, hätte er Iren alles aus mir herausprügeln lassen. Deshalb beschloss ich, mich nach Neubabel zurückzuschleichen, über den Hafen Ginside auf der anderen Seite der Stadt, Rodion mit all meinem Geld zu bestechen, und dann wäre ich mit Voleta verschwunden, bevor Goll auch nur eine Augenbraue hochziehen konnte.«

»Was ist passiert?«

»Piraten«, antwortete Adam mit einem trockenen Schnauben. »Ich und fünf andere wertlose Seelen haben eine Fahrkarte für ein Schiff gekauft, das offiziell aussah. Im Ernst, es sah aus wie ein klassisches Kurierschiff: eine große Bark mit drei Gashüllen und zwei Brennern. Gebaut für viel

Ladung und auf Haltbarkeit, doch immer noch ein hübsches Schiff. Ich hätte mir die Mannschaft besser ansehen sollen. Stattdessen hing ich über der Reling wie ein kleines Kind und stellte mir Voletas Gesicht vor, wenn ich ihr erzählte, dass wir gehen konnten.

Dann stieg die Bark auf, und der Captain wollte auf einmal nachverhandeln. Sein Vorschlag war: Wir geben ihm alles, was wir haben, dafür würde er uns nicht über die Planke laufen lassen. Ein Mann erhob Einspruch. Sie warfen ihn über Bord. Wir anderen leerten unsere Taschen. Danach wurden wir beim nächstbesten Hafen ausgesetzt, was in diesem Fall der Salon war. Ich konnte mich nicht wehren, auch wenn ich wusste, dass ich tief im Schlamm steckte. Zwei Jahre hatte ich einen großen Bogen um diesen schrecklichen Ort gemacht. Ich wollte ihn vergessen. Doch …« Adam deutete auf die kreisrunde Narbe an seinem Arm. »Man hat sich an mich erinnert. Und hat dafür gesorgt, dass ich sie nie wieder vergessen würde.« Adam klappte das eiförmige Stück weiches Leder nach oben und enthüllte ein violettes, wulstiges Stück Fleisch in der Mitte einer leeren Augenhöhle. Obwohl die Narbe das junge, hübsche Gesicht zu entweihen schien, wandte Senlin den Blick nicht ab. »Tom, sag mir nicht, ich solle nicht warten. Mir bleibt nichts übrig, außer zu warten. Wir müssen Geduld haben und uns freiarbeiten.« Adam verzog bei seinen letzten Worten das Gesicht, legte die Augenklappe wieder über die Narbe und blickte auf seine Hände.

Senlin wollte widersprechen. Er wollte den jungen Mann aus seiner Verzweiflung reißen und ihm einen Plan, eine Perspektive präsentieren. Er biss die Zähne zusammen, um seine Ratschläge zurückzuhalten. Jetzt war nicht der richtige Zeitpunkt für aufmunternde Vorträge oder Vorschläge; Adam hatte sein Herz ausgeschüttet, und sein Geständnis verdiente keine Kritik. Der junge Mann saß da wie eine kraftlose Puppe, und Senlin wusste, dass er die niedergeschlagene Stimmung, die sich über den Raum gelegt hatte, durchbrechen musste. »Ich habe noch nie das Innere einer Pfeifenorgel gesehen«, sagte er und nahm den Aerostab wie einen Gehstock in die Hand. »Weißt du, wie der alte Organist auf meiner Universität sein Instrument nannte? Den singenden Abort. Er scherzte, dass jedes Mal, wenn er an einem Register zog, irgendwo auf dem Campus eine Toilette gespült wurde.«

Mit dieser und einem halben Dutzend weiterer lustiger Anekdoten bemühte sich Senlin, Adams Stimmung zu heben. Dieser ließ sich bereitwillig aus dem Büro führen, auf eine Dampfkutsche setzen und durch die Stadt fahren. Was auch immer ihnen bevorstand, Senlin würde seinen Freund nicht allein lassen.

Adam steuerte die dahintuckernde Autokutsche durch die Straßen von Neubabel. Dampf klebte wie eine Kruste auf den Straßen und den Bordsteinen. Senlin saß hoch oben auf dem Fahrersitz neben Adam und beobachtete, wie die anderen Fahrzeuge durch den Nebel rasten. Aschegraue Gebäude ragten wie grimmige Zähne um sie herum empor. Fledermäuse huschten durch den Nebel, der im Licht der elektrischen Straßenlampen golden schimmerte. Die Luft war schwer von klammer Feuchtigkeit. Er hasste die düstere Stadt und hatte sie seit Monaten gemieden.

Allein hätte er die Lasterhöhle *Steam Pipe* nie gefunden. Von außen sah es wie jedes andere Gebäude in der Stadt aus, nämlich wie eine schlichte Gruft. Doch Adam war mit den feinen Unterschieden im Labyrinth von Neubabel vertraut und fand den Weg mühelos. Er parkte den Wagen auf der Straße und führte Senlin zu einer Metalltür am Ende einer schmalen Gasse.

Sie wurden von einer älteren Putzfrau empfangen, die Adam offensichtlich kannte. Die beiden unterhielten sich vertraut über ihren wunden Fuß und die rücksichtslose junge Frau, hinter der sie aufräumen musste, sowie andere Banalitäten, zu denen Senlin nichts beitragen konnte. Er war sowieso von seiner Umgebung abgelenkt. Sie standen in einem breiten Raum, dessen hohe Decke sich zur anderen Seite hin immer weiter zum Boden absenkte. Senlin vermutete, dass sie sich unter den aufsteigenden Sitzreihen eines Theaters befanden. Unter die abfallende Decke drängten sich die Messinggedärme eines Riesen: Rohre schlängelten sich aus einem zentralen Apparat in alle Ecken des Raumes. Schwarze Nadeln tanzten über die weißen Gesichter von Messanzeigen.

Es war angenehm warm, eine Seltenheit in Neubabel. Senlin ergriff die Gelegenheit, seinen Mantel zu öffnen und den Kragen zu lockern.

»Feuchter Dampf steigt in den Kessel und wird erhitzt«, sagte Adam, als er plötzlich neben Senlin auftauchte. Dieser sah sich um und merkte, dass die Putzfrau gegangen war. »Die meisten Rohre heizen das Theater und die Zimmer im Obergeschoss, aber die hier«, erklärte Adam und deutete auf ein Trio dicker Rohre, »befeuern die Turbine, die die Balgen der Orgel aufpumpt.«

Adam vertiefte seine technischen Erläuterungen, und Senlin spürte die Leidenschaft des jungen Mannes für die Feinheiten der Maschine, selbst wenn ihm die Einzelheiten bald wieder entglitten, so sehr er auch versuchte, sich darauf zu konzentrieren. Er war zu sehr abgelenkt von ihrem gebückten Marsch um den Kessel und seine Medusenrohre herum, die schwitzten und zischten, durch einen Tunnel, dessen Wände vom Dröhnen einer Maschine vibrierten, und schließlich eine enge, unbeleuchtete Treppe empor.

Vor ihnen tat sich eine Modellstadt aus Türmen auf. Einige waren aus Holz, andere aus Kupfer, Zinn oder Blei. Sie erstreckten sich zwischen einer schwarz gestrichenen Wand mit einem Gerüst und einer Takelage sowie einem riesigen roten Vorhang in die Höhe. Was für ein fremdartiger, unerwarteter Anblick! Bei den Türmen handelte es sich, wie er schnell erkannte, um die Pfeifen einer mächtigen Orgel. Es gab Hunderte davon. Adam erklärte, dass sie unter der Hauptbühne des *Steam Pipe* hindurchgegangen waren und sich jetzt dahinter befanden.

»Auf der Bühne sind Pfeifen, die wie Stimmgabeln aussehen, das sind jedoch nur Attrappen. Aus ihnen entweicht Luft, aber kein Ton«, sagte Adam und brachte damit eine weitschweifende Erklärung zur Mechanik zu Ende, deren Anfang Senlin verpasst hatte.

»Wenn es nur Attrappen sind, warum produzieren sie dann Luft?«, fragte er mutig, doch bevor Adam darauf antworten konnte, wurden sie von einem Mann unterbrochen, der aus den hinteren Bereichen des Theaters zu ihnen trat. Über einem Smoking trug er einen von Silberfäden durchzogenen Umhang mit scharlachrotem Rücken.

Senlin wusste nicht, ob er damit theatralisch oder einfach nur wahnsinnig aussah.

Der Mann war mindestens in der Blüte seiner Jahre. Er trug das dunkle Haar geölt und zum Zopf gebunden. Seine Gesichtshaut spannte sich über den Knochen, faltenlos, aber vermutlich stark geschminkt. Das hier musste Rodion sein, der Zuhälter.

»Irgendetwas stimmt nicht mit der Prinzipale, Adam. Sie hat keine Kraft. Vielleicht ein Riss in einer Pfeife, oder die Ratten waren wieder an den Verschlüssen«, sagte Rodion beiläufig, als er vor ihnen stehen blieb. Er musterte Senlin wie ein Kampfhahn. Die metallischen Fäden in seinem Umhang glitzerten sogar im gedämpften Licht hinter der Bühne. Vielleicht wäre Senlin eingeschüchtert gewesen von der Prahlerei des Mannes, wenn er ihn letztes Frühjahr bei einer Tanzveranstaltung kennengelernt hätte, doch unter diesen Umständen erinnerte ihn der Zuhälter an einen abgemilderten Commissioner: ein schwacher Mann in einem starken Kostüm. Senlin fürchtete, Pound könnte ihn bis zum Ende der Welt verfolgen, doch er bezweifelte, dass Rodion zu solcher Beharrlichkeit fähig war. Er wirkte zu theatralisch, wie ein Mann mit mehr Requisiten als reeller Macht. Senlin war alles andere als beeindruckt und hätte dem Mann am liebsten seinen Daumen ins Auge gebohrt.

Rodion fuhr fort: »Voleta geht in zwanzig Minuten auf die Bühne. Wenn die Orgel bis dahin nicht repariert ist, werde ich eine andere Arbeit für sie finden müssen.«

Die unausgesprochene Drohung war deutlich. Senlin spürte, wie Adam sich versteifte, so reflexhaft wie ein Salut. Er schien zu überlegen, wie lange die Reparaturen dauern würden, runzelte die Stirn bei dem beunruhigenden Ergebnis und entschuldigte sich knapp, um sich dem Problem sofort zu widmen.

Rodion wandte sich an Senlin. »Hafenmeister Thomas Senlin, endlich lernen wir uns kennen«, sagte er ohne einen Hauch von Wärme in der Stimme.

»Ich bin hier, um Mr. Boreas zu unterstützen«, erklärte Senlin.

»Lügner. Es braucht keine zwei Männer, um einen Lumpen in ein

Mäuseloch zu stopfen. Entweder hat Finn Sie geschickt, um mich auszuspionieren, oder Sie sind hier, weil Sie ein paar Höschen sehen wollen.« Rodion beugte sich zum Hafenmeister.

»Ich bin hier wegen der, äh, Vorführung«, antwortete Senlin.

»Natürlich sind Sie das. Ich besorge Ihnen einen Platz«, sagte der Mann mit abschätzendem Blick. Er schien Senlins Interesse an seinem schäbigen Geschäft einordnen zu wollen. Offensichtlich war der Zuhälter daran gewöhnt, Kapital aus der Lust von Männern zu schlagen, weshalb er den Hafenmeister testete, ihn reizte, in der Hoffnung, dass dieser irgendeine verwertbare Schwäche offenbarte. Senlin erkannte den Vorteil, Rodion glauben zu lassen, er hätte etwas gegen ihn in der Hand. Sollte der Mann doch denken, was er wollte. So würde er empfänglicher für Schmeicheleien und Manipulationen sein. Um das Ego des Mannes zu füttern, musste sich Senlin nur eine Burlesquevorführung ansehen mit Adams Schwester in der Hauptrolle.

Senlin unterdrückte einen Schauder und setzte rasch ein Grinsen auf, das Rodions wissendes Lächeln widerspiegelte. »Sie müssen sich wirklich anschauen, worum hier so ein Wirbel gemacht wird«, sagte der Zuhälter.

8

»Der Kandidat des Tages: die Fat Alistair. Sie ist ein Handelsschiff, vierzehn Meter vom Bug bis achtern, mit zwei Zwanzig-Pfund-Kanonen und Kojen für zwölf Menschen. Von außen betrachtet ein guter Kandidat; leider fliegt sie unter der Flagge von Pelphia. Von den Pells zu stehlen, die ich eines Tages noch unterwandern muss, ist eine überaus dumme Idee. Die Suche geht weiter.«

Ein Mann und sein abenteuerlicher Weg durch den Turm, von T. Senlin

Senlin saß steif im Theater in dem Plüschsitz, zu dem man ihn geführt hatte, den Aerostab über die Knie gelegt. Der Heizraum musste sich direkt unter ihm befinden, er spürte das leichte Vibrieren der Maschinen durch den Boden. Der Kontrast zwischen der dämmrigen Unterwelt und dem goldenen Theater, das sich über ihm erhob, war beinahe surreal. Hunderte Männer bevölkerten die Sitzreihen, gekleidet in das, was in einer Arbeiterstadt wohl als feiner Staat galt: mottenzerfressene Mäntel, abgewetzte Hüte und Kragen in der Farbe von Zigarrenrauch. Die Männer waren aufgekratzt und erwartungsvoll. Kunstvoll mit Stuckfiguren nackter Frauen verzierte Logen verbargen wohlhabende Zuschauer vor den neugierigen Blicken des Pöbels im Parkett.

Mitten auf der Bühne saß Rodion an der Orgel, die wie ein Halbmond geformt war, und spielte mit theatralischem Eifer. Die Orgel klang wie eine Vogelvoliere; jede Note war so laut, dass die Haut kribbelte. Rodion zog wie ein erfahrener Kirschpflücker an den Elfenbeinregistern, um die Töne nach Wunsch zu verändern. Der Mann hatte unzweifelhaft Talent.

Hinter der Tastatur ragten die Pfeifen stufenförmig auf der ganzen Breite der Bühne auf. Der opulente rote Vorhang, den Senlin gerade noch von der anderen Seite gesehen hatte, blähte sich in dem Luftzug aus den Attrappenpfeifen. Die meisten der glänzenden Kupferresonanzkörper schienen groß genug, einen Mann in sich aufnehmen zu können. Die hohe, gewölbte Decke über ihnen war hellblau gestrichen.

Doch nicht die beeindruckende Orgel oder ihr extravaganter Organist oder die donnernden Akkorde verzückten das Publikum, sondern die Frauen, die auf die Bühne kamen und neckisch die Orgelpfeifen erklommen. Leichtfüßig wie Bergziegen, anmutig wie Balletttänzerinnen bewegten sie sich über die Pfeifen. Sie waren alle jung und auffällig zurechtgemacht, die Augen mit Kohle und Farbe betont, die Münder leuchtend rot wie zerstoßene Kirschen. Alle trugen enge Korsetts mit Rüschenröckchen, die über die Hüften nach oben geweht wurden, wenn Luft aus den Pfeifen entwich. Die Tänzerinnen schlugen in gespieltem Schrecken die Hand vor den Mund. Die Männer hielt es bei diesem Anblick kaum auf ihren Sätzen vor Jubel und Applaus. Die schwarzen Strümpfe. Die weißen Strumpfhalter. Immer wieder aufblitzende nackte Haut. Die explodierende Musik schien sie zu entkleiden.

Der Gedanke, dass Marya irgendwo auf dasselbe Schicksal reduziert worden sein könnte, reichte aus, dass Senlin am liebsten die Lichter zerschossen, den Organisten erwürgt und diesem ganzen fürchterlichen Treiben ein Ende bereitet hätte. Doch er war ganz deutlich in der Minderzahl. Die anderen Zuschauer sahen keine Schwestern und Töchter, verlorene Seelen und abenteuerlustige Herzen. Sie sahen Scheinwerferlicht, das über tanzende Beine strich. Sie sahen glänzende Zähne und hüpfende Brüste. Wenn die Pfeifen ihre Locken nach oben bliesen, schienen die Frauen an ihren Haaren zu hängen wie Obst an einem Baum.

Senlin fragte sich, welche von ihnen wohl Voleta war.

Rodion beendete das Stück mit einem kunstvollen Schlussakkord und drehte sich auf seiner Sitzbank zum Publikum. Die Damen packten ihre

Röcke und verbeugten sich. Der Applaus verebbte langsam, als der Zuhälter eine weiß behandschuhte Hand erhob. »Guten Abend, meine Herren, und willkommen im *Steam Pipe*.« Er wartete die Jubelrufe ab, die ihm antworteten. »Bitte sprechen Sie mit den Türstehern, wenn Sie eine etwas privatere Vorstellung bevorzugen. Meine Frauen sind so sauber wie meine Pfeifen!« Gelächter ertönte. »Keine Frau ist wie die andere«, fuhr er fort, die Worte offensichtlich eingeübt. »Manche sind wunderschön, manche wagemutig. Manche haben Talent – athletisches oder exotisches.« Ein obszöner Zwischenruf aus dem Publikum rief neues Gelächter hervor. »Aber ich habe bisher nur eine Frau getroffen, die fliegen kann! Deshalb präsentiere ich Ihnen ohne viel Umschweife die junge Frau, wegen der Sie alle hier sind: Voleta, das Fliegende Mädchen!«

Eine Luke öffnete sich an der Spitze der blauen Kuppel, und eine Frau, die auf einem Trapez saß, wurde hinuntergelassen. Das üppige schwarze Haar, das ihr in wilden Wellen um die Schultern fiel, ließ ihren Kopf groß und ihren Körper schmal erscheinen. Sie trug ein lilafarbenes Trikot, das ihren muskulösen Oberkörper und die breiten Hüften bedeckte, die geschmeidigen, gebräunten Beine aber frei ließ.

Selbst aus der Entfernung erkannte Senlin sie als Adams Schwester: Sie hatte denselben breiten Mund und dieselbe scharfe Nase, doch ihre Augen waren groß, violett und mit grüner Farbe betont. Blaue Pailletten glitzerten an ihren Schläfen. Sie lächelte, nicht verführerisch, sondern wie eine Künstlerin, die Freude an ihrer Arbeit hat. Sie beschleunigte das Trapez, bis es über den Sitzreihen schwebte und dann zurück zu den Orgelpfeifen schwang. So geschmeidig, so entspannt! Rodion spielte eine eindringliche, dramatische Melodie voll unterschwelliger Gefahr. Senlin war fasziniert. Mit einer geschickten Bewegung ließ sich Voleta von der Stange fallen, und einen Moment dachte er, sie würde das Trapez nicht mehr zu fassen bekommen. Doch sie drehte sich in der Luft wie eine Rauchfahne und packte die Stange wieder. Sie ließ sich an den Armen herabhängen, ihre leichten Slipper streiften die hochgereckten Finger der wagemutigeren Männer. Auf der Höhe des Schwungs ließ sie die Stange los und drehte sich um die eigene Achse wie ein Ahornsamen; als das Trapez zurückschwang, griff sie wieder zu. Als sie sich überschlug, wehten ihre wunderschönen Locken wie der Schwanz eines Drachen. Senlin wurde die Kehle eng, vor Angst und Ehrfurcht. Sie war atemberaubend.

Nach einigen weiteren akrobatischen Einlagen brachte sie das Trapez zum Stillstand, winkte mit kindlicher Unbekümmertheit ins Publikum und wurde wieder nach oben durch die Luke gezogen. Dieses Mal stimmte Senlin in den frenetischen Applaus mit ein.

Hinter der Bühne fand ein kurzes, aber gefühlvolles Wiedersehen statt, zwischen Seilen, Feuereimern und dem Glitzern unzähliger Kostüme. Adams sonstiger verhärmter Ausdruck verschwand, als er Voleta fest umarmte. Senlin fühlte sich privilegiert, diesem glücklichen Moment beiwohnen zu dürfen. Auf dem Boden schien Voleta kleiner zu sein als ihre fliegende Inkarnation. Sie wirkte lebendig, verzog das Gesicht zu lustigen Grimassen und war in vielerlei Hinsicht das genaue Gegenteil ihres Bruders. Adam stellte Senlin seine Schwester vor, und sie schüttelte seine Hand mit dem weichen, schüchternen Griff eines Kindes. Doch sie war alles andere als ein Kind, und in ihrem Blick lag eine rasche Auffassungsgabe. Sie hatte aber auch ihre Eigenheiten. Oft lachte sie schallend auf, wenn jemand eine ernsthafte Bemerkung gemacht hatte, als fände sie Ernsthaftigkeit an sich lustig. Das Lachen war kurz, überhaupt nicht weiblich und klang eher wie das eines Baritons und nicht wie ein achtzehnjähriges Mädchen. Eine seltsam einnehmende Angewohnheit.

Voleta erzählte sprudelnd von ihrem Tagesablauf und ihrer Frustration, nie das Haus verlassen zu dürfen, und ihrer Eifersucht, dass Adam jederzeit die Sonne sehen durfte. Sie beschloss ihren Erzählfluss mit einer schwärmerischen Beschreibung einer Schachtel mit vier Pralinen, die man ihr geschenkt hatte, von denen drei ganz köstlich und eine abscheulich gewesen war. Adam sagte wenig dazu, doch sein Lächeln sprach für sich. Senlin vermutete, dass diese Zusammentreffen selten waren, und er fragte sich, ob vermisste geliebte Menschen nicht vielleicht besser waren als eingesperrte.

Viel zu früh kehrte Rodion zurück, gefolgt von einem Schwarm junger Frauen, Einweiser, Visagisten und anderen Bühnenhelfern. Er schritt voran wie ein König, immer noch in seinen theatralischen Umhang gewandet, dem er jetzt jedoch noch etwas hinzugefügt hatte: Der silberne Griff einer Pistole ragte aus einem Holster an seiner Hüfte.

Rodion drängte sich in ihre glückliche Dreierrunde, worauf das Lächeln auf Adams Gesicht sofort erstarb. Der Zuhälter deutete auf Voleta: »Die nächste Vorführung ist in einer halben Stunde. Du musst etwas essen und dann in die Maske. Na los«, sagte er mit gespielter elterlicher Fürsorglichkeit. Voleta grinste säuerlich, wehrte sich allerdings nicht und gab ihrem Bruder einen Kuss auf die Wange.

»Iss die Pralinen nicht, Voleta. Das sind keine Geschenke, sondern Anzahlungen von Männern, die dich kaufen wollen«, sagte Adam.

Voleta stieß ihr ehrliches, tiefes Lachen aus und sagte: »Wenn mich jemand mit Schokolade kaufen will, wird ihm nicht gefallen, was er bekommt.« Sie blähte die Wangen und deutete mit den Armen einen großen Bauch an. Dieses Mal lachte Adam nicht; er sah blass und verloren aus. Voleta richtete ihre violetten Augen auf Senlin. »Sie sind sein Boss. Befehlen Sie ihm, glücklich zu sein, und schlagen Sie ihn, bis er es ist. Folgen Sie ihm einfach mit einem Besenstiel überall hin und verpassen ihm eins, wenn er seufzt«, sagte sie und klatschte in die Hände. Bevor Senlin etwas erwidern konnte, stellte sie sich auf die Zehenspitzen und küsste ihn wie ihren Bruder auf die Wange.

Voleta wurde wieder von der Menge der Tänzerinnen und Bühnenhelfer verschluckt und verschwand mit ihnen in den Tiefen des Theaters, wo Umkleideräume zu Schlafzimmern wurden und manche Zuschauer hübsche Summen zahlten, um für eine Weile die Führung zu übernehmen.

Als die Gruppe um die Ecke bog, sah eine blonde Tänzerin aufgebracht zu ihnen zurück … Nein, nur zu Senlin. Ihm wurde bewusst, dass er sie schon einmal gesehen hatte. Auf der Fähre, auf der er aus den Bädern entkommen war. Hatte sie ihn da nicht auch schon so wütend angesehen?

Bevor Senlin weiter darüber nachdenken konnte, ergriff Rodion die Zügel und lenkte das Gespräch zu dem, was ihn beschäftigte. »Was für eine Gabe«, sagte er und nickte in Richtung des leiser werdenden Geplappers der Gruppe. Seine Brust schwoll an vor unverdientem väterlichem Stolz. »Unbezahlbar! Dieses Talent darf nicht im Verborgenen dahinvegetieren. Die ganze Welt verdient es, ihre Nummer zu sehen.«

Senlin sah, dass Adam wusste, dass der Zuhälter ihm einen Köder hinwarf, den der junge Mann jedoch nicht ergriff. Senlin war stolz auf ihn, auch wenn der Triumph nur von kurzer Dauer war.

»Ein Baron aus dem Haus Algez hat gestern Abend ihre Vorführung gesehen und war sehr beeindruckt. Er wollte eine Privatvorstellung, doch gemäß unserem Abkommen habe ich ihm gesagt, dass solch außergewöhnliche Schönheit und besonderes Talent nicht zu mieten ist.« Rodions straff gespannte, blutleere Haut warf Falten um seinen Mund wie der Knöchel eines alten Mannes, als er abstoßend lächelte. »Ich bin ein Zuhälter. Ich handle mit Huren. Hier gibt es kein Werben, keine komplexen Verhandlungen, den Nachweis der Jungfräulichkeit oder Fragen des Stammbaums. Das Leben eines Zuhälters ist anstrengend! Doch deine Schwester erledigt diese ganze Arbeit für mich. Sie geht auf die Bühne und umwirbt die Männer und feilscht mit ihnen und wirkt hundertmal überzeugender als jeder Arzt oder Genealoge. Sie verwandelt mich alten Zuhälter in einen Ehefrauenhändler. Ich sagte, sie ist unbezahlbar, doch natürlich kristallisiert sich ihr Preis heraus. Der algezische Baron hat den Betrag von fünfundzwanzig Mina in den Raum gestellt. Was denkst du darüber? Was ist deine Schwester deiner Meinung nach wert?«

Adams Ohren leuchteten rot, die Adern an seinem Hals traten hervor, und er hätte sich offensichtlich am liebsten auf den Mann gestürzt, das sah Senlin. Aus seiner Zeit als Schuldirektor wusste er nur zu gut, wann die Opfer von Schikanen ihre Grenze der Belastbarkeit erreicht hatten. Der darauffolgende Kampf endete immer blutig. Rodion trieb Adam an den Rand seiner Selbstbeherrschung. Er suchte nach einem Vorwand, um den lästigen Bruder seines Stars zu erschießen. Senlin musste unbedingt eingreifen.

Er holte mit dem schweren Aerostab aus und hieb Adam damit in die Kniekehlen. Der junge Mann fiel überrascht zu Boden, wo er gekrümmt zu Senlins Füßen lag und mit einem Ausdruck schockierten Verrats zu ihm aufblickte. Senlin deutete mit dem Kopf Richtung Ausgang und sagte beiläufig und erbarmungslos: »Boreas, starte die Kutsche.«

Adam rappelte sich auf, ohne den Blick von Senlin abzuwenden. Seine erste Verblüffung wandelte sich rasch zu Wut, als er leicht hinkend zur Tür ging. Senlin konnte nur hoffen, dass Adam ihm vergeben würde.

Rodion musterte den Hafenmeister, als wären diesem Hörner gewachsen. »Nun, der Bücherwurm hat ja doch ein Rückgrat«, murmelte er und straffte die Schultern. »Warum sind Sie hier? Was ist der wahre Grund?«

»Finn hat mir aufgetragen, hier ein wenig herumzuschnüffeln.« Die Lüge kam ihm ganz natürlich über die Lippen, als wäre Senlin die Scharade leid. »Er fragt sich, ob er seinen vollen Anteil an den Kartenverkäufen bekommt, weshalb ich das überprüfen soll. Wegen mir kann er daran ersticken, er und die Elefantenfrau«, erklärte Senlin. Das war natürlich nur Angeberei, doch nach vielen Jahren neben dem Schulsportplatz hatte Senlin gelernt, dass ein wenig Aufschneiden oft der beste Weg war, einen aggressiven Gegner zu entmutigen. »Sagen Sie mir die Besucherzahlen, und ich werde es weitergeben.«

»Einhundertsechsunddreißig«, antwortete Rodion. »Ich glaube nicht an Großzügigkeit oder Freundschaftsdienste. Sagen Sie mir also, warum Sie mir Ärger ersparen wollen.«

»Der Mann ist auch so schon paranoid genug, ohne dass sich sein Verdacht bestätigt. Wenn er ein Loch in seiner Börse findet, dann wird er nach anderen Lecks suchen, und das will ich nicht.« Er klopfte mit dem Aerostab einmal mit einem hohlen Dröhnen auf den Boden, um seine Worte zu unterstreichen. Dann wandte er sich zum Gehen, blieb dann jedoch stehen, als sei ihm noch ein Gedanke gekommen, und sagte über die Schulter: »Das Mädchen ist meiner Meinung nach mindestens dreißig Mina wert. Was für ein atemberaubendes Geschöpf!«

Es war ein schwacher Versuch, aber Senlin hoffte, die Gier des Zuhälters damit angestachelt und ihnen ein wenig Zeit verschafft zu haben, um einen Plan zu schmieden. Falls Senlin vorher Zweifel gehabt haben sollte, so waren diese mittlerweile völlig ausgeräumt: Er würde alles tun, um Voleta aus den Fängen dieses kaltherzigen Schurken zu befreien.

Adam brodelte nicht vor Wut, im Gegenteil. Er war am Boden zerstört, was viel schlimmer war. Senlin hatte gehofft, der junge Mann würde ihm den Schlag mit gleicher Münze heimzahlen. Stattdessen saß er zusammengesunken über dem schmalen Lenkrad der Autokutsche, der Blick nur halb auf den Verkehr konzentriert, während er sich unbewusst die Rückseite seines Beins massierte. Senlin entschuldigte sich für den Schlag, Adams einzige Antwort war jedoch, von seinem schmerzenden Bein abzulassen.

»Er hätte dich erschossen.« Senlin musste fast schreien, um das Pumpen der Kolben zu übertönen.

Adam dachte über diesen Einwand nach, nickte zuerst, schüttelte den Kopf und ließ ihn dann traurig hängen. Er schien kurz vor dem Zusammenbruch zu sein, doch er sagte mit vor Stolz belegter Stimme: »Er hat sie nicht gebrochen. Du hast sie gesehen. Sie ist unbezwingbar.« Die Blitze in der vergitterten Kuppel über der Stadt leuchteten mit plötzlicher Intensität auf und unterbrachen das Gespräch. Die Lichtdornen durchzuckten den Nebel und brachten Motten und Fledermäuse zu Fall. Als der Himmel sich wieder beruhigt hatte, fuhr Adam mit frisch geschöpfter Kraft fort: »Ich bin dafür verantwortlich, dass das so bleibt. Es liegt in meiner Verantwortung. Ich muss etwas tun …«

Senlin hätte so gern etwas gesagt, den Funken von Adams Widerstand angeheizt, doch er fürchtete, dass er damit nur das Gegenteil erreichte. Statt ihm einen Vortrag zu halten, gestand er ihm lieber sein eigenes Versagen ein. »In den Bädern habe ich versucht, mich in Geduld zu üben. Ich hatte eine Methode und einen Plan, an den ich mich wochenlang gehalten habe. Ich erwartete ein gerechtes Ergebnis, dachte, der Turm würde meine Selbstdisziplin mit … einem wundersamen Wiedersehen belohnen.« Er schnaubte verächtlich. »Wenn ich mich noch länger an meinen Plan und mein Anspruchsdenken gehalten hätte, wäre ich jetzt ein Hod, zweifellos. Und Marya wäre für immer für mich verloren.«

»Und was *hast* du dann getan?«, fragte Adam.

»Ich habe den Commissioner bestohlen. Nein, zuerst bin ich eine Verschwörung eingegangen, dann habe ich mich eingeschlichen, habe geschmeichelt, gelogen und den Mann schließlich beraubt.« Ein kleines zufriedenes Lächeln erhellte sein Gesicht. »Oh, wenn Finn Goll wüsste, was für einen Schlamassel ich hinterlassen habe ... In den Bädern ist sicher ein Kopfgeld auf mich ausgesetzt. Dem Commissioner bin ich wahrscheinlich ein kleines Vermögen wert. Ich habe ihm etwas genommen, das er sicher gern zurückhaben möchte.« Er hörte den angeberischen Unterton in seiner Stimme und hustete, um seinen Ärger darüber zu verbergen. Er musste das Gespräch wieder zurück zum Ausgangspunkt bringen. »Was ich damit sagen will, Adam ... Wir müssen manchmal kalkulierte Risiken eingehen. Wir können nicht erwarten, dass der Turm gerecht mit uns umgeht, oder dass uns die Mächtigen mit Respekt behandeln.«

»Kalkulierte Risiken ...« Adam runzelte verärgert die Stirn und umklammerte das Lenkrad, bis seine Fingerknöchel weiß hervortraten. »Hast du einen Plan?«

»Der ist noch im Entstehen, aber ich weiß schon, was wir dafür benötigen.«

»Das ist ein Anfang, schätze ich. Was brauchen wir?«

Senlin zählte die einzelnen Posten an den Fingern ab. »Ein Schiff, eine Mannschaft und Wind.«

Adam straffte die Schultern, als ihm die Dimensionen dieser Liste bewusst wurden. »Ich hatte gehofft, du sagst, wir brauchen ein Seil und eine Wurst ...«, meinte er und kratzte seinen Dreitagebart. »Ein Schiff, eine Mannschaft und Wind also? Dafür müssen wir aber ganz schön viel *kalkulieren*. Und was ist mit einem Kapitän? Den brauchen wir doch auch.«

Senlin lachte. »Eins nach dem anderen.«

9

»Zwischen alten Kontobüchern in meinem Büro stehen ein Dutzend fehlerhafte Wörterbücher, diverse Lehrbücher zur Aeronautik (die ich gewissenhaft durchgesehen und von denen ich die besten für mich beansprucht habe) sowie mindestens dreißig einzigartige und nutzlose Führer durch den Turm. Wenn ich darin lese, würde ich am liebsten schreien: Zeichnet eine Karte! Zeigt mir den Weg! Doch die Autoren beschreiben nur ihre eigenen Fußstapfen und sprechen über ihre Schuhe, die immer die besten, die einzig wahren sind.«

Ein Mann und sein abenteuerlicher Weg durch den Turm, von T. Senlin

Ein rasches Umsetzen ihres Plans wurde von der Pflicht vereitelt, die Senlin und Adam sowie den restlichen Hafen plötzlich in Anspruch nahm. Kähne und Fähren legten so rasch nacheinander an, dass Senlin das Gefühl hatte, in Kisten voll Rum, feilschenden Kapitänen und benebelten Frauen, die für die Bordelle bestimmt waren, zu ertrinken. Die Schauerleute, die Schichten von zwanzig Stunden oder mehr absolvierten, hätten einen Aufstand angezettelt, hätten sie noch die Kraft dazu gehabt. Senlin musste die Buchhaltung zugunsten der Wiegestation vernachlässigen; die Waagschalen mussten so schnell be- und wieder entladen werden wie ein Katapult, das eine Stadt unter Beschuss nimmt. Es war der reinste Wahnsinn, und doch bewährte sich Senlins System: Kein Schiff wurde abgewiesen, keine Wertgegenstände verschwanden, nichts Verderbliches verdarb. Die Autokutschen überhitzten, explodierten aber nicht, und nach drei Tagen frenetischer Aktivität kehrte wieder Ruhe in den Hafen ein.

Senlin sagte die abendliche Versammlung ab, und statt auf dem Rand der Wiegestation wie auf einer Seifenkiste zu stehen, saß er darauf, die Arme auf die Knie gestützt und sah den Männern nach, die durch den Tunnel nach Neubabel strömten. Einige baten ihn, ihnen eine Adresse auf einem Handzettel vorzulesen, was er automatisch tat. Ein Schauermann namens Emrit bat Senlin, eine Nachricht von seiner Freundin zu entziffern. Emrit fehlte ein Schneidezahn, doch wenn er lächelte, war das unwichtig. Die Lücke erinnerte Senlin an ein Grübchen in einer Wange, eine attraktive Besonderheit. Die Nachricht war in der unsicheren, engen Schreibschrift eines Anfängers geschrieben; seine Freundin bat Emrit darin um ein Treffen, zu dem er Schokolade mitbringen sollte, und machte einen eher ungeschickten Verweis auf einen intimen Akt, was Senlin mit der Professionalität eines Arztes vorlas. Emrit dankte ihm und gesellte sich zu den anderen Männern, die die Lagerhalle verließen.

Trotz ihrer Erschöpfung waren alle voll freudiger Erwartung: Manche würden in die Boudoirs gehen, manche in die Krümelhäuser, andere in die Gaststätten, und sie würden alle frühmorgens zurückkehren, erschöpft und ohne jegliche Freude, Wut oder Angst. Senlin merkte zu seiner Überraschung, dass er sie am liebsten begleitet hätte. Er könnte ein wenig Ablenkung, ein wenig Vergessen gebrauchen. Doch er hatte Arbeit zu erledigen.

Später am Abend kam Adam zu Senlin in dessen Wohnung, in der Hand einen kleinen Holzwürfel, eine späte Lieferung. Der Hafenmeister saß mit einem aufgeschlagenen Buch und einer geöffneten Flasche an dem unebenen Tisch. Senlin warf einen Blick auf die kleine Kiste, erkannte sie und deutete mit dem Kinn in eine leere Ecke des Zimmers. Adam stellte die Lieferung Weißes Chrom ab und wich rasch davor zurück. Keiner von beiden hatte gern mit der Droge zu tun. Senlin fürchtete, jemand könnte die Kiste fallen lassen und das Pulver würde sich mit dem Nebel im Freien vermengen; eine Überdosis in einem einzelnen Atemzug, eine Wolke voller Albträume.

»Die Männer sind betrunken«, sagte Adam erschöpft. Er setzte sich auf den einfachen Holzstuhl gegenüber von Senlin, den er trotz seiner Müdigkeit erst auf seine Haltbarkeit testete.

»Sie haben es sich verdient«, antwortete Senlin und blickte kaum von seinem Buch auf, während er seinem Freund die Flasche zuschob. »Genauso wie du.« Adam nahm das Angebot an und trank einen großen, genießerischen Schluck.

Vor dem Fenster von Senlins Wohnung wurden die Feiern der Männer lauter, bevor sie wieder zu einem leisen Hintergrundgeräusch aus Lachen und Gesängen abklangen. »Ich habe ihren Lohn erhöht«, sagte Senlin zur Erklärung auf Adams unausgesprochene Frage, was diesen überraschte.

»Seit fast drei Jahren bin ich jetzt hier, und es gab nie eine Lohnerhöhung. Wie hast du Goll dazu gebracht?«

»Gar nicht«, antwortete Senlin, ohne von seinem Buch und der komplexen Zeichnung einer Dampfmaschine aufzublicken, die so rätselhaft wie Hieroglyphen war. »Der Hafen ist mittlerweile so ertragreich, dass die Erhöhung den Acht-Uhr-Bericht nicht beeinflussen wird.«

»Bist du sicher?«

Senlin sah auf. »Vertrau mir, er wird es nicht bemerken. Und wenn, dann werde ich ihm erklären, dass es ein längst überfälliger Akt der Selbsterhaltung war. Ich habe eine Revolte verhindert. Man kann seine Männer nicht halb zu Tode schinden und dann erwarten, dass sie hechelnd um noch mehr Bestrafung betteln.«

»Das mag sein«, meinte Adam mit leichtem Zweifel. »Aber warum jetzt? Wenn er es herausfindet, wird er Iren deinen Kopf auf einen Spieß setzen lassen. Warum das Risiko eingehen?«

»Weil ich nachgedacht habe. Und ich bin zu dem Ergebnis gekommen, dass unsere Aussichten düster sind.«

Adam unterdrückte erst ein Lachen, ließ es dann jedoch zu. »Nun ja, deine Liste ist ja auch gar nicht lang: ein Schiff, eine Mannschaft und Wind. Überhaupt kein Problem.«

Senlin schloss das Buch. Er hatte den konzentrierten, angespannten Ausdruck eines Mannes, der eine Partie Karten spielte, die er nicht verlieren durfte. Die einzige Bewegung im Raum war der flatternde Schatten einer Motte, die sich an der dämmrigen Glühbirne über ihren Köpfen selbst exekutieren wollte. »Vor uns liegen folgende Probleme: Als Erstes brauchen wir ein Schiff. Ein Schlepper oder eine Bark werden nicht reichen. Wenn das Schiff nicht beweglich genug und wenigstens minimal bewaffnet ist, werden wir es keine Meile vom Hafen weg schaffen, bevor man uns entert oder abschießt. Ist das Schiff aber groß, so brauchen wir eine ebenso große Mannschaft, um es zu fliegen. Was wir uns nicht leisten können. Aber lassen wir das für den Moment.

Angenommen, wir finden ein bescheidenes Schiff, das von einer fünf- oder sechsköpfigen Mannschaft betrieben werden kann und das groß genug für Ladung für ein paar Wochen ist – Nahrung, Schießpulver, Treibstoff und Wasser. Ein Schiff, das nicht so auffällig ist, dass es ungewünschte Aufmerksamkeit erregt, aber auch nicht so jämmerlich aussieht, dass man uns bei den besseren Häfen abweist. Perfekt wäre die Kleiderordnung des *Steam Pipe:* schäbig, aber ordentlich. Doch auch wenn es so ein Schiff geben sollte – wie bekommen wir es in unsere Hände? Wir sind nicht genug Leute, um eine Mannschaft zu überwältigen.

Also«, sagte Senlin mit erhobenem Finger und nahm einen Schluck aus der Flasche. Er schnappte ein wenig nach Luft und fuhr fort: »Wir werden uns fremder Kraft und fremder Männer bedienen müssen, die die Arbeit für uns erledigen. Die – wer auch immer sie sind – haben aber natürlich kein Interesse daran, sich für uns in einen potenziell tödlich endenden Kampf zu stürzen. Was uns zu der schwierigen Frage bringt, wie wir das Schiff leeren … unter der Voraussetzung natürlich, dass wir eine kleine, verlässliche Mannschaft zusammenstellen können, die uns fliegt, sobald wir den Anleger verlassen haben.

Zu diesen ganzen Unmöglichkeiten kommt noch deine Schwester Voleta hinzu, was uns vor dasselbe Problem stellt. Rodion hat sich in seiner Festung verschanzt und verfügt über mindestens dreißig Männer, so weit ich gezählt habe. Sie sind vorgeblich Einweiser und Bühnenhelfer, aber sicher eigentlich seine bewaffnete Leibwache. Wir können das *Steam Pipe* nicht einfach stürmen und Voleta herausholen. Eine andere

Faust muss uns die Tür öffnen. Wir brauchen also zwei Stellvertreterarmeen: um an ein Schiff heranzukommen und um deine Schwester zu retten. Im Moment haben wir weder noch.«

»Und auch keine Mannschaft«, ergänzte Adam.

»Und kein Schiff«, vervollständigte Senlin die hoffnungslose Aufzählung.

Die Motte tat ihren letzten Atemzug und fiel zu Boden. Adam schüttelte den Kopf und sagte: »Aber was hat das alles damit zu tun, dass du den Lohn der Männer erhöht hast?«

»Ich mache sie uns gewogen. Vielleicht brauchen wir sie an unserer Seite.«

»In diesem Fall war die Erhöhung auf keinen Fall groß genug.«

»Da hast du wahrscheinlich recht«, meinte Senlin ein wenig mutlos. »Zumindest werden sie vielleicht zögern, bevor sie uns den Hals umdrehen, sollte es so weit kommen.«

»Klingt, als würde dein Plan wirklich Form annehmen, Tom. Du hast sogar daran gedacht, dass die Arbeiter uns den Hals umdrehen wollen könnten. Das ist großartig.«

Beide Männer griffen gleichzeitig nach der Flasche, doch keiner gab sie frei. Adams Auge blickte unerwartet stählern. Offensichtlich hatte der junge Mann noch etwas auf dem Herzen und suchte nach den richtigen Worten. Die Flasche blieb, wo sie war.

»Also gut, was ist los? Raus damit, Adam.«

»Ist das wirklich der richtige Weg? Ein Schiff zu stehlen? Ich meine, du argumentierst selbst dagegen. Als wir beide vom Verhalten des Zuhälters aufgebracht waren, erschien es eine gute Idee, doch jetzt bei Tageslicht betrachtet …« Er zog an seinem Hemdkragen, bis ein zweiter Knopf aufsprang. Senlin merkte, dass Adam schon länger darüber nachgedacht hatte. Vielleicht schon seit dem Besuch im *Steam Pipe*. Seine Sätze waren ein wenig zu überlegt, zu eingeübt, um spontane Äußerungen zu sein. »Wir werden uns unzählige Feinde machen: Rodion, Finn Goll, die Hafenarbeiter, die Mannschaft und den Captain, den wir verjagen … Wenn wir erst einmal auf der Flucht sind, werden wie nie wieder anhalten können. Wie sollen wir ohne Arbeit, ein Zuhause oder einen Gönner überleben? Wem sollen wir vertrauen? Müssen wir den Treibstoff stehlen? Unsere Nahrung plündern? Was für ein Leben ist das?«

»Und was für ein Leben ist das hier?«, hielt Senlin dagegen.

»Du hast mir erzählt, dass du dem Commissioner ein kleines Vermögen wert bist. Du hast ihn bestohlen; warum bietest du ihm nicht einen Austausch gegen Geld an?«

»Adam«, sagte Senlin, ließ die Flasche los und lehnte sich zurück, wobei er die Arme verschränkte. »Mächtige Männer verhandeln nicht mit Männern wie uns. Sie respektieren uns weder, noch fürchten sie uns, weshalb sie nichts davon abhält, ihre Seite der Vereinbarung nicht einzuhalten. Es gibt keine Ehre. Erinnere dich an die Piraten, die für den Verlust deines Auges verantwortlich sind! Wie ist das passiert? Du hattest mit ihnen einen Handel abgeschlossen, nicht wahr? Aber du hattest keine Macht, und das wussten sie.« Senlins Mund war trocken, Speichelschaum sammelte sich an seinen Zähnen. »Selbst *wenn* der Commissioner willens wäre, zu bezahlen, würde er das nur für zwei Dinge tun: erstens für sein kostbares Gemälde, das ich nicht habe. Und zweitens für meinen Kopf. Ich hoffe zutiefst, dass er mich einfach vergessen hat. Das wäre das Beste.«

Adam zuckte zu Senlins leidenschaftlichen Erläuterungen nur die Schultern. »Ich sage ja nicht, dass es einfach wird. Es ist natürlich ein *kalkuliertes Risiko;* aber du bist ganz schön überzeugt von deiner Version, wie der Commissioner auf einen Vorschlag reagieren könnte, der ihm Zeit und Mühe ersparen wird. Meiner Meinung nach ist das nicht wahnsinniger, als einen ausgeklügelten Plan zu entwerfen und ein Schiff zu stehlen.« Adam strahlte die eigensinnige Zuversicht der Jugend aus, was einen alten Nerv in Senlin zum Klingen brachte: den des Schuldirektors. Der junge Mann beendete seine Argumentation selbstgefällig: »Ich versuche nur, vernünftig zu sein.«

»Und ich versuche, deine Schwester zu retten!«, rief Senlin nachdrücklicher, als beabsichtigt.

Wenn auch etwas aus dem Gleichgewicht gebracht durch den Ausbruch seines Freundes, beharrte Adam auf seinem Standpunkt: »Selbst wenn du das Gemälde gar nicht hast, kannst du ihm doch die Information über den Besitzer verkaufen. Mit ein bisschen Geld in unseren Taschen …«

Senlin unterbrach ihn. »Nein, Adam! Nein, ich werde nicht mit dem Commissioner handeln. Keine Widerrede.« Senlin schlug so fest auf den Tisch, dass sein Buch in die Höhe hüpfte. Adam zuckte zurück, als hätte man ihn geschlagen. Senlin bedauerte sein Verhalten, er beruhigte sich jedoch nicht. »Hör mal, du wirst nie genug Geld haben, um Voleta aus ihrem Vertrag freizukaufen, weil Rodion davon keinen Vorteil hat. Er wird nur dein Geld nehmen und sie an jemand anderen verkaufen. Warum auch nicht? Was kannst du tun, um ihn aufzuhalten? Wenn du deine Schwester befreien willst, dann müssen wir es selbst tun!«

Adam starrte finster vor sich hin, schwieg jedoch. Das Johlen und Kreischen der Männer vor dem Fenster vertiefte die Kluft zwischen den beiden noch. Senlin wischte sich den Mund ab und bemerkte zu seiner Überraschung, dass seine Finger zitterten. Nicht der Gedanke an Voleta hatte ihn so sehr in Rage gebracht, sondern Marya. Sie war ständig präsent. Vor einer Woche hatte er endlich aufgehört, ihr Bild ständig hin und her zu drehen und es unter dem losen Bodenbrett zusammen mit seinem Tagebuch und der Schlüsselpistole versteckt. Sie war zu einer Abstraktion geworden, einem Bild, einem Ideal. Er spürte, wie sich etwas veränderte, wie sie verschwand. Die Erinnerung an ihre durchdringende Stimme, ihre schlanken, flinken Finger, das unterschwellige Necken, mit dem sie ihn in einem Raum voller Menschen beruhigt hatte … all das verblasste, und mit jedem Tag nahm Ogiers Bild mehr seinen Platz ein. Deshalb hatte er es vor sich selbst versteckt in der Hoffnung, dass es ihm die Erinnerung zusammen mit etwas Zuversicht wieder zurückbrachte, sollte er es wieder betrachten. Er hoffte, dass es ihn noch ein wenig länger davon abhielt, das mühselige, verzweifelte Leben zu akzeptieren, das ihm bevorstand.

Adam erhob sich und verließ wortlos den Raum. Senlin versuchte nicht, ihn aufzuhalten. Er erkannte, dass er einen Fehler begangen hatte, indem er seine Befürchtungen und die Schwächen in seinem Plan seinem jungen Freund anvertraut hatte. Adam suchte nach Anleitung und Führung, nach einem Captain, und ob bewusst oder unbewusst hatte Senlin diese Rolle eingenommen. Jetzt musste er sich auch dementsprechend verhalten. Die Mannschaft will nicht wissen, ob der Captain Zweifel hegt oder sein Plan voller Löcher ist. Es beeinträchtigt ihr Selbstvertrauen, und dann beginnen sie sich an Strohhalme zu klammern, genau wie Adam gerade. Es war nicht seine Schuld, dass Senlin noch keine Mannschaft gefunden hatte, kein Schiff und auch keinen Wind. Wenn er weiter das Vertrauen verlor, würde sich Adam bald einem anderen anschließen.

Mitten in der Nacht wachte Senlin von einem Schlag gegen Holz auf.

Er dachte zuerst, eine Tür sei aufgestoßen worden, doch es klang eher nach einer Fall- als nach einer Zimmertür. Und so etwas hatte dieser Raum nicht. Vielleicht war es ein Echo vom Lagerplatz oder ein nachklingender Albtraum, der ihm jetzt einen Streich spielte. Benebelt öffnete er die Augen und erwartete, seine gewohnte, in das gedämpfte Licht der Straßenlaternen getauchte Umgebung zu sehen.

Doch eine rot glühende Gestalt lauerte neben seinem Bett, die sich wand wie unter einem Krampf. Die Erkenntnis traf ihn wie ein Schlag: die Rote Hand. Unmöglich, unglaublich, doch der Henker des Commissioners hatte ihn gefunden.

Der Auftragsmörder zog an seinem Knie – offensichtlich war er auf das lose Dielenbrett getreten, und sein Fuß steckte im Geheimversteck beim Bett fest. Adrenalin durchzuckte Senlin, jeder Nerv schien kurz vor dem Explodieren zu stehen.

Er rollte sich auf die andere Seite, um aus dem Bett zu springen und zur Tür zu rennen. Stattdessen rollte er jedoch in seine Bettlaken verwickelt zu Boden, wo er wie ein Fisch im Netz liegen blieb. Bretter splitterten hinter ihm, und als er sich mühsam umdrehte, sah er, wie die Rote Hand wie ein Komet über sein Bett sprang und schwer auf ihm landete. Die beiden Männer wurden zu einem Knäuel aus Laken und Gliedmaßen, als sie miteinander kämpften.

Sie prallten gegen die wacklige Kommode, aus der alle drei Schubladen herausschossen, Hemden und Wäsche fielen heraus. Das Messingarmband des Mörders schnitt Senlin in den Kiefer und trieb ihm die Tränen in die Augen. Er sah nur ein rotes Glühen hinter weißem Stoff, wie ein Lagerfeuer hinter dichtem Qualm. Ein plötzlicher Druck auf seinem Arm hinderte ihn daran, die Stoffstücke beiseitezuschieben.

»Wo ist das Gemälde?«, fragte die Rote Hand so beiläufig, als bäte er ihn um die Uhrzeit.

»Ich weiß es nicht!«, antwortete Senlin mit zusammengebissenen Zähnen.

Die rot leuchtenden Adern ließen den Mann wie ein in der Luft erstarrtes Feuerwerk wirken. Mit seiner freien Hand zog Senlin ein Hemd über den strahlenden Kopf seines Gegners und wand ihm den Ärmel um den Hals. Die Rote Hand schien nach Luft zu schnappen, und leichte Hoffnung stieg in Senlin auf: Vielleicht könnte er sich den Weg freikämpfen. Doch es war kein Laut der Überraschung, sondern ein ergebenes Seufzen. Der Auftragsmörder war gelangweilt.

Bevor Senlin die behelfsmäßige Schlinge zuziehen konnte, schoss unerträglicher Schmerz durch seine Schulter, als die Rote Hand seinen Arm mit schier übermenschlicher Stärke verdrehte. Er gab nach, um den Druck von seinem Schultergelenk zu nehmen, und ließ sich auf den Bauch zwingen. Hilflos trat er um sich wie ein wütendes Kind, doch seine Füße trafen nur leere Luft. Die Rote Hand riss ihn an den Haaren empor, und sein Rücken drängte gegen das Knie, das sich in sein Steißbein bohrte. Er fühlte sich wie ein Zweig kurz vor dem Zerbrechen. Dann kam der Boden auf ihn zu. Er hatte gerade noch Zeit, die Augen zusammenzukneifen, als die Seite seines Kopfes auf den Dielenbrettern aufkam. Splitter bohrten sich in sein Ohr und seine Wange. Einen Moment lang war er taub, dann war sein Ohr von einem hohen Klingeln erfüllt. Wieder wurde sein Kopf zurückgezogen und erneut gegen den Boden geschlagen. Unter ihm zerbrach das Holz. Sterne tanzten vor seinen Augen, gelbe Spinnen krabbelten über ein rotes Netz, das seinen Mund öffnete und einen kleinen glühenden Ofen sehen ließ, eine flammengleiche Zunge.

Senlin spürte den heißen Atem des Mannes, als die Rote Hand sagte: »Ihr Gelehrten seid immer so überrascht, wenn ihr entdeckt, wie zerbrechlich euer Körper ist. Der Geist ist so widerstandsfähig, so unangreifbar. Doch Muskeln und Knochen sind so verletzlich wie Strohbündel. Sie fallen auseinander und zerbrechen. Und je mehr sie brechen, desto kleiner wird der Geist. In den Momenten vor dem Sturz in den Tod wird der große Intellekt auf ein schweigendes Nichts reduziert. Der Geist ist nichts weiter als eine Tür ins Dunkel.« Senlin hätte am liebsten geschrien. »Dorthin gehst du, Thomas. Die unersättliche, gleichgültige, ewige Dunkelheit. Wo ist das Gemälde?«

Verzweifelt und in Todesangst tastete Senlin benommen nach irgendetwas, mit dem er sich verteidigen konnte. Das Holz kribbelte unter seiner Hand. Er hatte die Orientierung verloren. Wo war die Tür? Wenn er nur den Aerostab in die Finger bekäme, dann könnte er sich beim Sterben zumindest wehren. Doch da war nichts, nur Wäsche und Holzsplitter.

Noch bevor er keine Luft mehr bekam, merkte er, dass er auch nicht schlucken konnte. Der Auftragsmörder saß auf seinem Rücken und umklammerte seinen Hals wie ein Reiter, der ein durchgehendes Pferd zum Stehen bringen will. Plötzliche Euphorie erfüllte Senlin, die er undeutlich als den nahenden Tod identifizierte. Erleichterung durchströmte ihn. Die Rote Hand lag falsch. Es gab ein Licht in der Dunkelheit, Ruhe, um den letzten Gedanken nachzuhängen. Er fragte sich, wie es Ogier wohl ging. Der Maler musste das Gemälde gut versteckt haben, wenn man es bisher nicht gefunden hatte. Vielleicht war er gestorben, bevor er den Aufbewahrungsort seines geliebten *Mädchens mit einem Papierboot* preisgegeben hatte. Senlin sah das Mädchen vor sich, wie es in voller Pracht im Spiegellicht der Bäder über seinem Schatten stand, der so dunkel wie ein Loch in der Welt war. Marya stand neben ihr, die Röcke mit einer Hand gerafft, die andere um eine Hand des Mädchens gelegt. Er sah ihnen vom Ufer aus zu. Beide hatten ihm den Rücken zugewandt, sie mussten ihn nicht ansehen. Sie waren glücklich, die Welt war hell und freundlich.

Eine Fliege störte seinen Frieden, ein einzelner, dunkler Gedankenfleck. Das Insekt ließ sich nicht verscheuchen. Welche kleine Erkenntnis auch versuchte, seinen paradiesischen Zustand zu stören, ihr blieb nicht mehr lange Zeit. Wie lange lebten Stubenfliegen? Er wollte sie ignorieren, doch sie flog immer wieder gegen sein Gesicht. Er schlug sie weg, und sie schien langsamer zu werden, und er schloss seine Hand darum; er spürte das Vibrieren des Insekts. Dann hob er die Faust ans Gesicht und öffnete die Finger. In seiner Handfläche lag ein Schlüssel.

Dann begann die Erde zu beben, das leichte Vibrieren wurde rasch zu ausgewachsenen Erdstößen. Das Wasser geriet in Bewegung und floss über die Beine von Marya und dem Mädchen, das sie immer noch an der Hand hielt. Feiner Sand regnete in der Dunkelheit auf sein Gesicht.

Er erkannte, dass er noch nicht bereit war. Dann verschwand der Boden unter ihm, und er fiel.

Er fand sich in seinem Körper wieder, auf dem Rücken auf den Dielenbrettern liegend. Die rot glühende Gestalt schüttelte ihn grob, offensichtlich nicht zum ersten Mal. Eine warme Flüssigkeit füllte seinen Mund. Er schluckte und hustete, bis er unter Schmerzen erleichtert nach Atem schnappte.

»Es tut mir leid, dass es so lange gedauert hat, dich zu finden. Ich bin nicht gern so langsam. Ich habe Ogier schon vor Monaten aufgesucht und kam gerade rechtzeitig. Das Gespräch hat nicht gut für ihn geendet. Entweder war dein Kamerad verhängnisvoll starrsinnig, oder die Wahrheit war sehr bedauernswert. Ich frage dich jetzt zum letzten Mal das, was ich ihn auch gefragt habe: Wo ist das Gemälde, das du gestohlen hast?«

Trauer um den Maler durchzuckte Senlin, doch er war gleichermaßen überrascht, dass Ogier lieber sterben wollte, als das Bild dem Commissioner zu geben. Es schien in keiner Relation zu stehen. Und dann die monatelange Jagd des Mannes nach Senlin, bis er ihn schließlich gefunden und seinen Kampfhund auf ihn losgelassen hatte … All das wegen eines Bildes!

Er würde den Henker nicht von der Absurdität seines Auftrags überzeugen können. Nein, wenn er überleben wollte, musste er ihm etwas sagen. Senlin erinnerte sich an den Schlüssel, den er in seiner Todesvision gesehen hatte, und ihm kam eine – allerdings wenig Erfolg versprechende – Idee.

Heiser krächzte er: »Es ist in einer verschlossenen Schublade. Dafür brauche ich einen Schlüssel.«

10

»Die Banyan o' Morrow ist eine flache Schute, so hässlich wie eine Schweineschnauze. Eine Dreißig-Pfund-Kanone, stark korrodiert, ist die einzige Waffe. Der zusammengewürfelte Haufen aus sechs Männern würde sich wahrscheinlich ohne Gegenwehr ergeben. Ein reizloser, aber plausibler Kandidat. (Bei genauerer Betrachtung zeigt sich allerdings, dass die Reling verfault und butterweich ist. Eine Todesfalle.)«

Ein Mann und sein abenteuerlicher Weg durch den Turm, von T. Senlin

Senlin stützte sich über das dunkle Loch im Fußboden. Als er hineingriff, spürte er einen Stiefel in seinem Nacken wie ein Daumennagel über einem Floh.

»Wenn du etwas anderes als einen Schlüssel heraushols, werde ich zutreten«, sagte die Rote Hand.

Senlin zögerte. Schweiß oder Blut rannen seinen Kopf hinunter und seinen Kiefer entlang. Der Gefängnisschlüssel lag unter Maryas Bild. Er musste es zuerst herausheben, wenn er an seine Waffe gelangen wollte.

»Hier liegt ein Gemälde«, erklärte er daher, »es ist aber nicht das gesuchte. Der Schlüssel befindet sich darunter.«

»Lass mich sehen.«

Sobald er die Leinwand hervorholte, zuckte eine rot glühende Hand herab und entriss es ihm. Senlin sah nicht, wie der Mann das Bild betrachtete, seine Reaktion war jedoch nicht zu überhören – er schmetterte das Gemälde gegen die Wand, sodass der Rahmen brach. Senlin zuckte zusammen. Doch selbst wenn Maryas Porträt dadurch zerstört worden war, konnte er im Moment nichts dagegen tun. Betont langsam griff er in das Loch im Boden.

Der Druck auf seinen Nacken ließ nach, als er den Schlüssel zutage förderte. Die Rote Hand zog seinen Fuß zurück. Senlin rappelte sich auf, seine Beine so wacklig wie seine Stühle.

»Für welches Schloss ist der Schlüssel?«, fragte die Rote Hand auf seine zerstreute, fast schon träumerische Art.

Senlin räusperte sich, schwankte kurz und sagte tonlos: »Deins.«

Er betätigte den kleinen Abzug im Griff des Schlüssels. Der Knall war nicht lauter als ein zerbrechender Holzlöffel. Der erbsenbreite Lauf hustete ein wenig Rauch. Senlin musste zugeben, dass das Ergebnis noch weniger durchschlagend war als befürchtet.

Gelassen blickte die Rote Hand auf den Fleck, der sich langsam auf seinem Oberkörper ausbreitete. Das Blut war granatrot.

»Weißt du, was lustig ist?«, sagte der Mörder ganz ohne Belustigung. »Du siehst einen Mann vor dir, einen Kopf kleiner und eine Hand breiter als du selbst, doch immer noch ein Mann.« Er packte Senlins Nachthemdkragen mit beiden – täuschend kleinen – Fäusten und zog ihn dicht vor sein glattes, fratzenhaftes Gesicht. »Du nimmst also an, dass ich wie du bin, dass ich dieselbe Wahrnehmung habe wie du, dasselbe Gewissen auf mir lastet, dieselben Parasiten in mir leben. Aber ich bin alles andere als du.« Sein Atem roch stark nach Formaldehyd, und aus der Nähe erkannte Senlin, dass seine Haut wie die eines konservierten Frosches aussah. Der kleinere Mann hob Senlin mühelos hoch. »Ich bin das Rätsel im Mund der Sphinx. Ich bin der Sklavenhalter, der an der Menschenkette kaut. Ich bin der Farmer der toten Samen, der Füller von Löchern. Wer bin ich?«

Senlin flüsterte: »Der Tod.«

»Ja«, hauchte die Rote Hand.

Eine Explosion löste den Druck auf Senlins Kehle. Das Fenster zersplitterte, die Scherben fielen hinaus auf den Lagerplatz. Der Schuss war von der anderen Seite des Raumes gekommen, und die beiden Kämpfenden drehten sich gleichzeitig um.

Im Licht der Flurbeleuchtung stand Adam in der Tür, seine zweite Pistole erhoben. Hafenarbeiter stürmten hinter ihm die Treppe hinauf. Mit unnatürlicher Kraft schleuderte die Rote Hand Senlin gegen die Tür und verhinderte damit, dass Adam einen zweiten Schuss abgeben konnte. Der kleine Mann sprang durch das zersplitterte Fenster in das Dämmerlicht auf dem Lagerplatz und war verschwunden.

Adam fing Senlin auf, die beiden Pistolen in seinen Händen ließen die Umarmung unbeholfen wirken. Senlins Stimme versagte, weshalb er nur auf das zerstörte Fenster deutete. Adam verstand sofort und rief den heranrückenden Arbeitern über die Schulter zu: »Ihm nach! Er flieht zum Hafen!«

Adam gab Senlin frei und rannte zur Treppe, während er weitere Befehle erteilte.

Das Schlafzimmer sah aus, als hätte es Bekanntschaft mit einem wütenden Stier gemacht. Senlin rieb sich den wunden Hals und unternahm einen halbherzigen Versuch, seine Kleidung aufzusammeln. Er ließ den Stapel in eine der zerbrochenen Schubladen fallen und ging zu dem Haufen, der einmal ein Bilderrahmen gewesen war. Seine Beine zitterten, als er sich danebenkniete. Das Gemälde war wundersamerweise mit der Farbschicht nach oben gelandet, und nur der Rahmen und das braune Papier auf der Rückseite waren zerstört. Es hatte überlebt. Diese simple Tatsache reichte, um Angst und Schock aus seinem Kopf zu vertreiben. Denn er hatte auch überlebt.

Er war überrascht, als sich die Rückseite der Leinwand anders als erwartet anfühlte, wie Fischschuppen. Er drehte das Bild um und lachte laut auf.

Er blickte auf ein Mädchen, das knöcheltief im Wasser stand und ein Papierboot in der Hand hielt.

Ein Stück Papier fiel zu Boden, das eilig beschrieben worden war, doch Senlin erkannte die Handschrift. Der Maler hatte ihm eine Nachricht hinterlassen. »Er darf es nicht bekommen. Es ist nicht das, wonach es aussieht. Es ist ein Schlüssel – ein Schlüssel zum Turm, zu Glück und Tod. Verstecke es und pass gut darauf auf. Um ihretwillen.«

Eine halbe Stunde später kehrte Adam zurück und fand den Hafenmeister auf seinem Bett sitzend vor; alle Lichter im Raum brannten. Die Sackleinenvorhänge hingen schlaff vor dem zerstörten Fenster. Senlin besaß die Geistesgegenwart, Ogiers begehrtes Gemälde zu verstecken. Er wollte Adam damit nicht auch noch belasten. Es würde dem jungen Mann nur schaden, wenn er sich mit dem Geheimnis eines Bildes herumschlagen müsste, das Senlin im Auftrag eines Mannes gestohlen hatte, der es nicht behalten wollte, selbst als er darauf beharrte, dass es sich um einen »Schlüssel zum Turm« handelte, »einen Schlüssel zu Glück und Tod«. Solche Geheimnisse gehörten zur Last eines Anführers. Außerdem würde sich Ogiers Gemälde vielleicht doch noch als Pfand herausstellen, und im Moment sollte keiner wissen, dass es sich in seinem Besitz befand.

»Er ist entkommen«, erklärte Adam. »Wir haben ihn bis zum Hafen verfolgt. Frag mich nicht, wie ein Mann, der im Dunkeln leuchtet, einfach mitten in der Nacht verschwinden kann.« Er versuchte zu lachen, doch es klang eher wie ein Blöken. Der Junge setzte sich zutiefst erschüttert auf Senlins Bettkante. »So etwas habe ich noch nie gesehen. Ich weiß nicht, was es ist.«

»Danke, dass du zu meiner Rettung geeilt bist«, sagte Senlin, dessen übliche steife Haltung zurückzukehren begann.

»Ich konnte das tun, oder weiter im Dunkeln liegen und zuhören, wie du jedes Möbelstück in deinem Zimmer zertrümmerst«, sagte Boreas mit einem schwachen Lächeln. Er schwieg, die Stirn nachdenklich gerunzelt. Dann fragte er: »Tom, wer war das?«

Senlin atmete pfeifend, seine geschwollene Kehle behinderte ihn. Erst nach einigen Atemzügen brachte er heraus: »Das war die Rote Hand, der Henker des Commissioners. Ich glaube, einen Handel mit dem Tyrannen können wir jetzt ausschließen.« Er holte den Besen aus einer Zimmerecke und begann, die Glasscherben unter dem Fenster zusammenzukehren. »Ich fürchte, mein leuchtender Auftragsmörder wird bald zurückkommen. Ich bin froh, dass du ihn unterbrochen hast, aber er wirkt nicht wie jemand, der sich lange entmutigen lässt.«

Adam stand auf und folgte dem Hafenmeister, während dieser den Besen mit langen, nachdenklichen Bewegungen über den Boden schob. »Nun, du sagst, einen Handel können wir ausschließen, aber du kannst dich auch nicht mehr verstecken. Was wirst du tun? Wenn du das Gemälde hast, wenn du es vor mir verbergen wolltest, warum versteckst du es vor ihm? Gib es ihm einfach. Es ist nicht wert, dafür zu sterben.«

»Da stimme ich zu«, sagte Senlin und reichte Adam den Besen. »Und da du schon auf den Beinen bist, kannst du dich auch nützlich machen.«

Der junge Mann riss ihm den Besen aus der Hand, ließ sich jedoch nicht von seiner Argumentation abbringen. »Dann sag ihm, wo das Bild ist. Sag ihm, wer es hat und für wen du es gestohlen hast. Oder sag es mir, und ich spreche mit ihm.«

»Nein. Das ist ein mutiges Angebot; wahrscheinlich ist dir nicht klar, wie mutig. Aber nein, danke. Mit einem hast du allerdings recht: Ich verstecke mich nicht mehr. Und ich denke, dass mich gerade die Unsicherheit des Commissioners in der Zwischenzeit am Leben halten wird. Die Rote Hand hätte mich im Schlaf erwürgen können, aber der Mann wollte mit mir reden. Adam, hinter dem Gemälde muss mehr stecken, als uns bewusst ist. Ich glaube, Pound will es verzweifelt wieder in seinen Besitz bringen und fürchtet, es zu verlieren. Was ich sehr interessant findet. Und so lange ich ihn im Unklaren lasse ...« Senlin unterbrach sich, als er sah, dass Adam sich auf den Besen wie auf einen Gehstock stützte und völlig verzweifelt wirkte. Warum auch nicht? Er hatte gerade ein Monster aus Fleisch und Blut gesehen. Die Gefahr war nur allzu real.

Senlin ging zum Tisch und nahm den Gefängnisschlüssel von der Tischplatte. Er wollte Adam ablenken, ihn mit etwas Sinnvollem beschäftigen, weshalb er sagte: »Also gut, es ist an der Zeit, dass ich lerne, wie man eine Pistole lädt. Zeig es mir bitte.«

Adam warf ihm einen ungläubigen Blick zu, doch der Hafenmeister beharrte auf seiner Bitte, die eher wie ein Befehl geklungen hatte. Nach einem Moment stellte der junge Mann den Besen beiseite und begann mit dem Unterricht.

Am nächsten Morgen ging Senlin neugierig zu den Anlegestellen, um herauszufinden, wie der Angreifer entkommen war. Ein Schiff hätte man bemerkt, selbst ein kleines, was bedeutete, dass die Rote Hand auf diskreteren Wegen hergekommen war. Senlin fand nichts Verdächtiges, auch wenn er sich nicht ganz sicher war, wonach er überhaupt suchte. Langsam ging er alles ein zweites Mal ab. Die Hafenarbeiter, die gelangweilt auf neue Fracht warteten, bemerkten amüsiert, dass ihr Hafenmeister sich weder in seinem Büro noch auf dem Lagerplatz aufhielt. Noch mehr erheiterte sie, als er sich flach auf den Boden legte und über den Rand des Docks spähte wie ein Betrunkener. Senlin ignorierte ihr Kichern.

Schon bald darauf fand er, wonach er gesucht hatte: eine Seidenschnur, die sorgfältig an einer Öse vertäut war, die jemand an der Unterseite des Docks eingeschraubt hatte. Er sah nicht, wo die Schnur endete, da sie nach unten und um den Turm führte, doch er vermutete, dass ihr Ziel die Bäder waren. Der Aufstieg war für die Rote Hand lang und gefährlich gewesen, der Abstieg jedoch umso rasanter.

Senlin durchschnitt die Schnur mit einem Hakenmesser.

Eins war sicher: Irgendjemand in Golls Hafen hatte das Seil angebracht und ausgeworfen. Irgendjemand in Neubabel steckte mit dem Commissioner unter einer Decke.

Als Iren später am Morgen in sein Zimmer stürzte, war Senlin vorbereitet. Er empfing sie ruhig, die Hände auf dem absurden Bug seiner Tischplatte. Sie streckte ihre tellergroße Hand aus und wartete auf den Umschlag voller Rechnungen und Bilanzen der Importe.

»Du kannst nicht lesen«, verkündete Senlin, »was bedeutet, dass du auch nicht schreiben kannst, was bedeutet, dass du hilfloser bist, als es eine Frau von deiner Statur sein sollte.«

Sie runzelte langsam die Stirn und starrte ihn wütend an. Bedächtig löste sie die Kette um ihre Taille. Die Glieder klirrten, als sie sie in die Hand nahm. Senlin beobachtete alles mit einem schwachen, unversöhnlichen Lächeln. Iren stellte sich breitbeinig hin, bereit zum Kampf, wobei ihre Lederschürze um ihre kräftigen Beine knarrte und ihre Füße beinahe die Wände berührten. Senlin wahrte die Fassung, selbst als sie die Kette über ihrem Kopf schwang. Das Rauschen des Metalls in der Luft erfüllte die kleine Kammer. Glied für Glied gab sie frei, bis der Haken am Ende nur noch wenige Zentimeter entfernt an seinen Bücherregalen vorbeiflog. Der Ständer mit den Stempeln auf seinem Schreibtisch vibrierte, die Kugeln an seinem Abakus klapperten, seine Unterlagen flatterten. Es war, als wäre ein Sturm in seinem Büro ausgebrochen.

Doch Senlin blieb weiterhin ruhig und betrachtete die Frau geduldig. Dann sagte er: »Ich bin mittlerweile daran gewöhnt, dass man mich mit dem Tod bedroht, Iren, und es langweilt mich. Schlag mir den Kopf ab oder setz dich.«

Ihr Gesicht lief rot an vor Wut, und sie ließ die Kette noch näher über seinen Scheitel schwingen, sodass sich seine Haare im Wind teilten. Er musste die Stimme heben, um das Heulen des Metalls zu übertönen: »Du kannst aus einem Buch nicht den Verstand herausprügeln. Du kannst keinen Buchstaben foltern, bis er spricht. Du kannst ein Schild nicht würgen, bis es dir die richtige Richtung sagt. Du bist von offenen Geheimnissen umgeben, und deshalb bist du verletzlich. Aber ich kann dir helfen, wenn du es zulässt.«

Allmählich ließ ihre Wut nach, die Kette wurde langsamer, bis Iren sie mit einem letzten Ruck zu sich zog und sie schwer atmend wieder umlegte. »Was willst du von mir?«, fragte sie in ihrem schwermütigen Bariton.

»Siehst du das hier?« Senlin hob das Kinn, um ihr den leuchtenden Bluterguss um seinen Hals zu zeigen. »Ich will, dass du mir beibringst, dass mir das hier in Zukunft nicht mehr passiert. Ich habe Goll einen Brief geschrieben, in dem ich ihn um die Erlaubnis bitte, dass du mir Unterricht in Selbstverteidigung erteilst. Es ist auch für ihn von Vorteil, wenn seine Investition, also ich, nicht im Schlaf erwürgt wird. Du hast sicher von gestern Nacht gehört.« Iren musterte den Bluterguss mit dem milden Interesse eines Kenners, wirkte jedoch nicht sonderlich beeindruckt. »Eine Stunde pro Tag«, fuhr Senlin knapp fort. »Die erste halbe Stunde kämpfen wir, die zweite bringe ich dir das Lesen bei. Was sagst du?«

»Mr. Goll wird es nicht gefallen, wenn ich meine Zeit mit Büchern verschwende.«

»Dann sag es ihm nicht«, entgegnete Senlin und hielt ihr den Umschlag hin, den er vorbereitet hatte. »Er ist die kleinste unserer Sorgen. Ich werde mich sehr schwach und du wirst dich sehr dumm fühlen. Aber so ist es am Anfang immer. Lernen beginnt mit Scheitern.«

Iren betrachtete das Strichmännchen mit dem entschlossenen Blick vor ihr, suchte nach Anzeichen für Hinterlist oder Mitleid, irgendetwas, das ihr einen Grund gegeben hätte, wie eine Guillotine auf ihn niederzufahren. Dann fasste sie einen Entschluss und nickte. »Okay.« Sie packte den Umschlag und stapfte aus dem Zimmer. So lange hatte er noch nie mit ihr gesprochen.

11

»Die Double Fond ist eine schmerbäuchige Galeone mit s-förmigem Rumpf, acht Langwaffen, drei großen Gashüllen, einer Kanone mit Enterhaken, einem prächtigen Deckshaus, einer großen Kajüte mit Kronleuchter und einer Mannschaft von zweiundsechzig bewaffneten Plünderern … Doch so vielversprechend das auch klingen mag, ein Schiff ist nur so gut wie seine Flugrichtung. Ich muss einen neuen Wind finden.«

Ein Mann und sein abenteuerlicher Weg durch den Turm, von T. Senlin

Seine Motive, Iren zu unterrichten, waren nicht vollkommen uneigennützig. Senlin wusste, dass sie die Arbeit von zwei Männern erledigen konnte, und er wollte sie in seiner Mannschaft. Doch ihre Loyalität zu kaufen, würde sehr viel mehr erfordern, als er sich leisten konnte. Da er sie nicht kaufen konnte, wollte er sie sich verdienen.

Der Unterricht begann. Am Nachmittag, hinter verschlossener Bürotür, saß sie über das Lehrbuch gebeugt, das er für sie angefertigt hatte, und er behandelte sie genau so wie die analphabetischen Schläger aus seiner Zeit als Lehrer: mit Geduld und strenger Ermunterung. Zuerst hielt sie die Schreibfeder wie ein Messer und attackierte das Papier. Sie zerbrach eine Feder nach der anderen und verteilte schwarze Tintenspritzer auf dem Blatt. Tage vergingen, bevor sie vollständige Buchstaben schreiben konnte, auch wenn sie dabei immer weniger Blätter und Federn zerstörte. Jeden Tag machte sie Fortschritte.

Senlin lernte dabei, dass sie nicht völlig unwissend war. Sie kannte bereits einige grundlegende Wörter, konnte die häufigsten Aufschriften auf Kisten lesen sowie die regelmäßigen Verben auf Handzetteln. Sie erwies sich als gelehrige Schülerin und nahm die Stunden ernst. Sie übte, wenn sie allein war, und innerhalb einer Woche konnte sie kurze Sätze lesen. Senlin fand ihre Hingabe inspirierend.

Irens Geduld war allerdings endlich, und manchmal überwältigte sie die Frustration. Dann beschuldigte sie Senlin, einfach Regeln zu erfinden, sich zu widersprechen oder sich über ihre Leseversuche lustig zu machen. Mehr als einmal packte sie, was gerade in Reichweite war, ein Tintenfass oder einen Briefbeschwerer, und hielt es drohend über den Kopf ihres Lehrers. Doch er fuhr fort, ihr die Logik der Grammatik in demselben ruhigen, singenden Tonfall zu erklären wie bisher: »Schau, das J hat die kleine Schleife unter der Zeile, das L nicht. Versuch es noch mal. ›John spielt gerne Trommel. Liza läutet gerne die Glocke.‹« Schließlich ließ Iren ihre behelfsmäßige Waffe sinken und nahm ihre stockenden Versuche wieder auf.

Und sie bekam immer ihre Rache. Zumindest vermutete Senlin, dass ihre Sparringstunden auf dem Lagerplatz durch ihren Ärger über die eigene Unfähigkeit im Unterricht befeuert wurden. Ihre bevorzugte Methode, Senlin in der Kunst der Selbstverteidigung zu unterrichten, war, unbarmherzig auf ihn loszugehen, bis er irgendwann flach auf dem Rücken lag, außer Atem und voller blauer Flecken. Wenn er sich aufrappelte, erklärte sie ihm so knapp wie möglich, was er falsch gemacht hatte. Wenn sie mit Stöcken kämpften und sie ihm die Beine unter dem Körper wegschlug, sagte sie: »Deine Füße stehen zu dicht beieinander.« Wenn sie mit Fäusten kämpften und Senlin sich nach drei rasch aufeinander folgenden Schlägen in den Bauch krümmte, sagte sie: »Deine Deckung ist schlecht.« Wenn sie mit Holzschwertern übten und sie sein Ohr schmerzhaft traf, sagte sie: »Greif nicht mein Schwert an, sondern mich.«

Es war eine demütigende Erfahrung, umso mehr wegen der Zuschauer, die sich regelmäßig um ihren Kampfring scharten, den sie zwischen Olivenkisten und Essigfässern freigeräumt hatten. Zuerst verfolgten die

Schauerleute den Unterricht beiläufig, wollten den Hafenmeister und Finn Golls rechte Hand nicht offen anstarren, wie sie auf dem Lagerplatz gegeneinander kämpften. Doch schon bald sahen sie aufmerksam und lautstark zu. Nach ersten zögerlichen Ausrufen feuerten die Männer die Kontrahenten an wie professionelle Kämpfer. Am Ende der ersten Woche ihrer nachmittäglichen Unterrichtsrunden wurden Wetten abgeschlossen. Ein geschäftstüchtiger Schauermann fand eine beschädigte Tafel und schrieb die Quoten an.

Senlin versuchte, die Wetten zu ignorieren, die davon ausgingen, dass Iren ihn mit ihrer Größe und Kraft überwältigte. Es war klar, dass er auf dem Rücken landen würde. Man wettete darum, wie lange er sich auf den Füßen halten und ob er je eine erfolgreiche Parade oder einen Treffer landen konnte. Und selbst diese Wetten standen schlecht für ihn.

Doch er lernte ständig dazu. Zum ersten Mal in seinem Leben spürte er, dass er Reflexe entwickelte. Er begann, einen Rhythmus und ein Muster in Irens Angriffen zu erkennen. Kraft, wurde ihm bewusst, war nicht so grundlegend wie Gleichgewicht, das wiederum nicht so wichtig wie Voraussicht war. Nach und nach konnte er ihre Angriffe an einer leichten Gewichtsverlagerung oder der Spannung ihrer Schultern erkennen. Manchmal sah er die Flugbahn ihres Fußes oder ihres Stockes vorher, auch wenn er dem Schlag nicht immer ausweichen konnte. Gelegentlich gelang ihm eine Parade oder eine Finte, und er analysierte danach sofort seinen Erfolg. Kampf hatte seine ganz eigene Grammatik, Krieg eine Syntax. Seine Gedanken wanderten, was normalerweise damit endete, dass er auf dem Rücken landete.

»Denk nicht so viel darüber nach«, sagte Iren, nachdem sie ihn mit einem unerwarteten Kinnhaken aus einem seiner Tagträume gerissen hatte. »Denk am besten überhaupt nicht.«

So kam es, dass aus Notwendigkeit heraus eine Kameradschaft entstand.

Das ganze Arrangement machte Adam nervös. Er versuchte, seinen Freund zu überzeugen, dass Iren ein Monster war, das sich als Kuscheltier ausgab. »Glaub bloß nicht für einen Moment, dass ihr Freunde seid«, sagte er eines Nachmittags, während er eine große Abschürfung an Senlins Schulterblatt auswusch. Der Hafenmeister hatte sie sich bei einem tollpatschigen Konterversuch auf seine Lehrerin zugezogen. Statt sie mit dem Holzstock zu treffen, hatte er das Gleichgewicht verloren und war schmerzhaft über den steinigen Boden gerutscht. Trotz seiner Verletzung verspürte Senlin Stolz über den Versuch, den Iren »mutig« genannt hatte.

»Sie kann beeinflusst werden«, erklärte Senlin Adam und glaubte seine Worte.

Luftströmungen glichen Meeresströmungen, wie Senlin aus seinen Lehrbüchern gelernt hatte. Sie waren unsichtbare, aber nachdrückliche Förderbänder verschiedener Breite und Stärke. Sie verflochten den Himmel zu komplexen Energiesystemen. Luftschiffe, zumindest diejenigen, die in Golls Hafen anlegten, verfügten über keinen Eigenantrieb und waren in Sachen Geschwindigkeit und Richtung – ungefähr wie ein Segel – völlig abhängig vom Wind. Schiffe konnten nach oben befördert werden, indem man das eingeschlossene Gas erwärmte oder Ballast abwarf und sie so von einer Strömung in die andere gleiten ließ. Kapitäne, zumindest die fähigen, hatten eine gewisse Kontrolle über ihren Kurs.

Man hatte die Standorte der Häfen des Turms aufgrund ihrer Nähe zu relativ ruhigen, stabilen Strömungen ausgewählt. Wohlplatzierte Häfen waren verlässlich erreichbar, doch der Nachteil war, dass viele nur auf einer Seite angeflogen und wieder verlassen werden konnten. Für ehrenwerte Händler stellte das kein Hindernis dar, doch für gekaperte, angedockte Schiffe war das riskant. Wegfliegen war das Eine, Entkommen jedoch das Andere.

Wenn Senlin und seine immer noch theoretische Mannschaft auf ihrem immer noch theoretischen Schiff weit kommen wollten, bräuchten sie zwingend einen ganz neuen Fluchtweg.

Weshalb sich Senlin zur Erheiterung der Luftfahrer und Hafenarbeiter eine neue Morgenbeschäftigung zulegte. Wenn die aufgehende Sonne den mit Raureif überzogenen Hafen glitzern ließ, ging Senlin hinter einem weißen Wachspapierdrachen her, den er gebaut hatte. Winterliche Kälte hatte die frische Herbstluft abgelöst. Der Himmel war so kalt und flach wie ein gefrorenes Meer. Senlin ließ seinen Drachen zwischen den großen Ballonen steigen, die an den anlegenden Schiffen zerrten. Der Drache tauchte wie eine Schwalbe an der gewölbten Oberfläche des Turms entlang und schlug mit den Kanten gegen rosafarbenen Sandstein. Er verfing sich in Kranarmen, und Senlin musste hinaufklettern, um ihn zu befreien. Viele Drachen entkamen ihm, während er über Kisten und Stapel diverser Güter stolperte, und er konnte nur noch hilflos verfolgen, wie die einfarbigen Rauten davonflogen. Die Männer lachten. Der kalte Wind war unerbittlich. Seine Drachen flogen immer auf demselben Luftstrom nach Osten: dem Handelswind, dem einzigen Wind.

Nach einigen Tagen voller entkommener Drachen und gestauchter Zehen fand Senlin eines Morgens, wonach er gesucht hatte. Das Dock war ungewöhnlich leer, da Senlin den Arbeitern den vergangenen Abend nach zwei Tagen Flaute auf dem Lagerplatz freigegeben hatte und die meisten Männer noch den Rausch der Freiheit ausschliefen. Über ihm schien eine dunkle Einbuchtung in der Turmoberfläche den Drachen anzuziehen. Aus der Entfernung hätte die Stelle wie ein Grübchen gewirkt, doch aus der Nähe betrachtet war sie groß genug, um ein Vakuum zu erzeugen. Der Drache riss unregelmäßig an der Spule in Senlins Hand und erinnerte ihn daran, wie eine Angelleine unter den forschenden Anbeißversuchen eines vorsichtigen Fisches erzittern würde.

Dann schoss der Drache plötzlich zwölf Meter steil nach oben, am Turm entlang, bevor er scharf nach Westen abbog. Die Leine war bis zum Anschlag abgewickelt, und Senlin beobachtete, wie der Drache der neu entdeckten Strömung folgen wollte. Dann ließ er ihn los.

Lächelnd sah er dem nützlichen Spielzeug nach, wie es der unerschlossenen Route folgte. Diese Strömung wäre nicht leicht zu erreichen, und wenn man sie verpasste, würde man wahrscheinlich gegen den Turm gedrängt werden, doch er hatte den richtigen Kurs gefunden, der zwar gefährlich war, aber sein Fluchtweg.

Adam nahm die Neuigkeiten der wundersamen Entdeckung nicht so enthusiastisch auf, wie Senlin gehofft hatte.

Der Hafenmeister fand seinen Freund in der dämmrigen Feuchtigkeit des Lagerplatzes unter den über sie hinweghuschenden Fledermäusen und den eigelbfarbenen Glühbirnen, wie er versuchte, den störrischen Deckel von einer Kiste abzuhebeln. Als das Brecheisen abrutschte und ihn fast am Kinn traf, hieb Adam mit für ihn ungewöhnlicher Wut auf die Kiste ein. »Warum?«, fragte er, nachdem er erschöpft aufgegeben hatte. »Warum versiegelt man eine Kiste mit Birnen wie einen Sarg?«

Senlin legte eine Hand auf die Schulter seines Freundes, die sich unter seinen schweren Atemzügen hob und senkte. »Es ist nur Obst. Warum bist du wirklich so wütend?«

Das Brecheisen fiel klirrend zu Boden. »Rodion«, sagte der junge Mann mit erzwungener Ruhe. »Er presst mein letztes Geld aus mir heraus. In den letzten drei Wochen ist er mit drei Heiratsverträgen für Voleta bei mir aufgetaucht. Jedes Mal habe ich ihm einen Mina gegeben, um unsere Vereinbarung zu verlängern, und was macht er? Findet einen neuen potenziellen Ehemann mit einer noch dickeren Brieftasche. Ich habe kein Geld mehr.« Er nahm das Brecheisen auf und setzte es wieder unter den Deckel der Kiste. »Voleta hat vorgeschlagen, sich ein Bein zu brechen oder ihre Haare anzuzünden. Sie glaubt, niemand wolle eine hinkende, glatzköpfige Frau heiraten. Doch das ist das Problem: Das Einzige, was sie bisher aus den Schlafzimmern ferngehalten hat, ist die Bühne. Ihre Vorführung zieht allerdings auch die Lustmolche an. Ich fürchte, ich werde eines Morgens aufwachen, und sie wird einfach verschwunden sein.« Die Nägel knirschten, und endlich löste sich der hartnäckige Deckel. Adam schüttelte die Müdigkeit aus seinen Armen und holte eine rotwangige Birne aus ihrem Bett aus Stroh. »Es freut mich, dass du deinen Wind gefunden hast, Tom, aber ich sehe immer noch keine Möglichkeit, wie wir hier wegkommen sollen.«

»Ich werde mit Rodion sprechen«, meinte Senlin.

»Und was wirst du ihm sagen?«

Ihr Gespräch wurde von der Ankunft einer vertrauten Autokutsche unterbrochen. Die Ebenholzvertäfelung war wie ein schwarzer Spiegel mit Goldblättern als Verzierung. Die Fenster waren hinter dunkelrotem Sichtschutz verborgen, und der Motor in seinem Messinggewand spuckte dichte Rauchwolken auf den hageren Fahrer. Finn Golls Autokutsche bahnte sich ihren Weg durch die Arbeiter auf dem Lagerplatz so leicht wie ein Hai durch eine Sardinenschule.

Senlin hatte in den drei Monaten, seit er als Hafenmeister für den Mann arbeitete, nicht viel vom Namensgeber des Hafens gesehen. Sein unerwarteter Besuch könnte nur eine Überraschungsinspektion sein, doch Senlin glaubte, dass Goll einen anderen Grund hatte. Er ging rasch die schlimmsten Szenarien durch: Goll hatte von der Lohnerhöhung erfahren, die Senlin den Arbeitern zugestanden hatte, und verlangte von seinem Hafenmeister jetzt finanziellen Ersatz. Oder Goll hatte den Hintergrund des nächtlichen Mordanschlags auf Senlin erfahren und wollte ihn jetzt an den Commissioner übergeben und das Kopfgeld einstreichen. Oder der Herr des Hafens hatte irgendwie Wind von Senlins und Adams Plan bekommen und wollte ihnen jetzt die Strafe angedeihen lassen, die allen Deserteuren zuteilwurde: die Planke.

Iren stieg zuerst aus. Ihre Schultern, normalerweise breit gestrafft, waren eingefallen. Das war ein schlechtes Zeichen. Schlimmer noch, sie mied Senlins Blick, als er sich der Kutsche näherte. Goll trat auf das Trittbrett, wo er stehen blieb, fast auf Augenhöhe mit seinem Hafenmeister. Der Fahrer schaltete den Motor nicht aus, was auf ein kurzes Gespräch hindeutete.

»Iren hat ganz neue Fähigkeiten entwickelt.« Goll legte der Amazone so vertraut die Hand auf den Kopf wie einem Hund. »Stell dir nur meine Überraschung vor, als ich sie heute Morgen gefunden habe, wie sie das schrieb«, sagte er und holte ein Blatt Papier aus seiner Westentasche. Er entfaltete es und begann im singenden Tonfall eines Idioten vorzulesen: »›John spielt gerne Trommel. Liza läutet gerne die Glocke. John und Liza marschieren und singen gerne.‹«

Senlin erkannte die Zeilen aus dem Lehrbuch, das er für Iren zusammengestellt hatte, und schlussfolgerte blitzschnell, auf was die

Unterhaltung abzielte. Goll hatte den Unterricht ganz korrekt als Bedrohung seiner Autorität eingeordnet und war jetzt hier, um eben diese Autorität zu unterstreichen.

»Tom, kannst du dir vorstellen, wie nützlich es war, eine sichere und verlässliche Botin zu haben, um die ich mir keine Sorgen machen musste? Wer will schon einen Hund, der seine Beute lesen kann? Nun bin ich in der unangenehmen Position, meinem Kurier vertrauen zu müssen.« Goll holte ein zweites Blatt Papier aus seiner Tasche, das er mit einer Handbewegung an die Amazone weiterreichte. »Und da Vertrauen Prüfungen erfordert … Iren, Liebes, lies doch bitte die Anweisungen, die ich dir aufgeschrieben habe.«

Sie musterte das Papier mit vor Anstrengung gefurchter Stirn. Zögernd las sie vor: »Mach … eine Faust … mit deiner Hand und … schlag sie … Tom … dreimal auf den Knopf.«

»Das letzte Wort heißt ›Kopf‹, Liebes. Scheint, als hättest du doch kein so großes Wunder bewirkt, Tom.« Goll sog pfeifend den Atem ein. Iren stand wie gelähmt da und starrte auf das Blatt in ihren Händen. Senlin sah, wie sie einen Entschluss fasste, und bat sie im Stillen, ihn zu schlagen, bevor es zu spät war. Goll stellte ihre Loyalität auf die Probe. Sie musste ihn verprügeln, bevor der kleine Mann misstrauisch wurde.

Im Handumdrehen hatte sie sich gefasst. Sie machte einen Schritt nach vorn, packte Senlin am Hemdkragen und schlug ihm ohne Vorwarnung ins Gesicht, wieder und wieder und wieder. Als einzige Gnade gewährte sie ihm, dass sie die Schläge gleichmäßig verteilte. Dennoch fühlte er sich wie von einem Maulesel getreten.

»Ho, ho, Iren, das reicht. Sehr gut. Das waren fünf! Ich habe nur drei gewollt!« Goll freute sich sichtlich über die Extraschläge.

Blut und Tränen strömten über Senlins Gesicht. Iren ließ ihn fallen, und er sackte in die Knie, stürzte zu Boden und rollte auf den Rücken. Die Welt hatte einen roten Heiligenschein, in dessen Mitte sich Golls rundes Gesicht befand.

»Tom, du hättest ihr besser zuerst das Zählen beibringen sollen und dann erst das Alphabet«, sagte Gol. »In unserem Alter ist Bildung eine

Verschwendung. Du kannst dich nicht verteidigen, sie kann nicht zählen, und ich kann nicht mehr lernen zu vertrauen. Wir sind zu tief verwurzelt, um noch neue Wege einzuschlagen. In Zukunft wäre es mir recht, wenn du dich nicht in die natürliche Ordnung der Dinge einmischst.« Er verschwand wieder in der Kutsche und fügte durch das Fenster hinzu: »Und noch etwas, Tom. Ich erwarte, dass Männer, die es so weit hinauf im Turm schaffen, gewissen Ballast mit sich schleppen. Aber wenn das, was ich gehört habe, wahr ist und dir tatsächlich die Rote Hand letzten Monat einen Besuch abgestattet hat, dann will ich nichts damit zu tun haben. Mit dem Commissioner und seinem Schläger ist nicht zu spaßen. Um was auch immer es geht, klär es. Ich will meinen Buchhalter nicht wegen einer alten Sache verlieren, aber ich halte auch nicht meinen Hals für dich hin. Wenn Pound nicht lockerlässt, bist du auf dich allein gestellt.«

Golls Abschiedsworte drangen durch Senlins Schmerzen. Wenn der kleine Mann nicht wusste, warum die Rote Hand gekommen war, dann wusste er auch nichts von dem Gemälde. Was bedeutete, dass er Senlin nicht verraten hatte. Das ergab natürlich Sinn. Goll hatte keinen Grund zur Heimlichtuerei. Wenn er das Kopfgeld für sich beanspruchen wollte, hätte er es offen und ohne Umschweife getan. Finn Goll war ein herzloser Boss, aber er hatte es nicht auf Senlins Leben abgesehen. Doch wenn nicht er, wer dann?

Goll klopfte zweimal gegen die Tür, und der Fahrer stieg auf das Gaspedal. Als die Kutsche anrollte, packte Iren den Griff auf der Rückseite und hievte sich auf den Notsitz. Sie warf Senlin einen kurzen Blick zu. Ein kaum merkbarer Ausdruck huschte über ihr Gesicht, den man nur erkannte, wenn man Stunden ihr gegenüber verbracht hatte. Für Senlin sprach der Blick Bände; sie war unglücklich. Vielleicht hatten die Schläge sie seiner Sache sogar nähergebracht.

12

»Alles, was ich darüber gelesen habe, legt nahe, dass für eine funktionstüchtige Mannschaft fünf fähige Mitglieder nötig sind. Wenn ich mich mit einrechne, Adam und Voleta und davon ausgehe, dass ich Iren anheuern kann, fehlt mir immer noch eine Person. Ich könnte einen Aushang am Dock anbringen: Luftfahrer gesucht für einen Kreuzzug in die sichere Gefahr und den möglichen Tod. Niedriger Lohn, Dienst an einer guten Sache; Philanthropen bevorzugt.«

Ein Mann und sein abenteuerlicher Weg durch den Turm, von T. Senlin

Die dünne Winterluft kühlte sein geschundenes Gesicht. Die schneebedeckten Berge am Horizont sahen aus wie papierne Zacken. Der Markt weit unter ihm war zu einer malvenfarbenen Fläche aus Zelten, Karren und Reisenden verschwommen. Senlin schlug mit dem Aerostab gegen die eisenbeschlagenen Holzpfeiler des Lufthafens, in einem Rhythmus, den die Männer erkannten. Senlin wusste sofort, welche Arbeiter erst aktiv wurden, wenn er sich näherte. Diejenigen, die hart schufteten, bewegten sich langsam und bedächtig, die Faulen schienen immer frisch und munter zu sein. Doch Senlin war nicht hier, um die Männer zu überwachen, sondern um sich die Schiffe anzusehen.

Ihm war nur allzu bewusst, wie angespannt die Situation in den letzten Tagen geworden war. Er würde Adam verlieren, wenn sie Voleta nicht bald aus Rodions Fängen befreien konnten. Und Iren mochte ihn zwar vielleicht, Finn Goll würde sie jetzt jedoch sehr genau im Auge behalten. Senlin bezweifelte, dass sie ihr bisheriges Leben aufgeben würde, nur um weiter Unterricht im Lesen und Schreiben zu bekommen. Goll hatte klargemacht, dass seine Geduld Grenzen hatte. Er könnte jeden Moment beschließen, dass Senlin weniger von Nutzen als vielmehr eine Bürde war. Senlin konnte es sich nicht leisten, wählerisch zu sein. Heute würde er sich für ein Schiff entscheiden und es morgen stehlen.

Immerhin waren alle vier Anlegestellen des Hafens belegt. Die *Cornelius* lag auf Turmseite auf dem Südplatz, ein schwerfälliges Schiff mit mehreren Decks, das Senlin an ein breites, flaches Flussboot erinnerte. Allein für den Betrieb des Heizraums waren wahrscheinlich schon drei Mann notwendig. Auch wenn das eigentlich keine Rolle spielte; das Schiff sollte vor Einbruch der Dunkelheit ablegen. Gegenüber lag ein graues, abgehalftertes Schiff namens *Stone Cloud.* Es war nicht größer als eine Zwölf-Mann-Schaluppe und seltsam geformt. Der Rumpf erinnerte an ein nistendes Rotkehlchen, mit seinem bauchigen Bug und dem abgeflachten Achterdeck. Es verfügte über eine Dreißig-Pfund-Kanone im Bugspriet, einen schmutzigen, muschelförmigen Ballon und eine Mannschaft aus Piraten mit Goldzähnen. Der äußere Nordplatz beherbergte eine armselige, unbewaffnete Fähre namens *Sally Quick,* die so widerstandsfähig aussah wie ein Rattennest und genauso einladend. Dann war da noch die *Gold Finch,* ein schlankes Handelsschiff aus dem Süden des Kontinents, das Oliven, Tee, Pistazien und Räucherwerk geladen hatte. Man hatte ihm einen frischen, leuchtend gelben Anstrich verpasst; es verfügte über vier große Kanonen und einen zigarrenförmigen Gasballon. Es war ein wenig groß für eine fünfköpfige Mannschaft, aber machbar, dachte Senlin.

Er stand auf einer Kiste mit Kaffee und dachte über die *Gold Finch* nach. Das war das Schiff. *Sein* Schiff. Jetzt musste er nur noch einen Weg finden, es zu kapern. Er versuchte, diskret die Männer an Bord zu zählen, die sich über das makellos sauber geschrubbte Deck bewegten. Er hatte gerade den Überblick verloren und von Neuem mit seiner Zählung angefangen, als er seinen Namen hörte. Die Stimme war die einer Frau und bekannt. Er drehte sich um und sah Edith hinter sich, einen fragenden Ausdruck auf dem Gesicht.

Sein zweiter Gedanke war, dass es nicht Edith sein konnte. Das dunkle Haar dieser Frau war nur kinnlang, sie trug nicht zueinanderpassende Leder- und Wollkleidung, die unabhängige Luftfahrer bevorzugten, was nur ein beschönigender Ausdruck für »Piraten« war. Ein Stück poliertes Messing bedeckte ihre rechte Schulter wie ein Teil einer Rüstung. Diese derbe Freibeuterin hatte keine Ähnlichkeit mit der Farmerin in einem pfirsichfarbenen Rüschengewand, die sich früher einmal zitternd gegen ihn gedrängt hatte, als sie gemeinsam in einem Käfig eingesperrt waren. Es musste eine Fremde sein.

Und doch war sie es.

Da sie ihn zuerst entdeckt hatte, hatte sie sich bereits fassen können; ein schiefes Lächeln schob die Sommersprossen auf ihrer braunen Wange nach oben, und ihr Kopf war verschmitzt zur Seite gelegt, als ob sie versucht hätte, sich an ihn anzuschleichen.

Senlin erholte sich rasch, und da er nicht wusste, wie er reagieren sollte, blieb er wie eine Statue auf der Kiste stehen. »Was machst du hier?«, fragte er.

»Schön, auch dich wiederzusehen, Tom«, sagte sie mit gespielter oder auch echter Verletztheit.

Senlins Ton wurde weicher. »Bitte entschuldige. Ich wollte nur sagen …« Er dachte an ihre gemeinsamen Tage in dem Käfig, eine Erinnerung, die er lange verdrängt hatte. Jetzt kam das schreckliche Erlebnis zurück, und wieder wallten Schuldgefühle schmerzhaft in ihm auf. Er hatte sie in der Stunde der Not mit einer frischen Brandwunde bei einer sadistischen Krankenschwester zurückgelassen. Während er mit ein paar Kratzern davongekommen war, hatte man sie verstümmelt. Sie hatte alles Recht, auf ihn wütend zu sein. »Solltest du nicht auf deiner Farm sein?«

Ihr Lächeln gefror. Sie schien den Verweis auf ihr altes Leben nicht gut aufzunehmen. Knapp antwortete sie: »Und du solltest kleine Bälger unterrichten und selbst welche in die Welt setzen. Wie geht es deiner Frau?«

Jetzt war er verletzt, was ihm sicher am Gesicht abzulesen war, aber er gestand es dennoch ein: »Ich habe sie nicht gefunden. Noch nicht.«

»Oh«, erwiderte Edith betroffen. Ihr unerwartetes Wiedersehen verlief schrecklich. Senlin suchte nach einer Entschuldigung, um sich rasch verabschieden zu können.

Ein Arbeiter deutete schüchtern auf die Kiste unter Senlins Füßen und unterbrach so die verlegene Stimmung. »Brauchen Sie die noch, Hafenmeister? Die müsste verladen werden.«

Steif stieg Senlin zu Boden und ließ sich vor dem Arbeiter seine Unsicherheit nicht anmerken. »Nein, nimm nur«, antwortete er. Als er direkt vor Edith stand, erkannte er, dass das Messingstück auf ihrer Schulter sich über den gesamten Arm erstreckte und in einem kunstvoll gearbeiteten Handschuh endete. Er warf erst einen Blick auf den Metallarm, dann auf Ediths Gesicht, wollte nicht offen starren und scheiterte.

Sie lachte schallend auf. »Hafenmeister! Schuldirektor! Bist du denn überall der Boss?«

»Ganz bestimmt nicht«, schnaubte er. »Ich wurde zwangsverpflichtet, aber ich bin gut in meiner Arbeit. Zumindest hat man mich bisher nicht gelyncht.«

»Das ist mal eine Auszeichnung. Ich bin Erster Offizier«, sagte sie und straffte stolz die Schultern.

Senlin wollte nicht länger weglaufen, doch er konnte kaum den Blick von ihrem Messing-umhüllten Arm abwenden. »Ach, wirklich? Das ist ein ausgezeichneter Titel. Auf welchem Schiff dienst du?«

»Der *Stone Cloud«,* sagte sie und deutete mit dem Kinn in Richtung des Schiffes, das hinter ihr am Anleger wippte. Senlin betrachtete das Gefährt, das er zuvor ausgemustert hatte, ein zweites Mal. Es sah immer noch aus wie etwas, das jahrelang in einem Sumpf gelegen hatte. Der Rumpf schien aus Holzplanken gearbeitet, die man nicht entrindet hatte oder von einer besonders aggressiven Form von Maserknollen befallen waren. »Warum verziehen die Menschen immer das Gesicht, wenn ich ihnen mein Schiff zeige?«, unterbrach sie seine Überlegungen. »Es ist ein gutes Schiff, Tom. Schnell.«

Er räusperte sich. »Da … bin ich sicher. Wie ist die Mannschaft?«

»Sie mussten sich erst an eine Frau an Bord gewöhnen, und ich habe eine Weile gebraucht, um ihnen einzubläuen, dass ich nicht ihre Mutter bin oder mich auf sonstige Weise um sie kümmere … Na gut, reden wir darüber, nachdem du ihn schon die ganze Zeit anstarrst.«

Sie hatte ihn dabei ertappt, wie er nach Hautstellen zwischen den Metallgelenken ihrer Armrüstung suchte. Jetzt versuchte er zu tun, als sei sein Interesse rein wissenschaftlich. »Es ist nur ein solch ungewöhnliches …«, er schluckte hörbar, »… Schmuckstück. Wie befestigt man es am Arm?«

»Gar nicht«, meinte sie mit der Distanziertheit eines Menschen, der sich auf ein notwendiges, aber unangenehmes Gespräch einlässt. »Ich habe den Arm vor sechs Monaten an den Wundbrand verloren. Er wurde knapp unterhalb der Schulter abgenommen.« Edith hielt den Kopf gesenkt, was ihn noch verlegener machte, da er ihr mit seinem Blick Trost spenden wollte. Doch so sah sie auch nicht, wie sich sein erster Abscheu zu Wut und schließlich Mitleid wandelte – alles innerhalb von Sekunden. »Ja, das Brandmal war für die Infektion verantwortlich, und nein, ich werde nicht darüber reden.«

Senlin spürte, wie unangenehm ihr das Thema war, und zwang seine Aufmerksamkeit zurück auf den Arm, der wirklich ein Wunderwerk war: so ausgeklügelt wie ein Aufziehspielzeug und so solide wie ein Lastkran. Wunderschöne Linien und Kreise verzierten die Oberfläche wie eine Stammestätowierung. Als sie den Arm anspannte, drang ein kleiner Dampfstoß aus einem Ventil an ihrer Schulter, so fein wie Pollenstaub von einer Blüte. Uhrwerke summten unter dem Messing, als sie ihre Finger nacheinander streckte. Sie zeigte ihm, wie geschmeidig und beinahe natürlich sie sie einsetzen konnte, indem sie den obersten Knopf seines Mantels öffnete. Eine gewagte Geste, bei der Senlin kurz zurückzuckte und dann auflachte. Er war erleichtert, dass die mutige Frau, die er im Salon kennengelernt hatte, nicht von ihrem neuen Arm oder dem bescheidenen Schiff verdrängt worden war.

»Diese Maschine ist ganz schön anspruchsvoll«, sagte sie. »Ich muss ihr Wasser geben, Öl und Treibstoff. Ich habe preisgekrönte Vollblüter besessen, die weniger Aufmerksamkeit erforderten. Und billig war sie auch nicht, das kann ich dir sagen. Neue Arme gibt es nicht umsonst, Tom. Man muss einen Handel eingehen.« Sie bückte sich und nahm ein Stück Holz von einer zerbrochenen Palette, legte es in ihre mechanische Handfläche und zerdrückte es. »Der widerwärtigste Handel hat oft die nützlichsten Vorteile.«

Senlin erkannte, dass sie ihn erschrecken wollte, doch er tat ihr den Gefallen nicht. Er ignorierte ihre bedrohliche Vorführung und machte ihr stattdessen ein Kompliment: »Die Apparatur ist unglaublich. Sie erinnert mich seltsamerweise an eine Spieldose. Aber es tut mir furchtbar leid, dass sie so einen hohen Preis hatte. Edith …«

Sie ließ den Arm abrupt fallen und hob den Kopf. »Ha! Du weißt meinen Namen also doch noch.«

»Natürlich weiß ich deinen Namen noch. Du bist die Generalin des Gartens, die wehrhafte Mrs. Mayfair. Du bist Ms. Edith Ex-Winters. Ich habe es nicht vergessen.«

Sie ließ ein wenig die Schultern hängen und wirkte fast ein wenig verletzlich, trotz der Holzsplitter zu ihren Füßen. »Keiner, den ich kennenlerne, weiß etwas über mich, aber jeder will etwas von mir. Es ist so ermüdend, Tom, immer auf der Hut zu sein. Die letzten sechs Monate waren sehr anstrengend.«

»Das waren sie«, stimmte Senlin zu und drängte die Schuldgefühle zurück, die sich in ihm aufbauten. Traf das nicht auch auf ihn zu? Wollte er nicht auch etwas von ihr?

Sie sah sich um, bereit, das Gespräch zu beenden. »Ich muss meine Leute mal antreiben. Eine halbe Tonne Eier will ausgeladen werden, und wenn ich sie nicht genau im Auge behalte, werden sie die Hälfte zerbrechen und die Schuld deinen Schauerleuten geben.«

Senlin nickte, während er nervös den Aerostab in den Händen drehte. »Wann legt ihr ab?«

»Morgen. Heute Abend hat die Mannschaft Landgang.«

»Oh. Nun, vielleicht könnten wir gemeinsam zu Abend essen«, schlug Senlin vor.

»Das geht nicht. Der Erste Offizier muss an Bord bleiben, damit der

Captain zechen gehen kann. Außerdem interessiere ich mich nicht besonders für die örtlichen Unterhaltungsmöglichkeiten.«

»Nein, natürlich nicht«, erwiderte Senlin. »Aber ich könnte zu dir kommen? Ich habe eine Flasche äußerst durchschnittlichen Ports, die schon seit … Tagen reift. Sie muss wirklich dringend getrunken werden.«

Sie lachte, doch ihr Seitenblick auf ihn verriet ihm ihr Zögern. Vielleicht dachte sie an seine Frau und fragte sich, ob es sich um einen Annäherungsversuch handelte. Oder sie spürte bereits, dass auch er etwas von ihr wollte. Doch sie überlegte nicht lange. »Bring deinen Port mit, Hafenmeister. Wenn er getrunken werden muss, dann werden wir das tun. Nach Mondaufgang habe ich frei.«

Senlin sah ihr nach, wie sie zur *Stone Cloud* marschierte, die sich wie ein mausernder Vogel an die Anlegestelle schmiegte. Die perfekte *Gold Finch* ragte dahinter auf. Er seufzte. Ja, ihr Schiff war einfach, hatte zu wenig Kanonen, war vermutlich von Termiten befallen und treffend benannt, aber die *Stone Cloud* verfügte über eine sehr anziehende Eigenschaft, und sie – im Gegensatz zu ihm und seinen potenziellen Mitstreitern – war mit Luftschiffen vertraut. Während er sich mit den Kontobüchern eines anderen Mannes auseinandergesetzt hatte, hatte sie gelernt zu fliegen.

Es musste also die *Stone Cloud* sein. Sie war das Schiff.

Ein wenig schuldbewusst, obwohl er noch nichts getan hatte und auch nicht sicher war, was er überhaupt tun würde, sollte sich ihm die Chance bieten, kehrte Senlin in sein Büro zurück, wo man ihn bereits erwartete. Die Frau mit den blonden Haaren saß mit einem Buch in der Hand auf seinem Schreibtischstuhl. Sie schien in einem besonders unzutreffenden Reiseführer des Turms zu lesen, doch bei genauerer Betrachtung merkte er, dass sie mit einer Feder darin herumkratzte. Sie strich so heftig über die Seiten, als wolle sie sie einreißen. Dann erinnerte er sich, dass er dieses seltsame Verhalten schon einmal gesehen hatte: bei dem Postbeamten in den Bädern, der die *Bekenntnisse eines Ehefrauenhändlers* dieser Behandlung unterzogen hatte.

Als die blonde Frau Senlin im Türrahmen sah, hielt sie nicht sofort in ihrer Arbeit inne. Stattdessen legte sie das Buch so auf den Tisch, dass er die Worte sah, die sie so sorgfältig ausstrich. Wie der Postbeamte hatte sie am Ende des Buches angefangen und arbeitete sich von dort aus nach vorne.

Sie war eine von Rodions Frauen, doch er zeigte nicht, dass er sie erkannte. Stattdessen sagte er: »Finger weg von meinem Buch und raus aus meinem Stuhl.«

Sie gehorchte, allerdings mit sarkastisch zu einem Schmollmund verzogenen Lippen. Sie ging auf einer Seite um den Tisch herum, während er auf der anderen zu seinem Platz ging. Dann ließ sie sich auf den Besucherstuhl aus rotem Leder fallen und sagte: »Sie haben ganz schön viele dumme Sachen.«

»Ja«, erwiderte er kühl und nahm sein verunstaltetes Buch mit gespielter Achtung auf. »Fühlen Sie sich von dummen Dingen angezogen?«

»Oh, wie frech. Sie glauben wohl, das Bücherlesen macht Sie klug, aber Sie werden dadurch nur noch dümmer.«

»Ja«, wiederholte er. »Eine interessante Angewohnheit haben Sie da. Wie nennen Sie es, wenn Sie die Wörter in einem Buch ausstreichen? Dafür muss es doch einen Namen geben. Schändung? Kritzeleien?«

»Natürlich nicht. Man nennt es ›Lernen‹.«

»Ah, *Lernen,* natürlich. Und warum *lernen* Sie rückwärts in dem Buch?«

Sie saugte an ihren Zähnen. »Ts! Damit ich nicht lese, das ist doch klar! Die Wörter bohren sich in einen hinein. Selbst wenn man nicht weiß, was sie heißen, sprechen sie zu einem im Kopf.«

Senlin seufzte angesichts dieser Idiotie, merkte sich diese neue Erkenntnis aber, um später darüber nachzudenken. Im Moment musste er sich auf das konzentrieren, was dringender war – nämlich sie aus seinem Büro zu bekommen. Er legte das ruinierte Buch zur Seite. »Was wollen Sie?«

»Sie erinnern sich nicht an mich«, sagte sie mit unheilvoller Schüchternheit und sah ihn mit leicht gesenktem Kopf an. Sie hatte ein hübsches, keckes Gesicht, und ihre Brüste drängten sich gegen ihr eng geschnürtes Korsett, doch sie hatte nichts Anziehendes an sich. Sie strahlte Eitelkeit und Grausamkeit aus. »Aber ich erinnere mich an Sie.«

»Sie waren auf der Fähre«, entgegnete Senlin. »Und im *Steam Pipe*. Ich erinnere mich.«

»Nein, Nein. Davor schon. Auf dem Flügel. Sie haben auf meine Beine gestarrt. Dann habe ich Ihnen ein wenig mehr gezeigt, und Sie waren gleich ganz beleidigt, als wäre ich irgendein Flittchen. Erinnern Sie sich? Dann haben Sie einen Aufstand mit Ihrer Nieserei gemacht. Der Commissioner hat seine Gummimaske übergezogen und ist mit Ihnen auf die Veranda hinausgegangen, wo Sie, Mr. Niesanfall, sich mit ihm unterhalten haben. Keine drei Tage später sitzen Sie arrogant auf der Flittchenfähre zusammen mit all den Huren, für die Sie sich viel zu gut fühlen. Schon lustig. Wie kommt ein Mann dazu, sich erst noch mit dem Commissioner zu unterhalten und drei Tage später auf dem Flittchenkahn zu sein? Vielleicht läuft er vor etwas davon, dachte ich mir. Vielleicht hat er sich mit der Frau eines anderen eingelassen, hm? Was glauben Sie? Sie denken, ich bin dumm, weil ich ehrlich bin. Ehrlich hier«, sagte sie und schüttelte provozierend ihr Dekolleté. Dann hob sie ein Bein und stellte einen Fuß in einem zarten Pantoffel auf die Tischkante, wobei ihre Röcke bis zu ihrem weißen Oberschenkel zurückrutschten. »Und hier.« Senlin sah ihr starr in die Augen, weigerte sich, das Dargestellte zur Kenntnis zu nehmen. »Aber ich bin nicht dumm.« Sie stellte den Fuß mit einem leichten Aufstampfen auf den Boden zurück. »Ich weiß, wer Sie sind, und ich weiß, dass Sie mächtig im Schlamm stecken.«

Senlins ursprüngliche Überraschung über ihre Vertrautheit mit seiner Vergangenheit in den Bädern verschwand, während sie plapperte, und er dachte konzentriert über das Gesagte nach. Sie kannte ihn. Sie versuchte, Geld von ihm zu erpressen. Sie war schlau genug, um eine Gelegenheit zu erkennen, doch nicht klug genug, um zu wissen, was sie damit anfangen sollte. Sonst wäre sie direkt zum Commissioner gegangen. Stattdessen saß sie jetzt in seinem Büro und hoffte, dass er Angst bekäme und versuchen würde, sie zu bestechen.

Doch Senlin war klar, dass sie für den Mann arbeitete, der ihn an den

Commissioner verkauft hatte: Rodion. Das war die einzig logische Erklärung. Rodion hatte Einfluss und war ehrgeizig; er hatte ständigen Zugang zu Neuigkeiten aus den Bädern, und er hatte sicher Spione im Hafen. Rodion würde Goll ausschließen, weil er den Gewinn nicht teilen wollte, und der Angriff war erst nach Senlins Besuch im *Steam Pipe* erfolgt. Der Zuhälter hatte mehr über Senlins Herkunft wissen wollen. Es war sicher nicht schwierig gewesen, sich Informationen über Senlins frühere Verstrickungen zu verschaffen: ein paar Fragen an die einsamen Kapitäne, die das *Steam Pipe* regelmäßig besuchten; ein vorsichtiger, tastender Brief an das Zollamt; oder vielleicht ein Abend auf einer Gala, und alles wäre enthüllt.

Nur, wenn das der Fall war, warum war Senlin dann noch am Leben und wurde in Ruhe gelassen? Warum war die Rote Hand nicht zurückgekommen? Er wusste, dass ein durchgeschnittenes Seil den Auftragsmörder nicht lange abhalten würde, vor allem wenn er in Golls Hafen willige Verbündete hatte.

Irgendetwas sorgte zumindest im Moment für Senlins Sicherheit. Als er genauer darüber nachdachte, wurde es ihm klar. Es musste das Gemälde sein. Niemand wusste, wo sich Ogiers Bild befand, hinter dem alle her waren. Wenn sie ihn töteten oder mitten in der Nacht entführten, könnte das Gemälde für immer verloren sein. Der Commissioner hätte zwar seine Rache bekommen, aber nicht seinen Schatz zurück.

Vielleicht wartete Rodion nur auf das endgültige Ziel. Wenn er zum Beispiel glaubte, dass das Bild auf einem bestimmten Piratenschiff aus dem Hafen geschmuggelt werden sollte, würde er sich gezwungen sehen, den Preis für den Commissioner zurückzuholen. Er würde handeln müssen. Er würde den Hafen mit so vielen Männern wie möglich stürmen und verlangen, die Schiffe durchsuchen zu dürfen. Und das würde bedeuten …

Plötzlich wusste Senlin, was er zu tun hatte. Rodion war misstrauisch, Finn Goll war misstrauisch. Beide erwarteten eine Verschwörung und würden diese auch bereitwillig glauben. Jetzt musste er die beiden nur noch zu seinen Gunsten gegeneinander ausspielen.

Senlin lächelte die blonde Frau an und wirkte hoffentlich glaubwürdig nervös. »Hören Sie, ich will nicht, dass meine Vergangenheit bekannt wird. Vor allem soll Rodion nichts davon wissen.«

»Und das ist das Problem, mein Lieber. Schweigen ist nicht umsonst!«

»Ah, natürlich, Geld. Bald werde ich sicher viel Geld zur Verfügung haben, aber jetzt noch nicht.« Er schluckte mit gespielter Unruhe. »Ich muss erst einen Gegenstand von großem Wert veräußern. Er ist ein Vermögen wert … und ich werde ihn morgen Abend hinausschmuggeln.«

Sie verengte die Augen und formte mit ihren Lippen eine perfekte rote Rosine. »Für wie dumm halten Sie mich eigentlich? Sie rennen doch mit Ihrem Schatz weg, sobald ich Ihnen den Rücken kehre.«

»Nein! Bitte sagen Sie es nicht Rodion. Ich gebe Ihnen jetzt, was ich habe, und später mehr.« Senlin zog die Schreibtischschublade heraus, holte einen kleinen Beutel mit Münzen hervor und leerte ihn. Sechs jämmerliche Schekel rollten heraus – eigentlich eine Beleidigung, doch er sah die Frau mit vorgetäuschter Hoffnung an. »Nehmen Sie es. Nach dem morgigen Abend werde ich mehr haben. Nur bitte kein Wort zu Rodion.«

Die blonde Frau kaute an ihrer Unterlippe und musterte ihn mit stumpfem, hinterhältigem Blick. »Ja, gut.« Sie schob die Münzen in ihre Handfläche, stand auf und wollte gehen.

»Kein Wort«, wiederholte Senlin.

»Oh, Sie bekommen, wofür Sie bezahlt haben. Keine Angst. Sie bekommen genau das, wofür Sie bezahlt haben.« Sie verzog säuerlich die Lippen und verließ den Raum. Hinter ihrem Rücken verdrehte Senlin die Augen.

Adam traf die blonde Frau im Flur und deutete mit dem Daumen über die Schulter, als er sich zu Senlin gesellte. Überrascht fragte er: »Was wollte die denn hier?«

Senlin bedeutete ihm, die Tür zu schließen; er versuchte, ein Grinsen zu unterdrücken. Als Adam auf dem roten Besucherstuhl saß, erklärte Senlin: »Sie wird Rodion erzählen, dass ich etwas im Schilde führe.«

»Nun, das klingt nicht so gut.«

»Im Gegenteil, das ist sehr gut. Sie hat mich von einem Empfang in den Bädern erkannt. Und ich habe ihr gerade gesagt, dass ich morgen Abend etwas sehr Wertvolles aus dem Hafen schmuggeln werde. Rodion lässt sich nicht auf ein halbgares Gerücht ein, weshalb er ein wenig Extraantrieb braucht, wenn er unser Schiff für uns räumen soll. An diesem Punkt kommst du ins Spiel.«

»Unser Schiff? Moment mal, du hast ein Schiff gefunden?«, fragte Adam und beugte sich vor. »Ein gutes? Mit einer realistischen Chance, es zu erobern?«

»Ja. *Die Stone Cloud«,* sagte Senlin und verschränkte die Hände hinter dem Kopf. »Eine wunderschöne, rustikale Schaluppe, und ich kenne zufällig den Ersten Offizier …«

»Wie meinst du das, du kennst den Ersten Offizier.«

»Ich kenne sie. Wir haben uns einmal ein paar Tage lang eine Gefängniszelle geteilt.«

»Natürlich«, meinte Adam trocken und blinzelte verwirrt. »Und was soll ich dann tun?«

»Du wirst mich an Rodion verraten«, erklärte Senlin, als sei es völlig logisch. »Du wirst den Gerüchten, die die Huren verbreiten, Glaubwürdigkeit verleihen.«

Adams Ratlosigkeit zeichnete sich deutlich auf seinem Gesicht ab; er sah aus, als hätte man ihn beim Niesen unterbrochen. »Äh, Thomas, ich glaube nicht, dass das eine besonders gute …«

»Nein, das ist es. Jeder erwartet hier vom anderen, ein Verräter zu sein. Erfüllen wir also ihre Erwartungen. Du wirst Rodion sagen, dass du ihm im Austausch für die sofortige Freilassung deiner Schwester in meine Verschwörung einweihen wirst. Nun, natürlich nicht alle Einzelheiten. Er muss vor allem glauben, dass etwas sehr Wertvolles in meinem Besitz ist – du musst nicht sagen, um was es sich handelt, das weiß er bereits –, das ich verzweifelt versuche, aus dem Hafen zu schmuggeln, und dass dieses Unterfangen morgen Abend stattfinden wird. Dann …«

Adam unterbrach ihn. »Warum sollte er wissen, was du schmuggeln willst?«

»Weil ich mir sicher bin, dass er den Commissioner informiert und mir die Rote Hand auf den Hals gehetzt hat. Er weiß alles über das Gemälde, und ich bin mir sicher, dass er nur darauf wartet, dass es auftaucht. Sag ihm, dass ich etwas aus dem Hafen schmuggle, was ein Vermögen wert ist; den logischen Schluss soll er dann selbst ziehen. Je weniger du zu wissen scheinst, desto sicherer wirst du sein. Du musst ihn vor allem zum Hafen begleiten und darauf bestehen, dass Voleta mit euch kommt. Davon darfst du dich nicht abbringen lassen. Überrede Rodion, dass er euch beide mitnimmt. Ich denke, dass er darauf eingeht, weil er mich mit deinem Verrat konfrontieren will. Er wird es genießen.«

»Du hast das Gemälde also?«

»Es ist unwichtig, ob ich es habe …«

»Was meinst du damit, es ist unwichtig? Nichts ist wichtiger. Entweder du hast es, und wir können damit unsere Leben retten, oder du hast es nicht, und man wird uns an den Kränen aufknüpfen. Was wirst du tun, wenn Rodion den Köder nicht schluckt, den wir ihm auswerfen?«

»Ein sehr guter Punkt, der mich zur nächsten Aufgabe auf deiner Liste bringt. Nachdem du mich bei Rodion verraten hast, wirst du eine Nachricht an Finn Goll schicken und ihm sagen, dass der Zuhälter morgen Abend eine nicht autorisierte Beschlagnahmung von Waren im Hafen durchführen wird. Sag dem kleinen Mann, dass Rodion dich mit Voleta erpresst, nach Schatzschiffen Ausschau zu halten.«

»Nach Schatzschiffen? Bist du wahnsinnig?«

»Nun, was auch immer. Sag ihm, dass Rodion dich benutzt, um ein angreifbares Schiff mit wertvoller Ladung zu finden, das er plündern kann. Egal, was du tust, sprich nicht von dem Commissioner oder dem Gemälde.«

Adam schüttelte den Kopf wie ein Mann, dem man gerade einen Schlag verpasst hatte. »Das ist dein Plan?«

»Beruhige dich«, sagte Senlin, der die wachsende Panik seines Freundes spürte. »Ich weiß, er klingt ein wenig stümperhaft. Aber unsere beste Fluchtchance ist es, die beiden Egos aufeinander anzusetzen.« Er legte beide Fäuste gegeneinander, um seine Worte zu verdeutlichen. »Wenn

Rodion und Goll sich bekämpfen, sind sie geschwächt und abgelenkt. Sie werden nicht an uns denken. Wir können entwischen. Vertrau mir, Adam. Das könnte funktionieren. Ein leeres Schiff, deine Schwester im Hafen, wir alle bereit zum Aufbruch.«

Adam grübelte einen Moment und sagte dann: »Aber du hast das Gemälde?«

»Zumindest habe ich eine sehr überzeugende bildgroße Kiste«, erklärte Senlin zwinkernd.

Die Stuhlbeine scharrten über den Boden, als Adam aufstand und sein Hemd geradezog. Auf seinem Gesicht stand die grimmige Entschlossenheit eines Mannes, den man gerade zu seiner eigenen Hinrichtung schickte. Er nickte einmal und sagte: »Aye, aye, Captain«, dann verließ er den Raum.

13

»Spiegel sind nicht so ehrlich, wie man denken könnte. Man kann ihnen etwas vorspielen, mit ihnen verhandeln und immer einen schmeichelnden Blickwinkel finden. Es geht nichts über den Gesichtsausdruck eines lange verschollenen Freundes, um zu wissen, welchen Eindruck man gerade macht.«

Ein Mann und sein abenteuerlicher Weg durch den Turm, von T. Senlin

Er widerstand dem Drang, die Kleidung zu wechseln oder seine Stiefel zu putzen, sein Haar zu ölen oder sein Erscheinungsbild anderweitig zu verbessern, bevor er Edith auf ihrem Schiff besuchte. Die Knöpfe an seinem Mantel hingen schon lange lose oder waren ganz abgefallen. Seine Aufschläge waren ausgefranst, das Haar lang und verwildert. Sein Gesicht schillerte in allen Farben des Regenbogens. Bis auf das tägliche Ritual des Rasierens, was so sinnlos war, wie Wasser aus einem sinkenden Schiff zu schöpfen, war nichts mehr von seiner früheren gepflegten Erscheinung übrig. Doch erst jetzt wurde es ihm nach Monaten zum ersten Mal wieder bewusst. Er hatte sich gehen lassen. Dafür hatte es natürlich gute Gründe gegeben, doch jetzt verspürte er den alten Drang, sich als Gentleman zu geben.

Aber jetzt war keine Zeit sich auszustaffieren. Und wenn er ganz ehrlich zu sich war, dann hielt ihn noch etwas anderes ab, sich eingehender mit seinem Äußeren zu beschäftigen. Sich solche Mühe zu geben, würde dem Treffen eine andere Bedeutung als beabsichtigt verleihen. Er war kein Mann, der eine Frau zum Tee besuchte. Sicher nicht.

Er war schließlich verheiratet. Wenn er je einen unangebrachten oder ablenkenden Gedanken an Edith gehegt hatte, dann nur flüchtig und unter extremen Umständen. Zwischen ihnen herrschte nur freundliche, gegenseitige Bewunderung.

Der Hafen lag verlassen da. Die *Sally Quick* und die *Cornelius* hatten abgelegt, und die Mannschaften der *Gold Finch* und der *Stone Cloud* schliefen entweder unter Deck oder vergnügten sich in den Bordellen. Die Sterne sahen klein und verschüchtert aus im blendenden Mondlicht. Senlin blieb zwischen den Kränen und Pollern des Lufthafens stehen, um die düsteren Weiten des Kosmos zu bewundern. Sein Herz schwoll an bei dem Gedanken, dass er bald frei sein, den Gestank der Schornsteine und das Rattern der Autokutschen hinter sich lassen könnte. Vor ihm lag eine Zukunft ohne Acht-Uhr-Berichte, ohne Feilschen um den letzten Schekel mit gierigen Kapitänen, ohne aufbrausenden Finn Goll …

»Hallo, Hafenmeister!«, rief Edith, als er sich dem Schiff näherte. Sie lehnte über der groben Reling ihrer Schaluppe. »Der Captain und die halbe Mannschaft treiben sich in den Bordellen herum, die anderen schlafen unter Deck. Du kannst an Bord kommen, musst mir aber versprechen, nicht mit deinem Stock auf meinem Deck herumzupoltern. Wenn du Antsy Jack oder Bobbit oder Keller aufweckst, musst du sie selbst wieder in den Schlaf wiegen.« Sie deutete mit ihrem mechanischen Arm auf die schmale, durchhängende Gangway.

Er zögerte nur einen Moment. Sie hatte ihr Haar gebürstet. Im Mondlicht leuchtete ihr Gesicht makellos bläulich wie ein Gletscher. Wieso fiel ihm das auf? Diese Frau hatte statt eines Arms einen Dynamo, und er hegte poetische Gedanken über ihren Teint. Er tadelte sich im Stillen und ergriff ihre Uhrwerkhandfläche. Auch wenn er mittlerweile an die Höhe gewöhnt war, hielt er doch bewusst ihren Blick und sah nicht in den tiefen Abgrund, den er gerade überquerte.

An Bord eines Schiffes zu sein, selbst einem am Anleger ruhenden, war immer ein aufregendes Erlebnis. Der Ballon blähte sich über ihnen, die Seide dünner als Haut, während der Rumpf im Rhythmus der milden

Abendwinde schwankte. Hier im Hafen war es ruhig, doch Senlin wusste, dass hundert Meter weiter draußen die Wüstenwinde tobten.

»Du stehst da wie ein echter Luftfahrer«, bemerkte sie anerkennend und nickte in Richtung der Stiefel, die er nicht gesäubert hatte. »Du siehst zumindest nicht so *aus,* als würdest du gleich dein Essen von dir geben.«

»Es geht mir gut. Ich mag Schiffe«, sagte Senlin und versuchte, nicht beleidigt zu klingen.

»Nun, und die Schiffe mögen dich. Außerdem siehst du aus, als wärest du in einen Wirbelsturm geraten«, fuhr sie fort und musterte übertrieben sein verunstaltetes Gesicht. »Du bist vielleicht ein Anblick.«

Jetzt war er tatsächlich beleidigt. Er strich über seine Prellungen, als könne er sie so entfernen, und zupfte an seinem abgewetzten Kragen. Seine Bemühungen waren natürlich erfolglos und amüsierten Edith nur. Er ließ die Hände sinken und räusperte sich. »Wie wäre es mit einer Führung?«

»Wie du willst. Willkommen an Bord der *Stone Cloud!«,* sagte sie mit einer theatralischen Verbeugung. »Das Furcht einflößendste Luftschiff in der Umgebung, abgesehen von dem da drüben und irgendwelchen großen Vögeln, die in der Nähe nisten könnten.« Senlin musste lachen. »Hier ist der Brenner«, sagte sie und tätschelte die Seite eines zylinderförmigen Tanks, der in der Mitte des Decks stand. »Heiß wie Schlacke, wenn er mal läuft. Er erhitzt die Spule im Ballon …«

Senlin unterbrach sie: »… wodurch sich der Wasserstoff ausbreitet und nach oben steigt.« Senlins Blick folgte dem biegsamen Rohr, das von dem Brenner bis zur Unterseite des Ballons verlief, etwa fünf bis sechs Meter über ihnen. »Das ist die Nabelschnur.«

»Sehr gut. Bist vielleicht doch keine so hoffnungslose Landratte«, erwiderte Edith mit anerkennendem Schulterzucken. »Das Heizelement kann vom Steuer aus beschleunigt werden, wenn der Brenner richtig feuert.« Sie führte Senlin über eine kurze Treppe zum Achterdeck, wo statt des traditionellen Steuerrades fünf verrostete Hebel aus einer verwitterten Konsole ragten. »Der hier beschleunigt das Heizelement, der hier führt mehr Wasserstoff zu, wenn wir einen Reservetank haben, was normalerweise nicht der Fall ist …«, sagte Edith und deutete auf die betreffenden Hebel. »Dieser hier entlässt Wasser aus dem Ballastraum. Die Wölbung unter dem Bug fasst zweihundert Gallonen Wasser. Ich kann den Ballast langsam ablassen, um sanft abzusteigen, oder im Notfall kann ich alles auf einmal abgeben. Dann fällt einem der Magen durchs Deck.«

»Und die zwei anderen Hebel?«

»Sind kaputt.«

»Wie groß ist die Mannschaft?«

»Dreizehn, der Captain und ich. Meine Kabine ist unter dem Poopdeck. Früher war es das Kartenzimmer. Jetzt sieht es aus, als hätte jemand versucht, eine Bibliothek in den Schrank einer Frau zu stopfen.« Sie lächelte und lehnte sich gegen die Reling. »Das wirst du mir einfach glauben müssen, denn die Führung erstreckt sich nicht auf das Frauengemach.«

»Und die Mannschaft – ist sie fähig? Loyal?«, fragte Senlin betont beiläufig.

Ihr Lächeln verblasste, und sie runzelte die Stirn. »Das ist eine seltsame Frage, Tom. Willst du wissen, ob ich meine Männer unter Kontrolle habe, oder ob sich manche von ihnen kaufen lassen würden?«

Senlin machte eine unbestimmte Handbewegung, um ihr zu zeigen, dass er keine spezielle Antwort erwartete.

»Die Antwort auf beide Fragen ist ein entschiedenes Ja. Obwohl …« Ohne Vorwarnung stotterte ihr mechanischer Arm wie eine ersterbende Maschine, stieß aus allen Gelenken dichte Rauchwolken aus und fiel dann schwer zur Seite.

Sie krümmte sich unter dem Gewicht ihres leblosen Arms und fluchte unterdrückt. »*Muddit*. Das Ding ist immer zum schlechtesten Zeitpunkt leer.« Mit ihrer verbleibenden Hand holte sie eine glühend rote Ampulle aus ihrer Westentasche. Im blauen Mondlicht leuchtete der Glaszylinder wie ein Schmelztiegel. Senlin sah die Metallschiene der Roten Hand vor sich, mit ihren Knöpfen und roten Ampullen.

»Der widerwärtigste Handel …«, murmelte Edith abwesend. Sie drückte auf eine unauffällige Erhebung an ihrer Schulter, und eine kleine Schublade glitt heraus. Eine leere Ampulle fiel in ihre Hand. Nachdem sie sie ersetzt hatte, schob sie die Schublade zurück, bis sie mit einem Klicken einrastete. Sofort zischten die Ventile an ihrem mechanischen Arm, und die Zahnräder erwachten wieder zum Leben. Edith bewegte prüfend die Finger.

»Das habe ich schon einmal gesehen«, sagte Senlin und ließ sich seine Aufregung nicht anmerken. »Dieses glühende Serum … Ich habe gesehen, wie ein Mann es sich in die Adern gespritzt hat. Dadurch wird er übermenschlich stark und schnell und regelrecht verrückt. Es ist gefährlich, nicht wahr?«

»Ich will nicht darüber sprechen«, erwiderte sie fest. Sie beendete das Thema, indem sie die leere Ampulle in ihrer mechanischen Hand zerdrückte. »Ich bin nicht mein Arm.« Sie schüttelte die Glassplitter ab und sagte: »Außerdem ist hier doch die Frage, was du im Schilde führst, Tom.«

»Was m-meinst du?« Das Stottern hatte ihn verraten, doch er hielt an seiner zurechtgelegten Geschichte fest. »Nun, ich würde da gern über ein Geschäft mit dir reden …«

Sie unterbrach ihn mit einer Handbewegung. »Ich kenne dich gut genug. Du bist ehrbar, gewissenhaft und hast ebenso viele Gründe, diesen heuchlerischen Turm zu hassen wie ich. Ich mag dich. Aber du bist ein schrecklicher Lügner. Wenn du mir nicht reinen Wein einschenkst, kannst du sofort von meinem Schiff verschwinden.« Ihr Atem bildete weiße Wölkchen in der kalten Luft mit der ruhigen Regelmäßigkeit einer Maschine.

Senlin ging zur Steuerbordreling und sah zum Mond empor, der beinahe voll war. Unter ihm hielten einige Anker das Schiff am Anleger. Er fragte sich, wie schwierig es wohl wäre, die Seile zu durchtrennen und das Schiff jetzt sofort wegtreiben zu lassen. Wie weit würden sie es schaffen, bevor man sie vermisste, bevor die restliche Mannschaft aufwachte und meuterte? Dann dachte er an Adam und Voleta, die gegensätzlichen Zwillinge, und Iren, die trotz der Brutalität ihrer Arbeit immer noch ein Gewissen hatte. Er schämte sich. »So ehrbar bin ich nicht«, antwortete er.

Edith glitt neben ihn an die Reling. Er spürte die Vibrationen ihres mechanischen Arms durch das Holz. »Das kann ich nicht beurteilen. Aber ich habe noch nicht viele Männer getroffen, die sich der Frau nicht aufdrängen, mit der sie gerade einen Käfig teilen.«

Senlin winkte ab, als wäre ihr Einwand unwichtig. »Ich hoffe nicht, dass es schon so weit gekommen ist. Wir sollten einander nicht gratulieren, weil wir ein Mindestmaß an menschlicher Würde bewahrt haben.« Bevor sie noch etwas dazu sagen konnte, fuhr er leiser fort. »Die Wahrheit ist, dass ein paar von uns ein Schiff kapern und flüchten wollen.«

»Du willst mein Schiff?« Sie sprach ebenfalls leise, doch ihr Tonfall war scharf.

»Nein. Ich hatte mich eigentlich für die *Gold Finch* entschieden. Aber dann habe ich dich gesehen …«

»Oh, dann ist es eine Rettungsmission?«, meinte sie mit einem sarkastischen Naserümpfen.

»Eine Rettungsaktion!« Senlins Lachen spiegelte ihren Sarkasmus. »Vor Monaten habe ich gelegentlich darüber nachgedacht, dass die Bewohner meines alten Dorfes einen Suchtrupp losschicken, der mich und Marya finden und nach Hause bringen soll. Ich habe mir vorgestellt, wie sie sich durch den Markt kämpfen, den Turm erobern, vereint in einem gemeinsamen Ziel: ihren unbeholfenen Schuldirekter und seine unverdiente Frau zu retten. Doch …« Er seufzte und schüttelte den Kopf. »… niemand kam. Und es wird auch niemand kommen. Es gibt keine Rettungsmissionen, Edith. Nur Kollaborationen und Anteilnahme von Freunden.«

Schweigend dachte sie über seine Worte nach. Senlin begann zu fürchten, dass er sich gedankenlos jemandem geöffnet hatte, der nicht gerettet werden musste. Die ganz zufrieden mit ihrem Los war, *vielen Dank auch*. Hatte er gerade alles verraten? Er wollte schlucken, doch seine Kehle war zu eng.

Dann sagte sie: »Meine Schulden sind kompliziert und von der Art, dass ich nicht einfach vor ihnen davonlaufen kann. Diese Last kann ich meinen Freunden auch nicht aufbürden, überhaupt niemandem.«

»Das ist der Punkt. Wir tragen alle eine Last – einen Verlust, eine Schuld, einen Feind oder alle drei zusammen«, er lachte erschöpft. »Es ist für jeden zu viel. Wenn wir unsere Lasten aber gemeinsam tragen, können wir sie vielleicht bewegen oder finden einen Weg um sie herum, falls sie zu widerspenstig sind. Egal, was passiert, wir müssten uns dem wenigstens nicht allein stellen.«

»Und wer wird diese Mannschaft aus Freunden anführen?«, fragte sie neugierig, auch wenn sie noch nicht überzeugt wirkte.

»Du könntest der Captain sein. Du bist sicher überaus qualifiziert ...«

»Du machst Witze!«, platzte sie heraus. »Kapitän zu sein ist furchtbar. Man hat immer an allem Schuld. Wenn alles gut läuft, ist es das Verdienst der Mannschaft, wenn es Probleme gibt, hat der Captain es vermasselt.« Sie schüttelte den Kopf, als hätte sich gerade eine Pferdebremse auf ihre Nase gesetzt. »Nein! Lieber bin ich ein Küchenmädchen als Captain. Nun ja, das nicht gerade. Aber Erster Offizier passt zu mir. Ich kommandiere gern Leute herum. Außerdem, Herr Schuldirektor, Herr Hafenmeister ... wäre es da nicht logisch, wenn du der Kapitän wärst?«

»Ich habe darüber nachgedacht«, gab er zu.

»Das klingt nicht sehr kapitänhaft.«

»Ja, ich würde den Posten gern übernehmen«, erwiderte er fester. »Ich werde der Captain sein.«

»Das würde ich Billy Lee aber nicht sagen.«

»Wer ist Billy Lee?«

»Der Captain dieses Schiffes natürlich«, entgegnete sie ein wenig schelmisch, wurde dann jedoch gleich wieder ernst. »Er ist ein Hitzkopf, hinterhältig, schnell mit den Fäusten und schießfreudig, und unter dieser freundlichen Fassade schlägt das Herz eines tollwütigen Hundes.«

»Oh«, meinte Senlin. Er hatte so angestrengt darüber nachgedacht, wie man die Mannschaft vom Schiff bekommen könnte, dass er völlig vernachlässigt hatte, wie schwer ein Kapitän wohl abzusetzen wäre.

»Aber bevor wir uns über Captain Lee Sorgen machen, erzählst du mir von deinem Plan. Wie willst du vorgehen, und wer sind diese ›wir‹, von denen du dauernd sprichst?«

Senlin erklärte knapp die Hintergründe, und wie so oft klang auch diese komplexe Geschichte in wenigen Sätzen einfach und strukturiert: der tyrannische Commissioner, der besessene Maler, das gestohlene Meisterwerk, das Senlin einige unerfreuliche Neuigkeiten über seine Frau eröffnet hatte; Neubabel und das Wiederauftauchen von Finn Goll, dem Kopf hinter dem Ganzen, sowie Adam, der weichherzige Dieb, der ihm ein guter Freund geworden war; Rodion und das *Steam Pipe,* das eine Zuckerfalle für Männer und ein Arbeitslager für Frauen wie Voleta war. Senlin übersprang viele Einzelheiten und erklärte stattdessen, wie dieses ganze Durcheinander und die damit verbundenen Quälereien den Grundstein zu seinem Plan gelegt hatten. Er war gerade dabei zu schildern, wie Adam ihn verraten und Rodion erzählen würde, dass Senlin das Gemälde des Commissioners über den Hafen hinausschmuggeln wollte, im Austausch gegen Voletas Freiheit, als Edith ihn unterbrach.

»Warte, warum sollte das Gemälde auf meinem Schiff sein?«

»Weil ich dich anheuere – oder Billy Lee –, es für mich zu schmuggeln. Rodion kann sich eine solche Gelegenheit, die mit so viel Einfluss und so viel Geld verbunden ist, nicht entgehen lassen. Er wird zum Hafen kommen, mit mindestens … zwanzig Männern im Schlepptau, vielleicht sogar doppelt so vielen. In meiner Zeit als Hafenmeister habe ich bereits einige Schiffe gesehen, die durchsucht wurden. Es gibt ein Standardvorgehen. Der Lagerraum wird geleert, anhand des Ladeverzeichnisses wird alles Kiste für Kiste, Stück für Stück überprüft, während die Mannschaft in Gewahrsam genommen wird. Das kann Stunden dauern.«

Edith hatte einen Einwand. »Du glaubst, Billy Lee würde sein Schiff kampflos aufgeben?«

»Er gibt sein Schiff nicht auf«, argumentierte Senlin und erkannte gleich die Widersinnigkeit seiner Aussage. »Zumindest nicht bewusst. Es wird nur durchsucht. Das wäre sicher nicht das erste Mal. Der Erste Offizier kann hoffentlich die Wogen glätten.«

»Na klar.« Sie musterte ihn wie einen Verrückten, der mit Papierflügeln auf ein Hausdach geklettert war. »Eine Hafenbehörde durchsucht mit Gewalt ein unabhängiges Schiff und durchwühlt die Ladung, während die Mannschaft mit brav gefalteten Händen danebensteht. Sonst noch was?«

»Ich bin froh, dass du meine Zuversicht teilst«, erwiderte Senlin und ignorierte ihren Sarkasmus. »Finn Goll taucht dann auf, um Rodion auf frischer Tat zu ertappen – er muss dabei geradezu von Diebstahl und Verschwörung ausgehen. Es wird einen großen Tumult geben, viele werden beschuldigt werden, und wir werden heimlich, still und leise an Bord des Schiffs gehen und ablegen.«

»Das ist ein schrecklicher Plan! Was soll sie daran hindern, auf das Schiff zu feuern?«

»Zum einen werden sie abgelenkt sein, außerdem bleibt die Ladung ja an Land. Das Gemälde ist offensichtlich sehr wertvoll. Billy Lee wird nicht begeistert sein, aber ich denke nicht, dass er versuchen wird, sein eigenes Schiff abzuschießen. Finn Goll wird es auch nicht wagen, weil er nicht die Aufmerksamkeit des Commissioners erregen will. Wir müssen nur dafür sorgen, dass das Gemälde bei uns bleibt. Es ist wie ein Schutzschild, verstehst du? Natürlich werden sie versuchen, uns zu erwischen. Aber solange wir das Bild haben, werden sie uns nichts tun. Glaube ich. Hoffe ich. Und ich habe einen Fluchtweg.« Senlin deutete auf eine kaum sichtbare Einkerbung in der Turmfassade. »Da. Wenn wir den Ballast auf einmal abwerfen und im letzten Moment ablegen, sollten wir in diese bisher unentdeckte Luftströmung springen können.« Er machte ein unbestimmtes Geräusch. »Äh … wahrscheinlich.«

Edith tat nicht einmal so, als würde sie seinem ausgestreckten Finger mit dem Blick folgen. »Also, um das klarzustellen: Dein Plan sieht also vor, direkt in das eine Hornissennest zu stechen, dann in ein zweites, das du dann auf das erste wirfst, und in dem ganzen Wahnsinn rennen wir dann weg.« Sie machte eine Bewegung, als würde sie eine Kirsche vom Baum pflücken. »Das ist dein Plan. Du erwartest natürlich, dass jede Hornisse genau das tut, was du willst.«

»Ich rechne nur ihren Charakter mit ein«, sagte Senlin ruhig und ließ sich nicht beirren. »Ich zähle auf Gier und Geltungsbedürfnis, was beides so verlässlich ist wie die Schwerkraft im Turm. Es ist ein Glücksspiel, aber kein aussichtsloses.« Er legte ihr die Hände auf die Schultern in der uralten Geste verzweifelter Argumente und aus tiefstem Herzen kommender Bitten. Dann senkte er die Stimme und sagte: »Die wichtigste Frage ist aber, ob du mein Erster Offizier sein willst.«

Hinter ihnen knarzte die Gangway, und ein Kichern ertönte, das in ein Prusten überging. Eine Frau in einem voluminösen Rock und einer Schlüssellochbluse, deren Ausschnitt ihr Dekolleté sehen ließ, schwankte über das mondbeschienene Deck. Hinter ihr kam ein junger Mann mit braunem Bart, der ihrem Hintern einen Klaps mit einer Flasche verpasste. Er trug einen leuchtend grünen Tappert, auf dem eine goldene Pyramide prangte. Ein absurdes Ensemble, eher einer Königswache angemessen als eines Piraten.

»Captain Billy«, rief Edith und überraschte das turtelnde Paar. Billy Lee blieb stolpernd stehen und blinzelte. Er sah zwischen Edith und Senlin hin und her und musterte die schlaksige Gestalt neben seinem Ersten Offizier.

»Wer ist die Vogelscheuche, Eddy?«

»Er will uns anheuern«, erklärte sie leichthin und ohne einen Hauch der Angst, die gerade Senlins Rücken überlief. »Hat ein kleines Paket, das eine Tasche benötigt.«

»Legal?«, fragte Billy, den Hals gereckt wie eine Gans. Er verspritzte Speichel beim Sprechen.

»Nein«, erwiderte Edith.

»Gefährlich?«

»Geht so. Er hat gesagt, jetzt acht Mina, und wenn wir es im Hafen von Orland abliefern, was auf unserem Weg liegt, Captain, bekommen wir noch mal sechzehn vom Empfänger.«

»Das ist ganz schön viel Geld für ein bisschen Gefahr.«

»Ich zahle für Diskretion«, schaltete sich Senlin ein, froh, mit fester Stimme sprechen zu können.

»Ich bin so diskret wie ein Schnurrbart oder eine billige Hure.« Mehr Speichel verfing sich in Billy Lees Bart. Die Frau mit dem Schlüsselloch-dekolleté prustete. »Na los, her mit meinem Geld.«

»Ich schicke es morgen zusammen mit dem Paket«, erklärte Senlin. »Wann werden Sie ablegen?«

»Morgen Abend. Sorgen Sie dafür, dass das Geld dabei ist. Und jetzt runter von meinem Schiff! Ich brauche heute Nacht das ganze Deck!«, rief er und kniff der Frau in den Hintern.

Edith brachte Senlin zurück zum Hafen, wo er flüsterte: »Er wirkt gar nicht so Furcht einflößend.«

Hinter ihnen zerbrach eine Flasche, gefolgt von einem donnernden Lachen. Edith verzog das Gesicht und formte mit den Lippen die Worte: »Tollwütiger Hund.«

Senlin zögerte. »Bitte sorg dafür, dass niemand das Paket, das ich morgen schicke, öffnet«, sagte er, und sie nickte. Die düstere Weite des Kosmos wirkte auf einmal ganz klein und intim. »Danke, Edith.«

»Oh, dank mir nicht. Ich bin der Erste Offizier. Ich werde dir jeden Fehler, jeden leeren Bauch, jede zusätzliche Aufgabe und jede Flaute anlasten. Du wirst mich *hassen*.«

14

»Jede wichtige Reise, die ich unternommen habe, begann auf dieselbe Weise: mit zerwühlten Laken, einem zusammengeknüllten Kissen, aufgeschlagenen Büchern und keiner Sekunde Schlaf. Heute habe ich dem Ritual noch etwas hinzugefügt: Nähen. Zumindest habe ich die Frage gelöst, wo ich das Gemälde verstecken soll, auch wenn ich dabei den Saum meines Mantels verunstaltet habe.«

Ein Mann und sein abenteuerlicher Weg durch den Turm, von T. Senlin

Als Adam am nächsten Morgen ins Büro des Hafenmeisters kam, stand Senlin mit aufgerollten Hemdsärmeln hinter dem Schreibtisch und beugte sich über eine kleine Holzkiste. Das schmuddelige Taschentuch, das er sich über die untere Gesichtshälfte gebunden hatte, ließ ihn wie einen Feldarzt aussehen. Seine Schultern sanken nach unten, als wäre gerade eine große Last von ihnen genommen worden.

»Ah, hervorragend! Du kommst genau rechtzeitig«, sagte er, zog den provisorischen Mundschutz herunter und klatschte in die Hände. Hammer, Nägel und Strohbündel lagen auf der Schreibtischplatte verteilt und wirkten zwischen den Unterlagen und Kontobüchern fehl am Platz. »Schließ die Tür, schließ die Tür. Heute ist der große Tag! Und da man mich nicht mit einer Reisetasche sehen darf, habe ich mich selbst in ein Gepäckstück verwandelt. Ich trage drei Hemden und meine gesamte Unterwäsche.« Er tätschelte seine tatsächlich etwas voluminösere Brust. »Ich bin kaum in meine Stiefel gekommen. Zum ersten Mal seit Monaten ist mir fast warm. Ich habe vier Taschen, in denen ich Bücher verstauen kann, aber welche soll ich mitnehmen? Das hat mich die halbe Nacht wachgehalten …«, plapperte er weiter, und Adam unterbrach ihn rasch in einer Atempause.

»Was tust du da?«

»Nun, ich habe gerade diese Kiste mit einer Falle versehen.«

»Wie bitte? Warum denn?«

»Damit du sie überbringen kannst.« Senlin klopfte zweimal mit dem Fingerknöchel gegen den Holzbehälter auf seinem Tisch. »Keine Angst, es ist nur gefährlich, wenn man sie öffnet.«

»Darin befindet sich das Gemälde des Commissioners?«

»Nein, das hier ist nur ein Köder.« Senlin legte einen Finger an die Nase. »Ein Köder mit einer Falle! Wie heimtückisch ist das denn! Du wirst das Paket zu Edith auf die *Stone Cloud* bringen. Vergiss nicht, ihr zu sagen, dass niemand es öffnen darf. Hier sind die acht Mina, die ich Captain Billy Lee versprochen habe. Verlier sie nicht. Das ist mein letztes Geld.«

Adam konnte Senlins Enthusiasmus nicht teilen und musterte unglücklich den schweren Umschlag mit Münzen, den der Hafenmeister ihm in die Hand drückte. »Wer ist diese Frau, Tom? Kann man ihr wirklich vertrauen?« Er schüttelt rasch und beinahe ungläubig den Kopf. »Egal, wer sie früher war, das letzte halbe Jahr hat sie bei Piraten verbracht. Das verändert einen Menschen. Sie könnte dich, ohne mit der Wimper zu zucken, hintergehen.«

»Natürlich! Das könnte jeder. Aber ich glaube, sie kann unsere Situation verstehen, denn ihr geht es nicht anders. Auch sie ist an jemanden gebunden und hat Schulden. Ja, sie lebt unter Piraten, und wir unter Schmugglern, Zuhältern und Dieben. Wir müssen nicht zu denen werden, mit denen wir uns umgeben. Wir können auf etwas Besseres hoffen und uns an die halten, die diese Hoffnung teilen.« Senlin versuchte, fröhliche Ruhe auszustrahlen, auch wenn er sich ebenfalls Sorgen machte. Edith und Adam hatten völlig recht, seinen Plan infrage zu stellen. Er war, vorsichtig ausgedrückt, äußerst waghalsig, und wenn er scheiterte, wäre Senlin für ihrer aller Tod verantwortlich. An dieser Bürde trug er schwer. Doch was blieb ihnen noch? Auf Rettung warten? Arbeiten, bis sie ihre angehäuften Schulden bei Männern abbezahlt hatten, die ihnen jederzeit noch mehr Schulden aufhalsen konnten? »Wir müssen einfach den Tag überleben.«

Adam lächelte gepresst. »Na gut. Tom, sag mir aber bitte um meines Seelenfriedens willen, dass du das Gemälde hast. Wenn dein Spiel schlecht ausgeht, ist das unser letztes Pfand.«

Senlin lächelte. »Natürlich habe ich es.«

»Warum sagst du mir dann nicht, wo es ist? Was, wenn man dir eins überzieht oder dich vom Pier wirft …«

»Na, vielen Dank auch«, sagte Senlin trocken.

»Ich meine es ernst! Was würde dann aus Voleta und mir? Wir wären wehrlos.«

»Weißt du, was die Rote Hand mit dem anderen Menschen gemacht hat, der wusste, wo sich das Bild befand? Er hat ihn zu Tode gefoltert. Das hat er mir erzählt. Der Maler, Ogier, ist gestorben, weil er es wusste. Dasselbe wäre auch mir beinahe zugestoßen. Es ist sicherer, wenn du es nicht weißt, Adam. Deshalb werde ich es dir nicht sagen.« Senlins Stimme erstarb, und er musste sich räuspern. »Mach dir nur Gedanken um Voleta. Behalt sie in deiner Nähe. Bring sie auf das Schiff und tu, was du kannst, um es zum Abflug bereitzumachen. Ich bin vielleicht zu beschäftigt. Und, Adam, wenn …«, er suchte nach einer diplomatischen Umschreibung und lächelte, als er sie gefunden haben, »… man mir eins *überzieht,* leg sofort ab. Ich weiß nicht, ob du das Schiff ohne Mannschaft fliegen kannst, aber es ist besser, es zu riskieren, als zu bleiben.«

Adam schien etwas entgegnen zu wollen, lauschte dann jedoch stattdessen. Sein Gehör war besser als Senlins, weshalb er verkündete: »Iren ist auf der Treppe.«

»Ah, mein letzter Acht-Uhr-Bericht«, sagte Senlin hastig. »Nimm die Kiste. Sei vorsichtig. Und jetzt geh. Geh, geh! Wir sehen uns spätestens heute Abend um neun am Hafen.« Senlin scheuchte Adam mit dem Taschentuch davon, das er sich vom Hals gezogen hatte.

Die Amazone füllte gleich darauf den Türrahmen zum Büro. Sie hätte selbst eine Tür sein können. Senlin wischte rasch das restliche Stroh von der Tischplatte, um die Aufregung zu verbergen, die in ihm brodelte. »Iren, schau nicht so verstört! Ich trage dir nichts nach …«

Sie unterbrach ihn. »Du musst mitkommen.«

»Oh. Gut, lass mich nur schnell den Bericht …«

»Den brauchst du nicht«, sagte sie.

»In Ordnung«, antwortete er langsam. Er legte fragend den Kopf zur Seite, versuchte einzuschätzen, warum ihr morgendliches Ritual heute so anders ablief. An ihrem Gesicht war nichts abzulesen. »Machen wir ein Picknick?«, fragte er gespielt unbekümmert und nahm seinen Aerostab.

»Den brauchst du nicht«, wiederholte sie scharf, ihre Augen blitzten.

Senlin erstarrte unter ihrem erbarmungslosen Blick, in dem nichts von der Vertrautheit lag, die sie in den letzten Wochen aufgebaut hatten. Das hier war nicht seine Kampflehrerin und auch nicht seine Schülerin. Das hier war Finn Golls Vollstreckerin, die den einzigen Fluchtweg versperrte.

Langsam legte er den Aerostab auf den Tisch und rollte bewusst sorgfältig seine Ärmel ab. »Kann ich wenigstens meinen Mantel mitnehmen?«, fragte er, und als sie nicht antwortete, nahm er ihn rasch von dem Kleiderständer in der Ecke. Er spürte den von außen unsichtbaren Druck am Rücken, wo er Ogiers Bild in den Stoff eingenäht hatte.

»Leer die Taschen.«

Gehorsam zog Senlin die Bücher hervor, die er so sorgsam ausgewählt hatte: ein Handbuch zur Luftfahrt, ein technisches Lehrbuch, ein Buch über die Reparatur von Schiffen sowie natürlich sein Tagebuch. Er stapelte die Schätze auf dem Tisch und hoffte, dass er sie später noch holen konnte. Dann nahm er den Gefängnisschlüssel aus der Tasche und zeigte ihn Iren. »Darf ich den Schlüssel mitnehmen?« Sie zuckte unbestimmt mit den Schultern, und er lächelte mit aller Freundlichkeit, die er aufbringen konnte. »Nach dir«, sagte er.

Finn Golls Kutsche wartete mit laufendem Motor im gelben Dämmerlicht des Lagerplatzes. Das Geräusch vibrierte wie ein Herzschlag durch die Höhle. Sonst waren keine Maschinen in Betrieb. Die Arbeiter, die bereits trotz der frühen Stunde schweißdurchtränkt waren, standen wie erstarrt in der Kälte da und verfolgten, wie ihr Hafenmeister, der ohne seinen Stab ein wenig nackt wirkte, stoisch der Riesin zur offenen Tür der Kutsche folgte. Golls nicht mehr junger Fahrer auf seinem hoch angebrachten Sitz sah aus wie eine Vogelscheuche. Einige der gaffenden Arbeiter grinsten höhnisch, doch den anderen stand das Mitgefühl ins Gesicht geschrieben. Senlin fragte sich, ob sie etwas vermuteten oder wussten.

Zu seiner Überraschung befand sich Goll nicht in der Kutsche. Seit seiner Ankunft in Neubabel hatte Senlin seinen kleinwüchsigen Arbeitgeber noch nie außerhalb seines schwarzen Gefährts gesehen. Er hatte beinahe schon angenommen, dass Goll darin wohnte, so absurd dies auch klingen mochte, weshalb er irgendwie das Gefühl hatte, in die privaten Gemächer eines Mannes einzudringen, indem er die Kutsche allein betrat. Auch wenn er natürlich nicht allein war, denn Iren folgte ihm auf dem Fuß und schlug die Tür fest zu, bevor die Kutsche langsam anfuhr.

Senlin wurde bewusst, dass Finn Goll die Informationen zu Rodions bevorstehendem Verrat nicht kommentarlos hinnehmen würde. Goll könnte schlussfolgern, dass sein Hafenmeister irgendwie darin verwickelt war. Oder er hatte, ganz unabhängig von Senlins Verschwörung, Kontakt zum Commissioner aufgenommen und beschlossen, dass ihm das Kopfgeld wichtiger war als ein Buchhalter. Vielleicht würde Senlin bald am eigenen Leib das düstere Schicksal seines Vorgängers erfahren. Unzählige Dinge konnten schiefgelaufen sein. Sich über alle Möglichkeiten Gedanken zu machen, war zu erschöpfend, weshalb Senlin seine Aufmerksamkeit auf das Kutschenfenster neben sich richtete. Egal, wohin man ihn gerade brachte, was mit ihm geschehen würde, er konnte daran im Moment nichts ändern.

Sie fuhren aus dem Tunnel heraus nach Neubabel, mitten in ein beeindruckendes Blitzspektakel, das sich an der Drahtkuppel über den freudlosen Gebäuden abspielte. Elektrizitätsbögen berührten die behauene Steindecke, sprangen auf die Flachdächer der höheren Gebäude über und erstarben in der kalten Luft. Fledermäuse flohen vor dem geisterhaften Licht.

Iren griff an ihm vorbei und zog den Sichtschutz vor das Fenster. Senlin schnaubte leicht entrüstet und betrachtete die Frau, die ihm gegenübersaß. Ihre Knie, die unter ihrer Lederschürze hervorragten, waren so groß wie Kinderköpfe. Sie war zu groß für die Sitzbank, für die gesamte Kutsche, und musste sich jetzt wie ein großer Hund unter einen Tisch demütig in das Gefährt kauern. Sie starrte mürrisch auf die dunkle Vertäfelung über Senlins Kopf, was ihm das Gefühl gab, sie blicke direkt durch ihn hindurch. Er versuchte, diesen Anblick mit der unermüdlichen, gnadenlosen Kämpferin zu vereinen, die ihn in den letzten Wochen über den Lagerplatz geprügelt hatte. Alles Leben schien aus ihr gewichen zu sein.

»Seit einiger Zeit verfolge ich eine Theorie, die dich vielleicht interessiert«, sagte er schließlich freundlich.

»Nein«, ertönte ihre knappe Antwort.

Senlin ließ sich nicht beirren. »Doch, ich denke schon. Meine kleine Theorie entstand aus Neugier hinsichtlich der Dampfmaschine. Diese Erfindung ist hier so allgegenwärtig, geradezu überall anzutreffen, und nicht nur auf Schienen oder Rädern. Ich habe gesehen, wie ein mechanisches Nilpferd eine Wasserfontäne ausspuckt, und auch die Orgel im *Steam Pipe* wird mit Dampf betrieben. Dampf ist etwas Erstaunliches.«

»Hör auf, Dampf zu sagen«, beschwerte sich Iren, wenn auch nicht besonders nachdrücklich. »Halt die Klappe.«

»Entschuldige, ich wollte dir keinen Vortrag halten. Aber eigentlich ist es keine ideale Art der Energiegewinnung. Die Maschinen sind unförmig und schwer zu regulieren. Wenn man etwas antreiben will, das klein oder tragbar oder empfindlich eingestellt ist, ist Dampf ungeeignet. Man braucht Elektrizität. In meiner Heimat ist Elektrizität kaum bekannt, sondern eher ein Trick, mit dem man andere beeindrucken kann. Wir konnten einem Menschen mit elektrostatischer Aufladung die Haare zu Berge stehen lassen, aber davon hatten wir zu wenig, um etwas damit anfangen zu können.«

»Halt die Klappe, oder ich werde dich knebeln«, sagte Iren und sah ihn endlich an.

»Wenn ich still sein soll, kann ich genauso gut geknebelt werden«, erwiderte er und ließ sich nicht von seinem Gedankenfluss ablenken, der nun doch zu einem Vortrag geworden war. »Dampf ist eine rohe Energie, die in eine höhere Form umgewandelt werden kann. Genau das passiert hier, in der gewaltigen Turbine, die über unserer Stadt aufragt, wird Dampf in Elektrizität umgewandelt. Dafür ist sehr viel Dampf nötig. Was mich nun zu meiner Theorie bringt.«

»Ich versuche wirklich, nett zu sein«, sagte Iren, lockerte die Schultermuskeln und verengte die Augen.

»Vielen Dank! Aber nun zu meiner Theorie. Im Untergeschoss verbringen viele Männer den ganzen Tag damit, Wasser in diese Konstruktionen namens Bierusselle zu pumpen. Der Name sagt schon alles – die Männer pumpen und werden mit ein bisschen kostenlosem, schlechtem Bier dafür bezahlt. Doch es finden sich immer genug Freiwillige für die Dutzenden von Bierussellen, es wird also jede Stunde eine riesige Menge Wasser aus den tiefen Reservoiren unter dem Tal gepumpt.«

»Das ist mir egal«, meinte Iren gleichgültig.

»Im Salon bezahlen Menschen, um in Kostümen herumlaufen zu können, sich wichtig fühlen zu dürfen und miteinander zu streiten, manchmal auch mit Schwertern. Für dieses Privileg müssen sie zwei Dinge erfüllen: zahlen, was an sich schon hinterhältig ist, und arbeiten. Die wahre Aufgabe der ›Besucher‹ ist es, die Kaminfeuer am Leben zu erhalten. Das Ganze ist eine ausgeklügelte Scharade, auf billigem Weg unzählige Kaminfeuer zu schüren und dadurch Hitze zu erzeugen. Das hochgepumpte Wasser wird in den Schornsteinen in dem wahrscheinlich fortschrittlichsten Leitungssystem in der Geschichte der Erde erhitzt. Diese Leitungen verlaufen durch den gesamten Salon, hinauf in die Bäder, wo sie zu einer einzelnen Quelle zusammenkommen. Die Bäder dienen als Regulator für Temperatur und Druck. Überzähliger Dampf wird abgelassen, und die Touristen bezahlen dafür, sich in dem Nebenprodukt dieser riesigen Maschine vergnügen zu dürfen.«

Iren hatte die Brauen bedrohlich zusammengezogen, doch Senlin erkannte, dass sie nachdachte. »Spuck's schon aus.«

»Wir glauben, dass der Turm eine Attraktion ist oder ein Markt, doch er ist eigentlich eine Maschine. Die ganzen unteren vier Ringreiche sind ein einziger massiver Dynamo. Wasser, Feuer, Dampf werden hier in Neubabel zu Funken!« Senlin hielt die Hände hoch, als ob man ihm gleich applaudieren würde. Iren kauerte ihm gegenüber jedoch weiter wie eine unversöhnliche Kröte. Entnervt ließ er die Hände sinken. »Wohin verschwindet die ganze Energie? Für wen ist sie bestimmt? Wozu wird sie verwendet? Warum bezahlen und leiden wir dafür, um etwas zu tun, das uns nichts nützt – das uns tatsächlich sogar versklavt?«

Irens Blick zuckte hin und her, während sie über seine Worte nachdachte. Auch wenn sie keine Schulbildung besaß, war sie eine kluge Frau, und Senlin wusste, dass sie die Ungerechtigkeit in dem erfasste, was er ihr gerade dargelegt hatte. Von ihrer Schlussfolgerung war er hingegen enttäuscht, als sie mit einem tiefen Seufzer sagte: »Na und? Es ist ungerecht. Der Turm ist korrupt. Der Himmel ist schwarz. Sonst noch was?«

»Wir müssen endlich aufhören so zu tun, als wäre alles in Ordnung«, verkündete Senlin. In einem Anfall von tollkühner Vertrautheit beugte er sich über den mit Teppich ausgeschlagenen Fußraum und legte seine Hand auf Irens kräftiges Handgelenk. Sie hätte ihm leicht die Finger brechen können, doch sie bewegte sich nicht. »Wir laufen weg.«

Sie grinste breit, als erinnerte sie sich an etwas Amüsantes. Die Kutsche fuhr schwankend über unebenes Kopfsteinpflaster. »Ich mag dich«, sagte Iren schließlich. »Du gibst nicht auf, selbst wenn du es solltest. Ich denke, du hast recht mit dem Turm. Mir gefällt deine Theorie. Sie ist lustig. Vielleicht sogar wahr. Aber …«, sie lehnte sich zurück und straffte die Schultern, womit sie die glänzende Vertäfelung hinter sich zum Knarren brachte, »als ich das letzte Mal diese Fahrt unternommen habe, habe ich den Hafenmeister erwürgt und seinen Körper aus dem Hafen geworfen.«

Ein leichtes Zittern erfasste Senlins Arm, auf dem sich Gänsehaut ausbreitete. »Wird das als Nächstes geschehen?«

»Als Nächstes sprichst du mit Goll über das Geld, das du von ihm stiehlst. Ich hoffe wirklich, dass du ihn besänftigen kannst. Wenn sich jemand aus so etwas herausreden kann, dann wahrscheinlich du. Aber ich würde ihm nichts von deiner Theorie erzählen. Er ist gern der Einzige, der Theorien aufstellt.«

»Danke, auch für deine Ehrlichkeit. Ich denke, du wirst deine Sache sehr gut machen, wenn du mich erwürgst.« Sein Tonfall war nicht ganz so ungezwungen wie seine Worte.

»Sollte es dazu kommen, wehrst du dich hoffentlich. Du hast viel gelernt. Du stürzt dich nicht mehr so oft kopflos in den Kampf. Das ist gut. Behalt deine Füße so lange wie möglich unter dir. Sei geduldig. Halte die Stellung.«

»Das werde ich«, sagte Senlin mit neugewonnener Ruhe. Er sah auf seine Hand, das Zittern war verschwunden.

Die Kutsche kam zum Stehen, und als Iren die Tür öffnete, waren sie von tiefer Finsternis umgeben. Die Stadt, mit ihrem Kohlegestank und dem Lärm der vielen Maschinen, seinem undurchdringlichen Nebel und den vielen einsamen Herzen, war nicht mehr zu sehen. Iren stieg aus der Kutsche und streckte sich. Der Fahrer reichte ihr eine Öllaterne, die kaum mehr Licht verbreitete als ein Streichholz. Senlin wurde bewusst, dass er sich in einer ihm völlig unbekannten Umgebung befand. Wenn Iren ihn umbringen wollte, hätte sie sich kaum einen abgelegeneren und einsameren Ort dafür aussuchen können.

»Na los, Thomas Senlin«, sagte sie. »Es ist nicht weit.«

15

»Ich kann nicht aufhören, an die dreiste blonde Frau zu denken, die versucht hat, mich zu erpressen. Sie hat wirklich geglaubt, sie könnte mir ein Vermögen entlocken und ihr Leben zurückkaufen. Es war kein schlechter Plan. Doch dieser war durch fehlende Bedeutsamkeit, Unwissen und Hoffnung von Anfang an zum Scheitern verurteilt. So könnte es mir auch gehen.«

Ein Mann und sein abenteuerlicher Weg durch den Turm, von T. Senlin

Außer dem schwachen Licht der Laterne konnte Senlin in der absoluten Dunkelheit nichts erkennen. Ein ungeduldiges Echo antwortete ihren Schritten. Er fühlte sich verloren und wie in einem Grab. Nach fünfzig Schritten kamen sie zu einer schwarzen Eisentür in einer Mauer, die so glatt wie nasser Sand war. Iren hängte die Lampe an einen Haken und zog einen Schlüsselring unter ihrer Lederschürze hervor. Sie suchte den richtigen Schlüssel und schloss damit die Tür auf.

Der Raum, der sich vor ihnen öffnete, hätte den gesamten Lagerplatz beherbergen können. Das Gebäude in der Mitte hätte eine Fabrik oder ein Speicher sein können, auch wenn hier keine Maschinen oder Kisten zu sehen waren. Es stand allein auf der weiten Fläche.

Es handelte sich um ein idyllisches Cottage aus Stein, das sich ihnen stolz und gelassen präsentierte, als hätte es alles Recht der Welt, hier zu sein. Doch was für eine Meisterleistung stellte es dar! Im Gegensatz zu dem Schornstein, ein merkwürdiges, schmales Bauwerk aus Ziegel, das sich bis zur Decke des Gebäudes erstreckte, war das Cottage regelrecht pittoresk. Man hatte die Giebel erst kürzlich gestrichen, und die Fugen zwischen den Steinen leuchteten weiß. Die Fenster waren hell und warm erleuchtet. Gestalten bewegten sich hinter den Vorhängen, die Raum für neugierige Augen ließen. Die Fensterläden und Regenrinnen saßen wie angegossen, obwohl Senlin sich fragte, warum ein Haus innerhalb eines großen Gebäudes, das in einem Ringreich stand, das sich wiederum in einem Turm befand, so etwas benötigte. Ihm war, als wäre er endlich bei der kleinsten Puppe einer Matrjoschka angelangt.

Kaum hatte sich Senlin von der Überraschung erholt, drängte ihn Iren schon weiter. An der Haustür hing ein Kranz aus Immergrün, der Import hatte sicher Unsummen gekostet. Iren klopfte ein Mal, da flog die Tür schon auf, und die große Frau war von Kindern umringt, die sich unter lautem Kreischen auf sie stürzten, ihre Beine hinaufkletterten und an ihrem Kettengürtel zogen. Sie beugte sich zu ihnen hinunter und begrüßte sie alle mit Namen, wobei sie mit künstlich hoher Stimme sprach. Die Kinder, die zwischen drei und elf Jahre alt zu sein schienen, waren ausgelassen und trugen leuchtend bunte Kleider. Alle waren klein, und alle hatten den vertrauten dunklen Lockenschopf.

Finn Goll stand hinter ihnen im Hausflur, die Hände stolz in den Taschen eines Cordhausmantels vergraben. Die Kinder beruhigten sich und ließen die Gäste eintreten. Im Eingang roch es nach frisch gebackenem Brot und einem brennenden Kaminfeuer. Eine untersetzte, hübsche Frau faltete nervös ein Handtuch in der Tür zu Senlins Linker, die zum Esszimmer zu führen schien. Zu seiner Rechten sah er ein einladendes Wohnzimmer. Das Feuer im Kamin beleuchtete einige Plüschsessel. Goll stellte die Frau, die über und über errötete, als Mrs. Abigail Goll vor. Man verbeugte sich und knickste, was die Kinder rasch aufnahmen und die Erwachsenen unter großem Gelächter nachahmten, bis Mrs. Goll ihr albernes Treiben mit einem Klatschen beendete.

Die Dame des Hauses entschuldigte sich, um sich um das Mittagessen zu kümmern, und Finn Goll winkte Senlin zum Kaminfeuer. Iren sprach noch ein paar Worte zu den Kindern, die sich nur widerwillig von ihrer großen Freundin trennten, und stellte sich wachsam an den

Kamin. Sobald Goll sich Senlin gegenüber niedergelassen hatte, rannten die Kleinen davon.

»Sie sind ganz aufgeregt. Wir haben nicht viele Gäste. Außer Iren natürlich. Die Kinder lieben sie«, sagte Goll, und etwas an seinem entspannten Tonfall verstärkte Senlins Angst noch. Er traute dieser neuen Seite an seinem Arbeitgeber nicht und hatte auch nicht vergessen, wie sich der kleine Mann im Untergeschoss als harmloser Kaufmann ausgegeben hatte. Vielleicht war das hier nur eine weitere Rolle. Die Kinder, die Frau, das Lebkuchenhaus … das könnte alles nur Scharade sein. Doch was war der Sinn dahinter?

»Sie wirken ganz entzückend«, erklärte Senlin höflich. Er warf Iren einen Blick zu, auf der Suche nach einem Hinweis, in was er hier geraten war, doch sie ignorierte ihn bewusst. Sie hatte etwas von einer Anschuldigung wegen Diebstahls gesagt, was natürlich ein Scherz war. Senlin war der einzige ehrliche Mann im Hafen.

»Das ist ihrer Mutter zu verdanken. Ich würde sie nach Strich und Faden verwöhnen.« Goll nahm eine Pfeife von einem Standaschenbecher und begann, sie mit Tabak zu stopfen. »Du hast keine Kinder, nicht wahr?«

»Nein, dafür war meine Ehe etwas kurz.« Senlin konnte die Bitterkeit in seiner Stimme nicht unterdrücken. Er wollte sich noch weiter darüber auslassen, erinnerte sich aber an Irens Rat, Goll reden zu lassen.

»Ich habe sechs Kinder. Mein Ältester ist im Internat. Ich lebe und sterbe für meine Familie, Tom. Sie geben meinem Leben einen Sinn.« Er entzündete die Pfeife mit einem Streichholz und zog daran. »So viele Menschen kommen in den Turm, um ein Vermögen auszugeben. Nur sehr wenige verdienen sich dort eins. Sie werden fett in ihren Liegestühlen, treiben sich im Dunkeln mit Flittchen herum und können sich keine bessere Art vorstellen, Zeit und Geld zu vergeuden. Der Salon, die Bäder, Neubabel beziehungsweise das Boudoir – alles Fallen für die Besucher. Hier unten ist es furchtbar.« Die Pfeife brodelte leise, als Goll nicht mehr daran zog. Senlin ließ den Blick über die kleinen Kameen und angeschlagenen Kindertassen auf dem Kaminsims schweifen. Das

Porzellan war offensichtlich von Kinderhand bemalt. Dekorative Krüge vervollständigten das Bild. Das hier war keine Scharade, sondern wirklich Golls Zuhause. Er richtete seine Aufmerksamkeit wieder auf den Gastgeber, als die Stimme des kleinen Mannes leidenschaftlich wurde. »... Doch all diese Touristen und Pilger merken nicht, was sich genau über ihnen befindet. Wundervolle, blühende Landschaften. Das Problem mit Schlammkäfern ist, Tom, dass sie einen Fuß vom Boden nehmen und denken, sie wären schon im Himmel.« Er lachte und wirbelte eine hübsche Rauchsäule durcheinander, die aus seiner Pfeife aufstieg. »Man muss viel höher hinaufgehen, an den ganzen Fallen und Elendsgebieten vorbei. Da oben gibt es Ringreiche, in denen man Kinder aufziehen kann. Doch die sind nicht billig. Man braucht ein Vermögen und viel Köpfchen und noch hundert andere Dinge, um dorthin zu kommen und vor allem dort zu bleiben. Man muss misstrauisch gegenüber Betrügern sein und seine Gier überwinden und Frieden mit dem schließen, was man geopfert hat. Man muss immer mehr aushalten als das, wogegen man sich gewappnet hat.«

»In der Tat«, sagte Senlin und versuchte, umgänglich und aufmerksam zu erscheinen, trotz seiner Verwirrung und Besorgnis. Warum hatte Goll ihn in sein Heiligtum gebracht? War das hier eine Art abschließendes Gespräch mit einem gescheiterten Angestellten, der niemals wieder das Tageslicht sehen würde?

»Ich habe im *Steam Pipe* gearbeitet, bevor ich es gekauft habe, damals, als ich noch ein armer Schlucker war. Es ist ein gutes Geschäft, um aus einem Frischling einen Mann zu machen. Es hat mir die Welt gezeigt, wie sie wirklich ist, nicht wie man sie gern hätte. Natürlich war das schockierend. Viele verkraften diese Erkenntnis nie.« Goll schien sich an etwas zu erinnern, verscheuchte den Gedanken jedoch schnell wieder und kehrte mit einem leicht ironischen Lächeln in die Gegenwart zurück. »Ich jedoch schon.«

Er beugte sich vor und legte die Pfeife auf den Aschenbecher. »Ich habe Jahre damit verbracht, Halunken um die letzten Schekel zu bringen. Ich habe Goldfäden aus den Rockschößen reicher Männer gezogen.

Jahrelang habe ich gestohlen und gespart, um meinen Aufstieg aus dieser Jauchegrube vorzubereiten. Wenn ich mutlos werde, denke ich an meine Kinder und das Leben, das ich ihnen ermöglichen werde. Und genau deshalb bist du heute hier, Tom. Du hast mich entmutigt und mich dazu gebracht, an meine Kinder zu denken. Es hat den Anschein, als würdest du Geld an die Männer verteilen.« Er blähte die Brust, und seine Stimme dröhnte durch den Raum. »Mein Geld! Meine Männer!«

Senlin versteifte sich an der weichen Rückenlehne des Sessels. Das war also sein Verbrechen: die Lohnerhöhung der Hafenarbeiter. Eine klägliche Summe, die unter dem Strich nichts an der Bilanz des Hafens veränderte, doch für Goll war das offensichtlich bereits Diebstahl.

»Du hast eine einfache Aufgabe verkompliziert«, fuhr Goll fort. »Sammel mein Geld ein. Unterrichte nicht, reformiere nicht, bring den Arbeitern kein Ballett bei. Sammel mein Geld ein!« Er schlug mit der Faust auf seine Armlehne, das Gesicht vor Wut verzerrt.

»Als ich angefangen habe, haben Sie zehn, zwanzig Minas die Woche wegen Diebstahl, verdorbener Waren und ineffizienten Männern verloren«, antwortete Senlin. »Meine Irrtümer, oder was Ihnen als solche erscheint, haben nur Ihren Gewinn erhöht.«

»Du hast unser Arrangement missverstanden.« Goll unterstrich seine Worte mit ausgreifenden Gesten, als ob er einen Hund unterrichtete oder ein Kind tadelte. »Wenn der Hafen mehr Geld einbringt, weil du deine Arbeit gut machst, dann gehört das Geld nicht dir. Sondern mir. Es gehört immer mir. Und es gibt andere Wege, bescheidenere Wege, den Männern einen Anreiz zur Arbeit zu geben.«

»Oh, die Schläge, die ich eingesteckt habe, waren mir ein großer Anreiz«, meinte Senlin und ließ seine Hand in die Manteltasche gleiten. Das Eisen des Gefängnisschlüssels fühlte sich warm unter seinen Fingern an. Auf diese kurze Distanz hätte die kleine Pistole einige Durchschlagskraft. Wenn er sie einsetzte, hätte er sich natürlich jede Chance auf Flucht verbaut, aber vielleicht war das bereits sowieso schon der Fall. Senlin fragte sich, ob ihm Rache irgendein Trost wäre. »Sie beschuldigen die Touristen der Kurzsichtigkeit, sind aber kein Stück besser. Sie prügeln die Männer zu Diebstahl, Verschwörung und Aufstand und bestrafen sie dann dafür.«

»Was habe ich dir damals gesagt? Es herrscht kein Mangel an verzweifelten Männern. Sie haben keine Macht, weil sie keinen Wert haben, und ich bezahle sie dementsprechend. Wenn man ihnen mehr gibt, verjubeln sie es nur für Huren, Alkohol und das weiße Krümelzeug.«

»Das ist nicht immer so. Sie haben Freundinnen und Vergangenheiten, und alle waren selbst einmal Kinder.« Senlins Fingerspitze ruhte auf dem gebogenen Abzug der Pistole, und er schob den Lauf unauffällig nach oben, während er die Flugbahn der Kugel abzuschätzen versuchte. »Sie sind nicht allein im Turm, Mr. Goll, so gern Sie das auch glauben würden, so sehr Sie auch versuchen, sich vor allem zu verstecken.« Er fragte sich, wie schnell ihm Iren den Hals umdrehen würde, nachdem er geschossen hatte. Würde sie ihm zuerst danken?

»Du bist wirklich ein Dummkopf, Tom, und du tust mir leid.«

»Haben Sie mich nicht genau deshalb hierherbringen lassen? Um mir Ihr Mitleid angedeihen zu lassen? Oder wollten Sie mit Ihrer Familie angeben und sich von Ihrem edlen Charakter überzeugen, bevor Sie mich umbringen lassen?« Senlin spürte ein Gewicht auf der Schulter, und als er den Kopf wandte, sah er Irens walnussgroße Fingerknöchel. Der Druck presste seine Manteltasche nach unten und verhinderte den Schuss. »Oder erwarten Sie von allen, Freunde der Familie zu sein?«

»Edelmut und Freundschaft sind doch nur Schlangenöl, das man an alte Mütterchen und schwachsinnige Farmer verkauft. Du bist so darauf aus, Freunde zu finden und gerecht und edelmütig zu sein, dass du dir immer wieder selbst im Weg stehst. Und dann bist du empört, wenn mir meine Interessen wichtig sind. Das ist doch ein Witz!«, schäumte Goll. »Du bist ein Verlierer und wirst immer einer sein, bis du erkennst, dass es nur eine Familie in der Welt gibt, einen Mann, einen Turm, den es zu erklimmen gilt.«

»Und dennoch haben Sie mir gesagt, ich soll Marya aufgeben.«

»Weil es in meinem ureigenen Interesse ist, dass du das tust, du breidummer Idiot!« Goll fuhr sich mit den Händen über das Gesicht, bis es rot glühte. Er deutete vage auf das Feuer, und Iren ließ Senlins Schulter los, um noch einen Holzscheit nachzulegen. Ohne ihre Hand konnte er die Pistole wieder ausrichten. »Ich sage dir zwei Dinge: Arbeite selbstsüchtig, und gib mir meinen Anteil. Das ist alles. Ich will keinen neuen Hafenmeister suchen müssen, und du willst nicht, dass man dir den Hals umdreht.« Goll holte ein Notizbuch aus seiner Manteltasche und blätterte darin herum. Iren schürte das Feuer und drehte ihnen den Rücken zu. Wenn Senlin schießen wollte, dann jetzt. »Nach meiner Berechnung …«, Goll leckte sich den Daumen und blätterte um, »… hat mich deine eigenmächtige Lohnerhöhung drei Mina und siebeneinhalb Schekel gekostet. Diesen Betrag werde ich dir von deinem Gehalt abziehen. Du wirst die Erhöhung zurücknehmen, und wenn sich die Männer beschweren, wirst du wahllos einen aussuchen und ihn aufknüpfen. Wenn du das alles erfüllst, können wir zusammen weiterarbeiten. Wenn nicht, mache ich allein weiter. Wofür entscheidest du dich?«

Senlin stellte sich Golls Überraschung vor, dass man auf ihn schoss. Die Wunde, aus der gleich das Blut strömen würde, das rauchende Loch in den Falten seines Hausmantels, das Leben, das in den letzten Sekunden an seinem inneren Auge vorbeiziehen würde.

Über ihm ertönte das Geräusch rennender Kinderfüße. Das Trommeln bewegte etwas in ihm, und die Wut verflog. Beschämt dachte er an das, was er beinahe getan hätte. Es wäre zweifacher Selbstmord gewesen. Selbst wenn er davongekommen wäre, was sehr unwahrscheinlich war, hätte der Mord an einem unbewaffneten Mann in seinem eigenen Haus, während seine Kinder im Obergeschoss spielten, das Ende des alten, anständigen Schuldirektors bedeutet. Die letzten Reste des Mannes, der Marya geheiratet hatte, wären verloren. Und was für ein Monster bliebe zurück? Nein, wenn er sein Gewissen aufgab, selbst bei der Suche nach der lieben, süßen Marya, würde er sich nicht mehr erkennen und sie ihn auch nicht. Dann gäbe es kein Wiedersehen, und alles wäre umsonst gewesen.

»Wir werden weiter zusammenarbeiten«, sagte Senlin, sich der Ironie dahinter bewusst, auch wenn er sie verbarg.

»Das ist schön zu hören«, sagte Goll.

Senlin war natürlich froh, dass man ihm nicht den Hals umdrehen würde, doch er wollte immer noch wissen, ob Goll Adams Geschichte von Rodions Vorhaben, in den Hafen einzudringen, glaubte. Wollte Goll etwas dagegen unternehmen? Senlin musste das Gespräch darauf bringen. »Nun, wenn sonst nichts anliegt, müsste ich zurück, um das Ladeverzeichnis eines Schiffes zu unterschreiben, bevor sie mit wer weiß schon was davonfahren.« Senlin beugte sich vor und legte entschlossen die Hände auf die Knie, als wolle er im nächsten Moment aufstehen und gehen.

»Was für ein Schiff?«

Senlin lehnte sich zurück. »Die *Stone Cloud*. Eine schäbige, kleine Schaluppe mit einem Grobian als Kapitän. Wahrscheinlich Piraten.«

»Was nehmen sie mit?« Goll versuchte, die Frage beiläufig klingen zu lassen, doch Senlin durchschaute ihn und wusste augenblicklich, dass Adam das Misstrauen des kleinen Mannes hatte wecken können.

»Nichts Ungewöhnliches. Ein paar Gastanks, etwas Kohle, einige private Pakete, die sie ausliefern sollen. Keine sonstige Ladung.«

»Kannst du dir einen Grund vorstellen, warum Rodion an ihr Interesse haben könnte?« Goll zeigte seine Neugier jetzt offener.

»Der Zuhälter?« Senlin zuckte unbestimmt mit den Schultern. »Nun, der Erste Offizier ist eine Frau. Vielleicht will er sie unter die Lupe nehmen. Nein, ich mache Witze. Sie hat einen mechanischen Arm und ist wahrscheinlich nicht für die Bühne geeignet. Ich habe Rodion nur einmal getroffen, aber er wirkte … freundlich.«

»Oh, er ist so angenehm wie ein Grabräuber. Er ist ein hinterhältiger, paranoider, cholerischer Zuhälter, dem ich nicht den Rücken zugedreht habe, seit ich ihm vor sechs Jahren die Zügel des *Steam Pipe* übergeben habe. Normalerweise ist er aber berechenbar. Ich kann mir nicht vorstellen, warum er sich für die Ladung dieses Schiffes interessieren sollte. Du sagst etwas von privaten Paketen. Was enthalten sie?«

»Ich weiß es nicht.« Senlin überlegte einen Moment und fuhr dann fort: »Soll ich sie öffnen lassen?«

»Nein, nein, das ist schlecht fürs Geschäft. Wenn wir alles durchsuchen, verlieren wir die Hälfte der Einkünfte. Wir gelten als diskreter Hafen.« Goll wirkte beunruhigt. »Tu mir einen Gefallen, Tom. Behalte die Männer heute Nacht da. Iren wird ihnen Waffen aushändigen, nur für den Fall.«

»Ich verstehe nicht. Was wird Ihrer Meinung nach geschehen?«

»Bestimmt nichts«, meinte Goll und fügte dann schärfer hinzu: »Dieser hinterhältige Schlammkerl.« Goll wurde immer wütender, und Senlin war froh, dass er nicht zum zweiten Mal das Ziel seiner Rage war. »Wenn Rodion heute Abend in den Hafen kommt und er seine kleine Armee aus hurenverseuchten Türstehern mitbringt, hältst du dich raus.« Goll stand abrupt auf. »Sag kein Wort zu Rodion. Ich will ihn auf frischer Tat ertappen, damit er nichts abstreiten kann. Wer weiß, vielleicht bist du morgen Hafenmeister und Zuhälter. Wäre das nicht interessant? Du kannst nicht zufällig Orgel spielen?«

16

»Als Adam mich gelehrt hat, eine Pistole zu laden, warnte er mich, dass ein überladener Lauf nicht schneller oder weiter feuert, sondern explodiert. Das könnte heute Abend passieren, wenn Rodion und Finn Goll aufeinandertreffen.«

Ein Mann und sein abenteuerlicher Weg durch den Turm, von T. Senlin

Alle Laternen des Lufthafens brannten, und dennoch herrschte Dunkelheit. Ein seltener Wintersturm hatte die Berge erreicht und tobte jetzt durch das trockene Tal und verdunkelte die Sterne, als er sich dem Turm näherte. Der harsche Wind schmeckte nach Schnee und pfiff durch den Tunnel wie eine Tonflöte. Senlin stand am Hafeneingang und hielt seinen Mantelkragen am Hals zusammen. Bücher beulten seine Taschen aus, und seine Hand umklammerte taub vor Kälte den kalten Stahl des Aerostabes. Es war Zeit, sein zwangsweise angenommenes Leben hinter sich zu lassen. Es war endlich an der Zeit zu gehen.

Er hatte den Nachmittag mit Iren zusammen alte Säbel und Steinschlosspistolen an die Arbeiter ausgegeben. Die Klingen waren so alt und angeschlagen, dass sie eher wie Sägen als wie Schwerter aussahen. Die meisten Männer beunruhigte eher die Absage ihrer Abendaktivitäten als die Aussicht auf mögliche Gewalt. Einige ältere Schauerleute ergriffen die Gelegenheit, mit früheren Kämpfen voll entsetzlichem Blutvergießen zu prahlen, in denen sie diverse Male dem Tod nur knapp entronnen waren. Die meisten Geschichten waren offensichtlich frei erfunden. Iren erteilte den Männern Anweisungen: Sie sollten Rodion und seine Leute unbehelligt den Lagerplatz überqueren lassen, dann Iren in den Tunnel folgen, zum Hafen gehen und Rodion einkreisen. Sie würden sich erst auf ihren Befehl hin zu erkennen geben.

Senlin hatte beschlossen, die Verkündung der zurückgenommenen Lohnerhöhung noch aufzuschieben. Morgen wäre er nicht mehr hier, sollte Goll sich darum kümmern. Wenn der kleine Mann die Löhne mitten in einem Revierkampf kürzen wollte, war das seine Entscheidung, die er den Arbeitern selbst mitteilen konnte. Auch wenn »Kampf« nicht das richtige Wort für das bevorstehende Zusammentreffen war. Es würde sicher auf eine Pattsituation hinauslaufen. Senlin erwartete Säbelrasseln, etwas Gebrüll und vielleicht ein kleines Gefecht, aber weder Rodion noch Goll würden es eskalieren lassen wollen. Niemand gewann etwas dadurch, Arbeiter zu töten oder den Hafen zu beschädigen, durch den der ganze Wohlstand hereinkam. Nein, Rodion würde zurechtgewiesen werden und Goll seinen Anteil bekommen.

Auf der Plattform ertönte eine wahre Symphonie des Stöhnens, als Balken und Seile im aufziehenden Sturm knarzten. Selbst die großen Eisenstreben stimmten mit ihren tiefen Beschwerden in das Orchester ein. Das anmutige Profil der *Gold Finch,* des Handelsschiffes, strahlte wie ein Kronleuchter. Die Mannschaft war hastig dabei, die Luken zu schließen und die Leinen des rautenförmigen Ballons zu verstärken. Der junge Mann im Ausguck klammerte sich an den Bugspriet wie eine Galionsfigur und beobachtete, wie die Schneewolken näher kamen. Senlin bewunderte die Haltung, die der Turm selbst von seinen jüngsten Bewohnern forderte; Babel ließ seine Bevölkerung immerhin mit gleichberechtigter Grausamkeit altern.

Während die *Gold Finch* an einen Kronleuchter denken ließ, erinnerte die *Stone Cloud,* die schräg gegenüber vor Anker lag, an eine Pechfackel. Der grobschlächtige Rumpf mit dem gewölbten Bug und dem spitz zulaufenden Achterteil stieß unelegant gegen die Puffer am Anleger. Der graue Ballon quoll durch die Takelage wie Fett durch ein Fischernetz. Nicht ein freundliches Wort kam Senlin in den Sinn, als er die *Stone Cloud* musterte, und doch liebte er sie trotz ihres hässlichen Äußeren aus tiefstem Herzen. Sie war sein Schiff. Er musste sie sich nur noch nehmen.

Edith empfing ihn an der Gangway, die im Wind knarzte. Ihre Miene war grimmig. Hinter ihr eilte die zusammengewürfelte Mannschaft von zwölf Männern über Deck, inspizierte Knoten und schaufelte Kohle in den Brenner. Die Windböen verhinderten einen leisen Austausch zwischen ihm und Edith; auf sein vorsichtiges Lächeln hin schüttelte sie nur knapp, fast schon panisch den Kopf, als sie abrupt von Billy Lee zur Seite gedrängt wurde. Der Captain streckte den Arm aus, Senlin ergriff seine Hand und wurde von dem Mann geradezu aufs Schiff gezerrt, sodass er stolpernd an Deck aufkam und erst das Gleichgewicht wiederfinden musste. Das Schiff schwankte unter ihm.

»Ich bin hier, um das Ladeverzeichnis zu unterschreiben«, erklärte Senlin mit bewundernswerter Haltung.

»Sie sind ein seltsamer Vogel. Sie haben gar nicht gesagt, dass Sie der Hafenmeister sind, als Sie meinen Ersten Offizier betatscht haben«, dröhnte Captain Billy Lee. Sein grüner Rock flatterte an seiner geblähten Brust, seine Hand ruhte auf dem Handschutz des Entersäbels an seiner Hüfte. »Aber Ihr Aussehen täuscht wohl.«

»Ich habe sie nicht betatscht«, erklärte Senlin empört und wandte sich um Unterstützung heischend an Edith. Diese sah jedoch mit ihren kalten Augen und den gefletschten Zähnen völlig anders aus als sonst. Beunruhigt und etwas verwirrt drehte er sich wieder um, nur um Lees Schwertspitze an seiner Nase zu sehen. Instinktiv hob Senlin die Hände.

»Ein Mädchen im *Pipe* hat mir heute Morgen alles über dich erzählt«, sagte Billy Lee und unterstrich seine Worte mit einer kreisförmigen Schwertbewegung. »Die kleine Nutte hat gesagt, du seist ein gezeichneter Mann. Ich konnte mein Glück kaum glauben.«

»Eine blonde Frau?«, fragte Senlin, auch wenn er die Antwort bereits kannte.

»Ich hatte den Eindruck, dass sie allen mit einem Schekel in der Tasche und einer ohrförmigen Öffnung am Kopf etwas erzählt, und keiner hat es ernst genommen, doch ich wusste, dass da etwas dran ist.« Billy Lee rief über die Schulter: »Bringt es her.« Ein hundegesichtiger Mann mit einer Kappe brachte eine kleine Kiste, die Senlin sofort erkannte. »Du wirst vom Commissioner gesucht. Ich frage mich, ob das kleine Ding hier etwas damit zu tun hat.«

Senlin ließ angewidert die Hände sinken, worauf die Männer, die sie mittlerweile umringten, die Schwerter zogen. Er hatte noch nie so viel glänzenden Stahl gesehen und war auch ganz sicher noch nie im Zentrum solcher Aufmerksamkeit gestanden. Er fühlte sich wie ein Nadelkissen. Selbst Edith hatte ihre einschüssige Pistole auf seinen Kopf gerichtet und blickte angriffslustig hinter dem Kolben hervor. Obwohl sie ihn vor Billy Lees Heimtücke gewarnt hatte, war Senlin von ihrer gespielt aggressiven Loyalität überraschter als von Lees wölfischem Verhalten. Zumindest hoffte er, dass es nur gespielt war. Wahrscheinlich hatte Edith keine andere Wahl, als sich bis zum letztmöglichen Moment als sein Feind auszugeben.

»Ich bin der Hafenmeister von Golls Hafen«, erklärte Senlin zwischen zusammengebissenen Zähnen. »Mein Arbeitgeber ist ein mächtiger, einflussreicher Mann, der eifersüchtig auf meine Arbeitszeit bedacht ist. Sie beschuldigen mich aufgrund der Aussage einer Prostituierten und der Tatsache, dass ich Ihre Dienste in Anspruch nehme, um etwas für mich zu transportieren. Habe ich das zutreffend zusammengefasst?«

»Natürlich streitest du alles ab«, sagte Captain Lee und warf rasch einen Blick zur Seite. Sein spärlicher blonder Bart wirkte wie angeklebt, seine Unsicherheit ließ ihn jung und überheblich erscheinen. Seine Reaktion spornte Senlin an.

»Und aufgrund dieser wasserdichten Beweise wollen Sie es sich für immer mit diesem Hafen verscherzen?« Senlin ließ seinen durchdringenden Blick über die Piratenbande schweifen. »Glauben Sie wirklich, dass man Ihren Leuten, diesem Schiff, noch erlauben wird, in den Häfen von Ginside oder Erstmeer anzulegen? Wo werden Sie in Zukunft Ihren Treibstoff bekommen? Ich bin mir sicher, ein so mit Spucke polierter Dandy wie Sie klammert sich an die Brust eines jeden Hafenmeisters zwischen den Bädern und dem Glockenturm.«

Im selben Moment erkannte Senlin, dass er zu weit gegangen war; er hatte den Stolz des jungen Captains angestachelt. »Na gut, dann entscheiden wir das hier.« Billy Lee stellte einen Fuß in einem an der Spitze gebogenen Stiefel auf Senlins Kiste. »Öffne sie und zeig uns, was sie enthält. Wenn sie nichts mit dem Commissioner zu tun hat, entschuldige ich mich, und du kannst gehen.«

Jetzt verzog Senlin nervös das Gesicht, auch wenn er seine Reaktion durch Entrüstung zu überspielen versuchte: »Sind Sie verrückt? Ich werde doch nicht meine Privatangelegenheiten offenlegen, damit Sie sie durchwühlen können. Wenn das unsere Geschäftsbasis ist, nehme ich mein Paket und gehe wieder.«

»O nein, das wirst du nicht«, sagte Billy und hielt Senlin seinen Entersäbel an den Hals. »Wenn es deine Gefühle so stark verletzt, wird sich Bobbit darum kümmern.« Der hundegesichtige Matrose mit der Kappe zog einen Dolch mit breiter Klinge aus seinem Gürtel. Er kniete sich hin und setzte das Messer unter den Kistendeckel. Senlin hielt den Atem an.

Das Knarren der Gangway überraschte jeden an Bord. Bevor auch nur einer reagieren konnte, schwärmte schon ein Dutzend von Rodions Männern auf das Schiff. Sie trugen die einfachen Kniebundhosen und Wollmäntel von Bühnenhelfern und Einweisern, auch wenn sich jeder noch mit extravaganten Details schmückte: Perücken, Federn, Schals und Perlenketten. Eingeborenenstämme griffen zu Kriegsbemalung, diese Männer zogen offensichtlich Bühnentand vor. Die Wirkung war absurd. Unabhängig von ihrer Erscheinung war der Zweck ihrer Anwesenheit aber klar und deutlich: Sie hielten Säbel und Pistolen kampfbereit in Händen. Die Eindringlinge besetzten die Hafenseite des Schiffs, und am Pier wartete ein weiteres Dutzend von Rodions Männern mit schussbereiten Gewehren.

Senlin war erleichtert über die Unterbrechung und hoffte, dass sich sein Plan nun friedlich weiter entfalten würde. Das Schiff würde entladen, die Ladung durchsucht werden, und während alle damit beschäftigt waren, würden er und seine Mitverschwörer, seine Mannschaft, mit dem verlassenen Schiff davonfliegen. Er sah sich nach Adam und Voleta um, entdeckte sie jedoch nicht.

Das überfüllte Schiff begann unter dem zusätzlichen Gewicht zu sinken. Der Rumpf schrammte kreischend an den Anleger, und selbst in dieser Pattsituation hatten alle genug Verstand, um einem Mitglied von Lees Mannschaft zu erlauben, den Brenner zu befeuern. Das Schiff stieg wieder auf Anlegerniveau an.

Nun kam Rodion an Bord, aufgeblasen wie ein Herzog in seinem bodenlangen Umhang mit dazu passendem schwarzem Pelzbesatz. Die Elfenbeingriffe zweier Pistolen ragten deutlich aus seinem Gürtel heraus. Rodion straffte die Schultern und trat Billy Lee gegenüber, der nur amüsiert meinte: »Ich habe dich auf der Bühne gesehen! Du bist der Hurenorgler.«

»Ein Komiker«, erwiderte Rodion säuerlich. »Wenn ich doch nur auch einen Witz vorbereitet hätte.« Voller Abscheu ließ er seinen Blick über die verwitterten Armaturen gleiten, die Keile, Klampen und Griffe. »Aber ich bin nicht wegen dir hier.« Der angeberische Zuhälter wandte sich an Senlin. »Ich habe eine überaus faszinierende Unterhaltung geführt, Thomas. Bringt sie her.« Er gab einem seiner Männer an der Gangway ein Zeichen. Zwei Gestalten wurden im Licht der schwankenden Sturmlampen an Bord geführt.

Senlin bemühte sich, bestürzt über Adams Auftauchen zu sein. Dieser verhielt sich ebenfalls plangemäß und mied den Blick seines Freundes. Neben ihm stand Voleta, deren wilde schwarze Locken und Gesicht unter einem großen Tuch verborgen waren, das so schwer wie ein Teppich zu sein schien. Sie sah Senlin fest mit ihren violetten Augen an.

»Adam, was hast du getan?«, platzte Senlin heraus.

Captain Lee unterbrach das angespannte Wiedersehen grob. »Das hier ist mein Schiff, kein Theater. Führt eure Seifenoper woanders auf. Ich habe meine Meinung geändert. Ich will nichts mit all dem hier zu tun haben.« Dennoch bewegte er Senlins Kiste mit dem Absatz näher zu sich heran.

Rodion ignorierte den Kapitän und fuhr mit offensichtlichem Genuss fort: »Ich habe solch inspirierende Gerüchte über Sie gehört. Wie ich erfahren habe, sind Sie ein Flüchtling, auf den vielleicht sogar ein Kopfgeld ausgesetzt ist. Sie schmuggeln etwas sehr Wertvolles.« Rodion legte eine Hand vertraulich auf Senlins Schulter. »Zumindest hoffe ich, dass das alles zutrifft, um Adams willen. Ich habe ihm versprochen, dass, wenn er mir ein Vermögen und den Beweis verschafft, dass Sie Ihren Posten missbraucht und Ihren großherzigen Arbeitgeber hintergangen haben, ich seine Schwester aus ihrem Vertrag entlasse, auch wenn Versprechen nicht so teuer wie kleine Mädchen sind«, sagte der Zuhälter und kniff Voleta in die Wange. Sie lächelte und kicherte gehorsam, dann biss sie ihm in den Finger. Rodion zuckte zurück, hob die behandschuhte Hand, um sie zu schlagen, hielt jedoch inne. »Du würdest mir so fehlen, Voleta. Ich brauche einen neuen Bettwärmer.«

Adam erwachte aus seiner Niedergeschlagenheit und riss den Kopf herum. »Du wirst dein Versprechen halten, Rodion!«

»Natürlich, natürlich.« Der Mann musterte die Abdrücke, die Voletas Zähne in dem Leder hinterlassen hatten. »Aber wir müssen erst unser Stück beenden! Zu viele entscheidende Fragen sind noch offen: Worum handelt es sich bei diesem Schatz, und wo ist er?«

»Das wissen Sie doch ganz genau«, meinte Senlin, bevor er sich zurückhalten konnte.

»Wie um alles in der Welt sollte ich das wissen?«

»Weil Sie mit Commissioner Pound unter einer Decke stecken«, antwortete Senlin frei heraus, da Rodion jetzt keinen Grund mehr hatte, diese Tatsache zu verheimlichen.

»Niemand steckt mit Pound unter einer Decke! Er arbeitet mit niemandem zusammen. Er zerstört, und er nimmt. Nein, lieber würde ich dem Teufel meinen Wohnsitz verraten, als die Aufmerksamkeit dieses Mannes auf mich zu lenken.« Rodion schnaubte, und seine Männer lachten. »Wenn ich Sie Pound übergebe, dann aus sicherer Entfernung und ohne Bedingungen. Er soll eine ihm angemessen erscheinende Entschädigung zurückschicken, ich akzeptiere alles.« Senlin war beunruhigt. Wenn nicht Rodion die Rote Hand auf ihn gehetzt hatte, wer dann? Finn Goll musste seine Furcht vor dem Tyrannen übertrieben dargestellt haben.

Billy Lees Geduld war an diesem Punkt zu Ende, und er bellte seinen Leuten zu: »Schafft diese Kläffer von meinem Schiff!«

»Da hat er recht«, sagte Rodion und drehte sich beiläufig, wobei er gleichzeitig eine Pistole zog und Billy Lee genau über der Pyramide auf seinem Tappert in die Brust schoss. Unter den Blicken der Anwesenden taumelte der überhebliche junge Kapitän drei Schritte zurück und gegen die Reling. Er stürzte nach hinten in den Abgrund, nur ein einsamer Stiefel blieb von ihm an Deck zurück.

Edith hatte kaum den Mund geöffnet und Atem geholt, als Rodion schon mit seiner zweiten Pistole auf sie zielte und abdrückte. Die Kugel prallte an ihrer Messingschulter ab und traf einen von Rodions Männern in die Stirn, wodurch die Feder, die er sich hinters Ohr gesteckt hatte, herunterfiel und sein Gehirn sich hinter ihm auf dem Deck verteilte.

Edith hatte sich wieder gefasst, bevor der Mann den Boden berührte. »Für Billy!« Ihre Stimme brach vor Wut. Sie zog eine Pistole aus dem Gürtel eines Kameraden und richtete sie auf Rodion. Dieser schob einen seiner Leute vor ihren Lauf, und der überraschte Mann wurde getroffen, der Pulverblitz setzte seine Pelzstola in Brand. Edith zog ihren Säbel und griff Rodion an. Der Zuhälter schnappte sich die Klinge aus der Hand des brennenden Mannes und riss sie gerade rechtzeitig in die Höhe, um Ediths Angriff abzuwehren.

Senlin fand sich in der Mitte des Getümmels wieder. Die zwei Parteien trafen nicht sauber aufeinander wie Tanzpartner oder zwei einrastende Zahnräder, wie seine Kampfstunden ihm vermittelt hatten. Stattdessen stürzten sich die Männer wild aufeinander, manche flüchteten und prallten zusammen, andere kämpften paarweise und in Gruppen, wechselten ihre Ziele so zufällig wie ein Bienenschwarm. Einige Männer aus Lees Mannschaft feuerten auf Rodions mit Gewehren bewaffnete Gefolgsleute am Hafen, die unerbittlich reagierten. Die Salven durchschlugen die Reling, durchtrennten Seile und Gliedmaßen auf ihrem Weg über Deck. Holzsplitter und Blut spritzten durch die Luft und bedeckten den

Boden. Ein Mann schrie auf wie ein getretener Hund. Eine Kugel prallte vom Brenner ab und durchbrach ein Kajütenfenster. Ein Wasserfass zerbarst an Deck und durchnässte die Planken. Es war das reinste Chaos.

Voleta stieß gegen den Rücken ihres Bruders, als dieser vor Bobbit zurückwich, dem berserkerhaften Matrosen, der wild mit einem Schürhaken um sich schlug. Adam war zwar durch jahrelange harte Arbeit kräftig, hatte dem Mann aber wenig entgegenzusetzen. Der Schürhaken traf den Rücken eines sich duellierenden Bühnenhelfers, der mit dem Kopf voraus in das Gitter des Brenners fiel. Er schrie durchdringend, als sein Haar Feuer fing, und rannte davon. Er fiel über die Steuerbordreling, sein brennender Kopf verschwand wie ein erloschenes Streichholz.

Senlin erkannte Voletas Notlage und zog sie aus dem Gefecht heraus, die vier Stufen hinauf zum leeren Vorschiff. Hier war es zwar ruhiger als auf dem Hauptdeck, sie befanden sich nun aber in einer Sackgasse, hinter ihnen nur noch der Himmel und die sich auftürmenden Sturmwolken. Senlin bereute seine Entscheidung beinahe sofort, doch er erkannte auch sonst keinen sicheren Weg zum Hafen. Eine neue Salve Gewehrfeuer ertönte, und sie warfen sich zu Boden.

Rodions pelzbesetzter Umhang blähte sich und fiel in sich zusammen wie ein großer Blasebalg, während er mit Edith kämpfte. Sie waren gleichwertige Gegner, jeder Ausfall wurde mit einem Konter abgewehrt. Ihr Gefecht erstreckte sich über das gesamte Deck, auch wenn ihre Bühne übersät war mit toten Männern und Kugeln. Die beiden Säbel trafen klirrend aufeinander, wie ein Schlachter, der seine Messer wetzt. Doch selbst in seiner Raserei vergaß Rodion nicht seine kostbare Investition, die er mit in den Kampf gebracht hatte. Er rief seinen Männern zu: »Schnappt euch das Mädchen! Drei Schekel für denjenigen, der sie lebendig einfängt, den Tod für denjenigen, der sie tötet.«

Einer von Rodions Bühnenhelfern, ein Mann mit tonnenförmiger Brust und einer hellgelben Perücke, riss einen Säbel aus dem Rücken eines Toten und nahm Senlin ins Visier, der auf dem Vorschiff kauerte.

Auch wenn er ihr nicht viel Schutz bieten konnte, hielt Senlin Voleta hinter sich und den Aerostab ausgestreckt vor sich. Er dachte an alle

Ratschläge, die Iren ihm während ihrer Kampflektionen erteilt hatte. Er überprüfte seine Füße – waren sie zu weit auseinander, zeigten sie nach innen? Der Aerostab schien falsch in seiner Hand zu liegen. Würde er alles vergessen und ihn wie eine Axt schwingen und damit seine Mitte entblößen? Es war zu viel, um an alles gleichzeitig zu denken. Ihm war, als holte ihn die alte Panik, die er früher vor Prüfungen verspürt hatte, wieder ein. Alles, was er gewissenhaft gelernt hatte, wurde zu Brei in seinem Kopf, und er war wie gelähmt. Er hatte bereits verloren.

Doch dann sagte Voleta dicht hinter ihm. »Versuch nicht, mit ihm zu verhandeln. Schlag ihm einfach auf den Kopf.« Dieser einfache Rat erinnerte ihn an Irens wichtigste Lektion: *Denk nicht so viel nach*.

Der Bulle mit der Perücke starrte Senlins Beine vom Fuß der Stufen an, das Schwert bereits erhoben, um es auf seine Knie niedersausen zu lassen. Sobald der Mann die unterste Stufe betrat und damit in Reichweite kam, zog ihm Senlin mit seinem Stab eins über.

Der Schläger wirbelte herum und spuckte einen dicken Blutklumpen, der einen halben Zahn enthielt, auf das Deck. Er zog die weißblonde Perücke von seinem haarlosen Kopf und wischte sich damit den Mund ab. Dann setzte er das Haarteil wieder auf, das jetzt zerzaust und blutverschmiert war. Er sah auf und stürmte ohne Vorwarnung die Stufen hinauf, das Schwert auf Senlins Nase gerichtet.

Senlin konnte die Klinge abwehren, nicht jedoch den Mann, der gegen ihn prallte und ihn gegen Voleta stieß. Die junge Frau sprang halb, halb wurde sie über die Kanone im Bugspriet geworfen. Sie umklammerte das Rohr mit beiden Armen, während sie über dem Abgrund hing. Senlin konnte ihr nicht helfen. Er war unter seinem Angreifer gefangen. Aus dem Mund des Perückenmanns tropften Blut und Speichel auf ihn herab, und er versuchte, seinen Säbel in eine aussichtsreiche Position zu bringen. Senlin schlug mit dem Handballen gegen die Kehle des Mannes, zog die Beine so weit wie möglich an und schleuderte den nach Luft schnappenden Kerl die Stufen hinunter, wo er mit einem weiteren Kämpfenden zusammenstieß und beide zu Boden gingen.

Als Senlin sich schließlich aufgerappelt hatte, drehte er sich um und sah, wie Voleta entspannt auf dem Kanonenrohr stand und sich an der Takelage festhielt, die das Schiff mit dem Ballon verband. Ihr Tuch hatte sie verloren, jetzt trug sie nur noch ihr blaues Bühnentrikot. Sie musste frieren, doch sie lächelte nur und sagte: »Wie du dich wehren kannst. Sie müssen es auf dem Schulhof schlimm mit dir getrieben haben!«

»Du hast ja keine Ahnung«, meinte Senlin trocken. Er räumte rasch den Gefängnisschlüssel aus seiner Mantel- in seine Hosentasche um und streifte dann den Mantel ab, um ihn Voleta über die Schultern zu legen, die darin schier ertrank.

»Warum trägst du Ziegelsteine mit dir herum?«, fragte sie.

»Das sind Bücher. Wirf sie weg, wenn es sein muss. Kletter nach oben in die Takelage und bleib dort, bis das Schiff leer ist. Sobald die Lage sicher genug ist, komm herunter und löse die Anlegeseile. Warte mit den Ankern bis zuletzt.« Er packte sie an den Schultern. »Was auch immer passiert, verliere nicht den Mantel. Es ist überaus wichtig, dass du auf ihn aufpasst.«

»Keine Angst, was auch immer mit mir geschieht, dein Mantel ist sicher. Lang lebe die Mode!«, sagte sie, und Senlin verdrehte die Augen. Sie kletterte in den Seilen nach oben bis zum Bauch des Ballons, so schnell und leise wie eine sich blähende schwarze Flagge.

Auf dem Hauptdeck hatte Adam Bobbit bisher auf Abstand halten können. Der Mann mit der Kappe war erschöpft und schwang den Schürhaken mit mehr Nachdruck als Koordination. Als sich der Haken in einer Brüstung verfing, stach Adam dem Mann seinen Säbel zwischen die Rippen. Bobbit fiel zu Boden und wand sich, zischend vor Schmerz.

Adam blickte sich um und sah, wie der Hafenmeister vom Vorschiff heraneilte. Besorgt fragte er nach seiner Schwester, und Senlin erklärte ihm, wo sie sich auf seinen Befehl hin versteckte. Sie wurden von einem Bühnenhelfer mit einem Bowlerhut unterbrochen, der sich auf sie stürzen wollte, doch Adam parierte den Angriff, und Senlin verpasste dem Mann einen Schlag mit seinem Aerostab, dass dieser Richtung Vorschiff stolperte.

»Was für ein Schlachtfeld«, sagte Senlin. »Wenn Goll nicht bald eintrifft, sind wir verloren.« Rodions kaltblütiger Mord an Captain Lee hatte ihn überrascht, und er konnte nur hoffen, dass mit Goll wieder ein wenig Vernunft einkehren würde.

Der Wind und die wilden Gefechte ließen das Schiff in seiner Verankerung schwanken und ächzen. Das Wasser, das das Deck überflutet hatte, gefror blitzschnell. Zwischen Säbelklingen und wild herumschlagenden Armen entdeckte Senlin Edith, die immer noch mit Rodion kämpfte. Ihr gelang ein perfekter Ausfall, und Rodion wurde gegen die Steuerbordreling gedrängt. Er versuchte, das Gleichgewicht zu wahren, während Edith ihren Vorteil ausnutzte und die Säbelklinge des Zuhälters mit ihrer mechanischen Hand packte. Mit einer knappen Handbewegung brach sie die Klinge nahe des Heftes ab.

Doch gerade, als sie Rodion entwaffnet zu haben schien, wand sich dieser und durchtrennte mit dem, was von seinem Schwert übrig war, das Seil eines Steuerbordankers.

Das Schiff zuckte wild, als die verbleibenden Anker und der Ballon um ein neues Gleichgewicht rangen. Plünderer und Mannschaft rutschten über das geneigte Deck auf die Lücke zwischen Schiff und Anleger zu. Ein halbes Dutzend Leichen und drei noch atmende Männer wurden rasch über Bord geworfen, was durch das Eis an Deck noch beschleunigt wurde. Senlin fiel auf den Rücken und schlitterte zum Glück gegen die Stufen des Achterdecks. Adam konnte sich an einem Griff festhalten. Edith hingegen hatte nicht so viel Glück. Senlin verfolgte stumm und voller Schrecken, wie sie abrutschte und verzweifelt einen Halt suchte. Hilflos glitt sie durch eine Lücke in der Reling und verschwand mit einem unterdrückten Schrei.

Das Bild, wie Edith ins Leere fiel, wollte nicht weichen. Senlin schlug die Hände an die Ohren, um das Echo ihres erstickten Schreis auszublenden, jedoch vergeblich. Plötzlich erschien ihm sein Plan nicht nur tollkühn, sondern geradezu mörderisch. Er allein war für dieses Blutvergießen verantwortlich, er war der arrogante Organisator des Todes. Es war nicht gerecht, dass sie, die schon so viel durchlitten hatte, ein zweites Mal dafür bestraft wurde, dass sie zu ihm hielt. Er musste ehrlich zu sich sein. Seine Besessenheit war zu einer Gefahr für seine Freunde geworden. Alle stürzten ab, damit er nach oben klettern konnte.

Er musste etwas tun! Doch sein Kopf war völlig leer.

Rodion, der sich an der Reling festgehalten hatte, als das Schiff sich aufbäumte, wusste allerdings die Antwort und erteilte rasch den Befehl, die Männer der *Stone Cloud* zu entwaffnen. Ohne Anführer und dezimiert leisteten sie keinen Widerstand. Senlin spürte, wie ihm der Aerostab aus der Hand gerissen wurde und man ihn grob auf die Füße riss. Eine neue Planke wurde zwischen das krängende Schiff und den Anleger gelegt, über die er und Adam geführt wurden. Senlin mied den Blick in den schrecklichen Abgrund, in den Edith gerade gefallen war, und sah aus dem Augenwinkel Voleta, die sich hoch oben in der Takelage, außerhalb des Lichtscheins, verbarg. Wenigstens hatte noch niemand sie entdeckt. Vielleicht nahm Rodion an, sie sei ebenfalls in dem ganzen Chaos über Bord gefallen. Vielleicht würde wenigstens sie diesen Wahnsinn überleben.

Voletas Anblick riss ihn schließlich aus seiner Schockstarre. Er konnte nicht einfach aufgeben, nur weil er Edith im Stich gelassen hatte. Andere Leben standen auf dem Spiel, und es gab immer noch Hoffnung.

Rodion barg Senlins Kiste aus den Trümmern der Reling und brachte sie triumphierend an Land. Senlin und Adam wurden vor dem Zuhälter auf die Knie gezwungen, dem auch noch der Aerostab überreicht wurde. Der Mann wiegte ihn prüfend in der Hand.

»Es ist seltsam, dass ein Bücherwurm wie Sie eine solch primitive Waffe mit sich herumträgt. Die monströse Frau konnte wenigstens ein Schwert schwingen. Sie war wirklich lustig.« Er warf den Stab über die Schulter, wo er klirrend im Dunkeln landete. Rodion begann, seine Pistolen neu zu laden. »Wo ist das Mädchen? Wo ist Voleta?«, fragte er einen der Bühnenhelfer mit einer gebogenen Nase und einer Federboa um den Hals. Der Mann zuckte mit den Schultern und schüttelte den Kopf. »Danke, Harold.« Rodion blickte auf Adam hinab, der mit vor Wut geröteten Augen zu ihm aufsah. »Hiermit entlasse ich deine Schwester aus ihrem Vertrag. Sieh es als Trauergabe.«

Ein Pistolenschuss erschreckte Senlin. Er drehte den Kopf in Richtung des Geräuschs und sah, dass einer von Rodions Männern einem Matrosen der *Stone Cloud* in den Rücken schoss. Dieser taumelte nach vorne über den Rand und stürzte in den Abgrund. So erging es auch den verbleibenden vier Männern. Heute regnete es Tote in den Randbezirken. Senlin wandte rasch den Blick ab.

Rodion versuchte, die Schüsse zu übertönen. »Also, wo waren wir?« Er lud immer noch seine zwei Pistolen. »Ah, ja. Was ist in der Kiste, Thomas?«

»Warum öffnen Sie sie nicht und sehen selbst nach?«

»Ich habe mich wohl nicht deutlich ausgedrückt.« Rodion zog den Hahn zurück und richtete die Pistole auf Senlins Kopf. »Was ist in der Kiste?«

»Was ist hier los?«, ertönte eine laute Stimme hinter ihnen. Goll trat aus dem Tunnel, Iren an seiner Seite, vierzig Männer hinter sich. »Eine blühende Verschwörung, wie mir scheint.«

Überrascht hob Rodion die Hände, um Hilflosigkeit und eine Begrüßung zu demonstrieren; die Pistole baumelte an einem Finger. »Goll, du kommst gerade rechtzeitig, um die Hinrichtung eines jämmerlichen Schurken zu sehen. Er wollte etwas schmuggeln …«

»Bist du dafür verantwortlich?«, unterbrach ihn Goll und deutete auf die fürchterlich krängende *Stone Cloud*. Überrascht suchte Rodion nach einer Antwort, was für Goll einem Geständnis gleichkam. »Also, du hast meinen Hafen durchwühlt, ein Schiff beschädigt, das nach den Gesetzen jedes sicheren Hafens unter unserem Schutz steht, und dazwischen auch noch jeden umgebracht, der sich nicht rechtzeitig versteckt hat – alles, um diesen Mann hier für einen kleinen Schmuggelversuch zu bestrafen?«

Rodion hatte sich wieder gefasst und lächelte aalglatt. »Nun, so klingt das alles natürlich ein wenig übertrieben.« Der Zuhälter behielt Iren im Auge, die mit beinahe gelangweiltem Gesichtsausdruck neben dem kleinen Mann stand. »Aber Finn, dieser Mann …«

»Steh auf, Thomas. Ich kann nicht mit dir reden, während du wie ein gescholtener Hund auf dem Boden kniest. Du auch, Adamos«, unterbrach Goll den Zuhälter wieder.

»Dieser Mann …«, nahm Rodion den Faden wieder auf, »wird vom Commissioner Pound der Bäder gesucht. Und ich bin mir sehr sicher, dass es etwas mit dieser Kiste zu tun hat, die er versucht hat, auf das Schiff zu schmuggeln. Ich habe erst gestern davon erfahren, und ich wollte das Gerücht bestätigen, bevor ich dich informiere, Finn.«

»Genau das ist das Problem, Rodion. Du solltest gar nicht hier sein«, sagte Goll. »Ich weiß alles über die Vergangenheit dieses Idioten. Aber wenn der Commissioner ihn haben will, soll er ihn sich selbst holen. Niemand hält ihn auf. Die Tatsache, dass Tom immer noch am Leben ist, deutet darauf hin, dass er seine Schulden entweder bezahlt hat oder diese grundsätzlich nicht besonders hoch waren.«

Alle reagierten überrascht, als Adam plötzlich das Wort ergriff. »Nein, er hat darauf gewartet, dass das Gemälde wieder auftaucht.«

»Wie bitte?«, sagte Goll für alle stellvertretend wie vom Donner gerührt. »Was für ein Gemälde?«

»Er wusste nicht, was mit dem Bild passiert ist, das Senlin ihm gestohlen hat, aber er wollte es unbedingt zurückhaben. Um jeden Preis.«

Senlin sah seinen Freund verwirrt an. »Was willst du damit sagen?«

»Ich habe dir das eingebrockt. Als du mir erzählt hast, dass der Commissioner ein Vermögen für das bezahlen würde, was du ihm gestohlen hast, habe ich ihm geschrieben, um herauszufinden, wie groß die Summe sein würde.« Adam gestand seine Taten beinahe wie hypnotisiert ein. »Ich sollte es finden. Das ist alles. Ich würde zurückbringen, was du gestohlen hattest. Mir ist nie in den Sinn gekommen, dass er gar nicht wusste, wo du warst. Ich wusste nicht, dass ich dich damit zur Zielscheibe gemacht habe. Ich habe das Seil zu den Bädern befestigt. Daran wollte ich das Gemälde nach unten schicken. Ich wusste nicht, dass ich damit dem Wahnsinnigen einen Weg nach oben ermöglichte. Als die Rote Hand kam, um mit Folter ein Geständnis aus dir herauszupressen, wusste ich, dass ich einen Fehler gemacht hatte. Ich habe Pound geschrieben und ihm gesagt, dass er sein Vermögen behalten kann. Ich war fertig mit ihm.«

Adam schauderte und konnte sich kaum mehr beruhigen. »Aber Rodion hat recht, man geht kein Bündnis mit dem Commissioner ein. Er zerstört, und er nimmt. Ich hatte seine Aufmerksamkeit erregt. Er wusste, wer ich war, und er hat rasch von Voleta erfahren.« Adams Gesicht war kreidebleich. Die ersten Schneeflocken wirbelten glitzernd durch die Luft. »Ich habe noch nie solche Drohungen gehört, hätte mir nie die Grausamkeiten ausmalen können, die er mir und meiner Schwester in Aussicht gestellt hat. Ich musste ihm das Gemälde liefern.« Der Schmerz stand Adam ins Gesicht geschrieben, als er den ungläubigen Senlin endlich ansah. »Aber du wolltest mir nicht sagen, wo es sich befand. Ich habe dein Zimmer und dein Büro durchsucht und dich angefleht, es mir zu sagen.«

»Ich habe versucht, dich zu beschützen«, murmelte Senlin. Die Schneewolken reflektierten das Licht der Hafenlaternen und leuchteten orange, wie Rauch, der aus feuchtem Feuerholz aufsteigt. Noch einen Moment zuvor hätte er sich nicht vorstellen können, sich so allein zu fühlen. Seine Frau war verschwunden, möglicherweise unrettbar verloren. Edith war tot, ebenso wie Ogier. Tarrou war gefangen in der Sklaverei. Adams Verrat war die alles krönende Niederlage. Er hatte keine Freunde.

Doch selbst als er das dachte, begehrte sein Herz auf. Er ergab sich gerade dem Selbstmitleid, merkte er. Ja, Adam hatte einen schweren Fehler begangen, doch dieser war aus Verzweiflung und Naivität geboren. Senlin hatte seit seiner Ankunft ebenfalls viele dieser Fehler gemacht. Und hatte Adam ihn nicht vor der Roten Hand gerettet, unter Gefahr für das eigene Leben? War Adam nicht Senlins Plan gefolgt, auch wenn dieser völliger Wahnsinn gewesen war? War Senlin wirklich ein besserer Freund?

Vielleicht nicht. Aber konnten all diese Überlegungen das Vertrauen in Adam wiederherstellen? Senlin war sich nicht sicher, doch er beschloss, wenigstens zu versuchen, Adam zu vergeben, jetzt da sein Leben sicher bald vorbei sein würde.

Rodion lächelte wie ein Mann, dem ein Gericht recht gegeben hatte, und richtete seine Pistole mit dem Elfenbeingriff auf den verzweifelt zitternden Adam. »Da hätten wir es«, sagte er, »die Verschwörung ist enttarnt.«

Finn Goll hielt eine Hand in die Höhe. »Die Fehler dieses Jungen können nicht mit deinen mithalten, Rodion. Nimm die Waffe weg. Adam, was hast du dem Commissioner als Letztes gesagt?«

»Dass das Gemälde auftauchen wird. Ich habe ihm gesagt, dass es sich heute Abend auf dem unauffälligsten Schiff im Hafen befinden und leicht zu erobern sein wird. Das versuche ich euch die ganze Zeit zu sagen. Ich gestehe jetzt, weil der Commissioner heute Abend hierherkommt.«

So sehr das gegenseitige Misstrauen bisher zwischen ihnen gestanden hatte, so rasch vereinte die Angst sie alle. Jeder überdachte in stillem Schock, was dieser Besuch für ihn bedeutete. Senlin unterdrückte den morbiden Drang zu lachen. Da hatte er doch tatsächlich befürchtet, die Pistole überladen, die Dinge im Hafen zu weit getrieben zu haben. Der Commissioner würde allem die Krone aufsetzen.

»Wo ist das Gemälde?«, fragte Goll, und Senlin erfasste erst nach einem Moment, dass er darauf antworten sollte. Als er aufblickte, starrte Goll ihn wütend an. »Keine Lügen, Tom. Dafür bin ich nicht in der Stimmung.«

»In der Kiste«, sagte Senlin und deutete auf das Behältnis, das sich auf geheimnisvolle Weise in die Mitte ihrer Versammlung bewegt hatte.

»Öffne es, Iren«, befahl Goll, und die große Frau kauerte sich gehorsam neben die kleine Kiste.

Was Rodion überkam, war nicht ganz klar. Vielleicht hatte er sich die Chancen ausgerechnet, den Abend zu überleben, und war mit dem Ergebnis nicht glücklich, vielleicht sah er in diesem Moment der Enttarnung eine Möglichkeit, die Machtverhältnisse zu ändern. Vielleicht sprachen auch nur Zorn oder Angst aus ihm, als er seine Pistole hinter Irens Ohr an ihren Kopf setzte.

Senlin dachte nicht nach, er bewegte nur seinen Arm, seine Hand zuckte aus der Manteltasche wie ein panischer Vogel aus einem Busch. Das leise Ploppen des Schießpulvers klang wie ein Champagnerkorken. Eine rote Träne erschien unter Rodions Auge, die der Zuhälter in seinem Pelzumhang wegzuwischen versuchte. Doch die Träne wurde nur größer, als er sie berührte, und ein roter Strom floss seine Wange hinab. Rodion gab ein schreckliches Rasseln von sich und brach dann tot im herumwirbelnden Schnee zusammen.

Senlin senkte den Gefängnisschlüssel, als er erkannte, dass man ihn anstarrte, nicht zuletzt Iren, die sich unter Lederknarren und Kettenklirren aufgerichtet hatte.

»Nun, damit wäre ein Rätsel gelöst«, sagte Goll. Senlin vibrierte vor Abscheu, jedoch nicht vor Bedauern. Als Goll wieder das Wort ergriff, lag keine Bösartigkeit in seiner Stimme, aber auch keine Unsicherheit. »Während wir uns rasch mit den unangenehmen Konsequenzen auseinandersetzen, könntest du, Iren, bitte Adam an die ewige Brust der Erde übergeben? So schnell wie möglich.«

Die übliche eiserne Maske der Amazone schien an den Rändern Risse zu bekommen, und ihr Ausdruck war einen Moment lang so gequält, dass Senlin dachte, sie unterdrücke einen Niesanfall. Dann griff sie langsam zu der Kette um ihrer Taille, wobei sie mehrere Male innehielt.

Erschrecktes Aufkeuchen aus vierzig Männerkehlen ersparte Adam seine Trauerrede. Sie blickten geschlossen zur Plattform und auf die drei schwarzen Monde, die sich über dem Anleger vor dem Himmel abzeichneten. Der aufziehende Umriss war unverkennbar: Der Rumpf sah aus wie ein entwurzeltes Kolosseum. Es war die *Ararat,* die fliegende Festung des Commissioners, das am meisten gefürchtete Luftschiff seiner Flotte.

Sobald sich die Kanonenluken öffneten, wurde das Feuer eröffnet. Ihr Ziel war die *Gold Finch,* das beeindruckende Handelsschiff. Ein Dutzend Löcher durchbohrten den Rumpf, unscheinbar von außen, verheerend auf der anderen Seite. Die kunstvoll geschnitzten Verzierungen der Geländer und des Bugspriets zerbarsten. Die Mannschaft der *Finch,* die sich wegen des Sturms unter Deck zurückgezogen hatte, strömte herauf, doch bevor einer an Land gelangen konnte, wurde der mittlere der Schiffsbrenner von einem Querschläger getroffen, was wiederum die Nabelschnur entzündete, die darauf wie eine Zündschnur den Wasserstoff im Ballon in Brand setzte. Das Gas explodierte in einer orangefarbenen Stichflamme. Das Feuer verzehrte die Seidenhülle wie ein brennendes Stück Papier. Das Schiff sank rapide, die Flammen schlugen hoch und erstarben, während die Anlegeseile rissen und der Rumpf kreischend gegen den Anleger prallte und abstürzte.

Einen Moment später war nichts mehr von der *Gold Finch* übrig außer Funken, die wie Totenkerzen im Dunklen glühten.

17

»Ich erinnere mich immer noch an eine Zeile aus dem nutzlosen Allgemeinen Führer, die ungefähr so lautete: ›Schrullen, Abenteuer und Liebe sind die wahren Handelsgüter des Turmes.‹ Ich kann mir keine drei unzutreffenderen Beschreibungen vorstellen. Andererseits, welcher Herausgeber, der bei Sinnen ist, hätte geschrieben: ›Tyrannei, Verstümmelung und gebrochene Herzen sind die wahren Handelsgüter des Turmes‹?«

Ein Mann und sein abenteuerlicher Weg durch den Turm, von T. Senlin

Der Schnee machte die Bewegungen des Windes sichtbar. Senlin beobachtete, wie die Böen an dem Feuer zerrten, das von der *Gold Finch* auf den Hafen übergesprungen war. Es nährte sich von dem Kohlestaub, der das Dock überzog, und raste auf den Turm zu. Die eine Hälfte der Arbeiter flüchtete sich in den Tunnel, bevor ihnen das Feuer den Weg abschnitt, die andere blieb, ob aus Mut oder Überraschung, im Hafen.

Die Deckskanonen der *Ararat* feuerten eine Reihe von Harpunen auf den Pier, und einen Moment sah es aus, als würde ein riesiger Oktopus mit seinen Tentakeln in den Hafen greifen. Dann bohrten sich die Widerhaken in das Holz, und die daran hängenden Seile spannten sich.

Ein Schwarm Zollbeamter in blauen Anzügen ließ sich an den Seilen hinab, die an Flaschenzügen befestigt waren, die sich wie die Kugeln eines Abakus aneinanderreihten. Die Männer zogen in dem Moment ihre Säbel, in dem ihre Stiefel festen Boden berührten. Innerhalb weniger

Sekunden stand ein ganzes Aufgebot in Golls Hafen. Die Beamten hoben sich mit ihren Schulterklappen und Goldfransen stark von den Einheimischen ab. Sie wirkten professionell und eiskalt und machten damit Rodions verbleibenden Bühnenhelfern und Golls Arbeitern Angst. Dieser bunt zusammengewürfelte Haufen wäre sicher davongelaufen, selbst ins Feuer, wenn Iren sie nicht von hinten mit ihrer Kette in Schach gehalten hätte.

Goll war verschwunden. Senlin war nicht überrascht, dass der kleine Boss geflohen war. Er hatte den Turm bisher mithilfe seines Verstandes und nicht mit seinen Fäusten überlebt. Und man brauchte nicht sehr viel Verstand, um zu erkennen, wie gefährlich die Situation war.

Senlin packte Adam am Arm und sagte, solange man sie angesichts dieser neuen Bedrohung nicht beachtete: »Ich werde dich später zurechtweisen, jetzt ist dafür keine Zeit. Geh aufs Schiff, feuer den Brenner an. Sei bereit zum Ablegen, wenn wir an Bord sind.«

»Was wirst du tun?«

»Dafür sorgen, dass Iren uns begleitet.«

Adam, der noch Minuten zuvor davon überzeugt gewesen war, dass ihn die Amazone töten würde, war nicht begeistert von der Ankündigung. »Lass sie hier. Sie ist ein Monster.«

Senlin packte Adam am Hemdkragen und zog ihn so nahe zu sich, dass der junge Mann den Atem seines Freundes spürte, als dieser knurrte: »Das heißt ›aye, aye‹, Adam.«

Adams Augen waren vor Schreck weit aufgerissen. Diese Seite an Senlin kannte er nicht. Doch dieser wusste, dass er nicht länger alles haarklein auseinandersetzen und begründen konnte. Entweder würde Adam seinen Anweisungen jetzt folgen oder niemals. Je schneller sie das geklärt hatten, desto besser.

Ihre Nasen berührten sich beinahe, dann wiederholte Adam Senlins Worte und fügte noch etwas hinzu, was er bisher noch nie ernst gemeint hatte: »Aye, aye, Captain.«

Als Senlin endlich seinen Aerostab im Schnee entdeckte und sich dem Kampf anschließen wollte, merkte er, dass er sich auf der falschen Seite befand. Rodions Männer, bereits erschöpft und dezimiert durch das Gefecht auf der *Stone Cloud* sowie entmutigt durch den Verlust ihres Anführers, ergaben sich rasch den Beamten des Commissioners. Den Hafenarbeitern erging es wenig besser. Jeglicher Kampfgeist war durch die Effizienz ihres Feindes erstickt. Sie waren gut darin, Lärm auf dem Lagerplatz zu machen oder sich als Mob zu gebärden – was beides nutzlos war gegen diese Übermacht an ausgebildeten Kämpfern.

Nur Iren gab ihnen Hoffnung angesichts des Ansturms. Sie allein war verheerender als eine Horde Gewehrschützen. Ihre Lederschürze blähte sich, als sie mit ihren kräftigen Armen Leben in die Kette wirbelte. Die Beamten, die von den Kettengliedern und dem Haken am Ende getroffen wurden, schienen unter eine Kreissäge geraten zu sein. Man wollte sie überwältigen, doch Iren war ständig in Bewegung. Sie sprang herum, fuchsteufelswild und beinahe so geschmeidig wie Voleta. Zwei Mal feuerte einer von Pounds Männern auf sie, zwei Mal wich sie geschickt aus, sodass die Kugel einen anderen Beamten traf.

Senlin war der Weg zu ihr versperrt, und immer, wenn sich eine Lücke aufzutun schien, stolperten zurückweichende Beamte um ihn herum, die sich verletzte Gliedmaßen und klaffende Wunden hielten und verzweifelt vor Iren und ihrem alles niedermachenden Propeller zu fliehen versuchten. Sogar unter diesen Umständen bewunderte Senlin ihre Anmut, so zerstörerisch sie auch war. Er erkannte all das, was sie ihm während der Unterrichtsstunden eingeprügelt hatte, in einem fließenden Reflex vereint. Er hatte lange vermutet, dass sie ihn besonders hart angefasst hatte bei ihren Übungen, doch jetzt wusste er, wie sanft sie eigentlich gewesen war. Er war ein Junges im Maul eines Löwen gewesen.

Sie war eine Meisterin der Gewalt. Sie war unbezwingbar, und sie gewann diesen Krieg.

Doch dann schwang sich eine vertraute, plumpe Gestalt von der *Ararat*. Die breite Brust und die spindeldürren Arme, der Strohhut und die weiße Leinenkleidung waren unverkennbar. Das Monster löste die Enterleine, als es noch einige Meter über dem Boden hing. Der Henker landete in der Hocke in der Bresche, die Iren in der Schar der Männer geschlagen hatte.

Die Beamten öffneten den Kreis noch weiter, wie eine Schlange, die das Maul aufreißt und gleich die Fangzähne präsentiert. Die Rote Hand richtete sich auf und sagte: »Wusstet ihr, dass es heute erst zum dritten Mal in diesem Jahrhundert im Tal von Babel schneit? Es kommt wirklich sehr selten vor. Ich bin so froh, dass ihr das erleben dürft.«

Der Schnee peitschte durch den Hafen und löschte allmählich das Feuer, das an der Steinfassade des Turms leckte. Auch wenn Senlin glauben wollte, dass dies die Tür für Verstärkung öffnete, schien es weitaus wahrscheinlicher die Tür für Rückzug zu öffnen. Zumindest im Moment blieben die wenigen Arbeiter, die noch aufrecht standen, hier, um die bevorstehende Auseinandersetzung zwischen der Meisterin des Hafens und dem Kampfhund des Commissioners zu verfolgen. Selbst sie waren nicht immun gegen Heimatstolz.

Die zwei Gladiatoren hätten nicht unterschiedlicher sein können. Iren schwang ihre Kette über ihrem Kopf, bis das Geräusch der straff gespannten Glieder geradezu musikalisch war. Die Rote Hand drehte an den Knöpfen ihres Messingreifs. Die Ampullen mit dem roten, leuchtenden Serum blitzten auf, als sich die Flüssigkeit in seine Adern ergoss. Der kleine Mann wirkte so entspannt, als würde er eine alte Uhr aufziehen. Iren malte elegante Muster in den Schnee, während sie die Kette weiter schwang. Die Rote Hand verschränkte die Hände hinter dem Rücken und schien noch ein wenig mehr zu leuchten.

Wenn der Mann versuchte, ihr den Eindruck zu vermitteln, er sei kein ebenbürtiger und kampferprobter Rivale, so scheiterte er. Iren ließ die Kette auf Höhe seiner Hüften niederfahren, wollte den Auftragsmörder in zwei Hälften schneiden.

Da ließ sich die Rote Hand flach auf den Boden fallen, und die Kette sauste über ihn hinweg. Bevor der Haken wieder in Irens Hand gelandet war, stand der Mann auf den Füßen.

»Wir befinden uns leewärts der Berge«, meinte er beiläufig. »Eisenerz wird leichter auf der Leeseite gewonnen, wegen eines historischen Mangels an Vegetation, die zu Erde wird und den Felsen bedeckt. Nicht zu vergessen das geringe Vorkommen von Regen und Schnee.«

Wieder ging Iren auf und ab, wieder schwang sie die Kette, schneller und immer schneller, bis die Adern an ihrem erhobenen Arm deutlich zu sehen waren, die Sehnen an ihrem Hals sich wie Seile unter der Haut abzeichneten. Mit einem kampflustigen Grunzen zielte sie mit der Kette auf die Stelle zwischen seiner Schulter und seinem Hals.

Der Mann lehnte sich ein kleines Stück zurück und fing die langsamer werdende Kette in der Luft auf, nachdem sie ihn verfehlt hatte. Er riss scharf daran, und Iren, die nicht darauf vorbereitet war, fiel auf ihn zu. Er traf ihr Kinn mit einem simplen Aufwärtshaken, der jedoch dramatische Wirkung zeigte. Iren wurde von den Füßen gerissen, nach hinten geschleudert, kam auf ihren Schulterblättern auf und rutschte einige Meter durch den Schnee.

Sie hatte kaum Zeit, das Kinn zur Brust zu senken, als sich die Rote Hand schon auf sie stürzte. Bevor er ihr die Knie in die Rippen bohren konnte, schlang sie die Beine um seine und warf ihn unter sich. Sie packte ihn am Hals und hämmerte gegen seinen Kopf, wie ein Schmied ein Hufeisen bearbeitete, bevor das Eisen auskühlte. Der Strohhut war zur Seite gerollt und enthüllte das blonde Kinderhaar der Roten Hand. Der Mann schien einen Moment lang betäubt, verletzlich. Das unbeteiligte Lächeln war verschwunden, die Lippen versuchten die Zähne zu schützen.

Doch Irens Vorteil hielt nicht lange an, und die Schläge, die einen anderen Mann getötet hätten, fachten nur seinen Kampfgeist an. Die Rote Hand zog einen Arm unter Irens eisenhartem Knie hervor und krallte sich wie eine Fessel um ihr Handgelenk, das er mit solcher Kraft verdrehte, dass er die große Frau von seiner Brust schleuderte, auch wenn sie sich noch rechtzeitig abrollen konnte.

Beide kamen wieder auf die Füße. Iren zog einen Stachel aus ihrem Gürtel und warf diesen auf ihren Angreifer. Sie traf, die Eisenspitze bohrte sich zitternd einige Zentimeter tief in das Fleisch des Mannes, genau unter dem Brustbein. Die Beamten, die den Kampf verfolgten, schnappten einstimmig nach Luft. Senlins Herz sprang ihm in die Kehle, während er hinter den Gaffern stand und den Kopf reckte. Sie hatte es geschafft! Dieser Treffer musste tödlich sein! Alle warteten, dass der Mann zusammenbrach, doch das tat er nicht. Die Rote Hand schnaubte wie ein Mann, der aus einem Schläfchen erwacht, und zog sich den Dorn mühelos aus der Brust.

Leuchtendes Blut sickerte aus der Wunde, jedoch weniger als gedacht. »Eisenerz kann zu Stahl umgewandelt werden oder in das leichteste Gas – Wasserstoff. Das zeigt die Widersinnigkeit des Bewusstseins: Wir sind Dampf in fester Form.«

Iren wirbelte instinktiv herum, als die Rote Hand den Metalldorn zu ihr zurückschleuderte und das Geschoss knapp ihren Kopf verfehlte.

Die Rote Hand sprang, als hätte ein Katapult ihn in die Luft geschossen. Er flog über Irens Kopf, packte sie bei den Schultern und rollte sie herum. Er zog sie mit sich, als wäre sie kaum mehr als ein Umhang. Als er wieder auf den Füßen aufkam, schwebte sie hoch über ihm in der Luft. Sie prallte gegen das rauchende Gerüst eines verkohlten Krans und stürzte flach auf den Rücken, woraufhin das bereits instabile Gebilde über ihr einbrach. Wenn der Schnee nicht schon das Feuer gelöscht hätte, wäre sie bei lebendigem Leib verbrannt. Ihre Stiefel ragten bewegungslos unter dem geschwärzten Holz hervor.

Senlin wollte zu ihr rennen, wurde jedoch sofort von zwei Beamten an den Armen gepackt. Ohne Iren und ihre Kampfkunst stand er nun im Mittelpunkt ihrer Aufmerksamkeit. Die Männer drehten ihn herum und schleppten ihn zur *Ararat*. Die Rote Hand wischte sich währenddessen verärgert das Blut von der Brust, suchte nach seinem Hut, der nur ein wenig eingedellt war, und setzte ihn wieder auf.

Eine Zugbrücke öffnete sich im Rumpf der fliegenden Festung und hatte Mühe, an Land anzudocken, da das Schiff sich im Sturm heftig bewegte. Commissioner Pound, er trug einen strengen schwarzen Anzug und die riesige Gasmaske, schritt rasch über die Gangway. Senlin wurde gezwungen, dem hypochondrischen Tyrannen gegenüberzutreten, der die Finger in seinen Handschuhen anspannte und das Schlachtfeld musterte.

»Durchsucht den Hafen. Bringt mir alle Ladung, die ihr finden könnt!«, befahl er seinen Männern und wandte sich dann an Senlin. »Wenn Sie nur wüssten, wem Sie mit dieser idiotischen Eskapade Ärger bereitet haben.« Seine Stimme vibrierte durch die silbernen Ventile seiner Gasmaske. »Ich darf Sie nicht einmal töten, denn eine lange und illustre Reihe an Männern will an Ihrem Untergang teilhaben. Vielleicht müssen sie ein Los oder einen Strohhalm ziehen, um zu entscheiden, wer das Vergnügen hat, Sie umbringen zu dürfen.«

Senlin zuckte fast schüchtern mit den Schultern, als wäre er angenehm überrascht von der ganzen Aufmerksamkeit. »Sie könnten ja eine Auktion abhalten. Ich weiß doch, wie sehr ihr Kunstsammler Auktionen liebt. Wie könnte man schneller den Preis für das Werk eines armen Künstlers in die Höhe treiben?« Senlin starrte auf die Linsen aus rauchfarbenem Glas, als könnte er die hohe Stirn des Mannes sehen, seine weiche Haut, die farblosen Augen. Der Commissioner sollte wissen, dass er keine Angst hatte. »Mein Verbrechen ist, dass ich ein Werk an seinen Schöpfer zurückgegeben habe.«

Ein Geräusch wie das Krächzen einer Krähe ertönte hinter der Maske. Der Mann lachte ihn aus, beugte den Oberkörper vor und schüttelte den Kopf. »Sie sprechen von diesem fürchterlichen buckligen Amateur! Er hat das Meisterwerk nicht gemalt.«

»Natürlich hat er das. Es war signiert. Und ich habe seine anderen Arbeiten gesehen. Sein Name war Ogier, oder war das nur ein abenteuerlicher Zufall?«

»Er war ein Betrüger und ein Fälscher, der sich in seine Charade verliebte. Er ging sogar so weit, dass er das echte Ogier-Atelier über dieser schrecklichen Parfümerie nachgebaut hat, damit all seine Bilder genauso stinken würden wie die Originale.« Der Commissioner war immer noch guter Laune und genoss offen Senlins Verwirrung. »Das Gemälde, das Sie gestohlen haben, ist hundert Jahre alt.«

»Warum hat er mich dann gebeten, es zu stehlen?«, fragte Senlin, dessen Selbstvertrauen Bestürzung wich.

»Ah«, sagte der kleine Mann und kam näher. Er tätschelte Senlins Brust wie ein altes Pferd. Dieser konnte sich Pounds verborgenen

Gesichtsausdruck nicht mehr vorstellen, so verunsichert war er mittlerweile. Er sah sein doppeltes Spiegelbild in den Glaslinsen, nicht größer als das Bild in einem Medaillon. »Das ist die Frage. Warum glauben Sie, hat er Sie darum gebeten? Und warum hat er es nicht behalten? Warum hat er es Ihnen gegeben?«

Senlin nahm allen Mut zusammen und sagte: »Sie hätten ihn fragen sollen.«

Der Commissioner wich zurück. »Oh, das wollte ich, auch wenn ich mir gut vorstellen kann, was er gesagt hätte. Diese Fehde ist alt. Dennoch hätte ich mich gern mit dem Maler unterhalten, aber Sie wissen ja, wie es ist, Mr. Senlin. Manchmal kann ein Falkner sein Tier nicht davon abhalten, den Hasen zu reißen.« Der Commissioner nickte in Richtung der Roten Hand, die in diesem Moment aus dem Schneegestöber auftauchte.

Der Mann trug Senlins Kiste unter dem Arm und setzte sie sorgsam vor den Füßen seines Dienstherrn ab. »Das hier war der Mittelpunkt einiger Aufmerksamkeit. Eine Leiche und diverse Fußspuren bestätigen das.«

»Öffne es«, befahl der Commissioner.

Senlin war überrascht zu erfahren, dass Ogier ein Betrüger gewesen war, aber darüber konnte er jetzt nicht nachdenken. Er fixierte die mit einer Falle präparierte Kiste und die Rote Hand, die sich darüberbeugte.

Der Mann zog vorsichtig, ohne die Hilfe von Werkzeugen, den mit Nägeln befestigten Deckel ab. Eine dicke Strohschicht kam zum Vorschein, die er herausnahm, bis der Rand einer Leinwand zu sehen war. Wolken aus weißem Pulver stiegen aus dem Stroh auf, wirbelten durch die Luft und vermischten sich mit dem Schnee. Niemand nahm Notiz davon außer Senlin, der darauf gewartet hatte. Er hatte das Strohpolster mit genug Weißem Chrom versetzt, um hundert Männer zu betäuben. Er hielt den Atem an.

Die Rote Hand befreite das Gemälde und drehte es zum Commissioner. Pounds Stimme brach vor Wut. »Was ist das?« Er packte die Leinwand und schob sie Senlin vors Gesicht. Dieser schnappte nach Luft, als er dachte, gleich geschlagen zu werden. Sofort machte sich ein vertrautes kitzelndes Gefühl in seinen Nebenhöhlen und in seiner Kehle breit. Er zuckte zusammen. Die weißen Krümel hätten ein letzter Angriff auf die Sinne und Fähigkeiten seiner Feinde sein sollen. Dass er selbst auch der mächtigen Droge ausgesetzt sein würde, war so nicht vorgesehen gewesen.

Bevor der Commissioner Senlin weiter befragen konnte, wich die Rote Hand plötzlich mit einem wilden Schnauben zurück, das alle erschreckte. »Wer ist da?«, rief er. Sein Blick wanderte glasig über unsichtbare Zuschauer. Er verzog das Gesicht und schlug um sich, zuckte vor einem Geräusch zurück, das nur er hören konnte. Der Commissioner versuchte, seinen Auftragsmörder mit einem scharfen Befehl zur Besinnung zu bringen, doch der Geist des Mannes war unerreichbar. Er taumelte gegen einen Beamten, der vor Angst wie gelähmt war. Die Rote Hand wandte sich erschrocken herum und drehte den Kopf des Mannes, bis dessen Kinn über dem Rücken hervorragte. Der Beamte fiel wie ein nasses Handtuch zu Boden.

Rasch brach Chaos aus. Der wahnsinnige Mann pflügte durch die Reihen seiner Kameraden, seine unheimliche Kraft durch die Raserei noch verstärkt. Er benutzte die Männer wie Knüppel, hieb mit dem einen gegen den anderen, bis beide leblose Hüllen waren. Er warf Männer aus dem Hafen, als wögen sie nichts. Der Schnee färbte sich rot, als die warme Flüssigkeit, die aus den Verstümmelten und Toten rann, das Pulver in einen schmierigen Belag verwandelte. Die Rote Hand rief immer wieder: »Wer ist da?«, auch wenn ihm keiner zu antworten wagte. Schüsse wurden abgegeben, Schwerter geschwungen, doch dadurch wurde das blutige Chaos aus Kreuzfeuer und wilden Schwerthieben noch verstärkt.

Seine Bewacher hielten Senlin immer noch fest gepackt, wichen allerdings ein paar Schritte zurück und benutzten ihn als Schild zwischen sich und dem Berserker. Senlin reckte den Hals nach einem Zeichen von Hilfe oder der Möglichkeit zur Flucht und entdeckte dabei etwas, das sein Herz hätte schneller schlagen lassen, wenn er nicht überzeugt gewesen wäre, dass es sich um eine drogenbedingte Halluzination handelte. Es konnte nicht sein. Edith rannte auf ihn zu, warf die Männer des

Commissioners zur Seite, den Ellbogen hochgereckt wie der Keil eines Pfluges. Es war ein wundervoller Anblick, doch das hier war der Turm, rief er sich in Erinnerung. Niemand kam zu seiner Rettung.

Nachdem die Rote Hand Pounds Armee zerstört hatte, wandte sie sich an Senlin, dessen Arme immer noch zurückgehalten wurden. Die Adern des Auftragsmörders leuchteten hell durch seine Haut wie ein Netz aus Feuer. Er sprang auf sie zu, einen Arm ausgestreckt wie ein Rammbock. Senlin warf sich mit aller Kraft nach rechts, zog den Beamten zu seiner Linken mit sich und ins Zentrum des Angriffs. Der Schlag traf den Mann am Ohr, worauf dieser sich versteifte und zu Boden fiel. Dabei zog er Senlin und den anderen Beamten mit sich. Senlin war zwischen einem Bewusstlosen, vielleicht Toten, und einem Mann eingeklemmt, der vor Angst wilde Flüche ausstieß, und versuchte, sich zu befreien. Das Gewicht auf ihm verschwand, als die Rote Hand den brabbelnden Beamten am Hals packte, ihn damit zum Schweigen brachte und ihn wie ein Farmer ein Huhn über dem Hackklotz hielt. Der Henker drückte zu, bis der Hals des Mannes ein sattes, knackendes Geräusch von sich gab.

Senlin bewegte sich wie eine Krabbe auf dem Rücken, hilflos gefangen auf dem weichen Körper des Mannes unter ihm, und starrte den gehetzten Auftragsmörder an, auf dessen Gesicht keine Grausamkeit oder Bösartigkeit stand. Die Rote Hand zuckte und blinzelte fast wie ein Kind und sagte: »Wer ist da?« Seine Stimme klang schwach. Seine Intelligenz hatte sich verflüchtigt, seine oberlehrerhafte Art zu reinem Instinkt reduziert. Er griff fast gelangweilt nach Senlin, auch wenn seine Hand ein leuchtender Stern war.

Ediths Faust traf die Schläfe des Mannes mit der Geschwindigkeit eines einen Hügel hinabrasenden Zuges und schickte die Rote Hand über die schneebedeckten Bretter.

»Wie?«, fragte Senlin, der immer noch nicht glauben konnte, dass sie da war. Erst später würde Edith ihm erklären, wie sie ein Seil an einem Anker zu fassen bekommen und versucht hatte, sich in das Gerüst unter der Plattform zu schwingen. Sie war davon abgeprallt wie eine Billardkugel und wäre beinahe abgestürzt, doch dann hatte sie ein Stück Seide gefunden, das sich verfangen hatte, und sich daran festgeklammert: die Überreste der *Gold Finch*. Die nächste halbe Stunde hatte sie damit verbracht, im Sturm des Jahrhunderts an gefrorenen Eisenverbindungen hinaufzuklettern.

Edith riss Senlin auf die Füße und sagte: »Wir müssen auf das Schiff!« Noch während sie sprach, war die Rote Hand wieder aufgestanden. Eines seiner Augen wölbte sich weit aus der Höhle, starrte blind und leblos zur Seite. Rotes Licht strömte durch den Zwischenraum. Der Schlag schien seinen Drogenrausch abgemildert zu haben. Der Blick aus seinem gesunden Auge war klarer und richtete sich kalt auf Edith.

Er stürzte sich auf sie, sie packte seine Hände. Sie kämpften im immer höher werdenden Schnee miteinander, beide unsicher auf den Beinen. Senlin zog den Säbel aus der Scheide eines Beamten, der ihn nicht länger brauchte. Er wollte gerade Edith zu Hilfe eilen, als eine Klinge zwischen ihnen aufblitzte, so rasant wie eine Guillotine. Der Commissioner wich mit seinem Schwert zurück und erlaubte Senlin nur einen Moment, sich in Position zu bringen, bevor er ihn wieder angriff. Senlin stolperte nach hinten. Der Handschutz des Schwertes des Commissioners war mit Silberstacheln besetzt, deren Zweck sich Senlin sofort erschloss, als Pound ihn damit ins Gesicht schlug.

Etwas Warmes strömte Senlins Wange und Hals hinab. Er schob den kleinen Mann zurück und nahm wieder Kampfposition ein, wie Iren es ihm beigebracht hatte. Er parierte die Angriffe seines Gegners und hoffte, dass seine Muskeln sich an die Reflexe erinnerten, die er ihnen mit so viel Mühe eingetrichtert hatte.

Doch bevor er selbstbewusster werden konnte, bevor irgendeine Art Rhythmus seine marionettenhaften, zuckenden Bewegungen geschmeidiger machen konnte, kam Marya hinter dem Commissioner hervor, als böge sie gerade um die Ecke ihres alten Cottages. Sie trug ein langes weißes Nachthemd mit gehäkeltem Saum. Ihre Füße waren nackt. Sie trank Tee aus einer ihrer geliebten, angeschlagenen Porzellantassen. Ihr Gesichtsausdruck war weich und abwesend; ein Blick, der die erste

Stunde des Morgens nicht überstehen, den nur ihr Geliebter zu sehen bekommen würde.

Senlin bezahlte einen schmerzhaften Preis für seine nachlassende Konzentration: ein schneidender Druck lähmte die Nerven in seinem Arm. Er blickte nach unten und sah, dass der Commissioner seine Schulter aufgespießt hatte. Dann zog sein Gegner das Schwert heraus, und die brennende Qual wurde zu einem pochenden Schmerz.

»Das war eine Wohltat«, sagte der Commissioner. »Sie haben keine Ahnung, wie man mich gescholten hat, weil ich Sie habe entkommen lassen.« Er griff wieder an, diesmal parierte Senlin jedoch rechtzeitig. »Wo ist mein Gemälde?«

Senlin versuchte, das Klavier zu ignorieren, das hinter Pound aufgetaucht war, und antwortete: »In Sicherheit.«

»Dieses Wort gibt es nicht«, entgegnete der Commissioner.

Marya schien nicht zu bemerken, dass ihr Mann in einen Schwertkampf verwickelt war. Sie stellte ihre Teetasse auf den Seitenarm des Klaviers, breitete ihr Nachthemd aus wie ein Konzertpianist auf der Bühne und setzte sich auf den Hocker. Sie warf Senlin über die Schulter einen Blick zu. »Was soll ich spielen?«, fragte sie und strich sich das Haar aus dem Gesicht. Bei ihrem vertrauten, fröhlichen Lächeln zog sich Senlins Herz schmerzhaft zusammen.

»Spiel, was du möchtest«, sagte er. Der Commissioner wirkte verblüfft über diese unlogische Antwort, stürzte sich jedoch gleich wieder auf seinen Kontrahenten.

Marya spielte währenddessen auf ihre übliche nachdrückliche Art, einen alten, schnellen Reel – ein beliebtes Mitklatschlied in ihrem Wirtshaus zu Hause. Er hörte das Klatschen beinahe. Nein, er hörte es tatsächlich, ebenso die Krüge, die auf die Tischplatten gehämmert wurden, die über den Fußboden schleifenden Stuhlbeine. Während er zuhörte, entspannten sich seine Muskeln, seine Bewegungen wurden fließender. Dann wurde er wieder getroffen, diesmal auf den Handrücken, doch es fühlte sich an, als habe ihm jemand übers Haar gestreichelt. Pound wirkte weit weg, wie am Ende eines Tunnels, er winkte mit den Armen. Der

Deckel von Maryas Klavier sprang auf, und Sonnenlicht strömte wie ein goldenes Diadem heraus. Das Licht flackerte im Takt des Liedes. Einige Drachen flogen an Klaviersaiten aus dem Piano, und jede Saite vibrierte vor Farbe und Klang.

Senlin stolperte über eines der Harpunenseile, die die *Ararat* im Hafen hielten. Marya und ihr Klavier verblassten. Er musste im Schnee um sein Gleichgewicht ringen und geriet gefährlich nahe an den Hafenrand. Der Commissioner schätzte übereifrig die Entfernung falsch ein und griff an, durchtrennte dabei jedoch nur das Seil, das Senlin beinahe zu Fall gebracht hätte. Der Sturm zerrte an der fliegenden Festung und versuchte, es vom Turm los- und mit sich zu reißen. Der Verlust dieses einen Ankers setzte eine Kettenreaktion in Gang. Das nächstgelegene Harpunenseil spannte sich unter der zusätzlichen Belastung und riss. Die *Ararat* neigte sich zur Seite, die Zugbrücke ragte in die Luft.

Der Commissioner erkannte, dass sein Schiff gleich vom Anleger gerissen werden würde, und rannte auf die hin und her zuckende Zugbrücke zu. Neben ihm löste sich eine Harpune, dann noch eine und noch eine, bis nur noch ein dürftiges Seil das Schiff im Hafen hielt. Pound sprang Richtung Brücke, als ein senkrechter Windstoß die *Ararat* nach unten drückte. Das letzte Seil riss. Der Commissioner hing einen Moment in der Luft, er zappelte wie eine stürzende Katze, und die Zugbrücke bewegte sich lose am Ende ihrer Ketten. Dann drehte der Wind wieder, und die Pforte schien ihn zu verschlucken. Er taumelte ins Innere des Schiffes. Die *Ararat* wurde vom Hafen weggetrieben und verschwand im Schneetreiben.

In einem Moment der Klarheit sah sich Senlin nach Edith um und entdeckte sie gefährlich nahe am Rand der Plattform. Sie hielt den Hals der Roten Hand mit ausgestrecktem Arm umklammert wie eine giftige Schlange. Der Henker schlug wild um sich, brachte seine Arme jedoch nicht weit genug hinter sich, um Edith zu treffen. Ihr mechanischer Arm, mit weinrankenähnlichen Mustern geschmückt, glühte im roten Licht ihres Gefangenen. Sie ließ ihn über dem Abgrund baumeln. Es war ein Wunder, dass sie den Mann erwischt hatte, und Senlin verstand nicht, warum sie zögerte, warum sie die Rote Hand nicht einfach seinem Schicksal übergab.

Trotz einiger Schritte Entfernung hörte Senlin, wie der Mann gurgelnd sprach. »Warte, Schwester, warte! Was wirst du der Sphinx sagen? Das darfst du nicht!«

Seine seltsame Bitte, die Anspielung auf eine familiäre Verbindung, ließen Senlin schaudern. Sie dachte doch sicher nicht über das Flehen dieses Monsters nach! Edith hatte rein gar nichts mit diesem Mörder gemein.

Und dennoch zögerte sie. Senlin sah ihr Gesicht nicht in dieser ausgedehnten Sekunde, in der sie das Schicksal der Roten Hand abwägte. Dann öffnete sich ihre Hand, ihr Arm fiel herab, und der Henker war verschwunden.

Senlin trat mit einem Gefühl überwältigender Erleichterung neben sie. Es war sicher nur natürlich zu zögern, bevor man einen Mitmenschen tötete, unabhängig davon, wie böse oder pervers dieser war. Sie hatte nur einen Moment nachgedacht und ihrem Gewissen erlaubt, zu den Schlüssen von gesundem Menschenverstand und Gerechtigkeit aufzuholen. Sie hätte ihn niemals am Leben gelassen.

Dann sah Senlin, dass die Schublade an ihrer Schulter offen stand und die kleine Ampulle mit rot glühendem Serum ersetzt werden musste. Ihr mächtiger Messingarm hing leblos an ihr herab.

Sie warf ihm einen gleichzeitig reuevollen und erleichterten Blick zu. »Und manchmal geht der Treibstoff genau im richtigen Moment aus«, sagte sie und griff damit ihre Unterhaltung vom Abend zuvor wieder auf. Senlin wusste nicht, was er sagen sollte.

Donnern ertönte aus den dichten Schneewolken und wurde zu einem Pfeifen, das schließlich an der Außenwand des Turms explodierte. »Sie feuern blind die Kanonen ab!«, rief Senlin beinahe erfreut. Er wurde lieber beschossen, als noch länger in diesem beunruhigenden Moment zu verweilen. »Wir müssen los, bevor sie einen Treffer landen. Aber zuerst müssen wir Iren holen.«

Senlin suchte und fand seinen Aerostab sowie Ogiers Gemälde von Marya, das das wirbelnde Schneegestöber von der Droge befreit hatte, und eilte zusammen mit Edith zu dem eingestürzten Kran. Iren war halb unter einer Schneewehe und verkohltem Holz vergraben, bewusstlos, aber leise stöhnend. »Bist du sicher, dass sie mit uns kommen will? Hast du sie angeworben, oder entführen wir sie?«, fragte Edith. Senlin überlegte einen Moment, dann traf eine Kanonenkugel den Rand des Hafens an der Stelle, an der sie gerade noch gestanden hatten, und ließ Splitter regnen.

»Ist das wichtig?«, entgegnete er. Sie zogen die große Frau unter den Trümmern hervor, Edith so gut wie möglich mit einem Arm. Sie schleiften die Amazone wie einen Schlitten zur Gangway der *Stone Cloud*. Alle mussten mit anpacken, um sie an Bord zu bringen. Adam erstattete Bericht über den Zustand des Schiffes, während sie Iren an Deck hievten. Alles war zum Ablegen bereit.

Die Kanonen feuerten jetzt regelmäßiger, aber nicht weniger wild. Die *Ararat* hing in der Nähe des Hafens in den Wolken. Senlin wollte auf keinen Fall in diese Richtung getrieben werden. Er konnte nur darauf vertrauen, dass seine Fluchtströmung nicht von dem Sturm unterbrochen worden war.

Edith übernahm unaufgefordert die Pflichten des Ersten Offiziers und leitete das Ablegen. Sie stand am Steuer und wies Voleta und Adam an, auf ihren Befehl hin die Anlegeleinen zu lösen. Sie brüllte: »Jetzt!«, und übertönte Wind und Kanonenschüsse. Sobald die Leinen gelöst waren, legte sie einen Hebel um, die Ballastklappe öffnete sich und entließ das gesamte Salzwasser auf einmal.

Das Schiff schoss Übelkeit erregend nach oben. Der Wind drängte sie näher an den Turm, das Heck voraus. Einen Moment lang sah es aus, als würden sie an den undurchdringlichen Steinen zerschellen, doch dann glitten sie in die Strömung, die Senlin entdeckt hatte, und gewannen das Gleichgewicht wieder. Mit einem Wimpernschlag verschwand Golls Hafen hinter der Sturmwand. Die Kanonen der *Ararat* wurden leiser. Sie waren entkommen.

Doch es war keine Zeit, diesen Triumph auszukosten. Sie hatten keinen Ballast und trieben ohne festen Kurs durch die Luft, rasten durch das Dunkel auf das brodelnde Herz des Sturmes zu.

Epilog

Auszug aus: Ein Mann und sein abenteuerlicher Weg durch den Turm

Meinem alten Namen haftet ein unangenehmer Geruch an, wie einem verdorbenen Ei. *Thomas Senlin* führten zu oft die Herrschenden und die Gefährlichen auf den Lippen. Die Erwähnung des Namens könnte selbst in fernen Ländern unerwünschte Aufmerksamkeit wecken. Deshalb nehme ich einen neuen Namen an und benenne mich nach einem allgegenwärtigen Fluch: Ich bin Tom Mudd, Captain der *Stone Cloud*.

Beim Ablegen ist eine ehrliche Beurteilung unseres gegenwärtigen Zustandes nötig. Das Schiff ist flugfähig, aber beschädigt, und die Mannschaft ist genauso angeschlagen. Mein Erster Offizier ist eine Frau von grenzenlosem Charakter und Stärke, doch Edith empfindet scheinbar immer noch Qual, trotz der kunstvollen Versorgung ihrer Wunden. Ihre jüngste Vergangenheit ist ein Rätsel, und ich fürchte, dass sie etwas Entscheidendes und vielleicht Gefährliches vor uns verbirgt.

Ich glaube, Adam, der unser Maschinist werden muss, wird so lange ein loyaler Freund sein, bis das Wohlergehen seiner Schwester auf dem Spiel steht. Das verüble ich ihm nicht, doch seine Unfähigkeit, Vertrauen aufzubauen, macht seine Hingabe an sie besonders tückisch. Er wird seine Überlegungen nicht mit uns teilen oder uns über seine Entscheidungen informieren, wenn seine Schwester davon betroffen ist. Er würde jeden betrügen, um sie zu beschützen.

Wenn es einen hellen und verlässlichen Funken auf diesem Schiff gibt, dann ist es Voleta. Sie ist tapferer und eigenständiger, als ihr Bruder zugeben will. Sie wird ihre Zeit sicher oben in der Takelage verbringen. Sie hat bereits jeden Winkel des Schiffes wie ein Eichhörnchen erforscht, hat sich vom Anker herabhängen lassen und den silbernen Berg des Ballons bezwungen. Sie ist der geborene Ausguck. Iren ist natürlich unsere Waffenmeisterin. Ich vertraue ihr als Einzige die Kanone an, und ich sehe sie als unsere hauptsächliche Verteidigung und Taktikerin. Ich bin mir nicht ganz sicher, ob sie wirklich mit uns kommen wollte oder ob das Schicksal sie zu uns getrieben hat. Wie auch immer, ich bin froh, sie bei uns zu haben.

Unser drängendstes Problem sind die Vorräte. Das Schiff war entladen worden, bevor wir es aus dem Hafen entführten. Wir sind für gar nichts ausgestattet und so arm wie Kirchenmäuse. Wir haben kaum noch Treibstoff und nichts zu essen außer Vogelküken. Seit unserer Flucht ist unsere Verzweiflung noch gewachsen, was erklärt, warum so wenige wagen, was wir auf uns genommen haben. Unterwerfung bedeutet Sicherheit. Die Freiheit ist ein Glücksspiel. Doch ich stehe zu dem, was ich zu Edith am Abend vor unserer Odyssee gesagt habe: Wir müssen unsere Last gemeinsam tragen, wenn wir überleben wollen.

Sobald wir unsere Wunden versorgt haben, gegessen haben und unser Überleben nicht länger infrage steht, werde ich zum Ringreich von Pelphia weiterreisen, dem Sitz der Pells. Marya wartet dort sicher auf mich.

Die Dosis Weißes Chrom muss mein Körper erst abbauen, ich hoffe aber, dass die Wirkung bald nachlässt. Ich gestehe, dass ich diese Zeilen in Gegenwart von Maryas Geist schreibe, der mittlerweile regelmäßig erscheint. Sie sieht aus wie im Zug, mit ihrer weißen Bluse und dem roten Tropenhelm. Sie sitzt neben mir, und ihre Hand liegt auf meiner. Ihre Haut ist so makellos wie eine Lilie. Es ist schrecklich ablenkend und gefährlich nostalgisch. Ich muss mir in Erinnerung rufen, dass Marya sich durch den Turm verändert haben wird. Ich muss nur in den Spiegel schauen, um mich selbst davon zu überzeugen. Sie könnte sich als Frau eines anderen Mannes ausgeben, vielleicht ist sie ruiniert, wie es Voleta beinahe zugestoßen wäre, vielleicht ist sie auch verstümmelt wie die arme Edith.

Wie auch immer Marya und ich uns verändert haben, ich werde sie finden, und ich werde sie nach Hause bringen.

Tom Mudd, Captain der *Stone Cloud*

Danksagung

Wenn Sie irgendwas über meine Bücher wissen, dann haben Sie vermutlich Mark Lawrence dafür zu danken. Ohne ihn und seinen wundervollen *Self-Published Fantasy Blog-Off* wären meine Bücher sicherlich zu einem Schattendasein verurteilt. Danke, Mark.

Außerdem muss ich meinem Agenten Ian Drury danken sowie all den anderen bei Shell Land Associates, dass sie mit Orbit Books einen so wunderbaren Verlag für mich gefunden haben.

Ich möchte allen Menschen danken, die sich die Zeit genommen haben, Rezensionen zu schreiben, darunter Jared von *Pornokitsch,* der zuerst Mark Lawrences Aufmerksamkeit erregt hat, Adam Whitehead von *The Wertzone,* der die Flammen des Interesses am Leben gehalten hat, sowie Emily May, die die Serie in der *Goodreads*-Community bekannt gemacht hat. Ich möchte auch dem blühenden und sehr einladenden Unterforum bei Reddit »r/fantasy« danken, dass es mir eine dringend nötige Online-Community bietet.

Ich möchte auch der Gemeinschaft von Autoren danken, die 2016 am *Self-Published Fantasy Blog-Off* teilgenommen haben: Dyrk Ashton, Phil Tucker, Timandra Whitecastle, Benedict Patrick und David Benem (und noch vielen anderen) – alle sind überaus talentiert, arbeiten hart und verdienen Ihre Beachtung.

Ich danke all meinen Freunden, die mich beim Schreiben und Überarbeiten unterstützt haben: Monica Zaleski, Allison und Dave Symonds, Renee Wolcott und Kevin Wisniewski. Danke, Nicholas Reading und

Ivan Fehrenbach, dass ihr die ersten Entwürfe dieses Abenteuers gelesen habt *(Cavete Idibus Martiis)*. Danke, Benjamin und Will Viss, für euren Rat, eure Ermunterung und die laute Musik.

Ich danke meinen Eltern Josiah und Barbara Bancroft, dass sie mir die Liebe zum Schreiben und Lesen mitgegeben und mich immer bestärkt haben, meine Leidenschaft zu verfolgen. Außerdem haben sie mir durch viele Fehlstarts im Leben geholfen.

Ian Leino schulde ich mehr Dank, als ich in ein paar Zeilen ausdrücken kann. Er hatte Mitleid mit mir, wenn ich entmutigt war, hat mich beraten, wenn ich auf niemand anderen hören wollte, und hat mir in den Hintern getreten, wenn es nötig war. Einen besseren Freund gab es nie.

Als Letztes möchte ich meiner Frau Sharon danken, die mich emotional, kreativ und finanziell bei so vielen erfolglosen Projekten unterstützt und die nie den Glauben an mich verloren hat, trotz meiner besten Bemühungen, sie vom Gegenteil zu überzeugen. Ohne ihre Liebe und ihre Unterstützung hätte ich nicht das Selbstvertrauen, die Entschlossenheit oder die Gelegenheit gehabt, dieses Buch zu schreiben.